삶은 명징하고 죽음은 위대하다

내 맘대로 읽은 책

삶은 명징하고 죽음은 위대하다

내 맘대로 읽은 책

안덕상 지음

이유출판

일러두기

1.
부호는 아래의 원칙에 따라 표기했습니다.
- 전집, 단행본, 총서(문고) 등 도서명: 『 』
- 작품, 논문, 기사, 영상물 등의 제목: 「 」
- 강연회, 음악회, 전시회 등의 이름: 〈 〉
- 상호, 장소, 인용어는 따로 묶지 않거나, 통상
  상호로 파악할 수 없는 이름 등 혼동할 수 있는
  경우에만 ' '로 표기했습니다.

2.
참고자료로는 도서를 비롯해 다음과 네이버에서
제공하는 각종 사전, 위키백과, 나무위키 등이
있습니다. 공중파 3사와 유선방송, 온라인
일간지와 주간지, 월간지 등의 언론 매체를 비롯해
인터넷TV, 유튜브, 개인 블로그 등 인터넷 미디어
또한 참고하였고 그 출처를 밝혀 놓았습니다.
인용문을 요약한 경우에는 해당 글의 원문 쪽수 등
출처를 자세히 표시했고, 의도적으로 원문의 뜻을
변형하거나 왜곡하지 않았습니다.

서시

광명光明에서

세상 잡사에 시달리다가
구름산 속
깊이 들어가
옥수수 밭을 일구었다

선경仙境인가,
사람들은 묻지만

천만에, 내 마음속
자갈밭 갈기가
지옥의 한 철보다 더
힘들다오.

머리말

장, 하는 말이지만 고매한 불화不和는 세상을 발전시키는 원동력이다. 인간이 만들어내는 모든 창조는 불화의 결과물이고 불화는 의심과 질문으로부터 출발한다. 역사를 배우고 익히는 목적은 지나간 불화를 자꾸 반추해서 더 나은 미래로 나아가는 디딤돌로 삼으려 함에 있다. 그런 측면에서 고매함을 지향하는 역사와 불화는 변증적이다.

여기 쓴 글에 일정한 형식은 없다. 그저 남 눈치 안 보고 내 맘대로 읽고 내 맘대로 썼다. 따라서 같은 책을 보았지만, 남들과 생각이 아주 다를 수 있다. 내가 의역한 한시도 그중 하나다. 책 전체를 관통하는 논지가 없어 횡설수설한다거나 앞뒤 글이 충돌한다고 느낄 수도 있다. 이건 내 생각의 기본이 불화라서 그렇고, 삶과 죽음을 대하는 태도와 생각을 내 아픈 눈이 본 대로만 썼기 때문에 그렇다. 그러니 내 글이 어찌 졸렬하지 않을 수 있으리. 따라서 이 책이 엉터리이거나 미숙하기 짝이 없다고 흉볼 수 있다. 당연하고 또 당연하다. 하지만 그건 내가 읽고 느낀 바가 그렇고 내 식견이 그만해서 그러니 어찌하랴. 부디 읽는 이들의 해량海諒을 바랄 뿐이다. 다만 한 가지, 글을 쓰는 이들과 문장이 가야 할 길은 어때야 좋을까 하는 생각만은 자주 들었다.

평상시처럼, 이 글을 쓸 때도 외래어보다 우리말을 쓰려고 노력했다. 어떻게든 조사 '~의'를 줄여보려고 했다. '~왜라는 이유들로', '~왜라는 이유들이 모여서', '고려받는다는', '느낌들이 모여서', '~되어지는' 같은 엉터리 표현도 안 쓰려고 노력했다. '~적인'이나, '~와의(또는 과의)', '~에서의' '~로서의(또는 ~에로서의)' 따위는 하나도 안 썼다. 작가나 출판사가 쓴 말을 그대로 인용한 경우는 빼고 하는 말이다. 이런 같잖은 말이 유행하고 사전에까지 올라간 것은 일본어를 무분별하게 번역한 번역자의 폐해가 온 나라를 뒤덮다시피 해서 그렇다. 우리말에 영어를 섞어 쓰는 폐해도 이보다 더하면 더했지 결코 뒤지지 않는다. 위에서 보듯 비문투성이인 서양 번역 어투가 우리 말과 글을 마구 훼손하는 모습을 볼 때마다 울화통이 터진 적도 한두 번이 아니다.

국어사전에서 외래어를 찾아보면 그 설명은 있되 단어로 번역이 안 된 경우가 허다했다. 번역은 돼 있으나 언중言衆이 외면해서 어색하고 생소한 경우도 많았다. 외국어 사전도 마찬가지다. 그럴 때마다 방송언론기관과 어문정책을 다루는 정부 부처나 학자들에게 푸념과 쌍욕이 절로 나왔다. 그렇다고 내 멋대로 조어造語를 하기는 주제넘은 짓이라 어쩔 수 없이 외래어를 그냥 쓴 적도 있다. 그에 비하면 한자 사전은 편차는 있지만, 상당히 잘 된 편이다.

예를 들면 이런 거다. 다음이나 네이버 한자 사전에서 '서로 상相' 자를 찾아보면, 중국에서 가장 오래된 자전인 설문해자가 설명한 내용을 지금 쓰는 뜻과 함께 적어 놓았다. 또 이게 상형문자인지 회의문자會意文字인지 구분해서 그 뜻과 획수도 잘 정리해 놓았다. 거기에 덧붙여서 '상'이라는 글자가 처음 생겼을 때부터 지금까지 글자의 뜻과 모양이 어떻게 변해왔는지 그 변천 과정까지 자세하게 써 놓았다. 하지만 국어사전은 이만 못하다. 도쿄는 나와 있으나 그 명사가 동경에서 도꾜, 토오쿄를 거쳐 토오쿄오로 변하다가 도쿄로 바뀐 과정은 하나도 안 나와 있다. 뉴욕이 뉴욕에서 뉴요크, 뉴우요오크로 변하다가 뉴욕이 된 과정도 마찬가지다.

국어사전에 부르주아는 있지만 시트로앵은 없다. 부르주아를 설명은 해 놓았지만 번역한 우리말 단어는 없다. 외국어 사전으로 가야 찾을 수 있다. 외국어 사전도 우리말로 설명만 해 놓고 제대로 번역한 단어가 없는 경우가 허다하다. 또 사전에서 설명한 내용이 그 말이 지닌 뜻과 맛을 제대로 살리지 못한 예도 많다. 단어는 만들어 놓았으나 보급에 실패한 경우도 있다. 이런 현상은 과학이나 컴퓨터 같은 신기술 관련 용어에서 특히 도드라진다. 대체 지금 어느 누가 USB를 '정보막대'라 부르겠는가. 메타버스나 게이미피케이션도 그런 경우다. 인플레이션이나 스테그플레이션이 뭐냐고 물어보면 설명은 할 수 있으나 단어 한마디로 대답은 못 한다. 번역한 단어가 없으니 그럴 수밖에 없다. 자주 쓰는 범용汎用이라는 단어도 우리말이 아니기는 마찬가지다.

그 대신 '새롱거리다, 민틋하다, 바장대다, 지저깨비, 대살지다, 깃고대, 나삼, 우기작우기작' 같은 우리말은 아무도 모르는 사이에 언중에서 사라졌다. 우기작우기작은 국어사전에도 없다. 그렇게 우리말은 죽어가고 있다. 사투리가 사라지는 속도는 더 말할 필요조차 없다. 한글을 전용해야 한다는 명분으로 교과서와 신문잡지에서 한자를 내쫓은 사람들은 왜 한글조차 살리지 못하는가.

나를 교조적이라 할지 모르겠다. 사전의 근본조차 모른다거나, 세계화도 넘어선 시대에 귀신 씻나락 까먹는 소리나 하고 있다고 욕할 수도 있다. 그렇게 안 해도 경제력은 세계 10위권 안에 들어간다고 핀잔할 수도 있다. 근대 유럽 문명 용어 가운데 일본이 번역한 말이 아닌 게 대체 몇이나 있느냐고 해도 할 말은 없다. 그렇다고 그게 새로 생긴 남의 나라말을 언제까지나 그대로 들여다 쓰는 명분이 될 수는 없다.

한자가 국어냐고 소리 지르는 사람도 있다. 그러나 한자를 함께 쓴다는 이유로 일본을 중국에 복속된 나라라거나 중국 사대주의에 빠진 나라라고 보는 사람은 아무도 없다. 일본인에게 한자는 그냥 일본어일 뿐이다. 수천 년 동안 한자를 써온 우리도 마찬가지다. 한자도 한글처럼 그냥 우리 국어일 뿐이다. 베트남이나 싱가포르가 한자를 쓴다고 해서 중국의 속국이라고 하는 사람이 누가 있는가.

지금부터 약 11년 전인 2011년 7월 1일자 세계일보에 「한자 알아야 한글 살린다」라는 제목으로 이런 기사가 나왔다.

(국립국어원이) 개원 20주년을 맞아 표준국어대사전 표제어를 분석했더니 한자어가 58.5%, 고유어가 25.5%, 혼용어가 10.6%, 외래어가 5.4%를 차지하는 것으로 나타났다. 전체 표제어의 69.1%가 한자라는 뜻이다. 국어에서 한자는 떼려야 뗄 수 없는 관계임을 보여준다.

이 해는 한글전용을 전면 시행한 지 41년이 되던 해이고 올해는 52년이 되는 해이다. 한자는 폐지했지만 동음이어同音異語 문제는 해결할 길이 없다. 표의문자와 표음문자 사이에 존재하는 거대한 간극 때문이다. 낱말은 전부 한자인데 겉 표기만 한글로 해서 생기는 문제는 어학이나 문학뿐만 아니라 수학, 과학, 천문, 지리, 해양, 역사, 철학은 물론 우리네 생활사 전반에 걸쳐 있다. 그러니 독해력과 문해력, 어휘력은 점점 엉망이 되고 꼴 같잖은 외래어 섞어 쓰기나 따라 하기가 사방에서 난무한다. 이런 현상은 역대 정부가 앞장서고 각종 언론 매체가 부추기고 언중이 따라가면서 벌어진 일이다. 심지어 자주독립 국가임을 대내외에 천명하는 대한민국 정부 부처와 그 산하 기관 이름이나 각종 공문서에도 영어가 거침없이 들어간다. 이러니 어문정책을 다루는 정부와 학자, 각종 방송과 언론, 기관에 욕이 안 나오려야 안 나올 수가 없다.

일석一石 이희승 선생은 시인이자 큰 국어학자였다. 그분이 살아 계실 때 내 방에서 녹음을 한 적이 있다. 사회자가 물었다. "요즘 우리말 정책이 어떤 상태라고 보십니까?" "한 마디로 개판이지요." 이 말을 듣는 순간 나는 통쾌하기 짝이 없었다. 외래어 표기법을 따르라면서 베이징, 광저우, 푸저우, 쑤저우, 난징, 창사, 시진핑, 리커창, 저우언라이, 리콴유라고 부르라고 한다. 그런데 왜 중국은 중궈라고 안 하고 중국이라고 부르는가. 왜 아메리카는 미국이라고 부르며 일본은 니폰이라고 안 부르는가. 런던은 런던이라고 하면서 왜 잉글랜드는 영국이라고 부르는가. 당뇨병을 발음할 때 '당뇨병'이라고 해야 맞는가 '당뇨뼝'이라고 해야 맞는가. 밥고는 '밥고'가 맞나 '밥꼬'가 맞나. 발전은 '발전'인가 '발쩐'인가. 공권력은 '공권력, 공꿘녁, 공꿜력' 가운데 어느 쪽이 맞나. '시냇가'인가 '시냇까'인가. 방송은 무슨 이유로 된 발음은 모조리 빼려 들며 고저장단高低長短마저 제멋대로 무시하려 드는가. 감독기관은 왜 이런 걸 그냥 두는가. 왜 멀쩡하게 쓰던 짜장면을 자장면이라고 고쳐 놓고 이제는 둘 다 쓰라는 짓을 하는가. 헷갈리다라고 쓰던 것을 헛갈리다라고 써야 한다고 눈을 부라리다가 왜 이제는 둘 다 써도 된다는 건가. 이토록 사람을 헷갈리게 하고 헛갈리게 하는 자들은 대체 누구인가. 참으로 가소롭다.*

외래어를 남용하고 국어가 마구 흐트러지면 자국의 정체성과 주체성은

---

* 엄밀하게 따지면 헷갈리다와 헛갈리다는 그 뜻이 조금씩 다르다는 걸 모르는 바는 아니다. 이 걸 언제부터 그렇게 구분해서 쓰기 시작했는지는 모르겠지만.

남에게 그냥 넘어가 버리기 쉽다. 내가 이렇게 된소리를 하는 뜻은 이런 우려 때문이다. 세대 간 계층 간에 벌어지는 소통단절을 걱정하는 뜻도 있다. 국가 사회의 분절이나 통합, 또는 흥망성쇠는 모두 언어에서 비롯된다. 다른 예를 들 것도 없이 그걸 몸소 겪은 나라가 바로 우리나라가 아닌가. 빼앗긴 우리 말과 글을 되찾고 지키려고 선대들은 목숨을 바쳤건만, 어째서 채 40년도 안 돼 말과 글이 이렇게 가뭇없이 사라지고 있단 말인가. 왜 우리 언어를 지켜야 할 마지막 보루이자 최소한의 경계선이라 할 국어기본법조차 모두가 무시하고 방관한단 말인가. 그저 장탄식만 나올 뿐이다.

돌이켜보면 1970년에 한글 전용을 시작했다고는 하지만, 그 중간에 한자와 한글을 병기併記하는 형태로 한자 교육이 잠시 부활한 적도 있다. 신문과 잡지는 1990년대까지도 한자를 함께 썼다. 사라지는 우리말 가운데 몇 가지 사례를 든 윗글은 1980년대 중반에도 쓰던 말이다. 엉터리 영어 혼용 바람이 불기 시작한 시기는 영어권 어학연수가 본격화하면서부터다. 또 광고와 대중가요에 영어가 들어가고 방송이 이를 대량 전파하면서 부추긴 측면도 있다. 한자 혼용이나 병기를 폐지한 시기는 디지털 시대가 도래하고 휴대전화와 컴퓨터를 대량 보급하면서 시작되었다. 이런 모든 일은 시차를 두고 하나씩 일어난 게 아니라 거의 한꺼번에 일어났다. 국제화, 과학화, 민주화로 사회가 한 단계 도약하면서 동시다발적으로 벌어진 일이다. 이런 현상은 다양성이나 다양화를 존중하는 후기 근대사회(포스트모던 사회)로 이행하면서 벌어진 역기능이라고 볼 수도 있고, 역대 정부가 경제에만 매달려 정체성에 대한 고민을 소홀히 한 탓이라고 볼 수도 있다. 지금이라도 우리 모두 깊이 성찰해야 할 일이다.

이 책 가운데 일부는 촛불 혁명 이전에 쓴 글이다. 전태일과 이소선 여사를 쓴 글은 그보다도 훨씬 전에 KBS 노보勞報에 실렸던 글을 첨삭해서 재수록했다. 인터넷으로 발간하던 '젊은 신문 피플트리'에 잠시 연재했던 것을 조금씩 수정해서 실은 글도 있다. 지금은 폐쇄한 내 블로그나 페이스북에 올려놓았던 글도 있다. 그러나 대부분은 독서 모임 '느리게 읽기'에서 함께 읽었던 책에 대한 소감이다. 그걸 여기저기서 그러모은 것이 이 책이다. 내가 쓰던 컴퓨터와 USB가 복원이 안 될 정도로 손상을 입어서 5년 넘게 남몰래 써놨던 글을 거의 다 상실했다. 아깝고 속상하고 화가 났다. 그러나 어쩌랴, 그 또한 내 한계인 것을.

책을 묶는 데도 한계가 있었음을 솔직히 고백한다. 식견이 짧아 외국 원서는 단 한 권도 읽지 못한 채 번역본만으로 저변을 삼았다. 또 기술이나 자연과학보다는 인문이나 문학 분야에 치중했다. 음악이나 미술, 건축 분야도 제대로 읽은 책이 없다. 번역에 대한 신뢰 때문에 유명 출판사의 책에 치우칠 수밖에 없었음을 고백한다. 출판계 악순환의 고리에 내 스스로 부역했다는 자괴감 또한 감출 수 없다. 사실인지 몰라도 미국에 있는 어느 유명 대학은 4년 내내 독서와 토론, 감상문과 서평 쓰기만 하다가 졸업한다고 들었다. 전공과목이 있는데도 그런다고 한다. 그러다가 사회에 진출해도 모두가 출중한 실력으로 우뚝 서는 인물이 되기 때문이라고 들었다. 왜 아니겠는가. 읽기와 쓰기의 힘은 세상을 좌우하고 인생을 좌우한다. 물질문명은 정신문명을 이길 수 없고 문명은 문화를 이길 수 없기 때문이다.

실천과 현실이라는 세속적 주제와 불교적 사유와 참선參禪이라는 형이상학적 주제를 연작시 형태로 쓴 게 내 두 번째 시집이다(첫 시집에서 그 일단을 조금 보이긴 했지만). 이 시집이 나오면서 시단詩壇에는 한동안 불교적 사유를 시의 소재나 주제로 삼는 바람이 불었다. 말하자면 시단의 유행이나 역사에 잠시나마 한 획을 그은 셈이다. 하지만 이런 문제를 한두 사람 외에는 아무도 주목하지 않았다. 그래서 여기에 내 작은 흔적이라도 남겨두는 게 그나마 좀 위안이 될 것 같아, 잠시 내 얘기를 했다(결코 자랑을 늘어놓으려는 의도가 아님을 독자들께서 꼭 헤아려주시면 좋겠다).

'느리게 읽기'에서 함께한 사람들과 이제는 사라진 인터넷 신문 '피플트리'를 만들던 관계자들에게 노년의 우정을 보낸다. SK 그룹 김유석 본부장의 전폭적 응원이 없었다면 나는 책을 지금보다 훨씬 덜 읽었을 것이다. 또 후배 방송인 이금희 씨의 도움이 없었다면 출판은 언감생심 꿈도 꾸지 못했을 것이다. 두 분께 감사하다. 글의 순서를 정하고 난삽함을 정리해준 편집진과 출판사, 번거로움을 감수하고 오류를 교정해준 이계진 선배님께 감사드린다. 이 선배님이 교정을 끝낸 원고를 받은 후, 필자 임의로 다른 문장으로 또 고쳤거나 새로 추가한 원고의 분량이 상당히 많다. 그러니 이 책에 오류가 나온다면 그 잘못은 오직 필자에게 있다.

여기에 오르고 싶어 그토록 애태우던 내 글아, 고개 꺾고 서 있는 너희에게 다음을 기약할 수 있을지 나는 잘 모르겠구나. 병이 깊어도 모르는 척 혹사한 내 눈아, 망가진 허리야. 너희에게 참 미안하구나. 눈에 좋은 약 발운산撥雲散을 찾느라 허둥대는 사이에 우리는 벌써 헤어질 때가 되었다. 자, 그럼 이제 하던 일을 멈추고 다들 안녕히.

2022년 5월, 어느 볕 좋은 날에

차례

제2장
의심하고 불화하며 답을 찾아가다

제3장
실사구시, 그 양날의 검을 어루만지다

제4장

침잠과 사색, 읽고 쓰는 즐거움에 매료되다

제1장

죽음과 삶을 사유하며 밤길을 홀로 걷다

미망과 속죄에 관한 웅장한 대서사

『일리아스』, 영웅들의 전장에서 싹튼 운명의 서사시
강대진 지음 | 그린비 | 2011

『일리아스』와 『오뒷세이아』는 서양문학의 뿌리로 고대 희랍에서 쓴 최초의 서사시이다. 이 서사시를 쓴 호메로스가 실존 인물이냐 아니냐를 두고 지금까지 200년이 넘도록 다투고 있지만 결론이 날 기미는 앞으로도 별로 안 보인다. 저자 강대진은 고대 희랍과 로마 시대는 물론, 고대 근동의 문화와 예술을 연구하는 학자이자 저술가이며 교육자다. 『일리아스』는 BC 13세기(또는 12세기)에 벌어진 트로이아 전쟁의 마지막 부분을 다루는데, 그 주인공은 아킬레우스다. 그는 인간과 신의 결합으로 태어난 반신반인半神半人이다.

『일리아스』의 주제는 분노와 전쟁이라고 말들 하지만, 그 속에 감추어진 속내는 미망迷妄과 속죄(혹은 대가), 그리고 소통이다. 이 주제는 트로이아 전쟁에서 발생한 아킬레우스의 분노를 화해로 마무리한다. 그 과정에서 각각의 인물이 분출하는 분노와 용기, 죽음과 명예, 인간에 대한 존경과 동정심, 운명에 대한 통찰이 여러 곡절을 겪으면서 화해에 이른다. 여기서 말하는 화해란 죽음이다. 신이 모든 것을 죽음으로 귀결해 놓았기 때문이다. 『일리아스』에 등장하는 신은 유일신이 아닌 인격신이다. 인간처럼 희로애락과 오욕칠정을 가진 신이다.

사람들은 필멸의 유한성을 알면서도 왜 끊임없이 영생을 갈구할까? 신에 대한 반항 때문일까, 변해가는 육신이 두려워서일까? 반항 때문이라면 신과 동등해지려는 인간의 처절한 몸부림이고, 두려움 때문이라면 한갓 속절없는 미망일 뿐이다.

『일리아스』는 웅장하다. 목숨에 대한 차별이나 구별도 아주 뚜렷하다. 그리고 잔인하다. 신들은 오락을 위해서 사람을 죽이고, 영웅은 자기의 이익을 위해서 죽는다. 전장에 끌려 나온 수많은 병사는 몇몇 영웅이나 잘난 사람을 위해서 이름도 없이 죽는다.

감동을 자아내는 전쟁 이야기의 주인공은 늘 엄친아들이다. 병사들을 기리기 위해 쓴 이야기는 이 책 그 어디에도 없다. 영웅이나 장수는 병사가 만들고 병사 없는 전쟁에 승리란 없지 않은가. 여자는 대개 물건이나 전리품 취급에 불과하다. 목숨은 누구나 하나뿐인데 어째서 영웅의 목숨만 고귀하게 다뤄질까.

지금 시각으로 보면 이런 일들은 모두 계급구조 때문이다. 그래서 호메로스가 계급을 조장했다는 말에 일면 수긍이 간다. 헬레네는 세 번 결혼하면서 단 한 번도 저항하지 않았다. 그녀의 무저항은 무엇을 상징할까. 평화일까, 화해일까. 아니면 극단적 두려움이나 이해타산일까. 그도 저도 아니라면 이승에 대한 애착일까.

트로이아 전쟁 초기에는 적에게 들키지 않으려고 제 몸을 은폐하거나 엄폐하는 것은 아주 비겁한 짓이었다. 상대와 멀리 떨어져서 활을 쏘는 것도 정당하지 못한 겁쟁이들이나 하는 짓이었다. 그러나 전쟁이 길어지자 방패 뒤에 숨어서 적에게 활을 쏘는 자들이 나타났다. 비겁이 진화한 것이다. 트로이아에 목마가 들어왔을 때, 목마 밖에 있는 사람들은 혹시 목마 안에 적들이 숨어있을지도 모른다고 의심했다. 그래서 군사들은 목마를 향해 적군의 이름을 불렀다. '그 친척들의 목소리까지 흉내 내어 애절하게' 부른다. 진화한 비겁이 다시 분화하는 모습이다. 트로이아는 결국 목마 때문에 함락되었다. 시간이 지나갈수록 점점 더 사악해져 가는 인간의 비겁이 드디어 완결판을 이루었다. 소통의 은폐와 단절이 세상을 지배하기 시작했다는 말이다.

선혈이 낭자한 전장에서 아킬레우스[1]와 파트로클로스의 사랑과 우정을 이야기한 노래는 처연하다. 사랑하는 사람을 잃은 견딜 수 없는 슬픔과 자책, 분노 때문에 아킬레우스는 출전했다. 아가멤논에게 불만을 품었던 아킬레우스는 아마 파트로클로스가 적장 헥토르의 손에 죽지 않았다면 출전을 끝까지 거부했을 것이다.

서사시 『일리아스』는 헥토르의 장례식 장면에서 끝난다. 아킬레우스가 죽는 장면은 『오뒷세이아』 편에 가야 나온다. 그는 파리스가 쏜 화살을 아킬레스 힘줄에 맞고 죽는다. 파트로클로스와 아킬레우스는 죽어서 화장했는데, 산 사람들은 그 두 사람의 재를 섞어서 무덤을 만들고 비석을 세웠다고 한다. 그곳을 지나가거나 바다를 드나드는 사람들이 누구의 무덤인지 알게 하려고 그랬다고 전한다. 하지만 그보다는 생전에 못다 이룬 두 사람의 정과 회한을 이렇게라도 풀어주고 싶었던 모양이다.[2] 억제할

---

1 아킬레우스는 '슬픔'과 '사람의 무리'라는 말이 합쳐진 이름으로 '사람들의 슬픔'이라는 뜻이다.(나무위키) 이 말은 아킬레우스가 자기의 슬픔과 죽음을 미리 예견하고 있었음을 의미한다.

2 파트로클로스는 아킬레우스의 시종이자 죽마고우라고 하는 이도 있고, 그가 아킬레우스의 절친한 친구이자 연인이라고 하는 이도 있다. 그 시절에는 동성애가 자연스럽고 고결한 연애 방

수 없는 슬픔과 회한도, 치솟는 분노도, 맹렬한 복수도, 또 사랑과 우정도 모두 허망한 미망일 뿐이다. 죽음이란 속죄요 소통이며 화해다. 아킬레우스와 아가멤논의 화해도, 아킬레우스와 헥토르, 또 그의 아버지 프리아모스 사이의 화해도 모두 죽음이 개입돼 있지 않은가.

트로이아 전쟁이 일어난 원인은 트로이아의 왕자 파리스가 유부녀 헬레네3를 데리고 도망간 사건 때문이다. 그러나 이 전쟁의 배경이 된 간접 원인은 제우스의 비겁과 아킬레우스 부모의 결혼식 초대장이다. 에리스는 불화不和의 여신이다. 신들의 잔치인 이 결혼식에 초대받지 못한 에리스는 화가 나서 결혼식 하객 속으로 황금 사과 하나를 던졌다. 그 사과에는 그리스에서 가장 아름다운 여신에게 준다는 뜻이 쓰여 있었다. 그러자 헤라, 아테나, 아프로디테가 황금 사과를 놓고 다투었다. 제우스의 부인 헤라는 여신 중의 여신이고, 아프로디테는 미의 여신이다. 아테나는 전쟁의 여신이자 지혜의 여신이다. 서로 다투던 세 여신은 제우스에게 그 사과를 누가 갖는 게 좋을지 물었다. 난처해진 제우스는 이 판단을 파리스에게 은근슬쩍 미루었다. 세 여신은 파리스를 꼬드겨 황금 사과를 서로 차지하려고 덤벼들었고, 고심하던 파리스는 아프로디테를 선택했다. 아프로디테는 그 대가로 파리스가 헬레네와 함께 도망칠 수 있게 도와주었다. 헬레네의 남편 메넬라오스는 아내가 외간 남자와 도주하자 치욕과 분노

식이었다. 이성애처럼 시도 때도 없이 더러운 욕정에 사로잡히지 않고, 고담준론高談峻論을 펼치며 순수한 정신적 사랑을 할 수 있다는 점 때문이다. 소크라테스와 그의 미남 제자 알키비아데스 사이도 이와 마찬가지였다. 소크라테스는 사랑하는 알키비아데스를 구출하려고 목숨을 걸고 전투에 참가했다.

3   헬레네는 스파르타의 왕 메넬라오스의 부인이다.

에 떨며 형 아가멤논에게 도움을 요청했다. 아가멤논은 미케네의 왕이자 그리스의 최강자였다. 아가멤논은 대단히 화가 나 트로이아의 왕에게 헬레네를 내놓으라며 전쟁을 일으켰다. 기원전 13~12세기쯤에 벌어진 이 전쟁이 10년째가 되던 해, 그 마지막 열흘 동안의 이야기가 일명 '아킬레우스의 분노'라 부르는 『일리아스』이다.

제우스가 자신이 결정할 일을 파리스에게 미루지만 않았더라도, 또 불화의 신 에리스에게 결혼식 초청장만 보냈더라도 이런 엄청난 전쟁은 벌어지지 않았을 것이다(그래도 불화는 반드시 일어났겠지만). 그랬다면 물론 이런 대서사시도 나오지 않았을 터이다. 좋은 뜻을 가진 전쟁보다 나쁜 평화가 낫다고 한다. 지금 우리가 생각하는 인도주의적 입장에서 트로이아 전쟁을 바라본다면, 불멸의 대서사시가 나오는 것보다 십만이 넘는 사상자가 나오지 않는 게 더 옳다. 『일리아스』에는 인간에 대한 존경과 동정심이 들어 있다고 저자 강대진은 말한다. 그러한 관점에서 보면 트로이아 전쟁은 이 서사시의 모순이다.

호메로스는 서양 문화의 두 뿌리 가운데 하나이다. 그것은 전쟁과 살육, 공포에서 출발한다. 참혹하고 잔인한 전쟁이 끝나고 나면 전쟁 이전과는 완연히 다른 새로운 문명이 시작된다. 그러나 이 새로움의 시작은 머지않아 또다시 닥쳐올 분노와 화해를 예고하고 살육과 죽음에 대한 미망과 대가의 동기일 뿐이다.

우리는 과거를 그리워한다. 이 그리움은 분노와 사악함에서 벗어나 순수로 되돌아가고픈 간절한 열망이자 화해에 대한 그리움이 아니겠는가. 삶은 명징하고 죽음은 위대하다.

고전에 길라잡이 책이 왜 필요한가

『오뒷세이아』, 모험과 귀향, 일상의 복원에 관한 서사시
강대진 지음 | 그린비 | 2012

'오뒷세이아'는 오뒷세우스의 일생을 이야기한 노래라는 뜻이다. 이 노래는 오뒷세우스의 모험과 복수가 그 주제다. 하지만 이걸 좀 달리 보면 죽음과 저승 여행 그리고 고통에 관한 노래이기도 하다. 이 노래는 『일리아스』에 나오는 오뒷세우스가 트로이아 전쟁이 끝난 뒤, 집으로 귀향하면서 벌어지는 이야기이다. 이 책이 오뒷세우스의 일생을 되돌아본다는 점에서도, 집으로 가는 도중에 여러 신이나 괴물을 만나고, 실제 저승까지 다녀오는 이야기를 보더라도, 바다, 동굴, 잠, 귀향, 그리고 떠나감 같은 말이 지닌 상징으로 보더라도, 『오뒷세이아』는 이승에서 저승으로 가는 노정路程이라고 볼 수도 있다.

저자 강대진이 쓴 이 책은 앞장에서 소개한 『일리아스』처럼 『오뒷세이아』를 읽기 위한 안내서이자 길라잡이 책이다. 원전인 『일리아스』나 『오뒷세이아』는 그 분량이 원체 방대하고 상징과 비유, 함축이 많아서 사람을 질리게 하는 면이 있는데 그걸 좀 덜어주고자 만든 책이 바로 이 책이다.

저자는 다양한 방법으로 우리를 호메로스에게 안내한다. 기원전 3천 년 전의 『길가메시 서사시』와 중국 청나라 초기에 나온 소설 『요재지이聊齋

志流』를 동원하는가 하면, 헬레니즘과 로마 시대, 스피노자의 국가와 정치론도 거론한다. 인도 문명이 나오고, 피타고라스, 플라톤의 윤회설이며 프랑크푸르트학파, 미메시스, 여성주의자와 인류학자들이 저자의 손에 이끌려 나온다. 또 베르디에서 장 콕토, 고다르까지 음악과 시, 영화도 등장한다. 이렇게 저자는 시대와 장르를 넘어 수많은 이론과 주장을 곁들이며 『오뒷세이아』에 좀 더 쉽게 접근하는 길을 종횡무진 펼쳐 나간다. 심지어 읽는 중간중간 길을 잃을까 봐 구획정리까지 해준다. 어디 그뿐인가. 이 책에는 우리의 지적 허영이나 호기심을 채워주는 이야기도 많다. 오뒷세우스의 탄식이며 뒤집힌 직유, 정자sperma가 된 불씨, 종려나무와 피닉스, 세이렌에서 카립디스와 스퀼라에 이르기까지 수많은 이야깃거리로 가득차 있다.

저자가 스피노자의 이론을 들이댈 때는 마치 맹자를 다시 보는 듯했고, 예술이 지닌 파괴성을 읽을 때는 베르테르의 슬픔과 모방 자살이 생각났다. 세이렌을 지적 호기심으로 본다면 세이렌에 의한 죽음뿐만 아니라 세이렌의 죽음까지도 모두 다 예술이 만드는 파괴, 즉 파괴적 예술이라고도 볼 수 있다. 판타지 문학의 원조, SF 장르의 선구자. 서양의 문명과 역사라고 통칭하는 모든 것에서 호메로스를 빼면 남는 게 없다. 호메로스는 그중에서도 특히 언어와 노래의 힘을 여러 차례 강조했다.

『오뒷세이아』나 『일리아스』에 나오는 유한한 인간들은 거의 다 불행하다. 때로는 신들도 불행하다. 사실은 이런 것들도 예술이 가진 파괴성이라고 볼 수 있다. 호메로스는 '신들이 인간에게 불행을 보내는 것은 앞으로 노랫거리가 있게 하려는 것'이라고 말한다. 이 말을 듣고 이 책의 길라잡이는 '책 속에서 더 많은 모순을 찾아내는 사람들에게 더 많은 점수를 주고 싶다'고 한다. 이렇게 원작자와 안내자는 그 입장이 서로 다르다. 두 사람은 『오뒷세이아』를 꼼꼼히 읽으라는 같은 주문을 하지만, 호메로스는 책을 읽고 불행한 인간들이 무한한 감동과 행복감을 얻길 바라고, 저자 강대진은 호메로스에게 다가가는 책 속의 길이 대낮같이 훤하길 바란다.

해설서나 안내서에는 저자의 주장이나 의견이 들어갈 수밖에 없다. 그 주장이 지닌 옳고 그름이나 예술적 시각은 오직 읽는 이에게 달려있다. 호메로스는 보는 각도에 따라서 전혀 다르게 읽힐 수 있다는 것이 그 장점이자 난해한 단점이다. 천변만화千變萬化하는 갈등과 분노, 연민과 고통, 비약과 절망, 그 속에서 피어나는 사랑과 희망은 모두 단 한 사람의 마음 속에서 일어나는 의식의 변화나 흐름으로도 볼 수 있다. 또 다른 시각에서는 남가일몽南柯一夢이나 일장춘몽과 '같은' 이야기로 볼 수도 있다.

그러나 이걸 이해하고 뛰어넘으면 이 책은 광대무변한 우주의 섭리를 깊이 생각하게 만든다. 마치 밤하늘 가득 펼쳐진 별 속에서 은빛 날개를 달고 달리는 천마天馬를 보는 것처럼 신비롭고 외경畏敬스럽기도 하다. 이것이 바로 호메로스이고 『오뒷세이아』의 특징이다. 『일리아스』가 거대하고 웅혼한 전쟁 영화라면, 『오뒷세이아』는 다층적 의미를 가진 옴니버스 영화다. 그러나 한 가지 분명한 것은 이 책은 안내서이지 『오뒷세이아』가 아니라는 점이다. 이 책을 읽고 『오뒷세이아』를 다 읽었다는 착각에는 빠지지는 말란 말이다. 천병희가 쓴 『오뒷세이아』를 대조해 가면서 읽으면 금상첨화다.

『오뒷세이아』의 전체를 관통하는 추동력은 먹고 마시고 결혼하는 것, 즉 욕망과 욕구, 충동의 끊임없는 반복과 실행이다. 그리고 거의가 죽음과 바다에 관한 이야기다. 탄생은 그 어디에도 없다. 책 속에 나오는 등장인물들이 환상계로 떠나거나 현실계로 들어올 때는 모두 다 깊은 잠을 매개로 한다. 잠은 무의식이고 망각이며 꿈을 동반한다. 잠은 가사假死 상태, 죽음과 가깝다. 이 잠을 통해 이전의 존재는 죽거나 억압되고, 묻혀있던 또 다른 존재는 살아난다. 무대는 항상 바다 위에 펼쳐져 있고 간간이 동굴도 등장한다. 이들은 모두 그리움, 갈망, 여성이고 자궁이며 모태 회귀나 떠나감, 또는 재생의 상징이다.

이 책이 내포한 이런 의미나 심리 쪽으로 독자의 시선을 돌려보면 텔레마코스, 즉 눈물이나 흘리던 어린 날의 오뒷세우스는 수염과 함께 성장하며 점점 어머니한테서 멀어지고 아버지에게로 편입돼 간다(나중에는 어머니에게 명령하고 심지어 어머니를 '상품'이라고까지 한다). 욕망으로 수없이 분화되어 또 다른 자아처럼 보이는 구혼자들. 그 욕망의 종착지라 할 결혼은 실패한다. 곳곳에서 무의식이 강하게 개입되고, 신들은 소리 없이 그들을 조종하거나 내려다본다.

오뒷세우스의 의식 수준은 아무것도 아닌 자에서 이미 죽은 자로, 발가벗은 표류자로 변화한다. 늙은 거지에서 왕권과 질서 회복자로, 다시 방랑(혹은 죽음)하는 자로 변화한다. 그는 각기 다른 다섯 가지 모습으로 책 속에 등장한다. 젊은 날의 연약하고 비겁한 모습, 트로이아 전쟁의 영웅, 방랑자와 귀향자의 모습, 상황에 따라 자신을 바꾸는 거짓된 자아, 마지막으로 저승에 있는 테이레시아스의 말대로 자기 의지와 상관없이 다시 고향을 떠나는 나로 성장하고 변화한다.

상황 따라 변하는 '다섯 가지의 나' 속에서, 그는 또 다른 다섯 개의 페르소나로 분열한다. 그 각각 다른 모습을 자기 내면에 존재하는 타자가 인정해주기를 바란다.

1. 양치기 목동으로 변한 아테네에게는 이도메네우스의 아들을 죽인 도망자라고 거짓말한 뒤

2. 돼지치기 오두막에서는 크레테 출신 카스토르의 서자라 거짓말하고

3. 자기 집에 돌아와서는 아내에게 구혼하는 구혼자의 우두머리 안티노오스에게 "나는 부유한 해적인데 이집트에서 잡힌 뒤 키프로스의 통치자 드메토로에게 포로로 넘어갔다가 천신만고 끝에 여기까지 온 것"이라고 말하는가 하면

4. 아내 페넬로페와 독대하는 자리에서는 크레타 왕조의 아들이라고 속이고

5. 아버지를 만나서는 이타케 출신 아르케시오의 손자라고 거짓말한다.

이 모든 말은 상대의 마음(진심, 피니시에)을 알아보기 위한 페르소나요 무의미한 기호(시니피앙)였다고 말한다.

욕망은 이성의 통제를 피해서 꿈에만 나타난다. 그는 타인의 시선으로 자신의 이름을 부르기 시작하고, 한갓 무의미한 기호나 얼버무림으로 자기를 호명한다. 그 밑바닥에는 언제나 짙은 의심이 깔려있고 끝 모를 불안이 깔려있다. 이 모든 것은 멈출 수 없는 욕망을 따라 계속 진행된다. 그러나 그 속에 그는 없다. 마치 뒤집힌 직유[4]를 패러디하듯.

상징의 보고寶庫, 수미산 같은 은유와 비유, 끝없는 함축, 지루하기 짝이

---

[4] 뒤집힌 직유: 서사시에서 자주 이용되는 직유와 관련해서 보면, 이 책에는 뒤집힌 직유가 많이 강조되었다. 뒤집힌 직유란 특정인이 느끼는 감정이 그 자신보다는, 오히려 그를 관찰하는 다른 사람의 감정에 걸맞게, 또는 그 감정이 향하는 대상에 더 어울리게 그려진 것을 말한다. 예를 들면, 뗏목이 파손되어 익사의 위기에 처했던 오뒷세우스가 육지를 발견했을 때 그의 기쁨이, 병으로 죽어가던 아버지가 되살아났을 때 아들이 느끼는 기쁨과 같은 걸로 그려진다든지, 남편을 맞이한 페넬로페의 기쁨이, 난파선의 뱃사람이 육지를 발견했을 때의 기분과 비교된다든지 하는 것 등이다. 이런 뒤집힌 직유가 많이 사용된 것은, 이 작품의 질서가 역전되었다가 바로 잡히는 과정을 보여주기 때문이라고 설명했다.

없는 반복, 공룡 이름보다도 더 외우기 힘든 수많은 지명과 등장인물의 이름. 절대로 진도를 못 나가게 하다가 끝내는 포기하게 만들던 악질적인 책. 질리다 못해 아주 발작을 하게 만들던 미친 책. 이게 내가 고등학교 1학년 때부터 가졌던 호메로스에 대한 인상이고 트라우마다. 그 트라우마가 이 책을 통해서 실로 반세기 만에 깨졌다. 고전에 길라잡이 책이 왜 필요한가를 알려주는 책이다. 이 책을 읽고 어디론가 떠나고 싶은 마음이 들지 않는다면, 슬프게도 그는 본인이 가진 자유의지를 많이 상실했는지도 모를 일이다.

슬프고 잔인한 이야기의 원형

그리스 비극 걸작선

소포클레스, 아이스킬로스, 에우리피데스 지음, 천병희 옮김 | 도서출판 숲 | 2010

고대 그리스를 지탱하던 핵심 가치는 '아레테Arete'이다. 에게해와 지중해 인근에 산재한 여러 도시국가의 정신적 가치관도 아레테였다. 로마 시대에 이르면 아레테를 '비르투Virtu'로 바꿔 불렀다. 둘 다 뜻은 비슷하다. 우리나라에서는 아레테와 비르투를 '탁월함', '최선의', '능숙한 능력' 또는 '덕'이라고 번역하지만, 그 의미가 너무 넓어서 한 단어로 옮기기는 곤란하다. 『오이디푸스 왕』 한 작품에서 표현한 아레테만 해도 그 의미가 상당히 많다.[5]

아레테라는 말을 언제부터 쓰기 시작했는지 정확히는 알 수 없다. 호메로스 시대(기원전 800~750년)에도 썼지만 소크라테스(기원전 470~399년)가 이 의미를 재정립해서 사용했음은 분명하다.[6] 호메로스 시대에는

---

5 『오이디푸스 왕』에서 언급한 아레테란 '나 자신을 위해, 신을 위해, 그리고 이 나라를 위해' 내가 주저 없이 자연스럽게 취하는 행동이나 마음가짐이다. 구체적으로는 솔선수범, 남자다움, 힘, 징벌, 응징, 용기, 명예, 명성, 부, 지혜, 진실, 신성, 고상함, 위대함, 자비, 재치, 기술, 복수, 기량, 축복, 사랑, 희생, 정의, 자랑, 화합, 봉사, 정결, 유익으로 나타나고, 저주, 수치의 극복으로도 나타난다. 『오이디푸스 왕』 한 작품에 나타난 아레테의 의미만 해도 이 정도다.

6 두산백과사전, 유튜브 플라톤아카데미TV「어떻게 살 것인가?」김상근 교수 편, 부산일보 인문

주로 육체 행위의 의미가 강했다면 소크라테스가 재정립한 이후로는 정신적 의미가 강해졌다. 소크라테스는 아레테의 진정한 의미란 '절제와 헌신, 정의의 실현, 지혜의 추구'라고 정의했다. 또 아레테는 '누가 가르쳐주는 것이 아니라 자신이 혼자 성찰하고 사유함으로써 깨우치는 것'이라고 말했다.[7]

아이스킬로스, 소포클레스, 에우리피데스는 고대 그리스를 대표하는 3대 비극 작가이다. 호메로스 이후 이 세 사람이 서양 문화에 끼친 영향력은 말로 다 하기 힘들 정도다. 이들이 쓴 대표작 여섯 편을 천병희 교수가 소개했다. 그는 고대 그리스 문학을 번역하는 우리나라 대가 중의 한 사람으로 손꼽히는 사람이다.

모든 창작에는 유형무형의 필요와 목적이 있다. 창작물을 향유하는 입장도 마찬가지다. 그리스 비극의 첫 번째 목적은 아레테를 극대화하는 것이다. 그 대표적 전형이 프로메테우스의 비극이다. 이 책에 실린 비극 가운데 '결박된 프로메테우스'는 신이 직접 겪는 비극이고 나머지는 대개 인간 중심의 이야기이다. 작가는 비극을 통해 아레테를 배반한 인간이 겪는 고통과 파멸을 대중에게 깨우친다. 이 고통은 인간의 내면에서 자연스럽게 일어나는 아레테를 거역한 대가다. 대중은 이런 비극을 보면서 슬픔, 분노, 연민, 정의와 같은 감정을 함께 공유하고 그들끼리 일체감을 조성한다. 이로써 작가는 대중이 정치적으로나 윤리적으로 아레테에서 벗어나지 않게 설득하려는 목적을 달성한다.

산책 2018년 1월 16일자 참조

7 유튜브 플라톤아카데미TV 「어떻게 살 것인가?」 김상근 교수 편 참조

안티고네는 아레테를 크게 배반한 사람일지라도 '혈족이 장사를 지내주는 일은 천륜이자 신의 불문율'이니, 죽은 자의 장례를 막지 말라고 경고한다. 이는 죽음을 대하는 그리스인들의 인식이자 태도. 특히 인간을 '정해진 운명에서 벗어날 수 없는' 존재이자 필멸의 존재라고 강조하는데, 이 말은 그들의 생사관을 보여준다. 한 사람의 살아생전이 아무리 누추하고 하찮다고 해도, 죽음은 생이 가 닿을 수 없는 가장 높은 곳에 거한다. 주검 또한 마찬가지다. 선악과 인과를 불문하고 죽음과 주검을 모독하는 행위는 그 혈족에게 가장 큰 치욕이다.[8]

복닥거리는 세상을 잠시 비켜서서 생사 문제를 바라보라. 아레테 역시 산 자에 속한 것이니 이 또한 부질없는 허상은 아닐까. 죽음이 살아있는 것의 숙명이듯 삶 또한 피할 길 없는 운명이다. 따라서 생명이 있는 것들은 죽는 그 날까지 어쩔 수 없이 살아야만 하는 슬픈 존재다.

염소는 디오니소스를 상징한다. 그리스 비극의 어원은 염소(혹은 양)와 노래라는 두 단어가 합쳐져서 나온 말이다. 전쟁에서 승리한 후 술의 신 디오니소스를 기쁘게 맞이하려고 만든 축제에서 실제로 숫염소(혹은 산양)를 잡아 디오니소스에게 바치거나 참가자에게 상으로 주었다고 한다. 살아있는 염소나 양의 편에서 보면 축제를 위해 죽어야 하는 그들의 비명이 노래인 셈이니 이 얼마나 큰 비극인가. 그리스 희비극의 논리적 기원은 아리스토텔레스가 쓴 『시학詩學』에서 찾을 수 있다.

---

8   이런 측면에서 보면 서사시 『일리아스』에서 아킬레우스가 적장 헥토르를 죽인 뒤 그 시체를 말 뒤꽁무니에 매달아 끌고 다니며 훼손하는 장면은, 헥토르의 아버지이자 트로이아의 왕인 프리아모스, 그리고 적국 트로이아 사람들에게 치욕을 안겨주는 장면이다. 그 치욕 가운데 가장 큰 치욕은 시체의 얼굴이 땅을 향하게 엎어놓고 끌고 다니는 행위이다.

… 희극과 비극은 즉흥적으로 발생하였는데, 비극은 다튀람보스의 선창자先唱者로부터 유래했고, 희극은 아직도 많은 도시에 관습으로 남아있는 남근찬가男根讚歌의 선창자로부터 유래했다. … 비극은 장중한 운율로 고상한 대상을 모방한다. … 비극은 가능한 한 태양이 일회전하는 동안이나 이를 과히 초과하지 않는 시간 안에 결말을 지으려는 경향이 있다. … 비극은 진지하고 일정한 크기를 가진 완결된 행동을 모방하며, 쾌적한 장식을 가진 언어를 사용하되 각종 장식은 작품의 상이한 제부분에 따로따로 삽입된다. 비극은 드라마적 형식을 취하고 서술적 형식을 취하지 않으며, 연민과 공포를 환기시키는 사건에 의하여 바로 이러한 감정의 카타르시스를 행한다.

- 『시학』(아리스토텔레스, 플라톤, 디오니시우스 롱기누스 지음, 천병희 옮김, 문예출판사) 40~42, 47~49쪽

아리스토텔레스는 비극의 목적은 특정한 쾌감을 산출하는데 있다고 말하고 있다. … 비극이 제공하는 특정한 쾌감은 우리의 감정을 좋은 의미에서 구제해 주는 선한 활동에 수반되는 쾌감이다.

- 『시학』 14쪽

그리스 비극은 '태양이 일회전하는' 하루 남짓인 동안에 일어나는 일을 소재로 삼았다. 이들이 다룬 비극은 무거워서 관객의 마음에 깊이 가라앉는다. 보는 이의 속마음을 슬픔과 고통, 처절함으로 뒤흔든다. 남성다운가 하면 섬세하고, 고상한가 하면 세속적이고 잔인하다. 특히 에우리피데스의 비극은 대사가 마치 지금 이 시대에 만든 영화나 드라마처럼 보일 정도다. 진행 또한 빠르고 역동적이다. 그의 비극은 옮긴이의 말처럼 '영

웅들 대신 평범하고 비천한 인물을 등장시켜 인간의 감정을 구체적으로 그려냈으며 … 여성의 심리묘사에 탁월'하다. 이런 여러 장점 때문에 그리스 비극은 새로운 형태와 양식으로 지금도 우리 앞에 연달아 다시 태어난다.

그리스 비극의 두 번째 목적은 위에서 보듯 우울, 불안, 분노, 슬픔, 공포 따위의 감정에서 관객을 구제하고 정화淨化(카타르시스)하는 데 있다. 연극과 관객을 동일시하는 일종의 심리극(사이코드라마) 역할을 함으로써 고통스런 감정을 치유하는 셈이다. 이는 비극이 가진 긍정적 기능이면서 연극 자체가 아레테를 수행한 모습이기도 하다.

그리스 비극은 부조리극이다. 연극에서 부조리란 주로 대사나 장면 혹은 의미의 모순을 말하지만, 구성적 허점이라고 말할 수도 있다. 신의 제물이 되어 죽은 딸의 복수를 하려고 어미가 살아있는 자식을 또 죽이는 아가멤논이나 메데이아의 이야기는 모순이다. 친딸을 전쟁의 제단에 제물로 삼은 남편에게 복수하려고 살아있는 아들을 죽여서 요리로 만들어 남편에게 먹인다는 건 부조리하다. 남편에게 복수하려고 눈망울 초롱초롱한 어린 아들 셋을 한꺼번에 죽이는 어미는 사랑에 대한 모순이자 이중적 배반이다. 신의 제물이 된 딸은 전쟁을 승리로 이끌어 수많은 생령生靈을 구했다는 명분이라도 있다. 하지만 아들을 죽여 남편에게 먹인 행위나, 천진하게 웃는 제 어린 아들을 차례로 죽이는 행위는 편협한 집착이 만든 복수일 뿐 아무런 명분이 없다. 그저 잔인할 뿐이다. 엘렉트라도 마찬가지다. 그래서 이 책에는 '가장 잔인한'이라는 부제가 붙었겠지만.

민족이나 국가는 신화에서 출발하고 개인의 인생은 동화에서 시작한다.

천병희의 책에 나온 여섯 편의 비극 가운데 결말이 행복으로 끝나는 작품은 단 한 편뿐이다. 그조차도 과정은 극도의 잔인성을 보인다. 현대 심리학이나 아레테의 구현이 목적이라는 측면에서 보면 다른 평가를 할 수도 있겠지만, 그리스 비극은 잔인함이 특징이다. 그리스 신화가 모태라서 그런지 유럽의 여러 지역 신화도 잔인하다. 심지어 동화까지 잔인하다. 시작부터 전부 이러니 서양 역사를 피의 역사라고 하는 말이 괜한 말은 아닌 듯하다.

모든 창작물은 예술이다. 오랜 관찰과 고뇌, 사유를 집약한 최종 산물이라 그렇고, 이 세상에 처음 얼굴을 내미는 존재라 그렇다. 철학은 과거의 축적에서 나오지만, 창작은 필연적으로 과거를 파괴하고 단절하는 '파괴적 긍정'에서 나온다. 예술은 기를 쓰고 앞만 보려 하지만 윤리와 도덕은 차곡차곡 쌓아 놓은 역사와 전통에 뿌리를 둔다. 현재는 관습에서 유래하고 역사와 전통 속에 그 원형이 있다. 현대 서양 정신의 뿌리는 고대 그리스의 아레테이다. 그렇다면 지금 우리의 원형은 무엇인가. 유학에서 말한 인仁이나 덕德, 아니면 불교의 자비라 할 터인가. 정말 그렇게 생각하는가.

죽음은 들어오고 삶은 물러나는 곳

전쟁은 속임수다 - 리링의 「손자」 강의

리링 지음, 김승호 옮김 | 글항아리 | 2012

1

손자孫子의 본이름은 무武다. 춘추시대 제나라 사람으로 병법서兵法書를 지어 만세에 이름을 남겼다. 그의 생몰연대는 불분명해서 대략 기원전 6~5세기쯤으로 추측한다. 그의 병법서는 전장에서 이기고 지는 문제에만 집착한 게 아니라 정치 경제와 백성의 삶을 동시에 피력해 놓았다. 그는 또 제왕이나 장군이 지녀야 할 덕목도 함께 짚어냈다. 따라서 그의 병법론은 삶과 죽음을 생각하는 철학적 깊이로 자연스럽게 넘어간다. 이런 연유로 손자를 모든 중국철학의 뿌리로 보는 이들도 많다. 이는 손자의 생몰연대가 가장 앞선다는 주장과도 연관이 있다. 손자는 직접 전장戰場에 나가 자기의 병법대로 병력을 운용하면서 큰 승리를 거두기도 했다. 손자에서 가장 철학적 느낌이 드는 부분은 형形과 세勢로 압축한 개념이다. 형과 세는 추상적이지만 눈앞에 맞닥뜨린 문제를 해결할 최선의 방법이다. 노자의 변증사상은 손자에서 유래했다고 저자 리링은 주장한다. 그럼 손자가 본 형세形勢란 어떤 것인가. 활시위를 있는 힘껏 당기는 것은 형形이고 쏜 화살은 세勢다. 둑에 가두어둔 물은 형이고 수문을 열어젖혀

방류하는 물은 세이다. 이때 수문은 바로 절節이요 방아쇠다. 생사와 성패를 가르는 기본은 형과 세이지만, 그 최후의 마지막 단계인 격발은 방아쇠이니 바로 절이다.

세勢는 그 기세가 잡아당긴 활시위와 같고, 그 절도는 발사된 화살과 같다(勢如彍弩 節如發機 세여확노 절여발기). 활시위를 힘껏 잡아당기는 확노彍弩는 힘을 모으는 것이니(畜勢 축세), 아직은 세가 아니며, 모아놓은 것을 쏘아버린 발기發機라야 비로소 세이다. 일정한 모양이 있으면 형形이고 그 모양이 사라지면 세다. 형은 축적蓄積이고, 세는 발기發機다.

형체가 있어 볼 수 있는 것은 형이지만 세는 형체가 없어 볼 수 없다. 모양을 갖추고 있는 형은 본래부터 자기편이 가지고 있는 것이지만, 보이지 않는 나의 세는 적이 만들어준다. 형에도 세가 있고 세에도 형이 있으며 외재적外在的 형의 뒷면이 세(내재적 형)라서, 내재적內在的 형으로 외재적 형에 대응하는 것이 세다. 형세는 모두 인위적으로 만든 것이니 운용의 묘에 속한다. 형세를 운용하는 운용의 묘는 그 사람(장군)의 마음에 달렸다.

손자의 설명은 가득 모여 있으되 바닥이 보이지 않는 물길처럼 깊다. 손자를 이해하는 것이 도가道家나 법가法家를 포함해 유물적이고 변증적이어서 '중국사를 이해하는 중요한 포인트'라고 저자는 말한다. 노자는 생몰연대가 확실치 않거나 손자와 거의 같은 시기를 살았던 사람으로 나오기도 하고, 공자 때 사람으로 말하기도 한다. 따라서 손자가 노자에게 영향을 미쳤다는 근거를 어떻게 찾아야 할지 때론 퍽 난감할 때도 있다.

2

적은 항상 나의 스승. 의사는 사람을 구하고 병사는 사람을 죽인다. 형세가 있는 무리는 이름을 붙일 수 없는 것이 없고, 이름이 붙은 무리는 이기지 못할 것이 없다. 그런 까닭으로 성인은 만물의 장점으로 만물을 이기기 때문에 끊임없이 이길 수 있다. 전쟁이란 형세로 이기는 것이다. 형세로 이기지 못할 것이 없지만, 이길 수 있는 형세를 아는 사람은 없다.

손자는 형이하학을 통해서 형이상학을 찾아낸 사람이고 삶을 통해 죽음에 이르는 길을 찾아 나선 사람이다. 사람을 죽음으로 안내하는 길이 병법이기에 그렇다. 이 세상에 혼자 만든 일은 없다. 손자도 마찬가지다. 손자가 태어나기 훨씬 전부터 벌어진 그 많은 전쟁에서 살아남은 사람이 없었다면, 또 그들의 삶이 면면히 이어져 내려오지 않았더라면, 아마 손자의 글은 태어나지 않았을 지도 모른다. 왜냐하면 죽음의 길을 안내했던 편린片鱗이라도 후대에게 전할 수 있는 사람은 전장에서 살아남은 사람들뿐이니까.

삶과 죽음은 동전의 앞뒷면과 같아서 떨어질 수 없다. 삶과 죽음은 분리하면 둘이요 합치면 하나다. 하지만 이는 사즉생死卽生과 같아 떨어질 수 없다. '즉卽'자는 떨어지거나 분리할 수 없음을 나타내는 글자이니 죽음과 삶은 동시에 진행한다. 크게 드려다 보면 삶은 고요하고 죽음은 움직인다. 삶은 볼 수 있으나 죽음은 볼 수 없다. 외재적外在的 삶의 뒷면은 죽음이다. 내재적 형內在的 形으로 외재적 삶에 대응하는 것이 바로 죽음이다. 그래서 전쟁은 죽음이기도 하고 삶이기도 하다. 내가 살기 위해서 적을 죽이기도 하지만, (내가 의도하진 않았지만) 상대를 살리기 위해서 나는 죽어야 한다. 너와 나의 죽음을 완성하기 위해서 서로에게 삶이 필요한 것처럼.

삶은 유한하고 죽음은 무한하다. 춘하추동, 세월의 변증을 거치면서 죽음은 삶을 좇아 앞에서 들어오고 삶은 죽음을 향해 뒤에서 물러난다. 생명이 지닌 유한성은 부조리하고 당황스럽지만, 이 유한성이야말로 당연한 귀결이고 한결같은 일관성이다. 유한한 그 길 어디쯤에 있는 절節이 어쩌면 사랑일 텐데, 손자가 말하는 전쟁과 죽음을 통해서 문득 사랑을 보게 된다는 것이 나는 더 큰 부조리로 느껴진다.

전쟁은 도덕이 아니라 속이는 도道요 병불염사兵不厭詐다.[9] … 매미 뒤에는 사마귀가 있고, 사마귀 뒤에는 참새가 있고 참새 뒤에는 사람이 있다. 누구나 대립 상황을 벗어나려고 하겠지만, 대립 뒤에는 또 다른 대립이 있다. 대립에는 반드시 선후先後가 있는데, 하나가 선先이면 다른 하나는 후後가 되지만, 그 이면에 또 다른 선先이 있는데 궁극적인 선이 바로 항선恒先이며, 도道라는 것이다.

허심虛心을 찾는 일이 회피일지 초월超越일지는 내 알 바가 아니지만, 어느 날인가 실實에서 허虛, 또는 허심虛心를 찾아냈을 때 그때 비로소 삶과 죽음은 하나가 되는 것 아니겠는가. 삼십육계 주위상책三十六計 走爲上策이라, 달아나는 것도 큰 학문이라는데, 오늘도 여전히 삶은 드러내고 죽음은 자꾸 감출 뿐이다.

---

9 병불염사: 전쟁을 할 때 적을 속이는 것을 부도덕하거나 비겁하게 여기지 않는다는 뜻. 허실실허虛實實虛와 같은 기만전술 등을 말한다.

죽음의 도道, 불로장생

노자 도덕경 하상공장구

이석명 지음 | 소명출판 | 2005

노자, 죽음의 도道인가

노자를 해설한 책은 지금까지 수도 없이 나왔다. 하지만 내 눈이 밝지 못해 그런지 노자 철학을 '죽음의 도'로 해설한 이를 나는 아직 보지 못했다. 『도덕경』은 음양이 기본이고 그 핵심은 생사生死를 다룬 부분이다. 노자는 그 대부분을 은유나 포괄적 의미로 표현했다.

反者, 道之動 弱者 道之用. 天下萬物生於有, 有生於無.
반자, 도지동 약자 도지용, 천하만물생어유, 유생어무.

'돌아감'은 도의 움직임이고 '약함'은 도의 쓰임이다.
천하 만물은 '유有'에서 생겨나고 '유'는 '무無'에서 생겨난다.

– 제40장 쓰임을 버림(去用)

불로장생不老長生에 주안점을 두고 도덕경을 해설한 것이 『하상공장구』다.

장구章句란 글을 장章과 구句로 나누는 것을 말한다. 여기서는 하상공이라는 사람이 노자가 한 말을 여러 개의 장으로 나누고 그 한장, 한장을 다시 여러 개의 구로 나누어 해설을 덧붙인 것을 말한다. 옮긴이의 말에 따르면 노자『도덕경』가운데『하상공장구』는 전국 말기에 하상장인河上丈人이 썼다는 설, 서한 초기의 하상공河上公이 썼다는 설, 하상장인과 하상공은 같은 사람이라는 설 등, 그저 설만 분분할 뿐 대체 누가 쓴 것인지 아직 잘 모른다고 한다.

옮긴이의 말을 빌리면 중국에서 노자의 학문이 크게 변화하는 시기는 대략 세 시기쯤으로 구분한다. 첫 번째는 서한西漢 시대 초기다. 이때는 주로 정치에 치중하는 치국경세治國經世에 관심을 두었다. 두 번째는 동한東漢 시대 중기부터 말기인데, 이때는 장생술長生術에 치중해서 치신治身과 양생養生이 주제였다. 치신과 양생이란 제 몸이 병에 걸리지 않도록 잘 관리하고 다스려서 오래 살기를 도모하는 것을 말한다. 마지막 세 번째는 삼국 시대로, 치국이나 경세, 불로장생에도 관심이 없고 오직 허무와 자연에만 빠졌던 현학적衒學的 시기라고 한다.

『하상공장구』는 동한 시대에 쓰였다는 추측이 가장 유력하다고 저자는 주장한다. 왜냐하면 그 시대는 양생養生이 대유행하던 시기였는데『하상공장구』가 양생과 가장 밀접한 입장에서 노자를 해설했기 때문이다. 그렇다고 정치, 경제, 사회, 군사, 인륜 등을 다루지 않는다는 말은 아니다. 노자도 어차피 치도治道이기 때문에 그런 문제들을 모두 논하면서도 양생이나 치신, 생사를 넘나듦을 염두에 함께 두고 있다는 말이다.

谷神不死 是謂玄牝 玄牝之門, 是謂天地之根
綿綿若存, 用之不動.

곡신불사 시위현빈 현빈지문, 시위천지지근
면면약존, 용지부동.

오장신五臟神을 기르면 죽지 않는데 그 죽지 않는 길은 현玄과 빈牝에 있
다. 코와 입의 문, 이것은 천지의 기운이 드나드는 본원이니 (호흡은) 끊
어질 듯 이어지게 하고 기氣를 사용할 때 피로하지 않게 한다.

— 제6장 상을 이룸(成象)

현玄은 하늘인데 사람에게 있어서는 코가 이에 해당한다. 빈牝은 땅인데,
사람에게 있어서는 입이 이에 해당한다. 하늘은 사람에게 오기五氣를 먹
이는데 오기는 코를 통해서 심장에 저장된다. 오기는 경미한 것으로 정,
신, 귀 밝음, 음성, 오성[10]이 된다.
그 귀신을 혼이라 하는데, 혼은 수컷이고 그것은 주로 사람의 코로 출입
하며 하늘과 통한다. 그러므로 코는 '현'이 된다.
땅은 사람에게 오미五味를 먹이는데, 오미는 입을 통해서 위에 저장된다.
오미는 혼탁한 것으로 형체, 뼈, 골, 살, 피, 맥, 육정(六情, 눈 귀 코 혀 몸
생각-여섯 가지 욕망과 관련된 감정들)이 된다. 그 귀신을 백魄이라 하는
데, 백은 암컷이고 입으로 출입하며 땅과 교통한다. 고로 입은 '빈牝'이다.

— 제6장 상을 이룸(成象)

현은 죽음을 뜻하기도 하고, 빈은 골짜기라는 뜻도 있다. 그래서 현과 빈

---

10   오성伍性이란 오장이 지니는 다섯 가지 성질로, 인의예지신仁義禮智信을 말한다. 간의 고요
함, 심장의 조급함, 비장의 힘(力), 폐의 견고함, 신장의 지혜로움을 가리킨다.

은 음과 양이라, 남녀 간의 교접일 수도 있고, 생명이지만 죽음일 수도 있다. 육신이 죽으면 음양에 따라 혼魂은 하늘로 가고 백魄은 땅으로 돌아간다.

知者不言 言者不知.
塞其兌, 閉其門 挫其銳, 解其紛 和其光 同其塵 是謂玄同.
지자불언 언자부지
색기예, 폐기문 좌기예, 해기분 화기광 동기진 시위현동

아는 자는 말하지 아니하고 말하는 자는 모르는 자다.
구멍을 막고, 문을 닫으며 욕망의 날카로움을 꺾고, 맺힌 한을 풀며
자신의 밝음을 완화시키고 세속과 하나가 되니
이것을 가리켜 하늘과 하나 됨이라 한다.

– 제56장 하늘과 같은 덕(玄德)

그런데 이러면 죽는다. 죽음이 무엇인지 아는 자는 이미 말이 없다. 말하는 자는 어리석은 자, 즉 산 자이니 산 자를 빼면 모두 일곱 마디를 묶은 칠성판 위고, 이젠 관 뚜껑도 닫은 거나 마찬가지다. 죽은 자는 입을 닫았다. 몸의 아홉 군데 구멍을 막고, 문을 닫았다. 정신의 날카로움은 사라지고(욕망은 정신의 집중이다.) 맺힌 한은 풀어졌다. 번쩍이던 빛은 꺾이어 먼지 속에 흩어지니, 혼백은 육신을 떠나 아득히 하늘과 하나가 되고 땅과 하나가 되는구나.
이러니 어찌 죽음이 아니겠는가. 깨쳐서 앎은 죽음이다. 그래서 노자의 현덕玄德은 죽음의 덕이고 육신이 죽어야만 도달할 수 있는 도道이다. 아

니면 육신의 생사를 무시로 넘나드는 도인지도 모른다. 물론 여기서 언급한 말은 도를 깨치기 위한 행위들이고 도의 담백함에 집중해서 결국 그걸 깨친 사람에 대한 말로 모두들 해석하지만.

故不可得而親 亦不可得而疏 不可得而利 亦不可得而害
不可得而貴 亦不可得而賤 故爲天下貴.
고불가득이친 역불가득이소 불가득이이 역불가득이해
불가득이귀 불가득이천 고위천하귀

그러므로 (이런 사람은) 친할 수 없고 멀리할 수도 없으며
이익을 좇게 할 수도 없고 해를 미치게 할 수도 없으며
귀한 존재가 되게 할 수도 없고 미천한 존재가 되게 할 수도 없다.
그러므로 천하의 귀한 존재가 되는 것이다.

— 제56장 하늘과 같은 덕(玄德)

이 또한 이미 죽은 망자亡者를 두고 하는 말이다. 위에 나오는 글 중 '멀어지다는 뜻의 소疏'를 불교에서는 '죽은 사람을 위해 부처 앞의 명부冥府[11] 아뢰는 글'이라는 뜻으로도 쓴다.[12]
하상공은 앞서 소개한 첫 문장 '고불가득이친故不可得而親'을 '불이영예위락 독립위애不以榮譽爲樂 獨立爲哀'라고 해석한다. 이는 '영예를 즐거움으로 여기지 않고 홀로 서서 슬픔에 잠긴다'는 뜻이다. 옮긴이는 도장본에 본래 '동

---

11 명부: 불가에서 사람이 죽어서 가는 곳. 저승. 죽어서 심판을 받는 곳
12 네이버 한자사전 참조

립이애同立而哀'로 되어 있으나 영송본 등 대부분 판본에 '독립이애獨立而哀'로 되어 있어서 그에 따라 수정했다고 밝혔다. '동립이애'는 함께 서서 슬퍼한다는 뜻이고, '독립이애'는 홀로 서서 슬퍼한다는 뜻이다.

이를 참고하면서 다시 설명해보자면, '고로 죽은 사람과는 멀고 가까움도 없고 이해관계도 없으며 귀천도 없으니, 영예도 없다. 아무리 높은 이가 문상을 온들 이미 죽은 이에게 무슨 영예이랴. 그저 산 사람(상주. 자식이나 가족)이 함께 서서, 혹은 혼자 서서 슬퍼할 뿐이다. 하늘 아래 어느 누가 이미 죽은 망자를 존귀하고 높게 대하지 않으리오.' 이런 뜻이 아니겠는가. 초상을 치르면서 죽은 사람을 높이 대하지 않는 경우는 예나 지금이나 이 세상 어디에도 없다. 행려병자가 죽어도, 어린 자식이 죽어도, 그 앞에서는 지위 고하를 막론하고 큰절을 올리며 곡을 하고 극진한 예를 갖추어 조문을 한다.

이를 망자 쪽에서 다시 살펴보자.

'나는 이제 멀고 가까움도 여의었고 귀천도, 이해관계도 다 떠났으며, 영욕榮辱도 버렸다. 세상을 여읜 내게 아무리 높은 이가 찾아온들 그게 무슨 영예이랴. 그저 어리석은 산자들(상주. 자식이나 가족)이나 함께 서서, 혹은 혼자 서서 슬퍼할 뿐이다. 나를 통해 버림을 깨달은 자들이라면 어느 누가 죽은 자를 귀하고 높게 대하지 않으리오.' 라는 뜻으로도 해석할 수 있다.

제55장 현묘한 징표(玄符) 마지막에는 이런 글이 나온다.

物壯則老 謂之不道. 不道早已
물장즉노 위지부도. 부도조이

사물이 장성하면 늙게 되는데 이렇게 되면 도를 얻지 못한다.
도를 얻지 못하면 일찍 죽는다.

하상공 해설에는 '도를 얻지 못한 자는 일찍 죽는다(不得道者, 早已死亡)'고 한다.(325쪽) 한편 옮긴이 해설에는 '도를 얻지 못한 자는 일찍 끝난다. 일찍 끝난 자는 죽는다.'는 해설도 있다. 이 말을 거꾸로 해석하면 도를 얻은 자는 오래가고 장수長壽한다는 말이다. 도를 이룬 성인은 생사를 무시로 넘나드는 사람이다. 그의 덕은 드러나지 않는 상덕上德이고 무위無爲하며 자연스럽다. 이런 '그의 덕이 천지와 하나가 되어 화기和氣가 온 천하에 넘쳐흐르니 백성이 그 기운을 얻음으로써 온전해진다.'(제38장 덕을 논함(論德) 참조)
양생의 도는 장수를 가치로 삼지만, 장수는 이미 죽음을 전제로 한다. 양생의 도를 깨친다 해도 언젠가는 죽어야 한다. 도의 근본은 결국 죽음을 깨치는 일이다. 한편 육신의 생사를 무시로 드나들 수 있는 도는 중간에 끊겼다고 하나 지금 그걸 알거나 증명할 길은 없다.

만물의 시작과 끝, 그 미묘한 문

다시 옮긴이의 말을 빌려보자. 노자 도덕경을 풀이한 하상공장구는 현존하는 해설서 중에서 가장 오래된 것이다. 물론 하상공장구 이전에 나온 해설서도 있다. 하지만 그것들은 작자의 편의에 의해서 일부만 발췌했거나 노자 전부를 해설했다고 해도 현재는 극히 일부만 존재하기 때문에, 하상공장구를 가장 오래된 해설서로 친다고 한다.
하상공장구에 나오는 노자의 1을 설명하기 위해 음양오행을 수리數理와 방위, 색깔 따위로 먼저 설명해 보자.

목(木)	3과 8	동쪽	나무	푸른색
화(火)	2와 7	남쪽	불	붉은색
토(土)	5와 10	중앙	땅	황토색
금(金)	4와 9	서쪽	쇠	흰색
수(水)	1과 6	북쪽	물	검은색

* 이 숫자의 홀수는 양陽이고 짝수는 음陰이다.

노자학 양생 편은 기氣의 학문이라고 해도 과언이 아니다. 노자와 하상공 장구에는 수일守一(一을 지킴), 또는 포일抱一(一을 껴안음)이라는 말이 자주 나온다. 여기서 일(一)이란, 모든 것의 근원이요, 근본임을 말한다. 그래서 一은 끝이면서 시작이고, 사멸死滅이자 발생發生이 함께 존재하는 곳이다.

여기서 一을 보는 관점을 잠깐 정리해보자. 一은 물이다. 방위로는 북쪽이며 죽음이고 두려움이며 공포다. 一은 또 앞서 얘기한 대로 만물의 근원이요 시작이다. 세상의 모든 생명은 물에서 시작된다.

一은 또 그 끝을 알 수 없는 아득함이고 깊음이며 어둡고 검은 것이다. 여기서 검다는 말은 검을 흑黑(black)이 아니고, 검을 현玄(dark)을 일컫는다. 북방의 검고 어둡고 깊은 두려움은 곧 죽음이니 음陰이다. 하지만 음이 다 한 죽음의 그 자리는 바로 태어남生이 맞닿아 있는 양陽의 시작점이고 생명의 씨앗이 잉태하는 곳이다(一陽而始生).

따라서 水, 一은 만물의 끝이자 시작이고 죽음이자 생生이다. 삶과 죽음의 교차점이다. 심오한 학문이고 근원적 사유이며, 아무리 내려가도 그 끝을 알 수 없는 철학적 깊이다.

그러므로 水, 一은 삶과 죽음이 드나드는 미묘하고 깊은 문이고 이는 사생死生과 무유無有의 도와 같다. 一을 알아 죽음을 알면 삶을 아는 것이니 이미 도를 깨친 것이다. 그래서 노자는 一을 지키라고 수일守一을 말했고 가장 선한 것은 물과 같다는 상선약수上善若水를 강조했다. 거듭 하는 얘기지만 水, 一은 가장 높고 가장 그윽하며 가장 깊으니 도의 시작이요 끝이기 때문이다. 노자의 도는 곧 죽음으로 삶을 말하는 도이다. 지금까지 나온 수많은 해설서는 모두 삶을 전제로 하지만, 노자의 도는 죽음을 전제로 삶을 말하고 있으니, 삶과 죽음을 넘나드는 도이다.

사생死生의 도인가, 생사生死의 도인가

노자와 하상공장구를 다시 보면 죽음을 전제하거나 죽음을 응시하는 글이 많다. 물론 삶과 죽음은 시작도 없고 끝도 없는 것이라고는 하지만 노자의 첫 장인 체도體道(온몸으로 체득하여 깨친 도)부터 죽음은 전제된다.

道可道, 非常道. 名可名, 非常名.
無名, 天地之始, 有名, 萬物之母.
故常無欲, 以觀其妙, 常有欲, 以觀其徼.
此兩者, 同出而異名, 同謂之玄.
玄之又玄, 衆妙之門.
도가도 비상도. 명가명 비상명.
무명, 천지지시. 유명, 만물지모.
고상무욕, 이관기묘. 상유욕, 이관기철
차양자, 동출이이명. 동위지현.

현지우현, 중묘지문.

도를 도라고 말하면 영원한 도가 아니고,
이름 할 수 있는 이름은 영원한 이름이 아니다.
이름이 없음은 천지의 시작이고, 이름이 있음은 만물의 어미이다.
그러므로 늘 욕심이 없으면, 도의 미묘함을 보고
늘 욕심이 있으면, 세상 사람들이 향해 가는 곳을 바라보게 된다.
이 두 가지는 같은 곳에서 나왔지만, 각각 이름을 달리하는데
모두 하늘로부터 나온 것이다.
하늘 가운데 또 하늘이 있으니, 뭇 미묘한 문이다. (45~52쪽)

산 자들이 말하는 도란 정치가 나아갈 방향이고, 위정자의 도이며, 사람의 마음이다. 이 도는 언제라도 바뀔 수 있는 오래가지 못하는 도이다. 산자의 이름 또한 형편에 따라 언제라도 바꿀 수 있지만 죽으면 절대로 바꿀 수 없으니 오직 하나의 이름만 남을 뿐이다. 一에 해당하는 무명無名, 즉 이름이 없음은 불생不生이고 부존재이며 불생불사不生不死이니, 무명(죽음, 혹은 아직 태어나지 않음)은 천지의 시작점이다. 유명有名이란 이름을 얻었으니 이미 존재하는 것이다. 이름을 얻어야 비로소 만물이 존재하니, 무명은 유명의 어미이고 유명은 만물의 어미이다.

그러므로 무엇을 하고자 하는 의지나 욕망이 사라진 그곳, 즉 죽음이 끝나고 삶이 시작되며, 삶이 끝나고 다시 죽음이 시작되는 그곳, 다시 말해 죽음과 삶이 공존하는 어둠 水(一)의 세계를 알면 도의 미묘함을 볼 수 있다. 살아서 늘 무엇을 하려는 의지나 욕심이 있으면 양쪽(삶과 죽음이라는 전체)을 다 못 보고 그저 반쪽에 불과한 삶이나 볼 뿐이니, 세상

에 살아있는 사람들이 바라보는 곳이나 같이 바라볼 뿐이다. 생사는 모두 한곳인 어둠(水, 一)에서 나왔지만, 각각 사死와 생生으로 그 이름이 다른데, 이는 모두 하늘(멀고 아득한 곳)로 부터 나온 것이다.[13] 하늘 가운데 또 하늘, 즉 멀고 아득한 그 심오한 곳, 거기는 여러 가지 미묘한 문이다.[14]

노자 하상공장구의 일부를 제외하면 사생의 문턱을 넘나듦은 상당히 많은 부분에 걸쳐서 흐르고 있다. 이렇게 양생이라는 측면에서 본 노자의 도는 一을 아는 도이다. 이 도는 삶과 죽음을 거리낌 없이 넘나드는 도이고, 그 도를 찾는 방법이 양생이다. 따라서 수水 一의 도를 깨친 자는 장생한다.

장생불사와 정기신精氣神

옮긴이의 말을 조금 더 인용해 보자. 얼마 전까지도 도덕경은 왕필王弼 (226~249년. 중국 위나라 사람)의 해설만이 노자의 정통 본으로 여겨왔다. 그런 이유는 왕필의 해설이 유행한 것이 송대宋代부터이고, 청대靑代부터는 노자를 해설하는 교재로까지 썼다는 점에서다. 또 수승한 다른 해설 본들이 아직 출토되지 않은 탓도 있었다. 그러나 그 이전인 당나라 때는 당의 교육기관에서 가르치는 노자 학의 유일한 정본 해설서로는 하상공장구 하나만 인정했다고 한다. 당 현종은 노자에 심취해서 자기 스스

---

13 현호은 하늘이지만 검은 것, 북방, 유원幽遠을 의미한다. 유원은 멀고 아득하고 심오하다는 뜻이며 유幽는 검은 것, 귀신 저승 등을 의미한다.

14 이 말은 죽음은 곧 생이니, 죽음에서 시작된 생생이 또 다른 생생을 생생하는 것. 즉 '도道는 一을 생하고 一은 二를 생하고 二는 三을 생하고 三은 만물을 생한다.' 라는 해석도 가능하다 (제42장 도의 변화(道化) 참조).

로 직접 해설한 책을 썼는데, 그 저본도 하상공장구였다. 그 정도로 하상공장구는 대단했다고 저자는 말한다.

양생 쪽에서 보면 노자학은 정기신을 중요하게 보는 학문이다. 모든 것은 기氣에서 시작하고 기가 사라지면 죽거나 소멸하는데, 모든 생명은 정기精氣가 만들어낸다. 그래서 음기陰氣에서 양기陽氣가 시작하니 무거운 것은 가벼운 것의 뿌리요, 고요함은 조급함의 뿌리다. 만물은 유有에서 시작하지만, 그 유有의 뿌리는 무無이니, 죽음에서 생生은 시작되고 현명함은 어리석음에서 시작한다. 그래서 노자학은 죽음을 전제로 그 죽음을 극복하려는 학문이다. 특히 도의 깨침을 장생長生과 양생에 두는 시각으로 보면 더욱 그러하다.

노자는 도를 깨쳐서 장생불사長生不死를 하려면 고도의 절제와 무욕無慾을 요구한다. 그리고 무위자연無爲自然을 노래한다. 노자를 읽다 보면 손자가 한 말과 비슷한 말도 많이 보이고 논어나 유자儒子들이 한 말과 비슷한 얘기도 나온다. 이것은 또 어떤 의미일까. 그들 사이에는 어떤 연관이 있으며 어떤 영향을 서로 주고받았을까. 나는 알 수 없다. 생몰연대를 따져보면 손자-노자-공자 순이라는 주장도 있다.

중국 유학儒學이 한나라 동중서董仲舒(전한 시기, 기원전 179?~104?년)에 의해 패권적 학문으로 자리 잡아 국교國敎가 되기 전까지, 노장과 도교는 중국 전체에 크게 영향을 끼친 학문이었다. 무술로 유명한 소림사는 선 불교의 도량이다. 무술인武術人이 내상內傷을 입으면 참선에 의지해 치유한다고 소림사의 한 승려가 우리나라 공중파 방송에서 직접 밝힌 적도 있다. 이런 치유 방법은 아마 불교가 도교의 영향을 받아서 나온 것일지도 모른다. 노장과 도교가 중국 불교와 영향을 주고받은 흔적은 이런 식으로 보이기도 한다.

그러나 장생불사長生不死의 도를 논하던 노자도 죽었고 그를 추종하던 도가道家들도 죽었다. 다만 노자와 그의 후예들이 전하던 도에 관한 언술言述과 장생불사를 위해 수행하던 그들의 양생법만 일부 살아남아서 지금까지 유행하고 있을 뿐이다. 결국 아무도 도를 얻지 못한 것인가, 아니면 죽음의 도를 깨친 사람은 모두 죽어서 말이 없는 것인가. 모든 것이 무상한데, 아는 자는 입을 다물었고 어리석은 산 자만 지금도 이렇게 떠들 뿐이다.

인생 여정과 함께 완성한 추사체

추사 김정희 – 산은 높고 바다는 깊네
유홍준 지음 | 창비 | 2018

山崇海深 遊天戲海

산숭해심[15] 유천희해

산은 높고 물은 깊으니, 하늘에서 노닐고 바다에서 어르네.

– 필자 의역

"추사를 모르는 사람도 없지만 아는 사람도 없다." 비단 저자 혼자만 이 말을 한 것은 아니지만, 후대 사람들이 아는 추사를 이처럼 잘 표현한 말은 없다. 추사는 1785년 정조 10년에 태어나 철종 7년인 1856년 10월에 71세를 일기로 세상을 떴다. 태어나기 전부터 흥성하던 집안은 몰락을 거듭하고, 제주와 북청에서 보낸 귀양살이 10년 동안 추사의 학문과 예술은 점점 높아 갔다. 말년에는 세속을 벗어난 경지까지 올라갔던 그의

---

15 '산해숭심山海崇深'으로도 쓴다.

모습을 보여주면서 이 책은 끝난다.

추사는 스물네 살에 청나라에 처음 가서 옹방강을 만나 '경술문장 해동 제일經術文章 海東第一(학술과 문장이 조선에서 최고)'이라는 소리를 듣고 그의 제자가 되어 돌아왔다. 옹방강은 청나라 건륭제 때 4대 명필 중의 한 사람이고 최고위급 학자이자 고위공직을 지낸 골동 수집가였다. 특히 그는 고증학과 금석학의 대가였다.

일제 강점기 때 후지쓰카 지카시는 도쿄대학 교수였는데 중국 청나라의 경학經學과 고증학 연구의 일인자였다. 후지쓰카 지카시는 추사를 가리켜 '청조학 연구의 일인자'라고 단정했다. 그는 추사가 '연경에서 벌인 활약상을 치밀한 고증으로 밝혀'내기도 했다. 그 시대에 추사만큼 청조학을 연구한 사람이 중국을 포함한 동아시아 천지에 아무도 없었다니, 추사는 참 대단한 사람이다.

이 책을 쓴 저자 유홍준은 대학에서 미학과 미술사학을 공부해서 석사가 되었다. 그 뒤에 동양철학을 전공해서 박사학위를 땄다. 대학교수, 대학원장 등을 지내다가 공직으로 들어가 문화재청장을 지냈다. 젊었을 때는 동아일보 신춘문예에 미술평론이 당선되어 지금까지 미술평론가로도 활동하고 있다. 그가 쓴 여러 책이 말해주다시피 우리나라의 전통문화와 예술에 유홍준만큼 대중적 관심을 크게 불러일으켜 놓은 학자는 없다. 그가 일으킨 이 바람은 수십 년 동안 이어지면서 민족적 자긍심을 일깨우는 데에도 큰 역할을 했다. 그가 주장하는 학예의 구체적 내용이 옳고 그름을 떠나서, 다 죽어가던 우리의 전통문화 특히 추사 김정희를 대중에게 크게 부각해 놓았다는 점은 평가할 만하다(추사를 선양宣揚하려고 애쓴 사람은 유홍준 외에도 많은 사람이 있음은 물론이다).

사람이 태어나서 죽을 때까지 연도 순서에 따라 쓴 글을 편년체라 한다. 이 책은 추사의 인생과 학문, 그리고 예술세계를 편년체 형식으로 써 내려간 전기傳記문학 작품이다. 과거에 쓴 『완당평전』처럼, 혹시 오류가 또 나올 것을 염려했음인지 저자는 이 책을 전기문학 형식으로 썼다고 밝혀 놓았다. 책을 읽다 보면 추사를 과도하게 칭찬하는 바람에 오히려 거부감을 일으키게 하는 면이 있고, 책에 옮겨 놓은 그림이나 글씨, 화제를 설명하는데 너무 인색해서 고구마 먹고 체한 듯 속이 답답한 경우도 많다. 하지만 이 책이 저자가 필생을 바친 역작 가운데 하나라는 점만은 틀림없을 것 같다.

책을 읽다 보면 추사는 그의 학문적 성과가 예술적 성취보다 더 높다는 점을 느낀다. 하지만 일반 사람들은 추사체나 세한도歲寒圖처럼 추사를 학문보다는 예술로 더 많이 아는 게 보통이다. 이 책은 그런 편향된 생각에 균형을 잡아 준다는 데에도 의미가 있다. 추사의 글씨 가운데에는 옹방강의 체취가 깊이 밴 글씨도 여럿이다. 북경의 유리창16에 가도 그랬다. 거기서 나는 옹방강의 글씨도 보았지만, 옹방강을 이은 요새 글씨체가 추사의 글씨체와 흡사한 작품을 보고 깜짝 놀란 적이 있다. 가로 네 글자로

16　북경에 있는 유리창琉璃廠은 우리나라 인사동 거리와 같은 곳이다. 여러 고서古書와 그림은 물론이고 비단, 포목, 약국, 지필묵을 파는 문방구, 전당포, 찻집, 술집부터 인삼가게까지 없는 것이 하나도 없던 곳이다. 페르시아를 비롯한 아랍지역의 물건과 서양 문물은 물론 조선과 일본을 포함한 중국 전역의 골동 서화까지 전부 여기서 거래되었다. 유리창은 원나라 때 유리기와를 굽던 곳이라는 데서 유래한 지명이다. 한자 창廠은 헛간이나 공장이라는 뜻이다. 청나라 건륭제 때부터는 골동 서화 문방구 등이 몰려들고 거래가 활발해지다가 나중에는 전 세계 문물이 넘쳐나던 북경 최대의 시장이자 문화의 거리며 학문과 예술의 거리가 되었다. 중국에 간 사신 일행은 돌아가는 세계 물정을 파악하기 위해서라도 반드시 유리창을 거쳐서 귀국해야 정도로 우리에게도 인기가 있던 거리다. 그때 비하면 지금은 많이 쇠락한 편이다.

쓴 그 작품을 사진으로라도 찍어오지 못한 게 너무나 아쉽다. 그때 동행한 인사동의 유명한 화랑 대표는 문화예술 작품은 어느 나라나 자국민의 평가가 우선이라고 했던 말이 기억난다. 옹방강과 저런 글씨가 유리창에 아무리 여러 점 보인다 해도 추사를 높이 평가하는 우리나라의 시각을 폄훼해서는 안 된다는 뜻이다. 일면 수긍이 가는 말이긴 하지만 그래도 내 마음 한구석이 몹시 불편하고 찜찜했던 것 또한 사실이다.

숙소에 돌아와 이 문제를 곰곰 다시 생각해 보았다. 이런 현상은 수십 년 동안 중국을 베끼면서 완성한 추사체가 세월이 지나자 중국으로 다시 건너가 되퍼지기 시작한 경우일 수도 있다. 그러니 오히려 자부심을 가질 만하다는 생각이 들었다. 시간이 지나면 역사와 문화는 종종 역류하거나 재귀再歸한다는 근거를 유리창에서 찾았다는 쪽으로 내 생각이 모아지자 마음이 한결 가벼워졌다. 더구나 추사는 그 당시 동아시아 전체에서 청조학 연구의 일인자가 아니던가.

추사는 후대로 갈수록 그 평가가 점점 높아져 앞으로 어느 정도까지 더 올라갈지 가늠이 안 된다. 그러자 그의 광휘光輝 때문에 상대적으로 저평가받는 이들도 생겨났다. 예를 들면 원교 이광사나 한석봉 같은 이다. 원교(1705~1777년)는 중국의 필법을 뿌리치고 조선의 독자적 서체와 필법을 개척한 사람이다. 지금 남아 있는 그의 진품은 보물로 지정된 게 다수다. 그는 추사가 태어나기 9년 전인 72세에 죽었는데 추사(1786~1856년)의 앞 세대인 박제가, 유득공, 박지원, 홍대용 같은 이들보다도 앞선 세대다. 추사체가 나오기 전에는 원교의 글씨가 조선을 지배했다. 또 석봉 한호는 조선 최고, 최대의 명필로 명나라에서도 그 이름이 자자했다지만 저자가 꼽은 우리나라 전체 4대 명필의 반열에는 빠져 있다.

저자는 추사를 굉유宏儒라 부르고 단군 이래 최고의 서예가로 극찬한다. 그렇게 인기가 많아서일까. 추사의 위작僞作(타인이 가짜로 만든 작품) 논란도 끊이질 않는다. 그러다 보니 이 책의 표제로 쓴 「산숭해심山崇海深」조차 추사가 쓴 게 아니라고 주장하는 이도 있다. 평단의 진위 판단이 감정 싸움으로 치닫는 게 싫어서 이 논란에 거리를 두려는 사람도 있다.

추사의 「불이선란도不二禪蘭圖」[17] 또는 「부작란도不作蘭圖」[18]는 그림에 관한 「세한도」보다 훨씬 더 큰 대접을 받아도 결코 손색이 없을 만큼 대단한 작품이다. 사실 세한도에 나오는 그림은 우리나라의 모습이라기보다 중국풍에 더 가깝다. 저자도 지적했듯이 특히 창窓의 모습이 더 그렇다. 만약 저 그림에 화제가 없다면 그림을 못 그리는 작가의 한계가 그대로 드러난 그림이라 해도 별 할 말이 없다.[19] 도록에서나 보고 특별전에서 겨우 한 번 본 주제에 네가 뭘 안다고 감히 그런 말을 하느냐고 힐난해도 별수 없다. 난 볼 때마다 그렇게 느꼈으니까. 그러나 「부작란도」는 다르다. 그림과 화제가 대단히 뛰어나다. 도록으로만 봐도 눈에 확확 띄고 속으로 탄성이 절로 나온다. 볼 때마다 내 눈을 잡아끌어 한없이 빠져들게 하고, 볼 때마다 내 마음속 깊고 깊은 곳에서 알지 못할 바람이 끝없이 불어온다. 그야말로 대단하고 걸출하다.

고종의 아버지 흥선대원군興宣大院君은 그 본래 이름이 '이하응'이고 호는

---

17 불이선란도: 불교의 선과 이 난초를 그린 사람의 몸과 마음이 둘이 아니라 하나라는 뜻

18 부작란도: 난초 그림을 오래도록 그리지 않다가 문득 그려본 그림이라는 뜻

19 '세한도의 진가는 그 제작 경위와 내용, 그림에 붙은 글씨의 아름다움, 그리고 갈필渴筆과 건묵乾黙이라는 매체 자체의 특성에 있다. 즉 그림과 글씨와 문장이 고매한 문인의 높은 격조를 드러내는 시너지 효과를 일으키고 있다'(288~289쪽)는 유홍준의 말도 잘 참고하길 바란다.

석파石坡다. 석파는 난초 그리는 법을 추사에게 배워서 자기만의 독특한 경지를 개척한 사람이다. 다시 말해 대원군은 추사의 제자이고 추사는 대원군의 5촌 아저씨이니 집안 아저씨가 조카에게 난초 치는 법을 가르친 셈이다. 홍선대원군이 그린 난초는 '석파란石坡蘭'이라 부르기도 한다. 곤궁하기 짝이 없던 시절, 홍선은 자신이 그린 난초를 팔아 생계를 유지한 적도 있다고 한다. 석파란은 기품이 빼어나고 그린 이의 고아하고 칼칼한 성격과 드높은 자존심이 여백餘白과 묵선墨線 위에 오롯이 드러난다. 게다가 절제와 조형미가 균형을 이루니 서권기와 문자향이 그림과 화제에서 그대로 뿜어져 나온다. 추사가 죽기 사흘 전에 썼다는 봉은사의 판전板殿처럼 고졸古拙한 맛은 없을지라도 「석파란」이 상당한 수준의 문인화文人畵임에는 틀림이 없다.

홍선이 친 「석파란」을 두고 추사가 크게 칭찬했다. 저자 유홍준은 거기에 한술 더 떠서 단군 이래 최고의 난초 그림이라고 격찬한다. 그러나 솔직히 그림에 화제를 넣으면 늙마에 그린 「부작란도」 한 점이 이 세상에는 다시 없을 만큼 월등하고, 화제를 빼면 추사란보다는 「석파란」이 내겐 훨씬 더 와 닿는다. 「부작란도」는 영욕이 뒤얽힌 추사의 개인사를 초월하여 이미 달관의 경지로 들어가기 시작하면서 그린 그림이라 속기俗氣를 완전히 벗어버린 듯하다. 그러나 홍선은 그 한계를 넘지 못했기에 그의 세속적 불우가 그림의 전면과 배면背面에 얼핏얼핏 드러나는 것 같아 나 같은 사람에겐 공감이 더 크다. 추사처럼, 석파의 난초 역시 고미술품 업계에서는 위작 시비가 종종 일어나는 형편이다.

추사가 그린 「세한도」의 가치는 혹독한 시련에도 꺾이지 않는 선비정신과 절개를 상징한다는 데 있다. 이 책 『추사 김정희』와 정민이 쓴 『18세기 한중지식인의 문예공화국』, 그리고 여러 언론 자료에도 많이 나와 있 듯이, 「세한도」의 운명은 추사의 인생처럼 풍파가 심하고 운명이 기구해 서 나라 안팎을 여기저기 떠돌아다녔다. 일제 강점기 때 「세한도」는 친일 매국노 민영휘의 손에 들어갔다. 그걸 그 아들인 민규식이 후지쓰카 지 카시에게 팔아넘겼다. 조선 선비의 절개와 정신을 매국노 부자가 돈을 받 고 일본에게 팔아버린 셈이다. 나중에 후지쓰카 부자는 '2,700점이 넘는 자료를 우리나라에 무상으로 기증하고 연구기금까지 내어놓았다.'[20] 그 공로를 인정해 아들 후지쓰카 아키나오에게 유홍준의 주선으로 국민훈 장 목련장을 수여했다. 후지쓰카 지카시가 수집한 여러 자료 중에 우리나 라에 기증하고 남은 나머지는 하버드대학교 옌칭연구소에서 소장 중이고, 다른 일부는 외부로 유출되었다.

추사를 모르는 사람도 없지만 잘 아는 사람도 없다는 저자의 말처럼, 유 교라 부르는 유학을 모르는 사람은 없지만 제대로 아는 사람도 또한 없 다(전공자는 빼고 하는 말이다). 유학은 진시황이 저지른 분서갱유로 잠 시 부침浮沈을 겪기는 했지만, 한나라 때부터 중국의 주류 학문으로 자리 잡았다 해도 크게 과한 말은 아니다(일부에서는 노자와 유학을 양대 산 맥으로 보기도 한다). 공자로부터 시작한 유학을 시대에 따라 관점과 방 법을 달리하며 해석한 경학經學의 큰 흐름을 보면 훈고학, 성리학, 양명학 을 거쳐서 청조학(고증학)으로 청대淸代까지 내려왔다. 훈고학은 한대漢代 에서 당대唐代까지, 성리학性理學, 주자학은 송대宋代, 양명학은 명대明代, 청 대는 청조학(고증학)이 일세를 풍미했다. 청조학淸朝學은 청나라의 경학과

---

20   연합뉴스 2006년 2월 2일자 김용래 기자 보도 참조

예술 전반을 연구하는 학문이다.

우리나라는 주자의 성리학이 고려 말에 들어와 조선조 이후까지 약 600
여 년을 성행했다. 이때 양명학도 함께 들어왔으나 그 세력은 끝내 미미
했다. 앞서 말했듯이 유학으로 본 추사는 중국 청조학의 가장 높은 거봉
巨峯이다. 후지쓰카 지카시는 '조선은 청조학의 본질로 들어가는 우주정
거장이고, 추사는 중국 청조학의 제 일인자'라고 규정했다.[21] 그는 청나
라 고증학은 중국이 아니라 오히려 조선의 김정희에 의해서 완성되었다
며 추사를 극찬했다.[22] 그러나 추사를 비판적으로 보는 시각에서는 그동
안 자주自主와 자강自彊을 일구어 가던 조선 후기의 우리 문예를 중국에
다시 복속시켜버린 사대주의자이자 모화慕華주의자라는 평가도 한다. 물
론 저자는 이 말에 반발하지만. 사실 연경을 떠나기 전 추사가 읊은 이별
시는 사대주의에 찌든 글이라 지금 보아도 비루하고 부끄럽다.

우리가 추사를 인정하는 가장 큰 이유를 이 책에서 찾는다면, 중국의 청
조학을 세계 전체에서 추사가 가장 잘 이해했다는 점이고 두 번째는 추
사의 학문과 예술이 그의 인생과 하나로 어우러져 독창적 세계를 구축했
다는 점이다. 그는 끊임없이 연구하고 창작할 줄 알았던 사람이다. 예나
지금이나 대학 교육의 가장 큰 목적은 문사철文史哲을 탐구하는 데 있다.
추사는 문사철을 강조하고 그 실행하는 길을 실사구시實事求是와 더불어
'서권기書卷氣'와 '문자향文字香'에서 찾았다.

---

21   헤럴드 경제신문 「사라진 18세기 동아시아 문예공화국, 하버드에서 찾다.」 2014년 5월 20일자
     한국일보 「한중 지식인 교류는 안경 하나로 시작했지만...」 2014년 5월 27일자 참조
22   경향신문 「유홍준의 안목 11편」 2016년 10월 10일자 참조

좋은 기氣도 없고 예술적 향기도 없는 작품이나 학술은 사람들에게 감명을 줄 수 없다. 추사는 마음속에서 우러나오는 서권기와 문자향이 배어있지 않은 글씨나 그림을 결코 인정하려 하지 않았다. 서권기는 한 개인이 읽은 독서량과 문해력文解力을 바탕으로 한 기운이고, 문자향은 수없이 쓰고 그리면서 연마한 자신의 글씨와 그림 솜씨를 말한다. 다시 말해 서권기는 독서량을 바탕으로 한 사유의 힘에서 나오고, 문자향은 자기만이 가진 독특한 필치, 즉 개성의 힘에서 나온다. 따라서 서권기와 문자향은 저자의 말처럼 '정신적 수양과 학술적 노력, 끝없는 장인적 연마'를 통해서 얻은 총합적 결과이다. 한마디로 이는 그 사람이 지닌 내공과 인품의 크기나 깊이로 우리 앞에 현시顯示한다. 따라서 문자향과 서권기는 저마다 갈고 닦은 내공과 인품에 비례해서 각각 다르게 나타난다. 우리는 그걸 다른 말로 품격 또는 격조라고 부른다. 추사는 '품격의 높낮음은 자취에 있지 않고 뜻에 있다'고 했다. 이 말은 사람이 지닌 품격의 높낮이는 그 사람이 그리거나 써놓은 '행위의 흔적'에 있는 게 아니라 자기 마음속 '의지'에 달려있다는 뜻이다. 그러니 누구든 의지와 결심을 굳게 하여 끝까지 최선을 다하라는 말이다.

완벽주의자인 추사는 후대에게 나아가고 또 나아가 그 끝까지 가라고 이렇게 다그치고 격려했다. 경학이 추구한 격물치지格物致知를 완성하라는 거다. 모든 예술은 그 사람의 인품에서 나온 독창성이 자연스럽게 발현되어야 시대를 뛰어넘는 품격과 격조를 갖게 된다. 학문도 이와 같다. 추사는 품격과 격조가 없는 학문과 예술이 대체 무슨 쓸모가 있느냐고 후학들에게 야단을 친 셈이니 실사구시를 추구하던 그의 입장으로는 당연한 말이었다.

추사는 시서화詩書畵(시와 그림, 그리고 글씨와 문장력)를 통해 독특한 서체와 필법을 개발하며 자신의 서권기와 문자향을 구체화했다. 그중에 추사를 가장 크게 대표하는 것은 서체다. 서체의 기본은 해서와 행서인데, 추사가 독창적으로 창조한 추사체의 본질은 금석학에 기초한 입고출신入古出新23이다. 그 핵심은 '유儒를 학學하고 그 후에 석釋한 불교에서' 나왔다. 추사는 벼루 열 개에 밑창을 내고 붓 일천 자루를 몽당붓으로 만들면서 자기만의 독창적 세계를 완성했다. 그걸 우리는 추사체라 부른다. 온갖 풍상을 다 겪으면서 거기까지 오는 데 근 65년이 걸렸다. '추사체의 참 멋은 획의 굳셈과 부드러움이 능숙하게 조화하는 모양이라서 골격은 힘이 있고 필획은 울림이 강하다. 이 서체의 특징은 형태의 괴怪가 아니라 필획과 구성의 힘에 있다. 서법에 충실하면서 그것을 뛰어넘는 글씨, 그래서 얼핏 보기에는 괴이하나 본질을 보면 내면의 울림이 있는 글씨가 추사체다.' 추사체를 보는 저자의 설명은 명쾌하다.

추사는 그의 집안에서 연구하고 발전시킨 백수백복체百壽百福體24처럼 입

---

23 입고출신: 옛것으로 들어가 새것으로 나온다는 뜻. 옛것을 알아야 새것을 알 수 있다는 온고이지신溫故而知新이나 법고창신法古創新과 비슷한 말.

24 백수백복체는 수壽와 복福이라는 한자를 각각 100자씩 쓰되 모양과 형태를 전부 다르게 하는 필법이다. 처음엔 수와 복, 두 글자를 크게 써놓고 그 안에 잔글씨를 써넣는 방식이었지만 나중에는 똑같은 크기로 쓰는 방식으로 바뀌었다. 이는 복을 받고 오래 살기를 기원하는 뜻을 담아 썼는데 주로 병풍으로 만들어서 사용했다. 이 서체의 기원은 중국이다. 조선에는 광해군일기 2년(1610년)에 처음 등장한다. 추사 집안에서는 추사의 4대조 김흥경부터 추사의 종손 김문제金文濟(1845~1931년)까지 거의 6대에 걸쳐 이 서체를 완성했다고 전한다. 그 후 김문제의 손자 김익환(~1978년, 성균관 부원장을 지냄)까지 전승되었으나 그 이후부터 맥이 끊겼다고 한다. 지금은 다른 이들이 백수백복체를 계승, 발전시키고 있다. 추사 집안과 상관없이 17~19세기 사이에 이 서체를 따로 연마한 문인도 있고, 왕실에서도 추사 집안과 무관하게 이 서체를 보관, 사용하기도 했다. 이 서체는 문자화文字畵라고 부르기도 하는데, 나중에는 그 형태가 그림 쪽으로 더욱 변하여 조형미를 극대화하거나 민화民畵 쪽으로 퍼져나가기도 했다. 근자에는 서울 종로구 사간동에 있는 한 화랑에서 문자도를 주제로 전시를 한 적이 있

고출신의 새로운 길을 찾아 쉬지 않고 걸었다. 그 길이 비록 중국을 베끼고 그리는 길이었을지라도 말이다. 이 책에서도 언급했듯이 그가 평생 썼던 인장은 200개가 넘고 호는 100개가 넘었다(이는 사람마다 다 달라서 추사의 호가 200이 넘는다는 설도 있고 300이라는 설도 있다).

추사가 이렇게 많은 인장과 호를 썼다는 말은 그 자신이 처한 처지와 심정을 알맞은 인장과 호로 그때그때 마다 적절하게 드러내고 싶어 했다는 말이다. 이는 저자도 인정한 말이다. 또 그 많은 인장과 호는 그의 창작 정신과 예술적 조형성, 학문적 깊이가 기복이 심한 그의 인생과 어우러진 문사철의 또 다른 표현 방법이다.

지금 이 시대에 이광사나 한석봉을 연구하는 사람은 극히 드물어도 추사를 연구하는 사람은 많다. 시기적으로는 한석봉보다 추사가 지금과 더 가까워서 남아 있는 자료가 많은 이유도 있을 테고, 이광사를 외면한 채 유행처럼 불던 추사 바람 탓도 있을 것이다. 이 책은 『완당평전』이 나온 이후 약 16~17년 만인 2018년 4월에 새로 나왔으니까 그동안의 오류나 미비를 말끔히 보완했으리라 믿는다. 그러니 이제는 이 책을 지팡이 삼아 추사의 인생과 학문, 그 예술적 흔적을 한번 따라가 봄직도 하다. 그러나 「산숭해심」의 진위 논란에서 보듯 학자나 평자가 그 입장에 따라 유홍준의 오류를 지적하는 이도 여럿이 있다는 점 또한 살펴보아야 한다. 그래

다. 한글을 포함한 한자와 백수백복체는 현대 회화나 디자인, 조형 예술이나 문자 추상에 많은 영감을 준다. (뉴시스 「문자도, 현대를 만나다」 2021년 9월 23일 박현주 기자 보도, 2021년 9월 14일~10월 31일 현대화랑 전시회, 「한국민속예술사전」 '문자화'(진진준), 대한변협신문 「눈맛의 발견」 2021년 9월 13일, 25일자, 『대원군』(유주현 지음), 네이버, 다음 백과 및 '백수백복', 네이버블로그 '여여로운'(이규선) 2011년 11월 30일 포스트 참조)

야 전문가가 아닌 일반 독자는 최소한의 객관적 중심이라도 잡을 수 있다.[25]

우리가 방랑시인이라 부르는 김삿갓의 본명은 김병연金炳淵이다. 호는 난고蘭皐(난초가 핀 언덕)이고, '삿갓 립笠' 자를 써서 김립金笠이라고도 한다. '난고'는 서정적이고, '김삿갓'은 대중적 친근감이 있다. 나는 슬픔과 외로움이 언덕 위에 핀 서정적 이미지도 좋고, 대중적 친근감도 좋아서 여기서는 그의 호를 난고와 김삿갓으로 섞어 쓰기로 했다.

난고 김병연은 1807년 경기도 양주에서 태어나 1863년 전남 화순 동북면의 한 농가에서 57세에 졸卒하였다. 추사와 동시대에 살긴 했지만 그보다 바로 아랫세대 사람이다. 추사는 경주 김씨이고 난고는 안동 김씨다. 추사는 임금의 외척인 안동 김씨 세력에 의해 강제로 귀양을 갔지만, 안동 김씨인 난고는 제 스스로 자기를 귀양 보내어 끝내 집으로 돌아가지 않고 타향에서 객사했다. 생전에 그의 아들이 천신만고 끝에 세 번이나 그를 찾아내어 집에 모시고 가려 했으나 세 번 다 아들을 따돌리고 도망가 버렸다는 설, 한번은 집에 잠시 들어갔으나 이내 뛰쳐나왔다는 설도 있으니 역마살에 관한 한 난고를 따를 자는 세상에 없을 듯하다. 그렇게 그는 근 40년을 혼자 떠돌다 죽었다. 막힘도 걸림도 없이 한세상을 자기 멋대로 살다 간 난고야말로 '대자유인'이라는 말이 잘 어울린다.

내가 까막눈이라 그런지는 몰라도 내 눈엔 난고의 글씨도 상당히 잘 쓴 글씨로 보였다. 하지만 그의 시문詩文이나 글씨도 추사나 석파의 작품처

---

25 주간한국문학신문 2016년 5월 25일자, 오마이뉴스 2018년 9월 3일 황정수 기자 보도, 주간 조선 조정육 칼럼 2019년 8월 9일자 참조

럼 진위판별이 전문가에 따라 뒤죽박죽이고 가짜 시비도 많다. 더욱 난처한 것은 난고는 돈을 받고 남의 이름으로 시를 써준 적도 많고, 시를 썼으나 옮겨 적을 종이가 없어 잃어버린 시도 많다고 한다. 난고는 과거 시험장에 여러 번이나 들어가 남의 답안지를 써주고 나왔다 하고, 과거시험에 적합한 문체의 글도 많이 남겼다. 그러니 과거를 보려면 난고의 시를 필독해야 한다는 말이 괜한 말이 아니고, 그의 시와 문장이 가짜 시비로 분분할 수밖에 없다. 또 김삿갓이라는 이름이 전국에 알려지자 가짜 김삿갓이 사방에서 나타났다 하니, 어찌 그의 시가 진위여부로 시끄럽지 않으리. 그와 반대로 이름 있는 남의 시가 난고의 시로 둔갑한 경우도 있다는데, 금강산을 두고 쓴 시 한 편은 그것이 난고의 작품인지 추사의 작품인지 여적지 헷갈려한다.[26]

아래에 인용한 시는 김삿갓의 시 가운데 몇 편을 필자가 임의대로 골라 본 것이다. 이명우가 엮은 『김삿갓 시집』(집문당)과 박용구가 번역한 『김립시선』(정음사)에서 주로 인용했고 일부는 필자가 의역한 것도 있다.

관 쓴 연장자를 조롱함(嘲年長冠者)

方冠長竹兩班兒 방관장죽양반아

---

[26] 처음에 추사가 저게 글씨냐고 혹독하게 비판한 원교 이광사는 그때나 지금이나 명필로 존숭받는다. 까막눈인 내가 봐도 눈이 호강하는 느낌이다. 이광사는 유배지에서 죽었다. 글씨를 얻으려는 사람들이 날이면 날마다 줄을 서자 이광사는 자기 아들과 딸에게 대필을 시켰다고 저자는 말한다. 대원군은 자기 집 청지기에게 난초를 대신 치게 했다고 하는 말도 있는데 확실치는 않다. 근자에는 천경자의 그림 한 점을 놓고 다른 사람은 가짜라고 우기고 천경자 본인은 자기가 그린 그림이 맞다고 싸우다가, 결국 법정 싸움에서 천경자가 지고 말았던 별 희한한 일도 있었다.

新買鄒書大讀文 신매추서대독문
白晝猴孫初出胎 백주후손초출태
黃昏蛙子亂鳴池 황혼와자난명지

모서리에 뿔이 난 관을 쓰고 긴 담뱃대를 입에 문 이 양반 새끼야
새로 산 맹자를 건방을 떨며 큰 소리로 읊어대는 꼬라지라니
대낮에 원숭이 새끼가 탯줄을 끊고 처음으로 기어 나와 소리를 치는 듯하고
황혼 녘에 개구리 새끼들이 연못에서 요란하게 울어대는 듯하구나

- 필자 의역

스무나무 아래서(二十樹下)

二十樹下三十客 이십수하삼십객
四十家中伍十食 사십가중오십식
人間豈有七十事 인간기유칠십사
不如歸家三十食 불여귀가삼십식

스무나무 아래 낯 서른(혹은 서러운) 과객에게
이 망할 놈의 집에선 쉰 밥을 주는구나
사람으로서 어찌 이런 일이 있으리오
고향 집에 돌아가 서른(설익은) 밥을 먹음만 같지 못하네.

* 여기서 김삿갓은 三十은 서른이니 '낯 서른, 혹은 서러운'으로, 四十은
마흔이니 '망할 놈'이란 뜻으로, 伍十은 '쉰'으로, 七十은 일흔이니 '이런'

으로, 마지막의 三十은 '서른(설익은)'으로 차용해서 썼다.

언문시(諺文詩)

諺文眞語섞어作 언문진어섞어작
是耶非耶皆吳子 시야비야개오자

언문하고 진어를 섞어 지었다고
따따부따 시비를 거는 새끼는 전부 다 내 아들놈이다.

- 필자 의역

명기 가련(名妓 可憐)

名之可憐色可憐 명지가련색가련
可憐之心亦可憐 가련지심역가련

이름이 가련이라 모습도 가련한데
가련의 마음 또한 가련하구나.

- 필자 의역

구월산九月山을 지나며

昨年九月過九月 작년구월과구월
今年九月過九月 금년구월과구월

年年九月過九月 년년구월과구월
九月山光長九月 구월산광장구월
작년 구월에도 구월산을 지났는데
금년 구월에도 구월산을 지나네
해마다 구월에는 구월산을 지나니
구월산 산빛은 장 구월이네.

- 필자 의역

이 시는 「명기 가련」처럼 동어반복만으로 구월산의 가을을 군더더기 하나 없이 표현했다. 절구나 율시는 대개 마지막 한두 행에 작자의 내면 의지를 담는다. 시 「구월산」의 마지막 행에 쓴 '길 장長' 자는 단 한 글자만으로도 한시의 격조와 파격을 동시에 드러내고, 그 안에 다시 부박하고 쓸쓸한 화자話者의 내면 풍경까지 함께(卽) 내보인다. 이 시는 구월산 빛이 너무나 화려하고 아름다워서 오히려 화자의 쓸쓸함이 더 드러나는 시이다. 윗 시 「구월산을 지나며」 마지막 행에 나오는 장長이라는 글자는 '길다, 윗사람'이라는 뜻이다. 한글로 풀면 '늘, 언제나, 오래도록'이라는 뜻도 있는데, 그냥 '장'이라고 말하기도 한다. 예를 들면 "요즘 어떻게 지내시나?" 하고 물으면 늘 그렇고 그렇다는 대답 대신 그냥 "장 그래."라고도 한다. 이 말은 만화 주인공의 이름으로 쓰기도 했다. 또 '장長'이라는 한자는 긴 백발을 날리는 노인이 지팡이를 짚고 서 있는 모습을 형상화한 글자다. 따라서 이 시에 쓴 장長 자는 한자로 썼지만, 우리말이 지닌 '언제나, 항상'이라는 뜻과 함께 길고 오래라는 뜻을 동시에 드러내 놓았다. 그리고 그 뒷면에는 '지팡이 짚은 백발노인이 바람 앞에 서서'라는 의미를 하나 더 숨겨 놓았다. 따라서 이 시에서 쓴 '장'에는 이런 여러 가지 의미가 한꺼번에 겹쳐있다고 보아야 한다.

난고는 시만 전해지지만, 추사는 시와 그림 글씨는 물론 낙관한 인장까지
수두룩하게 전해진다(이제까지 내가 본 바로는 그렇다). 불우한 세월을
보낸 추사와 난고 이 두 사람의 글씨를 함께 놓고 비교해보면 (영월 김삿
갓 문학관에서 동영상으로 본 글씨가 난고의 진품이라는 전제 아래) 두
글씨가 형식과 틀에서 얼마나 다른지 확연히 드러난다. 글의 내용도 크
게 다르다. 난고의 글에는 주로 분노와 슬픔, 회한에 찬 해학과 풍자가 많
고 추사의 글에는 자신을 절제하려는 모습이 많다. 난고는 현실적이고 대
중적이며 사실적이다. 게다가 즉발적이고 충동적이다. 어느 분 말마따나
포스트모던하고 초현실적이다. 극사실적이기도 하다. 그는 대결적 자세도
자주 취한다. 때로는 상대를 깔아뭉개기도 서슴지 않는다.
반면에 추사는 학구적이고 종교적이다. 역사적이고 신고전주의적이다. 고
증학과 금석학으로 학문적 실사구시를 추구했다는 면에서 그렇다. 그는
가르치기를 좋아했지만, 완벽을 추구했고 예민하며 현시욕도 있다. 때로
는 편애도 한다.
추사는 자기 서체를 만들어서 죽을 때까지 붓을 놓지 않았으니 마지막
7~8년은 아무도 흉내 낼 수 없는 자기만의 필치로 살았다. 거기까지 오
는 동안 자신의 고통은 사방에 하소했지만 가난뱅이들이나 하층민의 삶
을 난고처럼 대변한 적은 없다(암행어사 시절은 제외하고 하는 말이다).
난고는 가난하고 억눌린 자를 대변하고 부자나 양반, 혹은 훈장이나 권
력자를 대놓고 비난하고 조롱했지만, 추사는 고통을 당할 대로 당하면서
도 권력의 은혜에 머리를 조아렸다. 난고는 전통 한시 문학의 형식을 파
괴하고 자주적이고 독창성을 가진 자신만의 글짓기를 개척했지만, 추사

는 중국의 전통을 따르려고 무진무진 노력했다. 제자들한테도 그렇게 하라고 가르쳤다. 한편 난고는 전국 방방곡곡을 돌아다니며 새로운 뉴스를 전달했지만, 그의 저항 의식을 북학파나 실학파 또는 추사처럼 조직화하지는 않았다.[27] 이런 모습이 추사와 난고의 한계라면 한계다.

그러나 난고와 추사, 이 두 사람의 글에 그들의 인생을 대입해보면 기품 어린 슬픔이나 한이 뿌옇게 피어나기도 하고 어떤 기개나 무게감이 느껴지기도 한다. 그런가 하면 논어의 요산요수樂山樂水에 나오는 지자智者나 인자仁者가 떠오르기도 한다. 천지를 떠돌던 난고가 지자라면 과지초당瓜地草堂에 들어앉은 말년의 추사는 인자라고나 할까(추사를 유홍준의 주장대로 따른다면).

혹자는 이들이 모두 자기 개성에 따라 학문과 예술의 세계를 구축한 사람들이니, 이들을 서로 비교하고 대비하는 건 무의미하거나 아무 가치가 없다고 할지 모르겠다. 하지만 그 시대 어간을 함께 살아간 이들의 창작 정신이나 창작 방법과 함께 그들이 지닌 사고와 학풍이 어땠는지를 입체적으로 살펴보는 것도 의미가 있다. 입체성을 부각하려면 위험하기는 해도 상호 대비하는 방법이 각자의 개성을 드러내기에 좋다는 점에서 이런 시도를 해보았다.[28]

역학은 유학의 근본이다. 공자가 책을 묶은 가죽끈을 열 번씩이나 갈아

---

27 난고의 이런 자세는 그가 안동 김씨, 임금의 외척세력과 같은 집안의 성씨라는 점이 작용했을지 모른다는 추측도 가능하다.

28 난고 김병연에 관한 시와 이야기는 『김삿갓 시집』(이명우 엮음, 집문당 출판), 『김삿갓의 시 신영준 해설』(투영미디어), 『정음문고 김립 시집』(박용구 역편, 정음사), 『김삿갓 풍자시 전집』(이응수 정리, 실천문학사), 시사매거진 「김삿갓 방랑의 시작과 종착」 2020년 3월 5일자, 네이버 참조.

대며 읽었다는 책이 『역경易經』이다. 『역경』이나 『주역』은 태극으로 시작해서 음양으로 바뀌고 건곤감리乾坤坎離 사상四象으로 펼쳐진 뒤 다시 8괘로 나뉘고 다시 64괘로 펼쳐지며 낳고 또 낳기를 한없이 거듭한다. 그렇게 한없이 펼쳐지던 이 괘는 다시 64괘에서 8괘로, 사상으로, 음양으로 수렴되고 응축하다가 마지막엔 태극으로 돌아감을 설파한다. 이는 천지자연의 자연스러운 변화이자 운행 법칙이며 인간도 여기에서 벗어날 수 없음을 설한 책이다. 역학의 이치인 역리易理를 바탕으로 성리학의 체계를 확립한 사람이 주자다. 그러니 역리를 모르고 성리학을 이해한다는 것은 어불성설이다.

학學과 술術은 같은 듯 다르다. 역학을 알려면 길흉화복을 점치는 역술의 단계를 반드시 거칠 수밖에 없다. 그래야 공자가 논어에서 말한 부점이이의不占而已矣, 더 이상 점치는 일을 하지 않고 가만히 있어도 세상 이치를 다 아는 경지로 넘어간다. 이런 역서의 해석은 명청明淸 시대에 이르면 이전과는 많이 달라진다. 지금 우리가 보는 명리학命理學이나 점서占書는 대부분 명청 시대에 등장한 해석을 바탕으로 한다. 당송 때 등장한 해석도 일부 존재하지만, 명리나 점사占辭의 주류는 아무래도 명청 시대다.

이 책에 따르면 추사가 진심으로 공부한 것은 주역이었다. 그는 청의 옹방강, 다산 정약용과 함께 주역을 놓고 깊이 토론했다고 한다. 추사는 청나라의 여러 학술 분야와 주역의 연구 실태를 비평할 정도로 해박했다. 이토록 주역에 해박했던 다산이나 추사가 왜 자신에게 닥칠 운명은 예측하지 못했을까. 청나라의 학계와 예술계를 '위에서 내려다보듯' 비평할 정도로 학문이 깊었던 추사지만 그가 주역으로 자신의 운명을 예측했다는 기록을 나는 아직 보지 못했다. 박제가나 체제공은 어린 추사의 글씨만 보고도 앞날을 예지했다는데, 해동 제일의 천재이며 '괴유'라 불린 추사는 왜 그러지 못했던 것일까. 앞날을 꿰뚫어 보고 예견한 이야기는 오히려 불가의 고승들 사이에서 더 많이 전해온다는 사실이 내게는 본말이 전도된 느낌이다(노자가 설한 장생불사의 도에서 변형된 점치는 일 따위가 어찌 유학에 해당하겠느냐고 힐난할지 모르겠으나, 『역경』이나 『주역』은 가장 중요한 유교 경전 중의 하나라는 사실을 잊으면 안 된다).[29]

추사는 유학자였으나 '해동의 유마거사라 불릴 정도로' 불교, 특히 선불교에 달통했고, 초의선사의 스승인 혜장스님과 초의는 유학에 조예가 상당히 깊었다는 말이 이 책에 나온다. 이들과 추사가 평생지기平生知己로 교류하면서 학문적, 철학적, 생활사적 영향을 서로 주고받았음은 주지의 사실이다. 김약슬[30]은 이 책에서 '추사가 가지고 있는 학문과 예술의 핵심은 불교이며 진실한 애불愛佛의 제일인자'라고 했다.[31] 추사와 다산처럼 실사구시를 추구하는 유학자들이 불교와 드러내놓고 교류한다는 사실은

---

29 다산은 강진 유배 시절인 40대부터 주역에 몰입했다고 한다. 하지만 역경을 모르면서 어린 나이에 성균관에 들어갈 수는 없는 노릇이고, 얕은 수준의 주역만으로 여러 번이나 치러야 할 과거시험에 연속해서 급제하기도 불가능했을 것이다. 다산과 추사의 나이 차이를 감안하면 다산은 40대에 심취한 주역으로 자식뻘인 추사의 운명과 자신의 과거, 그리고 앞으로 남은 운명을 제대로 내다보았어야 한다. 하지만 내 식견이 짧은 탓인지 아직 그런 기록은 못 보았다.

30 김약슬(1913~1971년)은 서지학자이자 장서가로 유명했던 사람인데 연세대를 졸업한 독실한 기독교 신자로 알려져 있다.

31 동국대 총장과 조계종 총무원장을 지낸 지관 스님은 금석학의 전문가라고 평가하는 학승이다. 그는 2012년 1월 세수世壽(이 세상에 태어나서 죽을 때까지 세는 나이) 80에 입적했는데 이런 임종계를 남겼다. '… 팔십 년 전에는 그가 바로 나이더니, 팔십 년 후에는 내가 바로 그이더라'(서울신문 「한국불교 대표적 학승 지관 스님 입적」 2012년 1월 3일자 참조). 추사와 불교의 관계를 생각하면 지관 스님은 금석학에 관한 한 추사를 본받으려 했다고 해도 크게 잘못된 말은 아닐 듯하다.

그 소문만으로도 당시 사회에 미친 영향이 적잖이 컸을 것이다. 거시적으로 보면 이는, 삼국시대부터 고려 말까지 약 천오백 년을 이어온 불교를 고작 몇백 년의 억불숭유抑佛崇儒로 누를 수 없었다는 조선의 고백처럼 보인다. 앞에서는 억불숭유를 공표해 놓고, 뒤에서는 왕실이 앞장서서 사찰을 짓고 불공을 드리거나 공물을 시주하며 중창불사[32]를 한 경우가 조선조 내내 부지기수였다. 추사 집안도 마찬가지였다. 따라서 조선조의 통치 이념과 그 실체적 내면은 상당히 이율배반적이었다는 비판을 들어도 할 말이 없을 만하다.

저자는 추사의 생애를 다섯 단계로 구분한다.
1. 1~24세 출생부터 연경에 다녀올 때까지
2. 24~34세 대과에 합격할 때까지 10년
3. 34~55세 관직에 있던 21년간의 중년기
4. 55~64세 제주 유배기, 8년 3개월
5. 64~71세 해배 후 서거까지 만년기 8년

이 가운데 만년기 8년을 다시 셋으로 나눈다.
1. 64~66세 해배 후 용산에서 살던 2년
2. 66~67세 북청 유배 시절 1년
3. 67~71세 해배 후 죽기까지 과천 시절 4년

젊었을 때는 예리하고 날카롭다가도 나이가 들수록 점점 넓고 깊고 두터

---

32 중창불사: 사찰의 낡은 건물을 다시 지어서 부처의 뜻이 널리 퍼지게 하려는 일

워지는 게 사람의 기질이고 성품이다. 추사도 마찬가지였다. 갑자기 몰아닥친 집안의 횡액과 두 번에 걸친 귀양살이 10년이 없었다면 오만하기 짝이 없던 그의 성품을 고치기 힘들었을지도 모른다. 한마디로 고통과 불행이 그의 내면을 점점 깊고 넓게 했고 그 두터움이 학문과 예술세계를 발전시키는 기름이 되고 등불이 되었다.

이렇게 추사체는 그의 인생 여정과 함께 완성되었다. 이 책을 중심으로 그 과정을 간략하게 살펴보면 어려서는 동기창을, 중세에는 옹방강을, 그 뒤엔 소동파와 미불을 따르다가 나중에는 구양순의 필법을 얻었다. 제주 유배 이후부터는 남의 글씨에 구속받거나 흉내 내는 일이 사라지고 자신이 만든 새로운 서체로 일가를 이루었다. 추사의 예술혼이 만개하기 시작한 시기는 제주에서 돌아와 용산에 살던 '강상江上 시절', 즉 64~66세부터라고 해야 더 정밀하다고 저자는 말한다. 대다수 사람들이 저세상으로 가버린 그 나이에야 그의 예술혼이 만개하기 시작했으니 추사가 장수한 것이야말로 우리에게는 천만다행이자 더할 수 없이 큰 축복이라 하겠다.

많이 썼을 거예요. 아마도 심심해서 쓰고, 화가 나서 쓰고, 쓰고 싶어서 쓰고, 마음 달래려 쓰고, … 그 실력과 그 학식에 그렇게 써댔으니 일가를 이루지 않고 어떻게 되겠어요. … 오직 자기 자신을 위해서 쓸 수 있었다는 계기가 추사체의 비밀이겠죠. (349쪽)

학예學藝의 빛나는 경지란 사람이 느끼는 온갖 감정을 벼루 위에 모두 부어놓고 수십 년을 갈아댄 뒤에야 조금씩 드러나기 시작한다. 그 후부터는 오래 살면 살수록 더 환하고 크게 빛을 발한다. 그러니 이 경지에 들기 위해서는 슬기롭고 총명한 지자智子 보다는 오래 산다는 인자仁子를 아무래도 한 수 더 위에 놓아야 할 듯하다. 그럼 바늘을 만들겠다고 쇠절구공이를 숫돌에 갈아대는 노파는 지자인가 인자인가.

저자도 말했듯이 추사의 완결성은 만년에 모여 있다. 그 가운데에서도 과지초당 시절 4년이 으뜸이다. 노인의 달관이 문풍지 밖으로 배어 나와서인가. 아니면 죽음의 향기가 묵향처럼 번져서인가. 나는 알 수가 없다. 앞에서도 잠깐 말했지만, 추사가 죽기 사흘 전에 봉은사에서 썼다는 판전板殿은 참으로 고졸古拙하다. 내가 본 첫인상이 그랬다. 병들어 쇠약해질 대로 쇠약해진 모습이 늙은이의 굵은 뼈다귀처럼 드러나는 것 같아 그렇고, 그럼에도 기품과 절제를 마지막까지 잃지 않으려는 모습이 담겨 있는 것 같아서 그랬다. 억센 힘도 아무런 기교도 없이, 짓눌린 듯이 살아온 자신의 인생과 한恨을 거기에 모두 담아 조용히 마무리하려는 듯 보이니 그렇고, 어린아이처럼 천진스럽기 짝이 없어 보여서 더 그랬다. 그렇게 한참을 바라보다가 문득 못 배운 어머니의 편지글을 보고 서체를 개발했다는 신영복 선생의 글씨가 혹시 여기서부터 시작한 것은 아닐까 하는 생각도 들었다.

판전은 불교 경전을 보관해두는 전각 이름이다. 판전을 둔 사찰은 여러 곳인데, 봉은사의 판전은 화엄경을 새긴 목판본 외에 여러 경전을 보관하고 있다. 화엄은 적광寂光33이자 해인海印34이고, 적광과 해인의 말씀을 보살들이 설한 경이 화엄경이다(說佛經). 이는 평등한 대동大同세상을 제시한 말씀이자 만인이 부처임을 믿는 경전이다. 만사는 모두 제 마음먹기에 달

---

33 적광: 모든 번뇌를 남김없이 소멸한 상태에서 드러나는 청정한 지혜의 빛

34 해인: 우주 일체를 깨달아 아는 부처의 지혜. 깨달음을 이야기한 경전의 모든 물줄기를 품은 부처의 바다(다음, 네이버 국어사전, 『시공 불교사전』(시공사), 『불교사전』(민족사) 참조)

렸다는 일체유심조一切唯心造이고, 생사와 열반을 무시로 넘나드는 일원一圓한 대오大悟의 경지를 내보인 경전이다.

"기교를 다하지 않고 남김을 두어 조화로움의 경지로 돌아가게 하라." 생전에 추사가 한 말이다. 미리 온 죽음이 자기를 내려다보는 모습을 마주보면서 추사는 이제 이 원융圓融하고 일원한 세상으로 돌아가야 할 때라고 생각했을지도 모른다. 그리고 일흔한 살 병든 몸으로 화엄경을 모셔둔 절집의 '문패'를 마지막으로 썼다. 그것이 바로 저 현판이라니, 가을비 오는 날 홀로 바라보는 내 마음은 더욱 가라앉는다.

추사는 '괭유'라는데 나는 그의 마지막이 궁금하다. 그가 대체 무슨 병에 걸려서 죽었는지, 죽기 전 며칠 동안 무얼 먹고 무얼 마셨는지, 봉은사에서 죽었는지 과지초당에 돌아와 죽었는지, 병든 몸이긴 하지만 갑자기 죽었는지 드러누워 앓다가 죽었는지, 죽을 때는 어떤 모습이었는지, 운명殞命할 때 곁을 지킨 사람은 있었는지 없었는지, 유언은 어땠는지, 죽기 전 불교에 깊이 빠진 그의 장례는 불교식이었는지 유교식이었는지, 부고는 누가 어디에 얼마나 어떻게 냈는지, 염습은 누가 했으며 장례는 며칠 장을 어떻게 치렀는지, 문상객은 누구누구였으며 운구는 어디까지 어떻게 했고 얼마나 걸렸는지, 조사와 만장은 어땠는지….

이런 걸 이 책에서는 제대로 알 길이 없으니 참 답답하다. 아무리 죽으면 끝이라지만, 그래도 돌아간 '괭유'를 대접하는 모습이 대강 대강인 것 같아 무척 서운하다. 장삼이사張三李四도 이런 부분은 구전이나 기록으로 가전家傳하는 경우가 많은데.

지금까지 나는 『추사 김정희』를 위주로 추사의 일생을 되짚어 보았다. 그러나 이 책의 표지에 나온 글이 위작이고 이 책에 등장하는 추사 관련 작품의 태반이 가짜라고 주장하는 이가 여럿이듯이, 추사를 이 책의 내용과 달리 보는 이도 많다. 최열이 쓴 『추사 김정희 평전』(도서출판 돌베개)에 실린 여러 근거와 자료, 그 속에 등장하는 인물, 이 평전을 쓴 저자의 주장도 그러하다.

최열은 미술평론가다. 대학 졸업 후 미술운동가를 거쳐 학자가 되었다. 그는 한국미술의 역사와 비평사를 각각 여러 권 썼고 미술 감상법도 썼다. 또 우리나라 미술사와 그와 연관된 여러 인물의 전기나 평전, 전집에 관한 글을 자주 썼다. 그는 유명한 예술잡지의 편집장, 문화재 전문위원, 한국근현대미술사학회 회장을 거쳐 여러 대학에 출강하고 있다. 『추사 김정희』를 읽는 독자들이 객관성을 유지하는 데 혹시 도움이 될까 싶어 『추사 김정희 평전』에서 바라본 추사를 아주 간략하게 몇 가지만 소개한다.

『추사 김정희 평전』은 추사의 출생지가 충남 예산이라는 기존의 정설을 뒤엎는다. 예산이 아니라 서울이라는 거다. 또 추사는 생전에 스승이라고 부른 사람이 없다며 그가 옹방강이나 박제가의 제자라는 말은 틀렸다고 주장한다. 학문에서는 실사實事를 추구하던 부친 김노경의 영향을 많이 받은 편이고 추사가 몇몇 사람을 찾아다니며 배우기는 했지만, 본인 스스로 상대를 스승이라고 정식으로 부르거나 스승으로 받든 사람은 없다고 한다.

추사를 가리켜 '경술문장 해동제일'이라고 한 옹방강의 말도 그 근거가 없다고 한다. 이는 후지쓰카의 일방적 주장일 뿐인데, 우리나라 일부 미술학계가 후지쓰카 지카시의 이런 주장을 아무런 확인도 없이 그대로 받아들인 탓이라고 한다. 또 이런 일은 추사를 신격화하려는 행위라고 일침을 가한다. 후지쓰카는 추사 한 명을 신처럼 크게 띄워서 추사를 제외한 조선 학술계 전체를 일본이나 중국에 비해 형편없는 집단으로 깔아뭉개려는 의도가 있었다고 주장한다. 그러니 추사의 신격화는 그에게 말려드는 꼴이라고 비판한다. 거기다 청조학이란 대체 무슨 의미냐고 따지기도 한다.

바르지 못한 난화를 그린 지 스무 해/마음속 하늘을 우연히 그렸네/문걸고 들어앉아 찾고 또 찾은 곳/이게 바로 유마의 불이선이지//어떤 사람이 까닭을 말하라고 강요한다면/마땅히 비야리성에 살던 유마가/아무 말도 하지 않았던 것처럼 사절하겠다/만향蔓香//초서와 예서, 기이한 글씨 쓰는 법으로 그렸으니/세상 사람들이 어찌 알 수 있으랴/구경漚竟이 또 쓰다//비妃를 위해 능란해지고 나서야 천천히 붓을 베풀었으니/오직 하나만 있지 둘은 있을 수 없다/선락노인仙䕫老人이 또 쓰다35 //오소산이 보고서/얼른 빼앗으려 하는 게 우습구나.

윗글은 추사의 부작란도에 들어있는 화제를 최열이 해석한 글이다. 그림 상단에 큰 글씨로 쓴 이 글의 해석은 기존의 해석과 완전히 다르다. 이를테면 이런 부분이다. 화제에서 따온 부작난不作蘭은 잘못이고, 원래는 부정란不正蘭이 맞다. 이는 부정不正이라고 쓴 것을 작作으로 잘못 옮긴 탓이라는 거다. 따라서 불이선란도의 화제는 추사가 20년 동안 난초를 치지 않았다는 말로 시작하는 게 아니라, 20년이 넘도록 어설픈(바르지 못한)

---

35 선락은 비 맞은 '늙은 신선'이라는 뜻으로 추사 자신을 가리킨다. (『추사 김정희 평전』 (최열 지음, 돌베개) 참조)

난초만 치다가 근래 유마경을 깨우치고 나서야 마음속의 하늘을 드러내는 그림을 우연히 그렸으니, 이제야 난초를 제대로 그리게 되었다는 뜻이라고 한다. 또한 이 난초는 초서와 예서라는 기이한 글씨 쓰는 법을 그림으로 나타낸 것이니, 말하자면 그림으로 글씨를 쓴 셈이다. 그러니 누가 이걸 알겠으며 누가 이런 걸 좋아하겠느냐고 했다. 그 뒤부터 화제의 나머지 내용은 앞에서 본 것처럼 기존과 크게 달라서 주목할 만한 부분이다. 특히 왼쪽 아랫부분은 시위달준始爲達俊이 아니라 비위달준妃爲達夋이 맞다고 하니, 그 의미가 크게 달라진다. 이 그림은 달준이라는 심부름하는 아이에게 주려고 그린 것이라는 해석이 지금까지 정설이었다. 그러나 이 그림은 제주 유배 시절에 죽은 부인 예안 이씨를 사모해서 그린 것이지 달준에게 주려고 그린 게 아니라고 한다. 그러니 달준을 사람 이름으로 보지 말고 한자 뜻 그대로만 해석해야 한다고 주장한다. 따라서 이 부분은 내가 난초 그리는 필법에 능수능란해지고 나서야 비로소 천천히 붓을 놀리기 시작했다는 뜻이라는 거다.

추사는 이 난초를 부인을 위해 그리면서 이런 뜻을 담아 놓았다. 이승에서는 부인이 먼저 죽고 내가 살아 있다. 하지만 내세에는 우리 서로 몸을 바꿔 태어나서 그때에는 내가 죽고 당신이 살게 해 달라고 월로月姥 여신께 애원하겠다는 마음이 들어있다. 이 화제는 그런 뜻으로 풀어야 자연스럽다는 뜻으로 나는 읽었다. 마지막에 쓴 아호도 최열은 '비 맞은 늙은 신선'이라는 '선락노인仙雹老人'으로 썼고, 유홍준은 '선객노인仙客老人'으로 썼다. 이런 주장을 앞으로 학계가 어떻게 받아들일지는 모르겠다. 이런 말이 사실이라면 그동안 나는 부정란도를 부작난도로 잘못 알고 엉뚱한 화제에 감격한 꼴이니, 낯부끄러워 이러지도 저러지도 못하는 신세가 되었다.

그런가 하면 소치 허련과 추금 강위는 누가 봐도 추사 생전에 제자의 행색이 또렷한데, 그 둘을 추사는 정식 제자로 삼지 않았다고 한다. 추사는 제자를 두었다고 공개적으로 천명한 적이 없다는 거다. 이 이야기는 조선 시대에 스승과 제자 되기가 정말 지독하게 까다롭고 냉엄했다는 말이다. 그런데 추사가 죽고 백 년이 지난 20세기에는 추사 문하門下, 추사 서파書派, 추사 화파畵派라는 게 생겨났다. 추사도 모르고, 제자가 된 그들조차 모르는 사이에 이런 일이 벌어졌다는 거다. 스승이건 제자이건 오래전에 다 죽은 사람을 추사 연구자들이 자기네 멋대로 늘려 놓은 결과라고 한다. 그런데 참 희한한 것이, 그 많은 인물이 추사의 제자나 문인으로 편입되는 순간, 그들은 모두 다 기량 미달자 집단으로 전락해버린다고 한다. 추사의 제자로 강제 편입된 사람들이 이룩해 놓은 개성 넘치는 업적을 인정하기보다는 모두 추사의 아류로 취급하면서 항상 김정희의 영향력을 증명하는 도구로나 존재한다는 거다. 말하자면 절대로 추사를 넘어서지 못하게 막아버린다는 거다. 심지어 상대가 추사에게 배운 적이 없고 오히려 추사가 자신을 시생이라 낮추고 상대를 선생이라고 높여 불렀던 자하 신위나, 자신의 필법을 자기 스스로 개척했다고 여러 번 밝힌 우봉 조희룡 같은 사람을 추사의 제자로 만들어버렸다며 탄식한다.

금석학이나 고증학도 18세기 이래 (추사뿐만 아니라) 조선 학자들이 꾸준히 수용하던 학문이었고, 추사의 실사구시는 자신의 학문을 위한 실사구시였지, 인간 사회의 이상을 실현하고자 한 실용 학문인 경세론經世論이 아니라고 여러가지 사례를 들어가며 주장한다. 이 주장은 억압받거나 가난한 이들을 위해 추사가 별다른 행동을 한 적이 없다는 점(암행어사 시절 잠깐은 제외하고), 고증학이 기본인 실사구시를 추구하면서 삼국시대처럼 중국 이외의 해외 교류를 추사가 한 번도 생각해 본 적이 없었다는 점, 불합리한 조선의 제도와 문물을 개혁하려는 의지를 뚜렷하게 보인 적이 없다는 점에 비추어보아도 상당히 수긍이 간다.

최열은 김정희의 금석학이나 고증학이란 무엇인가, 그의 금석학이나 고증학이 앞선 시대와 구별되는 창의성과 고유성은 무엇인가, 그 고유성과 창의성이 후학의 학문에 어떤 내용과 형식으로 계승, 발현되었는가라는 점에도 상당한 의구심을 드러낸다. 철학자나 사상가는 그 언행이 생명인데, 추사는 저술도 그 분량이 소략疏略(꼼꼼하지도 못하고 매우 간략함을 이르는 말)하고 유배 기간이 길어서 행동하거나 실천할 기회도 드물었다. 따라서 추사에게 주목할 부분은 예술 분야라며, 추사의 학문적 업적이 세계 최고라고 추켜세운 유홍준과 전혀 다른 주장을 한다.

한편 그는 추사가 학문을 예술로 변용하는데 천재였기에 예술사상에 불후의 업적을 남겼는데, 이런 일을 가능케 한 추사의 뿌리는 자하 신위라는 주장도 한다. 신위는 추사보다 17년이나 윗사람이다. 신위는 말하기를 시는 그림이 나타내는 뜻에 있고, 그림 속에는 선이 가르치는 이치가 들어있다는 시유화의詩有畵意와 화중선리畵中禪理를 설파한 사람이다. 그는 서권기도 주장했다. 따라서 추사는 학예와 선禪을 모두 융합한 신위의 논지와 전통을 계승했고, 그 결과 학예주의자라는 면모를 확립했다고 최열은 주장한다.

그는 자기주장을 펼치면서 여러 자료와 근거를 많이 제시해 놓았다. 이외에도 많은 의문점을 쏟아놓으며 유홍준이나 기존 학설과 곳곳에서 대립한다. 추사를 연구하는 이들의 논쟁이 치열해질수록 학문은 더욱 깊어지고 정교해진다. 그럴수록 독자는 더 높은 수준의 추사를 만나게 될 것이다. 최열은 아직도 못다 한 의문이 뭉게구름처럼 피어오른다고 술회했다. 하지만 두 사람 모두 추사를 정말 무던히도 사모하고 있음에는 틀림이 없다.

나는 이 두 책에 엄청나게 많은 도판이 있음을 보고 깜짝 놀랐다. 볼 때마다 돋보기를 들이대었고, 탄성이 나왔다. 하지만 도판의 진위 논란을 접한 뒤부터는 생각이 깊어지고 신중해져서 몇 번이고 다시 들여다 볼 수 밖에 없었다. 『추사 김정희』는 600쪽 전기문학傳記文學 형태로 2018년 4월에 나왔고, 『추사 김정희 평전』은 그보다 약 3년 4개월 뒤인 2021년 8월에 1,100여 쪽 분량으로 나왔다. 『추사 김정희』가 문학 형식이라 그랬는지는 몰라도, 최열은 이 책보다 오히려 예전에 나온 『완당평전』을 자주 언급했다. 앞으로 새로운 자료가 쏟아져 나오지 않는 한, 『추사 김정희 평전』을 능가하기란 당분간 쉽지 않을 듯하다.

이 세상에는 숨이 끊어진 사람을 저승길로 편히 보내는 역할을 하는 사람도 있고, 죽은 지 오래된 사람을 불러내어 제 마음에 맞게 되살려놓는 사람도 있다. 둘 다 남의 생사를 주관하는 일이니, 이승은 저승을 관장하는 신의 세계란 말인가. 수백 년 전에 죽어버린 사자死者를 불러내어 우리 앞에 되살려놓는 사람은 죽은 이와 대체 무슨 인연이 있단 말인가. 이 둘의 관계는 선연善緣일까, 악연惡緣일까. 백골도 이미 진토塵土가 된 지 오래인데 죽은 이가 산 사람 몇을 골라 평생토록 도망가지 못하게 붙들어 놓는 일은 잔인하다. 저승에서는 그의 평생이 비록 수유須臾라 할지라도.

이 책과 최열의 『추사 김정희 평전』을 읽은 사람이라면, 책을 쓴다는 게 얼마나 어려운 일인지 실감할 것이다. 이들 두 작가가 없었다면 추사는 지금 어떤 대접을 받고 있을까. 그들의 노력에 감탄할 지경이니, 추사 존영께서는 부디 흠향하소서.

이만하면 내가 군자가 아니었겠느냐?

나는 고양이로소이다

나쓰메 소세키 지음, 송태욱 옮김 | 현암사 | 2013

행동할 때 신중에 신중을 거듭하는 모습. 호기심이 발동할 때 나오는 한없는 경망스러움. 바로 고양이의 모습이다. 나쓰메 소세키는 이런 고양이의 습성을 인간 세상의 모습과 교직한다. 연민과 허무를 아주 얕게 드리운 채 골계滑稽가 거느리는 맛을 마음껏 드러낸다. 이 소설이 지닌 재미다.

저자의 해박한 지식, 치밀한 관찰력, 엄청난 독서량에 많은 사람이 놀랄 만하다. 특히 문장론을 포함한 문학 이론에 관한 그의 주장은 대단하다. 예술성과 선정성 논란이 튀어나오는가 하면, 초현실주의적 색채와 부조리극을 실험하기도 한다. 문장의 난해성이나 자동기술법을 들이대기도 하고, 작가와 평론가, 독자 사이의 관계 정립을 꾀하기도 한다. 새로운 사조思潮를 출발시키려는 몸짓도 보인다. '예술적 신선도를 유지하려면 모든 것을 비틀어서 보라'는 그의 말은 이미 백 년이 지났지만, 앞으로 백 년 후에도 계속 들어야 할 말이다.

왜 일본이 지금도 소세키를 그토록 높이 평가하는지 이 책을 읽고 나면 대충 알 터이다. 그는 사람 사는 이야기를 하지만, 과거를 짓밟지 않으면서도 일본 근대의 초석을 놓았다. 소세키의 글은 무거움을 배격한다. 유럼이 보여주는 엄숙함이 소세키에게 오면 아주 가볍고 경쾌해진다. 근대가 이제 막 시작되려는데 벌써 포스트모던의 징후까지 보인다. 그런가 하면 전통 불교와 유학儒學이 살아 나오고 노장老莊적 시각이 도처에서 포착된다. 근대화가 시작되는 혼란스런 시기에 저자가 큰 틀에서 본 동서양의 가치, 즉 신구新舊의 근본적 가치는 둘 다 틀린 것이 아니라 둘 다 옳은 것이라는 관점과 연관돼 있다. 그래서 어느 한쪽으로 치우치지 않고 중심을 잡으며 그는 두 문화를 함께 얽어맨 것이다.

굽은 나무가 선산先山을 지킨다는 말처럼, 그는 인간 존재의 불평등과 본질적 차이를 모두 인정한다. 그리고 매우 비폭력적이다. 거기에는 전쟁의 피 냄새도 없고 피를 부르는 선동적 광기도 없다. 다만 '어떻게 살아야 하는가'에 대한 질문과 대답만이 해학과 풍자 속에서 계속 쏟아져 나온다. 마치 삶을 종합예술로 보고 거기에 열일곱 가지 조미료로 각각 맛을 낸 것처럼. 그래서 그는 '실존적 평등'을 버렸지만, 벌거벗은 목욕탕을 통해서 노장이 말하는 더 높은 차원의 근원적 자유와 평등을 꿈꾼다.

완전하게 둥근 원圓(평등, 깨우침)을 만들기 위해 커다란 유리알을 가는 것은 불가능한 미망이다. 사람은 필연적으로 평평한 땅을 밟아야만 살 수 있다. 늘 유쾌한 사람이라 하더라도 황학루黃鶴樓 옆 주막의 그림 속에 있는 딴 세상에서 사는 게 아니다. 가당찮은 미망에서 깨어나 현실에 발을 딛고 순리를 따라 사는 것이야말로 조주趙州와 노장이 말한 도道의 깨우침이 아니겠는가.

모자라고 유한한 존재인 나(고양이: 지식인)는 죽어서야 태평함을 얻었지만 살아있을 땐 늘 혼자였다. 밥 먹을 때도, 놀 때도, 나들이할 때도 마찬가지였다. 그래도 자존심만은 누구 못지않아서 남에게 함부로 휘둘리지 않고 살려고 애써왔다. 비록 나는 고양이였지만 그래도 지적 호기심이 가득한 고양이였으니 사람들아, 이만하면 내가 군자가 아니었겠느냐? 라고 저자는 우리에게 들이대고 있는 것만 같다. 무슨 소설이든 소설을 읽는 재미는 여러 가지다.

사족으로 한 가지만 묻고 싶다. 독자 여러분께서는 여기에 나오듯 혹시 자면서 이를 갈아본 적이 있는가. 각자 잠자는 습벽에 대해서 생각해보자.

빼앗긴 들에 가려진 역작 「역천」

이상화

이기철 지음 | 동아일보사 | 1992

이상화하면 무조건반사로 떠오르는 시가 「나의 침실로」와 「빼앗긴 들에도 봄은 오는가」이다. 그가 문단에서 활동한 시기는 대략 22세부터 41세까지 20여 년 남짓이다. 그중에 활발했던 시기는 22세부터 약 12~13년 정도다. 저자는 이상화의 삶과 시 세계를 모두 13장으로 나누었는데, 그가 지닌 민족혼을 큰 주제로 삼아 일생을 분석하고 평가했다. 흐름은 대략 세 갈래다. 이상화의 가문과 항일투쟁, 문우와 여자관계, 그의 이념과 문학 세계다.

이상화의 아버지는 대구 지역의 명문가에다 부자였다. 1901년 대구에서 태어난 이상화는 일곱 살 때 부친이 사망했다. 그 바람에 그는 자기 집보다 더 큰 부자이자 토호土豪였던 큰아버지 집으로 들어가 한학을 배우며 어린 시절을 보냈다. 큰아버지가 독선생을 붙이며 엄하게 가르친 덕에 어린 이상화는 한학에 상당한 조예를 갖추게 되었다.

15세가 되자 그는 서울로 올라와 5년제 중앙학교에 입학했다. 18세가 되어 3학년을 마친 그는 쓰다 달다 말 한마디 없이 입은 옷 그대로 가출해버렸다. 그때는 지금과 달리 학기가 5월에 끝났던 모양이다. 이상화는 그해 여름과 가을 두 계절을 금강산과 강원도 일대를 혼자 헤매다 돌아왔다. 이때 느낀 감정을 쓴 「금강송가金剛頌歌」는 조선 국토를 예찬한 시다. 시어는 거칠어도 웅장하고 도도하다.

19세가 된 이상화는 대구에서 3.1 만세 학생운동의 배후 주동자로 몰려 수배령이 떨어졌다. 서울로 도망 온 그는 한동안 친구 하숙방에서 숨어 지내다가 큰아버지의 중매로 공주 출신의 여성과 강제 결혼을 했다. 이상화는 박종화, 나도향, 현진건, 홍사용, 박영희, 김기진 등과 자주 어울렸고 한때는 백조 동인으로도 활동했다. 그가 본격적으로 시를 발표하기 시작한 것도 백조의 창간호를 발간하던 22세부터다. 본인도 직업이 없는 주제에 공초 오상순의 호구를 챙기겠다며 '오뎅집'을 이상화가 차려주었던 일화는 지금도 유명하다. 공초가 이 가게를 제대로 운영했을 리 만무하니 얼마 못 가 그 오뎅집은 쫄딱 망했다.

이상화의 대표작 가운데 하나로 꼽히는 「나의 침실로」는 그가 23세이던 1923년에 발표한 시다. 26세이던 1926년 4월은 조선의 마지막 임금이었던 순종이 운명한 달이다. 순종이 운명하고 난 두 달 뒤인 6월에 「빼앗긴 들에도 봄은 오는가」를 발표했다. 이상화의 두 대표 시는 많은 사람이 이야기했으니 생략하기로 하고 여기서는 다른 시 두 편을 보기로 하자.

너 위에 얽던 꿈 어디 쓰고
네게만 쏟던 사랑 뉘게다 줄꼬
웅히야 제발 다시 숨쉬어 다오

하로 해를 네 곁에서 못지나 본 것
한가지도 석 시원히 못해 준 것

감옥방 판자벽이 얼마나 울었든지

옹히야 너는 갔구나
웃지도 울지도 꼼짝도 않고

- 「곡자사(哭子詞)」(1929년 6월 발표) 중

이상화의 개인사에서 빼놓을 수 없는 여섯 명의 여인(부인 포함) 가운데 한 명은 대구 기생 송소희다. 이 시는 송소희가 낳은 자식이 죽고 나서 쓴 시다. 곡자사라는 제목에서 보듯 이 시는 죽은 자식을 위해 통곡하는 아비의 비통한 마음을 노래했다. 감정을 극대화하기에는 시詩보다 '사詞'가 훨씬 더 적합하다.[36] 사는 시보다 품격은 떨어지지만, 호소력은 훨씬 커서 일반 대중에게 빨리 퍼져나간다. 시보다 훌륭한 대중가요의 노랫말은 지금도 많다. 하지만 대개는 노랫말의 격이 시에는 좀 못 미친다고 보는 게 일반적이다. 그러나 격이 아무리 높아도 대중가요로 크게 유행한 시는 그 본연의 맛을 잃고 노래에 묻혀 버리기가 십상이다. 시문詩文이 악곡樂曲을 넘어서지 못하기 때문이다. 문장뿐인 시문이, 여러 가지 악기와 목소리가 함께 어우러진 악곡의 대중성과 호소력을 어떻게 넘어설 수 있겠는가. 그럼 여기서 잠시 사에 대해서 알아보고 가자.

사詞의 천박성과 서정성

36 　이상화는 한학에 해박했으니 그가 쓴 이 시의 제목이 혹시 당송 때 유행한 곡자사에서 따오지는 않았을까 하는 의심도 든다(그렇다고 다른 사람이 쓴 곡자사哭子詞가 없는 건 아니다).

중국의 당송시대는 학문과 예술이 가장 빛났던 시기다. 당나라에서 시작한 사는 중국 문학사나 음악사에서 매우 중요하고도 독특한 고유양식이다. 원래 사는 일반 평민들이 부르던 대중가요다. 먹고 마시고 놀 때 악기 반주에 맞춰 부르는 가요나 속요俗謠는 사람의 감정을 그대로 드러내기 때문에, 통속성이 매우 강하다. 이런 이유로 감정의 절제를 중요하게 여기던 중국의 사대부나 지식인은 사를 천박하게 여겼다. 그러나 자신의 사사로운 감정을 자유롭게 표현할 곳이 그 어디에도 없었던 이들 상류층은 사를 그들의 감정을 토로할 문학적 공간으로 생각하고 사에 접근하기 시작했다. 대중가요가 항상 그러하듯이 사 역시 통속적이라서 남녀 간의 사랑을 노래한 게 제일 많다. 그 외에도 사람들의 인생살이에서 느끼는 비애, 허무, 고독, 무상, 이별, 장쾌, 희열, 기쁨, 향수, 죽음, 비분강개 같은 온갖 감정을 그대로 다 옮겨놨기 때문에 그 폭이 대단히 넓다.

사의 시작은 성당盛唐(당나라 문화가 가장 크게 빛나던 시기)[37] 때 살았던 이태백으로 알려져 있는데, 나중에는 온정균, 안수, 구양수, 유영, 왕안석, 소식, 하주, 악비 외에도 유명한 시인들이 이 대열에 줄줄이 참여하기 시작했다. 특히 유영柳永은 정해진 곡조에 가사를 얼마나 똑떨어지도록 잘 써 붙였던지, 그가 사를 쓰기만 하면 기방妓房이든 우물가에서든

---

37 당나라 문화사는 크게 네 시기로 나눈다. 초당初唐, 성당盛唐, 중당中唐, 만당晚唐이다. 초당은 당나라 문화가 일어나기 시작한 시기를 말하고 성당은 무성하게 꽃이 핀 두 번째 시기다. 이때를 당나라 시 문화가 가장 빛났던 시기로 꼽는다. 대표적 시인으로는 이백, 두보, 왕유, 맹호연 같은 사람들이 있다. 중당 때는 백거이 유종원, 한유 같은 시인이 나왔으나 성당 때만 못했다. 만당은 당나라가 저물어가던 마지막 시기를 일컫는다. 두목, 이상은, 온정균 같은 시인들이 나왔다. 사람들은 두보를 시의 성인이라는 뜻으로 시성詩聖, 이백을 시의 신선이라 하여 시선詩仙, 왕유는 시의 부처인 시불詩佛, 이하를 시의 귀신이라는 시귀詩鬼라 부른다. 이들 네 사람을 일러 중국의 4대 시인이라고도 한다. 중당 때 나와 20대에 요절한 이하를 제외하면 모두 성당 때 나온 시인들이다.

대유행을 멈추지 않았다고 한다. 사는 우리나라 판소리가 동편제와 서편제로 나뉘듯 완약사婉約詞와 호방사豪放詞로 나뉜다. 완약사는 여성적이고 감상적이며 평측平仄이나 압운押韻을 지키는 형태를 취한다. 그에 반해 호방사는 글자 그대로 남성적이며 거칠고 호쾌하며, 평측이나 압운에 별로 구애받지 않았다. 호방사의 대표 시인은 소식蘇軾이다. 하지만 감정 전달의 섬세함을 선호해서인지, 호방사는 완약사에 비해 유행이 그리 오래가지는 못했다. 우리나라에는 고려 때 사가 처음 들어왔다.

평측平仄과 압운押韻

평측이란 쉽게 말해서 소리의 높낮이를 말한다. 한자는 글자마다 음의 높낮이가 다 다른데 소리의 높낮이에 따라 다시 음양으로 구분한다. 대개 평은 양이고 측은 음이다. 당나라 때는 한 시를 지을 때 엄격한 규칙을 채택했다. 이를 기점으로 당나라 이전에 지은 시를 고체시古體詩, 그 이후에 지은 시를 근체시近體詩라고 한다. 하지만 시대와 상관없이 이 규칙을 지킨 시를 근체시, 지키지 않은 시를 고체시라고 한다.

한시를 지을 때는 글자가 지닌 평측을 염두에 두고 음양에 맞게 시어를 배치해야 한다. 평측과 음양, 압운을 규칙에 맞게 잘 지키고 배치함으로써 그 시의 한 글자 한 글자와 행, 행과 연, 연과 시 전체가 모두 조화를 이루어야 한다. 이렇게 조화를 이룰 때, 그 시는 시의 본래 목적인 '유학의 정신'을 구현할 수 있다. 압운이란 시나 사를 지을 때 첫 행의 끝 글자, 두 번 째나 중간 행(짝수 행)의 끝 글자, 마지막 행의 끝 글자에 같은 운을 가진 각각 다른 글자를 규칙적으로 집어넣는 일을 말한다. 근체시를 완성한 사람은 두보杜甫다.

지금 우리가 노래를 들을 때 아무개 작곡, 아무개 작사作詞, 또는 아무개 사詞라고 하는 말은 바로 이 사를 이르는 말이다. 우리 대중가요는 대개 가사를 먼저 쓰고 곡을 붙이는 방식을 취한다. 하지만 중국의 사는 이미 나와서 유행하고 있는 곡조에 맞게 노랫말을 새로 가다듬어서 발표하는 게 보통이다. 다시 말해 사는 새로 만든 창작곡에 새로 지은 노랫말을 붙이기도 하지만, 이미 퍼져 있는 유행가에 노랫말만 몇 번이고 새로 만들어 붙여서 불렀다. 말하자면 같은 곡에 가사 바꿔 부르기를 여러 번 반복하는 셈이다.

사는 기생이나 평민, 홍등가에서 유전流傳하던 유행가이지만 지식인과 사대부가 참여하면서 시詩의 감수성을 노랫말에 도입하기 시작했다. 노랫말을 잘 지으려면 앞에서 소개한 유영처럼 음률과 시에 모두 능통해야 한다. 그래야 입에 착착 달라붙는 노래가 된다. 그러나 사를 짓는 상류 지식인이나 사대부 모두가 시적 재질과 음악적 재질을 동시에 갖출 수는 없다. 그러다 보니 쏟아지는 사와 음악이 서로 맞지 않는 경우가 속출했다. 이런 불협화음이 한동안 지속되다가 사는 점차 노래에서 분리되어 서정시의 한 양식으로 자리 잡았다.

왕조에 따라 달라지는 문학의 형태

상류층이 참여하기 시작한 당나라 때는 사를 주로 곡자사曲子詞라고 불렀다. 곡자사라 부른 시기는 당에서부터 북송 때까지다. 이 시기를 거친 뒤 남송 시대에 와서 곡자사를 사라고 줄여 부르기 시작했다. 흔히 당나라 이후의 중국 문학을 일러 당시唐詩, 송사宋詞, 원곡元曲, 명청은 문文이라고 한다. 당나라 때는 시, 송대에는 사, 원대는 곡, 명청 시대는 소설이 일세를 풍미했다는 말이다. 오래전에 나온 당시唐詩 3백 선, 송사宋詞 3백 선은 지금도 여전히 여러 나라의 시인이나 학자에게 사랑을 받고 있다. 수호전, 금병매, 초한지, 삼국지연의, 동주 열국지, 홍루몽, 유림외사, 요재지이 등은 모두 명청 시대에 나온 소설임에도 대중적 인기를 끌며 여전히 잘 팔리는 책이다.

원 나라 때에 유행하던 원곡은 희곡戲曲과 산곡散曲, 둘로 나눈다. 서로 다른 문화는 한동안 두 문화가 겹치는 시기를 거친 뒤에 단일 양식으로 정착한다. 산곡도 이와 같아서 송사에서 변형한 형식이 바로 산곡이다. 이는 원대와 명대에 걸쳐 유행했는데, 사처럼 먹고 마시고 놀 때 악기 반주에 맞춰 불렀던 대중가요다. 한편 산곡은 원대에서 크게 유행했던 희곡인 원곡元曲의 가사와 그 성질이 같다. 중국 문학에서 사는 송사뿐만 아니라 원대의 산곡까지 포함한다. 음악 분야에서는 악곡이나 가곡도 사에 포함한다.

시는 장엄하고 사는 아름답다. 시는 중후하고 사는 섬세하다. 성당에서 시작해서 만당晚唐(당나라 문학, 예술이 꽃피운 마지막 시기)에서 점차 커지다가 송대에 크게 유행했던 사(곡자사)는 청나라 말기까지도 많이 불렀다고 한다. 하지만 원, 명을 거치면서 쇠퇴한 것도 사실이다. 그러나 청대에 와서는 고증학이 유행하면서 사도 일부 부활했으나 창작보다는 수집정리 쪽에 치중했다. 서울대 류종목 교수에 따르면 마오쩌둥과 장제스도 사를 지었을 정도로 사는 현재까지 그 명맥이 끊어지지 않은 채 계속 이어지고 있다고 한다.[38 39]

---

38 마오쩌둥과 장제스는 현대 중국의 양대 산맥이다. 이들이 사를 지어 부르면 그 휘하에 있던 많은 사람이 어찌 사를 따라지어 부르지 않겠는가. 따라서 이 두 사람이 사를 지어 불렀다는 말은 제한적이나마 사를 유지 부흥하는 데 일조를 했다는 말과 같다.

이상화의 「곡자사」와 「역천逆天」

이 책을 쓴 저자 이기철과 달리 이상규는 그가 펴낸 『이상화 문학전집』에서 이상화의 시 「곡자사」에 나오는 웅히가 이상화와 손필련 사이에서 태어난 둘째 아들이라고 한다.[40] 그러나 이 책 『이상화』를 쓴 이기철은 웅히가 이상화와 대구기생 송소옥 사이에서 태어난 아이라고 추측한다. 완전히 다른 주장이다. 이기철에 따르면 이상화가 손필련을 만난 해는 1919년 3.1 만세 운동 때 대구 학생운동의 배후 조종자로 수배를 피해 서울에서 하숙할 때이다. 그해 10월에 이상화는 서온순과 결혼했다. 김학동은 손필련과 헤어진 해를 이상화가 도쿄로 가기 전해인 1921년이라고 한다.[41] 이상화가 「곡자사」를 발표한 것은 1929년 6월이다. 아이는 시를 발표하기 3년 전인 1926년 5월에 태어나 8월에 죽었다. 이상화는 웅히가 채 1년도 못 살았다고 이 시에서 직접 밝혔다. 상화의 자식 웅히는 3년 전인 1926년에 태어나 3개월 만에 죽었는데, 어떻게 1921년에 헤어진 손필련의 아이가 될 수 있겠는가. 1921년에 이들이 헤어지고 나서 그 후에 다시 만나 함께 살았다는 기록도 나는 아직 못 보았다. 손필련이 이상화의 자식을 둘씩이나 낳았다는 기록도 보지 못했다. 손필련의 아들이 요

---

39   사를 설명한 글을 쓰면서 참고한 자료는 아래와 같다.
      다음, 네이버 사전
      『송사삼백수』(주조모 엮음, 이동향 역주, 문학과지성사)
      『송사삼백수』(주조모 지음, 류종목 옮김, 지식을만드는지식)
      『사곡』(류종목 외 지음, 명문당)
      네이버TV 「생각의 열쇠, 천 개의 키워드, 사(詞)」 서울대 중어중문학과 류종목 교수 편 2011
      년 11월 26일자
40   『이상화 문학전집』(이상화 지음, 이상규 엮음, 경진) 113쪽 참조
41   『이상화 評傳』(김학동 지음, 새문사) 368~370쪽 참조

절했다는 기록도 내겐 없다. 상식적으로 생각해보더라도 손필련과 만나고 헤어진 지 불과 1년 몇 개월 만에 어떻게 아이를 둘씩이나 낳을 수 있겠는가. 그녀와 사귈 때 이상화가 10월에 감옥에 들어가 있은 적도 없다. 또 손필련의 첫아들이 누구인지 이상규는 밝히지 않았다. 그러나 그 반대로 이 책이나 김학동이 잘못 알았을 수도 있다. 앞으로 이런 문제는 더 많은 연구가 필요하다.

자기 시의 가치나 수준을 보는 저자의 눈은 평단이나 대중이 보는 눈과 항상 일치하지는 않는다. 이상화도 그런 경우다. 평론가나 대중은 이상화의 대표 시를 우리가 익히 아는 「나의 침실로」와 「빼앗긴 들에도 봄은 오는가」 이 두 편을 꼽는다. 그러나 본인은 별로 알려지지 않은 「역천」을 자기 시 가운데 최고로 꼽았다. 이는 시대가 처한 상황, 투쟁 의지, 서정과 비장미, 남성성 따위가 민족의식 속에 하나로 집약되었다고 보았기 때문인 듯하다.

이때야말로 이 나라의 보배로운 가을철이다.
더구나 그림도 같고 꿈과도 같은 좋은 밤이다.
초가을 열나흘 밤 열푸른 유리로 천장을 한 밤
거기서 달은 마중 왔다. 얼굴을 쳐들고 별은 기다린다. 눈짓을 한다.
그리고 실낱같은 바람은 길을 끄으려 바라노라 이따금 성화를 하지 않는가.
그러나 나는 오늘 밤에 좋아라 가고프지가 않다.
아니다 나는 오늘 밤에 좋아라 보고프지도 않다.

이런 때 이런 밤 이 나라까지 복지게 보이는 저편 하늘을

햇살이 못 쪼이는 그 땅에 나서 가슴 밑바닥으로 못 웃어 본 나는 선뜻 만 보아도
철모르는 나의 마음 홀아비자식 아비를 따르듯 불 본 나비가 되어
꾀우는 얼굴과 같은 달에게로 웃는 이빨 같은 별에게로
앞도 모르고 뒤도 모르고 곤두치듯 줄달음질을 쳐서 가더니.

그리하여 지금 내가 어디서 무엇 때문에 이 짓을 하는지
그것조차 잊고서도 낮이나 밤이나 노닐 것이 두려웁다.
걸림 없이 사는 듯 하면서도 걸림뿐인 사람의 세상-

아름다운 때가 오면 아름다운 그때와 어울려 한 뭉텅이가 못 되어지는
이 살이-
꿈과도 같고 그림 같고 어린이 마음 위와 같은 나라가 있어
아무리 불러도 멋대로 못 가고 생각조차 못 하게 지천을 떠는 이 설움.
벙어리 같은 이 아픈 설움이 칡넝쿨같이 몇 날 몇 해나 얽히어 틀어진다.

보아라, 오늘 밤에 하늘이 사람 배반하는 줄 알았다.
아니다, 오늘 밤에 사람이 하늘 배반하는 줄도 알았다.

- 「역천」 전문, 1935년작

이 시의 밑줄 친 부분은 해석하는 사람마다 의견이 분분하다. 『상화와 고월』에서 고쳐 쓴 '지천을 떠는'이란 이 말은 '(포악을 떨며) 지청구를 해대는'이라고 해석해야 맞다. 사전에도 나와 있듯이 '지천'이란 '지청구'의 방언인데, 주로 호남 인근에서 쓰는 방언이다. 이상화의 부인 서온순 여

사는 고향이 충남 공주라서 이 방언을 쓸 수 있다. 내 고향은 충남 한산인데 나도 어렸을 때 이 방언을 자주 듣고 자랐다. '지청구'는 윗사람이 아랫사람의 잘못을 꾸짖거나 또는 까닭 없이 남을 탓하고 원망한다는 말이다. 이 시의 밑줄 부분에 지천 대신 지청구를 넣고 풀어보면 '아내가 마치 아랫사람에게 하듯 내게 포악을 떨며 지청구를 해댄다.'는 뜻이니 시의 해석이 자연스럽다. 이상구는 이를 지천地天, 즉 하늘과 땅의 오자로 보았다.[42] 이상구의 방식으로 해석하려면 '지천을 떠는'이 아니라 '지천이 떠는' 즉 '하늘과 땅이 떠는'으로 써야 맞다. 김학동은 아예 '지쳤을 때는'으로 고쳐 놓았다.[43]

이상화의 시 「역천」에 대한 평가는 아래에서 보듯 대략 두 부류로 크게 갈린다.

시인의 저항정신을 서정적 정조로 잘 가다듬어 누구나 공감할 수 있는 시 세계를 보인 '빼앗긴 들에도 봄은 오는가', '역천' 등 일련의 후기 시가 그의 시적 본령이라고 할 수 있다. (한국현대문학대사전, 네이버 지식백과 '이상화')

그의 후기 작품 경향은 철저한 회의와 좌절의 경향을 보여 주는데 그 대표적 작품으로는 역천(『시원』 1935), 서러운 해조(『문장』 1941) 등이 있다. (한국민족문화대백과사전 '이상화')

42　『이상화 문학전집』(이상화 지음, 이상규 엮음, 경진) 122쪽 참조

43　『이상화 評傳』(김학동 지음, 새문사) 337쪽 참조

「역천」은 두 가지 해석이 가능하다. 먼저 밝음을 등진 채 어두운 밤에만 몰래 나와 서로 만나다가 날이 밝기 전에 사라져야 하는 비련의 남녀관계를 읊은 시로 보는 해석이다. 당시 사회상을 놓고 이 시를 보면, 젊은 애인이나 첩에게 홀딱 빠진 지식인 남편이 제 부인은 내팽개치고 오늘 밤에도 또 애인의 집으로 몰래 달려가려고 전전긍긍한다. 그러다가 그만 부인에게 들켰다. 부인은 죽자 살자 그의 앞을 가로막고 포악을 떨며 지청구를 해댄다. 그 바람에 화자는 할 수 없이 자기 집에 주저앉아버린다. 남자가 올려다본 하늘 저편 아래에서는 제 애인이나 첩이 이제나저제나 홀로 서성이며 기다리는 모습이 눈에 어른거린다. 그 여자는 어린애처럼 착하고 순진한 사람이다. 부인은 남편의 애인이 저쪽에서 아무리 애타게 기다려도 찾아가기는커녕 머릿속에서 생각조차 못 하게 그야말로 지천을 떤다. 그런 부인을 보면서 남자는 하늘(남편)과 땅(아녀자)이 거꾸로 뒤집어졌다며 속으로 장탄식을 한다. 남편은 이런 설움을 몇 날 몇 해 동안이나 계속 받고 있다.

두 번째는 이 시를 일제에 저항하는 시로 본 입장이다. 모든 예술 작품은 그 작가가 살았던 시대의 여러 배경과 환경을 꼼꼼히 따져봐야 한다. 그래야 그 작가와 작품의 경향을 좀 더 깊이 있게 이해할 수 있다. 이상화가 「역천」을 발표하던 1935년은 총독부에서 조선 농민 80만 명을 만주로 강제 이주시키기로 결정한 해다. 이 해에 총독부는 조선에 있는 모든 학교에 신사 참배를 하라고 강요했고, 이에 반발한 평안도 내의 모든 기독교계 학교는 참배 거부를 결의하고 이를 공개했다. 상하이에서 일본 영사관이 조선인 학교에 일본어를 교육하라고 명령하자 교장이 이를 단박에 거부하고 무기한 휴교를 해버린 때도 바로 이 해였다.[44] 한일합방조약은 이보다 25년이 앞선 1910년 8월 29일 강제로 체결되었다. 조선은 이 날짜로 멸망했다. 그 마지막 황제는 제27대 순종이다. 이때부터 순종은 황제의 지위를 잃고 창덕궁에서 16년을 더 살다가 1926년 4월 25일에 운명했다. 이상화가 「역천」을 발표하기 약 11년 전이다.

다시 말하면 이 시는 조선이 멸망하여 일제의 식민지가 된 지 약 25년 후에 쓴 시다. 따라서 조선 땅에 임금이라 칭할 자는 일본 천황 단 한 명밖에 없다. 이상화가 한학에 조예가 깊었다는 말에 근거를 두고 이 시를 살펴보면, 맹자와 제나라 선왕이 주고받았던 이야기, 역성혁명易姓革命과 관계가 있다.[45]

이 시를 쓰던 때의 시대 상황을 「역천」과 맞추어보면, 오늘 밤 내가 일본 천황에게 반역의 칼을 들이대고야 말겠다는 뜻이다. 이 시의 제목이 그렇고 시의 흐름도 그런 이야기로 마무리되어 서로 호응하니, 이상화의 「역천」은 오갈 데 없는 저항시다. 한자가 지닌 뜻이나 유학의 입장에서 본 하늘天은 임금이나 제왕을 뜻한다. 아니면 백성인데 시의 흐름으로 보아 백성은 아니다. 역천逆天이란 하늘을 거스른다는 뜻이니, 임금이나 제왕을 배반하고 반역한다는 뜻이다.

---

44 『한국사 연표』(박태남 엮음, 다할미디어) 438쪽 참조

45 『맹자』 '양해왕' 하편에 나오는 역성혁명의 요지는 이렇다. 맹자가 제나라를 방문했을 때 선왕이 물었다. "신하가 자기 임금을 죽여도 됩니까?" 맹자가 대답했다. "왕이 민심과 천심을 버리고 인의仁義를 버린다면 그는 왕이 아니라 일부一夫(수많은 남자 가운데 한 명)일 뿐입니다. 나는 남자 한 명을 죽였다는 말은 들었어도 임금을 시해했다는 말은 듣지 못했습니다."라고 대답했다. 이 말은 민심은 천심天心(하늘의 뜻)인데 이를 저버리는 자는 왕이 아니라 일개 필부匹夫에 불과할 뿐이니 그런 놈은 죽여도 좋다는 뜻이다. 다시 말해 그런 왕 대신 역성혁명을 일으켜서 성씨姓氏가 다른 새로운 왕조를 세워도 좋다는 말이다. 이를 반역反逆이라고도 한다.

이 시에서 하늘은 둘이다. 내가 가고 싶은 하늘은 선뜻 보기만 해도 달려 가고픈 저편 하늘인데, 지천을 떠는 사람 때문에 가고 싶어도 못 가는 아름다운 하늘이다. 지금 내가 있는 곳은 이쪽 하늘인데, 그 밑은 걸림이 많은 세상이 자리 잡고 있다. 내 맘대로 말도 할 수도 없고, 내 맘대로 생각조차 할 수 없는 땅이다. 그 땅은 해도 들지 않고 웃음도 잃어버린 슬픔의 땅, 죽음의 땅이 되었다. 말하자면 일제에 압제당한 땅이다.

이 시가 밝힌 시절은 가을이다. 앞서 『노자 하상공장구』 편에서도 제시했듯이 음양오행에서 가을은 금金이고 서쪽이다. 흰빛이며 수렴46이고 정리整理다. 금이란 칼이나 도끼를 의미하고 죽임(숙살肅殺)과 혁명, 반역, 굳셈, 의협을 상징한다. 인의예지신을 나타내는 오상五常으로 보면 금은 인仁 다음에 오는 의義에 해당한다. 인체人體로는 폐, 대장이고 성정性情으로 보면 슬픔이고 노함(怒: 성냄. 화내어 떨쳐 일어남)이다. 이상화가 공부한 한학에서 이런 인식은 기본 중의 기본이다.

오행과 오상을 놓고 볼 때 이 시의 마지막 연은 오늘 밤에 역천이라는 분노의 칼로 일제의 가슴을 찔러 죽여서 정리한다는 뜻이다. 분노하여 떨쳐 일어난 의로움의 칼로 일제와 천황의 폐를 찔러 숨통을 끊어놓는다는 말이다. 당시 이런 시를 쓰려면 대개 비유나 은유를 동원해서 주제 의식을 감추는 게 보통이다. 그런데도 이렇게 작자의 반역 의도가 단박에 드러나도록 대놓고 썼다니 대단하다. 이 시를 저항시라는 측면에서 보면, 이상화가 왜 「역천」을 자기 시의 최고봉으로 꼽았는지 이해가 간다.

---

46 수렴收斂은 하나로 모으고 받아들이거나 거두어들인다는 뜻도 있지만, 사전에 보면 방탕한 사람이 몸과 마음을 가다듬고 반성하여 조심한다는 뜻도 있다.

이상화는 1901년에 태어나서 일제의 탄압이 극심하던 1943년 4월, 43세에 위암으로 죽었다. 그는 앞서 말한 대로 3.1 독립만세운동 때는 대구 지역 학생운동의 배후 조종자로 경찰의 수배를 받았고 의열단 이종암 사건[47]에 연루되어 수감생활을 했는가 하면, 중국에서 독립투쟁을 하던 형 이상정 장군을 만나고 돌아오자마자 감옥에 갇혀 고초를 겪었다.

이상화의 집안은 부자였고 그의 어머니는 대구 지역에서 이름이 짜한 여걸이자 명사였다. 이상화는 가난한 농민을 수탈하는 일제의 폭정과 맨주먹만 쥐고 만주로 떠나가는 유랑민을 보면서 비참한 민족 현실에 처음으로 눈을 떴다. 그때부터 그의 시는 현실 참여시로, 민족 저항시로 변모에 변모를 거듭한다. 그가 쓴 60여 편의 시 가운데 농민의 삶과 관련된 시가 가장 많은 것도 이런 이유와 무관치 않다. 자료를 찾아보면 그는 백조 동인으로 출발해서 조선프롤레타리아예술동맹(KAPF, 카프)에서 활동했다는 기록도 있다.[48] 이상화는 대구 교남학교에서 작문(글쓰기)과 영어, 권투를 가르치며 민족의식을 고취한 적도 있다. 비록 나라는 빼앗겼지만 주먹으로라도 일본 놈에게 지지 말자는 취지였다고 한다.

이상화는 처참한 농민의 삶을 대변했던 시인이자 소설가다. 성취도야 어찌 되었든 「춘향전」도 영어로 번역했다. 그의 시는 '나의 침실로'라는 유미주의에서 민족 현실을 대변하는 쪽으로 점차 변모했다. 이런 변모는 간도 이주뿐만이 아니라, 1920년대에 벌어진 노동자 투쟁과 전국에서 벌어진 소작쟁의운동, 농촌계몽운동, 협동조합운동과 무관치 않다. 또 이런

---

47 이종암 사건이란 필리핀에서 귀국하는 일본육군대장 다나카를 상해에서 사살하거나 폭사시키려다 실패한 사건이다. 일설에는 그 무렵 이상화가 피검된 것은 맞지만, 확실치 않다는 말도 있다.

48 그러나 저자는 이상화가 카프 맹원이 된 기록은 찾지 못했다고 한다. (155쪽)

변모는 학생들에게 권투를 가르치던 그의 평소 정신하고도 이어진다. 일방적으로 대지주 편만 들던 일제의 농민운동 탄압은 1930년대로 가면 점점 더 혹독해진다. 이런 점이 바로 이상화가 시 「역천」을 1930년대의 한복판인 1935년에 발표했다는 점에 주목해야 하는 이유다. 또 이 시는 그가 혈기방장하던 24살에 썼다는 점에도 주목해야 한다.

한국민족문화대백과사전은 시 「역천」을 이루지 못할 남녀 간의 부도덕한 사랑이나 퇴폐로 본 듯하다. 이는 이상화의 한학 공부와 음양오행의 의미를 무시했거나 당시의 시대상이나 그의 나이를 외면한 결과는 아닌가 하는 의구심이 든다. 아니면 끝까지 저쪽 하늘로 달려가지 못하고 주저앉은 상태를 좌절로 보았을 수도 있다. 하지만 그런 측면에서 보면 이 땅은 걸림이 많고 내 머릿속 생각조차 마음대로 못 하게 감시하는 땅이다. 시적 화자는 이런 땅을 지배하는 저 하늘을 찔러 죽이고야 말겠다고 하니, 회의와 좌절에 빠졌다고 볼 수 없다.

이 시는 아무리 다시 살펴보아도 처음 제시한 입장보다는 두 번째 입장으로 보아야 훨씬 더 자연스럽다. 필자의 이런 시각이 혹시 비뚤어진 국수주의자의 시각은 아닌지, 경계를 거듭하면서 보았음에도 그렇다. 따라서 「역천」을 '철저한 회의와 좌절의 경향을 보여주는 대표 시'라고 한 평가에 필자는 동의할 수 없다. 생전에 이상화가 이 시를 자기가 쓴 최고의 시로 꼽았다는 측면에서 보더라도 '철저한 회의와 좌절에 빠진 시'라고 볼 수는 없다. 대체 어느 누가 그런 시를 자기 일생에서 최고로 잘 쓴 시라고 꼽을 것인가. 그와 비슷한 측면에서 본다면 「나의 침실로」도 있는데 말이다. 시 「나의 침실로」는 현실에 게의치 않고 오직 아름다움만을 추구하는 유미주의唯美主義 시라고 보는 사람도 있고, 3.1 독립 만세 운동이 실패한 이후에 등장했다는 점에서 비관적 은둔이나 퇴폐시라고 보는 사람이 있다. 이런 측면에서는 이 시가 좌절을 노래했다고 볼 수도 있다.

누구든 병이 도지면 만사가 귀찮아진다. 눈에 보이는 병이라면 몰라도 위장병은 보이지도 않는 병이라 남이 그닥 실감을 못 한다. 그의 시작詩作 활동이 뒤로 갈수록 뜸해진 데에는 꽤 긴 시간에 걸쳐 진행된 위암이 큰 몫 했을 것이다. 시나브로 진행된 위장병이 마지막엔 사람을 얼마나 고통스럽게 하고 만사 귀찮아지게 하는지 겪어본 사람은 안다.

이상화가 위암으로 죽고 4년이 흐른 1947년, 우리나라 최초로 대구 달성공원에 이상화를 기리는 시비詩碑가 세워졌다. 그사이에 나라가 광복한 지도 2년이나 지나갔다. 이 시비에는 「나의 침실로」의 한 부분이 새겨져 있다. 저자는 이 시비를 가리켜 '(이상화) 초기의 앳되고 순수한 시 정신을 전하고 있다'고 평했다. 이상화의 다른 시를 다 제치고 이 시를 우겨서 선택한 이는 당시 시비건립위원장이던 수필가 김소운이라고 한다. 그가 어떤 사람인지는 독자들이 더 잘 알 터이니 여기서는 그의 소개를 생략한다.

이상화의 생전 행적을 보더라도, 또 시를 쓴 그의 내적 관념을 보더라도, 간악한 일제로부터 갓 독립한 우리나라의 민족적 현실을 보더라도, 광복한 지 2년 만에 우리나라 역사상 처음으로 건립할 상화의 시비에는 「역천」이나 「빼앗긴 들에도 봄은 오는가」를 새겨야 맞다. 하지만 김소운은 주변의 이런 요청을 모두 물리치고 '나의 침실로'를 선택했다고 한다. 우리가 모르는 어떤 이유가 있는지는 잘 모르겠지만. 최근 시비 건립이 유행하면서 이상화 시비는 대구 두류공원에도 세워졌다. 거기에는 「빼앗긴 들에도 봄은 오는가」를 새겨 놓았다. 그러나 이상화 본인이 가장 높이 쳤던 시, 「역천」은 그 어디에도 없다.

따지고 보면 이것도 이념이 갈라놓은 비극일 터이지만, 분단 이후 지금까지 남북 양쪽에서 모두 인정받는 시인은 이상화가 유일하다.[49] 이상화를 높이 평가하는 북한이 왜 이육사는 꼽지 않았을까. 그 이유를 나는 모르겠다. 혹시 월북한 동생 이원조를 전쟁이 끝나자 미제 간첩이라며 임화와 함께 숙청해버린 일 때문은 아닐까. 어떤 이는 이상화가 이념에 휩쓸리지 않고 지금껏 남북한 양쪽에서 존숭 받는 건 그가 일찍 죽었기 때문이라는 말도 한다. 그가 오래 살았다면 당시의 시대 상황이나 그의 성향으로 볼 때 한쪽으로 치우치지 않을 도리가 없었을 것이라는 뜻에서다.

시인은 자신이 지닌 이념이나 사유를 시로 형상화한다. 수준의 높낮이나 완성도는 조탁彫琢의 결과인데, 대중은 그 결과에 따라 새롭게 태어난 시를 살리기도 하고 죽이기도 한다. 그걸 옆에서 돕는 게 평론가다. 시를 대하는 대중의 눈높이를 끌어올리는 것도, 이미 죽어버린 시 가운데에서 좋은 시를 찾아내어 대중 앞에 부활시키는 일도 모두 평론가의 몫이라서 그렇다.

하지만 시를 대하는 대중과 평론가의 입장은 다르다. 평론가는 한 시인이 쓴 모든 시를 냉엄하게 분석하고 평가하여 비평하지만, 대중은 시인의 시가 고르지 못하다 해서 크게 비난하지 않는다. 자기가 좋아하는 시만 보면 되니까 그렇다. 시인은 자기가 쓴 모든 시를 사람들이 영원히 노래해주기를 바란다. 그러나 그건 불가능하다. 평생 써 모은 시 가운데 단 한 편만 살아남아도 그는 대단한 시인이다. 그런데 이상화는 두 편이나 크게 살아남았다. 게다가 이념을 뛰어넘어 남북 양쪽에서 모두 존숭 받고 있다니, 정말 엄청난 시인이다.

---

49 『이상화』(김재홍 지음, 건국대학교출판부) 34쪽 참조

환상의 접시 위에 올려놓은 부조리와 실존

필경사 바틀비

허만 멜빌 지음, 하비에르 사발라 그림, 공진호 옮김 | 문학동네 | 2011

1800년대 미국은 그야말로 격동의 시대였다. 세기 내내 산업혁명과 물신物神 풍조가 전 미국을 지배했다. 골드러시가 일어났고 멕시코 전쟁, 남북전쟁도 이때 치렀다. 전쟁은 과학과 기술을 발전시켜서 세상을 100년 넘게 뒤바꿀 새로운 발견과 발명을 무더기로 쏟아냈다. 에너지 개발과 자동차 산업이 무섭게 성장하기 시작했다. 도로, 교통수단, 운송, 통신, 전력망이 함께 확충되면서 신문, 잡지, 방송매체가 속속 등장했다. 자본, 금융, 부동산 시장이 눈이 돌 정도로 신장을 거듭하면서 소비도 급성장했다. 착취 또한 아주 극성을 떨었다. 부정적 측면도 분명히 존재하지만, 이 시기를 '미국의 르네상스 시기'라고 말하는 이도 있다.

격동기에는 언제나 기존의 가치가 허물어지고 새로운 가치와 이념이 홍수처럼 밀려와 뒤섞인다. 이런 혼란스런 시기에 벌어지는 온갖 타락상을 보면서 허만 멜빌은 자본주의가 품은 좌절과 소외를 함께 느꼈다. 그는 인간이 가져야 할 가치란 무엇인가라는 물음을 놓고 번민을 거듭하다가 이런 문제에 역설로 대답했다. 그는 상징성이 강한 소설로 복잡한 인간의 심리 상태나 내면 풍경을 이 물음에 맞춰 다양하게 그려갔다.

해양 장편소설『모비 딕』으로 유명한 허만 멜빌은 단편 소설과 시도 썼다. 1853년에 발표한 단편 소설『필경사 바틀비』는 부조리한 세상을 비판하는 실존적 이야기다. 하지만 그의 소설 대부분이 그렇듯 종교적 상징성이 강하다. 착취에 저항하는 노동 문학인가 하면, 소외와 고독을 부각한 심리소설이다. 심리소설이 자주 그러하듯 환상소설의 범주에 넣어도 무리가 없다.

『필경사 바틀비』에 나오는 인물은 모두 지식인이다. 화자인 나는 뉴욕의 월가에 있는 변호사다. 내 주된 본업은 부동산 양도나 소유권 증서를 검증하는 업무다. 한마디로 자본과 금융에 관한 일이다. 이번에 새로 고용한 바틀비를 비롯해서 내 사무실에서 근무하는 사람들은 모두 내게 종속된 사람들이다. 나는 '쉽게 사는 것이 최고라는 확신을 가진' 속물이자 물신 숭배자이다. 바틀비가 나를 만나기 전에 가졌던 직업은 우체국 사신死信 업무다. 이는 부칠 곳이 없거나 전달할 길이 없는 수취인 불명의 편지를 취급하는 슬픈 일이며 고립과 단절을 상징하는 일이다. 마음을 담은 편지가 갈 곳이 없다는 건 얼마나 허망하고 슬픈 일인가.

내 사무실에 온 바틀비는 남이 쓴 글이나 지식을 베끼는 필경사 일만 했다. 필경사란 글을 쓰는 직업이지만 본인의 생각이나 의견이 단 한 글자도 들어가서는 안 되는 직업이다. 이는 내가 바틀비의 사유를 제한하고 표현의 자유를 억압함을 보여주는 상징이다. 그럼으로써 속이 텅 빈 껍데기 지식인으로 그를 개조하여 나와 이 세상에 종속시키려 한다. 억압은 희망이 사라진 소외와 고독을 끝없이 주입하게 돼 있다. 하지만 나는 오히려 바틀비를 만나 충격을 받았고 나도 모르는 사이에 점차 그에게 복종해 갔다. 왜냐하면 그는 나와 다르게 물신적 욕망을 버린 사람이었으며, 존재를 의식하는 사람이었기 때문이다. 더더구나 그는 나와 물신이 합세해서 포로로 잡은 인간을 구원할 가능성을 가진 '사람'이었기 때문이다. 이 이후부터 저자는 소유, 노동, 착취, 분배, 부당해고, 저항, 공권력의 부당성, 자유와 억압, 인간의 구원을 배경에 깔면서 이야기를 전개한다.

바틀비는 퇴근 후 돌아갈 집이 없어 내 사무실에서 잤는데, 밥 먹을 돈도 없어서 싸구려 생강 과자로만 연명했다. 하지만 그는 남에게 제가 먹을 과자 심부름을 시키면(노동) 사 온 과자 한 움큼을 반드시 나누어 주었다(정직한 대가 지불, 분배). 바틀비는 화자인 내가 지시한 일을 본인 의지에 반하는 일이라며 끝까지 거부했다(소신, 사회정의 추구), 나는 그를 해고하고 사무실을 다른 곳으로 옮겼다(용도폐기). 해고된 뒤에도 그는 내 사무실이 있던 곳에 악착같이 버티고 있다가(농성과 저항), 끝내 교도소 가장 깊은 벽 안에 갇혀서 죽었다(소외, 단절, 절망). 마지막으로 내가 그의 뜬 눈을 감겨주었다. 이 마지막 이야기는 바틀비가 죽음으로 일궈낸 역설적 구원으로, 예수를 연상케 한다.

허만 멜빌은 아주 독실한 기독교 신자였다. 그는 평생 기독교적 삶에 충실하려고 애썼다. 그가 쓴 '필경사 버틀비'나 '피에르 혹은 모호함' 같은 소설은 뭉크의 그림처럼 표현방식이 부분적으로 좀 과장되었다고 말하는 이도 있다. 하지만 그의 소설에는 1850년대 전후 미국의 사회상을 엿볼 수 있는 장점도 있다. 그 시대의 미국 사회에서 타락, 방종, 착취가 얼마나 극심했는가를 가늠케 하고 구원마저 실패하고야 마는 세속의 사악함을 소설을 통해 드러낸다. 종교가 본래 목적을 망각한 채 타락해버린 모습을 보는 저자의 우울한 시각도 곳곳에서 포착된다.

'근대소설은「세계가 신에게서 버림받았다」는 관념에서 출발하였다'라는 루카치의 말을 상기한다면,[50] 허만 멜빌을 이해하기가 좀 더 쉬울 것 같다. 그러나 그의 소설을 꼼꼼히 읽어보면, 내면적으로는 기독교의 사랑과 구원을 깊이 추구하는 글을 썼다는 걸 알 수 있다. 이 책도 마찬가지다. 그의 단편 소설을 읽으면서 나는 달리나 피카소, 카뮈가 생각났다. 융이나 라캉도 연상되었다. 인간의 심리 현상이나 초현실주의적 환상이 동시에 느껴져서 그렇다. 해방 전후부터 70년대까지 쓴 우리나라 소설과 허만 멜빌을 비교해보면 여러 면에서 속상할 때가 많다. 저자는 『필경사 바틀비』를 통해 '본향으로 돌아가야 할 선한 인간에게 더 이상 출구가 없음'을 경고한다. '벽'은 그 상징이다. 하지만 인간의 욕망은 그의 경고를 무시한 채, 오늘도 새로운 벽을 향해 기관차처럼 계속 돌진한다. 그래서 작위作爲란 언제나 예측이 가능한 일이고 인간은 살아있는 한 후회나 탄식을 계속하게 되는지도 모르지만.

---

50 『한국인의 탄생』(최정운 지음, 미지북스) 102쪽 참조

파우스트를 천상계로 이끈 힘은?

파우스트 1~2

요한 볼프강 폰 괴테 지음, 정서웅 옮김 | 민음사 | 1999

괴테가 쓴『파우스트』는 구약성경「욥기」의 해석본이다. 구성 형태도 구약과 흡사하다. 그는『파우스트』를 통해 성경을 성경보다 더 성경답게 썼다. 성경만으로는 이해하기 어렵거나 알 듯 모를 듯한 부분을 구체적으로 설명하고 살을 덧붙여서 알기 쉽게 만들어 놓았다. 괴테는 이 소설 전체를 5막으로 구성했다. 그래서 희곡 형식으로 분류할 수도 있지만, 달리 보면 극시이자 서사시 같다. 그는 성경의 대중 보급을 극대화하려고 운문으로 짠 희곡 형식을 택한 듯하다. 이는 그 시대의 높은 문맹률이나 문장 해득률을 감안한 발상이다. 구약에 나오는 욥기는 주님의 은총과 사랑이 큰 주제다. 이 큰 주제 속에서 인간의 한계와 욕망, 또는 불굴의 투지를 그리며 주님을 찬미한다.

『파우스트』는 연극, 영화, 오페라, 교향곡 등 다양한 형태로 변주되어 지금도 여전히 인기를 끈다. 성경을 안 읽은 사람이 이 책을 읽어보면 그리스 신화의 괴테 판본이라 해도 손색이 없다. 본문에는『일리아스』나『오뒷세이아』의 이야기를 모방한 장면이 연속해서 나오고, 그리스의 신도 여럿 등장한다.『호메로스』와「욥기」를 모른 채 이 책을 읽는다면 그 소득이 좀 줄어들 수는 있다. 하지만 그게 무슨 큰 상관이랴. 그냥 본문만 따라가며 읽어도 엄청 재미있다. 깊이도 있고 환상적이다.

고전주의는 17~18세기까지 유럽 문학에 큰 영향을 끼쳤다. 고전주의(신고전주의를 포함)는 그리스와 로마 시대를 그리워하며 그 시대를 모방하려고 한다. 이런 현상은 프랑스 혁명의 영향을 받아 정치에도 반영되었다. 예술 방면에서 신고전주의와 고전주의는 이성적 상상력이나 합리성을 중시하고 비례와 균형, 혹은 대칭이나 분석을 중시하기 때문에, 일정한 단계를 따라가며 상황을 전개하는 게 원칙이다. 따라서 온갖 역경을 거쳐 우리 앞에 나타나는 오뒷세우스와 같은 영웅적 서사를 그려낸다. 한편 낭만주의는 고전주의에 반항하며 19세기에 나타난 문예 사조다. 이성보다는 개인의 감정을 중시하며 합리성을 파괴한다. 혼란스럽고 불합리한 상황을 예술의 대상으로 삼기 때문에 이성으로는 설명이 잘 안 되는 공포나 놀라움, 괴기한 상황을 작품으로 표현하려고 한다. 격정적이고 변화무쌍하거나 이국적 신비스러움을 담기도 한다. 한 마디로 낭만주의는 비이성적이며 이전의 질서를 파괴한다. 이런 구성 형식은 하층계급의 반란이나 신, 또는 영웅의 파멸을 그리기도 한다. 낭만주의 문학은 프랑스 혁명의 구호처럼, 자유 평등 박애 따위를 그 주제로 삼는 경우가 많다. 문예 사조로 분류하면 괴테는 고전주의자이다. 그는 고전주의자이면서도 낭만주의 형태의 글을 썼기 때문에 괴테를 낭만주의의 효시로 보는 이도 있다. 그는 이 희곡에 신화를 접목하고 주님, 천사, 악마, 그리고 인조인간 호문쿨루스를 등장시킴으로써 호메로스, 단테, 셰익스피어, 세르반테스, 조너선 스위프트로 내려간 환상 문학의 맥을 잇는다.

요한 볼프강 폰 괴테는 1749년 8월 독일 프랑크푸르트암마인에서 태어나 1832년 3월 83세 나이로 죽었다. 집안이 대단한 부자였던 그는 평생 돈 걱정 없이 자기가 하고 싶은 일에만 몰두하며 빼어난 시와 소설, 희곡을 썼다. 자신의 문학적 역정을 그린 자서전『시와 진실』은 세계 4대 자서전 가운데 하나로 꼽히는 명저다.

괴테는 문학가일 뿐만 아니라 광학, 식물학, 해부학, 광물학, 지질학에 색채이론까지 탐구한 과학자다. 그는 식물 연구논문「식물변태론」과 광학 연구논문「색채론」도 발표했다. 괴테의 색채론은 인상주의와 추상 미술계에도 영향을 끼쳤다고 전한다. 괴테는 인간의 간악골(양쪽 콧구멍 사이에 있으며, 앞니가 박혀있는 위턱뼈)을 세계 최초로 발견해 비교해부학계에도 큰 공적을 남겼다. 괴테가 20대에 쓴 소설『젊은 베르테르의 슬픔』은 사랑에 실패한 남자가 권총 자살로 자신의 생을 마감하는 이야기다. 이 소설이 발간된 뒤 유럽에서는 주인공 베르테르를 따라 하는 모방 자살이 대유행했다. 이런 모방 자살 현상을 사회심리학 용어로 '베르테르 효과'[51]라 한다. 이렇듯 괴테의 명성은 문학을 넘어 심리학이나 의학 분야의 학술용어로까지 퍼져 전 세계를 뒤흔들고 있다. 괴테가 과학자이자 화가였다는 사실은 알아도 그가 정치가였다는 사실을 아는 사람도 그리 많지 않다. 그는 독일 바이마르 공국에서 여러 장관직을 거쳐 재상(지금의 총리직 비슷함)까지 지낸 정치가다. 바이마르 공국은 인구 약 5천(지금은 약 6만 5천)밖에 되지 않는 작은 제후국이었지만, 독일의 정신과 문화를 대표하는 곳이다. 그만큼 예술과 학문, 문화의 수준이 높았다. 바이마르를 그렇게 만든 배경에는 괴테가 있었고 그가 큰 역할을 했음은 물

---

51   미국의 사회학자 데이비드 필립스가 1974년에 붙인 이름이다.

론이다.

'파우스트'는 독일 민중 사이에서 오래 떠돌던 사람 이름이다. 이 사람의 이야기는 괴테 이전부터 여러 사람이 글로 써왔다. 앞으로 새로운 『파우스트』가 또 나올지 모르겠지만 지금까지는 괴테 본이 가장 큰 생명력을 유지하고 있다. 괴테는 24세에 이 책을 쓰기 시작해서 죽기 1년 전인 82세에 완성했다. 그의 문학적 인생이 『파우스트』로 시작해서 『파우스트』로 끝난 거나 마찬가지다. 물론 그가 이 책에만 전념하며 이 긴 세월을 보낸 건 아니지만, 젊어서 구상해서 쓰기 시작한 『파우스트』가 연륜과 함께 깊이와 폭이 점점 커졌으리라는 점은 누구나 짐작할 수 있다. 이런 점을 반영하듯 이 소설은 인간의 존재 이유와 존재론적 한계를 정면에서 응시한다. 유일신을 부정하고 스스로 신이 되고픈 인간이 갈망에 몸부림치며 그걸 구체화하려는 '인간 인식의 문제'를 마치 시처럼 풀어놓는다. 그것은 이상과 고뇌, 자유와 의지, 좌절과 승화라는 종교적 갈피에 적어놓은 빛나는 탑塔이다.

악마 메피스토펠레스가 볼 때, 주인공 파우스트는 하늘로부터는 가장 아름다운 별을 원하고 지상에서는 최상의 쾌락을 모조리 맛보겠다는 욕심 많은 자이다. 만족할 줄 모르는 불쌍한 바보다. 하지만 주님이 본 파우스트는 정신이 혼미한 가운데서도 주를 섬기는 그의 종이다. 주님은 '정원사도 나무가 푸르러지면 꽃이 피고 열매가 열릴 것임을 아는 법'이라며 머지않아 때가 되면 그를 밝은 곳으로 인도하려는 생각을 품고 있다. 한편, 인간 파우스트가 보는 자기 자신은 철학, 법학, 의학, 신학까지 철저하게 공부한 사람이다. 그는 신이 되고 싶은 '사람'이고, 더 높고 큰 세계를 향해 나아가려는 꿈과 의지를 가진 '인간'이다. 하지만 아무리 공부를 해도, 아니 공부를 하면 할수록 점점 더 모르는 것 투성이일 뿐이라며 인간이 지닌 인식의 한계에 절망하고 탄식하는 천재다.

이렇게 악마, 주님, 인간이 보는 관점에 따라 제각각 달라지는 파우스트를 놓고 악마 메피스토펠레스는 주님에게 한 가지 청을 한다. 만약 당신이 허락한다면 파우스트를 내가 악의 세계로 끌어들이겠다며 내가 성공하는지 못하는지 내기하자고 청한다. 주님이 대답한다. '인간은 노력하는 한 방황하는 법'이니,[52] 네가 무슨 유혹을 하든 말리지 않겠노라며 이 제안을 수락한다. 그리고 다시 말한다. '인간은 너무 쉽사리 게을러지고 느슨해져서 무조건 쉬는 것만 좋아하니, 그를 자극하고 일깨우도록 내가 그에게 적당한 친구를 붙여주려는 뜻에서 너의 청을 받아들인다. 그러니 너는 네 소임을 다하라고 이른다.' 주님은 또 말하기를 '착한 인간은 비록 어두운 충동 속에서도 무엇이 올바른 길인지 잘 알고 있더라고 나중에 네가 내게 와서 말하게 될 것'이라고 한다.

1권 24쪽에서 이 소설은 다 끝나버린다. 극의 서두와 줄거리를 거기에 다 요약해 놓았기 때문이다. 이게 그 당시 유행하던 방식이다. 이 뒤부터 전개되는 과정은 쾌락과 자유를 맛보기 위해, 또 인간의 인식을 확장하는 새로운 출발을 위해 파우스트가 떠난 여행 이야기다. 이 여행을 위해 그는 악마에게 영혼을 팔아버렸다. 괴테는 이 여행을 구성하면서 『일리아스』와 『오뒷세이아』의 서사 형태를 취했다. 소설의 말미에서 파우스트가 죽자 그의 영혼을 서로 데려가려는 악마와 천사들 사이에 싸움이 벌어진다. 이 싸움에서 천사가 승리함으로써 파우스트의 영혼은 천상의 세계로 올라가고 주님은 승리한다.

---

52 전영애는 '인간은 지향이 있는 한 방황한다.'로 번역했다. 이 번역도 아름답다.

파우스트를 천상의 세계로 이끈 것은 '사랑의 힘'이다. 이것이 이 소설의 큰 줄기 가운데 하나이니 앞서 말한 1권 24쪽까지 요약한 기본 틀에서 벗어난 것이라곤 하나도 없다. 인간(파우스트)은 항상 시험에 드는 존재이지만 스스로 신이 되고자 온갖 노력을 다 하는 존재다. 하지만 그 뜻을 이루지 못하고 죽어서야 구원을 받는다. 그를 구원하는 힘은 파우스트를 사랑하다가 비운에 죽은 처녀 그레트헨의 영혼이다. 인간이 인간에게 바친 가장 순수한 사랑의 힘이 그를 천상으로 인도했다는 말이다.

괴테는 『파우스트』를 고전주의가 중요하게 생각하는 '조화와 비례(균형)' 이라는 측면에도 잘 부합하도록 꾸며 놓았다. 주인공 파우스트를 논할 때, 쾌락을 탐하려고 자신의 영혼을 악마에게 팔아버린 '타락한 사람'이 라고 매도하면 곤란하다. 옮긴이도 말했듯이 파우스트를 움직이는 힘은 '향락적인 삶이 아니라 인식에 대한 갈망'이기 때문이다. 인간이 지닌 왜소하기 짝이 없는 인식의 한계 때문에 파우스트는 자신과 세계에 절망하고 저주를 퍼부었다. 그 때문에 파우스트는 신이 되지 못한다. 그 절망이 얼마나 깊었으면 자살까지 시도했을까.
그는 악마에게 영혼을 판 대신 모든 인간을 대신해 절망과 싸우면서 '진정한 자유'로 비약하려 했다. 그 갈망 때문에 악마 메피스토펠레스의 손아귀를 뿌리치고 생명의 강을 건너가 탄생의 근원을 찾아내려 몸부림친다. 파우스트를 불안케 하고 절망케 한 것은 '참을성 없는 오만한 마음과, 정열에 들뜬 혈기가 벌이는 맹목적 힘의 유희'를 만날 때다. 바로 이런 것들이 '온갖 권리를 존중하는 자유 정신'을 훼손하기 때문이다. 하지만 파우스트는 이에 굴하지 않고 지상에 사는 인간의 자유와 행복을 위해 마지막까지 노력했다.

그렇다! 이 뜻을 위해 나는 모든 걸 바치겠다. 지혜의 마지막 결론은 이렇다. 자유도 생명도 날마다 싸워 얻는 자만이 그래서 그것을 누릴 자격이 있는 것이다.

위험에 둘러싸여 있을망정 자유와 생명을 얻으려고 모두가 합심해서 싸우는 인간들, 그렇게 싸워서 획득한 그 땅에 사는 자유로운 사람들을 볼 때 파우스트는 가장 큰 행복감을 느끼며 '아름답다'고 말한다. 그리고 순간을 향해 그만 내 생명을 멈추라고 말하며 죽는다.

괴테가 살던 시대는 기독교의 힘이 무척 강했다. 다윈은 진화론을 다 정리해 놓고도 그 발표를 20년 가까이 미루었다. 신이 생명을 창조했다는 기독교에 반기를 들면 그 즉시 무슨 일이 벌어질지 너무나 잘 알았기 때문이다. 더구나 괴테는 다윈보다 두 세대(약 70년)나 먼저 태어난 사람이다. 그는 『파우스트』를 통해 오랫동안 신을 비난하고 그 존재를 부인했지만, 마지막엔 인간이 신에게 구원받는 결말을 취했다. 혹시 괴테도 다윈처럼 교계敎界의 반발과 생명의 위해危害를 의식했던 것은 아니었을까.

파우스트는 놀라움(새로움)을 만나려고 끊임없이 도전하는 진취적 성품을 가진 사람이다. '나는 경직된 상태에서 행복을 찾지는 않겠다. 놀라움이란 인간의 감정 중 최상의 것이니까. … (어떻게든) 그런 감정에 사로잡혀보아야, 진정 거대한 걸 깊이 느끼리라.' 이 문장은 "놀라움과 경이로움이야말로 인간의 가장 귀한 소질이며 인간이 도달할 수 있는 최고의 경지다. 놀라움이야말로 과학을 발전시킨다."라고 주장한 괴테를 잘 표현한 말이다. 책을 읽다가 번역자처럼 깜짝 놀란 대목이 있다. 악마 메피스토펠레스가 태환 화폐였던 금화와 은화를 불태환 화폐인 지폐로 바꿔버리는 장면이다. 이때부터 돈이 넘쳐나 온 나라가 쾌락과 욕망으로 들끓는

다. 심지어 성직자까지 망상에 빠뜨린다는 대목은 너무나 현실적이어서 괴테가 이런 발상을 했다는 데 정말 깜짝 놀랐다.

『파우스트』의 결말은 하늘에서 내려온 천사 무리보다 악마 메피스토펠레스에게 초점이 맞춰지면서 분위기가 고조된다. 메피스토펠레스는 인간을 불쌍하게 여기기도 하고, 미숙한 학생에게 선한 충고를 하는가 하면, 고독한 평화를 꿈꾸기도 한다. 그는 악마이지만 실은 천사와 악마 양쪽을 다 지닌 존재다. 그는 천사의 무리를 향해 '가면을 쓴 악마', '경건한 척 하는 멍청한 놈들'이라고 마구 비난을 퍼붓는다. 악마에게도 선함이 존재하듯, 천사에게도 위선과 악이 존재함을 표현한 이 말은 그 상징성이 매우 크다. 선악과 종교에 대해 다시 생각하게 하고 인간의 존재론적 고민을 더욱 깊게 한다.

괴테는 전 세계에 큰 영향을 끼쳤다. 독일에서만 꼽아 보아도 프리드리히 실러, 쇼펜하우어, 니체, 헤세 같은 이들이 어떤 형태로든 그의 영향을 받았다. 위안과 용기, 풍부한 교양, 문학적 향기, 시공을 초월한 지적 여행 등 고전을 읽는 이유는 여러 가지다. 그중에는 '내가 나를 바라보는 힘 기르기'도 있다. 당신은 왜 읽는가.

헤세가 만난 니체와 융

데미안

헤르만 헤세 지음, 안인희 옮김 | 문학동네 | 2013

세계 청소년 소설에서 빠질 수 없는 이름이 헤르만 헤세다. 읽는 이의 상상력을 극대화하는 낭만적 문체와 고뇌하고 방황하며 자아를 찾아가는 등장인물의 모습이 청소년에게 큰 공감을 불러일으키기 때문이다. 성장기를 다룬 그의 책을 읽으면 어른들까지 그 시절로 돌아가고 싶어진다. 이 책도 그렇다.

소설 『데미안』은 청소년 성장소설이다. 화자는 현재 스물여섯이다. 그가 열 살이던 초등학생 때부터 1차 세계대전에 참전해서 부상을 입던 스무 살까지 10년 동안에 겪은 일을 회상하는 내용이 이 책의 줄거리다. 헤세는 이 소설을 통해 겉으로 드러난 자아(에고)가 내면 깊숙이 존재하는 참 나(셀프)를 만나려면 얼마나 먼 여행을 해야 하는지 설명한다. 이 소설에서 헤세는 그노시스 파[53]도 언급하고 바라문교의 최고 경전인 『베다』와 조로아스터교도 잠시 언급한다. 하지만 그 내면의 흐름은 니체와

---

53 그노시스 파: 초기 기독교 시대에 그리스, 로마 등지에서 기독교의 유일신 사상을 극복하려던 사상. 각성한 인간의 영혼은 육체를 떠나 신이 된다고 주장했다. 기독교에서 이단으로 내몰아 극심한 박해를 받았다.

불교적 분위기 그리고 융 심리학이 주류다.

헤세와 니체

『데미안』이 융 심리학과 불교적 사유를 엮어서 쓴 책이라는 이야기는 널리 알려져 있다. 그런 유명세에 가려서인지 이 소설에 니체가 깊이 들어 있다는 사실은 상대적으로 덜 알려진 편이다. 실제로 헤세는 니체에게 폭 빠졌다고 할 정도로 그를 좋아했다. 책방 점원으로 일하던 소년 시절에는 니체 사진을 하숙방 벽에 두 장씩이나 붙여놓고 그가 쓴 책을 탐독할 정도였다니,[54] 헤세가 얼마나 그에게 빠졌는지 짐작할 만하다.

니체와 헤세는 개인사에도 공통점이 있다. 둘 다 아버지가 목사였다는 점, 둘 다 신의 존재에 강력한 의구심을 품었다는 점이다. 소설 『데미안』에는 니체의 영향이 구체적이고 종합적으로 담겨 있다. 주인공 싱클레어는 자기 책상에 니체의 책을 몇 권 올려놓고 니체와 함께 살았다고 말한다. 그때 그는 '니체가 느낀 영혼의 고독을 느꼈고 니체를 쉴 새 없이 몰아간 운명의 고통을 자신도 함께 받았으며 그토록 굴하지 않고 끝까지 자신의 길을 간 니체가 있어서 행복했다'고 하는데, 이는 헤세 자신을 직접 투영한 말이기도 하다.

이 책에 등장하는 오르간 연주자 겸 목사인 피스토리우스는 방안에 불을 피워놓고 '불꽃 숭배가 지금까지 고안된 것 가운데 꼭 멍청한 짓만은 아니'라고 말한다. 그는 조로아스터도 언급하고 어린아이도 언급한다. 이는 니체를 상징한다. 실크로드와 문명교류 역사에 정통한 정수일 교수

---

54 민음사 블로그 '예술과 인간' 포스트 2015년 7월 24일자 참조

에 따르면 조로아스터교는 BC 6세기 무렵 고대 페르시아에서 창시된 뒤, AD 7세기 중엽까지 약 1,300~1,400년을 유행했으나 이슬람교가 나타나면서 약해졌다고 한다(이보다 훨씬 긴 3,500년 전으로 보는 사람도 있다). 그들은 불을 통해서 신의 본성을 깨달을 수 있다고 믿었다. 바꿔 말하면 신의 본성을 깨닫기 위해서 불이 필요하다는 말이다. 따라서 조로아스터교를 불을 숭배하는 배화교拜火敎라고 이름 붙인 번역은 잘못이라고 정 교수는 주장한다.

조로아스터교는 선善과 밝음을 상징하는 선한 신 아후라 마즈다와 악과 어둠을 상징하는 악의 신 아리만이 다투고 경쟁하다가 선의 신이 이겨 유일신 신이 된다. 이때부터 유일신 아후라 마즈다가 우주를 통괄한다. 조로어스터가 죽고 5천 년이 지나면 구세주가 나타나는데, 인간은 그 앞에 부활해서 최후의 심판을 받는다. 그 심판의 결과에 따라 인간은 천국으로 올라가거나 지옥으로 떨어진다고 한다. 이런 이야기는 유대교, 기독교, 이슬람교와 유사하다. 이런 유사성은 이들 종교에 조로아스터교가 많은 영향을 끼쳤음을 의미한다(불교에도 큰 영향을 끼쳤다는 말도 한다). 조로아스터는 페르시아(현재는 이란)의 테헤란 근교에서 태어난 실존 인물인데 생몰연대는 확실치 않다. 20세 때 수도 생활에 접어들어 30대에 예언자가 되었다. 감옥에 갇히는 핍박 생활을 거쳐 왕을 설득한 끝에 교리를 인정받아 국교가 되었다. 조로아스터는 자신의 교리를 글로 옮기고 포교와 성전聖戰을 수행하며 지내다가 77세에 죽었다고 한다. 조로아스터란 영어로 번역한 이름이다. 페르시아어로 부르던 원래 이름은 '차라투스트라'이다. 이는 니체가 언급한 차라투스트라, 즉 초인 사상과 직접 맞닿아 있다. 니체는 조로아스터(차라투스트라)를 거의 2,500년이 지난 1885

년에 다시 불러냈고, 헤세는 그보다 35년쯤 더 지난 1919년에 '데미안'을 통해서 그를 호명한 셈이다.[55]

주인공 싱클레어가 피스토리우스를 떠났다는 말은 니체에게 한동안 감화와 안내를 받으며 정신적으로 커가다가 어느 수준에 이르자 그때부터 니체를 넘어 홀로서기 시작했다는 말과 같다. 이렇게 초인은 주인공 싱클레어에게 왔다가 떠나간다(싱클레어는 나중에 초인이 된다). 하지만 (아벨보다도 크게 대접받아야 할) 카인과 동일한 '표'를 가진 우리 개개인의 마음에는 자연이 인류에게 원하는 의지가 적혀있다. 이는 예수나 니체 안에도 쓰여 있다고 헤세는 말한다.

니체를 일러 '망치를 든 철학자'라고 말한 이도 있다. 이는 니체가 기존의 가치를 뒤집어엎었음을 말한다. 드디어 신이 사람을 죽이는 게 아니라 사람이 신을 죽인다. 신을 죽인 자는 이제까지 신이 우리를 지배한다고 믿어온 세상을 때려 부수고 파괴하는 자다. 세계는 멸망하고 이 멸망에서 인류는 일부만 살아남는다. 그들의 손으로 인류의 새로운 의지가 태어난다. 잃어버린 인간을 되찾는 힘, 그건 바로 재건再建이다. 이 의지가 '지금의 흐름과 완전히 다른, 새로운 공간과 흐름'을 열어젖힐 것이라고 예언하는 데미안의 '에비 부인' 편과 '종말의 시작' 편은 니체가 아주 적나라하게 드러나는 부분이다. 이걸 이용해 히틀러와 나치는 니체를 그들의 이념적 발판으로 삼았다.

'파괴는 건설의 어머니', '재건'. 이 말은 5.16 군사쿠데타 직후에 나온 표어이자 구호인데, 모두 니체로부터 나온 말이다. 니체와 히틀러, 니체와

---

55   조로아스터교와 차라투스트라는 『실크로드 사전』(정수일 지음, 창비) 685~687쪽 참조

쿠데타라니, 참으로 묘한 관계를 보는 듯하다. 5.16 정권에 깊이 간여한 철학자는 박종홍 교수다. 그는 박참은 기어듦이고, 웅크리고 기어듦은 박참(도약)이라는 말로도 유명했다. 이 말은 표면과 이면, 현실과 구상을 설명한 말이다.

표면적 자아와 내면의 '참 나'는 융 심리학의 기본이다. 데미안은 니체가 말한 초인이자 싱클레어의 '참 나'이다. 그는 니체가 말한 기독교적 신을 거부한 채 현재의 삶에서 자기를 초극하는 인물이다. 자유롭지만 흔들리지 않는 사람이며 권력 의지의 상징이다. 소설 제목이 초인을 상징하는 '데미안'이듯이 니체는 이 책 전편에 깔려있다. 차라투스트라가 유일신을 내세운 시기는 여러 종교와 여러 신이 혼재하던 시기다. 니체가 조로아스터를 찾았다는 말은 이들 다신교를 평정한 조로아스터의 힘과 권력, 그리고 그가 창시한 유일신교에서 초인과 자유를 보았다는 말처럼 들린다. 조로아스터라는 인물과 그의 유일신교를 잘 모르는 나는 이를 어떻게 받아 들어야 할지 좀 당황스럽다.

『데미안』과 융

나는 오로지 내 안에서 저절로 우러나오는 것에 따라 살아가려 했을 뿐이다. 그것이 어째서 그리도 어려웠을까.

『데미안』은 헤르만 헤세가 우울증을 치료한 뒤에 쓴 첫 소설이다. 청소년 성장소설이자 진정한 나를 찾아가는 심리소설이다. 구도求道 소설이라고 하는 이도 있다. 누구든 융 심리학, 노자, 불교를 개괄적으로라도 이해한다면 그는 헤세를 이미 절반 이상 읽은 셈이나 마찬가지다.

위 인용문에서 보듯 『데미안』은 과거를 회상하는 사색적 독백으로 시작한다. 소설이 끝날 무렵에는 주인공인 싱클레어가 제 마음속에서만 사는 참 나를 만나 비로소 하나가 되는 순간을 독자에게 보여준다. 거기에 이르는 과정이 바로 이 소설의 큰 줄기이다. '하나의 별이 내게로 와 수천 개의 불꽃처럼 폭발하듯 빛을 발하는' 보석 같은 그 순간이 바로 깨달음의 순간이다. 여기서는 카를 구스타프 융의 관점에서 『데미안』을 말해 보자.

융 심리학은 심층심리학 가운데 하나인 분석심리학이다. 융은 무의식과 꿈, 상징의 세계를 제시하며 심리학에 크게 공헌했다. 융 심리학에서 중요하게 보아야 할 문제는 우리네 마음의 구조라 할 의식과 무의식, 꿈과 상징이다. 우리가 알아차리지 못하는 무의식은 주로 꿈으로 잘 나타난다. 융 학파는 '무의식의 언어와 내용이 바로 상징이요 의사소통의 수단이 바로 꿈'이라고 설명한다. 또 '무의식은 의식의 훌륭한 길라잡이, 친구, 조언자'라고도 한다.[56] 꿈을 잘 해석하면 무의식을 읽어낼 수 있고 우리가 살아갈 올바른 길을 찾을 수도 있어서 꿈은 우리에게 매우 중요하다.

무의식이 상징하는 꿈 이야기는 『데미안』에도 자주 나온다. 헤세는 의식하는 자아인 싱클레어가 무의식을 지나 진정한 참 나인 데미안과 하나가 되는 과정을 융 심리학과 불교의 구도적 수행을 바탕으로 그렸다. 헤세는 이 소설에서 우리에게 자신의 한쪽 면만 보지 말고 내면과 외면, 양쪽을 다 보라고 조언한다. 특히 내면의 깊이에 집중할 것을 역설한다. 우리는 평생 달의 앞면이나 가리키다 죽지만 그 뒷면까지 보아야 달을 다 보았다

---

56 『인간과 상징』(칼 G. 융 외 지음, 이윤기 옮김, 열린책들) 참조

고 말할 수 있듯이.

'의식의 중심은 자아(에고)'이다.[57] 융 심리학의 목적은 무의식의 세계를 의식의 세계로 데려오는 것이다. 『데미안』의 첫 장인 '두 세계'는 의식과 무의식의 세계다. 밝고 환한 세계는 의식의 세계이고, 깊고 어두운 세계는 무의식의 세계를 상징한다. 무의식은 다시 개인 무의식과 집단 무의식으로 나뉜다. 개인 무의식은 개개인이 경험이나 체험에 의해서 저장된 무의식이고, 집단 무의식은 개인 무의식보다 훨씬 더 깊은 무의식이다. 이 깊은 무의식은 출생과 함께 나온 무의식일 수도 있고 인류의 유전이나 현생인류가 기원하기 이전, 즉 태고적부터 내려온 무의식일 수도 있다. 그래서 융은 신화나 전설을 아주 중요하게 생각한다. 마음의 가장 깊은 곳에 저장된 무의식은 '집단 무의식 가운데에서도 결코 의식화되지 않는 부분'이다.[58] 에고와 개인 무의식, 집단 무의식을 합한 것이 곧 자기 자신이고 셀프이다. 셀프 속에는 자아와 무의식이 함께 들어있다는 말이다. 자아와 무의식을 전부 볼 수 있어야 진정한 참 나를 만날 수 있다. 불교에서는 셀프를 진면목眞面目, 본래 모습, 진정한 참 나로 여긴다.

자아(에고) + 무의식(개인 무의식 + 집단 무의식) = 참 나(셀프)

진면목, 즉 '참 나'이자 진정한 자기 자신인 셀프는 끝없는 수행과 노력으로 발견하거나 찾아서 '드러내는' 것이지 스스로 '드러나는' 일이 거의 없다. 잠시 잠깐 드러난다 해도 우리네 의식은 그걸 붙들어내지 못한다.

---

57 『내 생에 처음 만나는 칼. G. 융』(사카모토 미메이 지음, 노지연 옮김, 현실과미래) 참조
58 『내 생에 처음 만나는 칼. G. 융』(사카모토 미메이 지음, 노지연 옮김, 현실과미래) 참조

집단 무의식이 속한 근원적 이미지를 융 심리학에서는 원형元型이라고 한다. 원형은 비슷비슷한 신화나 전설, 민속, 상징, 예술 따위의 형태로 전 세계에서 반복적으로 나타나고 우리의 행동 양식에 영향을 끼친다. 융 심리학에서는 페르소나, 그림자, 아니마와 아니무스, 위대한 어머니(great mother, 太母), 현명한 노인(wise old man), 자기 자신(self)으로 대표적 원형을 구분한다.[59]

'인생은 가장무도회'다.[60] 가면을 쓰고 춤을 추는 에고는 끊임없이 현 사회에 적응하려고 한다. 따라서 그때그때의 상황이나 역할에 따라 여러 가지 색깔이나 모습으로 제 얼굴을 바꾼다. 원래 사람은 하나뿐인데 사회적 역할이나 상황에 따라 오만가지로 바뀌는 얼굴을 '페르소나'라고 한다. 희로애락의 감정에 따라 달라지는 내 모습도 마찬가지다. 에고는 수없는 페르소나로 나타나고, 페르소나는 본래의 셀프가 아닌 수시로 바꿔 쓰는 가면일 뿐이다.

소설의 주인공 싱클레어는 겉으로 드러나는 에고이고 데미안은 내면에 깊이 감춰진 셀프이다. 아프라삭스는 빛과 그림자, 선과 악, 남자와 여자가 한 사람의 내면에 동시에 존재하는 무의식의 세계다.

아프라삭스= 동시성=빛과 그림자 + 선과 악 + 남과 여 = 무의식의 세계

에바 부인은 아프라삭스이고 동시성이며 무의식이고 아니마이다. 아니마

---

59 『내 생에 처음 만나는 칼. G. 융』(사카모토 미메이 지음, 노지연 옮김, 현실과미래) 참조

60 「가장무도회」 1966년 TBC 라디오드라마 주제곡(심형식 작사, 황문평 작곡, 최희준 노래) 참조

는 남자의 무의식에 존재하는 여성성을 말하고, 반대로 여자의 무의식에 존재하는 남성성을 아니무스라 한다.

아니마=남자의 무의식에 있는 여성성
아니무스=여자의 무의식에 존재하는 남성성

아프라삭스를 만나는 것은 무의식과 만나는 것이다. 에바는 싱클레어를 만나기 전부터 싱클레어를 알고 있었다. 그가 그린 그림을 통해서 싱클레어의 무의식을 보았기 때문이다. 기독교적 사랑은 '아버지의 선한 세계로 돌아오는 밝음과 구원'이라는 반쪽 사랑에 불과하지만, 아프라삭스는 선악까지 포용하는 더 큰 사랑을 상징한다. 의식의 밑바닥에는 그림자처럼 무의식이 존재한다. 그림자는 자기 내면의 어두운 면이다. 지우고 싶은 나일 수도 있고 잔혹하거나 사악한 내 모습일 수도 있다. 이는 나의 두려움이자 트라우마, 콤플렉스이기도 하다. 산다는 것은 기쁨과 상처의 연속이고, 그 경험들은 모두 무의식에 저장된다. 그러다 비슷한 상황을 만나면 저장된 무의식이 본인도 모르게 돌발적으로 드러나기도 한다. 이것이 그림자다. 『데미안』에 나오는 프란츠 크로머는 싱클레어가 가진 어두운 그림자의 상징이다.

융의 말대로 그림자는 '어느 누구도 그렇게 되기를 원치 않는 존재'이다.[61] 그림자는 성경 속의 카인 같은 존재다. 인간에게서 어두운 그림자를 완전히 제거하기란 불가능하다. 소설의 마지막 부분에서 떠나가는 데미안이 싱클레어에게 다시 만날 크로머 얘기를 하는 장면은 이를 두고

61　『꿈의 비밀』(데이비드 폰태너 지음, 원재길 옮김. 문학동네) 37쪽 참조

한 말이다. 융은 그림자가 '본래 나쁜 존재는 아니며, 다만 "다소 열등하고 원시적이고 비위에 잘 맞지 않으며 다소 거북한 존재"일 뿐이라고 주장한다.'[62] 따라서 그림자를 잘 다독이면 좋은 결과가 나온다. 그림자 얘기를 하려고 헤세는 『데미안』에서 두 번째 장의 소제목을 '카인'으로 잡았다.

위대한 어머니(great mother, 太母)는 글자 그대로 남성 안에 거주하는 어머니의 이미지고 모성이며 마더 콤플렉스mother complex로 전이되기 쉽다. 나이든 현자(wise old man)는 남성의 야망이나 욕망을 모두 초월한 도사 같은 정신과 영혼의 상징이다. 이는 남성에게는 권위나 힘을 상징이지만, 여성에게는 무의식에 저장된 아버지의 이미지로 파더 콤플렉스father complex로 작용하기도 한다.[63]

동시성同時性이란 쉽게 말해서 이심전심以心傳心이다. 한 가지 현상을 보고 두 사람이 같은 생각을 동시에 하거나, 내가 생각하고 행동하려는 것을 상대방도 똑같이 생각하고 행동한다는 뜻으로 이해하면 된다. 학교에서 데미안이 예측하는 대로 상대방이 행동하는 모습을 보여주는 경우가 바로 이런 사례다.

무의식 속에는 이러한 상징이나 원형 이미지들이 혼재하고 있다. 이들은 '파괴적으로 작용할 수도 있고 긍정적으로 작용할 수도' 있다. 이를 직시하지 않고 두려워서 피한다면 '진정한 나'는 사라지고 평생 이들에게 끌려다닐 것이다(헤세는 이를 두고 '내 삶이 무너졌다'고 썼다). 그러나 이들을 지그시 마주하면 조절하거나 제거할 수 있다. 꿈을 잘 분석하여 무

---

62 『꿈의 비밀』(데이비드 폰태너 지음, 원재길 옮김. 문학동네) 37쪽 참조

63 『내 생에 처음 만나는 칼. G. 융』(사카모토 미메이 지음, 노지연 옮김, 현실과미래) 참조

의식의 원형들을 잘 다독이고 관리하면 사람은 한층 더 높은 차원에서 행복해진다고 한다.

모든 사람의 삶은 제 각기 자신에게로 이르는 길이다. … 그 누구도 온전히 자기 자신이 되어본 적이 없건만, 누구나 자신이 되려고 애쓴다. … 그렇게 자신 만의 목적지를 향해 가라. 우리는 서로를 이해할 수는 있지만, 누구나 오직 자기 자신만을 해석할 수 있을 뿐이다. (8~9쪽)

참 나를 만나려는 사람은 자기를 저만큼 떼어놓고 들여다보는 관조觀照와 응시凝視의 수련이 필요하다. 융 학파는 꿈이 주는 무의식의 상징이나 표상을 잘 해석하고 분석해서 자기를 들여다보면 참 나를 만날 수 있다고 한다. 자기 응시나 관조는 에고가 거대한 심연을 뚫고 들어가, 맨 밑바닥에서 결코 드러난 적이 없는 나의 무의식을 만나려는 노력이다. 융 심리학에서 보는 행복이란 이런 과정을 통해서 에고가 무의식을 만나 서로 화해하고 화합하는 것을 말한다. 그렇게 완성된 셀프는 아무도 흉내 낼 수 없는 진정한 자기만의 뚜렷한 개성을 발현한다. 데미안이 깊은 묵상이나 선정삼매禪定三昧에 들어가 마치 현상이나 시간마저 초월한 부처처럼 보이는 모습은 외면의 내가 내면의 나와 통합하는 과정을 상징한다. 좀 넓게 보면 이런 현상은 불교나 노자가 서로 비슷하다. 겉으로 드러난 나를 버리고 마음의 내면으로 들어가고 또 들어가서 천지와 하나가 되는 세계를 만나려는 피나는 노력이, 득도나 피안으로 가는 길이기 때문이다. 화합이나 합일은 내 안에 있는 선악을 초월하고 남성성이나 여성성, 빛과 어둠, 불안, 초조, 희노애락애오욕喜怒哀樂愛惡辱을 모두 넘어선 상태다. 중병에 걸려 홀로 세상을 등진 사람의 산골생활이 오히려 그를 달관의 경지에 이르게 하듯이, 에고가 셀프를 만나 자기 개성을 완성하면 삼라만상을 모두 다 받아들인다. 그래서 나는 완전히 열려있는 자유자재한 상태이지만, 그의 중심은 절대로 치우치거나 흔들리지 않는다. 데미안의 마지막은 이런 모습을 은유한다.

"개성화個性化의 과정"에서 한 개인 안에서 의식과 무의식이 서로를 인지하고, 서로 존중하게 되고, 서로에게 적응해 가는 과정(은) … 이 책 전체의 요점이 되는 부분일 뿐만 아니라, 융 인생관의 핵심을 나타내 보이는 부분이기도 하다. 그러니까 인간은 개성화 과정이 완성될 때, 의식과 무의식이 서로 공존하고 서로를 보충함으로써 완전해지는 상태를 지향할 때 (오직 그럴 때만) 하나의 전체적인 존재가 되고, 이런 상태에 이르러서야 비로소 안정과 풍요와 행복을 누릴 수 있다는 내용으로 되어 있는 것이다.

－『인간과 상징』(칼 G. 융 외 지음, 이윤기 옮김, 열린책들) 12쪽

『데미안』은 괴테의 영향을 받았다. 『파우스트』에 나오는 악마 메피스토펠레스는 어둠과 악을 추구하지만, 인간의 비참한 모습을 보고 가련하고 불쌍하게 생각한다, 빛은 오만하다는 말도 한다. 악마인 자신이 곤경에 처하거나 고통스러울 때는 진실을 사용해 벗어날 줄도 안다. 자신이 악마임을 잊고 선한 일도 한다.[64] 이는 선악을 동시에 지니고 있는 모습이다. 그래서 어떤 사람들은 악마 메피스토펠레스를 아프로삭스의 원조元祖로

---

64 이는 메피스토펠레스가 진학을 고민하는 학생을 만났을 때 나누는 충고와 대화를 보면 알 수 있다.

보기도 한다. 책벌레였던 헤세는『파우스트』를 읽은 적이 있다.[65]

헤세는『유리알 유희』를 쓰고 노벨문학상을 받았다. 그의 글은『데미안』이후로 확연히 달라진다.『데미안』이후에 쓴 소설은 책에 써놓은 것보다 행간에 들어있는 의미에 더 주목해야 한다. 이때부터 헤세는 눈에 보이는 문장을 엉뚱한 기호나 암호로 바꿔 읽으라고 우리를 닦달한 셈이다. 이 글 첫머리에 인용한 헤세의 회상에는 슬픔과 연민, 회한과 자비가 함께 들어있다.『데미안』을 가볍게 읽고 싶다면 성장소설로 읽으면 된다. 깊게 읽고 싶다면 융 심리학으로 읽어야 한다. 파드마 삼바바가 쓴 책과 함께 읽으면 더 좋다. 그런 책 가운데에는 융이 서문을 붙인 책도 있다. 노자의『도덕경』이나 잃어버린 소[66]를 찾으러 떠나는 불교의 선재동자 이야기와 함께 읽어도 좋다.

누구나 마음 깊은 곳에는 죽음에 대한 슬픔, 호기심, 두려움이 동시에 자리 잡고 있다. 여러 종교의 경전이든 작가가 쓴 이야기이든, 따지고 보면 모두 죽음 그 너머를 보고자 하는 갈망과 다름이 아니다. 헤세 또한 마찬가지다. 그러나 아무리 무어라 해도 우리가 느끼는 데미안의 참맛은 '온전한 고독'이다. '소리에 놀라지 않는 사자처럼, 그물에 걸리지 않는 바람처럼, 진흙탕에 더럽히지 않는 연꽃처럼, 무소의 뿔처럼 혼자서 가라.' 그렇게 혼자서 너에게 가라. 혼자 가는 자만이 고독의 참맛을 알리니.

※ 참고자료

---

65 『우리가 사랑한 헤세, 헤세가 사랑한 책들』(헤르만 헤세 지음, 안인희 엮음, 김영사) 213, 239쪽 참조

66 여기서 소는 내 마음, 도道, 혹은 진정한 참 나를 의미한다.

『실크로드 사전』(정수일 지음, 창비)

『내 생애 처음 만나는 칼. G. 융』(사카모토 미메이 지음, 노지연 옮김, 현실과미래)

EBS 기획특강 지식의 기쁨 「진정한 나를 찾아서 『데미안』」 정여울 편

『인간과 상징』(칼 G. 융 외 지음, 이윤기 옮김, 열린책들)

『꿈의 비밀』(데이비드 폰테너 지음, 원재길 옮김, 문학동네)

『숫타니타파』(법정 옮김, 이레)

무심하게 피고 지는 대자연 속 전쟁의 비참

고요한 돈강 1~2

미하일 숄로호프 지음, 맹은빈 옮김 | 동서문화동판(동서문화사) | 2007

숄로호프의 책 가운데 우리에게 가장 잘 알려진 책은 『고요한 돈강』이다. 돈강 유역에 사는 카자흐 민족은 그 당시 러시아 전체가 그랬듯이 전쟁과 혁명, 내전을 잇달아 겪으면서 볼셰비키 사회주의 체제로 바뀌어 갔다. 그 비극적 과정을 애절한 사랑과 함께 담아낸 작품이 이 소설이다. 또 볼셰비키 사회주의 군대의 폭력으로부터 제 땅과 제 민족을 지키려는 한 남자의 몸부림을 그린 작품이기도 하다. 한마디로 치열한 연애소설이자 장편 역사소설이다. 이 소설은 시작할 때부터 서정과 서사가 함께 어우러져 숨 고르기를 할 틈도 없이 읽는 이를 몰입시킨다. 사진을 찍듯 색채감이 뛰어나고 시각, 청각, 후각을 모두 동원하게 만든다.

카자흐는 코작, 코사크, 코자크, 카자크라고도 쓰는데, 그 뜻은 자유인, 방랑자, 파수꾼, 수비병이라는 뜻이다. 카자흐는 알려진 대로 자존심이 강하고 억세며, 용맹하고 전투적이다. 결속력이나 단결력도 엄청나다. 일부 지역에서는 아주 어릴 때부터 말타기를 가르치기 때문에 말 못 타는 카자흐는 카자흐가 아니라고 할 정도로 기마騎馬를 숭상했다. 카자흐 기병대는 대단히 용맹무쌍해서 '코사크 기병대', '타라스 부리바(불바)'[67] 등 냉전 시대에 미국 영화로도 여러 번 나왔다.

표지 그림의 제목은 「술탄 메흐메드 4세에게 답장하는 자포로제 카자흐」이다. 작가는 일리야 레핀이다. 자포로제는 우크라이나 동남부에 있는 지역 이름인데, 크림반도 위쪽이다. 지도를 찾아보면 반도 아래는 흑해다. 제목이나 그림 분위기로 봐서 카자흐 전사들이 비웃거나 욕하는 편지를 터키의 술탄에게 쓰는 모양이다. 또 답장을 하는 중이라는 걸 보니, 혹시 이 카자흐 전사들에게 항복하라는 편지가 왔던 모양이다. 나중에 확인해 보니 그 짐작이 맞았다. 일리야 레핀은 돈강 일대를 숱하게 오르내리면서 러시아 사실주의의 완성도를 높여간 화가다.

겉으로 보기에 이 소설은 전쟁 속에 핀 사랑과 휴머니즘을 그린다. 비록 전쟁의 폭력과 광기에 꺾인 생명과 사랑이 더없이 슬플지라도 이 세상의 모든 삶은 위대하다는 외침이 『고요한 돈강』 속에서 내밀하게 흐르고 있다. 앞서 얘기했듯이 이 책은 러시아 사실주의 기법으로 쓴 소설이다. 야생의 돈강 가에 사는 카자흐(코사크) 농민들의 거칠고 투박한 삶이 자연과 어우러져 생생하게 펼쳐진다. 그 속에서 서로가 물고 물리며 뒤얽히는 남녀 간의 사랑과 배신은 절망과 그리움을 여러 가지 빛깔로 색칠하고 각인시킨다. 마치 붉은색 농담濃淡이 수시로 변하는 저녁 하늘처럼.

아크시냐는 그를 현관에서 쫓아낸 뒤에도 헐떡이면서 미친 듯이 날뛰었

---

67   원래 '타라스 불바'는 니콜라이 고골이 쓴 소설 이름이다. 그 작품 또한 전쟁 속에서 벌어지는 카자흐 민족의 용맹성, 가족의 몰락과 해체, 비극적 사랑을 그렸다.

다. "난 괴로운 한평생을 사랑에 바치고 말거야! … 비록 맞아 죽더라도! 그리시카는 내 것이야! 내 것이고말고!"

카자흐 사람인 젊은 그리고리(애칭 그리시카)와 이웃집 유부녀 아크시냐의 사랑과 배신. 그걸 바라보는 아비의 수치심과 분노. 그러나 아들을 이기는 아비가 이 세상에 어디 있으랴. 난무하는 광기와 폭력의 고통 속에 꺼질 듯 꺼질듯 가물거리다가 기어코 되살아나고야 마는 사랑의 불꽃. 하지만 제 남편 그리고리를 잃은 젊은 나탈리야의 절망은 어찌해야만 할까. 이웃집 청년에게 아내를 빼앗긴 스테판의 절망과 회억은 또 얼마나 가슴을 후비는가. 등장인물들이 느끼는 사랑과 고통은 애절하다 못해 처참하기까지 하다.

그리고리 집안의 가족애와 형제애는 카자흐 농민들이 지닌 전통을 그대로 보여준다. 하지만 그 가족이 어떻게 해체되고 마을이 어떻게 무너지는지 보노라면 전쟁의 비참은 결코 감상이 아님을 실감하게 된다. 순환하는 계절 따라 무심하게 피고 지는 대자연의 모습은 너무나 섬세해서 사랑의 슬픔과 전장戰場의 적막을 더욱 깊고 절절하게 만든다. 그 사이사이에 끼어드는 카자흐 사람들의 결혼 풍습이며, 과거 터키 전투에 참전했던 사람들의 무용담, 마지막 황혼 길에 들어선 노인들의 쓸쓸한 모습은 마구 내달리기만 하는 독자의 책 읽기에 잠시 사유의 쉼터를 제공한다.

적보다도 더 무서운 '이'가 발진티푸스를 옮기며 사람을 수없이 죽이고, 이념보다도 살아남는 게 먼저이기에 적군赤軍과 백군白軍 사이를 오가며 줄타기를 해야 하는 사람들. 볼셰비키 사회주의에 저항하면서 자주독립을 염원하는 소수민족 카자흐들의 몸부림. 군데군데 펼쳐지는 숨 막히는 전투 장면들. 적군이건 백군이건 가리지 않고 벌이는 약탈과 강간, 무자비한 살육을 보며 도대체 나는 왜 누구를 위해서 싸우는가 고민에 빠진 주인공. 더 이상 그 어느 쪽에도 가담할 수 없는 좌절과 방황. 이런 모습을 보면서 인간과 전쟁, 이념이 만든 폭력과 허위를 어찌 깊이 사색하지 않을 수 있겠는가.

소비에트 공산주의 입장에서 보면 이 책은 사방이 지뢰밭이다. 사회주의 공산당 정권을 신랄하게 비판하고 독자에게 고발하기를 서슴지 않기 때문이다. 나중에는 사회주의 독재정권을 타도하려고 주인공이 무장투쟁까지 벌인다. 이런 책이 스탈린 시대에 폭발적 인기 속에 신문에 연재되고 수정 없이 최종 발간되었다니 그저 놀랍기만 하다. 내용이 불온하다며 몇 차례나 연재를 중단했던 책이 스탈린상까지 탔다는 건 더더욱 놀랄 일이다.

피의 숙청이 광기를 부리던 스탈린 시대에 볼셰비키 공산주의를 이렇게까지 신랄하게 공격하고 비판한 책이 그 종주국에서 판을 거듭하며 연속 출판되었다는 사실이 나는 참으로 부끄럽다. 그러면서도 그 작가가 늙어서까지 계속 고위직에 올랐다는 사실은 내 자존심을 더욱 상하게 한다. 만약 우리나라에서 체제와 정권을 신랄하게 비판하는 이런 소설이 과거에 나왔다면 우리는 어떻게 했을까. 정말 자존심이 상하고 자괴감이 든다.

미하일 숄로호프는 1905년 5월에 태어나 80세가 되던 1984년 2월, 암에 걸려서 죽었다. 그는 돈강江 중류에 있는 뵤셴스카야의 카자흐 마을에서 태어났다. 정통 카자흐 사람은 아니지만 할아버지 때부터 이 지역으로 이사 와서 살았다고 하니 카자흐와 크게 다를 바 없다.

숄로호프는 원래 아버지가 누구인지 모르는 사생아였다. 그의 어머니는 숄로호프 집안의 하녀였던 과부인데, 그녀를 죽도록 사랑한 젊은 주인과 결혼했다. 하녀의 아이는 어머니의 새 남편이 된 젊은 주인의 성을 받아 숄로호프로 입적했다. 그 아이가 바로 이 책의 저자 미하일 알렉산드로비치 숄로호프다.

어렸을 때 숄로호프는 새 아버지의 각별한 관심과 배려를 받으며 가정교사까지 두고 공부했다. 하지만 러시아 혁명과 내전 때문에 학교를 몇 번씩 옮겨 다니다가 끝내 학업을 제대로 마치지 못했다. 그는 돈강 일대에서 교사 노릇도 하고 볼셰비키 공산당원이 되어 식량 조달과 관련한 경리 업무나 세금 업무를 보기도 했다. 때론 러시아 내전에도 참전했다. 내전이 끝난 후에는 모스크바에서 노동자로 살다가 작가로 데뷔했다. 처음엔 주로 단편소설을 써서 발표했는데, 본격적으로 글을 쓰려고 돈강 인근의 고향마을 뵤셴스카야로 내려와 정착했다.

2차 세계 대전 때는 종군기자로도 활약했다. 그의 대표작 『고요한 돈강』은 1925년부터 1940년까지 15년에 걸쳐 완성한 대작이다. 스물세 살에 쓰기 시작해서 40이 다 돼서야 끝낸 작품이다. 한동안 이 소설은 표절 의심에 휘말렸는데 최종적으로 혐의없음 판정을 받고 종결되었다.

숄로호프는 이 소설로 제1회 스탈린상을 받으며 전 세계에 이름을 알렸다. 스탈린상이나 레닌 상은 동구권의 노벨상이다. 숄로호프는 톨스토이, 도스토예프스키와 함께 슬라브주의 작가에 가깝다. 꼭 그래서만은 아니지만, 그의 작품이 향토색이 짙고 토속적이라는 면에서 도시성이 짙은 도스토예프스키보다는 톨스토이 쪽에 좀 더 가깝다는 점도 그를 슬라브주의 계열 작가로 보는 이유 가운데 하나다. 그 후 스탈린의 강압적 경제 정책이 성공하면서 그는 사회공산주의 작가로 급격히 기울었다.[68]

---

68 레닌상이나 스탈린상을 받은 러시아 사실주의 소설은 많다. 니콜라이 오스트롭스키가 쓴 『강철은 어떻게 단련되었는가』도 그 가운데 하나다. 이 책 또한 경직된 이념을 강요하지 않고, 『고요한 돈강』처럼 서정과 서사가 함께 어우러진 소설이다. 당시 동구권에서는 보기 힘든 걸

그가 쓴 또 다른 장편소설 『개척되는 처녀지』[69]는 1932년부터 쓰기 시작
해서 1960년에 완성했다. 장장 30여 년간에 걸쳐 쓴 소설이다. 그는 이
작품으로 레닌 상을 받았다. 1965년에는 그간의 작품성을 인정받아 노
벨문학상도 받았다. 이로써 숄로호프는 전 세계 문학을 완전히 평정했다.
그는 관운도 좋아서 구소련의 공산당 최고회의 대의원, 과학아카데미 정
회원, 공산당 중앙위원까지 지냈다.[70]

판을 거듭하면서도 2권에 나오는 많은 오탈자를 고치지도 않았다. 이런
모습은 읽는 이의 흐름을 방해하고 몰입을 분산시킨다. 이럴 거면 책을
안 읽는 세상을 탓하지 말아야 한다.

작이었다. 백석은 1960년대 백두산에 스키장을 닦던 북한 사람들의 모습을 기행 형식으로
쓴 적이 있다. 그 글은 백석이 협동농장 시절에 쓴 글 가운데 가장 빼어난 글인데, 그 필치가
이 두 작가와 닮았다. 러시아 사실주의를 자기 글에 도입한 결과다. 백석은 『고요한 돈강』을
번역한 적도 있다.

69 '일구어진 처녀지', '열려진 처녀지'로도 번역됨.

70 숄로호프의 개인사는 『고요한 돈강』(동서문화사), 『개척되는 처녀지』(일월서각), 『숄로호프
단편선』(민음사)를 참조했다.

자유와 신을 향해 올라가는 천 개의 봉우리

영혼의 자서전 상·하

니코스 카잔차키스 지음, 안정효 옮김 | 열린책들 | 2009

세계지도에서 크레타를 찾아본 사람이라면 그 섬이 얼마나 매혹적인지 알 것이다. 지중해 에서는 에게해로 들어가는 입구이고 에게해에서는 지중해로 나아가는 출구의 한가운데를 이 섬이 가로막으며 앉아있다. 그러니 어느 누가 그 섬에 눈독을 들이지 않을 수 있겠는가. 지금은 그리스의 영토가 된 크레타는 고대 그리스 문명보다도 앞선 미노아 문명을 일으켰던 섬이다. 말하자면 최초로 유럽 문명이 시작된 시발점이 크레타라는 말이다. 청동기 시대의 해양 문명으로 알려진 미노아 문명은 BC 3000년에 시작돼서 BC 16세기에 절정에 달했다고 한다. 크레타는 역사적으로 동서양 문명의 분기점이라서 양대 세력이 끊임없이 점령을 반복했던 곳이다. 그 점령의 역사를 잠시 들여다보자.

크레타는 BC 1450년쯤 그리스가 정복했던 때를 시작으로 세기를 넘어가며 로마제국, 비잔티움 제국이 각각 정복했다. 특히 비잔티움 제국은 약 400년 동안 크레타를 통치했다. 그 뒤를 이어서 이베리아반도의 무어인들이 근 130년간 지배했다. 그들은 이 지역에 '해적 토호국'을 세웠다. 아마 이 무렵부터 이 인근에 '해적' 출몰이 잦았던 모양이다. 이 소설에도 화자의 조상은 해적이었다고 한다. 무어인들이 지배하던 크레타는 비잔티움 제국이 수복 전쟁을 벌여서 다시 250년 가까이 비잔티움 제국이 점령했다. 그러다가 다시 베네치아의 지배로 넘어갔다. 이때부터 베네치아는 거의 400년 동안 크레타를 통치했다. 지금은 터키라고 부르는 오스만 제국이 베네치아를 쫓아 내고 약 200년간 이 섬을 지배했다. 오스만 제국의 지배가 165년쯤 지날 무렵인 1833년부터 크레타에 사는 그리스도교 주민들이 이슬람 지배 세력에 대항해 독립을 요구하는 반란을 일으켰다. 이 반란은 오스만 제국의 진압으로 실패했다. 그러자 각 지역에서 게릴라 활동이 강화되고 열강이 간섭하면서 오스만 제국은 크레타를 명목상 자치령으로 남긴 채 1897년(다른 기록에는 1898년으로 나옴)에 철수한다. 크레타가 터키에서 독립한 것이다. 그 뒤 크레타는 1913년 12월 1일부로 그리스에 합병되었다.(다음 백과, 위키백과 참조) 크레타는 유럽 최초의 문명을 건설한 국가였지만, 지리적 위치 때문에 미노아 문명 이후 한 번도 독립 국가로 존재한 적이 없던 파란만장한 섬이었다. 그러니 이 섬에서 단일 혈통을 찾는다는 것은 어쩌면 무의미한 일일지도 모른다.

『그리스인 조르바』, 『수난』 등 많은 책을 써서 우리에게 잘 알려진 니코스 카잔차키스(1883~1957년)는 크레타 출신이다. 이 책은 그의 영혼이 살아온 길을 따라가면서 쓴 자전소설이다. 이 말은 그가 영혼이나 정신의 존재를 인정하고 영혼을 육체보다 더 높은 곳에 두었다는 말이다. 그의 아내 엘레나 카잔차키스는 날짜만 좀 바뀐 것 외에 여기 쓴 이야기는 대부분 진실이고 '최소한의 환상만' 가미했다고 말한다.
이 소설의 앞부분에서는 크레타에 사는 그리스도교인이 반란을 일으켰던 때를 다룬다. 이 투쟁은 화자의 할아버지, 아버지, 어린 본인까지 3대에 걸쳐 진행된 이야기다. 그 가운데 마지막 시기인 20년을 이 소설에서 주로 다루었는데 이때는 화자가 어린이일 때였다. 화자와 등장인물은 모두 터키에 대해 극심한 거부감을 나타낸다. 화자인 나는 자기 인생에 막대한 영향을 준 일은 크레타가 터키를 상대로 한 투쟁이었다고 회상한다. 그는 또 헬레니즘 문화가 그리스에 유입되면서 본래 그리스 문화가 퇴보했다는 주장도 한다. 이 말은 우월한 그리스 문화가 저급한 동양문명과 섞이면서 퇴보했다고 보는 시각이다. 그래서일까. 책 속의 '나'는 아시아인에 대해서는 대체로 비호감이고, 백인이 아닌 사람들에게 인종주의적 혐오감을 서슴없이 드러낸다. 크레타섬 주민은 이슬람의 두 번째 지배에서 벗어나려고 거의 60년 동안 투쟁했다. 긴 투쟁 끝에 독립을 획득한 크레타 주민의 감격은 이 소설의 '해방' 편에 생생하게 기록돼 있다.

시각, 후각, 촉각, 미각, 청각, 지성 – 나는 내 연장들을 거둔다. 밤이 되었고, 하루의 일은 끝났다. 나는 두더지처럼 내 집으로, 땅으로 돌아간다. 지쳤거나 일을 할 수 없기 때문은 아니다. 나는 피곤하지 않다. 하지만 날이 저물었다.

죽음의 독백으로 시작한 이 소설은 죽음을 읊조리면서 끝난다. 남편이 쓴 이 글을 보고 부인 엘레나는 울었다고 한다. 니코스 카잔차키스는 자기 영혼이 가장 높은 곳에 다다르려는 '오름'(이 번역이 가장 옳은 번역인지는 잘 모르겠지만)을 주제로 이 자전소설을 썼다고 한다. 조상이 해적이었던 화자의 집안에서 출발한 이 이야기는 어린 시절과 고향을 노래한 뒤, 집과 고향을 떠나는 젊은 영혼의 여행길을 더듬어본다. 그리고 그 여행길에서 만난 사람, 신, 자유, 빈곤, 그리고 의식의 변화를 이야기하다가 마지막에는 영혼과 육신이 고향으로 되돌아오는 형식으로 짜여있다.

'성령은 비둘기가 아니라 인간을 잡아먹는 불이다. 불은 영혼이고 성모 마리아여서 영원히 사라지지 않는 불멸의 빛'을 낳는다. 이 소설은 불(火)과 불멸성不滅性을 자주 언급한다. 이는 불을 고귀한 불멸의 정신으로 보는 해석이나 니체의 차라투스트라나 조로아스터교하고도 맥이 닿아있다.

뜻을 위해 젊음을 바치고, 눈물은 절대로 흘리지 말라고 하는 말을 기억해라. … 그것이 거룩한 불꽃의 궁극적인 욕망이란다.

화자가 생각하는 불멸은 죽어서도 죽지 않고 영원히 살아 있는 세이렌, 그리스도, 레닌 같은 이들이었다. 그는 이들처럼 되기를 원했다. 불멸과 자유를 향한 그의 영혼이 내딛은 첫발은 여행이다. 여행은 고통과 참을성을 키우고 영혼을 풍요롭게 한다. 오름은 투쟁이다. 그는 고통을 참아가며 영혼을 살찌우려 수많은 산에 올랐고 수도원을 찾았다. 그는 조국과 헬레니즘을 예찬하고 유럽과 러시아, 시나이, 카프카스를 헤매다가 고향 크레타로 돌아온다.

그가 그토록 찾아다닌 것은 '미래에 대한 외침'이었다. 이는 그의 의무이자 목적이고 그가 태어난 존재 이유였다. 그동안 그가 투쟁하고 전진하며 만난 기쁨과 슬픔, 여행, 악이나 미덕은 그 외침을 만나려는 일련의 과정이었다. 심지어 예수와 붓다도 하나의 정거장일 뿐이라고 그는 말한다.

그가 지닌 영혼의 오름에 깊은 영향을 준 여섯 사람이 있다. 호메로스, 예수, 부처, 니체, 베르그송 그리고 아버지이다. 사유와 글쓰기를 대하는 화자의 태도는 베르그송의 철학과 통한다. 그것은 '창조와 진화'라는 유신론과 유물론적 사유가 지닌 충돌과 불화를 '자유와 사랑'으로 극복하려는 태도다. 이는 생명이 있는 모든 삶을 사랑하는 태도다. 이런 태도는 화자의 직관적 사고, 신의 세계에까지 자신을 끌어올리려는 영혼의 순수성, 투쟁의 지속성, 생기론生氣論적 입장에서 영혼을 보려는 모습으로 드러난다. 그가 이야기하는 무의식, 잠과 꿈, 원형, 전설 따위는 프로이트나 칼 융과 만나고, 자유의 새나 아프락사스 같은 존재는 헤세와 동조한다. 하지만 마음속의 오뒷세우스와 함께 방랑하던 카잔차키스는 마지막까지 신을 떠나지 않았다.

그동안 '나'는 인간에게 평화를 가져올 새로운 사상을 만들고 삶과 죽음에 새로운 의미를 부여하려고 무던히도 애를 썼다. 과묵하고 완벽했던 아버지는 평생 그를 짓누르는 강박이었다. 기를 쓰고 정상에 올라가려는 그의 지독한 투쟁은 사실은 아버지와 벌인 투쟁이다. 그 투쟁의 열매로 소설 『마할리스 대장』, 『그리스인 조르바』, 『오뒷세이아』가 나왔다. 그렇게 봄이 왔건만 '나는 아직도 어휘라는 야생 암말을 길들이려고' 싸우며 고생한다. 어휘를 써서 글을 지어야 하는 작가의 삶을 말할 때 카잔차키스는 독자에게 인간과 언어 해방이라는 문제를 깊이 생각하게 한다.

이 책은 또한 우리네 인생이나 영혼이 호메로스에서 벗어나지 못함을 보여주려 한다. 서사시 오뒷세이아는 '오뒷세우스의 노래'라는 뜻이다. 주인공 오뒷세우스가 겪는 여행의 주제는 귀환歸還이고 귀향이다. 그 여행길에서 벌어지는 온갖 일은 우리가 삶에서 겪는 일과 같다. 오뒷세우스처럼 우리도 전쟁, 슬픔, 즐거움, 기이함, 신에 대한 도전, 위험, 폭력, 쾌락, 행복을 겪는다. 화자는 신의 영역까지 다가가려는[71] 영혼의 투쟁에서 벗어나지 못한다. 그는 결국 자신이 태어난 곳, 크레타로 되돌아와 호메로스 풍으로 죽음과 부활을 노래한다. 뒤로 갈수록 카잔차키스가 강조하는 불은 죽음의 상징이자 부활하는 영혼이다. 오뒷세우스가 우리의 '원형元型이자 미래'라서 우리는 호메로스에서 더욱 벗어나지 못한다.

죽음과 태어남은 하나라네, 젊은이
기쁘고 가슴 아픈 하나라네
돌아오고 떠나는 하나라네
만나고 헤어지는 하나라네

나방이 되려면 고치를 찢어야 하듯이, 부활이란 변신이고 파괴다. 부활을 위해서는 반드시 균형이 깨어져야만 한다. 균형은 '정체를 낳고 정체는 죽음을 의미'하기 때문이다. 카잔차키스는 어릴 때는 신과 투쟁했고 커서는 인간과 투쟁했다. 나중에는 영혼을 빚어내는 글쓰기와 투쟁했다. 글쓰기란 자음과 모음이라는 불씨들이 모여 불꽃으로 부활하는 것. 그 불꽃은 작가의 영혼이다. 투쟁은 그에게 목적과 의무를 알게 했다. 하지만 '진리보다 더 진실한 것이 전설'임을 비로소 깨달은 그는 '조상을 노래하며 이타케를 함정으로 생명을 탄생시키려다가' 그의 조상 오뒷세우스와 만나 하나가 되었다.

젊음은 스스로 불멸하다고 생각해서 죽음에 도전하지.

---

71   오뒷세우스는 저승 하데스까지 가서 먼저 죽은 자들을 만나보고 돌아온다.

이제 싸움은 끝났으니 나는 당신 옆에 누어 흙이 되어서, 우리 두 사람이 함께 최후의 심판을 기다릴 터이다. 나는 당신 손에 입을 맞춘다. 할아버지시여, 나는 당신의 오른쪽 어깨에 입을 맞추고 왼쪽 어깨에 입을 맞춘다. 인사를 받으소서, 할아버지시여!

책을 덮고 나면 어떤 독자는 불멸의 투쟁이란 말에 가슴이 뛸 테고 어떤 독자는 자유와 신을 향해 올라가는 천 개의 봉우리에 공감할 것이다. 늙은이는 눈앞에서 출렁대는 죽음을 보며 밀려드는 슬픔을 파도에 맡길 것이다. 이 책을 읽고 『그리스인 조르바』를 읽지 않는다면 니코스 카잔차키스를 반쪽만 읽은 셈이나 마찬가지다.

중국 문화대혁명의 파노라마

민주 수업

조정로 지음, 연광석 옮김 | 나름북스 | 2015

파리 꼬뮌의 정신은 인민은 언제든 불합격 받은 지도부를 소환하는데 있고, 파리 꼬뮌 원칙의 정수精髓는 선거가 아닌 파면에 있다.

중국 현대사는 문화대혁명(이하 문혁) 이전과 그 이후로 크게 달라진다. 그 정도로 문혁은 현대 중국사를 가르는 중요한 이정표이자 경계선이다. 중앙대학교 백승옥 교수는 중국에는 말하면 안 될 정치적 금기가 네 가지 있다고 한다. 첫째가 문혁이고, 둘째는 천안문 사태다. 셋째가 조반파造反派 문제이고, 넷째는 티베트나 신장, 위구르 같은 소수민족의 독립 문제라고 한다. 두 번에 걸친 천안문 사태(1976년과 1989년)를 포함해 중국 현대사를 이해하려면 문혁을 빼놓을 수 없고, 문혁을 이해하려면 조반파를 빠트릴 수 없다. 조반파를 모르면서 중국 현대사를 논할 수는 없다.

문혁은 1966년부터 마오쩌둥(이하 마오)이 죽은 1976년까지 10년 동안 중국 전역에서 벌어졌다. 마오가 죽은 후 마오의 부인 장칭을 비롯한 측근 4인방이 마오를 승계하려다가 권력투쟁에서 패배했다. 그 후부터 중국은 마오를 재평가하기 시작했다. 그 결과 중국공산당은 문혁을 마오가 저지른 중대한 과오라고 결정하고 마오는 공이 70이요 과가 30이라고 규정했다. 생전에 마오는 그가 시행한 정책이 실패하면서 권력 기반이 크게 흔들렸다. 이에 위기의식을 느낀 마오가 10년 동안 노동자와 농민을 동원해 자신의 권력 기반을 탄탄하게 다져놓았다. 한발 더 나아가 자신을 신격화까지 했다는 것이 문혁을 평가하는 일반적 시각이다. 하지만 의문이 생긴다. 마오가 죽고 잘못된 문혁이 끝난 지 벌써 60년이 다 돼 가는데 왜 중국은 아직도 문혁을 금기하고 두려워하는 걸까. 왜 조정로가 쓴 이런 소설책 한 권을 출판하지 못하게 할 정도로 과민하게 반응할까. 대체 왜 그럴까.

문혁을 평가하는 시각은 중국 국내뿐만 아니라 국제적으로도 매우 편협하다. 우리나라에서 파는 문혁을 언급한 책도 거의 부정 일색이다. 이런 책은 중국공산당이 규정한 입장을 대변한다. 내가 품은 의문점을 해결하려고 찾아본 한 두 권의 책은 이들과 전혀 다른 이야기를 하고 있었다. 특히 문혁에 가담했던 천이난이 쓴 『중국문화대혁명 또 다른 기억』이라는 840쪽짜리 책은 문혁은 중국 안팎에서 많이 왜곡 선전되었다고 주장한다(이 책도 중국 본토에서 출판하지 못한 책이다). 외국에서는 중국과 긴장 관계에 있는 자본주의 국가가 그들의 정치적 입장에 따라 문혁을 폄훼하거나 뒤틀어서 선전한다고 주장한다. 정권이 취약한 다른 나라들도 서방 강대국 편에 서기는 마찬가지다. 이런 폄훼 현상은 구소련 체제가 무너진 이후 더욱 커졌다는데, 이 말은 그 나름 상당한 일리가 있다.

명칭은 개인이나 단체 또는 국가의 얼굴이고 상징이다. 문혁의 원래 명칭은 '사회주의 문화대혁명'이다. 이 명칭은 훗날 '무산계급 문화대혁명'으로 바뀌었다. 명칭이 바뀌면 강령이 바뀌고 주도 세력이 바뀐다. 사회주의

문화대혁명은 진정한 사회주의를 건설하기 위해 중국인의 모든 의식이나 사상을 혁명을 하듯 바꿔보자는 뜻이다. 그 혁명의 실천적 목표는 주자파走資派를 제거하고 주자파에 동조하는 당권파黨權派를 몰아내는 일이었다. 주자파란 '반동적 부르주아 자본주의 독재를 따라가는 무리들'이라는 뜻이고 당권파는 중국공산당 내에서 '크고 작은 조직의 모든 권력을 쥐고 흔드는 주류세력'을 말한다. 이를 타파하려는 혁명의 중심 세력이 홍위병인데 그들은 중국 전역에서 자생적으로 조직된 단체였다.

조반파는 문혁을 이끌던 순수 핵심 세력을 말한다. 주로 노동자와 농민으로 구성된 조직이다. 조반造反이란 반항, 반란, 뒤집어엎음이라는 뜻이다. 이는 조반유리造反有理의 준말인데 '모든 반항과 반란에는 나름대로 정당한 도리와 이유가 있다는 뜻이다. 문혁을 지지할 때 마오가 한 말이다. 이 말은 1960년대 후반 세계 여러 나라에서 벌어졌던 학생운동의 표어나 선전 문구로도 자주 쓰던 말이고, 문혁과 마오를 비판할 때도 이 말을 자주 인용한다.'(네이버 지식백과 참조) 조반파의 혁명 주도권이 커지자 위기의식을 느낀 마오는 혁명의 명칭을 바꾸고 조반파의 주도권을 빼앗아 물타기 세력에게 넘겨버렸다.

혁명이 단지 새로운 무리가 어르신이 되는 것에 불과하다면,
혁명의 의의는 또 어디에 있는 것인가요?
인민대중은 왜 당신들을 따라 피를 흘리며 희생해야 했나요?

소설 《민주 수업》은 남녀 두 주인공이 조반파의 입장에서 사유하고 실천해 온 문혁에 관한 이야기를 담은 일종의 연애소설이다. 온 도시를 휩쓸고 다니던 문혁은 10대였던 두 주인공의 가슴을 느닷없이 관통해버렸다.

그들은 10년 동안 문혁을 부둥켜안고 살았다. 그리고 40년이 넘는 세월이 지나갔다. 이제 그 두 주인공은 각각 55세와 60세가 되었다. 그 긴 세월이 지나는 동안 문혁은 그들의 삶에 어떤 영향을 끼쳤으며 그들은 또 문혁에 어떻게 반응하며 살아왔을까. 이런 궁금증을 풀어나간 이야기가 이 소설이다. 특히 실천적 삶을 살기 위해 한평생 자신을 다잡고 또 다잡으며 살아온 여주인공의 모습은 치열하다 못해 처절하기까지 하다.

문혁 기간 내내 조반파와 혁명 세력은 돈과 재물을 돌같이 알았다. 오직 혁명과 인민을 위해 싸우다 죽는 것이 가장 영광스러운 삶이라는 자부심과 긍지를 가지고 살았다. 그들은 누구보다도 도덕적이고 청렴했다. 이 책에 등장하는 도시 지식인의 벽오지 하방下方은 못 배운 시골 인민들의 교육 수준과 의식수준을 크게 올려놓았고 권력의 주인은 누군인가라는 정치의식에 눈을 뜨게 했으며, 하방한 지식인은 노동의 힘듦과 불굴의 정신을 깨닫는 계기가 되었다.

"(요새)… 문혁 갖고 말 많지만 그때(문혁 때)는 중국인 도덕 수준이 최고였다. … 문혁 때는 불빛 하나 없는 외진 길을 걸어도 무섭지 않았다. 도둑 강도가 없었다. 길에 떨어진 물건, 아무도 안 주워갔다. 지금은 사람들이 돈만 밝힌다. 되는 일도 없고 안 되는 일도 없는 게 (지금)중국이다."

- 프레시안 2014년 12월 12일자 기사 중
* 인용문 속의 괄호는 독자의 이해를 돕기 위해 필자가 임의로 삽입한 것임

이 소설의 특징은 그동안 철저하게 가려지거나 부정적으로만 그려지던 문혁의 실체를 일부나마 세밀하게 조명한다는 데 있다. 마오의 측근 지도

부는 문혁 기간에도 마오와 그의 사상만 무조건 숭배하도록 강요했다. 이 때부터 마오는 신격화 되어 공포와 두려움 속에 인민이 숭배해야 할 존재로 변했다. 하지만 강요된 숭배가 어떤 허깨비 같은 결과를 초래하는가 하는 문제를 저자는 이 책 곳곳에서 보여준다. 사랑의 환희와 고통, 빈곤과 기아, 도농都農 간의 격차(도시적 우월성을 말함이 아님)와 순박성, 가슴에 묻어두었던 학살의 상처, 혁명과 이웃, 가족 간에 벌어지는 고뇌도 독자 앞에 모두 펼쳐놓는다. 문혁이 가져온 부정적 모습도 솔직하게 고백하고 독재자의 인민 우매화가 불러온 모습이며 노선이 다른 혁명파끼리 벌인 무장투쟁의 이야기도 함께 드러내 놓았다.

무산자無産者 계급인 임금 노동자와 농민은 중국공산당의 사상이자 근간이다. 마오가 죽은 뒤 문혁을 부정하고, 중국 전역에서 개혁개방이 본격화하자, 수많은 국유기업이 민영화의 과정을 밟는다. 이 과정에서 시장과 거대기업을 불과 몇몇 사람이 장악해 버리자 조반파나 무산자 계급은 감옥이나 변방으로 밀려났다. 어찌 보면 중국 이념의 근간이 밀려난 셈이다. 시장과 기업을 장악한 사람은 대다수가 일부 노老홍위병과 당권파나 관료파들, 혹은 주자파나 성분세습파72들이다. 이들은 과거 문혁을 수행하는데 큰 장애요인이자 반 조반파였던 사람들이다. 문혁 기간 동안 권력에서 밀려났던 그들은 개혁개방과 더불어 엄청난 혜택을 누렸다. 선부론先富論73에 따라 저런 소수에게 부富가 집중됨으로써 중국의 가장 높은 상

---

72 성분세습파: 늙은 혁명가나 고위직이 가진 특권이나 권력을 그 자손들이 대를 이어가며 물려 받는 무리들

73 선부론: '공산당이 부자가 되는 것이 왜 나쁘냐?'는 질문에서 출발한 이론. 이를 개개인으로 축소하면 부자가 될 수 있는 조건을 가진 사람이 있다면 그 사람이 먼저 부자가 되라. 그리고 그 부를 계속 확산시킴으로써 나머지도 모두 부자로 만든다는 이론. 흑묘백묘론黑猫白猫論 과 더불어 등소평 경제 정책의 핵심 이론이다. 이를 거시적으로 확장하면 동쪽 해안가 곳곳

위 계급이어야 할 무산자들은 대체 무엇을 얼마나 얻었는가를 저자는 다시 한 번 질문한다.

"1세대 혁명 참여자가 목숨을 걸고 타도하려고 한 그 사회적 폐단이 어째서 2세대와 3세대에게서 아주 쉽게 되살아나는가? … 나는 이로부터 공산주의 운동의 이론적 설계에 선천적 결함이 있는 게 아닌지 생각하게 되었다."

저자는 중국이 자가당착에 빠진 것은 아니냐는 의문을 던진다. 그럼에도 불구하고 저자는 '어떻게 (해야) 혁명 참여자의 2세대와 3세대가 변질하지 않도록 할 수 있겠는가?'를 다시 고민한다. 바로 이 지점이 이 소설의 출발점이자 도착점이다. 문혁에서 출발해서 지금까지 걸어온 과정이 민주주의를 공부한 수업이었다면, 앞으로 중국은 어디로 어떻게 가야 할 것인가를 저자는 묻고 있다. 이 문제에 대한 결론은 이 책 말미에 55세의 여주인공이 현실을 과감히 정리하고 새로운 미래를 설계하는 모습에서 상징적으로 드러난다. 그러나 저자가 던진 질문과 고민을 역설적으로 생각해 보면, '그럼 자본주의는 필연적으로 부패하고야 마는가?'라는 또 다른 질문과 맞닥뜨리게 된다.

책 속에는 중국 현대사가 파노라마처럼 펼쳐진다. 문혁 초기, 보수파 홍위병(보황파, 또는 노老홍위병이라고도 부른다)들이 저지르는 잘못이며, 모든 것이 '나'로부터 출발하는 조반의 시작과 전개 과정도 보인다. 국공

에 조성한 특별구역(특구)을 중심으로 경제를 먼저 발전시킨 뒤, 이를 서쪽 내륙으로 확산시킴으로써 중국 전체의 경제개발을 완수한다는 이론

합작國共合作이며 혁명원로들의 얘기도 나온다. 이념으로 다가가는 청춘의 순결성과 혁명의 이중성도 드러나고, 그들을 바라보는 권력자의 속성과 두려움도 드러난다. 시골로 하방한 학생이나 지식인들이 핍박은커녕, 자연스럽게 현지에 정착하는 모습도 보인다.

여기 나오는 여주인공은 조반파의 전형이다. 자본주의와 부르주아가 무엇인지도 잘 모르면서 제 가슴 속에 싹터오는 사랑의 감정을 소자산 계급사상이라고 혼자 자책하고 또 자책하며 경계하는 모습은, 마치 혁명에 대한 저자의 순결성을 보는 듯하다. 이런 몇 가지만 봐도 개혁개방 이후 우리나라에 소개된 수많은 중국 주류소설과 이 소설이 얼마나 다른지 알 수 있다.

이 책은 중국 본토에서 출판금지 판정을 받아 타이완에서 출판했다. 저자는 이렇게 말한다. "나는 (정권)엘리트 집단이 무엇을 좋아하는지 안다. 그러나 그들에게 영합하는 것은 내 자신을 잃는 것이다." 그리고 '어찌 굽실굽실 권세자를 섬기며 내 마음과 체면을 구기겠는가?'하는 이백李白의 시를 인용해가면서 자신이 품고 살아온 조반의 뜻과 의지를 굽히려 하지 않는다.

인간의 탐욕과 이기심을 억제할 확실한 방법은 이 세상에 없다. 자본주의는 인간의 욕망에 그 뿌리를 두고 있고, 신자본주의는 이 욕망을 말초적 지점까지 극대화했다. 문혁은 실패했고 조반파의 순수는 투명한 유리병처럼 깨져버렸다. 혁명이 가진 목적과 의지에 충실하려고 온 힘을 다 바쳤던 조반파가 패배한 것은 어쩌면 필연인지도 모른다. '야심가에게 염치나 순수는 없고 오직 나와 내 무리만 있을 뿐'이기 때문이다.

6일 홍콩 사우스차이나모닝포스트(SCMP)에 따르면 중국의 새 고등학교 1학년 역사 교과서엔 문화대혁명이 "나라와 국민에 심각한 재앙을 불러

왔다"는 주장이 참고 내용에 새로 실렸다. 또 새 교과서엔 "문화대혁명이 공산당 지도자들에 의해 잘못 일어났으며, 반反혁명 집단에게 이용됐다"는 표현도 추가됐다. 이는 작년까지 교과서에 없던 내용이다. 다만 문화대혁명이 "어떤 의미에서도 혁명이나 사회적 진보가 될 수 없다"는 기존 서술은 그대로 유지됐다.

– 조선일보 「中 새 교과서 "문화대혁명이 심각한 재앙초래"」
2020년 9월 6일자 기사 중

진정으로 영혼이 있다면, 그 영혼은 나이가 없고, 늙지도 않을 거라 믿어요. 그 진실한 영혼들, 조국을 위해 걱정하고, 분투하고, 헌신하고, 피 흘려 희생한 영혼들이 낮과 밤마다 우리와 함께 있어요. 과거에도 함께 있었고 지금도 여전히 함께 있어요. 이것은 이상의 영혼이에요.

문혁을 이끌던 조반파가 지닌 정신은 두 차례의 천안문 시위로 이어졌다. 조반을 이어받은 천안문 정신은 최근 홍콩의 우산 혁명에 이어 '범죄인인도 법안 수정 반대 시위로 이어졌다.'[74] 실패로 규정한 문혁을 아직도 중국이 두려워하는 것은 밑에서부터 위로 분출하는 자유와 민주 의지 때문이다. 그 의지는 모든 권력은 인민이 결정해야 하고 권력은 인민의 아래에 있어야 한다는 조반파의 정신에서 출발하기 때문이다. 중국의 정치적 4대 금기는 모두 민주, 자유, 독립과 연관돼 있지 않은가.
저자가 한 말로 이 책을 마무리하자.

---

74   프레시안 「홍콩 200만 '검은 대행진'의 진짜 배후」 2019년 6월 20일자 일부 요약

아마도 그것이 한차례의 민주 수업이었을 것이다. 칠판에는 이렇게 씌어 있었다. '자신이 자신을 교육한다.'

읽을 수 없지만 또한 읽지 않을 수 없는 노래

초사

굴원, 송욱 외 지음, 권용호 옮김 | 글항아리 | 2015

중국에서는 글을 그 쓰임이나 형식에 따라 여러 갈래로 구분해서 썼다. 이는 우리 조상도 마찬가지였다. 그 문체文體를 구분한 모습을 보면 시詩, 서書, 악樂, 부賦, 사詞, 기記, 전傳, 사辭, 논論, 변辯, 발跋, 설說, 해解, 고考, 박駁, 석釋, 평評, 서序, 의議 등등 아주 세세하다. 문체 나누기를 역사적으로 살펴보면 대략 이렇다. 중국 6조 시대의 유협이 쓴 문심조룡文心雕龍은 문체를 21가지 종류로, 소명태자가 쓴 문선文選은 39가지 종류로 각각 나누어 놓았다. 문심조룡은 글을 쓰고 보는 눈을 기르는 지침서이고 문선은 역사적으로 잘된 글을 뽑아 모아놓은 책이다. 명나라 때 나온 문체명전이라는 책에는 문체를 113가지 종류로 나누어 놓았으나, 청나라 때는 13가지 종류로 대폭 줄여서 나누었다. 이는 청나라 고증학의 기본사상인 '처음으로 돌아가자'는 움직임과 무관치 않다. 동문선東文選은 조선 성종 때 서거정이 엮은 시문집이다. 우리나라 사람이 써 놓은 잘된 글을 가려 뽑아서 모아 놓은 책인데, 1478년 나왔다. 문체의 종류를 구분했다는 우리나라 기록은 동문선에 나온다. 동문선에는 문장과 시를 합쳐 총 56가지로 구분해 놓았다.

『시경詩經』은 고대 중국의 북방 문학을 대표하고 『초사楚辭』는 남방 문학을 대표한다. 초사楚辭는 '초나라 사람이 부른 노래'라는 말인데, 초나라 사람이 가진 독특한 문체로 쓴 노래를 말한다. 그를 대표하는 사람이 바로 굴원屈原이다. 그가 쓴 독특한 문체의 글을 일러 굴원부屈原賦 혹은 굴원사屈原辭라 부른다. 굴원이 부른 노래에 부賦나 사辭를 모두 붙인 것을 보면 굴원이 죽은 이후 한동안은 부나 사를 따로 구분하지 않고 썼던 모양이다.[75]

굴원 이후 지금까지 초사를 주석한 책과 해설서는 쉬지 않고 나왔다.[76] 이러니 그가 쓴 글이나 노래가 뒷사람에게 얼마나 큰 영향을 끼쳤는지 짐작할 만하다. 옮긴이는 초사를 '중국 희곡이나 낭만주의 문학의 시초'라고도 한다. 후대 사람들은 굴원을 일러 '우국충정을 품은 애국 시인'이라 부르기도 했다. 사마천이 쓴 『사기』는 굴원의 「이소離騷」를 이렇게 평가한다.

시경의 '국풍國風'은 색을 좋아하면서도 음탕하지 않고, '소아小雅'[77]는 원

---

75 부賦나 사辭는 후대로 내려오면서 그 정의에 변화가 많았다. 따라서 부나 사를 한마디로 잘라 말하기는 곤란하다. 시詩, 부, 사는 모두 노랫말이지만, 부와 사는 시詩하고는 좀 다른 형태다. 예를 좀 들어서 말해보자면 부는 송나라 때 소식(소동파)가 지은 적벽부赤壁賦처럼 눈앞에 보이는 대상에 개인의 감정을 얹어 부르되 서사성이 훨씬 돋보이는 글이고, 사는 굴원이 부른 초사처럼 개인의 정서나 감정에 더 많이 의존하여 서정성이 크게 돋보이는 글이다. 한편 송대에서 유행했던 송사宋詞는 인생의 희노애락을 표현하면서 초사처럼 서정성이 돋보이는 형식으로 자리를 잡았다.

76 전한前漢시대에 유향(기원전 77~6년)이 이런 글을 모아 초사라고 정리한 무렵부터 지금까지를 말한다. 『초사』에 대한 주석본이나 해설서는 한, 중, 일, 대만 등 동아시아를 포함한 여러 지역에서 지금도 계속 나오고 있다.

77 「국풍」과 「아雅」는 모두 『시경』에 나오는 글로, '국풍'은 중국 각 지방 여러 나라의 노래를 말한다. '아'는 소아小雅와 대아大雅로 구분하는데, 중국 정악正樂의 노래이다. 중국 주나라 조

망하고 비방하면서도 난亂하지 않으니, '이소離騷'의 경우는 이 두 가지 장점을 겸하였다 할 것이다.

— 『초사 1』 송정희 옮김, 명지대학교출판부

이 책의 저자도 말했듯이 굴원에 관한 이야기는 대개 사마천의 『사기』를 바탕으로 한다. 굴원의 본래 이름은 굴평屈平이다. 굴평은 기원전 4세기인 전국시대 말기 무렵에 맹자, 장자 등과 함께 산 사람이다. 초나라의 왕족이었던 그는 성품이 고결하고 총명했다. 한때는 초나라 회왕懷王의 바로 아래 자리인 삼려대부三閭大夫의 자리까지 올라갔다.

굴원은 오직 나라를 위해 온 힘을 다 바쳤지만, 성격이 올곧아 주변과 타협할 줄을 몰랐다. 이러면 시비가 생기기 마련이니, 그는 주변의 시기와 모함을 자주 받아 초나라 왕에게 세 번이나 버림을 받았다. 그때마다 그는 귀양살이를 하거나 낯선 땅을 홀로 떠돌았다. 굴원이 회왕에게 내침을 받고 나서 쓴 시가 「이소」다. 「이소」는 굴원을 대표하고 굴원은 초사를 대표하니, 「이소」는 초사를 대표하는 글이다. 이 글은 왕과 세상을 원망하고 한탄하는 마음이 주류다.

굴원은 귀양살이에서 돌아와 자기 자리로 복귀할 때마다 왕에게 진심을 다해 간언했지만 왕은 그의 의견을 들어주지 않았다. 그 바람에 나라의 형세는 자꾸 쪼그라들다가 마지막에는 회왕 자신마저 적의 포로가 되었다. 굴원의 충언을 내치고 진나라의 첩자 장의와 작은 아들인 자란子蘭의 얘기만 듣다가 그 지경이 되었다.

정의 악사들에 의해서 편성되고 연주되었다. 이소離騷에서 시작된 소는 굴원의 맥을 이은 초사를 말한다. 『선비가 가을을 슬퍼하는 이유』 이옥 지음, 휴머니스트 287쪽 참조

회왕이 포로가 되자 큰아들이 새로 등극했다. 그가 경양왕頃襄王이다. 회왕이 끝내 돌아오지 못하고 적지敵地인 진나라에서 죽으니 민심이 들끓었다. 자란이 아버지를 사지로 몰아넣었다는 것이다. 굴원 역시 당시 재상이던 경양왕의 동생인 자란을 원망했다. 이 소리를 들은 자란과 간신들은 경양왕에게 굴원을 또다시 모함했다. 노한 경양왕이 한수漢水[78] 이북에서 혼자 떠돌며 귀양살이를 하던 굴원을 다시는 돌아오지 못하게 아주 멀고 먼 양쯔강 남쪽 강남江南 땅으로 다시 쫓아 버렸다. 이에 절망한 굴원은 큰 돌을 안은 채 후난성湖南省 창사長沙의 멱라강[79]에 빠져 죽었다.

그 후 초나라 송옥宋玉, 당륵唐勒, 경차經差 등이 굴원 풍의 노래인 부사賦辭를 지어 읊었다. 기원전 223년, 굴원이 죽은 지 약 50년이 지나 초나라는 진에게 멸망했다.[80] 이게 사마천의 사기에 나온 개략적 내용의 일부다. 초나라 이후에도 많은 사람이 이런 형식으로 노래를 만들어 읊었다.

굴원은 귀양지에서 25편의 굴원부屈原賦를 썼다. 나라를 걱정하는 마음과 자신의 충심을 몰라주는 회왕과 경양왕, 그리고 그 신하들에 대한 상실감과 배신감, 그리고 다시 부름을 받고픈 마음이 뒤얽힌 노래가 바로 굴원부이며 『초사』다. 그의 글은 비통하기 짝이 없으나 선명하고 기품이 있다. 천박하지 않고 고상하다. 절창絕唱인 그의 노래는 중국 문단에 큰 영

---

78   한수漢水는 양쯔강 북쪽에 있는 지류다. 지도를 보면 산시성에서 발원, 후베이 성을 거쳐 우한에서 양쯔강과 합류한다. 한수 이북을 떠돌던 굴원이 양쯔강 남쪽으로 유배를 갔다는 말은 초나라 수도로부터 아주 아득하게 멀리 떠났음을 의미한다.

79   멱라汨羅강은 후난성 상수(湘水)의 지류인데 인공호수인 동정호로 흘러간다.

80   이 책에는 굴원의 생몰연대가 기원전 353~278년이라고 단정했지만, 다른 자료에는 기원전 343?~278?이라고 한 곳이 많아 확실히 단정할 수는 없다. 또 초나라가 멸망한 기원전 278년에 굴원이 자살했다고 했지만, 다른 자료에는 초나라가 멸망한 해를 굴원이 죽고 나서 55년이 지난 기원전 223년이라고 한 곳도 많아 판단하기가 쉽지 않다. (『초사 1』(송정희 옮김, 명지대학교출판부) 25쪽 참조)

향을 끼쳤다. 전한기前漢期 이후 굴원 풍으로 쓴 시를 모두 사辭, 또는 초사楚辭라고 부르기 시작했다. 굴원이 품은 한恨과 충절이 중국 문학의 새로운 장을 개척한 셈이다.

'초사는 소리 내어 읊어야 제맛이다.' 조선 정조 때의 문신 이옥李鈺이 한 말이다. 이옥은 연암 박지원처럼 문체반정文體反正에 걸려든 사람이다. 여기 걸려든 사람은 모두 정조에게 자신의 과오를 시인하고 문체를 다시 바꾸었다. 이옥은 이 일로 벼슬길이 한평생 원천 봉쇄되었고 그 징벌로 군역[81]까지 치렀다. 하지만 그는 죽을 때까지 자기 문체를 굽히지 않았다. 문체반정 이후 정조의 뜻을 끝까지 거부한 사람은 오직 이옥 단 한 사람뿐이다. 그는 많은 글을 남겼는데, 그 가운데에는 초사를 읽는 방법과 읽고 나서 그 감정을 풀어버리는 방법까지 써놓은 것도 있다.

국풍國風은 봄바람이요 아雅는 여름바람인데 소騷는 가을바람이다.* 봄바람은 그 성질이 정답고, 그 기운이 부드럽고, 그 생각이 공순하다. 여름바람은 그 성질이 너그럽고 그 기운이 준걸스럽고 그 생각이 장壯하다. 가을바람은 그 성질이 깔끔하고, 그 기운이 차갑고, 그 생각이 신산스럽다. 그래서 이때(가을)에는 … 덕德은 음陰으로 사용되어 사람들로 하여금 마음을 상쾌하게, 뜻을 날카롭게 하여 어두운 듯 참담한 듯, 까닭 없이 절로 슬퍼지니, 소騷가 이것에 해당할 만하다. 그러므로 초사라는 것은 천지의 추성秋聲이라 할 만하다. … 초사는 읽을 수 없지만 또한 읽지

---

81 군역: 지금에 비유하면 의무 징집이다. 그러나 양반은 어떻게든 이 징집에서 빠졌으니, 군역을 양반이 강제로 치르는 건 일종의 치욕이다. 이옥은 징벌부과 때문에 군역을 치렀으니 더욱 큰 치욕을 당한 셈이다.

않을 수 없다. 그것을 읽으면, … 기골이 맑아지고, 신체가 가벼워진다. 읽지 않으면, … 기가 탁하고, 뜻이 비루해진다. … 혹 한두 번, 혹 서너 번, 혹 대여섯 번, 읽기를 절제하고 많이 읽지 말아야 한다. … 우선 진한 술을 큰 잔으로 들이키고, 읽을 때는 한 자루 옛 동검銅劍을 어루만지며, 읽고 나서는 거문고를 끌어당겨 보허사步虛詞[82]를 한 곡조 뜯어서 그것을 풀어낸다. … 초사 중에 특히 삼구三九[83]가 그러하다.

-『선비가 가을을 슬퍼하는 이유』 휴머니스트, 287~289쪽 발췌 요약

위의 책에서 이옥은 초사의 맛을 제대로 느끼려면 읽을 때와 장소도 중요하다고 강조한다. 낙엽 지는 한밤중이나 달 밝은 밤, 서리 내린 새벽, 해 질 무렵, 벌레 우는 때, 기러기 우는 때, 꽃 떨어지고 소쩍새 우는 밤에 읽어야 제맛을 느낄 수 있고, 읽을 만한 장소로는 낙엽 진 나무 아래, 물소리 나는 작은 시냇가, 국화나 대나무 옆, 매화 옆, 여울을 거슬러 올라가는 배 안, 백 척 높은 누樓나 천 길 석벽 위가 읽을 만한 곳이라고 한다.

선비들이 책을 읽을 때는 정신을 맑게 하여 그의 안광眼光이 지배紙背(종이의 뒷면)를 꿰뚫도록 집중하고 수없이 반복해서 읽어야 한다고 한다. 그런데 이옥은 초사를 읽을 때 진한 술을 얼근하게 마시고 칼을 어루만지며 읽으라 하고, 대신 너무 여러 번 읽지는 말라고 만류한다. 읽고 나서는 그 감정을 풀어버리라고까지 한다. 그만큼 초사에 서린 한과 귀기鬼氣

---

82 보허사: 악부樂府 잡곡雜曲의 가사. 보허란 신선들이 허공을 거닐며 산책한다는 의미이다. 도가道家의 곡조로, 여러 신선들이 멀리서 가볍게 움직이는 아름다움을 노래하고 있다. 우리나라에는 고려 때 들어왔다.

83 삼구: 초사의 편명인 구가九歌, 구장九章, 구변九辯을 말한다. 구가와 구장은 굴원이 지었고, 구변은 굴원의 제자인 송옥이 지었다.

가 사람을 빨려들게 하고 마음을 울분과 비통으로 헤집어놓기 때문이다. 초사를 읽고 난 독자라면 이런 말에 공감할 듯하다. 이옥의 기개는 이 글만 보아도 그 일부가 엿보인다. 초사를 읽을 때 옛 동검을 어루만지며 읽으라니, 보기에 따라서는 대역 죄인이나 할 큰일 날 소리를 거침없이 하고 있으니 말이다.

추사 김정희도 굴원을 어지간히 좋아했던 모양이다. 그는 제주도 유배를 끝내고 다시 함경도 북청으로 귀양살이를 떠났다. 도합 10여 년간 귀양살이를 한 추사는 과천에 있는 집으로 돌아와 마지막 삶을 살다가 죽었다. 그 집을 '과지초당瓜地草堂'이라 불렀는데, '참외와 오이가 자라는 외밭에 지은 초가집'이라는 뜻이다. 추사 예술의 최고봉은 과천 시절이다. 어느 여름날 추사는 이곳에서 시 한 편을 지었는데, 그 마지막에 이런 구절이 나온다.

老屋三間 可避風雨 노옥삼간 가피풍우
空山一士 獨注離騷 공산일사 독주이소[84]

낡은 세 칸 오막살이, 비바람이나 겨우 피할 만한데
빈 산에 선비 홀로 이소에 주석을 다네.

– 필자 의역

관악산에 소나기가 한차례 훑고 가자 여름 해가 다시 쨍쨍하다. 그 산자락 끝에 낡은 초가집 한 채 엎드려 있다. 사방은 쥐 죽은 듯이 고요한데

---

84 『완당평전 2』(유홍준 지음, 학고재) 654쪽 참조

문 앞에 드리운 발도 없이, 방문이 활짝 열려있다. 방 안을 들여다보니 한 노인이 상床 앞에 앉아 글을 쓰고 있다. 가만히 보니 추사다. 더 가까이 다가가 보니 굴원이 쓴 「이소」에 주석을 달고 있다. 귀양살이 10년에 맺힌 한을 달래는 추사의 심정이 손에 잡힐 듯하다. 추사는 심심파적으로 이 글을 지었다는데, 심심해서 쓴 글이 이런 정도라면 진짜 열 받거나 글발을 받았을 땐 어떤 글을 썼을까.

추사는 이옥의 충고가 마음에 들었는지 '통음독이소痛飮讀離騷'라는 글귀를 낙관으로 파서 닳도록 썼다고 한다. 이 도장에 새긴 글의 뜻은 '자기 주량을 무시한 채 술을 계속 마셔대며 굴원이 쓴 이소離騷를 읽다'라는 뜻이다. 유홍준에 따르면 추사가 생전에 쓴 낙관이 200개라고 한다(300개라는 설도 있다). 그 가운데 유독 이 낙관만 닳도록 썼다고 하니 피붙이도 없이 만년晩年을 보내던 그의 마음이 어땠는지 알 만하지 않은가. 추사는 굴원처럼 왕실과 가까운 집안인데다 타고난 천재였다. 어려서는 고대광실高臺廣室에서 자랐고 젊어서는 권세를 쥐었으나 나중에는 유배와 해배(유배에서 풀려남)를 반복하다가 집에 돌아온 지 4년 만에 죽었다.[85]
아는 사람(혹은 잘하는 사람)은 열심히 하는 사람을 못 이기고 열심히

---

85   추사는 55세 때 제주도 대정에 위리안치되었다가 8년 뒤 63세에 해배 후 강상(江上: 현재 서울의 용산)에서 살았다. 3년 후 66세에는 함경도 북청으로 다시 유배, 약 1년 후인 67세에 해배되어 과천에 있는 집으로 돌아왔다.(『완당 평전』(유홍준 지음, 학고재) 2권 530쪽, 3권 348~351쪽 참조) 제주 유배 때는 남은 가족이 유배 뒷바라지를 하며 먹고사느라 가산은 결딴이 났다. 집안을 돌보던 부인이 병으로 죽었으나 제주에 있던 추사는 그 사실을 한 달쯤 지난 뒤에야 알았다. 북청 유배 때는 두 동생마저 서울에서 추방당했고 자신은 유배자금 마련을 위해 여기저기서 돈을 꾸어가며 길을 떠났다. 그가 북청 유배에서 돌아와 죽을 때까지 살았던 과지초당도 실은 자신이 마련한 집이 아니고 부친 김노경이 마련해둔 집이었다. 그러니 추사가 자기 손으로 일군 재산은 남은 게 하나도 없다. 유홍준이 쓴 『추사 김정희』를 보면 과지초당 시절의 추사는 형편이 어려워 자기가 쓴 글씨를 팔아서 생활을 해결한 것은 아닌가 하는 추측도 한다.

하는 사람은 즐기는 사람을 못 이긴다고 한다.[86] 추사는 일생을 통해 불멸不滅할 서체를 창조했지만, 그걸 마음 편히 즐기지는 못했던 모양이다. '통음독이소'에는 자신의 처지를 굴원에게 빗댄 추사의 이런 심정이 잘 드러난다.

이 책은 초사 전체를 우리나라에서 처음으로 완역했다는 데 의미가 있다. 그림까지 곁들여가며 현대어를 써서 독자의 이해를 돕는다. 여기 실린 글 가운데 굴원을 뺀 나머지 여덟 명이 쓴 초사에는 굴원을 의식한 글이 많다. 이들은 대부분 왕에게 내쳐져서 귀양살이를 했거나 옥고를 치른 사람들이다. 인재였으나 중용되지 않았고 일찍 병사했거나 벼슬길이 순탄치 않았던 사람들이다. 이들이 쓴 글도 굴원이 쓴 글처럼 모두 애가 끊어질 듯한 절창이다.

송옥宋玉 같은 이는 굴원을 정통으로 이은 사람이다. 그는 굴원이 초사문학을 개척한 것처럼 한漢나라에서 유행했던 노래, 즉 한부漢賦라는 양식을 개척했다. 가의賈誼는 한나라 양회왕을 지근至近에서 보필하다가 왕이 죽자 그 슬픔을 못 이겨 시름시름 앓다가 얼마 못 가 죽었다. 동방삭東方朔은 한무제 때 고위직에 올랐으나 왕에게 직간直諫 하다가 미움을 받았다. 엄기嚴忌는 전한 때 사람인데 '회재불우懷才不遇', 즉 품은 뜻과 재주는 컸으나 알아주는 이를 만나지 못한 불우함 때문에 자신의 운명을 탄식했다. 그는 한나라 초기에 배척당한 인재들을 슬퍼하는 노래를 지었다. 왕실의 종친이었지만 못된 환관을 탄핵하다가 감옥으로 두 번이나 끌려간 유향劉向과, 왕을 미워하고 원망하는 글을 쓴 왕일王逸을 비롯해서 왕포王

86　SBS「세상에 이런 일이」2021년 10월 19일자 참조

褒와 회남소산淮南小山의 글도 실렸다. 그 가운데 으뜸은 굴원이고 그가 쓴 글이 제일 많다.

굴원은 하늘의 옥황상제와 태양신, 구름 신, 물의 신과 산귀신山鬼을 부르고 점을 치면서 자신의 비통함과 나라의 장래를 걱정한다. 초나라를 지킨 영령들을 추모하고 죽은 선대왕의 치적을 노래한다. 그는 선왕의 혼을 부르기도 한다. '산과 물가를 돌아다니고 언덕이나 평지를 떠돌며 하늘을 보고 울부짖기도 하고 탄식'도 한다. 그러던 어느 날, 그는 더러운 세상을 버리고 하늘로 올라가 신선과 노닌다. 풍백風伯(바람신)을 앞세워 길을 열게 하고 날이 저물면 현무玄武(북방의 신)를 가까이 불러 호위하게 한다. 우사雨師(비의 신)와 뇌공雷公(번개의 신)을 좌우에 거느리고 수레를 몰며 노닐다가 홀연히 하늘 위에서 고향 땅이 내려다보이자 그리움이 사무쳐 눈물을 쏟는다. 그걸 본 마부도 슬퍼하고 말은 고향으로 가지 않겠다고 고개를 외로 돌린다. 이렇게 굴원이 쓴 글은 격조가 높고, 한과 귀기가 감돌아 비통하기 짝이 없다. 그 가운데 비교적 편안한 글이 어부와 굴원이 나누었던 대화인데 지금도 자주 회자된다.

굴원이 추방당한 후로 강가를 노닐고 못가에서 거닐며 노래를 불렀다. 안색은 초췌했고 모습은 수척했다. 어부가 그를 보고 물었다. "삼려대부가 아니십니까. 어찌 이런 곳까지 오시게 되었습니까?" 굴원이 말했다. "세상은 혼탁하고 나 혼자 깨끗합니다. 사람들은 취해 있고 나 혼자 깨어 있습니다. 그래서 이렇게 쫓겨났습니다." 어부가 말했다. "성인은 사물에 얽매이지 않아 세상에 따라 변할 수 있습니다. 사람들이 혼탁하다면 어찌 진흙을 휘저어 흙탕물을 일으키지 않(았)습니까? 사람들이 취해 있다면 어찌 술지게미를 먹고 묽은 술을 마시지 않(았)습니까? 어찌 깊이 생각하고 고상하게 행동하시어 자신을 쫓겨나게 하십니까?" … 어부는 … 노를 저어 가면서 노래를 불렀다. "창랑滄浪[87]의 물이 맑으면 내 갓끈을 씻을 수 있고, 창랑의 물이 더러우면 내 발을 씻을 수 있네."

어부는 많이 배운 사람이 아니련만 이런 말을 남기고 떠났다. 보기에 따라서는 조작으로 비칠 수도 있고, 인생을 달관한 경지에서 나온 말로 읽을 수도 있다. 기록은 진위眞僞도 중요하지만 내용이나 의미도 중요하다. 무엇에 더 큰 무게를 둘지, 그 판단은 독자나 연구하는 이의 몫이다.

초나라의 노랫소리가 사방에서 들리자 초 패왕은 이제 모든 것이 다 끝났음을 알고 타고 다니던 오추마를 풀어주며 네 갈 길을 가라고 한다. 애첩 우희에게도 떠나라고 한다. 그러나 오추마는 고개만 돌린 채 그대로 서 있고 우희도 그의 곁을 떠나지 않는다. 우희는 패왕에게 마지막 술잔을 올리고 그 앞에서 춤을 추며 노래 부른다. "초나라 노랫소리 들리니 한나라의 군사가 이미 초나라를 덮쳤네. 패왕의 의기도 꺾였으니 신첩이 어찌 살기를 바라리오."하며 칼을 뽑아 자결한다.

- 영화 「패왕별희霸王別姬」의 한 장면에서

초 패왕을 소재로 만든 영화 패왕별희는 굴원의 초사와 많이 닮았다. 세속적으로 보면 항우나 우희, 초사를 쓴 아홉 사람은 모두 패배자다. 하지만 그들이 패배자였기에 이런 글이 지금 우리에게 전해진다. 그들은 자신

---

87 창랑: 강 이름. 한수漢水의 지류, 지금의 허베이 성 경내를 지남.

과 시대의 비통을 노래했지만, 초사를 남긴 이들은 그 글에서 누군가가 작은 위안이나 용기라도 얻기를 바랐을지 모른다. 좀 다른 시각에서 보면 예술이란 고통과 죽음의 그림자 속에서 핀, 피 냄새 자욱한 한 떨기 꽃이다.

무시무시한 공空의 경전

달라이 라마 반야심경

텐진 가초 지음, 툽텐 진파 엮음, 주민황 옮김 | 하루헌 | 2017

가라, 가라, 저 너머로 가라. 저 너머로 가라. 깨달음의 바탕에 뿌리를 내려라.

악연도 인연이라는데 얼마나 깊은 인연이 있어 돼먹지도 못한 내가 이 경전을 말하는 지경까지 이르렀단 말인가. 집착을 버리라지만 버리겠다는 의지 또한 집착은 아닌가. 가자, 어서. 저 침묵의 바다로.

불교는 대승불교와 소승불교로 나누기도 하고, 남방불교와 북방불교로 나누기도 합니다. 남방불교는 소승불교이고 북방불교는 대승불교입니다. 타율적 계율을 중시하는 소승불교는 태국, 라오스, 미얀마, 스리랑카, 캄보디아 같은 동남아시아에 많이 퍼져 있습니다. 대승불교는 인도 북부에서 시작됐는데 티베트, 중국, 한국, 일본에 주로 분포합니다. 소승불교는 자신의 해탈을 목표로 부처의 가르침을 찾습니다. 우리나라는 대승불교이고 달라이라마도 이와 같습니다.

불교에 크게 관심이 없는 사람일지라도 익히 들어본 경전 이름을 대보라면 대략『팔만대장경』,『화엄경』,『금강경』,『반야심경』 정도는 댈 터입니다.『반야심경』은 대승불교의 핵심이라 할 수 있습니다. 우리나라의 불가佛家에서는 모든 의식 때마다 이 경을 외거나 독송합니다. 그렇다고 의식에 참석한 모든 이들이 이 경의 의미를 다 아는 것은 아닙니다. 저 역시 마찬가지입니다. 사실 어렵기로 따진다면야 둘째가라면 서러울 경전 또한『반야심경』이지요. 그 짧은 글 속에 대승불교의 모든 핵심이 다 들어가 있다니 그럴 만도 하지 않겠습니까. 그전에 어떤 스님은 저에게 "『반야심경』을 알면 이미 불도佛道를 득한 자다."라고 했으니, 이 얼마나 무시무시하고 대단한 경전이란 말입니까.

대승불교의 교리는 공空을 강조하고 나보다는 남을 먼저 생각하는 이타행(보리행)을 기본으로 합니다. '이타심(보리심)에 대한 열망은 남을 돕고자 하는 소망과, 가장 효과적으로 남을 돕기 위해 깨달음을 얻고자 하는 소망 두 가지로 이루어진다.'고 합니다. 아마 이 말이『반야심경』의 가장 큰 틀이지 싶습니다. 이 두 가지 소망은 자비와 지혜의 총체입니다.
'반야심경'은 '마하반야바라밀다심경'의 줄인 말입니다. '마하'는 크고 위대하다는 뜻이고 '반야'는 지혜라는 말입니다. '바라밀다'에는 두 가지 뜻이 함께 들어있다고 하지요. 하나는 최고의 완전한 상태, 피안에 들었음을 말하고, 또 하나는 수행자들이 고통에 빠진 중생을 건지기 위해 정진하고 또 정진해서 부처의 경지에 도달하겠다는 굳은 결심을 뜻한다고 해석합니다. 심心은 핵심이라는 뜻입니다. 불교에서「반야」라는 말이 들어간 모든 경전을『반야부 경전』이라고 하는데,『반야부 경전』은 600부나 되는 아주 방대한 분량입니다. 요새 책으로 쳐도 아마 수백 권은 되지 않을까요? 거기에 해설을 붙이면 수천 권도 넘겠지요.『반야심경』은 그

600부나 되는 경전 가운데서 핵심만 가려 뽑은 경전입니다. 크고 위대한 지혜를 따라 깊이 정진하여 중생과 수행자가 함께 피안에 드는 핵심을 적어놓은 말씀입니다. 이 경은 당 태종 때 현장 스님이 만들었습니다. 이 분은 명나라 때 오승은이 쓴 소설『서유기』에 등장하는 삼장법사와 같은 사람입니다.

탄허 스님과 한국학에 해박한 문광 스님은『팔만대장경』을 요약하면『화엄경』이 되고,『화엄경』을 요약하면『금강경』이 되고,『금강경』을 요약하면『반야심경』이 된다고 합니다.[88] 그런데 반야심경을 마지막까지 압축하고 또 압축하면 '공空'이라는 단 한 글자만 남습니다. 수미산처럼 켜켜이 쌓여있는『팔만대장경』그 엄청난 말씀을 제목까지 포함해 단 270글자로 압축했다니, 그 한 글자 한 글자는 대체 얼마나 크고 두려운 글자란 말입니까. 이 크고도 무거운 270글자를 다시 '공'이라는 단 한 글자만으로 표현하다니, 그 생각만 하면 저는 그저 막막하다는 생각만 한없이 떠오릅니다.

세속적으로 말하자면 모든 종교의 기본은 행복입니다. 행복을 얻으려고 사람들은 종교를 믿고 따릅니다. 이 책의 내용도 이와 마찬가지입니다. 제

88　『화엄경』만 따로 떼어서 요약하면『보현행원품普賢行願品』(중생을 위해 보현보살이 품은 간절한 소원과 실천을 제시한 말씀)이 되고,『보현행원품』을 다시 압축하면「항순중생恒順衆生」, 이 한마디라고 한다. 보현행원품에 나오는 항순중생이란 항상 중생을 따르겠다는 말이다. 불도를 얻기 위해 많은 선지식을 찾아다니던 선재 동자가 마지막에 보현보살을 만나고 나서 거기에 머물지 않고 되돌아온 것은 중생을 구제하려는 뜻이었다고 한다.「항순중생」은 동체대비同體大悲와 상통한다. 동체대비는 모든 부처와 보살은 중생과 한 몸이라는 뜻으로, 중생이 아프면 내가 아프고 중생이 기쁘면 나도 기쁘다. 중생 속에 내가 있고 내가 중생이니 나와 함께 중생을 모두 극락정토로 끌어 올리려는 대승불교의 대자대비大慈大悲한 염원을 말한다. 대비보살은 주로 관세음보살을 의미한다.

14대 달라이 라마의 속명俗名은 텐진 갸초입니다. 1935년생입니다. 티베트에서 태어났는데, 중국의 박해를 피해 인도로 망명했습니다. 이 책은 그분이 미국에서 강의한 『반야심경』을 3부로 나누어 실었습니다. 먼저 불교 전반을 폭넓게 설명하고, 대승불교와 반야심경의 관계, 그리고 사람들이 염원하는 '행복한 길 찾기'를 불교가 본 입장에서 설명했습니다. 그 뒤에는 깨달음을 얻으려는 수행자들이 수행하는 자세부터 보살이 되기까지 전 과정을 『반야심경』을 중심으로 알기 쉽게 설명했습니다. 『반야심경』은 주로 2부에서 해설합니다. 무아, 공성, 실체와 함께 인간을 구성하는 오온五蘊이란 무엇인지, 또 심경에 숨어있는 의미와 반야 바라밀이 전하는 진언眞言과 함께 그 수행법도 알려줍니다. 제3부는 보살이 되는 법이라 할 보리심 일으키기를 설명해 놓았습니다.

한편 이 책에는 중관中觀과 중관학파, 유식唯識과 유식학파를 비롯한 불교의 여러 학파가 보는 견해나 해석의 차이를 두루 소개하고 불교와 다른 종교의 관계를 설한 이야기도 함께 실었습니다. 여기 나오는 '달라이'는 성하聖下, 또는 바다처럼 넓고 위대한 분이라는 뜻이고, '라마'는 존자尊者, 또는 선생님이라는 뜻입니다.[89]

불교와 반야심경이 가르치는 행복한 길 찾기의 시작과 끝은 다섯 가지입니다. 모든 결과를 만드는 내적 원인의 씨앗이라 할 인생因生을 아는 것, 중도中道의 길을 아는 것, 연기緣起를 아는 것, 무자성無自性을 아는 것, 그

---

89 존자는 부처의 제자로 학문과 덕행이 높은 분을 일컫는 말이다. 가섭존자, 아난존자, 라홀라 존자처럼 이름 뒤에 존칭으로 붙는다. 선생님은 먼저 알고, 먼저 깨우치신 분, 가르치시는 분이라는 뜻이지만 존칭으로도 쓴다. 따라서 달라이 라마는 '바다같이 넓고 큰 지혜를 가진 위대한 스승님, 또는 그런 존자'라는 뜻이다.

걸 앎으로써 일체가 공함을 깨닫는 것, 이 다섯 가지입니다. 이를 일러, 인생 중도 연기 무자성 공이라고 말하기도 하지요. 이렇게 공함을 깨닫는 세계를 찾아가는 올바른 방법, 혹은 그 길 찾기를 팔정도八正道라 합니다. 고타마 싯다르타는 극단적 고행의 길과 쾌락의 길을 모두 걸었습니다. 그러다가 이 길이 잘못된 길임을 알고 중도라는 깨달음의 길을 스스로 찾아냈습니다. 중도는 고통이나 쾌락과 같은 양극단의 길을 버리고, 집착하고 구별하고 판단하기를 멈추는 길입니다. 연기는 수많은 원인과 조건에 따라 생겨나서 지속하고 의존하며 소멸합니다. 공은 모든 존재의 부정否定에서 출발합니다. 온 우주 만물 가운데 변하지 않는 존재, 홀로 독립된 존재, 일체의 고정된 존재는 없으니 공하다는 말입니다.

불교에는 네 개 학파가 있는데, 그중에 중관학파와 유식학파가 가장 유명합니다. 이 네 학파는 대상과 인식을 보는 관점에 따라, 가는 길이 달라집니다. 중관은 흔히 중도中道나 중론中論이라고도 합니다. 중관학파는 인도의 용수 대사가 제창하여 후대에서 정립한 이론입니다. 만물이 본래부터 가지고 있는 변하지 않는 본성이나 실체를 자성自性이라고 합니다.[90] 자성은 인연의 회합에 따라 잠시 나타났다가 사라지고 맙니다. 이를 가유假有라고 합니다. 가유의 상태로 잠시 머물다 사라지는 자성은 환영幻影이고 물거품과 같으니 공합니다. 가유 상태의 자성이 공함을 아는 세계가 바로

---

90   자성에는 두 가지 뜻이 있으니 유의해야 한다. 첫째는 위에서 말한 것처럼 변치 않는 만물의 본성이나 고유한 형상, 또는 실체라는 뜻이다. 즉 가유 상태의 자성이다. 두 번째는 부처가 가진 성품, 또는 부처 그 자체를 말한다. 이를 본성 本性이라고도 한다. 인간이 태어날 때부터 가진 성품에는 부처와 같은 본성인 자성이 있다. 따라서 이 자성을 온전히 드러내면 부처가 된다. 좀 과격하게 말하자면 융 심리학이 주장하는 의식과 표층 무의식, 심층 무의식 따위는 불교와 힌두교에서 나온 파생 학문이라고 할 수도 있다. (『시공 불교사전』(곽철환 편저, 시공사) 543, 644, 645, 941쪽 참조, 『불교사전』(김승동 편저, 민족사) 참조)

중도의 세계입니다. 부처는 중도를 알고 나서 연기를 깨달았다고 합니다. 실상사의 도법 스님은 깨달음의 길을 어떻게 찾아야 하는가? 라는 질문에 대한 답이 중도라고 합니다. 그리고 수행자가 중도에서 찾아야 할 답은 무엇인가? 라는 질문에 대한 답이 바로 연기라고 합니다. 이 두 가지 대답을 요약하면, 중도는 실천의 진리이고 연기는 세상 이치에 대한 진리라고 합니다. 어떤 분은 중도를 일러 '길 없는 길'이라고 말하기도 하고, 불가설 부사의 미묘법(不可說 不思議 微妙法)이라고도 합니다. 진리란 오직 자신이 체득할 뿐, 말로 설명하거나 속으로 헤아릴 수 없는 미묘한 가르침 또는 그런 마음 상태라는 뜻입니다. 최인호가 쓴 소설『길 없는 길』은 바로 이 중도를 찾아가는 구도求道 소설입니다.

차별하고 구별하는 모든 현상은 오직 인식의 작용일 뿐이라는 주장을 유식이라고 합니다.[91] 다시 말해 일체는 오직 마음이 작용해서 일으키는 이미지나 환영에 불과하다는 생각이지요. 유식 학파는 인간의 의식을 내부 세계와 외부 세계, 둘로 나눕니다. 중도론은 삼라만상 일체의 모든 것이 공하다고 보지만, 유식학파는 그중에서 인간의 의식만은 남는다고 봅니다. 의식은 우리가 흔히 오감五感이라 부르는 안이비설신眼耳鼻舌身이 외부에 반응해서 생기는 표면적 의식 세계와 얕은 무의식의 세계, 그리고 깊고 깊은 무의식의 세계로 나뉩니다. 이렇게 자신의 내면세계와 외부 세계를 구분하는 유식학파의 논리는 변증적 형태를 띱니다. 달라이라마는 이 변증적 세계의 개괄을 그 사례와 함께 쉽게 설명합니다.

『반야심경』은 중도를 압축해 놓았습니다. 중도란 우리가 흔히 말하는 색

---

91   『불교사전』(김승동 편저), 민족사, 848~855, 1135쪽 팔식 참조

이 곧 공이요 공이 곧 색이라는 색즉시공 공즉시색色即是空 空即是色이라든가, 태어남도 아니고 멸함도 아니며 더러움도 아니고 깨끗함도 아니며, 늘어나지도 않으며 줄어들지도 않는다(不生不滅, 不垢不淨, 不增不減). 무명無明도 없고 그 무명이 끝까지 다하여 없어짐도 없다. 늙음도 없고 죽음도 없으며 늙음과 죽음이 끝까지 다하여 없어짐도 없다(無無明 亦無無明盡 乃至 無老死 亦無老死盡)라는 말에도 깊이 녹아 있습니다. 불교는 무심無心, 무념無念, 무상無想, 무아無我처럼, '없을 무無'나 '아니 불不'자, '또한, ..이다. 라는 뜻의 '또 역亦'자나, '밀착하다, 찰싹 붙어서 떼어낼 수 없다, 곧, 이라는 뜻을 가진 곧 즉卽' 자를 내세워 연기와 중도 사상을 드러내고 공 사상을 설파합니다.

인간의 몸과 마음(정신)은 오온五蘊으로 구성되어 있습니다. 오온은 잠시 서로 모여 있다가 흩어져 사라집니다(가유의 상태). 온蘊은 어느 분 말씀마따나 머리카락처럼 가늘고 자잘한 풀을 하나하나 첩첩이 쌓아 올려 뭉쳐진 거대한 풀더미라고 말할 수 있습니다. 수많은 풀이나 볏단을 산더미보다 더 크게 쌓아 올린 낟가리에 비유하면 연상이 쉽습니다. 오온은 색수상행식色受想行識이라는 각각 다른 다섯 개의 거대한 낟가리가 모여서 아주 어마어마한 낟가리가 된 모습입니다. 그중에 색온色蘊은 세상에 존재하는 모든 물체요 물질이고 감각의 더미입니다. 그래서 사람의 몸뚱이와 감각기관도 색色입니다. 나머지 각각 다른 네 개의 온은 마음이나 관념, 인식 따위의 큰 풀더미들입니다. 색은 지수화풍地水火風이 모여서 생기는데, 사라지거나 죽으면 지수화풍으로 다시 돌아갑니다.

이 세상 만물은 모두가 연결되어 있고 서로서로 기댄 상태에서만 존재합니다. 사람도 마찬가지입니다. 따라서 이 세상에는 홀로 독립된 채 존재할 수 있는 개체도 없고 단 일 분, 일 초라도 변하지 않고 고정된 채 존재하는 개체도 없습니다. 만물은 조건이나 인연에 따라 모이고 흩어지기를 반복하는데, 이런 걸 연기라고 달라이 라마는 설명합니다. 다른 표현으로는 이것이 일어나니 저것이 일어나고, 이것이 멸滅하니 저것이 멸한다고도 설명합니다. 『반야심경』은 공 사상과 연기, 중도 사상을 정말 극적일 정도로 잘 표현해 놓은 경전입니다(이런다고 제가 이 경전을 안다는 건 절대로 아니니, 저의 시건방을 독자께서는 부디 양해하시기 바랍니다).

앞에서 말한 것처럼, 사람은 다섯 가지 감각기관인 오관을 가지고 있습니다. 이 오관에다 그걸 느끼는 의식까지 합치면 여섯 가지 기관이 됩니다. 한자로는 이걸 안이비설신의眼耳鼻舌身意라고 하는데 불교에서는 이걸 뽑기 힘든 여섯 가지 뿌리라는 뜻으로 육근六根이라고 합니다. 이 여섯 가지 뿌리(감각기관)의 대상을 육경六境이라 합니다. 육경은 색깔과 형체, 소리, 냄새, 맛, 감촉, 인식이라는 관념 그 자체를 말합니다. 이걸 색성향미촉법色聲香味觸法이라고 하는데 이들은 아무 작용조차 없는 순전히 육근의 대상일 뿐입니다. 말하자면 여섯 가지 뿌리인 육근과 인식의 경계선에 존재하는 것들이라고나 할까요. 육근이 그 대상인 육경을 만나면 인식 작용이 일어나 우리는 그 대상을 구별하고 판단합니다. 이 판단 작용 또한 여섯 가지라서 육식六識이라고 합니다. 다시 말해 이 여섯 가지 뿌리를 가지고 보고, 듣고, 냄새 맡고, 맛보고, 내 몸에 닿아 감촉한 것을 내 머리나 마음이 그 각각에 반응하면 인식 작용이 일어난다는 겁니다. 그 인식 작용에 따라 우리는 인식한 대상을 좋거나 싫다고 판단하거나 선하거나 악하다고 구분합니다. 바로 이분법적 구분이지요. 이런 인식과 판단이 육식입니다. 이 인식과 판단은 한순간에 거의 무의식적으로 일어납니다. 이건 태어나서부터 지금까지, 아니 태어나기도 전 아주 멀고 먼 태곳적부터 몸과 마음(정신)에 박혀 있는 것들입니다. 이게 바로 우리가 보고 느끼는 현실이자 현상이고 무의식입니다. 이렇게 나타나는 것, 또 그것을 보고 알고 판단하는 양쪽은 모두 연기와 윤회가 만든 결과입니다. 이런 걸 습쩝이라고 부를 수도 있습니다.

페르소나는 가면이라는 말인데, 라틴어에서 나온 말입니다. 연극에서 연기를 할 때 배우 한 사람이 여러 가지 다른 얼굴로 분장을 하고 나와서 그 얼굴에 따라 매번 다른 사람이 되거나, 여러 개의 가면을 바꿔쓰면서 각각 다른 역할을 할 때가 많습니다. 이런 모습에 빗대어 학문에서는 페르소나를 한 사람이 가진 여러 가지 내면의 얼굴이나 성격이라고 정의합니다. 우리는 누구나 여러 개의 페르소나를 갖고 삽니다. 때와 장소, 자신의 자격과 위치에 따라 우리는 여러 가지 다른 나로 바뀝니다. 집에 혼자 있을 때의 나와, 자식이거나 부모일 때의 나는 달라집니다. 학교에 가서 평범한 학생일 때, 반장일 때, 학생회장일 때, 기율 반장일 때 나는 다 다른 사람이 됩니다. 직장에 들어가 동료와 함께 있을 때하고, 팀장이나 파트장, 센터장을 대면할 때 그때마다 나는 다른 사람이 됩니다. 내가 팀장이나 센터장이 되면 나는 또 다른 사람으로 바뀝니다. 선생님인 나와, 엄마, 아내, 며느리일 때의 나는 다 다른 사람입니다. 미워하고 싫어하는 사람과 장시간 마주 봐야 할 때하고, 사랑하는 사람과 단둘이 마주 보고 있을 때 나는 도저히 같은 사람이 될 수 없습니다. 저녁 유흥가에 있는 나와 아침에 아이 손을 잡고 출근하는 나는 다른 사람입니다. 익명으로 혼자 댓글을 다는 나와 단체로 온라인 게임을 하는 나는 각각 다른 사람입니다.

그럼 대체 누가 나이고 누가 내가 아닐까요. 대체 나는 어디 있는 걸까요? 선한 모습은 나고 악한 모습은 내가 아닌가요? 야단치는 나와 야단 맞는 나 가운데 어떤 사람이 나인가요? 이렇게 하루에도 수없이 다른 사람으로 바뀌는 나 속에서 나는 진짜 나를 찾을 수 있을까요? 그렇다고 이 많은 나를 정신의학에서 말하는 다중인격이라고 말하기에는 무리가 있습니다. 신경정신의학에서 보는 다중인격은 상반되거나 극단적 성격(대개는 잔인한 폭력을 동반함)을 보인 사람이 그 인격이 저지른 행동을 잘 기억하지 못하는 경우가 대부분입니다. 하지만 우리가 여기서 말하는 이 많은 나는 내가 다 기억하는 나이기에 다중인격자라고 할 수도 없습니다. 꼭 이런 현상만 집어서 한 말은 아닙니다만, 불가佛家에는 이런 말이 있습니다. 불가설, 불가설, 불가설, 불가난(不可說, 不可說, 不可說, 不可難). 말할 수 없고, 말로 할 수 없으며, 말로 할 수 없으니 말하기가 어렵네. 심심심, 심가난(心心心, 心可難). 마음 마음 마음이여, 마음이란 정말 말하기 어렵구나 라구요. 이런 표현은 모두 중도나 공의 깨달음을 말로는 도저히 설명하거나 상대방에게 표현할 길이 없다는 뜻입니다.

앞에서 이미 말했던 것처럼 『반야심경』의 가장 큰 핵심은 공입니다. 이 세상에 존재하는 모든 것은 매 순간, 그 찰나마다 남김없이 변화하고 해체하는 과정을 겪습니다. 모든 유기체는 세포로 이루어져 있고 인간의 몸은 약 30조 개(또는 60조 개라고도 함)의 세포로 이루어져 있습니다. 이 세포들은 매시간 매초 마다 쉬지 않고 죽고, 또 새로 생기면서 우리 몸의 형태와 기능을 유지합니다.

인간의 세포 가운데에는 적혈구가 가장 많습니다. 적혈구의 수명은 120~130일입니다. 길어야 넉 달 남짓 살다가 죽습니다. 위벽에서는 1분마다 50만 개의 세포가 죽는데 그 자리는 새로 태어난 세포가 채웁니다.

이렇게 죽고 태어나기를 계속하는 위는 3일만 지나면 완전히 새것으로 바뀝니다. 몸을 뒤덮고 있는 피부는 한 달 만에, 손발톱은 6개월, 뼈는 아무리 굵어도 7년이면 완전히 새로 바뀝니다. 온몸이 다 그런 식입니다. 그러니까 아무리 길게 잡아도 7년이면 지금의 나는 흔적도 없이 사라지고 새로운 나로 다시 태어나는 셈입니다. 그 이전의 나는 이 세상 그 어느 곳에서도 다시 찾을 수 없습니다. 이런 일은 태어나서 죽는 날까지 매일 매시간 매초 마다 쉬지 않고 계속됩니다. 제가 70살까지만 산다고 치면 저는 10번이나 다른 사람으로 바뀐 셈이고 100살까지 산다면 14번이나 다른 사람이 된다는 말입니다. 제 피부는 한평생 똑같은 피부인 줄 알지만, 이 껍데기 가죽 부대는 무려 천 번이나 바뀝니다. 이건 제가 한 말이 아니고 이스라엘의 바이즈만 과학연구소와 캐나다 토론토에 있는 토론토 어린이 환자병원 소속 연구진이 공동으로 발표한 내용을 인용한 겁니다. 그 기준은 20세~30세 사이에 키 170cm, 몸무게 70kg 정도 되는 평범한 사람을 선택했다고 합니다.

이렇게 우리는 1초는커녕 찰나도 쉬지 않고 변하고 있습니다. 그러니 거기에 무슨 내가 있겠습니까. 나는 없는 겁니다. 내가 없는데 상대가 있을까요? 내가 눈으로 보고 귀로 듣고 촉감으로 느껴서 저게 사람이고 바람이고 나무고 돌이고 소리이며 아무개라는 걸 알고 인식을 해야 비로소 내 앞에 펼쳐진 상대라는 게 있는 것 아닙니까? 그런 뒤에야 상대가 좋고 나쁘다는 걸 판단하게 되는 것 아닌가요? 그런데 내가 찰나도 쉬지 않고 바뀌어서 고정된 나는 없잖습니까. 거기다 상대도 나처럼 찰나도 쉬지 않고 바뀝니다. 몸이 바뀌고 마음도 바뀌고 정신도 바뀝니다. 모든 게 바뀌니, 내가 10살 때 하던 생각과 스무 살 때 하는 생각이 다르고 30, 40, 50대일 때 생각하는 게 과거와 전부 다릅니다. 이건 내 마음이 나도 모르게 바뀌어서 그렇게 된 거 아닙니까. 몸뿐만 아니라 마음마저 이렇게 쉴 새 없이 변해버려서 내가 없고 상대도 없는데 대체 무엇이 있다는 말인가요? 그런데도 제 눈에 비치거나 거울에 비치는 모습만 보고 그게 어제의 나요, 일 년 전의 내 모습이고 오늘의 세상이라고 착각하며 삽니다. 어리석기 짝이 없잖습니까. 사람에게 불변하는 것은 오직 제 이름 석 자뿐입니다. 그런데 시인 김춘수는 「꽃」이라는 시에서 내가 네 이름을 불렀을 때, 그때 서야 비로소 너는 구체성을 띤 무엇이 되어 내 앞에 나타난다고 했습니다. 내가 네 이름을 부르기 전까지, 설령 네가 이름을 갖고 있다 하더라도 내게는 아무런 의미도 없다는 거지요. 노자는 이 이름마저도 부정했습니다. 이름을 이름이라고 부르는 순간, 그건 이미 그 이름이 아니라고요.

앞서 얘기한 것처럼 인간의 세포는 한순간도 쉬지 않고 생로병사를 거듭합니다. 세포의 노화가 생성보다 빠르면 사람은 늙습니다. 그러다가 우리는 죽습니다. 나무도 마찬가지고 바위도 마찬가지입니다. 오늘의 소나무는 하루만큼 자랐기 때문에 어제의 소나무가 아니고, 오늘의 바위는 하루치의 풍화작용을 거쳤기에 어제의 그 바위가 아닙니다.

수평선에 있는 배를 보려면 제 눈빛이 배와 저 사이의 거리를 갔다 와야 합니다. 제가 지금 보는 배는 처음에 본 거기 있던 배가 아닙니다. 제가 배를 보고 인식했을 때, 그 배는 이미 그 자리를 떠나 다른 곳에 가 있습니다. 저는 헛것을 본 셈이지요. 이건 바로 시간과 거리의 차이 때문에 생기는 현상입니다. 우리는 이런 걸 오차나 착각이라고 합니다. 우리 은하계 안에는 수천억 개의 항성과 행성이 돕니다. 우주 안에 있는 수억 개의 은하도 쉬지 않고 돕니다. 밤하늘에 빛나는 저 별이 우리 눈에 비치려면 수백, 수천만 년을 달려와야 하는 것도 있습니다. 우리가 망원경으로 본 별 중에는 이미 생명을 다 한지 오래라서 존재 자체가 없어진 별도 많습니다. 지금 우리가 보는 저 별빛은 상상할 수 없을 만큼 아득히 먼 과거에서 온 빛입니다. 그 별이 지금은 어디에 가 있는지, 또 얼마나 어떻게 변했는지 우리는 모릅니다. 아니면 이미 사라져서 흔적조차 없어졌는지도 모릅니다. 우리가 사는 지구 역시 단 일 초도 쉬지 않고 맹렬한 속도로 돌고 있습니다. 하지만 우리는 그 속도를 하나도 모르고 삽니다. 시간도 우주에서는 우리하고 완전히 다른 차원이라고 하고, 상상도 할 수 없을 만큼 전부 제각각이거나 아예 시간 자체가 존재하지 않는 헛것이라고 하는 물리학자도 많습니다. 이렇게 이 세상에 고정된 것이 없으니 지금 우리 눈이 보는 만물은 우리가 본 것이 아닙니다. 그저 착각일 뿐이지요. 우리가 보았다고 착각하는 대상은 전부 실체가 아니라 찰나마다 변하는 환영의 연속에 불과할 뿐입니다.

우리가 보고 느끼는 변화는 물, 불, 바람, 햇빛과 땅, 그리고 작물의 생사가 서로 얽히고설킨 채 모이고 흩어지면서 만드는 현상입니다. 이 세상은 이렇게 서로 얽히고설켜 있기에 단 하나의 독립된 존재도 없고 변하지 않는 존재도 없으며 영원한 존재는 더더욱 없습니다. 심지어 지구는 물론이고 우주까지 쉬지 않고 변화한다는 그 진리만 터득한다면 고통과 번뇌를 넘어설 수 있는 지혜가 나옵니다. 이것이 공이고 반야의 지혜라고 달라이 라마는 설명합니다. '여래는 여래임을 잊고 있을 때 비로소 여래임을 알려주었다'[92]는 말은 그래서 더욱 공감이 가고 제 가슴을 흔드는 말이 되

---

92   『사벽의 대화』(지허 지음, 도피안사) 173쪽 참조

었습니다.

공성空性이란 나와 대상이 모두 공함을 말합니다. 즉 본래부터 내가 지니고 있는 자성이 공함을 알고, 우리 눈앞에 존재하는 물질과 현상이 쉬지 않고 변화하니 그 또한 공함을 아는, 그래서 삼라만상이 모두가 다 공하다는 것을 안다는 의미입니다. 이렇게 공함과 공성을 이해시키려고 이 비슷한 류의 말을 달라이 라마는 시작부터 끝까지 수없이 되풀이하고 강조합니다. 그만큼 이 말이 중요하다는 뜻이고 이 책의 핵심이 바로 공이라는 의미입니다. 다른 한편으로는 이 말의 참뜻을 알기가 그만큼 어렵다는 뜻이기도 하고, 내가 나를 놓아주기가 징그럽게 힘들다는 반증이기도 합니다.

뭇 생명이 하는 모든 노력은 완성이 목표입니다. 완성은 수없는 실패와 반복, 혹독한 훈련이나 시련을 거쳐야 가능합니다. 우리는 미완의 존재이기에 늘 완성을 그리워하고 그 길을 가려고 노력합니다. 완성은 시간과 차원을 넘어서야 가능하고, 그 노력이나 훈련은 자기 내면에서부터 시작되는 것 같습니다. 이런 내면의 훈련은 혼자 있을 때 하는 게 훨씬 효과가 큰 것 같습니다. 저는 혼자 있을 때 가장 진솔해집니다. 이때야말로 저를 들여다볼 수 있는 유일한 시간이기도 합니다. 누구든 자기를 들여다보려면 자신에게서 떨어져야만 합니다. 그렇게 보면 수행의 1차 목표는 '혼자 있기'이고 '떼어놓고 보기'인지도 모르겠습니다.

마음을 잠시 진정시키고, 세상과 떨어져 눈을 감고 나를 고요히 바라봅니다. 무심하게 나를 들여다봅니다. 이러면 나는 감정에서 자유로워집니다. 시간이 지날수록 몸은 한없이 가벼워져 의식 밖으로 자꾸 밀려나고 내면의 의식은 자꾸 깊어져 아래로, 아래로, 한없이 내려갑니다. 그러다가 나중에는 나를 잊게 됩니다. 시간도 장소도 생각도 다 없어집니다. 아니, 그 없어지는 것조차 모릅니다. 이게 바로 묵상의 힘이고 침묵이 주는 선물인가 봅니다. 고독하고 외로우면 영혼이 맑아집니다. 맑아진 영혼은 훨씬 자유롭고 풍성해집니다. 고독 속에서 욕망마저 밀려나면 나 혼자만 아는 선한 행복이 조용히 다가옵니다.

물리적 거리두기와 심리적 거리두기, 이 두 가지는 완성으로 가는 수행의 중요한 과정이고, 완전히 사라져 버리기나 잊어버리기는 수행의 최종 목적지라고 저는 생각합니다. 그것은 시간과 공간으로부터 놓여나기인 듯합니다. 그러나 이게 말이 쉽지, 아무나 되는 일도 아니고 함부로 되는 일도 아닙니다. 시작할 때부터 고비 고비마다 선배나 동료, 스승의 도움을 계속 받아야 실낱같은 구멍의 언저리라도 어렴풋이나마 보이지 않을까 싶습니다. 이 길을 가려면 반드시 '고도의 집중력과 함께 정확한 통찰력을 갖추려는 피나는 노력'이 동시에 필요하기 때문이라고 달라이 라마가 말씀하기에 더욱 그렇습니다. 저는 힘든 게 싫고 게을러서 앞서 얘기한 것처럼 초심자 경험에만 한때 아주 짧게 머물렀던 기억이 있습니다.

의심하고 질문하면서 사람은 발견하고 발전하며 진보합니다. 이건 확실합니다. 집에 혼자 가만히 앉아서 저는 오늘 친구를 만나 먹고 마시고 웃고 떠들었던 일을 반추해봅니다. 제가 왜 친구를 만나 먹고 마시고 떠들게 됐는지, 그렇게 하게 된 뿌리가 어디서부터 시작된 것인지, 거꾸로 따라가고 또 따라가 봤습니다. 오래 걸릴 것도 없이 친구를 만나고 싶었던 제 마음이 생겨서 한 일이었습니다. 말하자면 욕망이 생겨서, 아니면 욕구나 의욕이 일어나서 한 일이었습니다. 그럼 그 의욕은 왜 생겼을까. 곰곰 생각해보니 과거의 경험 때문인 것 같았습니다. 과거에 제 눈으로 본 잔상이 머리에 남고, 눈, 코, 귀, 입, 혓바닥이 느끼고 안 것을 머리가 저장하고 기억했기 때문에 만나서 먹고 마시고 떠들고 욕하고 흉보고 싶은 생각을 하게 만든 것 같습니다. 근데, 이게 잘못일까요? 사실 우리는 욕망이나 의욕 때문에 진보하고 발전합니다. 그게 없으면 발전도 없고 진보도 없고 행복도 없습니다. 그러니 이 한계를 어디까지 어떻게 지어야 할지 저는 가끔 턱도 없는 고민을 혼자 할 때가 있습니다. 불가에서 보면 그 또한 형편없는 망상이자 업이겠지만.

이 책이 제 손에 들어온 것만 봐도 그렇습니다. 달라이 라마는 미국의 한 도시에서 이 책의 내용을 강의했는데 그게 제 손에 들어왔습니다. 저하고는 금생今生에서 단 한 번의 만남도 없는데 말입니다. 참 신기하지 않습니까. 달라이 라마가 미국에서 강의하기로 누군가가 기획하고, 날짜와 시간, 장소를 조정해서 드디어 그분이 미국으로 날아갔습니다. 달라이 라마가 강의를 시작하자 누군가가 녹음하고, 그 녹음한 것을 또 다른 누군가가 옮겨 쓰고, 옮겨 쓴 그 글은 여러 사람의 손을 거쳐 교정하고 편집해서 인쇄소로 넘어간 뒤, 드디어 책이 되어 전 세계에 배포됐습니다. 그 책은 비행기나 배를 타고 태평양을 건너고 우리나라 동해를 건너 다시 누군가의 손에 들어가 우리말로 새롭게 기획되고 번역되고 편집되고 교정되고 인쇄되고 배포돼서 제 손에까지 들어온 것입니다. 이 한 권의 책이 제 손에 들어오기까지, 제가 평생 단 한 번도 보지 못한 사람의 손을 도대체 얼마나 많이 거쳤다는 말인가요. 국적도 다르고 인종도 다르고 나이와 성별도 다른 그 수많은 사람을 저는 단 한 사람도 모릅니다.

이런 인연을 좀 더 확대해 봅시다. 어디선가 누군가 땅에 나무를 심고 가꿉니다. 세월이 지나자 그 나무가 커서 잘리고 숲 밖으로 실려 나간 뒤 두들기고 부풀리며 약품을 섞어 얇게 펴서 말리는 공정을 거치면 종이가 됩니다. 그렇게 만든 종이가 이 책을 인쇄한 인쇄소에 도착하기까지,

그 과정만 포함해도 이 책은 정말 헤아릴 수없이 많은 사람의 손을 거쳤을 것입니다. 나무는 종이가 되기 전에 하늘과 바람과 물과 햇볕과 땅과 공기와 긴 세월의 공력을 거친 뒤에야 잘려서 종이가 되고 책이 되었습니다. 출판사 사무실이 들어있는 건물이나 컴퓨터, 또는 인쇄소 건물이나 인쇄 기계, 인쇄 잉크를 만든 과정은 완전히 제외하고도 말입니다. 이 강의를 할 수 있는 곳으로 달라이 라마가 타고 온 그 비행기와 자동차를 만든 사람과 협력업체는 또 얼마나 많은 걸까요.

종이를 만드는 나무가 잘려 나갈 때, 혹은 출판사나 인쇄소가 들어있는 건물을 지으려고 땅을 파거나 다른 흙을 가져다 메울 때, 거기에 기대어 살던 뭇 생명들이 얼마나 많은 목숨을 잃었는지, 얼마나 많은 고통을 받았는지 우리는 하나도 모릅니다. 이 책은 그렇게 많은 생명이 자기의 생사를 바친 희생과 고통과 노고가 한데 모여서 만들어졌습니다. 모두가 모두에게 기대어 한 권의 책이 된 것입니다. 이렇게 저는 이 책을 만난 순간, 거의 전 지구적 연결망을 저도 모르게 갖게 되었습니다. 그러니 제가 이 책을 만나서 읽고 느낀 감동은 저 혼자의 것이 아닙니다. 수많은 생명과 자연과 우주가 함께 모여서 만든 결과이자 소중한 과덕果德입니다. 그러나 그 엄청난 연결망과 그 많은 사람과 시간과 나무의 종류를 저는 단 하나도 모릅니다. 지리적 역사적 시간이나 공간도 모릅니다. 오직 이 책을 강의한 달라이 라마와 번역본을 제게 보내준 이계진 선배님 딱 두 분만 알 뿐입니다. 그러니 이 엄청난 연결망의 시작과 끝을 대체 어떻게 해야 할까요. 이럴 때마다 저는 한없이 두렵고 막막해집니다. 우리말로 만든 이 책이 독실한 불자이자 정치인이었으며 아나운서였던 이계진 선배님으로부터 제게 전달된 과정만 해도 아마 최소 수십 수백 명은 족히 될 것입니다. 하지만 제가 형체를 보고 목소리를 들은 사람은 딱 한 명, 이계진 선배 한 분뿐이니 이 얼마나 바보 같고 어처구니없는 눈이란 말입니까.

그래도 저는 제 눈에 보여야만 확실히 안다고 생각합니다. 저는 제 눈으로 본 과거의 경험이나 기억에 기대서 제 마음이 인식하는 대로 판정을 내리고 선악이나 좋고 나쁨을 결정합니다. 제 경험에 없는 일이 생기면 배우고 학습한 대로만 따라 합니다. 사실 배움 또한 경험이긴 하지만 말입니다. 거기에도 없는 일이 생기면 무의식이나 그 원형에 기댄다고들 하지만, 저는 그런 비슷한 일이 생길 때마다 무지하게 두렵고 무섭습니다. 공포에 기가 질립니다.

이러다 보면 마음이란 과학적 실체가 있는가 없는가, 허구인가 아닌가 하는 의문이 생깁니다. 과학의 눈으로 볼 때 허공에 펄럭이는 깃발은 깃발이 움직인 겁니까, 바람이 움직인 겁니까. 아니면 제 마음이 움직인 겁니까. 그럼 인식이나 기억은 실체가 있는 걸까요, 없는 걸까요? 제 눈앞엔 아무것도 보이지 않으니 분명히 저에게는 실체가 없습니다. 그런데 이 실체가 없는 마음이나 기억이 뭘 하려는 의지를 일으켜서 제가 어떤 행위를 하도록 조종합니다. 그 조종에 따라 저는 행위를 하고 그 행위는 업을 일으킵니다. 행위는 반드시 결과를 만들어 냅니다. 그 결과는 새로운 원인이 돼서 제가 또 다른 행위를 하게 만듭니다. 저뿐만 아니라 저와 만났던 이에게도 제가 알지 못하는 어떤 행위를 하게 만듭니다. 그 사람이 한 행위는 또 다른 여러 사람에게 제가 도저히 알 수 없는 어떤 마음이 생기게 만들고 그들의 행동에 선하거나 악한 영향을 또 미칠 것입니다. 이런 식으로 그 파급은 정말 엄청나게 퍼져나가는 건 아닐까요. 이런 걸 생각하다 보면 저는 너무나 막막해서 소름이 끼치도록 두려운 적도 여러 번 있습니다.

새로운 행위는 제게 새로운 연기와 업을 또 일으킵니다. 그 업을 희노애락애오욕喜怒哀樂愛惡慾이 만드는 번뇌라고 합니다. 원인이 없으면 결과도 없습니다. 원인을 자르고 그 원인의 전조前兆마저 자르면, 의존과 인과因果가 잘려 나가니 번뇌는 그 시작이 없습니다. 시작이 없으니 결과도 없습니다. '삼계三界의 온 세상이 단지 마음일 뿐이라는 부처의 말씀을 안다면 세계는 그저 환영일 뿐 실체가 없음을 알게 된다. 그러면 고통과 번뇌에서 멀어질 수 있다. 다만 경전을 오독하면 지독한 허무에 빠질 수 있음을 경계하라'는 달라이 라마의 설명은 하찮은 제가 봐도 새겨들을 말입니다.

불교의 수행은 삼독심三毒心(마음이 만드는 집착, 분노, 어리석음)에서 벗어나기 위해서 하는 것이라고 합니다. 이걸 끊어내야 미련이 없어지고 걸림이 없어진다고 합니다. 그래야 모든 세상이 쉬지 않고 변화함을 알아채기가 쉽다고 합니다. 무상無常과 변함을 알면, 즉 내 몸과 마음을 구성하는 육체, 감각, 지각, 의지, 인식[93]이 모두 공空함을 알게 됩니다. 그러면 독립된 개체이자 변하지 않는 나라고 하는 자성自性이 공함을 알게 되어 밝은 성품과 좋은 성품을 더욱 발현하게 된다고 합니다. 이것이 바로 무아지경無我之境으로 접어드는 길이고 무상無相을 알게 되는 길이라는데 언제 여기까지 깊이 들어가 봤어야 알지, 저 같은 자가 어찌 그런 걸 알 수 있

---

93 불교에서는 오온伍蘊이라는 다섯 가지가 임시로 한데 모여서 우리 몸을 구성한다고 본다. 오온은 색수상행식色受相行識이다. 물질인 육체는 색色, 감각은 수受, 지각은 상(相 또는 想), 의지는 행行, 인식은 식識이다. 오온은 임시로 모인 것이기에 때가 되면 흩어져 없어진다. 육체나 물질인 색은 흙, 물, 불, 바람인 지수화풍地水火風이 모여서 생긴 것인데, 시간이 다하면 다시 지수화풍으로 흩어져 사라진다. 수상행식은 연기緣起하고 연기는 업을 일으킨다.

겠습니까. 그저 가급적 남 욕이나 덜 하고, 불쌍한 사람 불쌍히 여기고, 밥 먹을 때 감사하고, 어떻게든 화내지 않고 삼가며, 남에게 섭섭하게나 하지 않으면 저는 오늘 하루 사는 데 만족하다고 생각하고 삽니다. 그저 그게 행복이려니 합니다.

그러다가 제일 낫다고 생각한 것이 혼자 있는 것이고 말을 줄이는 거라고 생각했습니다. 저는 꽤 오랫동안 빈집에서 혼자 세월아 네월아 하고 삽니다. 대신 하루에 말하는 횟수는 꼭 필요한 말 서너 마디밖엔 안 하게 되더군요. 하루에 한 번 식당에 가서 "백반 주세요.", 밥값 내고 나갈 때 "안녕히 계세요." 이 정도 두 마디입니다. 그런데도 식탐은 버릴 수 없으니, 참 면구스럽습니다. 저는 식당에서 주는 공기밥이 너무 적어요. 그럴 땐 "밥 한 공기 더 주세요." 딱 한 마디 더 할 때도 있습니다. 그런데 코로나 이후로는 배달해 먹는 경우가 대부분이라서 그 말조차도 하지 않는 날이 이젠 거의 매일 입니다.

그러나 제 뱃속에서는 하루 진종일 말이 많습니다. 수없이 저에게 말하고 제가 대답하지만, 입 밖으로는 한두 마디조차도 다 안 나가니 그나마 그게 제게는 어디입니까. 그러다 보니 이제는 말을 많이 잊어버려서 필요할 때 얼른 생각이 안 나 당황할 때도 자주 있습니다. 이게 치매 전조 증상이라는데 어떤 때는 두렵기도 합니다. 하지만 그러다가 모처럼 아는 분을 만나면 그동안 막혀있던 말이 봇물 터지듯 쏟아져 나오니 대체 이걸 어찌해야 할까요. 그럴 땐 혼자 돌아오면서 "쳇, 지랄하네. 그동안 쌓아 놓은 걸 한꺼번에 다 까먹었군." 하고 혼자 오래 자책하곤 합니다. 혹시 저만 그런 게 아니라면, 남자들이란 늙으면서 수다도 정말 대단해지는가 봅니다. 이런 제가 너무 싫어서 저는 점점 사람 만나기가 두렵고 싫어졌습니다.

원래 불화는 의심과 호기심에서 출발합니다. 그리고 질문을 촉발합니다. 의심과 질문은 무모한 용기를 추동하고, 한 번도 가보지 않은 미지의 세계로 인간을 나아가게 합니다. 시간조차 사라져 버린 캄캄한 미지의 세계에 홀로 떨어진 인간은 질문과 대답을 저 혼자 무수히 반복합니다. 그럴수록 의심은 깊어지고 의심이 깊어질수록 현실 부정은 점점 더 커집니다. 부풀어 오를 대로 부풀어버린 현실 부정은 드디어 고정관념의 껍질을 마구 찢기 시작합니다. 이때쯤이면 의심과 질문은 세상을 상대로 격렬한 불화를 일으킵니다. 사방에서 충돌하던 불화는 종내 그 시대와 결별하고야 맙니다. 이렇게 피투성이가 된 불화는 결별의 순간을 뒤로하고 낯설기 짝이 없는 세상을 우리 앞에 펼쳐놓습니다. 그 세상은 이제까지 누구도 본 적이 없는 거대하고 도도한 세상입니다. 그렇게 세상은 새로운 패러다임으로 차원 하나를 또 넘어갑니다.

지난날을 한 번 가만히 돌이켜보십시오. 새로운 세상은 언제나 격렬한 불화를 거쳐야만 탄생했습니다. 이런 불화를 저는 '고매한 불화'라고 이름 지었습니다. 한 사람의 의심이나 호기심에서 출발한 질문이 고매한 불화를 거치면 차원을 바꾼 세상이 되어 나타난다는 극명한 사례가 있습니다. 하나는 현미경과 망원경으로 상징하는 과학이고, 다른 하나는 "이 뭣꼬?"라는 화두의 끝입니다. 종교재판에까지 회부 되었던 과학은 오래전에 지구를 떠나 우주 탄생의 근원을 향해 가고 있습니다. 선정 삼매에 든 화두는 팔정도를 거쳐 대승불교의 연꽃으로 피어나 우주가 탄생하고 소멸하는 근원을 우리에게 알리려고 합니다. 이렇게 차원이 다른 한세상은 죽고 다른 한세상은 태어납니다. 사유와 인식체계에 근본적 대 변혁이 일어나는 거지요. 죽고 사는 일은 사람만 겪는 게 아닙니다. 온 세상 삼라만상이 저마다 겪는 일입니다. 온 우주가 이런 일을 매일 매시간 매초 마다 겪습니다. 그래도 한강은 유유히, 저 혼자 흘러갑니다.

중생이 벗어나고자 하는 고통에는 크게 세 가지 단계가 있다고 달라이 라마는 설명합니다. 첫째 단계는 몸과 마음이 느끼는 고통입니다. 이는 감각적 차원에서 느끼는 고통과 불편함입니다. 둘째 단계는 변화에서 오는 고통입니다. 이는 영원과 지속성에 대한 갈망에서 오는데, 행복이나 희열을 느끼는 시간이 영원하지 않고 어느 순간 끊어져 버리는 현상에서도 볼 수 있습니다. 이 단계의 고통은 수행자에게도 찾아오는 고통이라, 이걸 물리치려고 수행자는 애쓴다고 합니다. 가장 중요한 고통은 세 번째 단계입니다. 이 고통은 모든 현상에 나타나는 보편적 고통입니다. 이는 고통을 만드는 근본적 원인, 즉 실체의 본성을 모르는 무지에서 오는 고통입니다. 다시 말하면 오온과 만물이 공함을 깊이 깨닫지 못한 무지와 무명에서 오는 고통입니다. 이를 벗어날 심오한 지혜를 개발하려면 가장 깊고 보편적인 단계에서 고통을 먼저 이해해야 한다고 합니다. 그래야 고통의 근원에서 완전히 벗어날 수 있다고 이 책은 이야기합니다.

그러나 상당히 높은 수행의 단계에 있는 '색계의 최상위 단계와 사무색계에서 중생은 쾌감과 불쾌감이 모두 사라지고 중립적 감정 상태에 있지만 깊은 삼매에서 벗어나면 그 상태가 연장되지 않는다'고 달라이 라마는 우리에게 전합니다. 이 말씀은 중도에 관한 말인데, 곰곰 한번 생각해 보니, 언감생심 저 같은 사람은 그 근처에도 못 가볼 일입니다.

불교를 이해하는 수준을 등급으로 따진다면 저는 설악산 밑의 개미 한 마리만도 못합니다. 그나마 제가 불경을 이해하고 느끼는 시간은 개미허리보다 짧고, 온갖 들끓는 잡생각이 하루를 채우기 일쑤라서 더 그렇습니다. 무슨 경전이든 경전이나 책을 읽을 때는 이해가 좀 가는 듯하고 깊이 빠져들 때가 잠깐씩 있기는 하지만, 지금 눈앞에 닥치거나 아직 오지도 않은 일 아니면 돌이킬 수도 없는 과거 때문에 고통스럽거나 안달하는 시간이 얼마나 많은지. 그리고 그걸 가라앉히는 일도 보통 일이 아니라서 그렇습니다. 이건 제가 형편없는 아상我相이나 자기연민의 습쩝에 빠져 있어서 그런 것 같습니다.

그렇게 보면 모든 수행의 궁극적 목적은 이런 습쩝이나 습관쩝慣을 바꾸는 일인지도 모르겠습니다. 잠재의식까지 포함해서 제가 미처 의식하기도 전에 제 몸이 먼저 알아서 반응하는 그 깊고도 오래된 세속의 습. 그 습을 완전히 바수고 뒤집어서 남을 위한 이타행으로 가는 새로운 습을 만드는 일. 아니 그런 행동조차도 잊게 하는 일. 그걸 완전히 체득해서 제 머리카락 한 올까지 다 느끼게 만들어서 새로운 일상을 새로운 습으로 채워가는 일. 쾌락이나 미망에 사로잡힌 과거의 습에서 벗어나 진정한 행복을 찾으려고 애쓰는 새로운 습으로 만들어 가는 일. 그게 바로 수행이나 훈련이 아닐까 싶습니다. 종교는 행복을 가르치지만, 과학에서는 사실을 배웁니다. 사실을 안다고 해서 반드시 행복하지는 않습니다. 사실은 사실일 뿐 진리가 아니기 때문입니다.

달라이 라마가 가르치는 불교의 중심은 사유와 인식이고 무차별적 자비와 지혜입니다. 존재의 본질적 부정否定은 이 책의 중요한 핵심입니다. 그래서 존재와 실체를 부정함이야말로 무명無明을 깨뜨리는 힘이며 번뇌를 소멸하고 공을 인식하는 출발점이자 종착점이고 그 너머입니다. 불화不和는 의심과 부정否定을 촉발하는 원점입니다. 만물의 궁극적 본성本性은 공이고, 공의 본성은 부정에서 나오기에 '고매한 불화'는 행복으로 가는 우리의 사유 체계에서 매우 중요합니다. 하지만 이걸 머리로만 알면 무얼 하나요. 저 같은 자는 매일 잊고 사는 것을. 경전은 생활화해야 의미가 있는데, 그러질 못하니 이걸 느낄 때마다 저는 마음이 무겁습니다.

그저 사람에게 의지하지 말고 말씀에 의지하라.
그저 말씀에 의지하지 말고 말씀의 의미에 의지하라.
그저 일시적인 의미에 의지하지 말고 최종적인 의미에 의지하라.
그저 지성적인 이해에 의지하지 말고 직접적인 경험에 의지하라.

이 말씀을 읽으면서 저는 눈물이 났습니다. 어떤 분은 지금 네가 하는 그런 짓도 미망이고 망상이라고 대노大怒하겠지만, 어쨌든 저는 혼자 울었습니다. 그러면서도 행동하지 않고, 식당에 가서 남이 지어준 밥이나 축내는 저 같은 인간이 식충食虫이가 아니면 대체 무엇이겠습니까.

불교와 달라이 라마가 가리키는 행복으로 가는 길은 저 멀리 언덕으로 이어진 길입니다. 그 언덕으로 가려면 크게 두 가지가 필요한 것 같습니다. 교(敎와 說)와 선禪94입니다. 하지만 이 둘은 따로 있는 게 아니고 종이의 앞 뒷면처럼 하나입니다. 수행자가 아닌 저는 이 책을 통해서 부처의

---

94 불교의 가르침은 크게 두 가지로 구분한다. 하나는 교종敎宗이고, 다른 하나는 참선과 수양을 강조하는 선종禪宗이다. 교종은 경전의 말씀인 문자와 언어에 의지한 깨달음을 강조하는 데 반해, 선종은 불립문자 교외별전, 직지인심 견성성불不立文字 敎外別傳, 直指人心 見性成佛로 진리를 얻음을 추구한다. 불립문자 교외별전이란 문자나 말로 하는 가르침만으로는 부처의 말씀을 제대로 전할 수 없다고 보고, 자신이 직접 깨달아 안 것을 서로의 마음과 마음을 통해 알고 전함을 의미한다. 이심전심以心傳心이나 심심상인心心相印과 같은 이치다. 직지인심 견성성불이란 수행자가 자신의 마음으로 곧바로 꿰뚫고 들어가 사람이 본래 가지고 있는 부처의 성품을 그대로 봄으로써 부처가 되는 길을 찾는 것을 말한다. 중국의 선종은 달마를 초대 조상으로 당송 대를 거치면서 오가칠종伍家七宗이라 부르는 많은 종파를 만들며 크게 번성했다. 이후 선종은 교종과 함께 불교의 두 기둥이 되어 지금까지 내려오고 있다.

가르침을 배웠으니 '교'를 통해서 배웠다고 해야 맞습니다. 책을 덮고 느
낀 점은 깊고 어려운 경전을 이렇게 쉽게 써서 가르칠 수도 있구나라는
감탄이었습니다. 대중화란 바로 이런 거구나 하는 느낌도 들었습니다. 그
렇다고 절대로 쉬운 책만은 아닙니다. 이 책은 불교의 깨달음으로 가는
안내서이기도 하지만, 저 같은 사람에게는 저를 돌아보거나 성찰하는 기
회를 준다는 점만으로도 의미가 큰 것 같습니다. 이 책에 대단한 빚을 졌
습니다. 그러나 빚진 저는 지금 행복합니다.

천상천하유아독존天上天下有我獨存, 이 말이야말로 자기를 얼마나 버리고
또 버려서 마멸시켜버린 말입니까. 침묵의 바다, 나 거기서 다시는 떠오
르지 말기를.

※ 참고자료
『시공 불교사전』(곽철환 편저, 시공사)
『콘사이스판 불교사전』(김승동 편저, 민족사)

일리야 레핀을 읽다가 죽은 동지를 생각하다

일리야 레핀 - 천 개의 얼굴 천 개의 영혼
일리야 레핀 외 지음, 이현숙 옮김 | 씨네스트 | 2008

1990년, 방송 민주화를 위해 싸우다가 함께 감옥으로 간 동지들 가운데 둘이 죽었다. 한 사람은 기자였고 또 한 사람은 홍보실에 근무하던 화가다. 나이는 둘 다 나보다 어렸지만, 화가인 사람이 좀 더 어렸다. 예술을 하는 사람 중에는 마음에 불(心火)이 많아서 격정적일 때가 많다. 그 후배도 내면에 불이 많아서 그랬는지, 사람이 모이고 흥이 오르면 무조건 사회를 보았다. 동지들을 즐겁게 해주는 그런 그가 나는 좋았다. 그는 노조에 가입하면서부터 퇴직할 때까지 노보勞報(노동조합 신문)에 삽화를 그렸다. 말하자면 마지막까지 노동조합을 위해 봉사한 사람이다.

우리가 감옥에서 풀려나 악에 받쳐 살던 시절, 나는 그가 그린 소품을 가끔 보았다. 강렬한 느낌은 별로 없었지만, 재능은 참 아까웠다. 이론과 그리기를 제대로 공부한 사람이었기에 시원찮은 내가 봐도 내공이 꽤 깊어 보였기 때문이다. 나는 그에게 복직하지 말고 그림에 전념하라고 끈질기게 말했다. 나 같은 삼류시인 나부랭이야 돈이 될 게 없지만 그림은 다르다는 허접한 말까지 했다. 그러나 그는 내 말에 별로 신경을 쓰는 것 같지 않았다. 같이 공부한 동기들은 이미 그 분야에서 상당한 위치에 올라가 있는데, 뒤늦게 뭘 시작한다는 게 자존심이 상하는 것 같은 눈치였다. 또 딸린 가족이 여럿이라 호구를 포기한다는 것도 내심 불안한 모양이었다. 오히려 나는 그런 절박과 고립감이 그 만의 걸작을 만들 수 있다는 생각에서 그림을 업으로 삼으라고 자꾸 권했다. 마치 소설이나 영화처럼 눈이 멀어야 절창絶唱이 나오듯이.

어느 날 밤이다. 그와 나 둘이서 한잔 걸치고 집으로 가는 길인데, 한 잔만 더 하고 가라는 권유에 따라 나는 그의 집엘 갔다. 거실에 앉아 술상이 나오기를 기다리던 그가 한 번도 남에게 보여준 적 없다는 그림을 내게 보여주겠다며 건넌방으로 데리고 갔다. 그의 키가 좀 작은 편이기는 했지만, 작업실에 불을 켜고 보자기를 걷어내자마자 제 키보다 훨씬 큰 대작大作이 내 눈앞에 떡 버티고 서는 게 아닌가. 나는 깜짝 놀랐다. 대단했다. 유화로 그린 청자 한 점이었는데, 정말 대단했다. 그림은 시선視線이자 질감이고 구도다. 리듬이며 조화고 생생한 감정 표현이다. 그 대작을 좀 멀리 떨어뜨려 놓고 보아도, 바싹 다가서서 보아도, 양옆으로 몇 번을 돌면서 봐도 거친 부분이라곤 단 한 군데도 없었다. 불필요하게 과장되거나 뒤틀린 부분도 없었다. 아주 부드럽고 리드미컬했다. 어둠을 가르며 적막하게 떨어지는 은은한 빛. 그 빛을 안고 잔잔한 슬픔이 마치 모차르트처럼 알 듯 모를 듯 그림 전체에서 배어 나오고 있었다. 오호, 그의 내면에 이런 감정이 숨어있을 줄이야. 심사에 사정私情이나 사정邪情만 끼이지 않는다면 전국 미술 대전에 당장 내놔도 상위 등수를 차지하는데 두말이 필요치 않을 것 같았다. 그도 그걸 아는 듯했다. 그런데도 그때까지 출품을 안 한 것은, 좀 더 보완해서 개인전을 열거나 압도적 점수 차이로 1등을 하고픈 욕심 때문인 것 같았다.

나는 그림을 한참 보다가, "약간 얇은 것 같은 느낌이 드니 조금만 더 두꺼웠으면 좋겠다."고 돼먹지 않은 소리를 했다. 넘치지 않게, 조금만 더 두

꺼우면 그가 전하고자 하는 말이나 슬픔도 임계점까지 깊어질 것 같아서였다. 그 말을 들은 그의 눈이 갑자기 동그래졌다. 침묵이 팽팽한 긴장처럼 흘렀다. 갑자기 그는 그 특유의 쉰 목소리로 낄낄대기 시작했다. 그러면서 자기도 같은 생각이라서 이 그림은 아직 미완未完이라고 했다. 퇴근 후에 틈나는 대로 붓질을 자꾸 더 하고는 있는데 아직 시간이 좀 더 필요하다고 했다. 그림을 보고 느낀 생각이 둘 다 비슷해서 대단히 유쾌해진 우리는 그날 밤 통음을 했다.

그 후 그 그림의 행방이 어찌 됐는지 나는 모른다. 그러나 기품을 잃지 않은 채 화면에서 배어 나오던 그 애잔한 슬픔을 나는 잊을 수가 없다. 이승에서 그 후배는 더 이상 붓질을 못 한다. 대신 천국에서는 제가 그리고 싶은 그림을 맘껏 그렸으면 좋겠다. 그러다가 내가 가면, "형님, 이 그림 워뗘유? 아니면 이거는 유? 그동안 이렇게나 많이 그렸당게유." 하고 낄낄대면서 자랑했으면 좋겠다.

역동적이던 화가 일리야 레핀을 읽다가 적막감이 깊을 대로 깊어가던 그의 청자 그림 한 점이 떠올라서 해 본 소리다. 그런데 이 녀석, 거기선 진짜 술 안 퍼먹고 제대로 그리고나 있는 걸까? 거기서도 또 노보에다 삽화나 그리고 있는 건 아닌지 몰라. 이것저것 몹시 궁금한데, 당장 쫓아가 확인이나 한번 해 볼까나.

* 일리야 예피모비치 레핀
「이반 뇌제, 자기 아들을 죽이다」, 「성직자」, 「터키 술탄에게 편지를 쓰는 자포르쥐에 카자크들」, 「톨스토이」처럼 인물을 주로 그린 화가다. 이콘 화가로도 널리 알려져 있지만, 러시아 사실주의를 대표하는 화가다. 어려서 상트페테르부르크 미술학교를 거쳐 왕립 예술아카데미에 들어갔다. 그 무렵에 그린 「시험 준비」라는 그림을 보고 나는 탄성이 절로 나왔다. 겨우 스무 살밖에 안 된 사람이 그린 그림이라고는 도저히 믿기지 않아서다. 그는 자화상을 비롯해서 초상화를 많이 남겼지만, 고되고 팍팍한 민중의 삶을 그린 그림도 여럿 남겼다. 우리나라에서 발간한 러시아 소설책 겉표지에는 일리야 레핀의 그림이 마치 단골처럼 나온다. 그의 그림은 보는 이에게 대단히 강렬한 느낌을 준다. 그림 속 현장에 관객이 함께 들어가 있는 듯 착각을 느끼게 할 정도로 사실성과 감정 전달이 강하다. 영화 「레미제라블」 전반부를 보면 죄수들이 많이 모여서 단체로 노동하는 장면이 나온다. 그 장면이 혹시 그가 그린 「볼가강의 뱃사람들」에서 영감을 얻은 건 아닐까 하는 생각이 들기도 했다.

자연과 인간의 조화에 관하여

아주, 기묘한 날씨

로런 레드니스 지음, 김소정 옮김 | 푸른지식 | 2017

천변만화千變萬化하는 자연 현상은 전적으로 날씨의 영향을 받는다. 북극해에 있는 노르웨이령 스발바르 제도의 기묘한 날씨는 현실과 환상을 넘나드는 듯 두렵고 기이하다. 절대 사막으로 분류된 칠레 아타카마 사막의 중심부는 이 책이 보여주는 또 다른 환상이다. 7~8년 만에 한 번씩 내리는 비를 맞으면 사막은 순식간에 꽃밭 천지로 변한다. 오색찬란한 그 모습은 뭇 생명의 경이로운 축제다. 머지않아 황량한 흙먼지 속에 파묻혀 7~8년을 또 기다려야 할 저 생명들. 축제의 시간이 너무나 짧고 찬란해서 연민과 슬픔이 자꾸 깊어진다. 기다림이란 얼마나 당당한 애달픔이란 말인가.

때로는 인터뷰 형식으로 때로는 과학적 분석과 역사적 설명을 곁들이면서 이 책은 삶과 죽음, 환경을 이야기한다. 지구환경이나 생명, 날씨에 관한 책은 많다. 책마다 바라보는 시각도 다양하다. 하지만 그간에 나온 책과 이 책은 이야기하는 방식과 흐름이 사뭇 다르다. 그림책과 문자 책, 두 권을 합쳐서 한 권으로 묶어놓은 느낌이다. 그러나 그림책과 문자 책이

따로 노는 게 아니고 서로 의존적이라 매우 조화롭다. 구름, 서리, 눈, 바람, 번개, 등 여러 가지 날씨 형태와 함께 그 안에서 사는 사람들의 모습인 예보, 과학, 전쟁, 통치, 심지어 사업과 수입까지 설명한다.

이 책의 장점은 읽는 이의 상상력을 무한히 자극한다는 점이다. 편안하고 여운도 오래 남는다. '자연의 가장 기이한 역설에 바치는 한 편의 매혹적인 그래픽북'이라는 뒷표지의 발췌글은 이 책의 진가眞價를 제대로 설명한다.

참으로 희한하게 40여 년 전쯤에 읽었던 우에무라 나오미와 회사에서 함께 근무했던 선배 한 분이 이 책을 읽는 내내 나를 쫓아다녔다. 우에무라 나오미는 개 썰매를 타고 북극을 단독횡단하면서 북극점에 혼자 섰던 사람이다. 지금이야 16살 먹은 여학생도 북극점을 탐험하는 세상이지만, 개 썰매로 북극점을 단독횡단한 사람은 1978년, 우에무라 나오미가 세계 최초다. 북극 횡단일지를 책으로 낸 그는 알래스카의 매킨리산 등정을 마치고 하산하다가 실종되었다.

내가 다닌 회사 선배 한 분은 우리나라 최초로 북극 탐험에 도전했던 탐험대 가운데 한 사람이다. 그에게서 탐험 과정과 전후 이야기를 잠깐씩 두세 차례 들은 적이 있다. 그럴 때마다 그 한 장면 장면이 영화 필름이 돌아가듯 내 머릿속에 그려질 정도로 환상적이었다. 나는 그림책에 문자책을 합본한 이 책에, 나오미의 일지와 회사 선배의 입말로 된 책 두 권까지 더해 도합 네 권의 책을 한꺼번에 읽는 것 같은 아주 기묘한 느낌이 들었다.

"이 세상에 나쁜 날씨 같은 건 없다. 그저 여러 가지 다른 좋은 날씨가 있을 뿐이다." 존 러스킨이 이 책에서 한 말이다. 뇌우가 내리쳐도 좋은 날이라니, 이 세상에 '벼락 맞을 놈'은 단 한 명도 없는 모양이다.

제2장

의심하고 불화하며 답을 찾아가다

무엇 때문에 우리가 이런 위험을 무릅써야 하나

침묵의 봄

레이첼 카슨 지음, 김은령 옮김, 홍욱희 감수 | 에코리브르 | 2011

레이첼 카슨(1907~1964년)은 미국 작가이자 해양생물학자다. 그녀는 『침묵의 봄』을 발표할 무렵 생태환경 파괴의 '근원적 악'이라 할 자본 세력과 일부 언론으로부터 핍박과 냉대를 아주 심하게 받았다. 유해한 화학물질을 생산하던 기업은 이 책을 발간하지 못하게 온갖 훼방을 다 놓았다. 엎친 데 덮친 격으로 그녀는 유방암까지 걸려 몹시 힘들어했다. 하지만 레이첼은 굴하지 않고 자신의 의지를 끝까지 펼쳐 이 책을 발간 했다.

원래 그녀는 문학을 전공하던 작가 지망생이었다. 그러다가 생물학으로 전공을 바꾼 뒤 대학에서 학생을 가르쳤다. 그녀는 공직생활도 꽤 오래 했는데 1937년부터 약 15년간 미국 어류야생동물국에서 근무했다. 처음 에는 해양생물학자로 참여했지만 나중에는 이 기관의 출판 홍보 및 편집 책임자가 되었다. 문학은 포기했지만 현대과학, 특히 생물이나 생태환경 을 주제로 쓴 그녀의 글은 굉장한 인기를 끌었다. 글이 좋아 퓰리처상을 비롯한 큰 상도 여러 번 받았다. 영국 왕립문학회 초빙교수, 미국학술원

회원 등도 역임했다. 그녀는 생태환경뿐 아니라 핵폐기물의 위험성까지 쉬지 않고 경고하다가 1964년, 57세에 유방암으로 사망했다. 『침묵의 봄』을 발표하고 2년 후다.

『침묵의 봄』은 여러 가지 주제로 읽을 수 있다. 생태와 환경, 생물학의 역사나 이들이 가야 할 길을 찾는 주제로 읽을 수도 있고, 과학적 진보 아래 인간이 지녀야 할 겸손함을 주제로 놓고 볼 수도 있다. 인간과 만물, 인간과 인간이 공존해야 할 문제를 다루는 철학적 사유로 읽을 수도 있다. 과학 분야 글쓰기의 좋은 전범으로 놓고 읽는 방법도 있다. 책을 읽다 보면 미국 환경운동이나 여성운동의 초기 모습도 볼 수 있다.

레이첼 카슨은 생물학과 생태학을 물리화학의 종속학문으로 치부하거나 멸시하는 데 반기를 들었다는 데서 상당히 중요한 위치를 차지한다. 그녀가 활동한 이후로 물리화학이 주도하던 미국 과학계의 힘이 생물학이나 생태학 쪽으로 서서히 이동하기 시작했고 이제는 완전히 넘어왔기 때문이다(일부 사람들은 그렇지 않다고 할지도 모르겠지만). 레이첼의 영향력이 그렇게까지 컸던 이유는 그녀가 쓴 글의 독자층이 대단히 두꺼웠던 데다가 오랫동안 전 세계에서 폭발적 반응을 일으켰다는 점에 있다. 이 책은 냉전 시대의 물리화학이 생태학이나 생물학에 끼친 영향이라는 주제로, 혹은 그와 반대편인 입장에서 읽어봐도 좋을 듯하다.

60여 년 전에 쓴 글이지만 마치 오늘 아침에 쓴 글처럼 싱싱하다. 그만큼 글이 시적이고 감각적이다. 그녀는 물리, 화학이 빚은 악영향이 자연과 유기체 속으로 스며드는 과정을 마치 우리가 옆에서 관찰하듯 써 내려갔다. '침묵의 봄'이라니, 얼마나 절묘하고도 절망스러운 대비인가.

레이첼의 어조는 부드럽고 다정하며 침착하다. 하지만 '자신이 만들어낸 해악을 깨닫지 못하는 인간'에게는 제발 일어나라고 온 힘을 다해 흔들어 깨운다. 자기주장만으로 설명이 부족하다 싶으면 그림으로, 도표로, 역사적 사실과 통계 자료로, 다른 이가 쓴 에세이로, 심지어 신화나 동화까지 동원해가면서 그녀는 생명이 사라져버린 '침묵의 봄'을 알리려 했다. 레이첼은 죽음의 장막에서 다 함께 빠져나오기를 간절히 기도했다. 그 희망을 달성하려고 숱한 종류의 살충제가 내뿜는 악마적 고통을 독자에게 하나하나 설명한다.

'무엇 때문에 우리가 이런 위험을 무릅써야 하는가.' 이 물음은 이 책을 내내 관통하는 통렬한 주제다. 이 물음에 대한 답을 찾는 과정에서 인간이 지닌 탐욕과 오만이 여지없이 드러난다. 처절함과 반성이 동시에 드러나고 생명이 지닌 경이로움도 우리 앞에 나타난다. 그녀는 1950~1960년대 초반까지 미국 자본주의가 지닌 폐해를 고발하고 정부 정책의 이중성도 까발렸다. 물리화학이 만든 전쟁, 독가스로 인한 처참한 죽음도 알렸다.

레이첼은 피해자를 위해 싸우지만 그들은 무관심하거나 배타적이다. 심지어 그녀에게 적의까지 드러낸다. 그녀는 혼자 낙담하고 고민한다. '무엇이 옳은지 구분할 수 있는 의지나 예지력을 우리는 잃어버린 것은 아닐까.' 하고. 그러나 그녀는 '참아야 하는 것이 우리의 의무라면, 알아야 하는 것은 우리의 권리'라는 장 로스탕의 말을 인용하면서 시민들에게 자신의 권리를 찾으라고 다시 강조한다. 복잡한 물리화학 분야를 동식물이나 자연 생태계와 연결해서 설명하는데 이 책만큼 쉽고 알아듣기 편하게 쓴 책을 나는 아직 못 보았다.

전문가의 눈은 갈수록 좁아지고, 전체를 보지 못하는 외눈박이 정책 때문에 생태계는 기하급수적으로 오염된다. 지금도 각 나라 정부는 이 문제에 제대로 대처하지 못한다. 그 후과는 혹독해서 세계 곳곳에서 유기 생명체는 무더기로 죽거나 망가졌다. 지금도 동남아시아와 아마존의 밀림은 급속히 사라진다. 인간의 욕망에 지칠 대로 지친 아프리카도 같은 신세다. 대체 '무엇 때문에 우리가 이런 위험을 무릅써야 하는가.'

제 힘에 취해서 인류는 제 자신은 물론, 이 세상을 파괴하는 실험으로 한 발씩 더 나아가고 있다. … 우주의 경이와 현실에 명확하게 집중할수록 인류파괴의 고통을 덜 겪게 될 것이다. 경이와 겸손은 온전한 감정이고 파괴에 대한 욕망과는 절대 함께할 수 없다.

자연을 통제하려는 생각은 인간의 오만에서 나온다고 레이첼은 주장한다. 이 세상은 모든 생물이 공유하는 것이고 인간이란 자연이 이루는 균형의 일부분일 뿐임을 일깨우며 제발 겸손하기를 기원한다. 하지만 다른 한편으로는 작물과 가축의 생육을 위해 방제의 필요성도 인정했다. 그녀는 이 책 거의 대부분을 화학 방제가 일으키는 부작용을 역설하는 데 할애했다. 물리화학적 독성과 탐욕이 모든 생명과 함께할 수 없기 때문이다.

레이첼 카슨이 내린 결론은 자연 방제로 귀결된다. 그것은 생태학적이고 생물학적인 방제다. 자연이 제 스스로 조절하고 조정하는 균형이야말로 가장 좋은 방제이기 때문이다. 자연 방제는 생물 방제나 미생물 방제도 포함하는데, 이럴 때는 인간의 개입을 최소화하라는 주문도 한다.

만약 그녀가 미국의 배신자라는 낙인이 찍히고 따돌림을 당하지 않았더라면, 또 평생 자신을 보장해줄 적당한 명성과 안락한 자리를 그녀 스스로 거부하지 않았더라면, 그나마 이만큼 남은 오늘의 자연도 없고 '환경의 날'이나 '지구의 날'도 없었을지 모른다. 마찬가지로 맹독성 화학물질에 죽거나 병들어버린 노동자들이 대기업의 회유와 협박에 저항하지 않았더라면, 또 그녀와 같은 길을 가는 후손들이 없었더라면 세상은 오래전에 침묵의 봄이 지배했을 것이다. 우리는 그래서 더 큰 죽음의 골짜기로 더 빨리 내려앉았을 것이다.

혁명가는 실패하고 혁명은 성공한다. 그러나 그녀는 성공한 혁명가다. 혁명은 피를 부르지만 그녀는 평화와 사랑을, 경이와 겸손을 우리 곁에 불러왔다. 생명보다 더 깊이 생명을 사랑한 레이첼 카슨. 그녀를 '환경 평화 혁명의 어머니'라고 부른다면 과도한 칭찬일까. 지금 이 책을 보는 독자는 책의 주제나 내용이 별 의미가 없다고 느낄지도 모른다. 또 책을 읽다가 이런 의문이 들 수도 있다. "그런데 왜 생태계나 환경오염은 점점 더 심해지는 거지? 지구는 자꾸 파괴되고, 감염병은 온 세상을 휩쓸며 일상을 뒤엎어놓는데 그때보다 대체 무엇이 더 나아졌단 말인가?" 사실 이 의문 하나만으로도 레이첼은 읽는 이에게 제 소임을 다했다고 할 수 있다. 그 뒤에 오는 물음이 다음과 같기 때문이다. "대체 왜, 무엇 때문에 우리가 이런 위험을 무릅써야 하는 거지?"

1962년의 눈으로 본다면 이 책은 전 세계에 충격을 주기에 충분했다. 그 첫 번째 충격은 단편적 편린片鱗으로만 존재하던 생태 문제와 환경 문제를 처음으로 총체적이고 체계적으로 들고나왔다는 점이다. 두 번째는 남성우월주의 시대에 여성 혼자 힘으로 이 문제를 정리했다는 점이고, 세 번째는 '신보다 원자탄을 더 믿던' 시대에 물리화학과 우라늄 방사선의 해악을 혼자 힘으로 줄기차게 외쳤다는 점이다.[95] 그러자 이 문제를 미국 의회와 정부가 받아들였다는 점이 네 번째 충격이다. 레이첼의 이런 노력으로 미국은 1969년 11월부터 DDT가 사라졌다. 하지만 우리나라는 1979년에야 겨우 그 사용을 금지했고,[96] 인도와 베트남은 20세기 말까지 이 독성 물질을 생산했다.[97]

미국에서 TV 다큐멘터리 프로그램 「천년을 빛낸 세계의 인물 100인(Biography of the millennium)」을 방영하기 위해 설문조사를 했다. 설문조사 결과 1위는 구텐베르크, 2위 아이작 뉴턴, 3위 마틴 루서 킹, 4위 찰스 다윈, 5위가 셰익스피어였다. 이탈리아에서 망명해 미국의 원자탄 연구에 참여한 엔리코 페르미는 74위였다. 그는 방사선의 아버지라고 부

---

95 『침묵의 봄』을 발간했던 1962년 10월은 미국과 구소련이 핵전쟁을 벌이려던 일촉즉발의 시기였다. 이 전쟁 발발의 위험은 구소련이 미국의 턱밑인 쿠바에 핵미사일을 배치하면서 촉발되었다. 미국은 즉각 쿠바 해상을 무력으로 봉쇄했으며 전 세계 주둔 미군에게 1급 전쟁준비태세를 발령했다. 구소련도 마찬가지였다. 이 상태에서 쿠바를 정찰하던 미국의 U-2기 한 대가 소련 미사일에 격추되었다. 구소련의 핵잠수함 옆에는 폭뢰가 떨어졌다. 모두들 핵무기 발사 단추에 손을 얹어놓고 있었다. 곧 핵전쟁이 터질 판이었다. 양측은 이 절체절명의 순간에 협상을 타결했다. 합의 조건은 구소련이 쿠바에 설치한 핵미사일과 미국이 소련을 향해 터키에 배치한 핵무기를 동시에 철수하자는 내용이었다. 이 위기는 13일 만에 종료되었지만 전 세계는 초긴장 상태에 빠졌었다. 이때부터 미국과 구소련은 상대국보다 더 많은 핵무기만이 자신과 나라를 지킬 수 있다고 믿기 시작했다. 두 나라는 핵무기 생산 경쟁 시대로 무한 질주했다. 이런 엄중한 시기에 레이첼 카슨은 우라늄 방사선이 끼치는 해악을 외쳤다. 거기에 더해 각종 화학제품의 해악과 물리화학을 기반으로 한 공업 생산 공정에서 나오는 생태 환경적 폐해까지 역설했다. 물리 화학 공업은 각종 무기와 전략물자를 생산하는 기반인데 이런 소리를 하니 그녀를 배신자, 이적 행위자로 모는 것은 당연한 일이었는지도 모른다. 언론과 우파, 그리고 자본가는 애국심으로 대중을 선동했다. 레이첼 카슨을 죽여버리겠다는 협박이 줄을 이었다. 그럼에도 그녀는 굽히지도, 타협하지도 않았다. 그녀가 유방암으로 일찍 죽은 데에는 그로 인한 스트레스도 큰 작용을 했을 것이다.

96 부산일보 「이 주일의 역사」 2010년 11월 8일 정광용 기자 보도 참조

97 YTN사이언스 「20세기 사건 TOP 101」 참조

른다. 세계 최초로 먹는 피임약을 개발해 1960년에 첫 시판한 그레고리 핀커스는 75위, 레이첼 카슨은 제임스 조이스에 이어 87위에 올랐다. '20세기 사건 TOP 101'에서는 침묵의 봄이 83위에 올랐다. 84위는 국제우주정거장 건설이 차지했다.

잎, 돌, 물, 이 작은 사색의 창을 열고

숲에서 우주를 보다
데이비드 조지 해스컬 지음, 노승영 옮김 | 에이도스 | 2014

만다라는 고대 인도의 산스크리트어다. 만다라는 인생의 경로, 우주의 질서, 부처의 깨달음을 재현한다. 이는 우주 전체를 보고자 함이다. 만다라는 '공동체'라고도 번역한다.

저자는 테네시주 고원 지대에 있는 거대하고 울울창창한 숲에 자주 들어갔다. 그 숲에 지름이 1m 정도 되는 작고 둥근 영역을 정해 놓고 '만다라'라는 이름을 붙였다. 그날부터 그는 자신의 만다라에서 벌어지는 일을 관찰일지에 기록하기 시작했다. 기간은 1월 1일부터 그해 12월 31일까지 1년이다. 목차를 보면 한 달 평균 3~4회 정도 찾아갔는데, 4월과 9월, 12월에는 다른 달보다 좀 더 많이 갔다. 특히 봄이 무르익은 4월에 쓴 기록은 횟수 면에서도 단연 으뜸이다.

관찰이란 떼어놓고 보기이고 들여다보기이다. 대개 뭇 생명이 지닌 생로병사나 생성소멸이 주 대상인 경우가 많다. 눈앞에 보이는 것을 대상으로 눈에 보이지 않는 것을 바라보려는 관찰자의 내면은 관조적 침잠에 들기 쉽다. 이는 묵상이나 기도, 시인의 사색과 비슷하다. 관찰은 일반적으로 '지금 여기'에서 이루어진다. 숲과 우주 그리고 인간은 '지금 여기'와 '관계'로 연결된다. 이 관계가 연결하는 통로에 공동체와 평행, 공생과 타자, 순응과 겸손, 연민이라는 주제들이 과학적 사실과 함께 끝없이 흐르고 있다. 이는 저자의 철학적 주제이기도 하다. 그에게 '지금 여기'는 참으로 오래된 '과거'다.

관찰자는 자신이 정한 목적에 따라 관찰해야 한다. 관찰일지를 쓸 때는 쓰는 목적과 이유를 먼저 밝혀야 한다. 그리고 처음 세운 목적이나 주제에서 벗어나지 않도록 항상 주의를 기울여야 한다. 이는 관찰자의 태도와 관계가 깊다. 관찰자는 미추美醜, 호오好惡, 선악善惡과 같은 주관적 감정이나 욕망에 휘둘리지 말아야 한다. 그래야 저자처럼 관찰 대상을 독립된 개체로 볼 수 있고 객관성도 유지할 수 있다. 또 아주 특별한 경우 외엔 관찰 지점을 절대 훼손하지 말며 관찰 기간 내내 동일한 조건을 유지해야 한다. 관찰 대상이 동물이라면 그 동물의 감정이나 정서를 포착하는 일도 매우 중요하다. 관찰에서 느낀 관찰자의 주관적 감정이나 소회는 일지의 끝부분이나 별지에 자세히 적어두는 게 좋다. 이는 사실과 감정, 주관과 객관이 분리와 조화를 함께 이루는 좋은 방법이다.
하지만 논문을 이런 식으로 제출한다면 아마 그 즉시 탈락하고 말 거다. 왜냐하면 수구적 학문은 '인간이 아닌 존재가 무엇을 경험하는지 볼 수도, 느낄 수도 없으며, 보려거나 느끼려고 들지도 않기 때문이다.' 또 저자가 한 말처럼 밖의 소리에 귀도 기울이려 하지 않기 때문이며 학문적 엄밀성이라는 허울을 쓴 채 세상을 오만하게 내려다보고 있기 때문이다.
현대과학은 참으로 깊고 풍부하지만, 관찰 대상이나 자연이 품고 있는 감정을 모두 무시한 채 '자연을 도표로, 동물을 기계로, 자연 활동을 복잡한 곡선으로만 단순화'한다. 이는 현대과학이 편협한데다가 허구가 끼어 있고, 규모와 정신 면에서도 빈약하기 때문이다. 저자는 이런 현대과학의 단점이 몰고 올 미래를 걱정한다.

그렇게 보면 세상의 주류 학문은 얼마나 배타적이고 보수적인가. 또 얼마나 수구적인가. 모든 학문이 다 그래야 하지만, 특히 과학은 무모할 정도로 진보적이지 않으면 발전이 불가능하다. 코페르니쿠스도, 갈릴레오도, 케플러도, 다윈도, 에디슨도 그랬다. 동식물의 인공수정이나 배아복제, 심장이식도 마찬가지였다. 학문뿐만 아니라 예술도 그와 같아서 모네, 뭉크, 칸딘스키, 뒤샹, 달리, 폴록, 워홀, 자코메티, 보로프스키나 백남준도 모두 그랬다. 문학도 이와 같았다.

중세는 신이 우선이었고, 지금은 인간이 우선이다. 인간이 창조한 과학은 생태나 환경을 포함하려 하지만, 생태나 환경은 과학의 범위를 초월한다. 궁극적으로 과학은 인간 위주로 사고하려 하지만 생태와 환경은 항상 과학과 인간을 넘어서 있다. 수구적이고 배타적이라는 입장에서 보면, 신이 인간으로만 바뀌었을 뿐 현대과학이나 학문은 중세의 주류 시각에서 과연 얼마나 벗어났단 말인가. 과학은 연민과 겸손을 잃어버렸다.

저자가 쓴 머리말과 1월 1일에 쓴 첫 편을 보면 이 책이 나아갈 방향이 보인다. 모든 생명과 자연이 우주 질서에 순응하며 사랑과 자비를 품고, 서로를 인정하며 운명 공동체처럼 함께 살 수 있을까? 그 길은 무엇일까? 그걸 이 좁은 땅 안에서 살펴볼 수 있을까? 다시 말해 '잎, 돌, 물이라는 작은 사색의 창으로 숲 전체, 아니 우주 전체를 볼 수 있을까?'라는 방향과 물음이다.

저자는 이 질문에 답하려고 1년 동안 자신의 만다라를 찾았다. 숲의 만다라. 그곳에는 궁극적 실재만 있을 뿐 허상이 없다. 삶이 치열하듯 죽음도 치열해서, 동사凍死한 박새 한 마리의 죽음은 돌아올 봄에 나머지 박새를 먹여 살리는 마지막 보시이다. 숲은 죽음에서 삶을 만난다. 나무가 생명의 짜임에 이바지하는 것은 죽고 난 뒤가 태반이다. 쓰러진 도목倒木은 썩으면서 무척추동물의 양식이 되고 숲속에 사는 그 많은 생명을 이어주는 끈이 된다. 혹독한 겨울의 칼날에 헐벗은 제 몸을 다 내어주는 저 나무와 풀들. 그래도 생명의 씨앗만은 땅속에 깊이 묻어 뜨겁게 퍼뜨리노니, '작은 겨우살이 하나가 세상을 바꾼다' 한들 그게 무슨 큰 잘못이랴. 저자가 본 해답의 실마리는 명상과 사색을 통한 도덕적 인식과 책임 의식, 정서적 현실감각에서 출발한다.

봄철, 벌 나비와 곤충이 나오기 시작하면 만다라에 해가 드는 시간은 짧다. 수백 송이의 풀꽃은 이 짧은 시기를 틈타 앞다투어 피며 곤충을 불러들여 꽃가루받이를 한다. 햇볕 아래 물과 양분을 흡수하며 부지런히 광합성도 한다. 큰 나무의 새잎이 만다라에 그늘을 드리우기 전에, 한 해를 준비하려는 이 부산한 모습은 온 힘을 다해 살아야 한다는 자연의 명령에 순응하는 겸손이다.

저자는 전기톱이 내지르는 괴성에서 자연이 품은 시간과 깊이를 역설로 만나고, '사방으로 쩍쩍 금이 간 소유권'에서 오히려 숲의 사려와 침묵을 두 손 가득 받아들고 돌아온다. 멕시코만의 좁은 숲에서 북미 대륙 전체로 퍼져가는 봄 한철 살이 식물의 이동과정을 들여다보다가, '과학의 거짓 가정은 비교적 얕고 쉽게 뿌리를 뽑을 수 있지만 철학의 거짓 가정은 깊어서 파내기 힘들다'는 통찰을 얻기도 한다. 특히 지진을 바라보는 저자의 인식은 사뭇 철학적이다.

바람에 흔들리는 나무를 보면서 나무가 도道를 따르는 것이 아니라 도의 길이 나무라고도 한다. '바람을 받아들이는 도는 나무의 삶 전체에 적용되는 철학이다. 나무는 바람의 강압적 성질에 순응하고 이를 역이용한다.' 하찮은(정말 그런가?) 매미충에서 러시아 인형 같은 숲이 지닌 공존의 공동체 현상을 보기도 하고, 해충(어떤 기준으로 익충과 해충을 구분하는지는 모르지만)을 박멸하겠다고 초가삼간 다 태우는 우를 범하지 말라고도 당부한다.

그는 「창세기」 9장 7절을 인용하며 이렇게 말한다. 자연선택은 유전자를 사방으로 퍼뜨리는 특징을 선호하지만, 진화는 단순히 '번성하는' 것이 아니라 '땅에 가득하여 번성하라'고 명령한다고. 저자는 외래종 곤충(마디개미가 그 예이다)의 침입이나 초식동물의 급격한 증가, 소유권의 경계 때문에 토종식물은 자연선택이나 멸종의 갈림길에 설 수 있다는 경고도 한다. 땅 위에서 이런 일이 벌어질 때 땅속의 뿌리는 균류를 통해 수많은 연대와 공동체로 연결된 만다라다. 모든 식물의 뿌리가 온통 하나로 이어진 우주를 형성한다.

우리는 러시아인형(마트료시카)이다. 우리가 살아 있는 것은 우리 안의 다른 생명들 덕분이다.(20쪽) … 식물은 겉보기에는 독립되어 있는 것 같지만, 실제로는 땅속의 배우자 균류와 물리적으로 연결되어 있다. … 그러므로 식물 공동체에서 개별성이라는 것은 대부분 환상이다.(321쪽) … 자연계를 약육강식의 무자비한 전쟁터로 바라보는 낡은 시각을 바꿔야 한다는 것은 분명하다. 식물을 나눔과 경쟁의 두 측면에서 볼 수 있도록, 숲에 대한 새로운 비유가 필요하다. … 생명의 역사에서 일어난 주요 변화는 대부분 식물과 균류의 결합 같은 합작 사업을 통해 이루어졌다. … 육상생물, 지의류, 산호초 등은 모두 공생의 산물이다. 지구상에서 이 세 가지를 빼면 사실상 남는 것이 없다.

인간의 눈으로 보면 말벌이나 맵시벌의 애벌레와 연가시가 털애벌레와 귀뚜라미의 몸을 파먹으며 기생하는 삶은 잔인하기 짝이 없다. 수컷 여치의 몸속을 파먹고 사는 기생파리의 애벌레도 다를 바 없다. 천만다행으로 털애벌레가 말벌이나 맵시벌을 피하고 나면 개미가 공격을 하고, 개미를 겨우 피하고 나면 거미줄이 기다린다. 거미를 피하고 나면 이번에는 새가 기다린다. 하나같이 털애벌레의 목숨을 노리는 것들이다. 이걸 피해 겨우 독나방이 되면 다시 인간의 손이 기다리고 있다. 알에서 시작한 독나방이 나방의 한살이를 무사히 마치기까지 대체 얼마나 많은 죽을 고비를 타고 넘어야 한단 말인가. 이게 어디 독나방 하나뿐이랴. 그러나 이들은 자연스런 흐름에 그저 침묵으로 순응할 뿐이다.

진화계통수에서 보면 인간은 생물과 생태적 관계로만 얽혀 있는 게 아니라 인간의 물리적 존재 또한 생명 공동체로, 의존적 결합관계로 단단히 얽혀 있다.(239~240쪽) 인간의 몸과 달팽이의 몸은 둘 다 탄소와 흙의 말랑말랑한 덩어리로 만들어졌다. 그렇다면 이 신경학적 흙(인간의 몸)에서 의식이 생겨났는데 달팽이라고 해서 정신적 표상을 못 가질 이유가 무엇인가?(84쪽)
동물에게도 느낌이 있고, 동물은 우리의 사촌이며 인간과 동물은 경험을 공유한다.(334쪽 요약)

그렇다면, 윤리란 인간에게만 해당한다는 말은 정말 맞는 말인가. 생태와 동물은 윤리와 어떤 관계에 있는가. 자연의 맹목적 진화와 윤리는 또 어떤 관계인가. 말벌의 유충이나 연가시, 기생파리의 유충이 생존하는 방식이나, 한여름 똥통 속에서 수없이 꿈틀대는 구더기를 선악이나 미추美醜의 관계로 보는 것은 정당한가. 인간의 눈으로 이를 일반화하는 것은 옳은 일인가?

털애벌레를 포함해서 파리, 말벌, 딱정벌레의 애벌레는 어떻게 해서든지 남의 관심에서 벗어나려고 수백만 년 동안 노력해 왔다. 식물도 그랬다. 위험을 회피하고, 맛없는 식물이나 독초가 되려고 끝없이 진화했다. 그러나 창조를 꿈꾸는 인간은 시작부터 남의 이목을 끌려고 온갖 노력을 다 기울인다. 인간도 숲의 일부라서 그 혜택 속에서 살아간다. 하지만 그 행동은 숲의 공동체가 하는 방식과 정반대이다. 식물이나 애벌레 쪽에서 보면 사람의 생각과 행위는 참으로 이해할 수 없는 노릇이다. 인간은 그래서 지금처럼 발전한 것일까. 숲에 역행하는 일이 발전이라면 대체 윤리는 무엇이고 어디에 있어야 하는가.

저자는 '얼굴' 편에서 가축 이야기를 한다. 가축은 인류에게 죽을 때까지 봉사해야 한다. 가축은 절대로 인간과 대등한 관계를 유지할 수 없다. 비정한 일이다. 급진적으로 표현하면 야만적이다. 그렇다고 가축을 해방할 수는 없다. 저자가 옥수수와 농부의 관계를 의존적 진화 관계로 말한 것처럼, 인간과 가축도 서로 의존적 관계로 진화해왔기 때문이다. 하지만 그래도 어딘지 자기 합리나 변명처럼 궁색하게 들리지는 않는가. 인간은 물과 햇빛, 작물 없이는 못 살지만 가축이 없다고 죽을 것 같지는 않기에 그렇다.

저자 말대로 우리는 어두운 밀림의 입구에 선 탐험가다. 도롱뇽, 달팽이, 단풍나무의 시과翅果, 근권根圈의 생태, 토양 속의 미생물처럼 숲에 사는 것들에 대해 우리가 모르는 건 아직도 너무 많다. 색각이나 시각, 꿈, 마음처럼 인간에 대해서도 모르는 것투성이다. 심지어 우리는 '빛의 미묘한 변화를 감지할 수 없는 문명 세계에서 살아간다(이를테면 번쩍이는 컴퓨터 화면이나 전광판).' 그러나 숲속 공동체에서 사는 생명은 우리가 모르는 그 이유나 원리 때문에 씨앗을 퍼뜨리고 생명을 이어간다. 사람도 이와 똑같다.

우리가 아는 건 얼마나 보잘것없단 말인가. 포식자가 근처에 있으면 새나 포유류는 그 사실을 숲에 알린다. 이 경고는 자기 종족뿐만 아니라 여러 종種이 함께 공유한다. 식물도 같다. 하지만 인류는 야생이 전파하는 언어는 고사하고, 3만 6천 년 동안이나 함께 살아온 애완동물의 언어조차 알지 못한다. 우리가 아는 건 스스로 만든 과학으로 자기 종족을 퍼뜨리기 위해 다른 종족을 죽이고 숲을 대량으로 파괴하는 일뿐이다. 숲을 살리는 겨울 박새의 죽음처럼, 죽음마저 소중한 이 숲에서는 도저히 일어날 수 없는 일을 인류는 무시로 벌인다. 인류란 얼마나 비정하고 포악하며 불손한 종인가. 그래서 숲이 가르치는 침묵과 겸손은 인간을 가장 인간답게 한다.

세상은 인류를 중심으로 돌아가지도 않고 자연계의 인과적 중심이 만들어지는데 인간은 전혀 기여하지 않았다. … 인류가 세상의 중심이 아니므로 우리는 바깥으로 눈을 돌려야 한다. 딱따구리가 날아오르는 모습을 보며 겸손과 뿌듯함을 느꼈다.

인용 글이 지닌 함의含意는 '관계'다. 저자는 만다라에서 깊은 '소속감과 함께 생태적으로나 진화적으로나 근친성'을 느낀다. 그러나 '인간은 숲과 무관한 존재, 불필요한 존재'임도 알았다. 그때 그는 영원히 닿을 수 없는,

평행한 세계를 느낀다. 친밀감과 타자성을 동시에 느낀 것이다. 그는 슬픔과 외로움에 잠겨있다. 그러다 문득 이 코딱지만 한 만다라 한 곳에도 '수백만 개의 평행 세계가 존재함'을 본다. 그는 다시 깨닫는다. 이 숲의 땅 위나 땅속에 사는 생명은 모두 하나의 공동체로 연결되어 있지만, 그 하나하나는 전부 다 독립적이라는 사실을. 심지어 햇볕과 물과 돌멩이까지도. 이걸 깨닫는 순간 저자는 '형언할 수 없는 기쁨'을 느낀다. 살아줘서 고맙고, 그리고 살게 해줘서 고마운 것들을 보았기 때문이다.

숲의 생태를 관찰한다는 것은 자신을 관찰하려 함이다. 자신을 관찰한다는 말은 세상에 대한 친밀감을 느낀다는 뜻이다. 친밀감은 침묵에서 오고 겸손과 연민에서 온다. 이들은 모두 관계와 관계로 이어져 있다. 그곳이 바로 '지금 여기'다. 숲은 만다라, 생명의 공동체다. 숲에서 찾은 겸손과 연민이야말로 행복으로 가는 길이며 우주 질서에 말없이 순응하는 길이다. 종교는 인간이 인간답게 사는 행복한 길을 권한다. 그 시작은 '생명은 우리를 초월'한다는 각성이고 인식이다.

후기를 보면 저자는 자기 수업을 듣는 학생에게 각자 만다라를 하나씩 설정하게 해서 관찰 공부를 시키는 모양이다. 교수나 선생님이 이런 관찰 지도를 하는 학교가 우리나라에는 몇이나 있는지 궁금하다. 시인인 저자에게 수업을 듣는 학생은 좋은 관찰자나 글쓰기의 달인이 될 수도 있겠다. 저자의 논지를 확대 왜곡하면 인위적 인구 억제를 주장하는 맬서스주의에 이용될 소지도 있다. 그는 리처드 도킨스를 비판하는 듯한 말도 한다. 책에 오류가 눈에 띄는 곳이 있다. 교차 검증과 반복 검증이 번역문에 왜 필요한지 깊이 생각해 볼 일이다.

현생인류는 침입종인가

침입종 인간

팻 시프먼 지음, 조은영 옮김, 진주현 감수 | 푸른숲 | 2017

언제 어디서나 침입종은 무자비하다. 잔인하고 포악하다. 경쟁자라고 판단하면 동종同種이라도 무조건 죽여 버린다. 멸종시킨다. 그러나 침입종 또한 언젠가는 새로운 침입종에게 그 자리를 내줘야만 한다. 인간을 멸종시킬 새로운 침입종은 무엇일까? 외계생명체일까, 세균일까 아니면 사물 인터넷일까?

지구 역사에서 보면 인간은 침입종이다. 그럼 인간다움이란 가장 침입종다움을 뜻하는 걸까? 답은 이 책 뒷부분에 4~5쪽 분량으로 나와 있다. 네안데르탈인이 굶주림 때문에 동족同族을 잡아먹었다는 설에 저자는 동의한다. 사실 현생인류도 사람을 많이 잡아먹었다(하지만 이 책에 그런 말은 없다. 나쁘게 말하자면 감추고 은폐했다). 이유야 어쨌든 현생인류의 식인 행위나 식인 풍습은 거의 최근까지도 남아있었다. 그들에게는 인류라는 동종이 가장 무서운 적이었기 때문이었다. 심지어 어떤 때는 인육으로 자신들의 식량을 대신하기도 했다.[98]

---

98   내셔널지오그래픽TV 「NAT GIO TRAVEL」 'MY PACIFIC QUEST' 편 참조

저자는 인간다움이란 무엇인지에 대해 말한다. 인간이 인간답기 위해서는 서로 협력해야 하고, 유연하게 변화할 줄 알아야 하며, 발견한 사실을 융합할 줄 알아야 하고, 새롭게 발견하고 개발하기를 멈추지 않아야 한다고 충고한다.

이 책은 두괄식 문장의 전형이라서 줄이면 문답만 남는다. 선사시대에 존재했던 네안데르탈인이나 거대동물은 왜 멸종했는가. 그 답은 첫째, 극심한 기후변화 때문이고, 둘째, 새로운 기술을 장착한 침입종인 현생인류와 늑대가 연합해서 최상위 포식자로 군림하였기 때문이다. 그러나 이 말은 아직 하나의 추측일 뿐 정설은 아니다.

현생인류는 네안데르탈인과 대결을 시작한 이후부터 지금까지 여전히 같은 종을 죽이고 잡아먹는 짓을 반복했다. 저자의 주장대로라면 그 중요한 원인은 늑대다. 그의 말대로라면 늑대가 인간에게 길들여지지만 않았더라도 인류가 이렇게 급격히 최상위 포식자가 되지 않았을지 모른다. 그러면 생태환경이나 먹이사슬이 붕괴하지도 않았을 것이고 인간의 성격도 지금과 상당히 달랐을지 모른다고 주장한다.

반복되는 말과 비슷비슷한 인용 때문에 좀 지루하지만, 독자가 궁금해할 만한 얘기가 간간이 나오면서 생기를 되찾게 만드는 장점도 있다. 예를 들어 인류가 최초로 만든 악기는 동물 뼈로 만든 피리이고 개를 키우기 시작한 시기는 3만 6천 년 전이라고 한다. 3만 2천~2만 6천 년 전에 인류는 이미 직물이나 밧줄을 사용하고 그물을 썼으며, 산양털이나 아마포 직물에 염색까지 했다는 이야기도 있다. 인류가 최초로 창작한 구상 예술에 대한 이야기도 나오고, 1만 6천 년 전부터 지금까지 세계 각국이 계속해 온 개의 장례문화를 소개한 사례도 나온다. 집고양이가 생겨난 시기를 설명한 이야기는 읽는 이를 상상의 세계로 한없이 끌고 가기에 충분하다. 침입종, 외래종, 고유종, 자생종, 호미닌 같은 용어 설명도 흥미를 돋운다. 인류사를 다루기 때문에 제레드 다이아몬드가 쓴 『총 균 쇠』와 조금씩 겹치는 부분도 있다.

저자는 침입종을 부정적 입장에서 보는 듯하다. 침입종으로 인정하는 기준은 침입이 불러오는 영향력인데, 전체 침입생물 가운데 오직 만 분의 하나만이 침입종이 된다고 한다. 기존 질서에서 보면 1만 분의 1이 벌이는 그 폐해는 극심하기 짝이 없어서 제거해야만 할 대상임이 분명하다.

그러나 이 문제를 침입종 쪽에서 보면, 이 극소수인 하나는 1만 가지나 되는 각기 다른 죽음의 위협과 싸워서 살아남아야 한다. 그것도 아주 긴 세월에 걸쳐서. 그러니 어찌 끈질기고 악착같지 않겠는가. 이미 영토화한 고유종이나 자생종은 허약하다. 안정과 질서 속에 사는 그들의 입장으로 보면 침입종은 자기들의 생존을 위협하는 두렵고 불안하기 짝이 없는 존재다. 하지만 침입종의 입장에서는 어떻게든 살아남기 위해 무수히 많은 상대와 벌이는 싸움은 물론이고 자기 자신과 싸우는 일까지 동시에 벌여야 한다.

모든 생명이 갖는 최대의 관심사는 생존이냐 멸종이냐 둘 뿐이다. 멸종을 이끄는 5대 원인이나 지구가 겪은 다섯 번의 대멸종, 야생에서 가축으로 바뀌는 다섯 가지 조건, 눈과 피부색에 따른 동물의 두뇌와 습성을 설명한 이 책은 단순한 지식 차원을 넘어서 존재론적 사유를 깊게 하는 이야기들이 많다.

미국 옐로스톤 국립공원에서 농장을 망치는 늑대를 멸종시킨 적이 있다. 그 뒤부터 사람에게 닥친 생태적 환경적 피해는 늑대가 있을 때보다 훨씬 더 심각해졌다. 그러자 사람들은 늑대를 외지에서 데려와 생태계와 먹이사슬을 다시 복원했다. 저자가 그걸 확인하는 과정에서 벌이는 늑대 추격 장면은 마치 영화를 보는 듯 흥미진진하다. 카리브 해에서 침입해온 쏠배감펭은 세계적으로 아름다운 리틀케이맨 섬을 초토화해버렸다. 그러자 이를 구제하려는 노력과 연구가 이루어졌는데 이러한 움직임도 흥미진진하다.

인간은 자기 이익을 위해서 이 두 곳의 생태계와 먹이사슬을 강제로 무너뜨렸다. 그러나 그게 자신의 이익에 오히려 불리해지자 생태계와 먹이사슬을 다시 회복시키려고 동종의 외부 침입종을 두 곳에 강제로 투입했다. 이 침입종을 강제 투입한 종 또한 인류라는 침입종이다. 침입종인 인류의 목적은 오직 그들의 이익과 생존뿐이다.

이게 비단 인류만 그러는 걸까? 생명력이 질기고 강한 칡은 제 영토를 확장하기 위해 수십, 수백 년간 터를 잡고 살아온 나무를 넝쿨로 감아 죽인다. 남아공의 외래종 소나무는 주변을 고사시키면서 제 영토를 넓히려고 애를 쓰고 남아공 사람들은 그걸 구제하려고 온갖 애를 다 쓴다. 거푸 말하지만 모든 침입종의 목적은 오직 하나, 그들의 생존과 이익이다. 그러나 이게 인류의 자연 생태계를 훼손하는 변명이 될 수 있을까? 생태계가 공존하기 위해 온실가스와 기후 문제를 우려한다지만, 궁극적으로는 그것마저 인류의 생존을 위한 이기심은 혹시 아닐까.

거시적으로 보면 네안데르탈인처럼 인류 또한 필멸의 길을 가야 한다. 하지만 인류는 자신의 멸종을 목표로 과학적 사실을 발견하거나 새로운 도구를 발명하지는 않는다. 다만 일부 지적 돌출자들의 자연선택이, 생존목적의 선을 넘어설 뿐이다. 그런 충동적 도발이 과도한 욕심을 낳고, 그 욕심이 죄를 낳고, 죄가 사망을 낳을 뿐. 숙명론적일지는 몰라도 현생인류 또한 외계에서 강제로 투입된 경우는 혹시 아닐까 하는 생각도 들었다.

가축을 비롯한 여러 생물에게 육종가들은 신이 된 지 벌써 오래다. 산업혁명 훨씬 전에도 인간은 유전적 욕망 때문에 수많은 동식물의 품종을 개량하거나 새로운 종자를 개발했다. 그 과정에서 엄청난 폭력도 숱하게 저질렀다. 고인류학이나 고생물학 입장에서 보면 인간은 이미 침입종이 가질 수 있는 잔인함의 한계를 오래전에 넘겨버렸는지도 모른다.

동서 문명 교류의 흔적 찾기
정수일의 『고대문명교류사』와 안인희의 『북유럽 신화』를 중심으로

어떠한 텍스트도 인용의 모자이크로 구성되어 있으며 어떠한 텍스트
도 다른 것의 흡수이자 변형이다. 상호텍스트성의 개념은 상호주관성
(Intersubjectivity)의 그것으로 대치되며 시적 언어는 두 개 이상으로 읽
힌다.

– 줄리아 크리스테바(Julia Kristeva)가 쓴 바흐친의 대화주의에 관한 논문,

『산해경』(정재서 역주, 민음사) 8쪽에서 재인용

문명이란 이민족끼리 서로 영향을 주고받고 교류하며 섞이다가 그 흔적
을 남기고 사라지기 마련이다. 민족이 이동할 때면 그들이 이룬 문명도
함께 이동한다.

중국의 위진남북조魏晉南北朝 시대는 한漢나라가 멸망하고 조조가 위나라
를 건국한 서기 220년부터 수나라가 전국을 통일한 서기 581년까지를
말한다. 약 360년에 걸친 대혼란기이다. 『고대문명교류사』를 쓴 정수일
교수는 중국, 이슬람, 유럽에 걸쳐 활발했던 문명교류가 이 혼란기 때 위
축되었다고 한다. 하지만 문명의 교류나 침식은 그 세력 판도에 따라 크
든 작든 계속 이어질 수밖에 없다. 민족이나 부족이 이동하면서 남긴 언

어나 풍습, 또는 유물은 어떤 형태로든 이런 흔적을 남긴다.

훈족은 유목민이고 기마민족이다. 갑자기 나타난 훈족이 서진西進하자(사실 '갑자기'라는 표현은 말도 안 되는 소리지만) 그를 못 견딘 게르만족이 남쪽으로 대이동을 시작했다. 그들이 남진南進하자 로마는 멸망했다. '훈족이 흉노라는 설은 갈수록 유력해진다. 하지만 이에 반대하는 설도 아직은 만만찮다.'[99] 훈과 흉노의 핏줄이 같건 다르건 간에 이들이 유럽에 끼친 영향은 크고 다양하다. 마찬가지로 인도나 아랍 문명 역시 유럽에 큰 영향을 끼쳤다.

여기서 잠깐 유럽과 아시아의 문명 교류사를 정수일 교수를 따라가며 살펴보자. 문명의 창조나 발전은 내면의 질문과 상상력에서 나온다. 미술 공예품 가운데 고대 아시리아에서 시작된 감입 장식 기법(장식을 만들 때 동물 형태로 만든 모양의 일부분에 콤마 형이나 반달 형의 틀을 만든 뒤 거기에 보석을 끼워 넣는 방법)[100]이 스키타이 유목민에게 전파되었다. 스키타이족은 동물의 한 부분(눈, 뼈, 입 등)을 보석이나 금 같은 귀금속으로 치장해서 사용했다. 이런 장식물이나 장식 기술은 시베리아로 전파되었고, 시베리아는 중국 네이멍(내몽골)의 자치구인 중남부 고원 지대에 있는 오르도스를 거쳐 한반도로 넘어왔다.[101] 고대 아시리아인의 상상력이 한반도를 거쳐 일본까지 전파된 셈이다. 시간이 오래 흐르자 아시리아가 한반도로 들어온 지역을 따라 한반도의 문화가 다시 서쪽을 향해

---

99   『고대문명교류사』(정수일 지음, 사계절) 270쪽 참조

100   『고대문명교류사』(정수일 지음, 사계절) 240~243쪽 참조

101   『고대문명교류사』(정수일 지음, 사계절) 230쪽~320쪽 참조

나아가거나 해상과 육로를 거쳐 아랍으로 갔다. 한 사람의 예술적 상상력은 수많은 갈래로 새롭게 창조, 발전하여 수천 송이의 꽃을 피운다. 문명은 그렇게 발전한다.

정수일 교수에 따르면 중국에서 쓰던 활은 유목민족인 흉노를 따라 기원전후에 서역(동투르키스탄)으로 전파됐다.[102] 3~4세기에는 서투르키스탄(아랄해 부근)으로, 4~5세기에는 남러시아로, 그리고 5~7세기에는 헝가리, 오스트리아, 독일을 포함한 중부 유럽까지 전해졌다.[103] 이때 전파된 문명은 사실 활 하나만이 아니었다. 생명과 직접 연관된 무기, 사냥 수단, 생활 도구의 전파는 문명사에서 꽤 도드라지게 드러난다. 중국 문명의 서진西進현상과 반대로 독일의 할슈타트 문화에서 발생한 안테나식 동검이 동진東進하여 한반도의 북쪽과 남쪽에서 발견되었다. 이 외에도 관冠이나 뿔잔, 허리띠 등, 북방 유목 기마민족의 문화가 한반도에 유입된 흔적도 많다고 한다. 이는 어떠한 형태로든지 동서 문명이 서로 교류한 증거이자 흔적이다.[104]

북유럽의 바이킹 전사는 남자만 있던 것으로 많이 알고 있지만 사실은 여전사도 많았다. 이들은 흑해 인근은 물론 아랍지역까지 진출해 통상하고 교류했다.[105] 호메로스의 일리아스에도 여전사 부족인 아마조네스가

---

102 투르키스탄은 이란어로 '터키 사람의 땅'이라는 뜻이다. 동투르키스탄은 신장 자치구이며 서트루키스탄은 카자흐스탄, 키르기스스탄, 타지키스탄, 우즈베키스탄, 트루크메니스탄, 아프가니스탄 지역을 말한다.

103 『고대문명교류사』(정수일 지음, 사계절) 302쪽 참조

104 『고대문명교류사』(정수일 지음, 사계절) 참조, 『실크로드 사전』(정수일 지음, 창비) 11, 857~862 참조

105 KBS 2TV「세상의 모든 다큐」메건 폭스의 '잃어버린 전설' 2부 여성 바이킹 전사 편 참조

등장한다. 고대 알타이 지역에도 여전사들이 존재했다. 특히 '알타이 얼음공주'가 발견된 곳은 중앙아시아의 고원 지대인데, 여러 문명이 교차하는 중심지였다.[106] 중국은 수나라(581~618년) 때부터 아랍이나 유럽과 본격적으로 교류를 재개했다. 문화와 인력까지 포함한 이런 교류는 당(618~907년)과 송(960~1279년) 대에서 명 청대를 지나 지금까지도 계속 이어지고 있다. 이런 점을 감안해 보면 북유럽 신화를 집필할 무렵인 6~13세기 사이에 동서東西 간에 다양한 문명과 문화를 서로 교류했을 가능성은 얼마든지 있다. 거기에 주술이나 언어, 신화나 설화가 포함돼 있으리라는 추측은 당연하고 합리적이다.

기원전 331년, 마케도니아의 왕 알렉산더는 다리우스 3세가 지배하던 페르시아를 멸망시켰다. 그때 알렉산더는 제 친구와 측근들을 페르시아 왕이나 귀족의 딸과 결혼시켰다. 그 자신도 다리우스의 딸과 결혼했다. 결혼식은 몇 날 며칠 동안 밤낮에 걸쳐 크게 치러졌는데, 모두 페르시아식으로 먹고 마시며 함께 즐겼다고 한다. 그 후 알렉산더는 정복지에 들어갈 때마다 자기 병사가 현지인과 결혼하도록 독려했다. 이는 이민족의 문화에 스스로 동화하고 자기네 문화를 이민족에게 이식함으로써 정복한 지역을 안정적으로 다스리려는 의지였다는 게 일반적 학설이다. 알렉산더는 문명을 교류함으로써 유럽 문화를 페르시아에 전파하기도 했지만, 페르시아 문화를 유럽에 끌어들이기도 했다. 헬레니즘 문화는 동서양 문명이 본격적으로 섞이기 시작한 페르시아 정복을 그 시작으로 본다. 부처를 형상화하기 시작한 간다라 미술은 그 대표적 사례이다.[107] 이 말은 종

---

106   내셔널지오그래픽TV 「얼음에 갇힌 비밀」 '알타이 얼음공주' 편 참조

107   『고대문명교류사』(정수일 지음, 사계절) 353~366쪽 참조, 『실크로드 사전』(정수일 지음, 창

교나 신을 통해서라도 유럽과 아시아 문화는 필연적으로 섞일 수밖에 없다는 말과 같다.

10세기 유럽에는 만 명이 넘는 도시가 별로 없었다. 아프리카 무어인[108]들은 스페인의 코르도바를 정복한 뒤 인구 수십만이 넘는 대도시를 건설했다. 도서관에는 장서 60만 권을 비치했는데, 무어인이 아니었다면 당시 코르도바로서는 감당하기 힘들 정도로 어마어마한 양이다. 무어인들은 종교의 자유를 허용했기 때문에 코르도바는 이슬람과 기독교가 섞이고 공존하는 문화도시가 되었다.

이슬람 통치자는 코르도바 입구에 커다란 물레방아를 설치하고 종이 공장을 지었다. 종이를 생산한 코르도바는 보유한 장서와 함께 유럽의 학문과 문명 발전에 결정적으로 기여했다. 그 당시 유럽은 인공 수로를 형성하는 물레방아가 있다는 걸 모르고 있었다. 아랍인들은 알함브라 궁전을 지어 자신들이 지닌 예술적 감각을 유감없이 발휘했다. 그들은 그들만의 독특한 건축 기술과 궁전, 물레방아, 종이 제작 기술을 유럽 사람들에게 전부 가르쳐주었다.[109] 이렇게 10세기 이후의 유럽 문명은 이슬람이 가져다준 것이나 마찬가지다. 그 외에도 활과 종이, 화약, 비단, 양잠養蠶, 도자기 등 동아시아에서 시작한 많은 문명과 기술이 유럽으로 계속 넘어갔다.[110]

비). 11~12, 77~78, 918~922쪽 참조

108 무어인: 스페인을 정복한 아랍계 이슬람교도를 총칭하는 이름(북아프리카인 포함)

109 SBS CNBC 「송병건의 그림 속의 경제사」 참조

110 『실크로드 사전』(정수일 지음, 창비) 331~336, 538~542, 944~946쪽 참조

아랍 문명이 유럽에 미친 사례나 흉노가 퍼뜨린 유물이 중부 유럽에서 나온 예는 많다. 이는 모두 아시아가 유럽으로 서진하면서 퍼뜨린 것이다. 어떤 것은 유럽에서 아시아로 넘어와 한동안 쓰이다가 모양이나 장식이 변형되어 다시 유럽으로 건너가 되퍼진 경우도 있다.[111] 이렇게 로마 문명이 여러 경로의 실크로드를 따라 한반도까지 들어오기도 하고 고구려 백제 신라 일본의 문명이 이 길을 타고 로마나 아랍으로 나가기도 했다.[112]

신화나 설화, 동화도 이와 같다. 양쪽에서 전해오던 이야기는 교류를 통해 서로 뒤섞인다. 시간이 지나면 이야기는 그 지역이나 민족에 맞게 조금씩 바뀌면서 토착화한다. 상호교류라고는 상상도 할 수 없는 북유럽에 우리나라의 전래동화인 〈선녀와 나무꾼〉 이야기가 똑같이 나온다. 그런가 하면 〈해와 달이 된 오누이 이야기〉도 나오고, 천년 묵은 이무기나 용의 이야기가 유럽의 신화나 동화에 변형된 형태로 전해온다. 아시아에서 신성시하는 용이 유럽에서는 오히려 악을 상징한다. 이는 아시아의 서진 西進에 따른 두려움이나 반감의 표현일지도 모른다. 곰이 인간이 되거나 인간이 곰이 된다는 삼국유사와 비슷한 신화는 바이칼 동쪽에서부터 사할린, 홋카이도, 알류산 열도, 알래스카, 캐나다를 비롯한 북아메리카 지역까지 광범위하게 퍼져있다. 이런 사실 또한 문명 교류의 한 흔적이다(바람피우는 남편을 북극으로 내쫓았더니 거기 가서 곰에게 마늘을 먹이고 있더라는 우스개가 500년 동안 사라지지 않고 전해진다면, 어디에서

111 　『고대문명교류사』(정수일 지음, 사계절) 참조

112 　위와 같은 책 948~949, 953~956쪽 참조

어떤 형태로 변해 전승하고 있을지 우리는 알 수 없다).

이런 이야기가 어찌 동쪽으로만 퍼져갔겠는가. 시베리아와 코카서스 여러 지역에도 곰을 숭배하는 민속이 있다. 이 뿌리가 얼마나 깊으면 러시아를 곰으로 상징하거나 비하까지 하는가. 이런 걸 보면 곰과 인간을 다룬 아시아 신화가 중부 유럽을 거쳐 북유럽으로 넘어갔거나 아니면 북유럽에서 아시아로 넘어오지 말란 법이 없다. 인간과 곰의 주술적 관계는 현생인류가 탄생하기 이전인 네안데르탈인 때부터였다고 한다. 그 증거가 스위스 알프스 산맥에서 나왔다니 시대와 문명을 따라 주술이나 신화, 설화도 함께 이동하고 교류했으리라는 추측은 얼마든지 가능하다.[113]

위에서 얘기한 신화나 우리 동화가 어디에서 처음 시작되었는지 나는 잘 모른다. 하지만 이제까지 제시한 학술적 근거만 보아도 유럽 문명이 중국과 우리나라를 거쳐 일본까지 오고 간 것만은 틀림없다. 더구나 북유럽 신화를 쓴 8~13세기 무렵이라면 동서 문명이 활발하게 교류했을 가능성이 매우 크다. 안인희 교수의 말처럼 북유럽 신화는 그리스 신화와 기독교 성경을 수집 정리하여 새롭게 편찬한 신화다. 따라서 이 신화의 배경을 넓게 잡으면 기원전 8세기 이후부터 기원후 13세기까지 거의 2천 년 동안의 이야기를 포함한다. 이 사이에 동서교류가 얼마나 많았겠는가. 그 사이사이에 벌어진 수많은 사건은 실제 벌어진 사건보다 엄청나게 부풀려지거나 변형된 채 전승되었을 것이다. 그러다가 사라진 이야기도 많을 것이다. 그 가운데 살아남은 이야기들이 전설이나 설화, 또는 신화의 주

113　『우리 옛 이야기 백가지 1』(서정오 지음, 현암사),『곰에서 왕으로』(나카자와 신이치 지음, 동아시아) 71, 82~89, 103~109쪽,『안민희의 북유럽 신화』1~3권(안인희 지음, 웅진지식하우스),『그림 형제 동화전집』(김열규 옮김, 현대지성),『안데르센 동화전집』1~2권(곽복록 옮김, 동서문화동판) 참조

제나 소재로 작용했으리라는 생각은 누구나 해봄 직한 추측이다.

진시황(기원전 259~210년)이 자기 무덤[114]을 지을 때 고대 그리스 미술 양식을 도입했다는 주장도 있고 변방에 살던 유럽인의 DNA 흔적을 발견했다는 학설도 있다.[115] 진시황의 무덤에서 나온 병마용의 얼굴을 보면 아랍이나 유럽인으로 보이는 얼굴 모습도 여럿 보인다. 이런 사례를 보면 중국은 진 나라 때에도 아랍이나 유럽과 교류했으리라고 보는 견해가 가능하다.

이런 여러 가지 측면을 고려하면 북유럽 신화에는 아시아의 이야기가 어떤 형태로든 녹아 있으리라고 추측할 수 있다. 북유럽 신화 일부에 동유럽 지역이 등장한다는 안인희 교수의 말도 이런 추측을 뒷받침한다. 유럽이 그리스와 기독교 문명만 똑 떼어서 받아들였다는 생각은 상식적으로 생각해도 불가능한 억지다. 에게해 인근 고대 도시국가들은 거의 무역으로 경제를 유지했다. 이런 상태에서 이집트나 소아시아 문명이 그리스 문명과 완전히 단절될 수는 없다. 이는 미케네 문명과 그리스 문명이 절대로 섞일 수 없다는 것과 같은 말이다.

더구나 북유럽 신화를 쓴 시기(800~1258년)는 앞에서 살펴본 것처럼 중국의 당송과 발해(698~926년)의 존속 시대와 겹치고 이슬람의 압바스 제국 시대(750~1258년)하고도 겹친다. 이들 여러 나라는 당시 동로마 제국(비잔티움 제국, 375~1453년경)과 서로 교류하며 발전했다. 게르만족은 서로마 제국을 멸망시키고 문화 교류를 금지시켰다.(476년) 아무리 그

---

114   진시황의 무덤이 아니라는 학설도 있다.
115   나무위키 '진시황릉' 등 참조

렇다고는 해도 서로마 제국과 게르만족의 문명과 문화는 암암리에 서로 섞이지 않을 도리가 없다. 단지 그 규모와 지속 기간이 문제일 뿐이다.

중동을 포함한 아시아 문명은 유럽 문명보다 그 역사와 뿌리가 깊고 크다. 정수일 교수도 지적했지만, 유럽은 아시아 문명이 그들을 개화시켰다는 사실을 어떻게 해서든지 숨기거나 왜곡하려고 한다. 유럽이나 미국이 만든 영화를 봐도 그렇다. 무어인이나 아랍인은 추악하고 잔인한 모습으로 표현하고 백인이나 유럽인은 주인공이 아니면 정의롭고 선한 모습으로 표현한다. 마치 옛날 서부영화가 인디언을 잔인하고 포악한 야만인으로 취급하던 것과 같다. 이는 유색인종을 멸시하는 풍조와 유럽중심주의가 저변에 깊게 깔린 탓이다.

대항해 시대를 거쳐 식민지 제국주의 시대가 도래하기 전까지, 유럽은 아시아에 비하면 모든 면에서 그야말로 족탈불급足脫不及이자 조족지혈鳥足之血에 불과했다. 인구수로 보나 산업 생산으로 보나, 문화로 보나 도시 규모로 보나, 유럽은 도저히 아시아를 따라올 수가 없었다. 유럽중심주의는 식민지 제국주의 시대 이후부터 생긴 현상인데 대략 16세기 유럽의 르네상스나 대항해 시대 이후부터 지금까지 길어야 400~500년 정도다. 그 사이에 시민혁명, 산업혁명, 과학혁명, 정치혁명과 같은 변화를 유럽이 주도했지만 인도나 아랍, 아시아 전체의 문명사나 문화사로 볼 때 400~500년은 그야말로 일천하기 짝이 없는 시간이다. 과거 우리가 학교에서 배운 세계사는 유럽중심주의로 엮어진 형편없는 왜곡사歪曲史였다. 오죽하면 『교과서 밖의 세계사』라는 책이 다 나왔겠는가.

이원복 교수가 쓴 『먼나라 이웃나라』를 보면 이런 이야기가 나온다. 유럽은 크게 보아 아리아족이 그 뿌리다. 기원전 2000년쯤 인도 서북부에 아리아족이 살았다. 이들이 넓게 퍼지면서 유럽에는 라틴족, 게르만족, 슬라브족, 켈트족이 형성되었다. 하지만 헝가리는 자기네 민족의 뿌리를 마지르족이라고 주장한다. 마지르족은 9세기 무렵 서아시아에서 이주한 아시아계 민족이다. 핀란드 북부에는 레프족이 살고 있다. 이들도 우랄어족으로 아시아계이다. 이들의 언어에는 미국 인디언 언어처럼 우리나라 말과 비슷한 언어도 많다고 한다. 유럽에서 아리아족이 아닌 민족은 레프족, 마지르족, 바스크족, 이 셋뿐이다. 스페인과 프랑스 접경에 사는 바스크족은 아무리 찾아봐도 그 뿌리가 어디인지 아직 잘 모른다.[116] 그들은 지금도 스페인에서 분리, 독립하기를 원한다.

안인희 교수가 쓴 『북유럽 신화』에 따르면 고대 북유럽에는 그들만의 고유문자가 있었지만 사라졌다고 한다. 게르만족을 아예 흉노족이라고 주장하는 이도 있다. 『북유럽 신화』에서도 지적한 것처럼 중국어의 어순은 주어, 술어, 목적어 순으로 유럽의 어순과 같고, 주어, 목적어, 술어로 구성된 다른 아시아 어순과 완전히 다르다. 중국과 유럽의 어순은 언제부터 어떻게 같을 수 있었을까. 어순이 같으면 이해가 빠르니 중국어권과 유럽어권은 다른 언어권에 비해 소통이 훨씬 빠르고 쉬웠을 것이다.

반복하는 얘기지만, 이런 여러 정황으로 보면 흉노와 돌궐, 당, 송과 고구려, 발해, 신라, 백제의 문화와 조로아스터교를 비롯한 이슬람의 문화가 게르만족과 북유럽에 어떤 식으로든 영향을 끼쳤으리라고 추측할 수 있

116　『업그레이드 먼나라 이웃나라 1권』(이원복 지음, 김영사),
　　『실크로드 사전』(정수일 지음, 창비) 210~211, 491~492쪽 참조

다. 반대로 그들의 문화가 이슬람이나 중국, 흉노, 몽골, 발해를 거쳐 한반도와 일본에 영향을 끼쳤으리라는 추측도 가능하다. 이는 그리스 신화와 북유럽 신화가 중국의 주역이나 도교에서 보는 관점과 흡사한 부분이 많다는 점에서도 그 근거를 찾을 수 있다.

예를 들면 이렇다. 북유럽의 신화에서 불火을 상징하는 인격신 로키는 중국의 역학(또는 명리학)이나 노자의 도가에서 보는 불과 성질이 아주 비슷하다. 음양오행에서 화火는 밝고 가벼워서 어린아이처럼 천진하니, 촐싹대기 쉽고 명랑하다. 화의 성질을 지닌 인물은 훤하게 잘생겼고 따뜻해서 만인을 덥혀주니 인정이 있다. 자존심이 대단히 강하며 넓게 퍼지려는 습성이 있다. 불은 날름대니 혓바닥이고 말言이다. 혓바닥이 가벼우니 비밀이 없다. 다 털어놓는다. 두뇌 회전도 빨라 임기응변에도 능하다. 크게 성나면 한순간에 모든 걸 잿더미로 만들려는 무서운 성질도 있다. 불은 태양과 같아 만인에게 공평하다. 법法을 상징하며 예지능력도 있다. 예술성도 탁월하다. 불은 제 몸을 태워 어두운 곳을 밝히려 하니 타인이나 세상을 위해 희생하려는 성질도 강하다. 아무리 어두워도 불빛 앞에는 다 드러나니, 상대의 마음속이나 심리 상태를 잘 들여다본다. 남이 자신을 속이려 들면 귀신처럼 알아챈다. 불은 물을 만나면 단번에 패敗하니 일인자가 아니라 이인자이다. 하지만 큰불에 소량의 물은 오히려 기름을 붓는 것과 같아 불을 대발大發하게 만든다. 우습게 보다가는 큰코다친다는 말이다. 불은 꺼지면 잿더미만 남길 뿐 남는 게 없다. 허무하게 무無로 돌아간다. 남는 게 없으니 욕심도 없고 뒤끝도 없다. 계속 때주지 않으면 금방 꺼지니 잘 잊어버려서 화가 나도 금방 풀린다. 칼이 흉기이자 이기利器인 것처럼, 불은 선악이 함께 있고 때에 따라 갈등도 유발한다. 촛불의 속이 오히려 검고 어둡듯이 속으로는 남모르는 고민도 있다. 아무리 기름진 땅이라도 태양이 없으면 무슨 곡식이 자랄 수 있으랴. 다산多産과 풍요를 원한다면 태양인 불이 필요하다. 불에 대한 동아시아의 이런 이야기와 불의 신 로키의 성향이나 상징은 여러모로 비슷하다. 이는 조로아스터교의 불 火하고도 연관이 깊을 듯하다.

아시아의 문화가 북유럽 신화에 영향을 끼친 확실한 근거가 내겐 없다. 하지만 「선녀와 나무꾼」, 「해와 달이 된 오누이」 이야기, 혹은 명리에서 보는 화론火論과 로키의 성질이 비슷한 것처럼, 서로 영향을 주고받은 정황은 많다. 앞으로 누군가 나서서 이 문제를 더 깊이 연구해서 규명해 주었으면 좋겠다.

예술은 지배계급에 봉사하는가

다른 방식으로 보기

존 버거 지음, 최민 옮김 | 열화당 | 2012

'시선의 역사.' 이 책에 내가 붙인 다른 이름이다. '다른 방식으로 보기'라는 원래 제목처럼 이 책에는 대상을 바라보는 거의 모든 시선이 자리 잡고 있다. 저자는 정치와 사회 현상, 그리고 여성문제를 유화나 사진을 통해 우리에게 보여준다. 작품 밖에 감춰져 있는 관객의 시선, 작품 속에 노출돼있는 인물을 바라보는 작가의 시선, 그와 반대로 작품 속 인물이 작품 밖에 있는 대상을 바라보는 시선을 모두 분석해서 그 속에 숨어있는 작가의 의도를 저자는 우리 앞에 폭로하고 진단한다.

이런 시각은 이전에 보던 방식하고는 판이하게 다른 방식이다. 저자는 독자에게 분석적 시선으로 대상을 보고 다양하게 판단하라고 권한다. 저자는 복제예술이나 복사, 광고, 전파매체가 대중에게 끼치는 심리적, 사회적, 경제적 영향도 언급한다. 특히 광고를 다룬 부분은 대학이나 고등학교 기초교재나 보조교재로 쓰기에 지금도 손색이 없을 정도다. 그때는 대단히 급진적이었을 이런 내용을 영국 공영방송 BBC가 방송했다는 사실도 놀랍다.

이 책은 1972년에 방송한 TV 연속 강연을 바탕으로 출판됐다고 한다. 시기적으로는 1968년 파리에서 혁명이 촉발된 지 4년쯤 지난 뒤다. 68혁명 이후 유럽은 큰 변화를 겪었다. 특히 여성문제는 유럽과 미국에서 가히 폭발적이었다. 유럽을 휩쓸던 변화의 소용돌이 한복판에서 BBC가 이런 강연을 했다니, 한편으로는 부럽고 한편으로는 자괴감이 든다.

저자가 물어보는 '예술은 정치에 복무해야 하는가?'라는 예술과 정치의 관계나, 예술 속에 나타난 여성의 지위나 사회사, 자본 권력과 예술 권력, 사진과 영화, 키치문화와 예술, 예술과 시장, 시장과 권력에 대한 논쟁은 오래전부터 수없이 해온 얘기다. 결론도 여러 번 났다. 하지만 문제가 해결됐다는 말은 아니다. 지금도 이런 문제는 여전히 실천적 과제로 남아있다. 이 과제는 구소련과 동구권의 붕괴, 세계화 이후의 고립주의, 대중추수주의의 발호, 패권국들의 지배욕과 분쟁, 난민 문제, 기후 문제 따위와 서로 맞물려 있다.

창작의 기본은 다르게 보이기이고 낯설게 만들기이다. 다시 말해 창작의 가장 큰 과제는 시선 장악이다. 이걸 못하는 자는 삼류다. 근 50년 전, 이 책이 처음 나왔을 때는 아마 폭발적 인기를 누렸을 것이다. 기존 질서를 까부수는 논쟁적 글쓰기이고, 한 번도 본 적 없는 급진적인 시선과 주장이 그 시대의 시대정신과 잘 맞아떨어졌을 테니 말이다.

지금의 시선으로 보면 이 책이 지닌 내용과 설명이 새롭고 신선하지는 않다. 출판 시기를 감안하지 않는다면 몹시 진부하다는 느낌마저 든다. 이런 주장은 이미 보편화된 지 오래다. 그럴 정도로 이 세상을 바꾼 것은 무엇이고 누구인가, 한번 생각해 볼 일이다.

예술과 표현의 자유라는 관점에서 보면 세계 곳곳에는 아직도 극복할 수 없는 한계가 분명히 있다. 나라마다 다른 정치적 입장이나 이념, 전통과 관습 따위가 표현의 자유를 왜곡하거나 억압하기 때문이다. 하지만 이 책이 제시했던 문제의식과 이에 동조한 동시대인들이 있었기에 세상은 여기까지 왔음을 우리는 기억해야 한다.

어떤 시기든 예술은 지배계급의 이데올로기적 이해관계에 봉사하는 경향이 있다.

이 말은 일부는 맞지만, 전부는 아니다. 그 시대의 주류 예술은 지배계급에 봉사하고 순응하지만, 비주류는 언제나 거부하고 반항한다. 새로운 사조思潮나 새로운 예술은 거부와 반항 속에서만 탄생한다. 그것은 비주류들의 거대한 해골 더미 위에 핀 처절하고 고독한 단 한 송이 꽃이라 그렇다. 상상은 자기 내면에서 움직이는 시선이다. 대중이 무언가를 보고 좋아하는 것은 자기도 모르게 그 장면의 다음 장면을 상상하거나 분석하기 때문이다. 그런 현상은 그 사람이 이성적이든 아니든 상관이 없고 교육하고도 무관하다. 상상이야말로 창조의 바탕이자 시작이고 가장 진솔한 인간 감정이다. 그래서 상상력의 고갈은 모든 예술가에게 죽음이나 마찬가지다.

회화는 정신에 대해서도 말을 걸 수 있었다. 그러나 정신이라는 것은 회화가 … 시각적으로 보여줄 수 있는 것은 아니었다. 결국 유화는 모든 사물의 외양만을 총체적으로 보여줄 수 있는 것이다.

정신과 육체를 구분하고 분리할 수 있는가에 대한 논쟁은 지금도 여전히 뜨겁다. 이 책을 쓴 저자가 여럿이라 그런지, 창작과 표현은 예술가가 자기 내면을 드러낸 결과물임을 저자는 부정한다.

이제 인간은 기계를 떠나서는 살 수 없다. 4차 산업혁명은 과학과 기계에서 온다. 비인간의 인간화, 비물질의 물질화, 복제와 복사가 4차 산업혁명의 본질인지도 모르고, 그 반대일지도 모른다. 그것은 시선에서 와서 판단으로 유행할 것이다. 4차 산업혁명의 시작은 파괴인가, 반성인가? 그런 면에서 보면 저자가 던지는 시사점은 크다. 저자는 독자가 사진이나 그림을 보는 눈을 통해서 대상을 지금과 다르게 보기를 원했다. 이 책을 읽으려면 벤야민을 먼저 읽으라고 옮긴이는 권한다. 시선이나 차별, 사진과 영화 같은 복제예술의 문제 때문인 듯하다.

전 인류가 거쳐 가야 할 성장통

풀꽃도 꽃이다 1~2

조정래 지음 | 해냄 | 2016

오랜만에 조정래의 소설을 읽었다. 소설 속에는 청소년과 부모들이 저지르는 사고가 사례별로 소개되고 그 사건을 해결하는 참교육자 상이 나온다. 개판인 교육정책이 나오고, 아이들을 족치고 다잡거나 방치하는 부모들의 행태도 나온다. 혁신학교, 대안학교가 제시되고 교사들의 박봉, 사교육의 극렬한 폐해도 언급한다. 그 과정에서 사회를 보는 작가의 시선과 진보적 교육관이 일관되게 흐른다. 거기에 내 어린 시절이 겹치고 고통스럽던 내가 보인다.

소설에 나오는 10대들은 내가 거쳤던 그 시절의 10대와 별반 다르지 않다. 규모나 형태만 변했을 뿐이다. 그때도 중2병이 있었고, 가출하는 놈도 있었다. 사연이야 다 다르지만 나처럼 죽고 싶어 하는 놈들도 있었고 간혹 운 좋게(?) 또는 재수 없게 정말 죽는 놈도 있었다. 종종 아이를 낳거나 서울역 근처 다방(지금은 찻집이라 부름)에서 집단 음독하는 여학생도 있었다. 과외도 있었고 치맛바람도 거셌다. 빈부격차도 있었고, 알바, 일진도 있었다. 도둑질에다 '삥 뜯기[117]'를 하는 놈도 있었다. 청소년 소설이나 청소년을 다룬 영화도 있었다. 아동문학전집도 있었고 정음사 판

100권짜리 세계문학전집도 있었다.

중1 가을에 우주를 처음 읽은 뒤부터 나는 한강 백사장의 모래 한 알만도 못한 존재가 되었다. 저 끝없이 펼쳐진 한강 백사장에 모래 한 알이 사라진다 한들 무슨 흔적이 있을 것이며 무슨 변화가 일어나겠는가. 지구는 여전히 돌 것이고 사계절은 어김없이 왔다 갈 텐데. 밤이면 자고 아침이면 모두들 일어날 테고 짐승이건 사람이건 때가 되면 다들 밥을 먹겠지.

나는 견딜 수 없이 허무하고 외로웠다. 눈에 띄는 모든 것이 다 불쌍해 보이고 살고 죽는 것이 다 부질없어 보였다. 인적 끊긴 한강 백사장에 자주 나가 끝없이 걸었다. 그러다 깊고 큰 모래 구덩이를 만나면 그 속에 들어가 시체처럼 몇 시간씩 누워있기도 했다. 잠을 잘 못잤고 밥을 먹으면서도 내가 한심하고 처참했다. 살겠다고 밥을 씹고 있는 내가 환멸스러웠다. 성적은 점점 떨어졌다. 부모님은 걱정하셨지만, 이런 고통에 빠진 나를 잡아 줄 사람은 내 곁에 아무도 없었다. 나는 존재했으나 존재하지 않았고 모든 것이 내게서 떨어져 나가 객관화되었다. 나는 그 책만 읽고 또 읽었다. 그러나 나는 살아 있고, 살아있었으며 점점 어른이 되어갔다. 어둡고 광막한 우주, 거기서 옮겨붙은 '중2병'이 나를 평생 지배했지만, 오히려 그 병이 나를 더 빨리 어른으로 키웠다.

내가 괴로워하던 그때로부터 참 많은 세월이 흘렀다. 20세기가 21세기로

---

117 힘센 학생이 약한 학생에게 수시로 돈을 갈취하는 행위. 헤세의 소설 데미안에 나오는 프란츠 크로머 같은 아이가 저지르는 행위가 대표적 사례다.

세기까지 바뀌었다. 그런데도 청소년 문제는 별로 변한 게 없다. 왜 그럴까. 가장 큰 문제는 저자가 서술한 대로 교육정책이다. 그 다음이 부모다. 그때나 지금이나 부모는 자기가 자식에게 하는 모든 짓이 사랑이라고 착각하지만, 정작 사랑이 뭔지 잘 모른다. 나 역시 마찬가지였다. 예전보다 자식 수가 줄고 살기가 나아지면서 부모들의 집착과 아집은 과거보다 오히려 더 커졌다.

그때나 지금이나 아이의 입장을 이해해 주는 누군가는 없다. 정신적 고뇌에 찬 물음에 답해줄 어른도 없다. 대답 없는 어른들은 억압하고 강요하지만, 아이들은 해방과 자유를 원한다. 억압과 강요, 집착과 방치에 아이들은 반항한다. 그러나 이 문제를 다시 생각해 보면, 중2병은 시대와 상관없이 전 세계가 다 겪는 성장통의 문제다. 이런 고통이 아이를 어른으로 키운다. 거기서 싹튼 반항과 사랑, 그리고 불화가 이 세상을 바꾸고 역사를 발전시키는 근원이 된다. 그래서 중2병은 무섭다.

우주, 그 광활한 어둠에 짓눌려 가냘픈 어린싹이 고스러지려 할 때, 안치환의 말처럼 '그 지독한 외로움에 혼자 쩔쩔맬 때', 그 손잡아줄 손 하나 애타게 그리워할 때, 그때 그대는, 또 나는 어디에 있었는가. '사람이 꽃보다 아름답다'는데. 나는 죄스럽다. 이 책이 나를 그렇게 족친다.

외모 강박의 늪

거울 앞에서 너무 많은 시간을 보냈다
러네이 엥겔른 지음, 김문주 옮김 | 웅진지식하우스 | 2017

身是菩提樹 신시보리수
如心明鏡臺 여심명경대
時時勤拂拭 시시근불식
勿使惹塵埃 물사야진애

몸은 깨달음을 얻는 지혜의 나무요
마음은 맑은 거울(깨달음)을 지탱하는 받침대라네
부지런히 털고 닦아
먼지나 때가 끼지 않도록 하세.

- 필자 의역

중국 불교에서 선종禪宗을 개척한 이는 달마대사이다. 달마를 초대初代로
하는 선종 5대조는 홍인弘忍(601~674년)이다. 홍인은 16제자를 두었는
데, 위에 쓴 시는 그의 상좌上佐(스승의 대를 이을 여러 제자 가운데 가장
높은 위치에 있는 맏제자)였던 신수神秀가 읊은 게송偈頌이고 아래 시는

홍인과 신수가 머물던 사찰에서 부엌데기를 하던 혜능慧能(638~713년)이 쓴 게송이다.

菩提本無樹 보리본무수
明鏡亦非臺 명경역비대
本來無一物 본래무일물
何處惹塵埃 하처야진애

보리(깨달음)란 나무는 본디부터 없고
맑은 거울을 지탱하는 받침대 또한 없다네
처음부터 아무 것도 없었는데(空)
어디에 때가 끼고 먼지가 앉을꼬

- 필자 의역

혜능이 읊은 이 게송은 만물은 모두 공空하니 수행자가 집착해야 할 대상은 이 세상에 아무것도 없다는 뜻을 나타낸 말이다. 혜능은 이 게송을 읊은 뒤, 홍인에게 가사와 의발을 받아 선종의 6대조가 되었다. 아름다움을 상징하는 거울은 이렇게 선사들의 게송에서까지 거론된다. 신수의 게송은 외모가 아닌 내면의 아름다움과 깨달음을 노래했지만, 그 표현방식은 거울이 만든 강박에 흠씬 젖어있다. 거울과 관련 있는 서양의 동화를 보라. 미모를 얼마나 강요하는지 말로 다 하지 못할 지경이다. 6천 년이나 되는 거울의 역사[118]는 인간의 외모 강박과 그 궤를 같이한다.

---

118 현재까지 밝혀진 바로 역사상 최초의 거울은 손거울이었다고 전한다. 이 손거울은 터키의 아

이 책은 문화 현상에 관한 이야기이고 '지금 바로 여기'를 살아가는 우리에 관한 책이다. 저자가 이 책에서 하고 싶은 말은 외모 강박이다. 저자는 외모 강박을 강요하는 미디어의 부추김, 상업자본주의, 여성 스스로 조장하는 경쟁심이나 자기만족 같은 여러 현상을 다각도로 짚어보고 그를 극복하는 대안을 제시한다.

거울 앞에 서면 설수록 여성의 주체적 자아는 사라진다. 그저 타인을 위해 존재하는 고깃덩어리로 한갓 대상화될 뿐이라고 저자는 거듭거듭 역설한다. 외모 강박이 시간과 돈, 건강까지 빼앗아 간다는 말도 한다. 그 사례까지 풍부하다. 4~5살밖에 안 된 여자아이들이 몸매를 가꾸기 위해 끼니를 줄이려 한다는 말은 정말 충격적이다.

그렇다면 남성은 타인의 시선에서 자유로울까. 대상화에서 벗어나 외모 강박에서 자유로울까. 만약 외모 강박이 여성만의 문제라면 대머리 남성을 위한 가발이나 모발이식 시술법은 안 나와야 한다. 남성용 키높이 구두는 존재하지 말아야 하고 얼굴형에 따라 넥타이 매는 방식이 다르지 말아야 한다. 뚱뚱하거나 마른 체형 때문에 양복 색깔이나 무늬의 선택을 고려하지도 말아야 하고 허벅지나 복근, 팔뚝의 알통에 아무도 신경 쓰지 않아야 한다. 그리스 조각처럼 균형 잡힌 남성을 멜로 드라마의 주인공이나 각종 모델로 쓰지 않아야 한다. 스스로 못생기고 부족하다고 생각하는 이런저런 외모 강박 때문에 남자도 평생 강박증에 시달린다. 특히 청소년기에는 훨씬 더 심하다.

나톨리아에 있는 무덤에서 나온 것으로, 기원전 6000년에 사용한 것으로 보이는 돌로 만든 거울(석경石鏡)이었다. 이렇게 외모강박은 이미 인간의 유전인자 속에 깊이 박혀있는지도 모른다. (다음, 네이버 '거울의 역사' 참조)

우리나라 모 여성 장관이 복도를 지날 때 한 지지자가 외쳤다. "지금도 여전히 예뻐요!" 가던 길을 멈추고 장관이 돌아서서 지지자에게 응수한다. "나도 얼굴 때문에 장관이 된 것 같습니다. 하하하."[119]

"이번 조는요, 슈가 개그맨 조입니다. 자, 그러면 32호 님 만나보도록 하겠습니다. 나와 주세요."…
"… 근데 당신 무명처럼 생기기도 하긴 했어요. 되게 못생겼어요, 당신."
"아니…. 잘생겼어. 너무 잘생겼고, 이미 너무 웃길 거 같애."…

- KBS 2TV 「싱어 개그인」 중

어떻게 하면 거울과 저울에서 적당히 멀어질 수 있을까, 어떻게 하면 외모로 판단하는 불평등을 제거할 수 있을까. 머리로는 차별과 싸우지만, 마음은 기어코 거울을 보고야 마는 이 기막힌 현상을 어찌해야만 할까. 외모 강박은 마음을 병들게 하고 세상을 향해 무한히 뻗어나가야 할 사람의 가능성을 짓밟는 일이라고 저자는 말한다. 이를 뿌리치기 위해서 자신의 몸이 남에게 어떻게 보일지를 걱정하지 말고 내 몸이 가지고 있는 신체적 기능과 그 반응에 귀를 기울이라고 충고한다. 내 몸에 대한 부정적 목소리를 낮추고 긍정적 부분과 능력을 적극적으로 찾아내어 보라고 조언한다. 내 몸이 가진 기능에 훼방을 놓을 게 아니라 모든 기능이 정상적으로 잘 움직이도록 도와주라고 한다. 한마디로 내가 내 몸을 다스리려고 까불지 말라는 거다. 자기 몸을 학대하지 말고 아끼고 사랑하라는 거다. 몸이 내게 보내는 신호에 잘 복종해서 외모 강박을 뿌리치고 할 일

119　TV조선 「뉴스 7」 2020년 2월 23일 보도 참조

많은 이 세상을 위해 우리 함께 앞으로 나아가자고 한다.

수십억이 넘는 여성 가운데 단지 2%의 여성만이 자기 몸매에 만족한다고 한다. 패배주의적 주장이라고 욕할지는 모르겠으나, 그런 세상에 끼이려는 짓은 확률적으로 허무한 일이다. 그럴 바에는 다른 데서 만족을 찾는 게 훨씬 낫다. 2%가 만든 비참을 깨부수고 튀어나오는 초월이란 참으로 근사한 말이 아닌가.

외모 강박에서 벗어나고 싶다면 저자가 주장하듯이 피하려고만 해서는 안 된다. 피하고 외면하면 하수다. 대결 의식을 버리고 나와 담담히 마주해야 한다. 담배 피우는 사람을 피한다고 내가 금연에 성공하지는 못한다. 술병을 내버리고 술 마시는 친구들과 의절한다고 알코올 의존증에서 벗어나는 것도 아니다. 나를 사랑하고 내 모습을 사랑해야 한다. 흙먼지가 더께처럼 내려앉은 길가의 풀꽃도 가까이 가서 보면 예쁘다. 저 풀꽃이 이 세상에 단 한 포기뿐이듯, 이 주제에 관한 한 나도 이 세상천지에 오직 나 하나뿐 이기에 더 그렇다.

자기 감시와 복종, 그 어두운 세계

파놉티콘: 제러미 벤담
제러미 벤담 지음, 신건수 옮김 | 책세상 | 2019

파놉티콘은 감시에 관한 책이다. 감시의 목적, 방법, 체계, 관리, 규칙, 규율을 비롯해 감시의 현실, 결과와 파장, 감시의 미래까지 설명한 책이다. 그중에서도 눈길을 끄는 대목 가운데 하나가 관리 방식이다. 감옥의 관리 방식을 비교하는 부분(38~45쪽)처럼 병든 공기업의 나태를 이토록 신랄하게 지적하고 대안을 내놓은 오래된 책은 처음 본다. 그는 '신뢰에 의한 방식'을 비판하고 '계약에 의한 관리 방식'을 선호하고 칭찬했다. 1842년 미국의 감옥을 시찰한 찰스 디킨스는 이런 감시 방법에 탄성을 질렀다.

'이익 창출'을 위한 위탁관리 방식의 허점은 인간의 가치를 욕망을 달성하는 도구로 보는 데 있다. 이는 착취를 당연시한 초기 무한자본주의 형태와 같다. 이런 사고는 17세기 말쯤에 시작된 것 같은데, 그 대안이 나온 것은 20세기 중반인 1971년에 완성한 존 롤스의 『정의론』뿐이다(이제까지 내가 본 것만 가지고 보자면 그렇다는 말이다. 여기서는 또 벤담의 의지처럼 자본주의 체제 내에서만 본 것만으로 한 말이다).

물론 그사이 독일 비스마르크가 만든 4대 보험 실현으로 인간의 처우는 상당히 개선되었다. 하지만 이것은 순수하게 자본의 이익 속에서만 나온 것이 아니라 영국과 패권 경쟁에서 나온 정치적 목적이 훨씬 더 강했기 때문에 벤담과는 결이 좀 다르다. 또 영국은 자본이 증식됨에 따라 '도구화된 노동'의 삶이 일정부분 발전한 것도 사실이다. 그러나 그 이면에는 식민지 착취라는 또 다른 도구가 개입했기 때문에 이 또한 순수하다고 보긴 어렵다. 결국 벤담식 이익 창출에 인간이 도구화되는 것을 말리려는 롤스의 대안이 나오기까지 거의 200년이 더 걸린 셈이다(불완전한 상태로나마 등장한 것이 그렇다). 내 짧은 식견으로만 바라보면 그렇다는 말이다.

현대에 와서 '이익창출'을 위한 위탁관리 방식의 문제점은 비정규직 노동자 문제에서 완전히 드러났다. 이를 막을 방법은 욕망을 적정선에서 억제하려는 법적, 제도적 규제뿐이다. 그러나 이 또한 또 다른 권력이 개입하고 감시와 통제가 이루어진다는 데 문제가 있다.

한편 '효율성'을 중시한 '계약에 의한 방식'은 나치 독일이 운영한 유대인 수용소와 일본이 운영한 전쟁 산업 생산 방식에서 그 허점이 드러났다. 그것은 빅터 프랑클에 의해서 증언되었고, 보국대(일제가 조선인을 강제로 끌고 가 만든 노동 조직)나 징용, 정신대, 강제 성 노예 위안소 등에서 확인되었다. 이런 일을 모두 자발적 행위라 하고 또 합법적이라고 날조한 자들의 범죄가 부분적으로 폭로, 증언되었기 때문이다. 이는 모두 부정적 사례들이긴 하지만, 쉰들러나 니콜라스 윈턴처럼 부정 속에서도 극히 제한적이나마 선용한 사례도 있다. 결국 계약은 그 방식이 문제가 아니라, 어떤 사람과 계약을 맺고 그 운용 책임자가 누구인가가 굉장히 중요하다. 그러나 그보다 더 중요한 것은 그 계약이 어떤 방식이건 간에, 수용자는 이익을 위해 이미 도구화되었고 감시 체계에 쓸려 들어갔다는 사실이다.

또 2~4명씩 조를 짠 채 상호 내부고발 체계 속에 편입되어버렸다는 것이다. 우리나라는 그것이 과거 반상회 형태로 나타났고, 북한은 5호 담당제로 조직화했다. 기업에서는 책상 배치로 나타났으며, 학교나 군대에서는 임원이나 보직 체계로 현신했다.

점은 선을 만들고 선은 면을 만든다. 면은 입체를 창출한다. 역으로 보면 입체는 면에 수용되고 면은 선에 수용된다. 선은 점에 수용된다. 수용은 감시고 복종이며 권력이다. 세계는 단 하나의 점이다. 커다란 점이 온 세상에 그물을 씌웠다. 온 세상이 점 하나에 복종한다. 휴대전화나 신용카드 한 장이 몰고 온 나비효과다. 이게 현재의 문제점이고 4차 산업혁명이 몰고 올 걱정거리다.

탈출은 갇힌 자의 꿈이고 본능이다. 지성과 야성, 이 두 가지는 인간(특히 젊은이)이 갖춰야 할 가장 큰 핵심 덕목이지만,[120] 파놉티콘은 자기 감시와 복종으로 지성과 야성을 버릴 것을 지시한다. 스스로 범죄자임을 자인하고 철저한 기획과 관리, 감시 체계 속에서 사육당하라고 지시한다. 가면假眠 상태의 너희야말로 파놉티콘의 세상에서 가장 행복한 존재라고 전교傳教한다. 자유로운 탈출의 꿈은 가상현실인 스티븐 킹의 소설이나 영화에서만 이루어질 수 있단 말인가.

---

120 『지성과 야성』(김상협, 일조각) 참조

먹고 싸려고 사는 게 아니라고?

밥보다 더 큰 슬픔

『결빙의 아버지』이수익 지음 | 시선사 | 2019

크낙하게 슬픈 일을 당하고서도
굶지 못하고 때가 되면 밥을 먹어야 하는 일이,
슬픔일랑 잠시 밀쳐두고 밥을 삼켜야 하는 일이,
그래도 살아야겠다고 밥을 씹어야 하는
저 생의 본능이,
상주에게도, 중환자에게도, 또는 그 가족에게도
밥덩이보다 더 큰 슬픔이 우리에게 어디 있느냐고

― 「밥보다 더 큰 슬픔」 전문

생의 근본은 먹고 싸는 거다. 멋모르고 찾아간 동네 식당에서 혼자 왔다고 쫓겨날 때마다 나는 나를 받아주는 집으로 가서 물부터 마셨다. 내 가슴 속에서 출렁대는 저것들이 희석될 때까지 찬물을 두 잔이고 세잔이고 거푸 마셨다. 그리곤 짜디짠 반찬과 함께 펄펄 끓는 된장찌개에 비빈 밥을 마구 퍼먹고, 땀 뻘뻘 흘리며 공기밥 하나를 더 시켜 먹었다. 비록 혼자 다니다가 식당에서 내쫓기는 신세일지라도 생의 근본은 지금 여기서, 먹고 싸는 거라서 그랬다. 그러다가 나중에는 병실에 드러누워서도 먹었다. 밥 먹을 힘이 없으면 죽이라도 먹었고, 그도 안 되면 소독 냄새에 풀어놓은 미음이라도 마셨다. 음식을 씹어야 할 이를 뽑고도 먹었고, 턱뼈에 구멍을 뚫어놓고도 먹고 마셨다. 병원에 부친과 모친의 상청喪廳을 차려놓고도 돼지처럼, 하얀 밥을 수북수북 퍼먹었다. 모두 다 내가 사 먹은 밥이다.

불안과 수치심에 바치는 레퀴엠

무엇이든 가능하다

엘리자베스 스트라우트 지음, 정연희 옮김 | 문학동네 | 2019

2018년 4월 경기도 용화여고 교실 4층. 창문에는 With you 라는 커다란 글씨가 붙었다. 그 아래층 창문엔 We can do anything이, 또 그 아래층 엔 Me Too 라고 써 놓았다. 교사들이 무시로 저지른 교내 성폭력을 우리 사회에 최초로 고발한 바로 그 사건이다. 이 크고 노란 글씨는 학생들이 작은 포스트잇을 수없이 이어 붙여서 만든 것이다. 성범죄를 당한 고통과 괴로움을 상담하려고 찾아간 상담교사까지 그 학생을 상대로 성범죄를 또 저질렀으니 더 말해 무엇하리. 교사들이 저지른 범죄 내용은 당시 언론에 거의 다 공개되었지만, 너무나 패악적이라 여기에 일일이 적시할 수는 없다. 용화여고 사건은 각급학교 여학생들이 '미투 운동'에 줄을 이으며 동참하는 계기가 되었다. 이 성범죄가 세상에 알려진 지 이미 3년이 지났다. 법원은 2021년 9월이 되어서야 겨우 이 사건에 유죄를 선고했다.

"나는 늘 너희 아버지와 그 가족이 하라는 대로 해야 한다고 느끼면서 살았어. 볼모로 잡힌 여자처럼."

이 책의 주제는 자칫 '수치심'이나 '불완전한 사랑' 혹은 '냉소주의'라고 보기 쉽다. 그러나 책 깊이 넣어놓은 주제는 '남근男根주의가 가하는 폭력성의 고발'이다. 여기 등장하는 아홉 여자는 모두 남자에게 당하며 살아온 자기네 인생사를 우리 앞에 펼쳐 놓는다. 그걸 하나의 주제 안에 꿰어 놓았다. 이 여자들은 한 시골 소읍에 흩어져 사는 서너 집안의 가족이다. 연령대는 30대도 있지만 대부분 50대 전후부터 많게는 80에 가까운 나이까지가 대상이다. 이들은 한두 커플만 빼고 전부 이혼했거나 별거한 상태다. 결혼한 지 일 년 만에 이혼한 여자도 있고 메리처럼 51년을 함께 살다가 이혼한 여자도 있다. 별거 상태인 여자들은 이혼을 꿈꾸고 이혼한 여자는 재혼했거나 새로운 사랑을 꿈꾼다. 하지만 이들은 모두 내일이 어떻게 될지 모르는 불안하고 불안정한 인생들이다.

아, 참, 그리고 보니 이들 중에는 남편이 자살했거나 병사病死한 여자도 있다. 각방을 쓰는 여자도 있다. 이혼한 전 남편을 걱정하거나 매일매일 그리워하는 여자도 있다. 이런 걸 보면 사랑은 분명 하나가 아닌 모양이다. 51년 동안 남성의 애증에 길들여진 정신이, 새롭게 재탄생하기란 거의 불가능한 일인지도 모른다. 역설과 냉소주의, 수치심은 이야기 속 어디에서나 끊임없이 작동한다.

등장인물은 하나같이 성적性的 고통이나 정신적 고통에 시달리며 산다. 뚱뚱이 패티의 남편은 서베스천이다. 그는 키가 크고 잘 생긴데다가 수척해 보여서 분위기 있는 남자다. 하지만 그는 어렸을 때부터 계부에게 동성 강간을 수도 없이 당한 끝에 성불구자가 되었다. 패티와 살면서 부부 관계 한번 못하고 8년을 살다가 죽었다. 페티는 어려서 어머니의 격렬한 불륜 장면을 보았다. 어머니는 아버지와 헤어졌고 어머니의 불륜은 동네

방네에 오랫동안 떠돌았다. 패티가 자라서 느끼는 성적 흥분은 이때 받은 충격으로 매번 끔찍한 수치심만 후유증으로 남긴다.

뚱뚱이 패티는 남편 세바스천의 장례식장에서 만난 찰리한테 첫눈에 반해 그 자리에서 그대로 '고꾸라졌다.' 운명도 참 기구하지. 하필이면 제 남편 장례식을 거행하는 자리에서 그런 꼴이 나느냐 말이다. 한데, 왜 또 하필이면 패티가 짝사랑한 이 남자는 아버지뻘이나 되는 호호백발 늙은이냔 말이다. 게다가 이 남자 찰리는 공황장애까지 심하게 앓는다. 그는 부인 몰래 창녀에게 드나들다가, 1만 불을 준 게 들통이 나자 제집에서 쫓겨 난 남자다. 하지만 그는 창녀를 사랑하면서 진정한 자유와 사랑에 눈을 떴다. 가장 낮은 곳에서 가장 고귀한 것을 발견한 셈이라고나 할까. 즐거운 세상을 선사해주는 약 항우울제를 복용하는 패티가 찰리를 받아들여서 열심히 돌보는 모양인데, 이들의 앞날이 어떻게 될지는 아직 아무도 모른다. 이 소읍에서 살던 가난뱅이 삼 남매는 헤어진 지 17년 만에 잠시 만났다. 당연한 얘기겠지만 그들은 서로 겉돈다. 그러다가 사회적으로 성공한 자매 한 명을 향해 들이대는 이야기는 참 아슬아슬하기 짝이 없다.

"그러니까 이를테면 우리가 곧 죽을 거라고 생각해서 작별 인사를 하러 왔다는 거니?" 비키가 동생을 똑바로 쳐다보며 물었다. "그건 그렇고 너 복장이 꼭 장례식 가는 사람 같다." … 루시가 … 말했다. "나라면 그런 식으로 표현하지 않겠어. 우리가 곧 죽는다는 얘기 말야. … 나라면 내가 방금 말했던 방식으로 표현할 거야. 우리가 나이 들었다고, 점점 나이 들어간다고."(222~223쪽) "내가 너를 보러 온 이유는 이 말이 하고 싶어서야. 널 보면 구역질이나. … 온라인으로 너를 볼 때마다 아주 멋있는 사람처럼 굴던데, 그게 구역질이 나."

이 소설은 나이 든 여자들의 문제를 깊이 다루었다는 데 의미가 있다. 지금 시대와 그 시대, 소읍과 대도시에서 남녀 사이가 어떻게 변해 왔는지 객관적으로 바라볼 수도 있다. 과거 우리 세대가 막연한 환상을 가지고 보던 북미대륙의 소읍이 어떤 상태였는지 적나라하게 보여주는 의미도 있다. 작가가 여자라 그런지 여자들의 심리묘사가 아주 심층적이다. 저자가 전달하려는 관념적 메시지는 첫 번째 장 「계시」편에서 거의 다 드러났다. 첫 번째 장은 소제목 그대로 고발을 계시한다. 가장 절실한 시점에서 신이 인간을 보는 게 아니라 인간이 제 편의에 따라 신을 보는 모습을 고발하고, 남근 주의라는 폭력에 여성이 함께 동조하는 모습을 고발한다. 「계시」편은 도덕과 배려, 폭력과 위선이 서로 충돌하면서 촉발하는 반전과 역설을 염두에 둔 일종의 전달 장치이다.

사람은 누구나 이기적이지만 어떤 길을 선택하든 금지와 허용 사이에서 혼자 갈등한다. 저자는 이걸 투쟁이나 다툼이라고 한다. 잘못한 선택이 남에게 피해를 주고 상처를 줄 때, 그 미안함에서 오는 자책이 사람을 사람답게 유지 시킨다는 말도 한다. 저자는 이 말을 한 집안의 여성 모두를 겁탈한 성범죄자로 의심되는 늙은 남자의 입을 통해 전달한다. 참으로 역설적이고 냉소적이다.

저자의 글쓰기 작법은 직설적이기보다는 한번 걸러낸 은유적 표현을 먼저 쓴 뒤, 그 후에 그걸 설명하는 방식을 좋아한다. 자주 쓰는 회상 형식은 지루함보다는 불안 점증에 좀 더 기여한다. 저자가 구사하는 가벼운 듯한 은유는 그 상황에 맞추느라 의도적으로 도입한 장치처럼 보인다. 영국에서 보면 가벼워서 날아갈 것 같은 미국식 글쓰기의 나쁜 습성이라고 할진 모르겠지만.

에이블을 분노케 한 것은 두 번째 남자로, 에이블은 그에게 "우리는 젊은 사람의 냉소주의가 필요해요. 그게 건강한 거지. 그걸 어리석다고 말해 인류의 노력을 비하하는 건 집어치워요. 제발!"

저자는 '사람들이 계급이 무언지 진정으로 이해하지 못한다.'고 생각한다. 이걸 제대로 이해하기 위해 저자는 젊은이들에게 강자의 계급에 빌붙지 말고 냉소주의자가 되라고 주문한다. 그래야 그나마 폭력적 상대를 견제할 수 있다고 본 모양이다. 다시 말해 여성 인권을 향한 투쟁과 혁명의 씨앗이 발아하는 초기 상태를 저자는 냉소주의에서 본 듯하다.[121] 아니면 우울과 수치심, 자기학대에 빠진 사람들이 폭력을 저지른 자들을 무시함으로써 그 스스로 자존감이 회복되기를 바라는 마음이라고 볼 수도 있다. 세상을 발아래 두고 백안시하면 나를 아끼고 소중하게 생각할 수 있다는 말이다.

저자는 독자에게도 이 소설을 역설과 냉소주의적 입장에서 보라고 계속 주문한다. 앞서 패티 얘기를 잠깐 꺼내기도 했지만, 일테면 이런 거다. 감자를 캐면 그 자루 속에 돌을 집어넣어 무게를 속여 파는 놈은 그렇다손 치더라도, 제 기분을 나쁘게 했다고 침을 있는 대로 그러모아 뱉은 뒤, 잼과 비벼서 손님 밥상에 내놓는 민박집 여주인 도티가 하는 짓은 아무리 봐도 목불인견目不忍見이다.

그런데 도티는 절대로 불평을 하는 여자가 아니란다. 예전에 기품 있는 부인이 '불평하는 여자는 하느님의 손톱 밑에 흙을 밀어 넣는 것과 같다.'

---

121 냉소주의란 인간이 정한 사회의 풍속, 전통, 도덕, 법률, 제도 따위를 부정하거나 무시하는 태도나 경향을 말한다(다음 사전 참조). 작가가 말한 냉소주의가 시니시즘(cynicism)을 말한 거라면 여기에는 사상도 포함된다. 이는 니힐리즘으로도 연결된다.

는 말을 듣고 감화를 받았기 때문이란다. 또 어릴 적부터 수없이 받은 멸시와 뼈에 사무치도록 겪었던 수치심 때문에 자기는 남에게는 절대로 그런 기분을 느끼지 않게 하려고 무진 애를 다 써왔다니, 이건 목불인견을 넘어 완전히 기가 막힐 지경이다. 그래서일까. 도티는 속으로 그 가족이 탄 비행기가 '바닷속으로 내리꽂혀도 상관없다'면서도 그들이 떠날 때는 문을 열어주며 "안녕히 가세요." 하고 인사까지 한다. 거기다 한술 더 떠서 '문화의 차이와 계급 이해의 진정성'까지 씨부렁거리고 있다.

이걸 보며 저자는 인생이란 다 그런 거라고 한다. 정말 인생이란 게 다 저런 거라고? 어휴, 이런 제기랄. 그러면 우리는 요식업자들이 뱉은 침을 죽을 때까지 먹고 살란 말이냐. 이제까지 얼마를 먹었는지도 모르는데, 제기분 나쁘면 뱉는 침을 우리보고 대체 얼마나 더 먹으라는 거냐. 정말 토 나오고 구역질 나서 못 견디겠다. 이런 게 인생이라면 음식점을 어떻게 가란 말이냐. 침 뱉는 것도 모자라 속으로는 악담까지 퍼붓는데 말이다. 이런 짓거리를 하면서도 도티는 제집에서 하룻밤을 묵고 간 남자, '말할 수 없는 고통을 지닌' 찰리 맥콜리를 그리워하며 사랑의 손 키스를 보낸다. 이 년은 화가 나면 공황발작을 하는 늙은 찰리에게도 가래침을 뱉은 잼을 퍼먹이려나?

이 소설은 먹고사는 데 필요한 노동문제는 거의 다 배제하고 성폭행이나 남녀 간의 성 대결에 집중했다. 폭력을 휘두르는 남성을 가해자로, 연약하고 어린 피해자를 여성으로 설정해놓고 남근이 저지르는 폭력성과 여성의 피해를 고발한다. 이런 등식을 선택하면 주제가 선명해지고 자료수집이 수월하다는 잇점이 있긴 하다.

좀 중복되긴 하지만 저자가 고발한 남자들의 행태를 한 번 살펴보자. 멀쩡하게 잘 지내다가도 제 딸과 마누라 곁만 떠나면 매일같이 여장女裝을 하고 쏘다니는 놈, 한동네 사는 여자를 죽여서 암매장한 어린놈, 제 어린 딸을 성폭행하는 애비라는 놈, 제 의붓아들을 수없이 동성 강간해서 성불구자로 만들어버린 놈, 여자의 욕실과 침실을 훔쳐보면서 전화까지 엿듣는 놈, 그러다가 폭력을 휘두르며 성폭행하려고 덤비는 놈, 그걸 문제 삼지 못하게 여기저기 쫓아다니며 무마하는 놈, 한 집안의 엄마부터 두 딸까지 모두 성폭행했거나 성 착취한 것 같다는 의심을 강하게 풍기는 놈, 남자만 보면 그 사람의 '사타구니를 움켜잡고 성적 수작을 부리는' 치매에 걸린 놈. 이런 놈놈놈들이 아주 수두룩하다. 이놈들은 전부 늙었거나 나이 먹은 유부남들이다. 이 책을 보면서 이러다 혹시 남성 혐오증이나 노인 혐오증에 걸리는 사람이 생기면 어쩌나 하는 생각이 들었다. 저자가 하려는 이야기야 충분히 알고도 남지만, 세상의 반쪽이 혹시 적이 되면 어쩌나 하는 걱정도 들었다. 그러자 저자가 다른 놈을 시켜서 내게 대뜸 면박을 주는데, 이런 말을 한다.

… 데이비드가 호수를 물끄러미 보며 말했다. "나이 차이라. 내가 나이 차이에 대해서 깨달은 건 이거예요. 사람들은 여자들이 아버지 같은 존재를 원해서 나이 많은 남자를 좋아한다고 생각해요. 고전적인 이론이죠. 하지만 여자가 나이 많은 남자를 좋아하는 건 남자를 이래라저래라 할수 있기 때문이에요. 남자를 쥐락펴락하려는 거죠. 그건 장담할 수 있어요. 그 여자는 창녀나 다름없어요."

대체 다들 왜 이러는 걸까. 성행위야말로 참으로 지극한 사랑이고, 사랑보다 더 좋은 게 이 세상에는 없다는데 대체 왜 이렇게 일방적이고 잔인하며 불안정하고 폭력적인가. 대체 왜, 왜? 혹시 이런 생각이 든다면 책의 제목을 유심히 살펴보라. 표지 제목은 누구나 긍정적으로 생각할 수밖에 없는 말, '무엇이든 가능하다.'이다. 긍정적 이 제목이 여기서는 완전히 거꾸로 쓰이고 있거나 제멋대로 뒤집혀있는 건 아닌가. 풍요와 행복은커녕 소외, 고독, 불안, 폭력과 강간, 심지어 아수라나 지옥 같은 불행까지, 무엇이든 가능하다는 역설과 냉소가 이 제목 뒤에 숨어있는 건 아닐까. 이 제목은 그걸 고발하려는 건 아닐까. 세상에나, '무엇이든'이라니. 이 말처럼 무섭고 양면성兩面性을 가진 흉기가 이 말 빼고 또 있을까.

루시 바턴에게는 자신만의 수치심이 있었다. 오, 세상에, 그녀는 정말로 자신만의 수치심을 가지고 있었다. 그리고 그것을 떨치고 일어나 곧장 빠져나왔다.

그녀는 얇은 껍질이 자신의 가족을 단단히 둘러싸고 있는 것 같다고 느꼈다. (293쪽) … 그 모든 것이 애니의 머릿속에 소시지의 이미지를 만들어냈고, 그녀는 그 껍질에 작은 구멍을 내서 빠져나오려고 꿈지럭거렸다. (295쪽) 소시지의 껍질은 수치심이었다. 그녀의 가족은 수치심이라는 껍질에 감싸여 있었다. 하지만 진실은 늘 거기 있었다. 그들은 수치심을 먹고 자랐다. 그것이 그들의 토양을 만든 자양분이었다. (310쪽)

그녀는 아버지의 손을 잡고 흙길을 걸어가던 그때, 주변에는 눈 덮인 들판이 펼쳐져 있고 저 멀리로는 숲이 보이고 가슴속에서는 기쁨이 흘러넘치던 그때의 이미지를 무대에서 오랫동안 활용해왔던 것을 생각했다. 그 장면을 떠올리면 대번에 눈물이 차오르게 할 수 있었다. 그때 느낀 행복감 때문에, 그리고 그것을 잃은 상실감 때문에, 하지만 지금 그녀는 그 일이 정말 일어났는지, 그 길이 좁은 흙길이던 때가 정말로 있었는지, 그녀의 아버지가 그녀의 손을 잡고 가족이 그에게 가장 중요하다고 말한 일이 있기는 했었는지 궁금해졌다.

수치심은 이 소설 전편에 깔려있는 신경증적 트라우마다. 저자가 수치심을 얼마나 깊이 다루고 있는지는 후반부인 「동생」 편부터 「도티의 민박집」, 「눈의 빛에 눈멀다」까지 단 세 편만 보아도 금방 알 수 있다. 저자는 '뭘 해야 할지와 뭘 하지 않을지에 대한 끝없는 투쟁이나 다툼, 그리고 남에게 피해를 끼친 잘못'을 어떻게 할 것이냐 하는 물음을 처음부터 제시한다. 이 문제에 대한 답을 구체적 실천으로 보여주는 곳이 「풍차」 편이다. 루시 버턴은 수치심으로부터 탈출했다. 그리고 작가로 성공한다. 하지만 탈출은 「동생」 편에서 좌절로 끝나고 트라우마 속에 다시 갇혀버린다. 학교 상담역을 맡은 뚱뚱이 페티가 비키의 싸가지 없는 딸 라일라 레인에게 마음을 열고 다가간다. 하지만 이 상황도 완전치 않다. 페티는 라일라를 탈출시켰지만 그 자신은 여전히 수치심과 불안, 불완전한 사랑 속에 갇혀 있다. 도저히 뿌리칠 수 없을 것 같은 이 근원적 수치심은 인간을 끝내 파멸로 끌고 갈 것인가? 독자는 몹시 불안하다.

"… 우리는 모두가 관객이 필요해요. 우리가 뭔가를 하는데 아무도 우리가 그걸 했다는 사실을 모른다면? 음, 나무가 혼자 숲에서 쓰러졌다면 쓰러지지 않은 거나 마찬가지겠죠."

즐거운 세상을 만드는 약은 항우울제가 아니라 관심이라는 약이다. 이

약은 수치심에 찌든 피해자가 혼자가 아니라는 사실을 각성시킨다. 관심은 교감을 부르고 교감은 폭력적 일방이 아닌 완전한 사랑을 연쇄적으로 불러온다. 완전한 사랑은 교감으로 충만해진 양방향 사랑이다. 따뜻한 관심이 충만해진 사람은 크리스마스 창문을 통해 천국처럼 '황홀한 세상'으로 들어갈 수 있다. 맨 마지막 「선물」 편에 도달해서야 수치심의 껍질은 찢어진다. 그리고 정말 선물처럼 이 세상에서 사라진다.

「선물」 편은 이 소설이 처음에 제시했던 문제의 답을 내놓으며 수미일관한다. 가해자의 자책과 반성, 세상의 따뜻한 관심과 교감이 온전한 사랑을 부른다. 드디어 사람들은 잘못 인식한 계급을 해체하고, 사랑은 후대로 이어진다. 그리고 사람은 인격을 가진 인간임을 유지한다. 저자는 역설과 냉소주의를 통해 성폭력을 고발하고, 수치심, 트라우마, 남녀 불평등을 고발한다. 소시지라는 상징적 남근에 구멍을 내고 그 폭력성을 찢어버림으로써 남근 주의에 저항할 것을 주문呪文처럼 주문注文한다.

과학에 의해 유전이 결정적인 요인이라는 사실이 밝혀진 지금, 인격에 관련된 모든 것이 폭포로 내던져졌다. 불안은 본래부터 장착되어 있거나 혹은 트라우마 사건 이후 장착되고, 사람은 강하거나 약한 것이 아니라 그저 특정한 방식으로 만들어질 뿐이라는 사실. 그랬다, 그에게는 인격이 빠져 있었다! 인격의 고상함, 그래, 그것은 종교의 밑바탕과 원시적인 측면에 맞닥뜨리면 종교를 버릴 수밖에 없게 되는 것과 같았다. … 인격이라! 그 단어를 쓰는 사람이 이제 더 누가 있는가.

먼지 낀 리더스 다이제이스트 속 여인의 이야기다. 전쟁 때 동거하던 남편을 찾아 한국에서 처자식이 왔다. 미국에 사는 부인은 청천벽력 같은 일을 맞았다. 그녀는 분노나 수치심을 확장하기보다 한국에서 온 처자식에게 제 자리를 내어 준다. 그리고 한평생 그 처자식을 돌보며 혼자 살았다. 잃어버린 인격을 먼지 낀 잡지에서 되찾은 셈이다. 저자도 감탄했듯이 경우는 인격이 아니라 신격神格이라고 해야 할 만하다. 그러나 이게 말이 쉽지 그 실행은 낙타 바늘귀 들어가기와 같다. 현상을 지배하는 건 실존이지 관념이 아니잖은가.

「Proud Mary」는 1960년대 CCR이 불러서 크게 성공했던 노래 제목이다. 저자는 이 노래에서 소설의 영감을 얻은 듯하다. '미시시피 메리' 편은 「Proud Mary」의 노랫말과 그 정서가 아주 흡사하다. 이 책이 지닌 주제를 '남근 주의가 지닌 폭력과 고발'이 아닌 수치심만으로 본다면 결말이 모호하고 상투성을 벗어나지 못했다는 평을 들을 수도 있다. 저자의 역설과 냉소주의적 발상이 참신하게 느껴지는 까닭은 그런 이유에서도 기인한다. 닭이 먼저냐, 달걀이 먼저냐 하는 논쟁에 불을 붙일 수도 있겠지만.

악은 정말 나쁜가

거대한 후퇴 – 불신과 공포, 분노와 적개심에 사로잡힌 시대의 길찾기
지그문트 바우만 외 지음, 박지영 외 옮김 | 살림 | 2017

『불온한 산책자』 이후 모처럼 좋은 책을 만났다. 유럽 좌파 지성들이 지금 어떤 생각을 하고 있는지 보여주는 책이기에 그렇다. 저자 개개인의 명성도 명성이려니와 참여한 지성의 숫자도 많아서 다양성과 총체성을 띤다는 점에서도 좋다. 여러 지표와 세부 내용을 자료로 삼기에도 좋다. 유럽 우파가 보는 여러 관점도 함께 펴낸 책이 있으면 더 좋겠는데, 그런 책 가운데 좋은 책을 내가 잘 몰라서 아쉽다.

브렉시트와 좌익의 몰락, 트럼프와 우파 포퓰리즘이 매 편마다 등장하는 걸 보면 그들에게도 이 문제가 대단히 충격적이긴 한 모양이다. 이 책은 자유나 민주주의의 위기와 대안이라는 주제를 놓고 유럽과 미국이 만들어 낸 세계화와 신자유주의 문제, 좌파가 몰락한 이유, 포퓰리즘과 권위주의의 발호를 분석한다. 노동과 환경, 정치가 나아가야 할 문제도 다양하게 톺아본다. 그러나 결론과 처방은 대개 비슷하다. 병들어 몰락한 좌파가 깊은 성찰과 자기반성 끝에 건강을 회복해서 빠른 시간 안에 대중적 지지를 되찾자는 거다. 그러나 그게 그렇게 얼른 될 수 있을지는 미지수다. 몰락은 쉬워도 재건은 몇 배나 어렵기 때문이다. 더구나 난민 이주

문제로 포퓰리즘 세력이 금방 수그러들지도 않을 것 같고, 과격분자나 극단주의자들의 폭력 행사가 금방 멈출 것 같지도 않다.

1948년 이스라엘 건국 직후부터 아랍에서 귀환한 동족을, 같은 이스라엘 사람들이 지금까지 거의 70년이 넘도록 계속해서 멸시한다는 글을 보고 나는 깜짝 놀랐다. 공산주의 시절에 비해 크게 발전한 폴란드가 느닷없이 과거로 회귀한 현상이라든가 중부 유럽과 동유럽 일부 나라들이 겪는 심각한 인구감소 문제도 상당히 충격적이다.

미국의 정치학자 켄 조윗은 냉전 종식이 승리의 시대가 아니라 위기와 충격의 시작이자 새로운 세계질서의 씨가 뿌려진 시대라고 했다. 또 각종 돌연변이 정권이 횡행하는 고통스럽고 위험한 시대가 될 것이라고 전망했다. 이 말은 지금 결과만 놓고 봐도 맞는 말이 되었다. 그래도 '자유민주주의의 역설적 힘은 시민이 자유로워질수록 무력하게 느낀다'는 말은 울림이 크고 명료하다. 읽다 보면 이 말 말고도 우리나라에 딱 들어맞는 이런 말도 있다.

라틴 아메리카에서 … 신자유주의 반대 의견이 표출될 통로를 정당정치가 제공하지 못하는 곳에서 가장 체제 전복적인 시위의 물결이 일어났다. 비슷한 상황이 유럽에서 일어나는 듯하다. 좌익이 (오히려) 자유 시장을 옹호하고 좌익의 대안이 부족하다고 인식될 때, 사회보호의 전망을 (독점적으로) 제시한 우익 쪽으로 (시민의) 무게 중심이 극적으로 이동했다.

진보를 주창하며 노동자와 시민을 대변해야 할 거대 야당이 오히려 노동자와 시민을 억압하려 들거나, 상위 1%의 기득권에 동조하는 듯한 태도를 보일 때, 우리나라는 학생이나 시민이 나서서 사회의 대변혁을 요구하고 혁명을 일으켰다. 지금도 유럽 입장에서 보면 우리나라 좌파는 오갈 데 없는 우파이고 우리나라 우파는 수구 세력이라 해도 별 할 말이 없다.

서양 세계는 오랫동안 … 인간의 평등과 사회통합을 고취하기 위해 계몽 활동을 펼친 본거지가 … 아니었던가.

악은 정말 나쁜가. 인류는 늘 악 때문에 전전긍긍해왔다. 악은 인류 평화 와 발전을 가로막았고 인간의 심성을 파괴했다. 선악은 인간의 행동에 대 한 윤리적, 관습적 평가다. 그 평가는 우리가 이제까지 일방적이고 또 일 반적으로 생각해온 선이고 악이다. 하지만 이런 '정의定義'는 종교가 나눈 이분법적 시각에 불과하고 하나의 편협한 관념이다. 선악은 한 몸이다. 떼 려야 뗄 수가 없다. 그래서 선이 악이 되고 악이 선이 되기는 손바닥 뒤집 기보다 쉽다. 악은 온갖 비난을 다 받지만 변명하지 않는다. 다시 한번 생 각해 보라. 인류 문명사에서, 특히 근대사에서 악이 기여한 바가 없는지 를. 이 책은 역설적이게도 이걸 말하고 있는 건 아닌지 모르겠다. 좋게 말 하면 필요악에 관한 말로 들리겠지만 그것과도 좀 다르다. 그보다는 구소 련을 포함한 유럽과 미국이 빠져나갈 길을 바로 이 '악의 기여'와 코즈모 폴리터니즘에서 찾은 것은 아닐까 하는 의심이 들었다. 마키아벨리처럼 말이다.

그 대표적 사례가 아프리카, 인도, 중남미, 아랍지역에서 벌어지는 분쟁과 갈등을 '평등과 사회통합을 고취하려는 유럽이 펼친 계몽'이라고 평가한 말이다. 유럽이 이런 말을 하면 안 된다. 이는 가해자의 입장에서 악의 또 다른 기여를 정당화하는 말이다. 16세기부터 지금까지 미국과 유럽, 그 리고 구소련이 전 세계를 상대로 저질러 온 만행을 생각한다면 계몽이나 휴머니즘이란 말은 터무니없다.

유럽은 그들보다 약한 나라를 무력으로 침략해서 수많은 식민지를 만들었다. 그리고 그곳에 그들 본국의 체제와 똑같은 제도를 만들어놓고 따르라고 강요했다. 그들은 정복, 수탈, 학살, 복종을 계몽으로 포장했을 뿐이다. 이런 폭력과 강요에 반발한 사람들을 보자. 간디, 시몬 볼리바르, 파블로 네루다, 체 게바라, 넬슨 만델라, 호치민이 있었고, 인도네시아를 포함한 동남아시아 여러 나라의 독립운동가들, 소모사와 미국으로부터 니콰라과를 해방시킨 산디니스타 민족해방전선, 세르비아의 독재자를 몰아낸 스르자 포포비치가 있었다. 대충 생각나는 대로만 짚어봐도 이렇다. 시공을 따라 세계 곳곳에서 벌어졌던 자유와 독립투쟁의 원인과 역사를 생각해보라. 유럽 좌파 포퓰리스트들은 이 투쟁조차 유럽의 계몽 덕분이라 생각할지 모르겠지만 천만의 말씀이다. 이는 패권국의 일방적 강요와 폭압, 수탈에 반발한 민족적 저항이다. 그리고 만약 이들이 저항하지 않았다면 다른 누군가가 반드시 떨쳐 일어났을 역사적 필연이다. 근대 이후 유럽, 구소련, 미국이 펼친 행위를 계몽이라 말하는 사람도 많지만 이걸 상대적 측면에서 보면 오히려 재앙에 가깝다. 그런 모습이 지금 레바논, 시리아, 아프가니스탄, 쿠르드의 민족 문제, 아프리카 내전에서 그대로 드러난다. 과거 베트남 전쟁이나 팔레스타인 문제도 마찬가지다. 자부심은 좋지만 엉뚱한 말로 역사를 왜곡하거나 악의 기여로 호도해서는 안 된다. 그래도 그들이 내세웠던 자유를 해악의 관점에서도 봤다는 점은 눈에 뜨일 정도로 제법 신선하다. 이래서 이 책은 전체를 조망하기에 좋다.

책을 읽다 보면 유럽이 안고 있는 몇 가지 문제를 알 수 있다. 신자유주의에 대한 불만과 위기는 다양한 정치 사회적 운동을 낳았다. 유럽 일부 국가와 강대국은 그 불만을 배타주의, 외국인 혐오주의, 고립주의로 선동했다. 그 결과 좌파는 실패했고 우파는 성공했다. 프랑스는 마크롱 정부를 선출하면서 이도 저도 아닌 특이한 길을 선택했다. 마크롱은 이번 선거에서 간신히 재선에 성공했다.

유럽의회 선거는 EU에 속한 인구 5억 명을 대표하는 의원을 뽑는 선거로 5년에 한 번씩 치른다. 2014년에 치른 유럽의회 선거에서 극우는 약진했다. 진보는 항상 우익과 포퓰리즘, 신자유주의에 대항한다. 우익이 강해질수록 진보의 대항력도 강해져야 하는 게 순리다. 진보 정치는 우익의 득세로 붕괴한 자신들의 사회 기반 조직을 추슬러서 재건해야 할 과제를 안고 있다. 하지만 2019년에 치른 유럽의회 선거에서 좌파는 더욱 몰락했고 극우와 극좌는 대약진을 거듭했다. 영국은 브렉시트로 선거에서 빠져나갔고, 프랑스에서는 심지어 '노란조끼'까지 신생 집단으로 등장했다. 이 선거 결과는 이 책의 저자들이 제시한 대안이 크게 빗나갔거나 실패했다는 걸 반증한다. 이 책의 필진은 그게 무엇 때문이라고 보는지 궁금하다.

신자유주의나 자본과 금융의 세계화, 그리고 포퓰리즘적 권위주의에 맞서기 위해서는 진보 세력 간의 투쟁 방식과 우선순위에 대한 갈등을 조정하고 통일해야 한다. 세계시민주의의 입장에서 이 문제를 가지고 국제적으로 연대를 하면 이 책이 말한 대로 '결속력이 느슨해질 우려가 있다.' 또 각 나라나 지역과 범세계적 차원에서 보는 전체 사이에 '이해가 달라질 수도 있다. 이러면 투쟁 과정에서 서로 충돌할 우려가 있다.' 이걸 서로 논의하고 합의하는 게 투쟁보다 먼저 해야 할 중요한 과제라는 점을 한번 생각해 볼 필요가 있다.

우리나라가 쟁취한 비폭력 촛불 혁명이 성공한 후에 이 책이 나왔더라면 아주 다양한 주장이나 관점이 쏟아졌을 법도 한데, 그러지 못해서 아쉽다. 러시아와 우크라이나가 벌인 전쟁을 놓고 미국과 유럽은 자기네의 완충지대로 삼으려고 한다. 또 각종 신무기의 실험장으로 삼으려 하는 것 같다. 이 전쟁의 간접 원인과 빌미, 민간인 집단학살과 강간, 그리고 어떻게든 전쟁에 직접 개입하지 않으려는 유럽연합 국가들과 북유럽 중립국의 나토 가입 선회 움직임, 천만 명도 넘는다는 전쟁 난민 등을 유럽 좌파는 어떻게 보는지도 매우 궁금하다. 책을 읽다 보면 시작부터 끝날 때까지 칼 폴라니가 등장한다. 이 책이 제시한 문제를 배경부터 살펴보고 싶은 사람은 칼 폴라니를 더 읽어봐도 좋을 듯하다.

모호함으로 세상을 휘어잡은 글쟁이

백 년 동안의 고독

가브리엘 가르시아 마르케스 지음, 안정효 옮김 | 문학사상사 | 2005

'왜 사는가?' 이 물음 때문에 작가는 글을 쓴다. 이 물음은 '어떻게 살아야 할까?'라는 질문으로 자연스럽게 이어진다. 독자는 작가한테 답을 얻기도 하고, 숙제만 받고 끝나기도 한다. 마르케스가 쓴 『백 년 동안의 고독』도 그렇다. 이 소설은 다층적 구조이고 진행 방향은 두 축이다. 하나는 무너져가는 호세 아르카디오 부엔디아 집안의 족보를 따라가는 축이고, 다른 하나는 그 집안과 관계된 여러 여자의 사랑 이야기를 쫓는 축이다. 두 축을 양쪽에 놓고 사실과 환상, 내전과 폭력, 억압과 희비극을 가미하면서 삶과 죽음을 간단없이 펼쳐 보인다.

한쪽에는 죽음이, 다른 쪽에는 주체할 수 없는 욕정과 사랑이 넘치는, 치열한 삶의 모습이 큰 궤적을 그린다. 정치와 자본, 부조리한 외세에 야합하거나 항쟁하면서 전통적 윤리나 고정관념, 혹은 금기에 도전한다. 근친상간이나 방종을 남미 특유의 낙천적이고 자유분방한 기질로 한껏 드러내며 사랑과 성을 이야기한다. 그럼으로써 문명과 원시, 실재와 비실재非實在를 넘나드는 추상적 분위기를 더욱 고조시킨다. 여기에 더해 죽음조차도 가볍게 처리하거나 환상적으로 바꾸어서 모든 것을 둥둥 떠다니게 한다. 문명을 비판한 소설인가 하면 중남미의 역사와 사랑이 담긴 소설이고 애니미즘을 형상화한 소설이기도 하다. 『백 년 동안의 고독』은 이 모든 걸 다 아우르는 그 깊은 고독이나 절망을 여러 형태로 변주한다.

"아우렐리아노." 그는 우울한 기분으로 전신기의 키를 두드렸다. "마콘도에는 지금 비가 내린다." 오랫동안 침묵이 흘렀다. … "바보 같은 소리 말아라. 게리넬도." … "8월에 비가 내린다는 것은 당연한 일이다."
… 그때 그가 의식하고 있었던 것은 그의 마음이 영원한 불신으로 병들어 있다는 점이었다. … "자네 마음을 잘 보살펴서 다시 살리도록 하게. 아우렐리아노." … "자네는 산 채로 썩어가고 있어." (184~186쪽)

이 대화 속에는 실연의 상실감과 외로움이 넘치도록 출렁거린다.
아이가 상자나 바구니에 담겨서 물에 떠내려왔다는 이야기나, 상대를 저주하려고 사진 속의 인물을 바늘로 찔러대는 주술은 언제 어디에서 시작된 걸까. 이 소설에도 그 얘기가 나오고 일본이나 우리나라에도 같은 얘기가 나오니 하는 말이다.
환상과 현실을 넘나드는 로베르토 볼라뇨 같은 제 새끼를 무수히 까놓은 남자. 삶과 죽음이 공존하는 계절을 만들고, 세상에 존재하던 그 많은 소설을 모조리 땅에 파묻어버린 사내. 죽은 석고상을 가차 없이 깨부수고 그 속에 감추어둔 은유나 상징을 금화처럼 쏟아지게 한 사람. 모호함으로 세상을 휘어잡은 글쟁이. 눈이 멀어서도 100년 동안이나 살아 있다가 앞으로도 100년을 더 살아가고도 남을 사람. 마르케스는 소설 『루미너리스』를 쓴 엘리너 캐턴에게도 영향을 끼친 듯하다.

스페인 내전의 초상

카탈로니아 찬가

조지 오웰 지음, 정영목 옮김 | 민음사 | 2001

스페인 내전은 적전분열敵前分裂이라는 말이 아주 딱 들어맞는 구조다. 반란군을 진압하려는 측면에서 보면 이 점이 아주 명확하게 드러난다. 1931년 스페인은 왕정을 폐지하고 공화정을 새로 시작했다. 그러나 스페인 정세는 몇 번의 쿠데타로 얼룩진 이전처럼 늘 불안했다. 정국이 몹시 혼란스러운 가운데 1936년이 되었다. 그해에 치러진 총선에서 인민전선당은 아주 근소한 차이로 승리했다. 스페인에는 즉시 공화국 정부가 탄생했다. 그러자 공화정부에 불만을 품은 군인들이 프랑코 장군을 중심으로 반란을 일으켰다. 민주적 절차에 따라 공화정부가 탄생한 지 불과 몇 달 만에 벌어진 일이다.

프랑코 반란군은 파시스트주의자들이다. 이들을 진압하려던 스페인 인민전선 정부는 사회주의노동자당, 공화연맹, 공화좌파, 사회당, 공산당, 통일노동자당 등 여러 군소 정당이 하나로 모여서 만든 연합정부다. 명칭이 다르고 이름이 다르면 추구하는 노선이 다르고 조직 형태가 다르기 때문에 이들은 처음부터 수많은 갈등의 불씨를 안고 있었다. 지주, 교회, 거대자본가들은 하나같이 프랑코 장군을 지지했다. 그것도 아주 열광적으로 지지했다. 새 공화정부가 그들에게 불리한 토지개혁법을 신속히 제정하고 시행한 데 대한 반감 때문이다. 게다가 새로 들어선 정부는 군부까지 개혁하려 했고 여성들에게도 참정권을 허용한다고 발표했다. 이 소식을 들은 프랑코와 그를 지지하는 일부 군인들이 불만을 터뜨리면서 반란이 시작되었다. 이 반란은 수습할 수 없는 내전으로 격화되어 약 100만 명이 죽었다.

이 내전에 외부가 간섭하기 시작했다. 이탈리아, 독일, 포르투갈, 모로코, 아일랜드, 루마니아가 파시스트 반란군을 지원했다. 스페인에서 내전이 벌어지자 영국은 스탈린이 남하할까 봐 걱정했고 스페인과 국경을 맞댄 프랑스는 자기네도 그 영향을 받을까 봐 전전긍긍했다. 이 두 나라는 중립을 선언하고 국경을 엄격하게 통제했지만, 뒤로는 몰래 프랑코 반란군을 지원했다(나중에 이 두 나라는 공화정부를 지지하지 않은 일을 놓고 오래도록 후회했다). 독일은 좀 더 노골적이었다. 그러자 구소련의 스탈린과 멕시코가 공화정부를 지원하겠다고 나섰다. 하지만 그 정도의 지원만으로 반란군을 진압하기란 턱도 없었다.

공화정부를 지지하는 사람들 사이에 위기감이 감돌기 시작했다. 이 소식이 알려지자 전 세계 사람들이 '스페인 정부 구하기'에 나섰다. 53개국에서 4만여 명의 지식인이 제 돈을 써가면서 스페인으로 몰려들었다. 그들은 국제여단과 민병대를 조직해서 반란군을 진압하는 전투에 나섰다. 어떤 이는 이 전쟁을 '세계 양심의 시험장',[122] 이라고 부르며 크게 주목했다. 독일과 이탈리아에서도 수천 명이 스페인 공화국을 지원하러 몰려왔다. 독일과 이탈리아는 파시즘 정권으로 프랑코를 지지했지만, 그 속을

---

122 『고종석의 문장 1』(고종석 지음, 알마)

헤쳐 보면 다른 생각을 가진 국민도 상당히 많았던 셈이다.

이 내전에는 생텍쥐베리, 파블로 네루다, 시몬 베유, 파블로 피카소 등도 참전했다. 이 전쟁에 참전했던 조지 오웰, 헤밍웨이, 잉드레 말로는 스페인 내전을 다룬 3대 문학가로 꼽힌다. 『카탈로니아의 찬가』는 조지 오웰이 직접 겪은 경험을 쓴 일종의 르포이자 다큐멘터리 소설이다. 저자는 당시 국제사회의 움직임이나 이해관계, 스페인이 처한 상태와 내전의 전체 모습을 큰 그림으로 설명한다. 그와 동시에 시야를 아주 좁혀서 이 전쟁에 뛰어든 한 개인이 보고 느낀 생각과 행동, 그를 둘러싼 주변 상황을 추적, 보고한다. 서술도 상당히 객관적이다.

정말 시답잖은 단기 훈련소 입소와 수료, 본인이 배치된 최전방의 한심한 보급 상태와 사기土氣, 격발조차 안 되는 총, 기아와 추위, 전쟁 같지도 않은 참호전을 수행하는 오합지졸들. 이런 것들을 주인공의 눈으로 개괄한다. 그리고 재수 없게 본인이 총상을 입는 모습, 후송과 치료, 휴가 중에 보고 겪고 느낀 것들을 세세하게 보고한다. 스페인 내전 때 참전한 의용군의 실태와 그 당시 정치 현상은 아래 인용한 내용과 거의 판박이 같은 인상을 준다.

WP는 20일(현지 시간) 우크라이나 내 국제의용군에 대해 "일부 초보 의용군들이 총도 헬멧도 없이 좌절감을 느끼고 있다"고 보도했다. 우크라이나 외무부에 따르면 지금까지 약 52개국 2만 명이 국제의용군에 지원해 우크라이나에 들어와 있다. … AP 통신도 "우크라이나가 국제 의용군을 모집하고 있지만, 현재로선 이들이 오합지졸(ragtag) 군대"라고 전했다. AP통신은 한 국제군단 의용군을 인용해 "많은 의용군이 총 한번 쏴보지 않았다. 언어의 장벽을 느끼고 있다"고 보도했다. 의용군 중 '조지아군단

사령관'인 마물라 슈빌리는 WP에 "경험 없는 많은 외국인이 우크라이나에서 싸우고 싶어 하는 유행 현상이 있다." … 우크라이나가 국제의용군을 제대로 운용하지 못하고 있다는 보도도 나왔다. … 마물라 슈빌리는 WP에 "전쟁이 벌어지고 있는 상황에서도 관료제 조직구조는 존재하고, 의용군 역시 이를 피해 갈 수는 없다."고 말했다. 애초 국제 의용군은 실제 전투보다는 '정치적 선전'을 위해 모집됐다는 시각도 있다. 알마리 카이고 스웨덴 국방대 전쟁학 부교수는 "국제의용군은 우크라이나 전쟁을 다른 국가와 연결하는 방법"이라며 "군사력에 실질적으로 기여하기 보다는 정치적으로 더 중요할 수 있다" … AP도 "외국인 자원입대가 … 우크라이나가 국제적 지지를 받고 있다는 홍보 목적으로는 유용할 것"이라고 말했다.

– 중앙일보 「총 한번 안 쏴본 오합지졸」 2022년 3월 21일 보도 참조

스페인 내전에 뛰어든 조지 오웰은 통일노동자당 소속으로, 이들은 무정부주의를 추구하는 조직이었다. 스탈린의 원조와 지시를 받아 움직이는 공산당은 통일노동자당을 가리켜 트로츠키주의자, 파시스트의 앞잡이라고 선동하며 무력공격을 감행했다. 프랑코를 진압하고 스페인에 민주공화정을 회복시키려고 모인 사람들끼리 남의 나라 안에서 엉뚱한 내분을 벌인 것이다. 그 배경에는 스탈린의 음흉이 깔려있었다. 그는 스페인 공화정을 회복시키는 데는 별 관심이 없었다. 자신이 추구하는 일국사회주의一國社會主義를 따르는 공산당이 인민전선 정부와 프랑코 전선을 장악하게 만들어서 스페인을 자신의 지배 아래 두려는 야심에만 몰두해 있었다. 이런 문제가 내분을 일으킨 가장 큰 요인이었다.

이 분쟁은 스탈린의 지원을 받은 공산당이 승리했다. 그러나 그 결과는 한심하게도 프랑코 반란군에게 승리를 안겨주었을 뿐이다. 목적과 대의를 망각한 적전분열이 어떤 모습으로 나타나는가를 보여준 아주 극명한 사례다. 조지 오웰은 동지들을 사분오열시키는 정치와 이념의 허상을 고발한다. 아군 집단끼리 서로 적이 되어 벌이는 격렬한 시가전도 조목조목 설명한다. 특히 총알이 화자의 목을 타격한 순간을 설명한 부분은 가히 압권이다. 이 장면을 읽을 때 나는 로버트 카파나 빌 토마스 하트 같은 여러 종군 사진작가들의 사진이 떠올랐다. 그러나 치명상을 입은 이후에 나타났을 실체적 고통이나 심리 상태가 세밀하지 않은 것이 너무 아쉽다.

소설 속 화자는 영국인이다. 공화파인 그는 자유와 평등이라는 이념 하나로 남의 나라 전쟁에 부부가 함께 목숨을 걸고 뛰어들었다. 이런 생각을 하는 사람들이 전 세계에서 스페인으로 몰려든 셈이다. 리처드 도킨스의 책 제목을 빌리자면 '이기적 유전자'만 가득한 세상에서 말이다.

귀향길에서 주인공 부부가 겪는 아슬아슬한 탈출 상황은 주인공이 체포 감금됐을 때보다 독자를 더욱 긴장시킨다. 구사일생으로 간신히 돌아온 영국의 집은 조용하고 평화롭기 그지없다. 인적이 끊긴 텅 빈 시골 마을에 혼자 있는 것 같은 느낌마저 든다. 아수라장 같은 전쟁터에서 긴장하고 탈출하다가 갑자기 고요하고 평화로운 상태로 바뀌며 고립된 느낌이 들기 때문이다.

이 소설의 주 무대인 스페인 전쟁은 내전이라지만 사실은 국제전이다. 한국 전쟁이나 베트남 전쟁이 그랬듯이 작은 세계대전이라고 부르기도 한다. 스페인 내전은 '도덕적 의무의 자발적 수행'이라는 시대정신에 세계시민이 함께 참여한 전쟁이다. 하지만 그 결과는 반란군의 승리였고 나치와 파시즘, 제국주의 독재가 승리했다. 세계 양심의 시험장에는 이념이 몰고 온 좌절만 남았다. 전투 경험이나 군사작전 경험이 거의 없는 사람들이 지휘를 맡고 전선에 섰다. 무기와 군수물자는 형편없이 부족했고, 지원병은 적을 눈앞에 두고도 이념이 달라 서로 분열했다. 공화국 인민전선의 통치는 미숙했으며 주변국은 이들을 외면했다. 이런 여러 가지 사실이 공화국 정부와 국제여단이 패배할 수밖에 없던 이유이자 원인이다.

내전을 치르는 동안 두 편으로 갈라졌던 스페인 국민은 엄청난 핍박과 학살을 당했다. 교회는 프랑코 반란군이 사람을 총살할 때마다 반란군에게 환호하며 축복기도를 올렸다. 성직자들이 정부군에게 학살당했던 앙갚음을 내전 내내 계속한 것이다. 스페인 내전은 들여다보면 볼수록 한국 전쟁과 비슷한 점이 많다.

카탈로니아는 스페인의 여러 주州 가운데 두 번째로 큰 주다. 내전 때는 스페인 인민전선의 마지막 거점이 있었고, 그 인민전선 정부 산하에 국제여단이 있었다. 카탈로니아의 주도州都는 바르셀로나다. 바르셀로나 전선에 투입된 조지 오웰은 목에 총상을 입었다. 1밀리미터만 빗맞았어도 즉사할 뻔했다고 한다. 카탈로니아는 지금까지도 스페인에서 분리 독립하려고 수백 년간 이어진 싸움을 계속하고 있다.

스페인 내전을 다룬 예술 작품은 전 장르에 걸쳐 상당히 많다. 그중 하나가 『카탈로니아 찬가』다. 원제는 'Homage to Catalonia'다. 'Homage'는 찬양, 찬가라는 뜻과 함께 '존경하다', '경의를 표하다'라는 뜻이 있다. 조지 오웰은 거대한 힘에 끈질기게 맞서 온 카탈로니아와 국제여단을 동일시하고 내전에 참전했던 4만여 명의 사람들, 그리고 통일노동자당에게 가장 큰 존경과 경의를 바쳤다. 책의 제목을 맨 앞쪽, 맨 위에 올려놓는 것처럼.

광기 어린 베트남전, 그 소용돌이 속으로

전쟁의 슬픔
바오 닌 지음, 하재홍 옮김 | 도서출판 아시아 | 2012

사랑이나 전쟁은 소설가가 가장 많이 다루어온 소재이거나 주제임에 틀림없다. 소설뿐만 아니라 전 예술 분야가 다 그렇다. 전쟁의 시작이 신화부터라 역사도 엄청 길다. 작가 바오 닌이 우리에게 특별한 이유는 첫째, 베트남을 잘 모르는 사람에게 베트남을 문학으로 소개했다는 점이다. 둘째는 학창 시절 내내 악이라고만 배웠던 빨갱이 군인이 전쟁을 대하는 입장은 어땠는지 볼 수 있다는 점이다. 셋째는 비록 단편적이긴 하지만 실제로 벌어지는 전쟁터의 모습을 세밀하고 감각적으로 엿볼 수 있다는 점이다. 넷째는 전쟁을 모르는 젊은이들에게 그 참혹을 가르친다는 점이다. 늙은이에게는 그 시절로 되돌아가 소설 속 인물이나 배경과 뒤얽힌 채 서로 찌르고 쏘며 나뒹굴게 한다는 특징도 있다. 다섯째는 작가가 독자에게 특정 이념을 강요하지 않는다는 점이다.

작가 바오 닌은 공산주의 북베트남(월맹)군의 병사였다. 그는 1969년 17세 때 소년병으로 입대해 6년 동안 북베트남 정규군으로 전쟁에 참전했다. 첫 전투 때부터 전사하기 시작한 그의 소대원들은 온갖 전투에 참전하면서 줄어들고 채워지기를 반복했다. 1975년 종전 선언을 하던, 바로 그날 벌어진 마지막 전투가 끝나자 작가 바오 닌의 부대는 그를 포함해 단 2명만이 살아남았다. 그가 입대할 때 그의 여단은 총 500명이었는데 마지막까지 살아남은 숫자는 단 10명뿐이었다고 한다. 바오 닌은 종전 후 8개월 동안 실종자 수색대(전사자 유해 발굴단)에서 복무한 뒤 제대했다.[123]

"산과 강에도 계급성을 부여해야 한다고? 그게 바로 놈들이 요구하는 거지. 그렇다면 도대체 어떻게 그리라는 거야?" 당은 예술의 절대성을 끌어내리고 좀 더 속물적이 되라고 했다. (166쪽)

이 말은 화가였던 남자 주인공의 아버지가 한 말이다. 전쟁 때는 당에서 병사들에게 수시로 사상 교육을 했던 모양이다. 하지만 그가 쓴 글을 보면 그는 앞서 얘기한 것처럼 이념에 매몰되거나 전쟁 전체의 판세나 영웅주의에 빠져들지 않았다. 그 대신 사랑하는 남녀 한 쌍이 겪고 느낀 고통과 슬픔으로 전쟁 전체를 이야기했다. 허무와 절망 속에서도 산 사람은 살아야 하는 실존적 모습에서 전쟁의 비극이나 잔혹성을 느끼도록 저자는 독자를 유도한다.

1858년, 프랑스 군함이 베트남에 처음으로 진입했다. 그로부터 4년쯤이 지난 1862년, 프랑스가 일으킨 침략전쟁에서 패한 베트남은 3개 주를 빼앗겼다. 1884년에는 전역이 프랑스의 식민지가 되었다. 프랑스 군함이 처

---

123   이 책의 발문, 작가연보 참조

음 닻을 내린디 약 26년 만이다. 그 후 1975년 마지막 외세를 물리치고 통일하기까지 약 100년 동안 베트남은 전쟁 속에서 살았다. 그동안 그들은 전쟁을 하며 먹고 잤다. 전쟁을 하면서 사랑하고 애 낳고, 늙고 다치고, 살고 죽었다.

이 책은 미국과 벌인 전쟁 가운데 마지막 10년을 무대로 쓴 소설이다. 전쟁의 포악을 고발한 소설이자 청춘남녀의 비극적 사랑을 그린 소설이다. 제목이 말하는 '슬픔'은 전쟁이 만들어낸 사랑과 이별, 잔혹함, 죽음, 단절, 무감각 따위가 강요한 슬픔이다. 그런가 하면 세상이 함부로 가 닿을 수 없는 '대단히 고상하고도 고귀한' 슬픔이기도 하다.

구성은 현실과 과거를 교차시키는 회상 형식이다. 회상으로 되살려낸 과거는 대개 아름답게 포장하기 쉽다. 또 모호하거나 허황한 환상이 작가가 그려내려는 사실寫實을 주저앉힐 위험도 있다. 이 소설은 등장인물의 회상을 통해 과거를 아주 정교하고 세밀하게 복원해냄으로써 작가가 지닌 주제 의식을 부각하는 데 성공했다. 이는 절제의 힘이 만들어낸 성과다. 작가 자신이 경험했던 사실을 바탕으로 쓴 글이라 지문이나 묘사가 구체적이고 사실적이다.

저자는 남녀 주인공을 가운데 놓고 이 소설을 크게 세 등분으로 나누었다. 전쟁 발발 직전, 전쟁 시기, 종전과 그 이후다. 그걸 전부 하나로 꿰는 게 회상인데, 회상은 두 갈래로 진행된다. 한쪽은 초등학생 시절부터 시작해서 점점 나이가 먹는 쪽으로 올라가고 다른 하나는 전쟁 이후 십여 년이 지난 40살부터 하강 곡선을 그리며 점점 아래로 내려간다. 이동하는 시공을 꿰뚫으며 올라오는 것은 사랑의 힘이고 내려가는 것은 고통과 슬픔의 무게다. 상승과 하강이 서로 교차하는 지점이 바로 사랑과 슬픔이 만나는 곳이고 전쟁 속의 혼돈이다.

"… 제 두 오빠, 학교 친구들, 우리 그이까지 모두 다 댁들의 동생뻘이었는데, 당신들이 떠난 뒤 몇 년 후 차례로 입대했죠. 하지만 아무도 돌아오지 못했어요. … (정부는) 딱 하루 날을 잡아서 두 오빠의 전사 통지서를 잇달아 보냈어요. 엄마는 그야말로 나동그라지듯 혼절하셨어요. 사흘 내리 의식을 잃은 채 한 번도 깨어나지 못하셨죠. 엄마는 그렇게 말 한마디 남기지 못하고 돌아가셨어요. …"(73~74쪽)

'인생은 길어서 더 많은 기쁨과 즐거움이 쏟아지는 시절을 곧 만날 텐데.' 그 좋은 시절을 누려야 할 찬란한 청춘이 무더기로 찢어지며 피 먼지 속으로 떨어졌다. 찢긴 군복 사이로 쏟아지는 선혈과 흙먼지가 뒤범벅이 된 채 헐떡거리던 청춘은 숨이 끊어지자 쓰레기처럼 아무렇게나 나뒹굴었다. 남자가 전사하자 생계를 꾸릴 길 없는 후방의 여자들이 몸을 팔러 길거리로 나오는 이 비참을 뉘라서 제대로 위로할 수 있으랴. 회상하고 기억하는 자는 언제나 불행하고 고독한 자다.

지난날 그토록 번성하고 행복했던 주 할아버지의 대가족도 전쟁이 끝난 후에는 할아버지만이 그 집의 유일한 남자로 살아남았다. 후인 할아버지의 가정도 세 아들이 모두 전사했다. … 끼엔의 바로 위층에 사는 후인 씨는 전차 기관사였다. … 그의 세 아들이 다 전쟁터에서 죽었다. … 그의 아내는 막내아들의 전사 통지서를 받고 쓰러져 중풍에 걸렸다. 부부는 오랜 세월 궁핍을 견디며 말수도 잃어버린 채 공허한 삶을 살았다. (85~86, 213쪽)

프랑스를 상대로 수많은 인민이 희생당한 전쟁을 끝내자마자 베트남은 도미노 이론에 따라 미국이 그어놓은 선 때문에 다시 전쟁을 시작했다. 베트남 전쟁이 얼마나 광포했는가는 앞에서 제시한 인용 글만 봐도 금방 알 수 있다. 남북 베트남에 살던 거의 전 가족이 겪은 비극이다.

끼엔이 살아남은 대신 이 땅에 살아갈 권리가 있는 우수하고, 아름답고, 누구보다도 가치가 있는 사람들이 … 어두운 폭력에 고문당하고 능욕당하다 죽고 매장되고 소탕되고 멸종되었다면 이러한 평온한 하늘과 고요한 바다는 얼마나 기괴한 역설인가. … 정의가 승리했고 인간애가 승리했다. 그러나 악과 죽음의 비인간적인 폭력도 승리했다. … 손실된 것, 잃은 것은 보상할 수 있고, 상처는 아물고 고통은 누그러든다. 그러나 전쟁에 대한 슬픔은 나날이 깊어지고 절대로 나아지지 않는다. … 잊어서는 안 된다. 전쟁에서 일어났던 모든 일을 결코 잊어서는 안 된다. 그것은 죽은 자와 산 자 우리 모두의 공동 운명인 것이다. (226, 141쪽)

전통적 수법으로 보면 대략 남자 주인공은 광포한 전쟁이고 여자 주인공은 평화를 상징한다(물론 그 반대도 있다). 평화는 곧 폐허가 오리라는 미래를 예측하지만, 광기어린 시대의 소용돌이를 거부할 수가 없다. 이게 전쟁으로 짓뭉개지는 평화의 슬픔이자 전쟁의 슬픔이다. 전쟁이 멈추고 평화가 오자, 전쟁에 유린당한 고귀한 평화는 '형제들의 피와 살을 먹고 자란' 포악한 평화에게 오히려 대가를 치르며 자리를 내어주고 혼자 사라진다.
전투 지역에 들어간 병사의 상황이나 전쟁을 보는 눈은 적이나 아군이나 다 똑같다. 찬란하게 피어나야 할 청춘은 소설 속 화자가 누비던 전장戰場에서 화약 연기 속으로 흩어졌다. 베트남 전쟁이 끝난 지 근 50년. 이제

화자는 오래된 전쟁처럼 늙었다. 세상은 많이 변했고 사람들은 과거를 모두 잊었지만 슬픔은 여전히 남아 있다. 저자 바오 닌은 슬픔을 통해 전쟁에 대한 반성적 성찰을 곳곳에서 드러낸다.

이 소설은 베트남에서 가장 좋은 글이라는 찬사도 받았고 미 제국주의에 승리한 조국을 모욕하고 군을 모독했다는 비난도 받았다. 이처럼 저자에 대한 평가는 두 극단을 오갔다. 그와 똑같이 베트남 국내에서는 판금(출판, 판매금지)을 오랫동안 거듭했지만, 해외에서는 대단한 인기를 끌어서 16개국 언어로 번역 출판했다. 그는 해외에서 주는 상도 많이 탔지만, 판금 기간을 빼면 국내에서 주는 상도 많이 탔다. 판금이 이어지는 동안 무수한 해적판이 나돌았다. 작가가 문학의 본령과 자기 소신을 굳건히 지킨다는 게 얼마나 힘들고 어려운 일인지, 저자가 살아온 행적이나 약력을 보면 알 수 있다. 특히 미국에서는 판권을 핑계 삼아 저자의 거듭된 항의에도 불구하고 이 소설을 임의로 뜯어고쳤다고 한다. 기가 막힐 일이다.

표현의 자유는 언제나 보호해야 한다. 하지만 그 자유가 비뚤어진 애국주의나 전쟁을 부추기면 안 된다. 전쟁의 야만 위에 널려있는 극심한 가난과 고통을 낭만적으로 미화해서도 안 된다. 선악조차 사치이고 무의미해지는 잔인한 전쟁을 이념을 위해 상품화해서도 안 된다. 전쟁을 이념의 대결로만 평가하거나 합리화하는 게 예술이 가야 할 올바른 길인지도 생각해봐야 한다. 전쟁은 '살아남은 자'들이 회상으로 덧칠한 낭만이 결코 아니고, 표현의 자유는 인간의 품위와 민주를 위한 것이라야 하기 때문이다.

우리의 월남전

베트남 전쟁 - 잊혀진 전쟁, 반쪽의 기억
박태균 지음 | 한겨레출판 | 2015

청소년 시절 때 이야기다. 친한 친구 한 명이 해병대에 자원입대했다. 그는 해병 청룡부대원이 되어 월남전에 참전했다. 친구가 귀국하자마자 나는 그의 집을 찾아갔다.

"야아, 석호야! 정말 반갑다, 얼마나 고생했니? 건강한 모습을 보니까 좋다."

우리는 반갑게 악수를 하고 방으로 들어가 월남에서 찍은 사진첩을 함께 보았다. 질 좋은 양담배 한 갑도 선물로 받고,[124] 친구에게 이런저런 사진 설명을 들으며 감탄도 하고 심각해지기도 하면서 시간을 보냈다. 그러다 나는 불쑥 이런 질문을 꺼냈다.

"그래, 돈은 얼마나 벌어왔니? 많이 벌었냐?"

순간 그 친구는 당황한 기색이 역력해지더니 갑자기 눈빛이 달라졌다.

"야, 이 새끼야! 목숨 걸고 전쟁하다가 온 사람보고 돈을 얼마나 벌어 왔

---

[124] 그때는 양담배를 사고팔지 못하게 법으로 금지시켰기 때문에 양담배가 굉장히 귀하고 비싸던 시절이었다. 월남전 참전 군인과 외국인에게만 양담배를 허용했다.

냐고? 이 새끼가 미쳤나? 야, 인마. 죽지 않고 살아 온 것만 해도 다행이고 감사한 일이 아니냐고! 군대 병원에 한번 가봐, 이 새꺄. 부상해서 누워있는 사람이 얼마나 많은지 한번 가보라고! 거기서 얼마나 많이 죽었는지 너 알기나 하냐? 에잇, 새끼⋯."

지금까지 내 평생에 그때만큼 친구에게 무안하고 창피스러웠던 적이 단 한 번도 없다. 정말 쥐구멍에라도 들어가고 싶을 정도로 민망하고 부끄러웠다. 얼굴을 못 들고 쩔쩔매는 내 모습을 노려보던 친구는 잠시 후 노기가 좀 풀렸는지 슬며시 웃음을 보였다.

"야, 덕상아. 이해해라. 내가 너무 화가 나서 그랬다. 나는 그런 말을 들을 때마다 정말 화가 나. 우리는 진짜 새파란 청춘 아니냐. 제대로 피어보지도 못한 꽃들이 거기가 어딘지도 모르는 데서 총에 맞아 죽는데 이거야말로 기막히고 허무한 일 아니냐. 그런데 그 피와 목숨을 다들 돈으로만 보는 것 같아서 정말 화가 나서 못 견디겠어. 그래서 그랬어. 너도 한번 생각해봐라. 너라면 안 그러겠냐?"

나는 더 이상 할 말이 없어서 그저 고개만 주억거렸다.

"야, 이제 그런 얘기 그만하고 우리 밖에 나가서 놀자."

그는 웃으며 나를 데리고 명동으로 나왔다.

이게 그 시절 우리나라에 퍼져있던 월남전越南戰을 보던 실상이다. 이제는 아주 오랜 옛날이야기가 됐지만, 그때를 생각하면 지금도 얼굴이 홧홧하다. 그때 우리는 나처럼, 주로 우리 입장, 즉 돈으로만 베트남 전쟁을 바라보았다. 오죽해 베트남 전쟁을 '신이 내린 선물'이라는 막말까지도 서슴지 않았을까. 이런 막말 속에는 서로가 먼저 죽여야만 내가 사는, 전쟁의 광기나 파병 간 군인과 가족의 고통과 절규는 그 어디에도 없다. 한 나라의 국민이 외국 군대에게 침략당한 처절함이나 철천지한徹天之恨 따위에 대한 배려 또한 눈곱만큼도 없다.

이 세상 모든 사람이 원하는 것은 오늘보다 더 나은 내일이다. 추구하는 내용이나 가치가 무엇인지는 시대나 장소에 따라 달라진다. 어떤 때는 선이나 도덕률에 매달리기도 하고 어떤 때는 돈을 좇기도 한다. 국가의 위신이나 존엄을 가장 큰 가치로 생각할 때가 있는가 하면 개인의 인격이나 자유, 품위를 제일 크게 추구할 때도 있다. 이는 그 시대의 시대정신과 관계가 깊다.

2차 대전이 시작되고 프랑스가 독일에 항복했다. 그 여파로 프랑스군이 떠나자 곧바로 일본군이 들어와 베트남을 지배했다. 이때 일본이 저지른 식량 수탈로 그 당시 베트남 국민의 10%인 약 200만 명이 굶어 죽었다. 일본이 패망하고 2차대전이 끝났다. 프랑스는 베트남에 대한 지배욕을 못 버린 채 또다시 군대를 진입시켰다. 이때부터 베트남은 프랑스를 상대로 독립전쟁에 돌입했다. 이 전쟁의 막바지 무렵에 벌어진 디엔비엔푸 전투에서 프랑스군은 베트남 독립군에게 대패했다. 미국은 제네바에서 2차 대전의 승전국끼리 회담을 연 뒤, 북위 17도 선을 경계 삼아 베트남을 남북으로 갈라버렸다. 베트남 국민이 열망하던 독립은 철저하게 무시되었고 제네바 회의 참가도 봉쇄되었다. 그 회담 결과 북베트남은 독립전쟁의 주역이자 공산주의자였던 호치민이 통치하게 내버려 두고, 남베트남은 프랑스 식민지 때 장관을 지낸 응 오딘 지엠을 대통령 삼아 통치하도록 했다. 다시 말하자면 친프랑스 반민족 매국노가 대통령이 된 셈이다. 그러자 남베트남에서는 베트남의 완전 독립을 열망하는 민족주의자, 공산주의자, 그리고 미국을 등에 업은 독재자 응 오딘 지엠 간에 내전이 벌어졌다. 미국은 군대를 동원해 이 내전에 개입하기 시작했다. 처음엔 극소수 병력만 보냈으나, 나중에는 55만이나 되는 대규모 병력이 들어와 주둔했다. 호치민은 남베트남의 독립투쟁을 적극 지원했다.

미국과 베트남이 벌인 전쟁은 1955년 11월 1일~1975년 4월 30일까지 약 20년에 걸쳐 있다지만, 본격적으로 군이 개입한 시기는 1964년부터 약 10년 동안이다. 프랑스, 일본, 미국이 교대로 지배하던 베트남은 실로 근 100년 만에 외세를 뿌리치고 완전하게 독립했다.

미국은 베트남전을 치르는 동안 연 병력 250만 명을 파병했다. 그중에 5만 7천여 명이 전사했고(혹자는 5만 8천이라고도 함), 30만 3천 600여 명이 부상했다(혹자는 100만이라고도 함). 한국은 9년 동안 32만 5천 명의 연 병력을 베트남에 보냈는데, 5천 100여 명이 전사했고 1만 1천 200여 명이 부상했다. 미국은 5천 700대(다른 기록에는 헬기 5천 대 포함 총 8천 750대)의 비행기를 잃었고 전쟁 비용은 당시 돈으로 약 2천 400억 달러가 들었다.[125]

1975년 4월 남베트남이 패망하기 직전, 대통령이 바뀌었다. 그 패망 직전까지 실질적으로 미국과 함께했던 마지막 대통령은 응우옌 반 티우다. 그는 TV에 나와 미국을 배신자라고 맹비난한 뒤 자기 집에 숨겨 놓았던 금괴 2톤을 가지고 영국으로 도망갔다.[126] 부통령이던 응우옌 카오 키는 미

---

125   나무위키 '베트남 전쟁', 『베트남 10,000일의 전쟁』(마이클 매클리어 지음, 유경찬 옮김, 을유문화사) 참조. 전쟁의 규모나 피해 상황은 자료마다 차이가 있음을 감안할 것.

126   영국으로 간 티우는 얼마 지나지 않아 미국으로 건너간 뒤 거기에 정착해서 2001년 78세에 죽었다(위키백과 참조). 그러나 그가 생전에 베트남 난민을 위해 자기 재산이나 나머지 생을 바쳤다는 소리를 나는 아직 못 들었다.

해군 항공모함 미드웨이호를 타고 미국으로 도망갔다.[127] 티우가 도망가던 날, 부인이 보이지 않자 그들을 호송할 미 대사관 관계자가 영부인은 어디 있냐고 물어보았다. 그랬더니 그림 몇 점 사러 며칠 전에 홍콩에 갔

---

[127] 『베트남 10,000일의 전쟁』(을유문화사) 참조. 이런 문제를 조금 더 부연하자면 2021년 8월, 아슈라프 가니 아프가니스탄 대통령은 제 나라를 지켜주던 미군이 철수하자 한 달여 만에 타지키스탄을 거쳐 아랍에미리트로 야반도주했다. 그때 그가 가지고 온 달러가 너무 많아 헬기에 다 실을 수 없게 되자 일부를 활주로에 버린 채 도망갔다(나무위키, '아슈라프 가니' 편 참조). 제 나라 국민을 버리고 도망간 그는 아랍에미리트에 앉아 기자 인터뷰를 통해 자기 정당성을 주장했다. 1950년 6월 25일, 이승만 대통령은 북한군의 전면 남침 보고를 6시간이나 지난 후에야 받았다. 그때 이승만은 경회루 연못에서 낚시를 즐기고 있었다. 긴급 국무회의는 남침 10시간이 지난 오후 2시에나 열렸다. 남침 하루가 지난 26일이 되자 채병덕 육군참모총장은 국무회의 석상에서 북한군이 전면 남침한 것은 아닌 것 같다. 우리 육군 17연대가 지금 해주로 진격 중인데, 군은 태세를 전환해 곧 전면 북진할 거라고 허위로 보고했다(이 시각 17연대는 해주 진격은커녕, 오히려 인천으로 철수하고 있었다). 남침 이틀째인 27일 새벽 2시, 이승만은 오밤중에 특별열차를 타고 대전으로 몰래 도망갔다. 이승만이 서울에서 빠져나간 지 30분 만에 공병부대가 한강 다리를 폭파해 버렸다. 그 바람에 후퇴 중이던 수많은 병사와 부대, 서울시민과 경기도 양민들의 피난길이 전부 막혀버렸다. 이승만이 서울을 탈출한 지 2시간이 지난 새벽 4시, 대전에서 국무회의를 열었는데 이 자리에서 이승만은 정부 천도를 의결했다. 그리고 일본에 망명정부를 세우겠다는 계획까지 수립해 놓고 미국 대사관에 그 의사를 타진했다(시간의 흐름을 보면 열차가 대전에 도착하자마자 망설임 하나 없이 이런 의결을 신속하게 한 것으로 보인다). 그날 이승만은 대구까지 도망갔다가 대전으로 다시 되돌아 와, 밤 9시에 서울시민과 국민을 상대로 라디오 방송을 했다. 이 방송은 미리 녹음해둔 내용을 송출한 녹음방송이었다. 나와 정부는 평소처럼 서울에서 집무하고 있다. 지금 국군은 의정부를 탈환하는 중이다. 그러니 서울시민과 국민은 모두 안심하고 생업에 종사하라는 허위 방송을 여러 차례나 되풀이해서 내보냈다(오마이뉴스 「김삼웅의 인물열전」『해공 신익희 평전』(2021년 9월 21일자), '이승만 전쟁 터지자 남쪽으로 피신' 참조). 러시아와 우크라이나 간에 전쟁이 터졌다. 코미디언 출신이라고 깔보이던 우크라이나 대통령은 국외로 안전하게 도피시켜 주겠다는 미국의 제안을 거절했다. 대신 그는 수도 키이우에 남아 우리에게 총을 달라며 끝까지 항전하겠다는 확고한 의지를 보였다. 이를 본 전 국민은 일치단결하여 결사 항전 의지를 불태우며 러시아와 싸우고 있다. 세계가 이에 감격했다. 전 세계에서 의용군이 몰려들었다. 우크라이나 지원에 뜨뜻미지근하던 미국과 유럽연합, 자유 진영은 이때부터 적극 지원 태세로 돌아섰다. 이 전쟁과 미중 갈등으로 세계는 신냉전 시대로 급속히 재편돼가는 양상이다. 2022년 5월 현재, 우크라이나 전쟁은 비상시 국민을 단합시킬 지도자의 확고한 의지, 자주국방, 상시 대비 태세 외에는 살길이 없다는 교훈을 우리에게 깊게 각인시키고 있다.

다고 티우가 가볍게 대답했다.[128]

우리나라는 이대용 공사와 영사 두 명을 포함, 총 9명의 대사관 직원과 미처 철수하지 못한 165명의 교민을 베트남에 내버려 둔 채 미군 항공모함에 타고 있던 대사가 먼저 귀국해 버렸다.[129] 총책임자인 대사가 사라진 현지에서 이대용 공사를 포함한 우리 대사관 직원은 교민 철수를 돕느라 고군분투했다. 그러다가 탈출에 실패하여 북베트남 정권에 억류된 채, 온갖 협박과 회유에 시달리며 5년 동안이나 감옥생활을 했다.

미국이 패배하고 남베트남 정권이 패망하자 우리나라에서는 난리가 났다. 방송은 말할 것도 없고 신문도 이 사실을 매일 대서특필했다. 반공을 더욱 튼튼히 하지 않으면 우리도 저 꼴이 날 수 있다며 박정희는 1972년 10월부터 가동 중이던 유신헌법 체제를 더욱 강화하고 이에 반대하는 세력을 탄압하는 데 힘을 쏟았다. 미국이 월남을 버리는 걸 보고, 미국을 믿었던 박정희의 마음에 크게 금이 갔으리라는 추측은 누구나 해볼 수 있다. 왜냐하면 그 후부터 우리나라는 주한미군 철수와 안보 불안으로 미국과 계속 갈등했고, 본격적으로 미사일을 개발하는 등 자주국방에 힘을 집중했기 때문이다(미사일 개발은 베트남 패망 전부터 느리고 은밀하게 진행하던 사업이었다). 그로부터 채 몇 년이 지나지 않아 시중에는 우리도 원자탄 개발이 바로 코앞에 다가왔다는 말이 파다하게 돌았다.[130]

---

128 『베트남 10,000일의 전쟁』(을유문화사) 587쪽 참조

129 『사이공 억류기』(이대용 지음, 화남출판사), 『6.25와 베트남전, 두 사선을 넘다』(이대용 지음, 기파랑) 참조

130 미국은 자국의 이익이나 정권의 이익에 따라 다른 나라에서 전쟁을 일으키거나 멈추었다. 아니면 일방적으로 철수하기를 반복했다. 한국 전쟁, 베트남 전쟁, 이라크 전쟁, 아프가니스탄 전쟁이 모두 그랬다. 정권이 마음에 들지 않으면 전쟁 중이라도 그 나라 대통령을 갈아 치웠다. 한국 전쟁 중에는 이승만을 쿠데타로 갈아 치우려 했고, 베트남 전쟁 때는 부패

저자는 이 책을 쓴 목적을 크게 세 가지로 압축했다. 첫째, 역사적 사실을 명확히 밝히고, 둘째, 베트남 전쟁의 역사적 기억이 한쪽 방향으로만 남아 그게 한국 사회에 미칠 영향을 우려한다는 점, 셋째는 베트남 전쟁으로 우리가 얻어야 할 교훈과 더불어 사실에 기반한 균형 잡힌 기억을 재생하고자 함이라고 밝혔다.

저자가 한 말처럼 미국이 베트남에 패배한 원인은 많다. 그 원인을 이 책을 근거로 큰 틀에서 정리하자면 미국은 베트남을 제대로 아는 게 단 하나도 없었다. 거기다 베트남을 무시하고 깔보기까지 함으로써 민심조차도 못 얻었다는 게 가장 큰 원인이다. 이런 큰 틀 속에서 미국의 패인敗因

와 독재를 일삼는 남베트남 대통령을 쿠데타로 바꿔버렸다(그 후 약 2년 동안 남베트남은 전쟁 중임에도 10번이나 정권이 뒤집혔다. 권력욕에 눈이 먼 군인들 때문이었다. 이는 차기 정권을 담당할 인물조차 물색하지 않고 쿠데타를 일으키도록 만든 결과 때문이다. 『베트남 10,000일의 전쟁』 '암살' 편 참조). 미국이 전쟁을 일으킬 때는 명분을 거짓으로 조작하기까지 했다. 이는 베트남 개입의 명분으로 삼은 통킹만 사건과 이라크가 보유한 핵무기와 대량 생화학무기를 제거한다는 전쟁 명분이 둘 다 거짓이고 조작이었다는 사실이 증명한다. 미군이 철수할 때는 그 나라 국민, 또는 미국에 협조하던 현지인이나 그 가족을 헌신짝처럼 내버리고 도망치듯 철수했다. 베트남에서도 그랬고 아프가니스탄에서도 그랬다. 구소련도 그런 짓을 하기는 마찬가지였다. 자유를 외치는 폴란드를 무력으로 유린했고, 프라하의 봄을 되찾으려던 체코슬로바키아를 탱크로 짓밟아 버렸다. 체첸 민족의 독립 요구를 잔인하게 짓밟았고 아프가니스탄을 무력 침공한 뒤 철수할 때도 그랬다. 부정부패로 힘이 빠진 우크라이나의 크림반도를 유럽과 미국의 방조 아래 힘으로 병합해버렸다.(적어도 내 눈에는 그렇게 보였다.) 강대국이 자국의 이익 때문에 일으킨 전쟁이나 분쟁 때문에 수십만의 보트 피플이 발생하고 수백만의 시리아 아프리카 난민이 유럽으로 쏟아져 들어갔다. 2022년 3월 현재 4백만을 훌쩍 넘는 우크라이나 피난민이 유럽으로 쏟아지고 있다고 한다. 남한은 김일성 정권을 소련의 괴뢰정부라 했고 북한은 이승만 정권을 미국의 괴뢰정부라 비난했다. 그러다가 터진 전쟁으로 한국은 수백만 명이 피해를 본 뒤 70년이 넘도록 남북이 갈라졌다. 백만이 넘던 이산가족은 재회를 못 한 채 거의 다 늙어서 죽어버렸다. 이런 점으로 비추어볼 때, 정권을 유지하려고 강대국을 등에 업거나 제 나라 안보를 남에게 맡긴다는 것이 얼마나 위험하고 참담한 결과를 가져오는지, 또 정권과 군이 부패하고 기강이 해이해지면 어떤 일이 벌어지는지, 전쟁의 비를 막아주겠다는 패권국의 우산이라는 게 얼마나 허망한 거짓인지, 위에 언급한 몇몇 사례만으로도 그 실증이 충분하다.

을 좀 더 자세히 들여다보면, 첫째 미국은 목표와 전략이 없는 전쟁을 했기 때문에 승리할 수 없었다, 둘째 미국은 베트콩 전사들과 싸운 게 아니라 베트남 민족주의와 싸웠기 때문에 패배했다, 셋째 북베트남의 호치민이 유언으로 남긴 '단결'이라는 '정신'에 패배했다, 넷째 남북 베트남 지도층의 부패와 청렴이 전쟁의 승패를 갈랐다. 거기에 기름을 부은 게 남베트남 대통령 응 오딘 지엠의 불교 탄압이었다는 등 다양한 분석이 나왔다.[131] 호치민과 그 휘하 장군들의 청렴성과 무욕無慾, 통일에 대한 신념, 엄정한 명령계통의 확립은 미국을 비롯한 여러 나라에 잘 알려진 바 그대로다.

미국은 베트남 전쟁을 남북전쟁, 즉 이데올로기 전쟁으로만 보았다. 그러나 베트남 전쟁은 미국이 세운 남베트남 정부와, 이를 타도하려는 남베트남민족해방전선(이하 베트콩) 사이에 벌어진 내전이다. 이 내전에 개입한 것이 미국이 치른 베트남 전쟁의 본질이라고 저자는 지적한다. 베트남 전쟁은 미국만이 치른 전쟁이 아니라 베트남에 여러 나라가 들어와 싸운 국제전이다. 이 세상에 어느 나라 어느 민족이 둘로 갈라지길 원하겠는가. 남베트남 정권은 자신의 권력욕을 채우기 위해 미리 그어놓은 북위 17도 선을 따라 분단을 원했을지 모르지만, 독립투쟁에 평생을 바친 북베트남의 호치민은 통일을 원했다(북위 17도 선으로 남북을 갈라놓은 일은 2차대전 승전국인 미국, 중국, 구소련, 프랑스가 참여했다. 주도는 미국이 했는데 정작 당사국인 베트남을 배제했다는 점에서 당사자 동의 없이 강대국끼리 남북한을 일방적으로 갈라놓은 경우와 매우 흡사하다).

---

131 『베트남 10,000일의 전쟁』(을유문화사) 참조

호치민은 자신의 노선과 큰 차이가 있음에도 불구하고 통일이라는 대의에 따라 베트콩을 지원했다. 자칫하다간 중국에게 지배당할지도 모른다는 우려 때문에 아무리 힘들어도 중국의 '대규모 직접 참전'을 요구하지도 않았다. 반면 미국은 남베트남을 지키려고 태국, 캄보디아, 라오스, 호주, 필리핀, 뉴질랜드, 한국 등 미국과 수교한 여러 나라를 이 내전에 직접 끌고 들어갔다. 영국, 서독, 이란, 캐나다, 스페인 브라질 말레이 연방은 지원국으로 참여했다. 북베트남 역시 같은 상태였다. 구소련, 중국, 북한이 무기나 병력 등을 지원했고(대규모 병력이 아님), 몽골, 쿠바, 체코슬로바키아, 폴란드, 루마니아, 불가리아, 동독, 헝가리, 버마 등이 북베트남을 간접 지원했다.[132] 이런 점이 바로 스페인 내전과 한국 전쟁, 베트남 전쟁을 작은 세계 대전이라고 부르는 이유다.

"모든 전쟁은 학살을 동반한다. … 학살은 어느 일방에 의해서만 일어나는 것이 아니다. 학살은 보복을 부르고 보복은 또 다른 보복을 부르는 연쇄작용을 하기 때문이다. … 그런데도 (다른 참전국이 저지른 학살도 있는데) 유독 미군과 한국군에 의한 민간인 학살만이 주목되고 있는 이유는 무엇일까?"

　　　　　　* 괄호 속의 문장은 독자의 이해를 돕기 위해 필자가 임의로 넣은 것임

"… 베트남 전쟁에서의 민간인 학살은 이데올로기적이거나 정치적인 문제가 아니다. 반드시 풀어야 할 인류의 문제이며 시대적인 문제다. 이 문

132　히스토리채널TV 「전쟁과 자본」, '베트남 전쟁' 편, 위키백과 '베트남 전쟁', 나무위키 '베트남 전쟁' 참조

제를 풀지 않고서는 한국의 명예는 회복될 수 없다. 일본의 역사 인식을 이야기하든, 미군의 노근리 민간인 학살을 이야기하든 모든 문제는 베트남에서의 과거사 문제를 해결하지 않고서는 불가능하다. 이 모든 사건에 우리는 피해자이며 동시에 가해자였기 때문이다."

전쟁은 정권이 기획하고 군인이 실행한다. 그 결과는 승리나 패배로 남는다. 그러나 베트남 전쟁은 우리에게 돈으로만 남았고 전쟁터 군인들의 진실은 흔적이 없다. 죽은 자는 말이 없고 산 자는 지금도 그 후유증과 불치의 고통에 시달리고 있다. 거기엔 인격도 없고 품위도 없다. 국격은 더더욱 없다. 전쟁 트라우마에는 관심조차도 없었다. 그래서 초대 주월 사령관 채명신은 장군 묘역에 가지 않고 베트남 참전 병사들의 사병묘역에 자원해서 묻혔다. 부하들에 대한 사랑과 연민, 전쟁에 대한 회한 때문이었을 게다. 베트남 전쟁을 지금 다시 돌이켜본다면, 우리에겐 채명신도 필요하고 구수정도 필요하다.[133] 베트남 전쟁에 관한 한, 이 둘은 과거와 현재를 잇는 우리의 가치여야 하고 전쟁을 바라보는 눈이어야 한다. '진실과 화해'는 여기에 아주 적합한 말이다.

---

133 구수정: 한국 베트남 평화재단 이사. 월남에 파병 간 한국군이 베트남 양민을 학살하는 등 큰 피해를 끼쳤기 때문에 우리는 그들에게 사죄해야 한다고 여러 가지 사례와 근거를 들어가며 주장한 사람. 그러나 다른 쪽에서는 구수정의 말은 교차 검증이 부실해서 신뢰하기 어렵다는 주장도 하지만 이는 설득력이 좀 약하다. 베트남에는 파월 한국군의 작전지역을 중심으로 한국군 증오비가 서 있는 곳이 많았다. 하지만 베트남이 미국을 상대로 승리했으니 더 이상 다른 말이 필요 없다는 생각, 한국과 베트남 양국이 수교하고 대규모 투자가 활발해지면서 한국에 대한 인식이 많이 바뀌었다는 점, 일부 민간 차원에서 속죄와 보상이 오랫동안 이어지면서 지금은 비석을 철거하거나 글자를 지운 곳이 많다고 한다.

캄캄한 정글 속에서
치명상을 입고 죽어가는 전우를
우리는 낙엽이라고 불렀다

살고 싶어
몸부림치다가,
몸에서 펄럭, 떨어져 죽어가던
푸른 잎의 얼굴들

이름도 모를 산골짝에 누워
말라 고스러져 가면서도
황색 고엽제, 그 효력증명을 위해
두 눈 홉뜨고
썩지도 못한다.

– 졸시, 「효력증명」 전문

무슨 역사든지 역사를 기술하는 사람의 목적은 정확한 사실을 올바로 전달하는 일이다. 그 사실을 통해 잘하고 잘못한 일을 돌이켜봄으로써 더 나은 내일을 향한 길을 함께 찾아 나서기를 바라기 때문이다. 이는 인 본人本이나 홍익弘益의 근본에 충실하자는 말과 같다.

이 책은 베트남 전쟁의 규모, 역사, 배경, 진행 상황, 폐해, 오류 따위를 한 국의 국내 상황과 대비해가면서 썼다. 전쟁 당사국이 그 주변국에 미치고 받은 영향을 문화적 측면까지 확대, 기술해서 다채롭다. 무엇보다 우리의 시각으로 정치, 군사, 외교, 경제와 남북문제에 세계정세까지 포함한 여러 각도에서 베트남 전쟁을 조명했다는데 큰 의의가 있다.

그 당시 우리의 모습을 베트남 전쟁을 통해 보고 싶다면 전쟁이 만든 사실에 최대한 접근해야 한다. 그래야 올바른 평가가 나온다. 자기 평가가 올바르면 국제사회에서 떳떳할 수 있고 나라 안으로는 정치 사회구조의 틀이 비뚤어지는 것을 막을 수 있다. 그게 바로 인본이나 홍익에 다가가는 길이고 정의에 다가가는 길이다. 저자가 한 말처럼 그동안 우리는 이 전쟁을 제대로 본 적이 없다. 안다는 게 거의 반쪽에 불과하거나 상당히 제한적으로만 보았다. 이제부터라도 베트남 전쟁에 대한 우리의 연구와 발굴이 계속된다면 우리 현대사는 한층 더 사실에 가까워지고 다채로워질 것이다.

베트남 전쟁을 거론하는 전 세계 모든 형태의 국제 토론이나 학술의 장에서 파월派越 한국군의 존재가 완전히 빠져 있다는 말은 상당히 충격적이다. 무슨 이유로 왜 그렇게 되었을까. 이 책의 내용이 사실이라면 그동안 역대 정권은 뭘 했으며 그 많은 우리나라의 학자와 참전 단체나 군인 단체는 모두 무얼 했단 말인가. 나는 이제라도 국제사회에서 흔적 없이 사라진 파월 한국군이 세계의 양지로 나오길 바란다. 그래서 32만 5천 명의 군인과 그 가족의 이름이 기억되기를 바란다. 파월 장병이 국제무대에 섬으로써 베트남 전쟁을 돈으로만 보려는 일부의 인식이 지금이라도 바뀌기를 바란다. 아울러 이민족의 총창에 짓이겨지던 베트남 군인과 그 피해 가족의 입장에서 우리를 되돌아보는 계기도 마련되기를 바란다. 살아 돌아온 자들이 떠드는 시끄러운 소리보다 이국땅, 이름도 모를 산골짝에서 말없이 죽어간 우리 병사들의 억울과 회한도 다시 한번 되돌아보기를 바란다. 그래야 베트남 전쟁이 공평해지고 우리가 공정해진다. 나는 이게 전 주월사령관 채명신 장군의 바람이고 이 책의 저자가 본 더 나은 미래라고 생각한다.

2006년 김대중 전 대통령이 했던 연설이 떠오른다. "전쟁은 40대 이상의 장년층이 일으키고 전쟁터에서는 20대가 죽는다. 앞으로 전쟁이 일어나면 40대 이상을 전쟁터로 보내자."

세세하게 기억하기

친일과 망각

김용진, 박중석, 심인보 지음 | 다람 | 2018

일본제품 불매운동이 한창 일기 시작할 때, 호사카 유지 교수는 한국에서 일본 극우 세력의 주장을 그대로 전달하는 소위 '신친일파'를 경계해야 한다고 주장했다. 그는 일본제품 불매운동이 경제적으로 우리에게 손해라는 이유로 불매운동을 중단하자는 논리는 "악마에게 영혼을 파는 것과 똑같다."고 했다.[134]

이 책의 기획 의도는 '잊지 말자'이다. 그래서 "우리는 친일 문제에 대해 얼마나 정확하게 기억하려고 노력했는가?"를 묻는다. 이 물음을 되짚어 보려고 저자는 직접 추적한 사례나 각종 통계, 외국의 사례들을 소개하고 매국 반역의 시대와 현실을 함께 조명한다. 특히 나치 부역자들을 영원히 기억하려는 폴란드의 여러 사례는 우리에게 귀감이 될 만하다는 충고도 빠뜨리지 않는다.

---

134   머니투데이 「한(韓) 손해라며 불매운동 중단? 악마에 영혼 파는 것」 호사카 유지 교수 2019년 8월 15일자 참조

저자는 친일반민족행위자들을 청산하지 못한 결과가 지금 우리에게 어떤 영향을 미치는가도 묻는다. 이들과 그 후손은 지금 어떻게 살고 있는가. 애국지사와 독립운동가들은 해방 조국에서 어떤 대접을 받았는가. 그 후손들은 지금 어떤 환경에 놓여 있는가라는 질문에 우리가 사회적 시각으로 대답하기를 원한다. 친일반민족행위자와 그 후손들에게도 대답하라고 요구한다. 저자는 이런 물음을 통해서 우리가 그들의 반역 행위를 똑바로 이해하기를 바라고, 반역자들의 시대를 극복하는 계기가 됐으면 하는 희망도 함께 밝힌다. "일개의 악질적인 면장이 지은 죄보다도 선량한 군수가 진 죄가 더 크고, 악질적인 군수보다도 선량한 도지사가 지은 죄가 더 크다." 제헌국회 노일환 의원이 한 이 발언이나, 친일을 옹호하는 자들이 말하는 10대 궤변은 친일 매국노들을 청산하지 못한 그 후과가 얼마나 큰가를 단적으로 상징한다.

책을 읽다가 몇 가지 의문이 일었다. 해방 이후 벌인 친일 매국노들에 대한 처단이 우리 힘만으로는 절대 이룰 수 없던 과업이었는가. 독자 의지로 청산이 가능했던 일을 혹시 외부 탓으로 돌리며 회피하지는 않았는가. 남북이 각각 단독정부를 수립하자 친일반민족행위자와 많은 대지주들이 남으로 내려왔다. 그 가운데 매국노의 처단 문제를 남북은 왜 논의할 수 없었을까. 해방 직후, 조선에 거주하는 일본인의 안전한 본국 송환 문제와 연계해서 일본에 거주하던 우리 동포의 지위 문제나 송환 문제를 해결할 수는 없었는가. 이런 일들을 해보려고 당시 우리나라는 무슨 노력을 했으며 왜 못했을까. 정권욕과 민족의식은 어떻게 야합하고 충돌하는가. 민족주의는 이제 한물간 생각이고 반드시 독재나 파시즘으로 가는 길인가.

중국에서 말하면 안 되는 4대 금기가 있듯이 일본에도 입에 올리면 안 될 4대 금기가 있다. 천황 문제, 히로시마 원폭 문제, 후쿠시마 방사능 오염 문제, 그리고 위안부 문제다(KBS「사사건건」이영채 교수 2019년 8월 5일자 방송 참조). 따지고 보면 이 네 가지는 모두 우리나라와 직결되는 문제다. 이런 문제가 우리나라와 일본 사이에 쟁점으로 떠오를 때마다 나라 안팎에서 엉뚱한 주장을 하는 사람들이 나타나곤 한다. 그들을 보면서 식민 지배 35년의 해악이 얼마나 깊고 악착같은지 또 한 번 생각하게 된다. 신친일파는 그 뿌리가 어디일까. 독립운동가를 고문하던 일제 경찰 노덕술이 해방 후에도 경찰이 되어 의열단장 김원봉의 따귀를 갈기며 족쳤다는 이야기와 여운형과 김원봉이 암살 위협 때문에 매일 거처를 옮겨가며 자야 했다는 이야기는 광복 이후 지금까지 우리나라가 처한 모든 역사와 현실을 한마디로 압축한다. 이러니 제 조상이 친일 매국노였거나 독립군을 고발한 악질 밀정이었다는 것을 그 후손들이 얼마나 부끄럽게 생각하려는지 짐작이 가고도 남는다. 그래서 반민족행위특별조사위원회를 경찰이 습격하고 해체한 날이야말로 제2의 국치일國恥日이나 다름없는 날이다.

외세에 종속하는 식민지 매국 구조는 그 형태만 조금씩 변했을 뿐 오늘도 계속 이어지고 있다. 특히 정보사찰기관과 권력기관에는 민족 반역자들이 만든 그 형태가 그대로 전수되어 지금에 이르렀다고 저자는 말한다. 그래서 노덕술과 이근안은 동일체라고 이 책은 주장한다. 우리는 후대에게 식민지 매국 구조의 고통을 절대로 물려주지 말아야 한다. 하지만 과거청산과 친일 청산은 민주화가 끝나면서 함께 사라졌다가 진보정권이 들어서면서 되살아나기를 반복했다. 친일청산 문제는 우리나라 민주주의 문제이고 여전히 진행 중이다. 어떻게 해야 잘못된 과거와 신친일파를 극복하고 미래로 나아갈 것인가. 답은 하나다. '세세하게 기억하고, 절대로 잊지 말자.'이다. 세월호도 마찬가지다.

허구가 만든 힘, 희망

호모 데우스

유발 하라리 지음, 김영주 옮김 | 김영사 | 2017

마치 공상과학 영화 한 편을 본 것 같다. 저자는 이 책의 목표가 '단 하나의 결정적 시나리오를 예측함으로써 우리(가 만들 다큐 영화)의 지평을 좁히는 대신 우리가 선택할 수 있는 가능성의 스펙트럼이 우리가 생각하는 것보다 훨씬 더 넓다는 것을 깨닫게 하려는 것'이라고 말한다. 이걸 어느 정도 가늠하면 여러 편의 영화를 다양한 방식으로 만들 수도 있다는 의미다. 그러나 '지평을 넓힐 때의 역효과는 전보다 더 혼란스럽고 무력해지지만, 수많은 선택지들 가운데 무엇에 더 집중해야 할지', 선택과 집중을 가늠해보라고 권한다. 하나에만 사로잡혀있던 너의 미망에서 벗어나 여러 가지 눈으로 급변하는 세상을 보라. 그래야 중심을 잃지 않고 신세계를 제대로 볼 수 있다는 말이다. 옮긴이도 이 책을 영화에 빗대어 얘기한 걸 보면 이 책에서 받은 느낌이 다들 비슷한 모양이다.

저자는 데이터교의 열성 신도답게 전통 종교를 집요하게 공격한다. 동시에 자유주의를 최고의 선처럼 과도하게 옹호한다. 세상은 자유주의와 사회주의가 서로 견제하고 함께 공존했기에 더 크게 발전했다. 사회주의와 자유주의가 제각각 지닌 폐단이 왜 없겠으며 그 반대는 또 왜 없겠는가. 최근 200~300년 동안 자유주의 하나만 이 세상에 존재했다면 세상이 지금처럼 발전했겠는가.

자유주의란 모든 인간이 저마다 지닌 '자유의지'로부터 시작된다. '자유주의란 개인주의, 인권, 민주주의, 자유 시장 이 네 가지를 모두 포함'한다. 시장만 빼면 이건 사회주의도 다 가지고 있다. 자유주의(이념)를 포함한 이성은 상호주관적 실재이자 인간 내면에 존재하는 자아에서 비롯된다. 인간의 자아는 하나가 아니다. 인간은 '이야기하는 자아'와 '경험하는 자아' 둘로 된 존재다. 인생은 선택의 연속이고 선택은 부정확하기 짝이 없는 '이야기하는 자아'가 결정한다. 세상도 마찬가지다.

20세기까지 인생을 설계하고 지배해온 자아는 이야기하는 자아다. 저자는 인본주의를 설명할 때 "인간의 의지와 경험이 바로 권위나 의미의 원천"이라고 말한다. 그동안 인류는 상호주관적 실재(허구)라는 감수성과, '현재사실'이라는 과학의 힘으로 발전했다. 그러나 이런 이야기는 지금 중대한 도전에 직면해 있다. 감수성이 바탕인 '이야기하는 자아'를 과학의 힘이 제거하기 시작했고, 데이터나 인터넷이 권위나 의미의 원천이 되었기 때문이다. 그 한 예가 생명과학이다.

생명과학은 유물론과 진화론이 그 뿌리다. 인간의 뇌 조직을 해부하고 검증한 생명과학은 이야기하는 자아와 자유의지가 물질로서 뇌 속에 존재하지 않는 허구임을 밝혀냈다. 의지는 목적 지향적이지만 자연선택은 맹목적이다. '의지'는 자연선택과 자주 충돌한다. 욕망이나 소망, 자유의지도 목적 지향적이기는 마찬가지다. '욕망과 의지는 뉴런 발화의 한 패턴일 뿐'이라고 저자는 말한다. 그런데도 인간은 욕망이나 소망 등을 인간이 스스로 선택한 자유의지라고 착각하고 있다는 것이다.

하지만 여기에는 마음과 뇌의 관계에 대한 과학적 언급이 거의 전무하다. 마음의 실체는 무엇이고 누구의 것인가. 마음은 어디에도 속하지 않는 자유로운 상태인가. 이런 차원의 문제들을 명쾌하게 풀지 못한다면 저자가 전개한 여러 논의는 자칫 공허해진다.

21세기 과학의 힘(또는 유물론이나 진화론)이 자유주의를 무너뜨리고 있다. 저자는 이걸 걱정한다. 하지만 이런 현상은 지극히 자연스러운 흐름이고 뿌린 대로 거두는 모습일 뿐이다. 조금 달리 보면 지금 존재하는 모든 허구는 제가 만든 힘에 의해서 제 스스로 무너지는 중이다. 더 나아가 상호주관적 관념은 타자의 개입 없이 혁명적 재편과 자연선택에 집중하는 중이다. 앞으로도 과학의 힘은 이 세상에 존재하는 모든 상호주관적 의미망을 그 뿌리까지 모조리 허물어뜨릴 것이다. 거기에는 자유주의뿐만 아니라 존재하는 모든 이념이 다 포함될 것이다. 그 후에 새로운 형태의 체제가 건설되면 희미하게나마 과거에 존재했던 이념 가운데 유사한 형태가 나올 수도 있다.

이런 혁명적 파괴행위는 장생불사長生不死로 죽음을 극복하고 신의 지위에 올라서서 영원한 행복을 누리려는 인간의 욕망이나 염원, 즉 의지가 만든 것이다. 시너지 효과를 기대하면서 목적지향 의지로 출발한 인간의 희망이, 엉뚱하게 자연선택(돌연변이)이라는 전혀 다른 길을 가는 중이다. 거기에 선악은 없다. 그 길에는 오직 논리만 남아 단 한 번도 존재한 적 없는 무시무시한 차별과 계급이 형성될 것이다. 이런 현상은 생물학적 알고리즘과 전자적 알고리즘을 서로 결합시킴으로써 벌어진 일이다. 드디어 인간은 제 손으로 파멸적 결과물을 만들었는지도 모른다. 그러나 이런 모습을 인류가 아무런 감정 없이 받아들일 수 있을지는 아직 모르겠다.

미래는 이야기가 좌우하는 게 아니라 과학의 힘이 좌우한다. 이 힘을 통제할 수 있는 아주 극소수의 사피엔스는 영생불멸하거나, 스스로 죽었다가 (혹은 잠들었다가) 원하는 시기에 부활하는 호모 데우스가 될 것이다. 그렇지 못한 자, 즉 과학의 힘에 끌려가는 자는 하등한 사피엔스가 될 것이다. 이 분기점은 저자가 앞에서 사례로 든 보스톤컨설팅 업체의 보고서와 같은 패턴을 따를 것이다. 고등과 하등의 분기점은 더 많은 데이터의 독점과 정보 유통력에 따라 좌우된다. 누가 이것들을 독점하고 장악할 것인가? 그가 속한 나라의 국력과 개인의 경제력, 혹은 아주 해박한 개인의 과학적 지식이나 교육이 독점하고 장악할 것이다. 아니면 이들이 함께 결합한 형태가 고등과 하등을 가르는 분기점을 만들 것이다.

호모 데우스의 명령을 받은 과학은 하등한 사피엔스에게 개개인의 자유의지라는 말을 절대로 허용하지 않을 것이다. 하등한 사피엔스에게 복종할 것인가 아니면 극복할 것인가라는 양자택일의 순간이 도래할 때 과연 인류는 어떤 선택을 할 것인가? 신의 반열에 올라 장생불사와 영원한 행복을 추구하는 과정에서 겪는 여러 가지 문제들은 누가 어떻게 풀어낼 것인가? 이를테면 아무 짝에도 쓸모없는 70억이 넘는 하등한 호모 사피엔스의 처리 문제라든가, (사피엔스가 호모 데우스가 되는 과정에서 예기치 않게 발생한) 전자 알고리즘이 생화학적 알고리즘을 앞서게 된다면 인간은 무얼 어떻게 해야 할 것인가? 사피엔스는 계속 후손을 생산할 것인가, 인간이 만든 로봇이 인간을 정복하게 될 때 어떤 일이 벌어질 것인가 하는 등등의 문제들이다.

인간을 지탱하는 가장 강력한 허구의 힘은 희망이다. 희망은 의지이자 미래다. 저자는 신과 천국을 거짓이고 허구라고 여러 번 비난한다. 하지만 어떤 사람들은 신과 천국이 거짓이고 허구임을 '알면서도' 신과 천국을 믿는다. 왜 그럴까. 이런 물음에 저자는 말이 없다. 모든 것이 빅데이터에 다 쓸려나가는 이 외롭고 힘든 시대에, 존재가 하나의 칩에 불과한 이런 시대에, 인간에게 미래에 대한 희망조차 없다면 사람들은 무엇으로 어떻게 살란 말인가.

호모 데우스와 함께 살아가야 할 하등한 우리의 후손 사피엔스들도 마찬가지다. 그들이 사피엔스라고 불리는 한, 희망이라는 허구의 힘은 그들에게도 가장 강력한 생존 무기가 될 것이고, '고통에 의미를 부여하는 환상을 갖고 사는 것이 살기가 훨씬 더 쉬울'지도 모르니까. (이 말은 저자가 언급한 의미와 전혀 다른 의미이다.) 다만 열반의 희열을 느끼는 로봇 쥐처럼, 하등한 사피엔스에게 보상중추를 자극하는 전극을 꽂아 넣지만 않는다면 말이다.

미래의 호모 사피엔스는 세 가지 계급으로 나뉠 것이다. 호모 데우스라는 신이 된 사피엔스, 반신반인半神半人의 사피엔스, 인간세계에 머무르는 하등한 사피엔스가 이 세 계급이다. 누가 호모 데우스가 되고 누가 반신반인이 되고 누가 하등한 사피엔스가 될 것인가? 저자가 한 말대로 정말 소규모 억만장자들은 호모 데우스나 반신반인에서 배제될까? 정말 그럴까? 저자 말대로 그들은 인터넷이나 빅데이터의 유통과 흐름을 하나도 모를까? 부자들이 그런 흐름을 하나도 모르면서 그의 재산을 이렇게 크게 유지할 수 있을까? 그런 흐름을 하나도 모르는 사람들이 전 세계에 무기나 작물을 팔고 전국에 산재한 잡화 체인점의 재고를 파악하고 관리할 수 있을까? 생산과 소비의 불균형을 잡고 주식의 동향을 실시간으로 파악할 수 있을까? 인터넷이나 빅데이터의 흐름을 하나도 모르면서, 수만 명이나 되는 조직원들에게 지금부터 10년, 20년 후의 세상을 개발하라고 주문할 수 있을까? 시장이 배제된 채 인격신의 출현이나 확산이 가능할까? 미래의 마크 저커버그나 구글, 빌 게이츠 같은 억만장자, 세계적으로 이름난 육종업자 같은 부자들이 정말 배제될 수 있을까? 과연 그럴까? 당장 지금 인구수만으로도 극소수인 1%를 제외하면 하등한 사피엔스는 70억을 돌파한다.

불쌍한 우리의 후손, 하등한 70억 사피엔스가 갖는 희망은 무엇일까? 그것은 아마 언젠가는 나도 호모 데우스가 되리라는 꿈일 것이다. 그럼 그 꿈은 가능할까? 아마 모 아니면 도일 것이다. 하등한 사피엔스의 숫자가 워낙 많다는 점은 도가 될 위험성이 크다. 반면 모가 될 가능성도 있다. 왜냐하면 그들도 아주 구형이긴 하나 일정한 네트워크로 연결돼 있기 때문이고, 호모 데우스를 만든 것이 70억 사피엔스이기 때문이다. 또는 반신반인 계급에 속해있는 사피엔스가 시시포스나 미국인 해커 애런 스워츠[135]가 되어 하등한 인간을 구원하려고 덤빌 수도 있다. 그것도 아니면 호모 데우스가 그들의 결정적 비밀을 흘릴 수도 있다. 이것은 순전히 우연한 실수일 수도 있고, 호모 데우스끼리 벌이는 전쟁 때문에 의도치 않게 유출될 수도 있다. 그러나 이마저도 만물 인터넷이 '은하 전체를 아우르고 우주 전체로 확장되'려는 조짐을 보이기 전까지에 불과하다. 저자는 '미래의 사이버 전쟁은 몇 분 아니면 몇 초 안에 끝날 것'이라고 진단

135　그는 모든 정보는 독점 없이 공유해야 한다는 주장을 실천하다가 숨졌다.

한다. 호모 데우스가 반신반인이나 하등한 사피엔스와 싸울 때는 당연히 그렇겠지. 하지만 호모 데우스인 신들끼리 벌이는 전쟁도 그럴까? 이건 차원이 다르다. 저자는 신들의 방어망과 공격망을 너무 쉽게 본 것 같다. 약간의 기술적 우월성이 방어망 일부에 타격을 입히겠지만, 상대방 전체를 단숨에 압도하지는 못한다. 공격력이 강한 것만큼, 방어망 역시 강력하기 때문이다.

경험하면 기록하라. 기록하면 업로드하라. 업로드하면 공유하라. 이것이 인간이 다른 동물보다 우월한 광휘光輝다. 인본주의 시대를 지나온 지금도 마찬가지다. 하지만 '경험을 데이터화하고 공유하는 것은 이제 생존의 문제가 되었다.' 이젠 개도 제 감정을 인간에게 정확하게 전달하는 헬멧을 쓰는 시대다. 한쪽은 이렇게 빛의 속도로 진화하는데, 전 세계에 산재한 빈민층과 노년층은 이 흐름에서 완전히 소외되어 있다. 거기다가 미래에 가장 우두머리 호모 데우스가 될 모든 어린이는 아직 아무것도 모르는 상태이고, 여성은 데이터의 흐름에 상시 접근할 수 있는 통로가 남성보다 훨씬 좁다. 이것은 무엇을 의미하는가.
개인의 호기심과 창조 욕구를 막아낼 방법은 이 세상에 하나도 없다. 그동안 인류의 진화를 추동한 것은 끝없는 창조적 호기심이었지만, 앞으로는 그것 때문에 인간이 멸망할지도 모른다. 인간의 손에 의해 창조된 인터넷이 만물인터넷으로 진화하면 '사피엔스는 사라질 것이다. … 인간의 업그레이드된 알고리즘도 그걸 감당할 수 없다. 자동차가 마차를 대체했을 때 우리는 … 말을 업그레이드하는 대신 퇴역시켰다. 호모 사피엔스도 똑같은 일을 당할 때가 됐는지도 모른다.' 인간의 의지는 존재한 적 없는 거짓이라고 과학은 말한다. 그렇다면 니체가 말한 초인은 누구이고 무엇인가. 있지도 않은 의지를 내세운 니체는 헛소리를 했다는 말인가?

현재까지 밝혀진 바로 유기체는 알고리즘이고 알고리즘은 패턴이고 수학이다. 생명은 데이터 처리 과정이고 지능은 의식에서 분리되었다. 의식 없는 지능은 우리보다 우리 자신을 더 잘 알게 될 것이라고 한다. 대 혁명기에 미래를 정확히 예측하는 일은 불가능에 가깝다. '과거에 힘이 있다는 것은 곧 데이터에 접근할 수 있다는 뜻이었다. 오늘날 힘이 있다는 것은 무엇을 무시해도 되는지 안다는 뜻이다.' 지금 내가 무시해도 되는 것은 무엇일까? 그것들은 아직 남아있을까? 결론적으로 한마디 한다면 인간은 연산, 즉 수학으로 망하고 '계산하다가' 망할 것이다. 물리화학으로 흥한 인간은 물리화학으로 망할 것이다.

공상과학 영화는 4차원을 수시로 넘나들어야 하는데 이 책이 지닌 시나리오는 거의 3차원에 머물러 있다. 지금은 4차원에 막 진입하려는 3차원의 마지막 단계라고 항변한다 해도, 공상과학 영화 시나리오치고는 좀 성겁다. 저자는 인격신의 탄생부터 라그나뢰크까지 언급했다. 하지만 저자가 이제까지 말한 이 모든 이야기는 미안하지만 이미 수천 년 전에 다 나온 이야기이다. 호메로스, 북유럽 신화, 성경, 불경, 노장, 베다 등에 이미 비슷하게 다 나와 있는 이야기들이다. 오히려 거기에는 차원을 수시로 바꾸는 이야기들이 가득하다. 코란도 마찬가지일 거다. 내가 여기에다 씨불인 얘기도 역시 마찬가지다. 간단한 예로 호메로스에 나오는 인격신이나 북유럽 신화의 이그드라실에 사는 신과 인간 사이의 관계를 생각해보라. 저자가 말한 이야기의 흐름과 아주 흡사하지 않은가. 그렇다고 이 책의 내용을 진짜 공상과학 영화의 시나리오쯤으로 치부했다간 큰일 난다. 나

는 인류의 미래가 저자가 말한 것처럼 진행되리라 생각한다. 어쩌면 미래
는 저자가 생각한 것 보다 훨씬 더 어둡고 음울할지도 모른다.

멸망이나 죽음은 언제나 비참하다. 그러나 죽음이 오히려 축복인 날이
올지도 모른다. 인류는 멸망할 때가 되면 멸망할 것이다. 인격신도 마찬
가지다. 공룡이나 매머드가 멸망한 것처럼 인류라는 종이 멸망하는 것
은 얼마나 자연스러운 일인가. 우주는 고사하고 우리가 속한 은하계의 관
점에서만 바라봐도 지구 행성 하나 사라지는데 대체 거기에 무슨 그렇게
큰 의미가 있단 말인가. 태양계 전체가 한꺼번에 사라진다 한들 그게 무
슨 큰 대수이겠는가. 하물며 인류라는 하찮은 종種 하나이랴. 그러니 우
리는 남은 사람들 아프지 않게 사라지는 연습, 떠나는 연습을 자주 해둘
필요가 있다. 호모 사피엔스와 함께 인격신들이 멸망하는 날, 거의 불가
능하겠지만 아주 극소수의 호모 데우스가 살아남을 수도 있다. 그들은
노아의 방주를 타고 지구를 탈출해 또 다른 세계에 편입되거나, 아니면
다른 별에서 다른 신세계를 새로 건설할는지 모르겠다. 그렇게 된다면 그
들은 그 별에 맞게 진화할 것이다. 마치 영화처럼. 그 후에도 그들은 여전
히 호모에 속할까?

전도자가 이르되, 헛되고 헛되며 헛되고 헛되니 모든 것이 헛되도다.

－「전도서」1장 2절

유발 하라리에게 극단적 편향성은 없을 것이다

『호모 데우스』를 읽고

세상은 각각 다른 이념이 끼치는 영향을 서로 주고받으며 발전한다. 유발 하라리도 말했듯이 자본주의나 자유주의는 사회주의 이념이 가진 장점을 재빨리 수용했기 때문에 더 빨리 발전했다. 구소련의 국가사회주의가 무너진 이유는 제도의 경직성과 폐쇄성, 관료의 부패와 타락, 그리고 무책임, 자본주의 장점 배격, 개인의 비상식적 탐욕, 자유의 억압 따위라는 건 누구나 다 안다. 유발 하라리의 책을 읽을 정도라면 이런 일은 다 아는 사람일 것이다. 그런데도 그는 자신의 책에서 왜 사회주의를 그토록 극렬하게 공격할까. 이 점이 나는 늘 의문이었다. 그 의문이 JTBC의 「차이나는 클라스」를 보다가 느닷없이 풀렸다.

이 세상 부富의 60%는 전체 인구의 1%가 쥐고 있다. 자본주의 체제에서 현재 인공지능을 소유한 사람들 또한 1% 미만이라고 한다(이는 인용한 데이터나 발표 시기, 발표기관에 따라 차이가 있을 수 있다). 지금은 이런 문제가 더 나빠졌을지도 모른다. 인공지능의 생산성과 인간 고용은 반비례 관계다. 인공지능이 생산성을 극대화할수록 고용은 급격히 줄고 실업도 늘어난다. 국가는 극심한 부의 편중과 대량 실업이 가져올 사회적 불안을 어떻게든 해소해야 한다. 정부는 실업 상태에 있는 사람들에게 인간다운 삶을 유지할 수 있도록 해야 한다.

좀 극단적이고 허황한 얘기이기는 하지만, 방법은 두 가지다. 인공지능을 보유한 1%가 납부한 세금으로 80%를 인간답게 먹여 살리든지, 1%가 가진 부를 국가가 수용해서 전 국민의 생활을 국가가 책임지든지 해야 한다. 전자를 선택하면 국가의 존재 가치는 형편없이 약화하고 상상을 초월할 불평등이 계속된다. 하지만 어떻게든 자본주의는 존재할 것이고, 일부에게 국한되긴 하겠지만 자유도 살아남을 것이다. 후자를 선택하면 자본주의는 소멸하고 만인 평등이라는 공산주의나 사회주의 세상이 될 수 있다. 대신 국가의 존재 가치는 상승하고 불평등은 크게 감소한다. 그러나 이렇게 되면 (과거의 경험으로 미루어볼 때) 민주와 자유가 제한되고, 전체 삶의 질이 하향화하거나 부패가 만연할 수도 있다고 저자는 보았다. 둘 중 어느 쪽을 선택하든 국민은 도덕적 해이에 빠질 우려가 있다. 거기다가 미래의 정치 체제는 종족주의와 함께 계급 독재가 될 가능성이 큰데, 이런 여러 위험을 회피하려는 차선의 방법이 그나마 자유주의적 자본주의라고 저자는 결론 내린다. 전쟁과 기아를 막고 파시즘을 무너뜨린 것은 자본주의이지 사회주의가 아니라고 믿기 때문이다.

유발 하라리에게 궁금한 점이 하나 있다. 그가 자유주의를 옹호하고, 극렬할 정도로 사회주의를 공격한 것이 한국어판에서만 그랬는지, 전 세계에 배포한 모든 판본에서도 똑같이 그랬는지 궁금하다. 내가 보기에 중국에서 나온 중국어 판본에도 사회주의를 이토록 강하게 비판했다면 이 책은 반드시 출판금지나 배포금지를 당했을 것이고, 불온서적으로 낙인 찍혔을 가능성이 대단히 크다. 만약 중국 독자나 정부 당국이 한국어판과 똑같이 나온 중국어 판본을 읽고도 아무런 말이 없었다면, 내가 중국을 아주 잘못 알고 있거나 중국에 대해 크게 무지한 셈이다. 반대로 사회주의에 대한 비판을 우리나라 판본에서만 이토록 극렬하게 했다면 이건 큰 문제다. 저자의 의도에 의심이 가고 어디선가 작업을 한 결과일지도 모른다는 걱정과 우려 때문이다.

구소련이 무너지면서 국가사회주의나 공산주의는 실패했다는 게 일반적 중론이다. 그렇다고 맹점이 허다한 자본주의가 최상의 가치도 아니다. 쉽게 말해 국가사회주의를 개량한 듯 보이는 북유럽 사회민주주의 국가는 세계 최고의 복지국가다. 유발 하라리는 혹시 북유럽에서도 한국어판과 똑같은 내용으로 이 책을 출판했을까? 북유럽 사민주의 국가에 사는 사람들이 저자의 이런 극우적 비난을 들으면 어떤 생각을 할지도 나는 궁금하다.

세계는 이념과 상관없이 교류한다. 현대 정치는 자본주의와 사회주의의 장점은 취하고 단점은 버리기 시작한 지 오래되었다(자본주의나 사회주의의 포악이 여전히 극성을 떨고 있기는 하지만). 인류의 미래도 한동안 여기서 크게 벗어나지 않을 것이다. 로자 룩셈부르크가 극렬하게 공격한 베른슈타인의 '수정'이라는 말이 좌우를 떠나 차선일 수밖에 없는 세상이라는 말이다. 이 말 때문에 저자는 나를 수구적이라고 할지도 모르겠다. 하지만 세계 일류라는 북유럽 국가는 수정을 선택한 사회주의국가다. 중국도 마찬가지다. 중국이나 북유럽 사회주의는 어떤 형태로든 수정을 선택했기에 오늘에 이르렀다. 저자도 말했듯이 자유주의도 몇 번이나 사회주의 제도를 도입하는 수정을 거친 끝에 지금에 이르지 않았는가. 이는 우리나라도 마찬가지다. 절대로 그러지 않았으리라 믿고 또 그러지 않았길 바라지만 만에 하나 중국과 북유럽, 한국에서 출판한 판본이 전부

다 다르다면 저자는 위험한 사람이다. 작가가 자기 책의 내용을 나라마다 다르게 쓰고 싶다면, 책 머리에 그 이유와 배경을 소상히 밝혀놓아야 한다.

이 세상 그 누구라도 남의 나라 지식인을 자극해서 내적 갈등을 부추기거나 그 나라 국민의 생각이나 자유를 제한하려는 행위를 해서는 안 된다. 그것은 가장 악랄하고도 비열한 행위다. 만약 나치가 유대인의 안녕과 자유를 보장했더라면, 또 그들을 강제수용소로 끌고 가서 500~600만이나 되는 사람을 매일같이 죽이지 않았더라면, 제 한 몸뚱이 살려고 동족인 유대인을 배신하던 그 많은 유대인은 나타나지 않았을 것이다. 나치가 프랑스를 침공하지 않았다면 친독親獨 비시 정권이나 나치에 부역하다가 재판도 없이 동족인 프랑스인에게 처형당한 수많은 프랑스인이 생기지는 않았을 것이다. 나치가 다른 나라를 침공하지 않았더라면, 20만 명이나 되는 독일-프랑스 혼혈아동이 기생충이라는 손가락질 속에 살지는 않았을 것이다.[136] 일본이 한국을 침략하지 않았더라면 동족인 한국민을 죽이고 핍박하던 친일 반민족 매국노들이 나오지 않았을 것이다(이 말이 친일 반민족 매국노를 옹호한다는 턱도 없는 오해는 절대 하지 마시기 바란다).

역사를 살펴보면, 극단으로 종속된 이념은 매판자본을 부르고 민족자본을 말살하며 내적 갈등을 촉발한 경우가 많다. 이렇게 내부를 잔인하게 갈라치는 원흉은 언제나 목적을 가진 외부 지식인이었음을 명심해야 한다.

136 　조선일보 「김태훈의 뉴스 저격」 '프랑스, 나치협력 1만여 명 처형…' 2018년 1월 24일자 참조

제3장

실사구시, 그 양날의 검을 어루만지다

종교는 윤리와 도덕을 초월하는가

신 없는 사회

필 주커먼 지음, 김승욱 옮김 | 마음산책 | 2012

1

귀신을 보는 초현실적 경험을 했다고 해서 우리가 그걸 종교라고 믿진 않는다. 그것은 그냥 경험일 뿐이다. 이 책에 종종 나오는 '영적 체험'이란 말은 소위 말해서 '귀신 체험'을 말하는 것이겠지만 내게는 자꾸 '종교적 체험'이라는 뜻으로 읽힌다. 물론 오독誤讀인 줄 잘 알지만.

저자는 전 세계에 퍼져있는 기독교의 실태를 들여다보면서 세속과 종교의 문제를 이야기한다. '종교는 민중의 아편이다.' 마르크스와 레닌이 한 말이다. 마오쩌둥도 이 말을 주문 외듯 따라 했다. 스웨덴이나 덴마크를 포함한 북유럽은 사회민주주의 세력이 오랫동안 집권하고 있다. 덴마크는 루터교가 국교國敎다. 과거에는 국민들이 그 정도로 루터교를 신봉했다는 얘기다. 사회주의 체제에 국교가 존재하다니, 참으로 기묘한 동거다. 이 나라에선 국민이면 모두가 종교세를 낸다. 그러나 국교가 있다고 다른 종교를 금지하지는 않는다. 믿고 싶다면 누구나 다른 종교를 마음대로 믿어도 된다.

하지만 정기적으로 교회에 나가 예배를 보는 덴마크 사람은 극소수다.[137] 덴마크에서 국교인 종교를 믿으면 오히려 따돌림을 당한다. 스웨덴도 마찬가지다. 개신교인 루터교를 국교로 지정했던 노르웨이는 2017년 1월 1일부로 국교 폐지 선언을 했다. 이런 나라에서 정치인이 되고 싶어서 선거에 출마하려면 종교가 아예 없는 게 제일 좋고, 만약 종교를 믿는다면 그걸 노출하면 절대로 안 된다고 저자가 귓속말로 알려준다. 신의 뜻에 따라 '착하고 바르게 살자'는 종교를 믿으면 왕따가 되다니. 게다가 이런 나라가 세계에서 가장 살기 좋은 나라라니, 우리가 배운 신의 뜻과 달라도 너무 다르지 않은가. 그런데도 장례식이나 결혼식은 전부 교회에서 하길 원하고 세례나 견진성사도 선조들이 해온 대로 교회에서 하길 원한다니 이건 또 무슨 말인가.

북유럽에서 종교는 이제 그 형해形骸만 남았다. 이는 서유럽도 비슷하다. 이렇게 형태만 겨우 유지하는 종교를 저자는 '문화적 종교'라고 이름 붙였다. 꽤 그럴듯하다. 이들은 종교를 그저 전통문화쯤으로 생각하는 거다. 우리가 설, 추석이나 돼야 겨우 몇몇 집에서 한복 한 번 입고 마는 것과 비슷하다. 먹고살기가 좋아지면 육체적, 세속적 쾌락이 우선이고 내세에 대한 믿음이나 이념적 고뇌의 영역은 확실히 쇠퇴하는 모양이다. 유럽, 특히 북유럽에서 기독교가 쇠퇴하기 시작한 것은 꽤 오래되었다. 저자가 지적한 대로 쇠퇴의 원인이야 여러 가지이겠지만, 북유럽 인구의 높은 교육 수준과 풍요로운 삶이 종교의 쇠퇴를 가속화 한 측면이 크다. 이와 반대로 미국에서는 '신神'이라는 말이 마치 시위 현장의 깃발처럼 난무

---

137   루터교를 믿던 스웨덴은 2000년부터 국교를 폐지했다. (위키백과 참조)

한다. 그야말로 종교를 신처럼 받들지 않으면 그 사람은 주류사회 그 어디에도 낄 곳이 없다. 그런데도 미국은 세계 제일의 패권 국가는 될지언정 북유럽처럼 국민이 행복한 나라의 최상위 그룹에는 끼지 못한다. 오히려 초등학교에서까지 총기 살인이 일어나는 판이다. 그렇게 보면 신을 내버린 세속적 사회가 더 행복한 사회인지, 아니면 죽자 살자 신을 껴안고 있는 사회가 더 행복한 사회인지 몹시 헛갈린다.

오바마가 칭찬하듯이 우리나라는 교육 수준이 높다. 소득도 3만 불이 넘었다. 그런데 왜 이토록 종교가 극렬한가. 누가 누구를 행복하게 하려고 그러는 걸까. 지금은 그런 현상이 사라졌지만, 한때는 우리나라 종교인구를 모두 합치면 그 신도 수가 전체 국민의 수를 넘던 때도 있었다. 일본은 지금도 그렇다고 한다. 종교 간 경쟁이 치열해지면서 신도 수 부풀리기에 급급해서 벌어진 현상이다. 이 책이 종교를 기독교 하나만 가지고 설명한 점, 또 주로 서구의 입장에서만 종교를 보았다는 점, 일부 사례에 오류가 있다는 점에도 불구하고 다각도로 생각해 볼 대목이 참 많은 책이다. 종교인들이 읽어보면 더 좋겠다.

2

러시아의 블라디미르 성모상은 아름답고 신비한 그림으로 명성이 나 있다. 영국 BBC에 따르면, 러시아가 위기에 빠질 때마다 블라디미르 성모상은 몇 번이나 그 위기를 넘기게 했다고 한다. 러시아에서 사회주의 혁명이 일어나고 내전이 본격화하면서 볼셰비키 혁명정부는 종교를 극심하게 탄압했다. 이런 탄압은 파죽지세로 진군하던 나치가 모스크바 점령을 눈앞에 둘 때까지 계속되었다. 나치의 공격에 스탈린은 두려움을 느끼기 시작했고 가혹하게 탄압하던 종교에 자신을 의지하기 시작했다. 그는 블라디미르 성모상을 복사해 비행기에 붙여 놓고 모스크바 상공을 몇 날 며칠 동안이나 돌게 했다. 제발 나치의 침공을 막아달라고 기도하면서. 그 때문인지는 몰라도 나치는 모스크바 점령에 실패하고 퇴각했다. 그 뒤부터 스탈린은 종교 탄압을 서서히 풀기 시작해서 이제는 종교 활동이 탄압 이전 수준에 거의 근접할 정도라고 한다.[138] 히틀러의 대러시아 전투 패배를 분석한 이성적이고 논리정연한 논문이나 기고문은 대단히 많다. 나치의 모스크바 침공 실패가 정말 성모상의 위력인지 밝혀진 바는 아직 없다.

중국 정부는 대승불교를 지향하는 티베트 불교와 신장 위그르의 이슬람교를 탄압한다. 하지만 윈난성 시솽반나의 소승불교[139]는 전폭적으로 지원한다. 심지어 관광객 유치까지 밀어준다. 이는 중국이 지향하는 종교 정책의 양면성을 보여주는 사례이다. 중국을 잘 모르는 입장에서 이런 모습은 퍽 혼란스럽다. 시솽반나는 소수민족인 다이족의 자치주인데 다이족과 12개 소수민족이 함께 뒤섞여 사는 곳이다. 인구는 다 합쳐봐야 17억 인구 중에 고작 90만 정도다. 중국은 56개 민족으로 구성된 나라라서 자치주도 많고 소수민족 우대 정책도 많다. 하지만 같은 종교에 이중 정책을 쓴다는 것이 우리로서는 잘 이해가 안 간다(티베트와 신장이 독립

138　BBC Earth, 조안나 럼리의 '시베리아 대모험' 편 참조

139　소승불교라는 말은 작은 수레라는 뜻으로 대승불교에서 나온 말이다. 듣기에 따라서는 이 말이 대승불교가 자기네 종파를 모욕하거나 멸시하는 말이라고 생각할 수도 있다. 하지만 남방불교는 소승불교라는 말을 그대로 받아들여서 별 거부감 없이 함께 쓴다. 어쩌면 이런 모습이 사랑과 자비의 실현인지 모르겠다.

을 원한다는 걸 모르는 바는 아니다). 중국은 한동안 대형 기독교회의 설립을 허가하고 예배까지 허락했다. 그 후에는 무슨 이유에서인지 대형교회를 전부 폐쇄했다. 목사와 교회 관계자 수십 명을 체포해 재판에 회부하기도 했다. 이런 현상은 모두 정치가 종교에 강력하게 개입한 경우이다.

사회가 불안하고 살기가 팍팍해질수록 신에 대한 믿음은 더욱 강렬해지고 수많은 종류의 신이 등장한다. 이럴 때 나오는 가장 큰 문제는 종교와 정치의 야합이나 종교 지도자들이 벌이는 호도와 강요, 부패다. 이런 강요나 호도에 사람들은 이상하리만치 잘 걸려들고 이들이 벌이는 부패에 신자들은 사뭇 관대해진다. 이는 빈부와 귀천, 학식하고도 상관이 없다. 위정자들은 자신의 권력 유지를 위해서라면 크고 작은 종교 지도자와 서슴없이 결탁해왔다. 종교와 정치가 결탁하면 개인의 존엄과 자유는 사라지고 집단적 광기와 폭력만 남는다. 그래서 종교와 정치의 분리는 세속법에 정해 놓았을 정도로 중요하다.

개인의 신념보다 종교적인 법이 우위를 차지한다는 것은 위험하다. 계명과 경전에 개인의 신념이 복종해야하고, 사회 전체가 종교적 명령에 따라야 하기 때문이다. 종교와 정치는 분리되어야 한다.

이 말이 내린 결론은 우리나라 헌법에도 들어있다. 우리나라는 선거 때가 되면 모든 후보자가 고위급 종교 지도자나 일반 목회자를 찾아가서 표를 구걸한다. 제발 종교가 정치에 개입해달라고 바짓가랑이를 붙들고 애원한다. 하지만 표를 얻으려고 찾아온 후보자를 문 앞에서 내쫓는 종교 지도자는 없다. 언론은 이런 만남을 혹독하게 비판하는 게 아니라 오히려 대대적으로 긍정 보도한다. 이렇게 대놓고 법을 위반하는데도 감시 기관은 이걸 그냥 내버려 둔다.

지난 총선에서 일부 종교 세력이 자파 종교인을 국회로 진출시키려다 유권자가 외면하는 바람에 실패했다. 종정분리宗政分離라는 작은 세속법 하나 지키지 못하는 종교와 정치가 어떻게 세상을 구하고 인류를 구하겠다는 건지 나는 잘 모르겠다. 방역법과 부정부패, 성 문제로 실정법을 위반하는 종교가 무슨 수로 어두운 세상에 등불이 되고 소금이 되겠는가. 물론 구원이나 구도의 길을 찾아 끝없이 정진하는 분들도 정말 많고, 막대한 종교 재정을 회계사를 동원해 그 수입과 용처用處를 세속에 전부 공개한 종교인도 있었다. 꼬박꼬박 세금을 내는 종교인도 있다. 하지만 나 같은 무지렁이가 그 이들을 만나러 가는 길은 너무나 멀고, 내 곁에 가까이 있어 가기 쉬운 이런저런 종교 시설에서는 잊을 만하면 파렴치한 범죄나 폭력이 계속 불거진다. 이럴 때마다 내가 기댈 곳이 점점 없어지는 것만 같아 속상하다.

윤리와 도덕은 세속적이지만 법보다 우위에 있다. 하지만 시대에 따라 변하고 나라와 지역에 따라 다르다. 종교는 윤리나 도덕 위에 있다. 그러나 이 세상에 정말로 윤리와 도덕을 초월하는 종교가 있을까? 적어도 내가 보기엔 없다. 왜 그럴까? 종교는 대중을 포섭해야 하기 때문이고 신도信徒 없는 종교는 허깨비라서 그렇다. 그러면 종교가 세상을 끌어가야 하는가, 아니면 세상이 종교를 구속해야 하는가. 나는 여전히 헷갈린다.

종교가 인간을 위한다는 말이 진실인가 하는 점을 한 번은 의심해 보아야 한다. 하지만 아무리 그래도 이 책이 말하듯이 종교가 '사랑과 평등을 구체적으로 실현할 수 있는 가장 좋은 결사체'인 것만은 확실하다. 이걸 실현하려면 종교는 개개인의 세속적 기복祈福만 갈구하려는 생각을 버려야 한다. 그렇다고 경전의 자구字句에만 교조적으로 매달리거나 자기 종파를 위한 복종 논리만 강요할 것도 아니다. 저자가 한 말처럼 종교는 지금 여기 사는 사람들의 참된 모습을 칭찬해야 한다. 그 대표적 사례가 2014년 한여름에 방한한 프란치스코 교황이 보인 모습이다. 종교는 더 많은 포교를 하려는 극렬한 경쟁에 휩쓸리기보다 이 세상의 밑바닥으로 더 내려와 실천적이어야 한다.

따라서 종교가 개인의 신념보다 우위를 차지하려 한다는 이 책의 우려는 설득력이 있다. 종교가 세속을 걱정하는 게 아니라, 오히려 세속이 종교를 걱정해야 하는 시대라 그렇다. 종교가 우리 현대사에 끼친 긍정적 측면과 부정적 측면을 함께 살펴보자. 아울러 종교의 사회적 역할에 대해서도 좀 더 깊이 생각해 보자. 세속적 정직함마저도 지키지 않는 종교에서 구원이나 자기완성이란 전부 헛소리일 뿐이다.

무엇을 비르투로 삼을 것인가

마키아벨리의 네 얼굴 – 군주론 너머 진짜 마키아벨리를 만나다

퀜틴 스키너 지음, 강정인, 김현아 옮김 | 한겨레출판 | 2010

이 책은 니콜로 마키아벨리(1469~1527년)의 입문서다. 평생 그가 지녔던 이론과 사상, 그것을 형성한 과정과 배경을 기록한 일종의 행장行狀[140]이다. 저자가 이 책에서 지향하는 목표는 '국가통치술에 대한 마키아벨리의 관점을 쉽게 소개하는 것'이다. 실제로 읽기 쉽고 이해하기 편하다. 마키아벨리의 대표작 가운데 하나인 『군주론』은 1513년에 썼으나 약 20년 뒤인 1532년에야 출판됐다. 그가 죽은 지 약 5년이 지나서다.

마키아벨리는 이탈리아 피렌체에서 태어나 29세에 피렌체 공화국의 국내 문제와 전쟁을 관장하는 제2서기장이 되었다. 제2서기장은 제1서기장을 보좌하는 비서 역할인데, 국가 대평의회의 승인을 거쳐서 임명되었다는 걸 보면 결코 허술한 자리가 아니다. 마키아벨리는 어렸을 때 열렬한 인문주의자이자 변호사인 부친 덕분에 책을 많이 읽었고, 정치 현장에서 강제로 물러난 뒤에도 많은 책을 읽었다. 독서량을 축적한 뒤부터 책을 썼다고 하는데, 그 대표작이 『군주론』과 『로마사 논고』이다.

---

140   행장: 사람이 죽은 뒤 그 사람의 평생 행적을 기록한 글. 대개 좋은 부분을 많이 남긴다.

부제에서도 보듯 저자는 독자가 『군주론』에 존재하는 마키아벨리만 보지 말고 그 너머 광활하게 펼쳐진 마키아벨리 전체를 보라고 권한다. 하지만 『군주론』이 워낙 크고 자극적이어서 거기에서 벗어나기가 사실 쉽지는 않다. 그가 쓴 다른 책도 『군주론』에서 보인 시각과 연결된 부분이 많아 더욱 그렇다. 저자는 마키아벨리의 정체성을 외교관, 군주의 조언자, 자유 이론가, 피렌체의 역사가, 이렇게 네 부분으로 나누고, 그가 쓴 책을 거기에 대입해가며 기술했다. 그래서 책 제목이 '마키아벨리의 네 얼굴'이다. 맨 뒤에는 이 책과 더불어 읽으면 좋은 책 목록과 그 내용까지 요약해 놓은, 참 친절한 책이다.

180여 쪽밖에 안 되는 이 작고 얇은 책에는 '비르투'라는 말과 '인문주의'라는 말이 자주 나온다. 마키아벨리 사상의 핵심이 비르투라서 그렇고, 저자가 본 마키아벨리는 '인문주의 정치사상의 신고전주의적 형식의 대표자'라서 그렇다. 비르투란 라틴어에서 유래한 말로, 악덕에 대응하는 미덕이라는 의미로 사용된다. 역량, 능력, 기술, 활력, 결단력, 힘, 기백, 용기, 용감함, 용맹, 무훈 등등을 뜻하는데 주로 남성적 성품을 의미한다. 이를 탁월함이라는 말로 번역한 책도 있다. 우리식으로 말하자면 덕德이나 인의仁義 정도로 해석할 만하지만 이 또한 정확한 번역은 아니다.

키케로의 교육적 이상은 (14세기부터) 이탈리아 인문주의자들에 의해 소생되었고, 대학과 이탈리아인의 공적인 생활양식에 막강한 영향력을 발휘하였다. 인문주의자의 특장은 첫째, 진실로 '인간적인' 교육에 적절한 내용과 관련해 특정이론을 신봉한다는 것이었다. 그들은 학생들로 하여금 라틴어 습득, … 수사학 연습과, 가장 훌륭한 고전 문장가를 흉내 내는 연습을 거쳐, 고대사와 도덕철학을 숙독하는 것으로 공부를 마무리

짓도록 했다. … 그들은 이런 종류의 훈련이 정치적 삶을 위한 최고의 준비과정이라는 오래된 믿음을 대중화시켰다. (15쪽)

키케로가 반복해서 주장했듯이 이러한 훈련이 국가에 극진히 봉사하는데 반드시 필요한 가치관을 길러준다는 것이다. 공공선을 위해 기꺼이 사적 이익을 부차적인 것으로 여기는 마음가짐, 부패와 폭정에 대한 저항심, 그리고 우리 자신은 물론 나라를 위해 가장 고귀한 목표, 즉 명예와 영광을 달성하고자 하는 야심 등이 그것이다. 이런 신념에 점점 물들어가면서, 피렌체 인들은 지도적 인문주의자를 시 정부의 중요한 자리에 앉히기 시작했다. 이러한 조치는 1375년(부터 시작되어서) … 하나의 관행으로 자리 잡았다. (16~17쪽)

당시 유행하던 인문주의는 로마의 키케로 중심이었다. 저자가 이 책에서 마키아벨리를 인문주의자라고 본 이유는 그의 운명론에서 비롯되었다. 로마의 도덕론자들은 운명의 여신을 인간의 동반자로 보았다. 마키아벨리는 중세 기독교를 배격했다. 기독교가 운명의 여신을 유일신에게 종속시켜서 운명과 타협했기 때문이었다. 그는 운명과 신을 분리한 뒤, 인간은 '의지의 자유'가 자기 운명의 절반을 차지한다고 역설했다. 운명이라는 여신이 가지고 있는 힘은 대단히 강력하지만 비르투를 가진 강한 남성에게는 굴복하여 그 품에 안긴다고 역설한다. 비르투란 인간이 가지고 있는 자유의지에서 나온다.
마키아벨리는 통찰력과 비르투를 두루 갖춘 세속 군주가 운명을 굴복시킨 뒤에 해야 할 최고의 목표를 '자신에게 명예와 영광을 안겨주는 정부형태를 창안하는 일'이라고 강조했다. 천국으로 가기 위해 세속적 영광과 부의 유혹을 뿌리치라는 기독교의 가르침을 그는 '무시'했다. 그리고 한평생 교회의 성직자를 경멸했다. 그 대신 14세기 피렌체에서 부활한 로마 도덕론자들의 견해를 계속 따랐다. 이런 점에서 볼 때 마키아벨리는 인문주의자의 전형이다. 그 자신 또한 인문주의를 지지했다.

『군주론』은 피렌체 왕국의 군주에게 헌정한 책이다. 큰 주제는 '무기와 사람'이다. 군주의 최종 목적은 국가를 유지하는 것이고, 군주가 해야 할 제1의 의무는 국가를 오래도록 존속하게 하는 일이다. 국가의 장기 존속은 전 국민의 비르투가 다 발휘되도록 지도자가 가진 비르투를 써야 가능해진다. 이런 국민적 비르투는 '인민의 자유'에서 나온다. 이때 정치 지도자가 명심해야 할 지도력의 핵심은 '시대적 조건에 자신의 성격을 적응시키'는 것이고, 반드시 '자신의 군사력을 가지는 것'은 권력의 기초 가운데 하나임을 역설한다. 마키아벨리가 『군주론』에서 중점적으로 언급한 항목은 목적의식, 재능, 판단력, 용기, 추진력, 신중함이고 자만심, 태만, 나약함, 성급함, 충동적 결정, 우유부단, 비겁 따위이다.

그는 도덕 문제를 두고도 많은 성찰을 했다. 도덕은 비루투와 연관이 많다. 그는 '비르투의 소유가 시민적 영광과 위대함을 획득하기 위해 필요한 일이라면 그 행위들이 본질적으로 선하든 악하든 관계없이 기꺼이 실천하려는 마음가짐이 (저절로) 드러난다. 이것은 정치 지도력에서 가장 중요한 자질이다. 공동체의 선을 모든 사적인 이익과 도덕성에 대한 통상적인 고려보다 우위에 두려는 이 같은 의지는 일반 시민의 경우도 필수적이다.'라고 주장한다. 이는 중세 봉건영주가 도덕을 보는 관점과는 굉장히 다른 새로운 관점이다.

외교 현장이나 전장에서 군주는 신속한 용단과 적절한 시기 포착, 절제와 용기, 사자와 여우 같은 날램과 교활함을 가져야 한다고 충고했다. 이 말은 실패에서 얻은 뼈저린 교훈이다. 그 당시 일반화돼있던 인문주의는 물론, 2차 세계 대전까지 400년이 넘도록 이어져 온 기사도 정신에 반反한 대단한 통찰이다. 이 말은 손자가 언급한 병불염사兵不厭詐(전쟁에서 승리하려면 적을 속이고 기만하는 행위도 마다하지 않아야 한다)와 같다.

저자는 마키아벨리가 『군주론』을 통해 '그 시대의 통치자를 매우 비판적으로 평가한 것을 두고, 후대 사람들이 그가 당시의 국가통치술을 모두 비난하는 것은 그의 견해를 오도하는 일'이라고 주장한다. 왜냐하면 마키아벨리가 방문했던 몇몇 나라는 탁월한 지도력에 의해 감탄할 만한 방법으로 정치 문제를 해결하는 모습을 보았고 그 사례도 함께 기록했기 때문이다. 이 말을 다시 풀어보자면, 마키아벨리는 『군주론』을 통해서 그 시대 통치자들이 행하는 통치술이 잘못됐다고 평가했다. 그가 한 이 말을 두고 후대 사람들은 마키아벨리가 그 시대의 모든 통치술을 비난했다고 한다. 이런 말은 마키아벨리가 전하고자 했던 참뜻을 후대 사람들이 왜곡하고 오도하는 잘못된 말이라고 이 책의 저자는 주장한다. 왜냐하면 마키아벨리가 다녀본 몇몇 나라는 자기네 나라에서 발생한 정치 문제를 감탄할 정도로 잘 해결하는 탁월한 모습을 보였기 때문이다.

『로마사 논고』는 『군주론』 집필 이후에 쓴맛, 단맛을 다 보고 나서 쓴 것이라 그런지 『군주론』보다 훨씬 더 깊고 넓다. 마키아벨리는 로마가 융성하고 발전한 이유를 공화정치에서 찾았다. 『군주론』은 상당히 구체적이지만 사람들이 다 알면서도 행하지 않거나 알면서도 위반할 때 어떻게 해야 할 것인가에 대한 답이 없다. '보상과 법 집행' 정도로만 나와 있어서 막연하거나 모호한 편이다.

어느 시대나 그 내부에는 지배하고자 하는 욕구와 통제받지 않으려는 욕구, 그리고 서민과 부자라는 파벌이 존재하고 파벌에는 항상 갈등이 존재한다. 하지만 그 갈등을 경쟁으로 이끌 것인지, 상대방을 정복하고 파멸시키려 할 것인지에 따라 국가나 사회 조직은 발전과 퇴보(공멸)로 앞날이 갈린다. 마키아벨리는 파벌의 갈등이나 그로 인한 무질서를 긍정적으로 보려고 애썼다. 그는 그런 갈등을 부패나 공격으로 서로를 주저앉히기보다는 두 세력이 상호 경쟁함으로써 국가가 발전하기를 원했다. 이 또한 인문주의적 사고이자 비르투에서 비롯된 일이다. 마키아벨리식 사유로 볼 때, 붕당과 파벌이 조선을 망쳤다는 비판에는 어떤 문제가 있는지, 진보와 보수로 나뉘어 갈등하는 우리에게는 지금 어떤 문제가 있는지, 또 그의 이런 시각이 남북분단에는 어떤 작용을 할 수 있는지 한번 생각해 볼 만하다.

마키아벨리가 인문주의 사고를 바탕으로 쓴 『피렌체 역사』의 큰 주제는 '쇠락과 멸망'이고 그 핵심 주제는 '부패'다. 그는 『로마사 논고』에서처럼 이런 주장을 했다. "법률과 제도가 공공의 이익이 아니라 사적 또는 당파적 이익을 위해 입안되는 경향이 있다. 공동체가 이런 식으로 비르투를 상실했을 때 생기는 적대감이 도시에서 발생하는 모든 악의 근원이다." 그는 또 "부자들로 하여금 자기 부를 이용해 공적 이익을 따르기보다 사적 이익을 좇아 부자 편에 서는 당파를 형성할 수 있도록 방임하는 것이 가장 큰 위험"이라는 말도 했다. '마키아벨리가 지닌 정치 비전의 가장 독창적이고 창조적인 측면은 그가 물려받았고 또 기본적으로 계속 유지했던 인문주의적 가정假定에 대한 일련의 논쟁적이고, 때로는 풍자적인 반응에서 가장 잘 이해될 수 있다'는 저자의 말은 이 책의 전편에 흐르는 말이다. 한마디로 정리하면 마키아벨리의 독창성은 '인문주의가 기본'이라는 말이다.

그가 죽을 때까지 공화주의자였다는 것, 자신을 키워주었고 그렇게나 다시 복귀하고 싶어 했던 메디치가와 피렌체 정권을 그가 마지막까지 비난했다는 데 놀랐다. 피렌체 왕국의 메디치 가문이 공화주의자에게 멸망할 때까지 6년 동안이나 마키아벨리에게 계속 월급을 주었다는 사실은 더욱 놀랍다. 그는 비루투를 최고의 이념으로 역설했지만, 정작 자신의 비르투는 잘 인식하지 못한 듯하다. 마키아벨리가 임종한 이튿날, 가족은 그를 교회 묘지에 묻었다. 이를 두고 그가 임종 직전 성직자를 불러 마지막 고해를 했다고 하는데, 그 말은 전혀 근거 없는 주장일 뿐 마키아벨리는 평생 교회의 성직을 경멸했다고 저자는 항변한다.

조금만 더 지나면 마키아벨리가 죽은 지 500년이다. 아주 긴 세월이 지났건만 그는 지금도 여전히 악평을 듣는다. 당장 우리나라만 해도 '마키아벨리 같은 놈'이라는 욕은 하지만 '마키아벨리 같으신 분'이라고 칭찬하는 말은 아무도 안 쓴다. 아마 이 세상 어디를 가나 다 같을 것이다. 그러나 전 세계 출판사는 그가 쓴 책을 수백 수천만 부씩 계속 찍어내고 사람들은 그가 쓴 책을 수십 대를 이어가며 읽고 또 읽는다. 그는 왜 이런 모순에 휩싸인 걸까?

첫째는 그가 르네상스의 영향을 받은 신고전주의자였고 인문주의자였으며 선각자였기 때문이다. 앞서도 말했듯 저자가 본 마키아벨리의 정치사상은 인문적 신고전주의를 대표한다. 신고전주의가 18세기 말에 나온 사조임을 감안 한다면, 저자는 마키아벨리를 적어도 250년은 앞서간 사람으로 평가한 셈이다. 저자가 마키아벨리를 크게 네 부분으로 나누어 살핀 형태 역시 신고전주의를 기반으로 한 형태다. 둘째는 전 세계에서 대단한 위력을 떨치고 있는 기독교를 평생 경멸하고 거부한 바람에 기독교계로부터 대대로 낙인이 찍힌 탓이다. 셋째로 그의 말은 아직도 유효하고 앞으로도 유효할 불멸의 언어이기 때문이다. 이 세상은 겉으로는 윤리와 도덕으로 무장한 세상이지만 속으로는 제 이익만 추구하려는 영악하기 짝이 없는 위선적 세상이다. 어제의 적은 오늘의 친구, 적의 적은 나의 친구, 영원한 적도 없고 영원한 동지도 없다고 하는 말은 마키아벨리와 대체 무엇이 다른가. 그러나 위정자들이나 패권 국가들은 이런 말을 드러내는 것을 싫어한다. 장막 뒤에서는 솔직한 마키아벨리보다 수백 배나 더 음흉한 짓을 하면서도 세상 앞에서는 도덕군자의 탈을 쓰고 싶어 하지 않는가.

로마인들은 애국심보다 자신의 약속 불이행을 더 치욕스럽게 느꼈다고 한다. 옥스퍼드대학에서 제시한 영국 중산층의 기준은 '자신만의 신념과 주장을 가진 사람, 약자를 보호하고 강자에게 당당한 사람, 독선적 행동을 하지 않는 사람, 항상 공정하고 떳떳한 태도와 정신을 가진 사람, 불법, 불의, 불평등에 과감히 저항하는 사람'이다. 이는 고대 그리스에서 시작된 비르투와 연관이 깊다. 수천 년을 이어온 전통적 가치와 정신을 훼손해버린 우리는 무엇으로 국민적 비르투를 삼을 것인가?

공자가 꿈꾼 세상

우리에게 유교란 무엇인가

배병삼 지음 | 녹색평론사 | 2012

이 책의 주제는 유교를 통해서 우리가 다 함께 잘사는 방법 찾아보기다. 저자는 그동안 우리가 유교를 잘못 오해 한 부분은 무엇이고 유교가 우리에게 전하려 했던 본래의 말은 무엇인지 밝혀보려고 한다. 동시에 왜 오늘날 유교가 필요하며 유교를 통해서 우리는 무엇을 어떻게 할 것인가를 되묻는다. 그 답을 찾으려고 저자는 유교에 우리 시대를 대입하거나 거꾸로 우리 시대에 유교를 대입하는 형식으로 이 책을 꾸몄다. 한 마디로 이 책은 유교를 지금 언어로 '번역하고 풀이한' 일종의 경학서經學書이다.

현대 자본주의 사회는 부정의하고 불균등, 불평등한 사회다. 피로하기 짝이 없는 이런 사회는 늘 초조하고 불안하다. 그 원인은 두려움을 내버려서 삼갈 줄 모르는 사회라 그렇다. 인仁과 덕德의 참뜻이 사라진 시대라 그렇고, 위僞와 여與를 바로 알지 못하는 세상이라 그렇다. 따라서 '이기적 개인'에 빠진 위僞와 '더불어, 함께'를 뜻하는 여與를 정확하게 아는 일이 필요하다. 즉即과 진기盡己[141], 극기복례克己復禮를 거친 학學(배움)과 습習(익힘, 반복)으로 인의 본질을 찾아가는 일도 중요하다. 이렇게 부단한 학습學

智으로 깨우친 인을 구체적으로 실현하는 일이야말로 인위人爲적으로 들씌워놓은 오해의 껍질을 벗고 유교가 본 모습을 드러내는 길이며 우리 모두 사람답게 사는 길이라고 저자는 주장한다. 그는 현대사회의 각 분야에 유교가 왜 필요하고 어떻게 써야 하는지 하나하나 해석하고 설명한다.

인이란 넓고 깊어서 한마디로 표현할 수 있는 말이 아니지만, 공자는 '인이란 내가 하고 싶은 것을 상대방과 함께하는 것'이라는 말로 정의한 적이 있다. '덕이란 겸양과 경청, 그리고 상대방에 대한 배려를 통해 형성되는 자연스런 힘'이라고 저자는 말한다. 또 '공자의 꿈은 말이 서로 소통하는 문명사회였다.'고 하니, 공자의 인 속에는 여與가 들어있고 의예지신義禮知信이 자연스럽게 녹아있다. '내가 있어서 네가 있는 것이 아니고 네가 있어서 내가 있다'는 인과 여에는 이 세상의 크고 작은 모든 생명과 사물이 더불어 동등해지니, 유교는 자연스럽게 생태학으로도 이어진다.

저자는 현실을 직시하지 않고 미래를 말하는 것은 허구고, 위선이라고 질타한다. '…을 위爲하여'는 소통을 방해하고, 대가를 바라게 하고, 너와 나를 구분 짓고 소외시키며, 잠들어있던 오욕칠정을 끌어내어 상대를 도구화하고 수단으로 삼으려 한다. 이렇게 분열적이며 수직적이고 종속적 굴종을 강요하는 '위'에 대한 저자의 공박은 통렬하다. 이 공박은 즉시 '더불어, 함께'를 의미하는 여에 대한 옹호와 치환으로 이어진다. 저자는 인이나 덕은 천하를 위하거나 나라를 위한 게 아니라 인과 덕, 그 자체가

141 이 말은 '즉하여 살기'란 말과 같다. '즉하여 살기'란 아들을 대하는 순간 아비로서의 나를 살고, 학생을 대할 적엔 선생으로서 나를 살아버리는 것이다(주희는 이것을 진기盡己라고 표현한 바 있다. 너를 위하여 살지 않고 … 오롯이 이 순간의 나를 살아버리는 것이다.(28쪽)

사람다움의 발현이라고 주장한다. 다시 말해 인과 덕의 본질은 사람다움의 발현에 있다는 말이다.

맹자는 군주가 인민을 위하여 정치를 한다는 뜻의 '위민爲民'을 사용한 적이 한 번도 없다. … 위민정치는 군주가 인민을 도구, 즉 통치의 대상으로 삼는다면 여민與民정치는 인민과 군주가 함께 더불어 정치를 구성해 나간다. … 인민들이 자율적으로 판단하고 스스로 작동하는 정치 세계, 이것이 맹자가 꿈꾸던 왕도王道의 세계였다. (36~37, 40~41쪽)

사람을 짐승처럼 죽이던 독재자들의 시대에도 국민과 '더불어 잘 살자'고 하지 않은 위정자는 없었다. 또 그들의 통치 명분에 '평화와 번영, 행복'이 들어가지 않은 때도 없었다. 심지어 어떤 때는 정의正義라는 말까지 들어가 있었다. 국민과 백성을 '하늘'이라고 하지 않은 독재자가 역사 이래 한 명이라도 있었던가(각종 보도에 따르면 요새는 고위 관리가 국민을 개돼지라고 불러도 별 일 없는 모양이더라마는).

그러나 모든 위는 다 악惡이고, 잘못인가라는 의문은 계속 남는다. 양해왕은 잃은 땅을 회복하려고 전쟁터에 나간 제 아들을 군사들의 선봉에 세워서 싸우다 죽게 했다. 맹자는 이를 보고 불인不仁하다며 질책한다. 그러나 위민정치로 아들을 죽인 양해왕은 꼼수를 부려 입대를 회피한 지금의 어른들보다는 백배 낫고, 전쟁터에서 앞장서서 싸우다 죽은 아들은 어떻게든 군대를 안 가려고 발버둥치는 몇몇 젊은이들보다 백배나 낫다. 잃어버린 백성과 제 땅을 되찾으려다 불인하다고 찍힌 양해왕은 제 나라를 팔아먹은 일제의 앞잡이들보다 백배나 낫고 양해왕의 불인이 여민을 가장한 위정자들의 독재와 부패보다 백배나 낫다. 논어에 나오는 '미생고微生高와 식초'의 이야기도 이 시대와 비교하면 마찬가지다.

민주주의와 의회 제도를 처음으로 실시한 영국과 영연방, 또는 삶의 질이 세계 최고라고 하는 북구 여러 나라의 입헌군주제는 또 어떤가? 국왕에게 실권이 없으니 크게 문제 될 게 없다고 한다면, 신하가 힘없는 군주를 몇 번씩이나 독살했다는 의혹을 받는 조선의 신하 정치는 어떻게 보아야 하는가.

2천 년도 더 지난 역사를 살펴보고, 공자와 맹자의 시대와 지금을 전 지구적 시각으로 비교해보면 지금은 그때보다 무엇이 얼마나 달라졌는가 하는 의문이 인다. 왕정이나 전제군주의 시대가 끝나고 근대 이후 새로 생긴 정치체제에 민주라는 말은 빠짐없이 들어가지만, 제대로 해본 여민 정치가 정말 얼마나 있었는가. 그동안 여민의 시대가 있기는 있었는가. 차악 선택론이 불가피한 세상에서 모든 위僞는 정말 악인가 하는 의문 또한 여전히 남는다.

제자 자로가 임금을 섬기는 방법을 여쭈었다.
공자 : 속이지 말고, 덤벼들어라!
子路問事君. 子曰, "勿欺也, 而犯之." (87쪽)

책 속에 나오는 민주, 민본, 정치, 경제, 과학 등 여러 단어가 정착하는 과정을 따라가다 보면 모국어의 소중함을 다시 한번 생각하게 된다. 똑같이 어질다고 번역하는 인과 현賢의 차이. 충효忠孝와 충서忠恕의 차이를 설명하고 삼강三綱은 상하관계로 일방적이지만 오륜五倫은 둘 사이가 서로 상호관계라 완전히 다르다는 설명은 독자의 사유 공간을 더 깊게 하는 통찰이다.[142]

국가를 경영하는 자는 모자람을 근심하지 않고 고르지均 않음을 근심하고, 또 가난을 근심하지 않고 평안하지 않음을 근심한다. 대개 고르면 가난하지 않고, 화목하면 모자라지 않고, 평안하면 기울지 않기 때문이다.

有國有家者, 不患寡而患不均, 不患貧而患不安, 蓋均無貧, 和無寡, 安無傾.

저자는 유교의 정의란 정치(도덕)와 경제(이익) 사이에서 균형을 잡는 노력이라고 한다. 그래서 그는 유교에서 민주적 가치를 찾으려 하고 복지와 분배를 찾으려 한다. 그는 여민동락與民同樂이라는 큰 틀 속에 유교의 모든 걸 다 녹여내었다. 그러나 유교를 바라볼 때 자본주의적 시각과 사회주의적 시각, 공산주의적 시각 등 각각 다른 관점에서 저자의 사유를 설명했더라면 더 좋았을 걸 하는 아쉬움도 있다.

수치심은 '자기 자신의 잘못'을 성찰하는 양심이다. … 증오심은 부끄러움을 공동체에 미루어 적용할 때 생기는 '공적 수치심'이다. … 증오심의 밑바탕에는 수치심이 깔려야 하고, 수치심은 증오심으로 밀고 나가야 한다. 그럴 때 안팎으로 정의가 선다.

---

142 서恕란 상대방을 이해하는 과정이고 충忠이란 대화에 나서기 전, 자기검열 과정이기도 하지만 자기를 객관화하는 과정이다. (234~235쪽)

고전을 읽고 역사를 배우는 것은 말 그대로 온고이지신溫故而之新 때문이다. 이 말은 무엇을 사랑해야 하고 어떻게 증오해야 하느냐를 알고자 함이다. 공자는 독獨을 증오하고 맹자는 여與를 사랑했다. 그때나 지금이나 모든 정치는 환과독고鰥寡獨孤속에 갇혀 있는 무고無告함을 깨버리는 일이다. 유교는 '노약자 복지, 신용 본위의 정치 경제사회, 인간중심의 교육을 통해 청소년의 인권을 회복하는 사회를 꿈꾸었으니', 유교를 실천하는 일이 지금 우리가 해야 할 일이라고 저자는 말한다.

이 책은 논어의 첫 구절인 학學에서 시작해서 학으로 끝난다. 이는 인을 향한 시작과 끝이 여일如—하고 그때의 말씀이 지금에도 같음을 말하려 함이다. 공자가 제자를 가르치던 학당의 정체성은 민敏(민감성), 갈竭(사려를 다함), 학문을 즐거이 받아들이는 호好의 지극함을 견지하는 것이라고 한다. 즉 사물과 사건을 대하는 민감성, 사람과 사물을 대할 때 항상 사려를 다 하는 태도, 배우고 가르침에 부귀빈천富貴貧賤을 가리지 않으며 온 세상을 향해 몸과 마음을 활짝 열어놓음은 공자가 가르치고 제자들이 본받아 배운 학문의 자세다. 따라서 줄탁동시啐啄同時, 교학상장教學相長이야 말로 유교를 통해서 잘사는 길의 시작이자 마지막이고 꿈이라는 것을 이 책을 통해 유추해 볼 수 있다. 저자는 실사구시實事求是의 입장에서 유교를 보았다.

죽은 고전, 그 흰 목을 어루만지며

우리가 간신히 희망할 수 있는 것 - 김영민 논어 에세이

김영민 지음 | 사회평론 | 2019

고전 텍스트를 읽음을 통해서 우리가 간신히 희망할 수 있는 것은, 텍스트를 읽을 줄 아는 사람이 되는 것이다. 그리고 삶과 세계는 텍스트이다.

『논어』를 보는 저자의 장구章句는 쉽고 간결하다. 신으로 떠받드는 공자를 사람으로 대한 걸 보면 적어도 엄숙주의에서는 빠져나온 듯하다. 그는 공자를 부단히 노력하고 욕망했으며 소신을 지키려고 했던 '사람'으로 보았고, 실패를 알면서 분투했던 '인간'으로 평가했다.

저자 김영민은 하버드대학에서 박사학위를 받고 서울대 정치외교학부에서 강의하는 교수다. 작가 소개란을 보면 동아시아 정치사상사, 비교정치사상사를 주로 연구한다. 그는 죽은 『논어』의 부활을 위해 이 글을 썼다고 한다. 또 이 책을 통해 앞으로 다양하게 전개할 『논어』의 주제를 미리 소개하려는 목적도 있다고 했다.

'생각의 시체를 묻으러 왔다'니. 독자를 만나는 첫 말치고는 꽤 도발적이고 도전적이다. 『논어』를 대하는 '지적 네크로필리아'와 시간의 문제를 저자는 '텍스트와 콘텍스트', 주검과 타성에서 부활하는 고전 새로 읽기로 맞대응했다. 제목 때문에 그랬을까? 고전을 만병통치약으로 파는 사람을 향해 저자는 시체의 흰 목을 어루만지며 성적 흥분을 느끼는 지식의 변태성욕자라고 비난한다. 대단히 자극적이다(아래에 쓴 글은 저자를 비판하려 함이 아니고 함께 발전하려는 뜻에서 하는 말이니 저자나 독자가 제발 오해는 하지 말기를 바란다).

저자는 네크로필리아necrophilia라는 말이 지닌 의미를 잠깐 소개했다. 하지만 이 말이 지닌 복합적 의미를 그의 글 속에서 제대로 이해하기에는 뭔가 좀 부족하다(적어도 내가 보기에는 그렇다). 글을 쓰는 목적은 '명징성을 동반한 소통'에 있다. 소통은 쉽고 빠른 이해를 전제로 한다. 한글로 쓴 '네크로필리아'라는 말과, '시체를 만지며 성적 흥분을 느끼는 자, 시체를 간음하는 변태성욕자'라는 말 중에 어느 쪽이 의미를 더 쉽고 확실하게 전달할까.

호메로스의 일리아스에서 시작한 '네크로필리아'라는 말에는 과거를 그리워한다거나 지금보다 과거의 애인이나 사랑, 또는 이미 죽어버린 애인이나 사랑을 그리워한다는 뜻이 하나 더 있기는 하다. 하지만 누가 이런 의미까지 제대로 찾아가며 이 책을 읽겠는가. 뒤에 풀이한 말은 사전에도 안 나와 있다. 혹시 저자가 이런 두 번째 의미까지 아는 독자를 대상으로 이 말을 썼다면 일반대중과 저자 사이의 거리는 너무 멀어진다. 솔직히 이 책을 읽는 사람 중에 호메로스를 읽은 사람이 몇이나 될지, 또 읽었다 해도 '네크로필리아'를 기억하면서 '사랑하는 과거 학문의 부활'이라는 의미까지 유추해 낼 사람이 몇이나 될지 잘 모르겠다. 또 이 말이 지닌 의학, 철학, 문학적 의미를 저자가 복합적으로 섞어 쓰는 것을 이해할 사람이 얼마나 될지도 의문이 든다. 비록 저자가 그런 의미를 글 속에 다 녹여 놓았다 하더라도 말이다. 우리가 국어를 아끼고 가꾸어야 하는 사람이라면 한글로 쓴 외래어가 언중에게 끼치는 해악이 얼마나 깊고 클지, 늘 고민해 봐야 한다. 거듭하는 말이지만 지금까지 한 말은 저자와 우리가 함께 발전하고픈 마음에서 한 말이니 부디 오해는 없기를 바란다.

각설하고, 김영민은 '침묵, 계보, 역사, 관점, 맥락, 텍스트와 콘텍스트'를 중요하게 보았다. 이는 그가 이 책을 쓴 이유, 방법, 선택을 설명하거나 해명한 단어들이다. 이 책은 크게 네 단원으로 나뉜다. 첫 단원에서는 침묵을 보는 몇 가지 관점을 제시하고 글자나 문장 뒤에 숨은 말 찾기를 강조했다. 나머지 두 단원에서는 『논어』가 집중코자 했던 논점을 수필 형식으로 묶었다. 이 수필은 15개의 한자어(仁, 正, 欲, 禮, 權, 習, 敬, 知, 省, 孝, 無爲, 威, 事, 再現, 敎學)로 그 논점을 정리한 뒤, 이걸 소주제 삼아 15편의 수필을 썼다. 네 번째 단원은 결론인데 논어의 해체와 재구성이다. 이는 저자가 항상 중요하게 보는 역사, 배경, 계보, 관점에 따라 『논어』를 보는 다양한 시각을 이야기한다. 그 맨 마지막에는 유교를 보는 저자의 주장을 실었다.

子欲無言 자욕무언
나는 말하지 않고자 한다. (『논어』 '양화(陽貨)' 편)
이러한 관점에서 보자면 논어 텍스트 전체는 발화한 것, 침묵한 것, 침묵하겠다고 발화한 것, 이 세 가지로 분류할 수 있다.

저자가 보는 『논어』의 관점은 이 말에 다 모여 있다. 그중에서도 침묵이라는 단어를 더 크게 보았다. 침묵은 내면의 소리마저 제거해버린 비언어적 단어다. 침묵이 김영민에게 오면 소리 나는 언어로 바뀌어 두 가지 의미가 된다. 첫째는 말할 수 있음에도 말하지 않은 말, 그리고 당연히 말해야 함에도 하지 않은 말. 다시 말해 관행이나 유행에서 일탈한 침묵이 전하는 말씀이 된다. 또 그 시대에 그는 무엇을 말하지 않았고 왜 말하지 않았는가라는 질문으로도 바뀐다.

둘째는 침묵이나 생략이 함축한 의미와 내적 정서는 무엇인가이다. 이 두 물음에 답을 얻으려면 그 시대를 이해하려는 다양한 관점과 시점의 촘촘한 이동에 집중해야 한다. 이 속에 들어있는 침묵이 전하는 말을 경청할 때라야 고전은 부활한다고 저자는 주장한다. 한마디로 '텍스트를 보려면 콘텍스트에 집중하라'는 말이다.

공자, 하면 무조건반사로 『논어』가 떠오른다. 그러나 『논어』를 왜 '논어'라 했는지 궁금해하는 사람을 난 아직 보지 못했다. 『논어論語』는 '논論'과 '어語' 두 글자가 합쳐져서 하나의 거대한 사상이 되었다. 이 명사를 한 글자씩 따로 떼어놓고 보자. 사전에는 '논할 논(론)', 혹은 '조리 윤(륜)'에 '말씀 어'라고 나와 있다. 논論에는 '평가하여 결정하다'는 뜻도 있다. 논論자는 원인이고 시작이며, 뒤따르는 어語는 결과이자 끝이다. 두 글자는 모두 '말씀 언言' 변을 쓰고 있으니 말씀으로 시작해서 말씀으로 끝난다. 이렇게 본 『논어』는 '토론한 것을 조리 있게 평가하신 말씀, 또는 토론한 것을 조리 있게 평가하여 결정하신 말씀'이다.

저자 말에 따르면 논어의 중심 사상은 '인간 되기'이다. 저자는 인간이 되려면 몇 가지 조건이 있다며 이런 말을 한다. 인간은 '시간에서 벗어날 수 없는 수인囚人과 같은 존재'다. 인간은 먹고, 싸고, 잠자고, 집단을 이루어 생활하고, 늘 오늘보다 더 나은 내일을 꿈꾼다. 이건 인간 탄생 이후 지금까지 불변의 조건이다. 저자는 우리에게 이런 말도 전한다. 고전은 불변하는 인간의 근본 문제를 건드리거나 부정하는데 그 의미가 있다고.

인간의 조건에서 비롯된 근본 문제를 고전으로 해결하려는 집단은 두 부류다. 중요한 것은 그들에게 문제를 해결할 답이 있느냐다. 먼저 고전을 만병통치약처럼 파는 집단의 입장이다. 이들은 고정 불변하는 유한과 허무라는 인간의 근본 문제는 해결 대상이 아니라 관리 대상이다. 그러니 고전을 통해 더 나은 관리 방법을 자꾸 찾아내는 게 최선이라 하니, 여기엔 답이 없다.

두 번째 부류의 입장을 보자. 이들은 텍스트와 콘텍스트의 중요성을 역설하는 부류인데, 고정 불변한 인간의 근본 문제란 없다고 부정하는 사람들이다. 텍스트는 과거의 생각이 죽어 있는 무덤이다. 텍스트의 주검은 콘텍스트에 묻혀 있다. 따라서 콘텍스트는 텍스트를 포함하되 그보다 훨씬 더 넓고 깊은 의미의 공간이다. 따라서 이 부류는 죽은 생각이 텍스트에서 부활하려면 콘텍스트를 면밀하게 보아야 한다고 주장한다. 이들은 『논어』를 텍스트로 고전의 부활을 시도하며 이런 논리를 편다.

공자가 했던 말은 그 시대에 발생했던 특수한 문제다. 그 문제가 사라졌으니 『논어』는 죽은 지 오래다. 사상사의 역설은 어떤 생각이 과거에 죽었다는 사실을 냉정히 인정함을 통해 무엇인가 그 무덤에서 부활한다는 것을 믿는 것이다. 그럼 부활은 어디서 어떻게 이루어지는가? 텍스트를 역사적 조건과 맥락, 그리고 그 시대의 담론을 통해 콘텍스트 속에 집어넣고 오래, 그리고 깊이 집중해서 보고 듣고 사유하다 보면 고전과 그 시대가 떠오른다. 마치 오래전에 죽은 애인이 시공을 넘어 눈앞에 나타나듯 낯설고 서먹하게 부활한다. 그때부터 우리는 타성의 늪에서 빠져나와 새로운 상상의 지평으로 나아갈 수 있다는 거다. 다시 말해 논어가 부활하려면 논어가 살았던 시대의 역사적 조건과 담론의 장으로 가야 하는데 그게 콘텍스트로 보는 치밀함이라고 역설한다.[143] 오래전에 죽은 생각이 부활하는 사상적 모멘트를 우리가 만나는 그 순간은 긴 시간 동안 콘텍스트에 매달려 온 치밀함과 꼼꼼함이 만든 결과물이라는 뜻이다.

저자의 주장은 매우 옳다. 그런데 여기서 독자가 부딪치는 문제는 언어다. 한자나 한문을 모르는 우리나라 일반인들이 동아시아 고전의 참맛을 알기란 불가능하다. 원문과 번역문의 차이도 천차만별이다. 특히 표의문자表意文字가 주는 느낌이나 정서, 그리고 표의문자가 가진 의미를 이해하는 폭과 깊이는 사람에 따라 달라지는 게 거의 무한대다. 따라서 독자는 고전을 통해 교학상장敎學相長을 하기보다는 자칫하면 고전이 전달하려는 근본 의미조차 잘 모르는 비본질적 존재로 전락하기 쉽다. 게다가 시중에 나도는 허다한 왜곡과 비문非文은 이런 현상을 가속화한다.

공자는 '고독한 천재라기보다 자신이 마주한 당대의 문제와 고투한 지성인에 불과하다.'라고 저자는 평가했다. 이는 유럽과 북미의 여러 학자가 보는 시각과 같다. 공자를 제대로 보려면 후학이 편집하고 재구성한 『논어』로는 부족하니 연관된 책을 찾아보라고 거푸 말한다. 인접 학문의 중요성을 충고한 대목이다. 또 고전을 공부하려면 텍스트의 문장 뒤에 숨은 의미까지 포착하는 정밀독해를 할 줄 알아야 한다. 정밀독해의 관건은 정식화한 절차를 적용하는 게 아니라 감수성과 집중력 개발에 있는데, 이는 시간이 걸리는 일이니 조급해하지 말라는 충고도 한다. 저자는

---

143   여기서 자자는 언명言明이라는 말을 썼다. 언명이란 자신이 가진 뜻과 입장을 말로써 확실히 나타낸다는 뜻이니, 여기서는 공자가 말한 뜻을 콘텍스트를 통해 왜곡 없이 정확하게 파악함을 뜻한다고 보아야 할 듯하다.

텍스트에 나오는 언명이나 취지가 모순을 보일 때, 그것을 어떻게 이해하고 해결해야 하는지 사례를 들어가며 설명한다. 특히 실패를 예감하며 끝까지 실패로 전진해 나아감으로써 공자는 광채를 얻었다던가, 논어는 모두를 사랑하는 게 문제가 아니고 누구를 어떻게 미워할 것인가 하는 정밀한 문제가 중요한 주제 가운데 하나라는 어법은 신선하다(미움을 이야기한 부분은 공자가 한 말이긴 하지만).

텍스트의 의미는 그 텍스트의 저자가 전적으로 통제할 수 없다. 어떤 텍스트가 저자의 입과 손을 떠나 공적인 장으로 들어오는 순간 그 의미는 정치적 맥락으로부터 자유로울 수 없다.

저자가 텍스트라는 말을 쓰는 순간, 그는 롤랑 바르트를 벗어날 수가 없다. 롤랑 바르트는 러시아 형식주의를 비판적으로 계승 발전시킨 사람들 가운데 한 사람이다. 마르크스, 브레히트, 사르트르, 소쉬르는 롤랑 바르트가 영향을 받은 사람들이고 푸코, 데리다, 라캉은 그와 영향을 서로 주고받은 사람들이다. 저자의 글에는 러시아 형식주의를 도입한 흔적도 보인다.

고전이 담고 있는 생각은 현대의 맥락과 사뭇 다른 토양에서 자라난 것이기에 서먹하고, 그 서먹함이야말로 우리를 타성의 늪으로부터 일으켜 세우고 새로운 상상의 지평을 열어준다.

'예술은 상투성에 젖은 세계를 낯설게 표현함으로써 사물이 지닌 본래의 모습을 되찾게 해야 한다.'

이 말은 둘 다 러시아 형식주의를 대변한다. 러시아 형식주의는 러시아의 몇몇 언어학자와 문학 평론가(평론가라는 말이 약간 어폐가 있을지는 몰라도)가 했던 주장이다. 먼저 인용한 저자의 말과 그 밑에 필자가 요약한 러시아 형식주의는 별 차이가 없다.

인간은 태어나면서부터 끊임없이 변화하는 역사적 환경 속으로 내던져지기에 그 변화로부터 완전히 자유로울 수는 없다. 그럼에도 불구하고 변치 않는 인간의 조건이 있다면 적어도 그 조건에 관한 한 인간은 시간을 초월해 있다고 할 수 있다. … 그러나 변치 않는 인간의 (조건에서 비롯된) 근본 문제란 없다. (12, 14쪽)

저자는 존재론적 언어로 논어를 시작한다. 위의 인용문과 앞서 인용한 '고전을 대하는 두 부류'를 생각해 보면 피투彼投된 현존재는 미래를 향해 끊임없이 기투企投한다는 의미와 닿아 있다.[144] 과거와 달리 사람들은 더 이상 (고전적) 신의 존재를 근본 문제로 삼으려 하지 않는다. 신은 점점 그 자리를 잃어가고 있다.

실존은 자아이며 주체적으로 선택하고, 현존재는 '선택을 제한하는 구체적 상황 속에서만 존재'한다.[145] 우리가 논어의 콘텍스트에 주목해야 한다면 공자가 살았던 춘추시대는 실존의 시대였고 그 시대는 '모든 중국

---

144 피투와 기투: 독일의 실존주의 철학자 마르틴 하이데거가 처음 쓰기 시작한 말이다. 인간은 자기 의지와 상관없이 이 세상에 내 던져진 피투된 존재다. 피투된 존재는 자신의 자유의지로 앞날을 기획하고 선택하며 창조적으로 살아가는 기투된 존재가 된다. 하이데거가 쓴 『존재와 시간』은 전 세계의 철학계를 발칵 뒤집어 놓았다.

145 다음백과 '실존주의' 참조

전쟁의 어머니'였던 시대다. 춘추시대는 전국시대를 낳았고 전국시대는 위, 촉, 오가 싸우던 삼국시대를 낳았고, 삼국시대는 위진남북조 전란의 시대를 낳았다. 죽음이 난무하는 전쟁 속에서 실존이라니. 논어의 본질이라는 입장으로 보면 역설逆說 중에 이런 역설이 또 있을까. 설령 그 전쟁이 '인을 위한 전쟁, 불인不仁을 끝내기 위한 전쟁'이었다 할지라도 말이다. 전쟁으로 밤낮을 보내야 했던 공자의 시대는 지독한 반어적 시대다. 지금, 바로 여기서 살아남는 것보다 더 눈부신 것이 차후로도 없던, 신이나 관념보다 생존이 억만 배나 더 컸던 시대다.

이제 저자의 흐름은 명백해졌다. 공자라는 신과 유일신을 해체하며 '생각의 시체를 묻으러 왔다'는 어투는 니체와 연결된다. 이 말이 침묵으로 전하는 말은 T. S. 엘리엇이 쓴 「사자死者의 매장埋葬」 속으로 우리를 끌어들인다. 죽은 자를 매장 함으로써 재생이나 부활을 노래한다는 측면에서도 그렇다. 저자는 마르틴 하이데거, 베르톨트 브레히트, 롤랑 바르트, 퀜틴 스키너 등과 같은 서양학자의 영향이나 계보 안에서 『논어』를 보았다(물론 그 안에는 다른 서양 학자와 함께 일본과 중국 학자도 많이 등장한다). 이들은 동양 사상, 실존주의, 러시아 형식주의에 주목했고 언어, 기호, 자유, 구조, 수사학, 사상사 방법론, 맥락주의에 주목했던 인물이다. 그가 잠깐 소개한 일본 에도시대 유학자 오구 소라이도 '언어의 변천'에 관심이 컸던 사람이다.

'언어는 존재의 집.' 하이데거가 한 말이다. 언어는 전통이나 기호가 되어 후대로 전해진다. 『논어』도, 텍스트도, 콘텍스트도 그렇다. 이들은 모두 언어와 시간(역사) 속에서 죽었으나 언어와 시간이 다시 통과하면 몇 번이고 다시 '부활'한다. 저자는 특정한 과거의 문화나 전통, 혹은 텍스트를 너무 옹호하지도 말고 혐오하지도 말라고 한다. 이 양극단에서 적당한 거리를 둔 지점에 서 있을 때라야 자신이 다루려는 문제의 핵심에 접근할 수 있다고 한다. 김영민은 불가근불가원不可近不可遠의 거리를 유지하면서 서양의 어법과 함께 『논어』를 읽음으로써 죽어버린 『논어』를 새롭게 '부활'시켰다. 그 서먹함은 지금과 다른 새로운 상상의 지평으로 우리를 안내한다.

문장의 의미는 단어에서 나오고 한 시대의 정신은 그 시대의 언어에서 나온다. 지금까지 나는 저자가 쓴 단어나 언어 위주로 이 책을 읽었다. 『우리가 간신히 희망할 수 있는 것』은 고전을 보는 새로운 길을 열었다는 점에서 평가할 만하다.

기획자만이 살아남는다

지적 자본론

마스다 무네야키 지음, 이정환 옮김 | 민음사 | 2015

자본론이라는 말이 나오니 어쩐지 마르크스 얘기가 나올 것 같지만 천만에, 이 책은 그 반대 얘기다. 저자는 일본 사람인데 다니던 직장에서 받은 퇴직금의 반(100만 엔)을 종잣돈으로 창업에 성공한 사람이다. 그는 지금 일본 전국에 1,400곳 이상의 츠타야(TSUTAYA) 매장을 운영하는 회사의 최고 경영자다. 서점을 비롯한 여러 가지 새로운 사업을 기획해서 성공한 사람으로 창업의 귀재라고 부를 만하다. 저자는 그동안 쌓아온 자기의 사업 경험과 경영철학을 이 책에 풀어놓았다.

마스다 무네야키가 사업에 성공한 핵심 요인 몇 가지를 꼽아 보자. 그는 '자유'와 '고객의 가치'를 최우선으로 했다. 그가 최초로 창안한 멤버십 공통 포인트 제도와 포인트 카드 적립방식, 원스톱 서비스 방식은 일본에서 폭발적 인기를 끌었다. 그는 또 사기업과 공공기관을 접목해서, 방문한 고객이 편안하고 쾌적하게 자기 목적을 달성할 수 있도록 했다. 그러자 방문자, 공공기관, 참여기업이 모두 만족하는 놀라운 결과가 나왔다. 그게 바로 저자가 새롭게 도전한 도서관 사업이다. 인구 5만인 도시에 재

창조된 도서관이 문을 연 지 13개월 만에 방문객 수가 백만을 넘었다. 지금 이 도서관은 일본에서 이름난 명소가 되었다. 그의 성공 요인은 시간과 공간을 모두 다 고객 중심으로 바꾸겠다는 창의적 기획 때문이다. 또 기업은 사회 공동체의 발전에 기여하고 참여한다는 발상에 민간과 공공기관의 수장이 지닌 안목과 의지가 보태진 결과다. 이 사업 역시 그전에는 아무도 시도한 적이 없었다.

기획은 창조적 발상이고 창조적 발상은 자유로움에서 출발한다. 기획이란 성공으로 가는 열쇠라서 기획하는 사람만이 살아남을 수 있다고 저자는 주장한다. 그는 자기가 만난 많은 사원이 본래 목적인 기획은 잊어버리고 그 수단에 불과한 보고-연락-상담에만 만족하고 조직안에 안주하는 폐해를 지적한다. 그는 항상 고객의 입장에 서서 가치 있는 것을 찾는 고객가치를 우선 생각한다. 융복합의 중요성도 강조하고 자유롭고 편안하며 일체감을 느낄 수 있는 휴먼스케일의 중요성도 강조한다. 고객의 가치는 곧 '시민의 가치'이기 때문이다.

(상품을 거래하는 현장은, 상품을) '판매하는 장소'가 아니라 '매입하는 장소'가 되어야 한다. 고객이 가치의 기준으로 삼는 것은 그것이… 자신에게 얼마나 쾌적함을 줄 것인가 하는 점이다(고객은 이에 따라 상품을 선택한다). (10, 13쪽)

저자는 고객가치라는 관점에서 2차대전 이후 소비사회가 변화해 온 과정을 세 단계로 구분했다.

첫 단계인 퍼스트 스테이지는 물자가 부족했던 시대다. 따라서 상품 자체가 가치를 갖던 시대다. 이때에는 고객이 물건을 찾아다니던 시대였으므로 소비자가 원하는 용도에만 맞으면 무엇이든 다 팔려나가던 시대였다. 두 번째 단계인 세컨드 스테이지는 인프라가 정비되고 생산력이 신장 되면서 상품이 넘쳐나던 시기다. 아직도 가치의 축은 상품이지만, 상품을 소비자가 선택하는 장소인 플랫폼이 필요한 시대다. 따라서 효과적인 플랫폼을 제공할 수 있는 사람이 높은 고객가치를 창출하는 사람이 된다. 지금은 플랫폼이 넘친다. 인터넷상에도 수많은 플랫폼이 존재해 사람들은 시간과 장소에 조금도 구애받지 않고 소비활동을 전개한다. 이것이 서드 스테이지다. 수많은 플랫폼이 존재하고 있기 때문에 이제는 단순히 플랫폼을 제공하는 것만으로는 고객의 가치를 높일 수 없다.

디자인은 가시화하는 행위이다. 즉 디자인은 머릿속에 존재하는 이념이나 생각에 형태를 부여하여 고객 앞에 제안하는 작업이 디자인이다. 디자인은 결국 제안과 같은 말이다.

경쟁이 치열한 서드 스테이지 소비사회에서 기업이 성공하려면, 전 사원이 디자이너가 돼야 한다. 디자인은 제안과 같다. 필요한 제안 능력은 기획 능력이고 기획은 고객가치를 '시민 가치'로 바꾸어 볼 줄 알아야 한다고 저자는 주장한다. 이걸 간단히 정리하면 아래와 같다.

기업의 성공 = 디자인 = 제안 = 기획 = 고객가치 = 시민 가치 = 경쟁에서 성공

'고객은 왕이다.' 이런 구호가 종로 세운상가에 플래카드로 내걸린 적이

있다. 1960년대 후반이거나 1970년대 초쯤 아닐까 싶은데, '소비자는 왕'이라는 일본 구호를 그대로 베낀 거였다. 이런 문구는 모두 소비 촉진 사회를 상징한다. 소비사회는 생산자를 끝없는 위기의식으로 몰아넣고 그 위기의식이 만든 폭발적 잉여 생산을 온갖 방법을 다 동원해서 시민에게 소비하도록 강제한다. 이런 사회에서는 고객의 가치를 높이는 것도, 원스톱 쇼핑을 도입하는 것도 사실은 시민이 아니라 소비를 위해, 소비의 뒤에 있는 자본을 위해 필요한 일이다. 이제는 인간의 정서나 감정, 심리까지 상품이나 자본재로 삼는 시대가 되었다. 변혁의 그 많은 손이 모두 소비사회 한쪽을 가리키고 있다.

이 책의 제목이 의미하듯 자본주의는 사람의 머릿속까지 자본재로 삼아야 한다고 저자는 주장한다. '머릿속'이란 말이 좀 자극적이긴 하지만, 이 말은 개인의 기획력이나 혁신적 사고력을 기업에 적용하라는 의미다. 저자는 "플랫폼을 개혁하고, 고객에게 높은 가치를 부여할 수 있는 상품을 찾아주고, 선택해 주고, 제안해 주는 사람, (제안할 능력이 있는 사회를 말하는) 서드 스테이지에서는 매우 중요한 고객을 낳을 수 있으며 경쟁에서 우위에 설 수 있게 해주는 자원"이라고 말한다. 제안은 가시화해야 하고, 가시화한 제안(상품화한 디자인)을 보고 선택권을 가진 중요한 고객이 만족해서 그 상품을 선택해야만 경쟁에서 성공하기 때문이다.

비판적으로 보면 이런 사회는 소비를 촉진하는 사회다. 경쟁을 부추기고 생산자의 위기의식을 조장하는 사회다. 소비사회는 시민이 선택할 수 있는 자유와 권한이 박탈된 사회이고 무뇌아를 만드는 사회다. 마치 영원한 마마보이를 양산하듯이 생산자의 포로가 된 시민을 소비의 품속에 영원히 가두어두려는 부드러운 욕망의 사회다. 생산자가 다 해주니 소비자는 스스로 할 일이 아무것도 없어진, 손발이 잘린 사회다.

 소비를 기획하고 제안하려는 사람은 본능이나 욕구에 현혹되지 않고 항상 이성의 목소리에 귀를 기울여야 한다. 그러면 무엇이 자신의 '의무'인지 자연스럽게 알게 된다고 저자는 말한다. 다시 말해 이성의 목소리에 귀를 기울이는 냉철한 지식인은 본능과 욕구에 휩쓸려 다니는 우매한 소비자를 잘 관찰하면서 자유로운 상상력을 발휘하여야 한다. 그러면 소비자들이 소비의 안온한 품에서 빠져나가지 못하게 묶어두는 길이 자신의 의무라는 걸 알게 된다. 소비자를 포로로 하는 기획은 여기에서 나온다는 말이다.

이렇게 보면 소비사회는 소비자를 위한 듯 보인다. 하지만 생산자, 자본, 상품, 판매라는 단어가 지닌 근본적 의미와, 내 돈을 주고 상품을 사야 하는 소비자(고객), 이 양쪽을 놓고 생각해보면 소비사회는 몇 단계의 순환을 거쳐 마지막엔 생산자 1인에게 부가 집중되는 시장 논리로 귀결된다. 그 대표적 사례가 휴대전화이다. 불안과 위기의식에 시달리는 생산과 유통이 합심해서 쳐 놓은 그물 속에 갇힌 소비자는 멀쩡한 휴대전화를 내버리고 기어코 새것으로 바꾸고야 만다. 자동차도 이와 다를 바 없다.

하지만 서드 스테이지에서 고객의 가치를 우선한다는 말을 긍정적으로 보면 이런 소비사회는 대중의 편리성이나 만족도가 크게 향상된 사회다. 고객은 자기가 원하는 목적을 보는 안목이나 정확성이 시간이 지나갈수록 높아진다. 선택 때문에 고민하는 시간을 줄일 수 있어서 고객은 다른 일에 더 많은 시간을 쓸 수 있다. 한 마디로 선택과 집중이 훨씬 높아져서 성공 확률도 그만큼 높다. 그 결과 쾌적함과 즐거움이 사회 전반으로 점점 확장한다, 고객은 그런 세상을 누리며 살고, 사회 전체의 질적 수준은 한층 올라간다. 비대면 사회의 소비는 그 사례 가운데 하나다. 이런 두 가지 시각 가운데 어느 한쪽을 찬성하든 아니면 두 가지 생각이 서로 조화를 이루는 교차점을 찾으려 고민하든 그것은 전적으로 읽는 이의 몫이다.

지금도 세상의 큰 변화는 이타적 책임과 의무에서 시작한다. 그 변화의 시작 또한 자유로울 때만 가능한데, 혁신적 발명이나 새로운 사조思潮가 이를 증명한다. 책임과 의무에서 돋아나기 시작한 변화의 싹이, 추진 전개되는 일은 모두 긍정하는 마음에서 비롯된다(이는 창조하고는 다른 의미이고, 엄격하게 말하면 창조 직후를 말한다). 이런 변화의 발단과 전개가 갈등을 극복하고 성공적 결말로 이어지려면 결과에서 나타나는 공통의 과실을 몇몇 개인이 과도하게 탐하지 말아야 한다. 그래야만 굉장한 변혁에 성공할 수 있다. 늘 느끼는 일이지만, 자유는 세상을 바꾼다. 하지만 변혁을 가로막는 과도한 탐욕을 억제하는 일은 자본주의이건 사회주의이건 인류가 해결하지 못한 영원한 숙제다.

선입견을 깨고 쾌적을 기획하는 자는 외롭다. 기획은 자유라서 외롭고 사회는 자유에서 도피를 원하도록 정교하게 조작되어 있어서 외롭다. 기획은 수많은 폐지 더미 속에서 단 하나만 채택 '되기' 때문에 더욱 외롭다. 앞선 자를 쫓아가는 일은 얼마나 편안한 일인가. 그러나 '이노베이션은 아웃사이더가 일으키고', 혁신은 고정관념이 깨지는 곳에서 분출한다. 저자가 말한 대로 혁신이나 창조가 아웃사이더에서 나온다면 아웃사이더는 이미 패배자이고 현실 적응에 실패한 현실 부적응자다. 앞서간 패배자와 현실 부적응자, 그리고 '얼리 버드'가 없다면 성공한 자도 없다. 카탈로니아에 경의를 표하듯 앞서간 실패의 무덤에 경의를 표하라. 그러지 않는 사회는 천박한 사회다.

이 책은 애덤 그랜트가 쓴 『오리지널스』의 한 부분이자 '일본판 오리지널스'라해도 괜찮을 듯싶다. "성공한 사람들은 위험을 감수하는 것이 아니라 위험을 회피하고 제거해버린 사람"이라는 그랜트의 말을 포함해서 그가 강조한 여러 가지 말은 이 책의 주된 내용과 거의 비슷비슷하다는 점에서도 그렇다. 다만 『오리지널스』는 창조나 창업가, 발명가, 기업가, 관리자, 종업원을 가리지 않은 채 그 대상을 폭넓게 잡고 쓴 책이고 『지적 자본론』은 고용주나 기업가의 편에 서서 쓴 책이라는 점이 다르다. 대상을 바라보는 눈, 기획 의도의 차이다.

이 책은 또 유통을 중심에 놓고 본 책이기도 하다. 저자가 스스로 경험하고 성공한 사례를 중심으로 엮은 책이라 공감도 크다. 고객은 제안을 기다리고, 실패보다는 성공에서 얻을 게 많다는 말, 서점은 책을 팔지 말고 그 내용을 가져가게 하라는 말, 기획은 사무실에서 이루어진다는 게 큰 문제인데, 사건은 사무실이 아니라 현장에 있다는 말, 30년 후에는 99.98%의 기업이 사라진다는 말은 한 번 깊이 생각해 볼 말이다. 인구가 5만인 소도시에 도서관 재생 사업을 벌여서 한 해 방문객이 백만을 넘었다는 말도 귀담아들을 말이다(이걸 베끼라는 말이 아니고 이걸 거울삼아 새로운 발상을 해보라는 뜻이다).

민간과 공공기관이 합작한 사업을 할 때는 그 기획 의도와 철학이 시민의 품격과 인문적 눈높이를 끌어올리는데 기여해야 한다. 저자도 말했듯이 이럴 때 지방자치단체장의 안목과 품격은 매우 중요하다. 우리나라 지방 소도시는 인구가 줄면서 급격히 황폐화하고 있다. 곳곳마다 사람의 눈

길을 끌어보려고 안간힘을 쓰지만, 제대로 주목받는 경우는 드물다. 앞으로 인문적 기쁨이 큰 여행은 어떤 형태를 갖추어야 더 좋을까. 그 형태에 유통이 개입하는 게 효과가 훨씬 크다면 인문과 대중성이 유통과 어떻게 어우러져야 성공할 수 있을까. 독창적 모습으로 30년 넘게 인기를 끌 그런 소읍은 언제쯤 나타날 수 있을까. 공중파와 유선방송에서 먹는 프로그램의 절반만 독서 프로그램으로 바꿔도 이런 날이 빨리 올 것 같다. 고등 지식인의 기획이 저질 소비사회의 우매한 국민을 만드는데 기여하지 않았으면 좋겠다.

한 발은 현실에, 한 발은 미래에

12가지 인생의 법칙 – 혼돈의 해독제

조던 B. 피터슨 지음, 강주헌 옮김 | 메이븐 | 2018

이원론적 세계관의 지배 영역은 광범위하다. 생명도 그 영역 안에 있다. 인간도 마찬가지라서 우리네 인생은 '혼돈과 질서의 상호작용'이다. 저자가 보는 올바른 삶이란 이원론적 세계관이 만든 양쪽 '경계선'에 서 있을 때라야 가능하다. 이 경계에 서 있으려면 '균형'이 필수인데, 그게 바로 '중용'이요 절제. 균형과 중용은 인간이 만든 '법칙'과 '의지'에서 나온다. 그 법칙이 바로 제목에 쓴 12가지 법칙이고 영웅은 여기에서 나온다. 이 12가지 법칙을 따르는 용기와 절제 그리고 도전은 의미와 의지, 자존감에서 나온다. 혼돈과 질서라는 이원적 구조는 이원적 방식으로 설명하면 쉽게 이해된다며 저자는 성경과 고대 신화를 동원하고 진화론적 관점과 심리학, 문학, 노장과 유학을 포함한 동서양의 철학으로 자신의 이원적 종교관과 세계관의 당위성을 설명한다.

세상의 갈등을 해소하려면 명확한 정체성과 신념이 필요하다고 저자는 말한다. 이 책의 부제가 '혼돈의 해독제'이듯이 저자 발언의 핵심은 법칙 7의 마지막 부분, '의미, 혼돈과 고통에서 벗어나게 해줄 해독제' 부분이다. 신념을 만드는 의미는 '충동을 통제하고 조절할 때, 그리고 가능성과 가치 체계가 상호작용할 때' 생겨난다. 인생은 피할 수 없는 고통이다. 자기 삶에 각자가 부여한 '의미'야말로 인간을 혼돈과 고통에서 벗어나게 해줄 해독제라고 저자는 말한다.

온고이지신溫故而知新. 신념을 가지고 나를 성찰하자. 나부터 건강하고 바르게 살자. 한 발은 안전한 현실에, 다른 한 발은 불확실한 미래에 두고 영웅처럼 도전하고 응전하라. 늘 자신에게 질문하라. 기독교를 굳게 믿고 위험을 회피하지 말라. 그렇다고 꺾이지도 말라. 목표를 높이 잡고 기개를 드높여라. 그리하여 너 개인과 사회에 책임을 다하라. 행복한 일을 찾지 말고 가치 있는 일을 찾아라. 쉬운 길을 찾지 말고 의미 있는 길을 가라는 게 이 책의 저자가 독자에게 전하는 말이다.

저자의 가장 큰 이론적 토대는 세계 단일국가 건설을 희망한 칸트와 토인비다. 이 책의 서술 방식은 토인비가 쓴 『역사의 연구』에 매우 근접해 있다. 그는 자신의 논리를 정당화하기 위해 토인비를 일부 취사선택하거나 부분적으로 원용遠用했다. 그 토대 위에서 니체, 융, 솔제니친, 기독교 교리를 동원하고 원한과 복수심도 다룬다. 저자는 현대 사회의 다원성을 혼돈에서 오는 고통이나 위기로 인식한다. 이 고통과 위기(다원성 또는 저자가 보는 혼돈)를 극복하려고 그는 이분법적 대결 자세를 자주 취한다. 차별을 인정하고 평등을 비판한다. 파시즘, 마르크스와 레닌, 공산주의를 공격하고 거기서 파생한 모든 이념과 인물을 공격한다. 페미니스트와 포스트모더니즘도 비판하고 이들의 발호에 침묵한 사르트르, 데리다를 포함한 프랑스 학자들을 공격한다.

인간 정체성을 확립하는 기준이 서구 기독교의 부활에 있다고 본 그는 편의주의를 공격한다. 편의주의는 비겁하고 책임을 회피하며 자신을 속이는 유치한 짓이라고 맹공한다. 저자가 퍼부은 공격은 같은 기독교 신봉자이지만 노선이 다른 라인홀드 니버(1892~1971년)의 '차악 선택론'[146]을 공격한 것으로 보인다. 한 나라의 시민이나 국민이 투표로 인물을 뽑아야 할 때, 아무리 보아도 최선은커녕 차선조차도 보이지 않는다면 최악보다는 차악을 선택하는 게 그나마 가장 좋은 현실적 방법이라는 주장이 차악선택론이다.

라인홀드 니버가 쓴 『도덕적 인간과 비도덕적 사회』는 번역자도 말했듯이 읽는 사람에 따라서 모두 다르게 해석할 수 있다. 극우 쪽에서 보면 공산주의까지는 아니더라도 사회주의 색채가 농후한 책이라고 볼 수도 있다. 차악 선택론을 부정적으로 보면 얼핏 편의주의나 상대주의적 관점과 연관이 있어 보인다(하지만 라인홀드도 상대주의를 몹시 경계했던 사람이다). 차악선택론은 민주주의 사회에서 집단과 집단, 집단과 개인 사이에 벌어질 수 있는 갈등과 마찰을 줄이려는 현실적 방안이자 실천적 대안이다. 하지만 이 책을 쓴 조던 B. 피터슨은 라인홀드 니버를 해방신학의 추종자이거나 사회주의 목회자처럼 좀 다르게 본 모양이다. 조던이 그를 공격한 것 같다는 내 짐작이 맞다면 말이다.

저자 조던은 캐나다 출신으로 미국 하버드대학교 교수이며 독실한 기독교 신자다. 자신이 운용하는 인터넷 게시판에 올려놓은 글이 폭발적 인기를 끌자 그걸 책으로 출간하게 되었다고 한다. 글이란 안에서 볼 때와

---

146 이 말은 목사이자 신학자였던 라인홀드 니버가 『도덕적 인간과 비도덕적 사회』에서 처음 언급한 말이다(매일경제신문 '매경포럼' 2017년 2월 22일자 참조). 그는 미국의 정치철학을 대표하는 사람으로 지미 카터, 빌 클린턴, 버락 오바마 등 많은 이들이 존경하는 인물이다.

밖에서 볼 때 다르게 보일 수 있다. 그것은 각자가 처한 입장이 달라 그럴 수도 있고 객관성이나 중립성 때문일 수도 있다. 출판도 산업이라서 글은 상업성하고도 관계가 깊다. 하지만 어떤 이유에서건 치우친 생각의 강요는 자칫 반발과 분열을 부른다(때로는 그런 것이 상업적 성공을 부르기도 하지만).

저자처럼 자본주의가 주장하는 '기회의 평등'만으로는 불평등을 해소할 수 없고, 사회주의가 주장하는 쪽으로 '조건의 평등'이 넘어가면 강제나 탈취의 위험이 있다. 저자는 조건의 평등이 지닌 단점을 공격함으로써 차별과 불평등을 옹호한다. 하지만 기회의 평등이 지닌 맹점이나, 차별과 불평등이 초래하는 감당 못할 위험은 대부분 은폐한다.

이제는 진부해지기까지 한 이야기지만 차별은 인간을 도구화한다. 불평등은 개인을 고립과 소외로 내몰고 극심한 계급사회를 조장한다. 다원화한 세상이 내미는 가치의 도전을 차별과 불평등이라는 이분법적 사고로 대응할 수는 없다. 저자도 예측했듯이 이럴 경우, 막대한 희생만 따른다. 공산주의나 전체주의를 타도하겠다고 동원한 이분법적 사고는 지배의 주체만 바꿀 뿐 다른 형태의 전체주의를 또 불러온다. 중동의 여러 나라와 동유럽, 우크라이나, 아프리카 등지에서 실패한 민주혁명이 그걸 증명한다.

이 세상에 영원히 고착한 문명은 없다. 문명은 마치 대류對流처럼 순환하고 이동하며 끊임없이 서로 영향을 주고받는다. 이슬람 문명은 인도, 중국 문명과 영향을 주고받았다. 중세 유럽 문명은 이베리아 반도에서 시작됐고 이베리아 반도 문명은 이슬람 문명이 그 시작이다. 무어인과 이슬람 세력은 서기 700년부터 1492년까지 약 800년 동안 이 지역을 통치했다. 코르도바, 세비야, 그라나다는 그 시기를 대표하는 도시다. 고도로 발달한 문명을 유럽에 선사했던 이슬람 문명은 아라곤과 카스티야 왕국이 연합한 가톨릭 세력에게 멸망했다. 그러나 이 두 문명은 서로 충돌하고 섞이면서 새로운 문명을 계몽했고 창조적 문화와 예술로 한층 더 높이 승화했다. 세계 문명의 많은 부분이 아시아에서 시작되었다는 점을 인정한다면, 세계사를 주도하던 문명의 힘은 아시아에서 유럽으로 넘어갔다가 아메리카 문명을 거쳐 점점 아시아로 이동하고 있다. 그 사이에 일원화를 고수하던 세상은 다원화하기 시작했고 스마트폰과 함께 시공을 무너뜨리며 4차 산업사회로 진입해버렸다.

미국이나 캐나다 사람들의 입장에서야 어떨지 모르겠지만, 내가 본 저자는 자기주장을 내세우려다가 공정성을 너무 많이 잃었다. 책을 읽다 보면 저자는 독자에게 잔 다르크 시대로 돌아가거나 아니면 새로운 십자군 원정을 떠나라는 것 같다. 그도 아니면 세계 대전을 한 번 더 치르자는 말 같다는 생각이 들곤 했다. 이는 토인비가 말한 '문명과 종교의 목표와 구제'라는 주제에 저자가 자기 방식으로 감응한 탓이다. 긍정적으로 보면 저자는 보수주의자이다. 캐나다 출신이지만 국적이 미국이라면 아마 극우에 가까울 정도의 골수 공화당원일 것 같다. 본인과 해설자는 화를 냈다지만, 저자를 보고 '완고한 우익인사'라고 한 말은 혹시 반공 수구 골통이란 말을 완곡하게 표현한 말은 아닌지 모르겠다.

미국과 서유럽 연합이 이라크와 아프가니스탄, 시리아를 상대로 전쟁을 시작한 지 20~30년이 지났다. 그러자 시리아와 아프리카 난민이 유럽으로 물밀듯이 들어왔다. 한쪽에선 다원주의를 인정하자고 하지만 다른 쪽에서는 극우주의와 고립주의가 득세했다. 방어적 본능이라는 측면에서 보면 저자의 주장이 그쪽 사람들에게 큰 호응을 얻을 수도 있다. 저자의 이런 주장과 비슷한 모습을 미국의 과거에서 한번 찾아보자. 1960~1970년대 미국 젊은이들은 반전과 자유를 표방한 일탈과 무질서(?)가 유행했다. 이는 68혁명이 미친 파급효과, 석유파동으로 인한 경제난, 사회적 차별과 빈부격차, 베트남 파병에 대한 반발 때문이었다.[147] 이런 부정적 측면(이런 말이 맞는 말인지 잘 모르겠지만)을 '세계기독교통일연합회'(약칭 통일교, 초대 교주 문선명)가 보수주의적 반듯함으로 젊은이들을 유도하면서 대단한 인기를 얻은 적이 있다. 저자 조던에 대한 호응을 다른 측면에서 보자면 통일교가 인기를 얻었던 그때의 이치와 비슷하다.

그 당시 통일교가 벌이는 캠페인을 보고 미국의 부모들은 폭발할 정도로 좋아했고 교세는 신장했다. 이때 통일교는 반공反共과 승공勝共을 기치로 내걺으로써 미국 젊은이들의 베트남 참전을 독려했고 참전에 정당성도 부여했다. 하지만 그 뒤엔 어땠는가. 참전에 대한 부정적 여론이 정부가 감당하지 못할 정도로 우세해졌다. 그 압력에 못 이겨 미국은 패배라는 오명汚名을 감수하고 베트남에서 철수해 버렸다. 통일교가 혼탁한(?) 서구 사회에 일부 긍정적이고 반듯한 새바람을 일으킨 것은 사실이지만 미군의 베트남 철수는 통일교가 내걸었던 구호를 무색하게 만들었다.[148]

---

147 미국은 '베트남 참전 군인을 징집하면서 고학력자 우대정책을 썼다. 대학생은 징집을 유예하거나 제외하고 대신 고졸 이하의 저학력 육체노동자나 유색인종을 우선 징집 대상으로 삼았다. 여성의 사회적 지위나 역할도 상당히 낮았다. 그 시절에 나온 반전 영화나 밥 딜런, CCR, 조앤 바에스 등 많은 가수가 부른 반전反戰 가요나 인권 가요는 이런 현상을 대변했다. 그 무렵 세계 헤비급 복싱 챔피언인 캐시어스 클레이가 무함마드 알리로 개명했다. 그는 전 세계에서 큰 인기를 끌던 선수였는데, 개명과 함께 이슬람교를 믿기 시작했다. 그는 아프리카계 미국인, 즉 흑인이었다. 알리는 자신의 종교적 신념에 따라 징집명령을 거부했다. 그러자 세계 권투연맹은 그의 챔피언 벨트를 박탈했고 미국 정부는 그를 형사 처벌했다. 이 또한 그 당시 반전 현상이나 차별 철폐 주장과 무관치 않다.

148 통일교(초대 교주 문선명)는 지금도 반공이나 승공을 기치로 중국을 견제하기 위해 미국 호주 일본 한국 등 아시아 태평양 국가들이 군사적으로 연대해야 한다는 운동을 벌이고 있다.

책에도 인연이 있는 모양이다. 존 F. 롤스의 『정의론』은 이 책과 전혀 다른 내용이지만 프롤레타리아 사회주의나 공산주의에 대항하는 자세라는 측면에서는 이 책과 공통점이 크다. (『정의론』을 이해하는 방식은 대개 두세 가지쯤 될 텐데, 그중 하나를 나는 그렇게 보았다.) 지금으로부터 약 50년 전인 1971년에 나온 책이지만 롤스의 이론이나 설득력이 이 책보다 더 깊고 성숙하다. 그럼에도 『12가지 인생의 법칙』이 가진 장점을 꼽으라면 저돌적일 만큼 자기주장이 확실하다는 점이고 인용한 자료가 다양해서 얻을 게 많다는 점이다. 저자가 운용하는 인터넷 게시판에 올라온 독자 가운데 저자에게 동조하는 세력이 최소한 8~9할쯤은 될 듯하니, 이 책이 일부 서구인들이 사유하고 있는 방향을 가늠해 볼 창문이 될 법하다는 점도 장점으로 꼽을 만하다.

종교 갈등이나 종교를 앞세운 폭력적 지배욕이 문명의 갈등이나 부침을 가져오는 중요한 원인이라고 보는 학자는 많다. 토인비는 도전과 응전이라는 이원론적 문명론(역사관)을 제시했지만, 차별과 불평등을 주장하지

이는 미국이 추진한 미국, 호주, 인도, 일본이 참가한 인도 태평양지역 안보 협의체인 쿼드와 유사하다. 통일교는 미국이 경제적 부담 때문에 국제 경찰의 역할을 축소하거나 포기하게 된다면 나머지 국가들이 자국의 국방력을 키워서 중국에 대항해야 한다고 역설한다. 박정희 정권 때 통일교는 미국 정관계 로비 추문醜聞에 연루되었다는 의혹이 크게 일었다. 일명 코리아게이트이다. 이 문제로 통일교는 미국 의회 청문회에 서는 등 곤욕을 치렀다. 그러나 통일교는 미국을 비롯한 국제사회에 영향력을 행사하면서 한국 정부에 도움을 주기도 했다. 그 한두 가지 사례를 들면, 초대 문선명 교주가 구소련의 고르바초프를 만나 노태우, 고르바초프 사이의 '한소 수교 회담'을 하라고 주문하며 이들을 측면 지원했다. 또 김일성의 공식 초청으로 북한에 갔을 때는 김일성에게 IAEA 협정 조인과 이산가족 상봉을 직접 요구해 IAEA 핵협정에 북한이 조인하도록 한 적도 있다. 미국 워싱턴 타임스, UPI 통신사, 세계일보, ㈜일화, 리틀 엔젤스 합창단, 유니버설 발레단, 용평 리조트, 선문대학 등은 통일교 재단 소속이다. 통일교는 내분이 일어 자금난에 빠졌지만, 이들이 펼치는 대북 사업 자금은 1조 원이 넘는다고 한다. 그러나 미국과 유엔의 대북 제재로 현재는 어떤지 알 수 없다(나무위키 '세계평화통일가정연합' 참조).

는 않았다. 오히려 자기 편향성에 빠져버린 서구중심주의 사관이 끼친 해악을 비판하고 경계했다. 토인비는 16억 이슬람인의 2천 년 문명사에 주목했고 강대 문명 뒤에 가려진 왜소 문명에 연민과 애정을 드러냈다. 그는 기독교만을 세계 유일의 종교라고 고집하지도 않았다. 그는 조로아스터교와 기독교, 아시아의 유불선儒佛仙을 포함한 여러 형태의 고등종교를 모두 인정했다.

미래는 과학기술의 발전에 따라 크게 재편될 것이다. 역사의 흐름이나 문명의 이동이라는 입장으로 보아도 그렇다. 하지만 저자가 요구하는 극우에 가까울 정도의 이분법적 신념이 인류가 가야 할 미래를 지배하지는 못할 것이다. 또 서구중심주의가 만든 단일 종교나 종교적 편향성이 지배하는 형태로만 가지도 않을 것이다. 토인비의 예측이 아니더라도 문명은 순환하고 이동하기 때문이고, 누구나 주지하다시피 서유럽 중심의 기독교는 이미 쇠퇴기에 접어들었기 때문이다.

이념이나 사상은 늘 이상을 추구한다. 하지만 실존적 창조를 상실한 이상은 언제나 공소空疏하다. 책을 덮고 다시 느낀 교훈은 하나다. 좌파건 우파건 한쪽 눈을 감지 마라. 천박해진다.

텅 빈 군중 속에 사는 생기, 그러나…

부족의 시대 – 포스트모던 사회에서 개인주의의 쇠퇴
미셸 마페졸리 지음, 박정호 신지음 옮김 | 문학동네 | 2017

모든 문명은 융성기와 완숙기를 지나 난숙기에 접어들어 쇠퇴를 거듭하다가 결국은 멸망한다. 그 자리에는 새로운 문명이 들어와 자리를 잡는다. 새로운 문명이나 문화는 내적 혁명이나 외적 정복으로 구체화한다. 섬세할 대로 섬세해지다가 유약해진 문화는 한 줄기 실바람조차 못 견딘 채 꺾여버린다. 그래도 거기에 사는 인간의 생은 모질게 유지된다. 인민이나 군중이란 '속이 텅 빈 존재'[149]인데, 이 군중의 텅 빔 속에는 오래전부터 무언의 역능力能과 생기生氣가 거居하고 있기 때문에 그렇다. 여기서 말하는 생기는 '삶의 역능을 이해하기 위한 가능조건'이다. 물론 다 같은 인간이지만 그들의 생조차 유지할 수 없는 예외도 많다. 마야나 잉카 문명을 일구었던 사람들, 북아메리카 인디언들, 아마존이나 폴리네시아계 원주민들, 그밖에 지구상에서 이미 사라졌거나 사라져가는 소수민족이 바로 그들이다.

---

149 이는 용기나 그릇을 뜻하는 것 같다.

역능은 실체가 없고 생기는 무無와 같다. 무는 만물의 토대이자 근원이니 결국 모든 생기는 무에서 시작되고 무가 존재하는 곳에서 생기는 시작된다. 인간이나 문화가 계속 발전하려면 그 문화가 더 이상 난숙해지기 전에, 형태는 과거와 다를지라도 시원始源으로 돌아가려는 시도가 절실히 필요하다. 그런 면에서 시원이나 기원, 퇴행, 재생, 회귀, 원형적 토대, 본성, 원시, 야만, 그리고 부족적인 것들이 부르주아화하고 제도화하려는 경향성에 생기를 불어넣는다는 저자의 말은 의미가 있다.

1960년대에 시작해서 한동안 유행하던 포스트모더니즘도 이제는 시효를 다 한 모양이다. 왜냐하면 저자가 포스트모더니즘 구하기, 포스트모더니즘 리모델링하기를 역설하는 것 같아서 그렇다(우리나라는 포스트모더니즘은 끝난 지 이미 오래됐다고 하는 이도 있고, 이제 시작일 뿐이라고 강력하게 반발하는 이도 있다). 어쨌든 저자가 그 방법으로 우리에게 불쑥 내민 '삶을 야생화하기!'라는 말은 얼마나 그럴듯한 말인가. 그는 이 말에 포스트모더니티의 본질적 역설이 다 들어있다고 말한다. 또 그것은 포스트모더니티의 특징을 품 안에 안고 있는 부족주의部族主義를 살려내는 일이라고 주장한다. 말하자면 포스트모더니즘의 내부 반란이고 집 안에 갇혀 있던 삶을 들판으로 내쫓아버리기이다. 참으로 유쾌하고 통쾌하지 않은가. 이걸 넓게 보면 국가나 제도권 권력의 해체다.

전 세계를 지배하던 개인과 영웅주의는 부서졌다. 자연, 연대, 관용이라는 '공동체적 이상의 부활'과 혼합된 동양적 가치가 그 자리를 대신 채우고 있고, 저자는 여기에서 부족주의의 미래를 보고자 한다. 부족주의는 인간과 만물이 서로 연결돼 상호작용을 일으킨다. 부족주의 인간은 '팔꿈치를 서로 맞대고 온기를 느끼며' 만물을 유기적 그물코에 연결해서 이 세상을 넘어 우주와 통섭한다.

저자는 선입견을 없애고 만물을 있는 그대로 보라고 권한다. 하지만 아무리 '한강은 유유히 흐르고, 산은 산이요 물은 물'이라지만 이런 권유를 내가 제대로 이행한다는 것은 불가능하다. 이는 득도得道 수준에 이른 것이나 다름없기에 그렇다. 허무를 극복하고 우리에게 오는 니체의 초인은 영원한 아이이며 늙은 아이, 선재동자인지도 모르겠다.

나는 저자가 말한 '대중의 텅 빔'이나 '생기'와 '무'를 동양의 입장에서 생각해 보았다. 그렇게 들여다보니 저자는 서양의 가치에 동양 사상을 함께 섞어서 이 책을 쓴 것 같다. 특히 노자나 회남자를 깊이 인용하고 무시무종無始無終 같은 의미도 함께 인용한 듯하다. 저자는 일본을 동양 사례의 주 대상으로 삼으면서 인도나 중국은 배제해버렸다. 이해가 잘 안되는 부분이다(내가 읽은 데까지는 그렇다). 동양의 사상이나 문화를 말하면서 인도와 중국을 빼면 대체 무엇이 남을까.

아무리 발버둥 쳐도 나는 이 책을 도저히 끝까지 다 읽을 수 없다. 책을 이해하기가 너무나 힘들어서 그렇다. 문장은 또 어찌나 어렵고 난해한지, 곳곳이 함정이다. '자연'이라는 단어 하나만 해도 그렇다. 수없이 등장하는 이 단어를 대체 어떤 의미로 썼는지 의심이 가는 지점을 골라 몇 번씩 되짚어 다시 읽어봐도 파악이 안 된다. 이게 동양적 의미인지 서양적 의미인지, 아니면 고대 그리스나 라틴어적 의미인지, 현상인지 관념인지, 내 수준으로는 아무리 봐도 잘 모르겠다. 이게 번역 문제인지 아니면 원래 원본이 그런 건지 그것조차도 모르겠다.

이 책에 자주 나오는 '역능力能'이라는 단어도 그렇다. 국어사전에는 '어떤 일을 해낼 수 있는 힘. 능력.'이라고 돼 있다. 하지만 철학사전을 다시 찾아보면,

(역능力能이란) 들뢰즈와 기타리가 사용한 개념으로 영국을 제외한 유럽에서 권력 개념과 대비되어 쓰이는 개념. 니체의 권력 의지에서 말하는 권력도 역능개념인데, 이 역능개념은 모든 특이성(단독자)이 지닌 잠재력을 말하며, 데카르트적 이성보다 스피노자적인 욕망에 기초한 개념이다. 역능을 지닌 특이성들이 차이를 확인해가면서 새로운 것을 구성해 나가는 방식을 통해 권력대표가 아닌 새로운 사회(공동체)를 만들어 가자는 문제의식에서 사용한 개념이다.

- 네이버 지식백과 철학사전

이 설명을 내가 이해하도록 다시 해석하는 데만도 시간이 엄청 걸린다. '소여所與'란 말은 또 어떤가. 국어사전에는,

1. 사고의 대상으로서 의식에 직접적으로 주어지는 것.
2. 주어진 바.
3. 추리나 연구 등의 출발점으로서 주어지거나 가정되는 사실.

이 정도로 나와 있다. 사실 이 설명조차도 내겐 난해하기 짝이 없다(2항 하나는 빼고). 이걸 철학사전에서 다시 찾아보면,

(소여所與란) 인식에 있어서 사유 작용에 앞서 전제되는 것으로 사유 자체에서 이끌어낼 수 없는 '주어져 있는 것'을 말한다. 칸트는 물자체를 인정하고 이것에 의해 인간의 감각이 촉발되어 감각에 소여로서 나타나는 것이 있는데, 이 소여에 대해서는 인식이 성립하지만 물자체는 인식할 수 없다고 하였다. 이러한 사고는 소여로 인식에 나타나는 것과 소여의 근원

인 객관적 실재를 분리하는 입장에서 출발한다. 마르크스주의적 인식론은 객관적 실재에 의해 인식에 야기된 감각(소여)을 통하여 그 원인인 실재를 알게 된다고 하고, 또 그것을 알게 되는 근거를 실천에 두고 있다.

— 네이버 지식백과 철학사전

이런 철학적 용어가 매 쪽마다 그야말로 우박 쏟아지듯 쏟아진다. 정말이지 장탄식이 절로 나온다(어쩌면 소여나 역능이란 말은 칸트나 니체를 해설한 책을 읽을 땐 알았을지도 모른다. 하지만 내 정신머리가 워낙 사나워 그 뒤에 다 까먹었을 수도 있다). 게다가 이런 용어들을 저자가 어느 입장에서 썼는지도 전부 파악해서 본문에 다시 대입해봐야 한다. 웬 철학자 이름은 그리도 많이 나오는지. 이러니 나 같은 사람이 이 책을 다 읽으려면 평생을 다 바쳐도 모자랄 듯하다. 만약 스승 없이 내가 이 책을 혼자 다 읽었다가는 오독 하기가 거의 100%일 터이니 이쯤에서 멈추는 게 그나마 다행일지 모른다. 저자가 부럽기도 하고 내가 부끄럽기도 하다. 책을 읽는 동안 내 한심함에 화도 여러 번 났다.

저자가 말한 대로 이 책은 '존재하는 것을 꿰뚫어 보기 위한 시도'이다. 그걸 보려고 저자는 부족주의라는 형식으로 틀을 만들고 그 이론적 방법을 제시했다. 이 책이 출판된 후부터 '부족'이라는 말이 새삼 관심을 받아 대유행어가 되었다고 한다. 지금도 그 열풍은 여전하다. 하지만 저자는 그로부터 30년 후에 변화할 세상을 제대로 통찰하지는 못했다(이 책은 1988년에 출판됐다). 스마트폰과 사물인터넷의 등장은 전 세계의 벽오지와 대도시의 중심가, 그리고 남북극에 이르기까지 지구 전체를 하나로 묶어버렸기 때문이다. 다시 말해 저자는 시공간을 압축한 가상을 현실화해서 수십억 개개인의 손바닥이나 주머니 속으로 들어올 것이라는 예측을 하지 못했다(도심 속의 고립이라는 내면 심리는 제외하고 하는 말이다).

언젠가 본 책에서 '프랑스인은 왜 글을 어렵게 쓰는가?' 하는 구절을 얼핏 본 적이 있는데 그 부분을 좀 꼼꼼히 읽어둘걸, 허투루 스친 게 무척 아쉽다. 포스트모던을 이야기하는 이 책의 위의威儀에 내가 이렇게 반발하는 것도 혹시 내 속에 내재하는 내 역능은 아닐까.

존재는 허무하고, 허무는 내적 혁명을 추동한다

모멸감 - 굴욕과 존엄의 감정사회학
김찬호 지음 | 문학과지성사 | 2014

사람의 존재 이유 가운데 하나는 타인에게 인정받기다. 인정받기를 갈구하는 이유는 인간이 사회적 동물이라 그렇다. 다른 이유를 하나 더 대라면 자신이 유한한 존재임을 알고 난 이후 고독하고 불안해진 인간이 자신도 모르게 누군가 함께 하고 싶고 기대고 싶어 하는 무의식적 행동이라고 말할 수 있다.

세상의 모든 갈등이나 발전은 인정욕구에서 비롯된다. 모멸감도 수치심도 마찬가지다. 소수자들끼리 만드는 연대도 다른 측면에서 보면 인정욕구를 충족하려는 갈망의 표현이다. 다만 자족自足만이 여기서 조금 비켜선 편이라고나 할까? 크게 보면 그 역시도 마찬가지겠지만. 남에게 인정받아서 뭘 어쨌다는 거냐고 물으면 할 말이 없다. 이런 물음은 그동안 깊이 잠들어있던 유한有限이라는 단어나 존재가 마주해야 할 죽음을 갑자기 일깨워놓기도 한다. 소멸 앞에서 빛나는 것은 아무것도 없다.

이 책을 관통하는 핵심은 아비투스가 만든 병폐와 스토아학파를 가미한 똘레랑스다. 이걸 동아시아의 시각으로 보면 화광동진和光同塵, 혹은 화이

부동和而不同의 자세라고나 할까. 매달림을 멈추면 문득 가보지 않은 길을 선택할 자유가 보인다. 설령 그것이 죽음을 응시하는 길이라 할지라도. 그런 면에서 롤로 메이가 했던 '자유는 자극과 반응 사이에서 멈추는 데 있다. 멈추는 곳에서 선택이 일어난다.'라는 말은 잠들었던 우리의 의식을 다시 일깨우기에 충분하다.

'네게서 떨어져 살아라. 분노를 삭이고 더 고독해져라. 그러면 세상은 그저 연민의 대상일 뿐 아름답지도 사악하지도 않다. 모든 것이 다 허무하고 그냥 헛될 뿐이다.' 10대 이후부터 내가 평생 안고 살아온 생각이다. 나도 인간인지라 그 사이사이에 크고 작은 굴곡이나 생각과 행동에 왜 변화가 없었겠냐마는, 넓게 보면 이 생각에서 별로 벗어난 적도 없다. 좀 더 커서 보니 이 생각조차도 수천 년 전에 이미 노자나 불경, 기독교 성경 속에 다 들어 있는 말이더라마는.

'삶이 특별해지는 순간은 자신이 더 이상 특별한 존재가 아니라는 것을 깨닫는 순간'이란 말이 있다. 결국 인간은 무無로 돌아간다. 그것은 모든 존재의 바탕이다.

김두식(『헌법의 풍경』, 『평화의 얼굴』, 『교회 속의 세상 세상 속의 교회』, 『욕망해도 괜찮아』 등을 쓴 검사 출신 교수 겸 작가)이 쓴 책과 이 책은 무엇이 어떻게 다른가. 전 세계 큰 종교를 모두 끌어들인 걸 보면 저자는 욕심이 좀 컸던 모양이다. 아니면 구조, 문화, 사람의 내면을 다루려다 보니까 그렇게 된 걸까. 미국에서 범죄자들의 재범 방지에 성과를 낸 '클래슨 포인트 가든 프로젝트'나, 프랑스에서 교도소 청소년들의 재범률을 줄이는 데 기여한 '쇠이유(Seuil: 걷기 운동)' 같은 대안 제시는 상당히 긍정적이고 현실적이다.150 책과 음악과 인문학의 만남은 새로운 시도라서 눈길이 간다(코로나 이전에는 이런 형태가 간간 눈에 띄기도 했지만).

인간은 자기를 알아주는 공동체를 만나 공적인 자아를 실현하면서 진부한 삶에 생기와 역동을 불어넣을 수 있다.

존재는 허무하고, 허무는 내적 혁명을 추동한다. 2017년 대한민국의 평화 혁명을 만들어 낸 힘은 무엇이었는가? 인문의 힘이 쌓여서 만든 허무의 역동적 결과가 혁명으로 표출되었음을 나는 기억한다. 이 책『모멸감』은 허무를 안고 사는 인생이 자유로운 나를 찾아가려는 길을 안내한다. 그러려면 '어떻게 해야 하는가?' 책을 덮고 혼자 깊이 반추해볼 일이다.

---

150 우리나라의 교도소도 가든 프로젝트와 같은 프로그램을 계속 시행해왔다. 내가 어렸을 때 돌아다니다가 우연히 죄수들이 교도소 밖으로 나와 있는 모습을 여러 번 본 적이 있다. 그들은 마포나 뚝섬 등지에서 봄에는 사래 긴 채소밭을 가꾸고 가을에는 해가 저물도록, 가을걷이를 했다. 그들은 만기 출소가 얼마 남지 않은 장기 모범수라고 했다. 지금도 우리나라 수형자는 교도소 내에서 화초나 꽃밭 가꾸기, 토끼 같은 작은 짐승 기르기도 한다. 모범 장기수에게는 일주일에서 보름까지 귀향 휴가도 준다. 이는 수형자 본인이 생물을 직접 가꾸고 기르게 해서 생명에 애정을 느끼게 하고 메마른 정서도 순화시키려는 목적이라고 한다. 휴가 조치는 출소 후 오래 단절된 사회에 적응이 쉽도록 도우려는 배려이며 다른 재소자에게 희망을 주려는 의도도 있다고 한다. 저자는 이런 사실을 미처 모르거나 빠뜨린 듯하다. 한편 미국 교도소를 보는 시각은 대개 두 가지다. '사이먼 리브'가 출연한 다큐멘터리 중에 미국 교도소의 실태를 보는 눈은 상당히 부정적이다. 이는 BBC earth에서 방송했다. 퓰리처상을 탄 작가, 론 파워스가 쓴『내 아들은 조현병입니다』도 역시 부정적이다. 론 파워스가 쓴 이야기는 「아버지의 깃발」이라는 영화로도 만들진 적이 있다.『88명의 남자와 두 명의 여자』는 미국에서 흉악범만 모아놓았던 '샌 퀸틴' 교도소의 사형수에 관한 이야기다. 당시 교도소장이던 저자는 이들의 사형집행에 직접 간여했는데, 자신이 현장에서 집행명령을 내린 사형수 90명의 실태를 기록해 놓았다. 이 책이 말하려는 이야기의 핵심은 사형이나 종신형 같은 중형으로 다스린다고 범죄가 줄지 않음을 역설하고자 했던 것으로 기억하고 있다. 저자가 교도소장 출신이라 그런지, 이 책은 브라스 밴드 모임 같은 음악 동아리 활동이나 '가든 프로젝트'처럼 교도소 내의 교화정책이 수형자의 심리에 긍정적으로 작용한다는 점도 기술했던 것으로 기억한다(이 책이 나온 지 45년쯤 돼서 지금 내 수중에는 없다).

금융, 지옥문을 열다

근시사회

폴 로버츠 지음, 김선영 옮김 | 민음사 | 2016

세계 경제를 움직이는 가장 큰 힘은 여전히 미국이다. 미국이 가진 힘은 대단위 투자, 과학기술의 혁명, 강력한 독점규제와 친 노동조합 정책, 고용 창출, (시장과 정부에 대한) 신뢰, 노후보장 등 다양한 요인에서 나왔다. 이는 생산자에 기반을 둔 사회가 가진 힘이다. 미국은 지금 개인의 자동적이고 반사적 이기심이 전 사회에 퍼져있는 충동사회로 변했다. 충동사회는 생산자 중심의 사회에서 소비자 중심의 사회로 돌아섰음을 의미한다.

소비자 사회는 개인의 자의적 판단과 욕망, 정체성에 따라 형성된다. 개인 맞춤형 사회이자 고립된 사회다. 자아는 시장과 통합되며 계층은 잘게 분열된다. 시장이 만든 개인의 정체성은 진보라는 전통 개념까지 흔든다. 사람들은 고립을 자유라고 착각한다고 한다.

충동사회는 자기중심적 사회다. 먼 미래를 보지 않고 오늘만 좇는 근시 사회다. 근시 사회는 효율적이고 즉발적 이익 창출을 추구한다. 자본은 시장의 신뢰를 중요시하고, 기업의 신뢰는 주식 가치로 평가받는다. 그것은 즉발성과 효율성을 얼마나 충족했느냐에 따라 매겨진다. 충동사회가 만든 신뢰는 주식 가치를 유지하려고 조직을 해체하고 노동자를 해고한다. 투자를 기피하고 기업을 사냥하며 자사주 매입을 일상화한다. 세상은 기술 혁명과 더불어 전통적 기업 활동을 접고 고용을 최소화하다가 마침내 금융과 신용이 판치는 사회로 돌아섰다. 참을성을 버리고 미래를 버리며 단지 오늘을 위해서 끝없는 '탈주와 재탈주'를 이어간다.

금융은 신자유주의를 앞잡이 삼아 만인 자유경쟁 시대를 역설했다. 세계화 바람을 타고 전 세계를 휩쓸고 다녔다. 큰돈을 벌고 성공하라며 신용과 대출을 권하던 사회는 드디어 거품처럼 터져버렸고, 금융위기 시대에 수많은 기업이 죽거나 사냥질 당했다. 전 세계가 그 여파에 동참했다. 이는 과학기술의 혁명과 에너지, 그리고 이데올로기가 금융과 함께 만든 현상이다. 이 모든 현상의 정점에는 아직도 거대 금융이 포식자로 자리 잡고 있다. 금융은 너무나 거대해서 이제는 정부조차 건드릴 수 없다. 행복과 슬픔, 고통과 쾌락을 제 마음대로 가져오고 빼앗아 가는 금융은 지옥문을 여는 악신惡神이 되었다. 누가 무슨 재주로 이 거대한 포식자를 해체할 것인가.

저자는 그 해법으로 우선 금융이 기업에 끼치는 영향부터 줄이라고 한다. 기업 세금을 올리고 모든 금융자산 매매에 거래세를 부과하라고 주장한다. 자사주를 매입하는 행위를 단속해 투자를 활성화하고, 경영진에게 적용하는 스톡옵션은 퇴사 후 5~7년간 주식을 팔 수 없는 '양도 제한부'로 지급하라 권한다. 단타 매매를 줄이고 주식을 장기 보유하게 함으로써 기업이 안정적으로 연구할 수 있게 하기 위해서다. 또, 기업은 해고한 노동자를 재교육하고 사내 대학을 설립하는 등 고용시장을 확대할 것, 정부는 공공투자와 공교육을 확대하고 핵융합으로 에너지 체계를 재편하며 진정한 보수주의로 정치를 혁신할 것을 대안으로 제시한다. 이 말은 우리나라 보수정권도 귀에 담아 들어 볼만하다.

그러나 저자가 본 가장 큰 대안은 거대 금융 쪼개기다. 충동사회는 소비자 사회이고 소비자 사회는 금융과 신용이 지배한다. 빠르고 높은 수익, 자본 효율성 때문에 그렇다. 금융화가 나쁜 점은 저자가 한 말처럼 눈앞의 이익을 위해 장기적 안정을 버리는 근시안적 단타 매매를 한다는 점이고, 미래를 차용해서 현재를 만족하고자 하는 소비자들이 신용을 남발하게 만든다는 점이다. 이걸 막기 위해서 로자 룩셈부르크는 또 다른 세계화, 즉 인터내셔널리즘에 입각한 사회민주주의 정권 수립을 요구했다. 약 120년 전 일이다. 지금 저자는 연방정부에서 미국의 거대 금융을 해체하는 일에 강제로 개입하고, 의회는 거대금융해체를 입법하라고 촉구한다. 이 말은 지금이라도 금융에 대해 총력 대응하라고 하는 말이기도 하다. 그러나 이 두 가지 요구는 이미 실패를 거듭했다. 로자 룩셈부르크도 원하는 정권 수립에 실패했다. 어느 주장에 무게를 둘지는 각자가 결정할 일이다.

책을 읽다 보면 곳곳에서 마르크스나 로자 룩셈부르크, 때론 베른슈타인까지 그들이 전망했거나 추구하려던 일이 저자가 한 말과 비슷하다는 느낌이 들었다. 하긴 월가에서는 한때 마르크스야말로 자본주의를 위해서 존재한 사람이라는 상찬賞讚까지 나왔으니 크게 놀랄 일은 아니다. 저자는 노동 집중력이 강한 제조업이나 중공업(중화학 포함)의 부흥을 요구하는 것 같다. 그러나 장기적 관점에서 이게 얼마나 지속 가능할지 나는 의문이다. 세계는 이미 4차 산업혁명 시대에 들어와 있지 않은가.

갑자기 이런 생각이 들었다. 지금까지 살아오면서 내가 저지른 잘못된 예측이나 선택은 몇 번이나 될까? 저자의 전망이 일부 빗나가면서 밀도가 좀 떨어진 부분이 있지만 거대 금융을 해체하자는 요구는 맞다. 그런데 그걸 달성하기는 매우 불투명해서 마치 허구처럼 느낄 수도 있다. 왜냐하면 우리는 IMF시대를 지나면서 마치 지옥의 문을 열 듯, 금융과 자본시장을 활짝 열었기 때문이다. 그것도 반 강제로. 그럼 대체 앞으로 어쩌자는 거지?

모든 성장을 즉시 멈추라고?

이것이 생물학이다

에른스트 마이어 지음, 최재천 외 옮김 | 바다출판사 | 2016

맬서스가 『인구론』을 발표하자 영국의 기득권 세력은 열광했다. 제국주의 식민지 정책은 공리주의와 인구론에서 그 명분을 확실히 얻었다. 정권은 복지 정책을 후퇴시켰고 자본가는 온정적 임금 인상을 극도로 억제했다. 빈민 보호는 가혹하고 악랄한 최저수준에 멈춰 섰다. 구빈원에 수용된 아이들을 묘사한 찰스 디킨스의 글을 보면 그 당시 빈민 아동의 참상이 눈앞에 보이는 듯 자주 드러난다.[151]

맬서스의 『인구론』은 1798년 초판을 찍은 뒤 약 30년에 걸쳐 6판까지 발행했다. 이 이론은 그 이후에도 세계 여러 분야에 깊은 영향을 끼쳤고 지금도 자주 회자膾炙된다. 찰스 디킨스는 맬서스의 인구론과 영국 공리주의의 폐단에 반발했다. 그는 크리스마스를 소재로 한 소설만 6년 동안에 다섯 편이나 썼는데, 모두 나눔과 사랑, 연민과 온정, 가진 자의 도덕

---

151 아이들의 삶은 더욱 비참했다. 1830년대 영국에서 치러진 장례식 중 절반 이상이 열 살 미만의 아이들이었다고 하니 그 비참함이 어느 정도였는지 짐작할 수 있다. (『찰스 디킨스의 영국사 산책』(민청기 외 옮김, 옥당) 참조)

적 책무가 그 주제다. 그 가운데 한 편인 『크리스마스 캐럴』은 출판하자마자 『인구론』과 공리주의를 단숨에 압도했다. 이 소설은 여러 버전으로 변형을 거듭하면서 오늘도 여전히 인기 있는 동화이고 소설이다.

찰스 디킨스는 맬서스가 틀렸다는 사실을 체험을 통해 깨달았다. 그는 미국을 두 번 다녀왔는데, 그 첫 번째는 1842년 1월부터 6월까지 약 6개월 동안이다. 디킨스는 미국 전역을 거의 샅샅이 뒤지고 다니다시피 했다. 그런 뒤에는 캐나다의 토론토, 몬트리올, 킹스턴, 세인트존스 등지를 둘러보고 퀘백까지 다녀왔다. 디킨스가 쓴 미국 여행기 『아메리칸 노트』(B612북스)에서 인구론에 반하는 부분만 일부 요약해서 정리하면 다음과 같다.

이 도시에서 저 도시로 가려면 보통 수백 마일을 가는 게 보통이다. 하루 종일 기차를 타거나 배를 타고 다시 마차를 또 갈아타야 한다. 어떤 곳은 두 도시 간의 거리가 3~4일씩 떨어져 있기도 하다(루이빌에서 세인트루이스까지 4일이 걸렸다.)

그런가 하면 어떤 도시는 불과 25마일(40km)밖에 안 떨어져 있지만 도로 사정이 나빠 마차로 10시간 내지 12시간씩 걸린다. 늪이나 진흙에 마차가 빠지기라도 하면 시간은 무한정 걸린다. 어떤 곳은 황무지나 다름없고 어떤 곳은 우거진 풀숲이나 습지가 하루 종일 이어진다. 어떤 시골에 가면 한 사람이 가지고 있는 농장 크기가 1,200에이커(약 147만 평)나 되는 곳도 있다. 대초원이나 평원의 지평선은 하늘과 맞닿아 있고 거대한 공백에 간신히 보이는 긁힌 자국처럼, 줄지어선 나무가 보일 뿐이다. (293쪽)

천마일 내에는 정착민이 단 한 명도 없는 곳도 있었다. (296쪽)

… 강둑은 대부분 나무들이 웃자란 몹시도 적막한 곳으로, 그 부근은 이미 잎이 무성한 진녹색이다. 이 적막한 장소들은 인간이 산다는 표시나 인간의 발자국 흔적이 조금도 없이 몇 마일씩 몇 마일씩 몇 마일씩 이어진다. 파랑어치(북아메리카에 서식하는 철새)말고는 주변에서 움직이는 건 아무것도 보이지 않고, 이 새의 색은 너무도 선명하고 고와서 날아다니는 꽃으로 보일 정도다. … 피츠버그에서 신시내티로 가는 증기선에서 내린 정착민의 모습은 뼈에 사무치도록 외롭고 고독하다. (147, 258~262쪽)

1마일은 약 1.6km로, 도시와 도시 사이의 거리가 300마일이면 480km이고 400마일이면 640km다. 서울에서 부산까지 거리가 경부고속도로 기준으로 약 425km다. 이 도시에서 저 도시로 가려면 이 정도 거리를 지나야 한다. 천마일 내에 정착민이 단 한 명도 없는 곳이라면 사방 약 1,600km 이내가 모두 무인지경이라는 말이다, 서울과 부산 사이를 네 번 가까이 사방으로 왕복해야 하는 넓이 안에 사람이 단 한 명도 안 산다는 말이다.

이런 무인지경으로 정착하러 가는 도중에 마차가 고장이라도 나면 가장은 부인과 자식을 그대로 내버려 둔 채 도움을 청하러 최소 왕복 12~16km를 혼자 걸어갔다가 되돌아와야 했다. 그게 잘 안되면 다른 마을을 찾아 최소 24~32km를 걸어서 왕복해야 한다. 이는 인구가 조밀해서 산아제한을 해야 한다는 맬서스를 정면으로 거스르는 장면이다. 게다가 디킨스가 본 캐나다는 또 얼마나 광활한가.

디킨스는 이런 모습을 보고 영국의 공리주의와 맬서스가 틀렸다는 사실을 확실히 깨달았다. 가난한 이들이 만드는 급격한 인구 증가로 전체 인민이 고통을 받는다는 말은 북미 대륙에선 전혀 통하지 않는 거짓이었다. 오히려 인구 증가가 절실한 판이었다. 『인구론』이나 공리주의는 영국에나 해당하는 말임을 디킨스는 북미 대륙을 누비며 체험으로 느꼈다.

그는 영국으로 돌아온 이듬해 연말에 그 유명한 『크리스마스 캐럴』을 발표했다. 이 소설은 '사람들의 진실한 감정에 호소해서 무지와 결핍이 깨어지기를, 이 사회가 보다 지적이고 반성적이 되기를' 바라는 마음에서 썼다고 한다.[152] 이 소설은 발간 즉시 어마어마한 인기를 누렸다. 소설에 나오는 인색하기 짝이 없는 스크루지는 맬서스를 형상화했다는 주장도 있다. 스크루지를 묘사한 모습에 맬서스의 초상화를 대조해 보면 정말 아주 흡사하다.[153] 원본 『크리스마스 캐럴』은 우리가 아는 동화하고는 다르게 주로 영국 사회를 비판한 소설이다.

미국 서부영화에는 광활한 들판이 예사로 나온다. 전설이 된 총잡이 '와이어트 어프'가 등장하는 미국 서부영화가 여러 편 제작되었는데, 그 가운데 케빈 코스트너가 주연한 1994년 판에 이런 말이 나온다.

"땅이 얼마나 넓은지 하루 종일 말을 타고 달려가도 지평선은 그대로다. 그 넓은 땅 안에 사람은 단 한 명도 없다."

맬서스 이론은 1973년 10월 제1차 석유파동을 계기로 되살아났다. 이를 신맬서스주의라 부른다. 인구 증가는 생태환경을 파괴하고 자원과 에

---

152   『주석 달린 크리스마스 캐럴』(찰스 디킨스 지음, 마이클 패트릭 히언 주석, 윤혜준 옮김, 현대문학) 37쪽 참조

153   SBS CNBC 「박병률의 영화 속 경제 코드」 2019년 2월 16일자 방송 참조

너지를 고갈시키며 만성적 식량 부족을 유발한다. 이러면 국가와 세계의 안정이 흔들린다. 따라서 인구 증가를 억제해야 한다는 게 신맬서스주의 이론의 요지다. 신맬서스주의는 생태환경 파괴에 경각심을 일으키는 데에도 기여했다. 신맬서스주의는 세계 경제가 침체를 겪을 때마다 고개를 들곤 하지만 침체기를 벗어나면 다시 수그러들기를 반복했다.

맬서스의 『인구론』은 실패했다. 그가 우려한 인구 증가 문제를 긍정적 입장에서 보면 금방 답이 나온다. 1, 2차 세계대전이 멈추자 인구가 급격히 늘어났다. 과학은 날개를 달았고 식량 생산도 기하급수적으로 늘었다. 인구 증가로 노동력이 풍부해지면서 경제 또한 크게 성장하는 선순환 구조가 형성됐다. 특히 프리츠 하버(1868~1934년)가 발명한 질소비료는 식량 증산에 엄청난 기여를 함으로써 기아를 몰아내는데 혁혁한 공을 세웠다. 드디어 맬서스의 오판이 증명된 셈이다. 이는 한스 로슬링의 『팩트풀니스』라는 책으로도 증명이 된다. 그러나 코로나19가 촉발한 위기 상황에서 맬서스의 이론은 다시 힘을 얻고 있다.(프리츠 하버는 독가스를 발명해서 1, 2차 세계대전때 수천만 명을 죽인 사람이라 그의 평판은 극단적이다)

에른스트 마이어는 독일계 미국인이고 진화생물학자다. 그는 학계에서 '20세기의 다윈', '생물학계의 그랜드 마스터'라 불릴 정도로 진화생물학계에 큰 공적을 남겼다. 그가 쓴 『이것이 생물학이다』라는 책은 생물학의 역사와 생물학에서 다루는 내용을 분야별로 분석하고 설명한다. 특히 철학적 입장에서 생물학이 지닌 근본적 본질을 분석하려고 한다.
그는 책의 뒷부분에서 인류가 지녀야 할 윤리에 관해 말한다. 그는 윤리기준의 경직성을 비판하고 그 기준에 이중적 잣대를 들이대서도 안 된다고 주장하며 낙태를 허용하라고 주장한다. 그의 말은 옳다. 하지만 인구 증가가 끼치는 부정적 영향을 줄이는 방법을 산아제한이나 인위적 인구 조절에서 찾으려는 생각은 위험하다. 앞에서도 보았듯이 인구 증가는 긍정적 영향이 더 크다는 점도 상기해야 한다(그렇다고 임신한 여성에게 강제 출산하라는 얘기는 절대 아니다).

국가가 존재하고 국경이 존재하는 한, 어떤 나라가 자국의 영토를 방위해야 할 국민의 수를 줄이려 하겠는가. 제아무리 4차 산업혁명 시대로 간다고 해도 인류의 마지막 생산과 분배의 수단은 노동일텐데, 어느 자본이 마지막 노동력을 줄이려고 하겠는가. 저자가 인구 억제의 모범사례로 든 중국은 그 부작용 때문에 이미 세 자녀까지 허용하기로 인구정책을 대폭 완화했고 산아제한을 강력히 시행한 우리나라나 북한이 직면한 인구감소는 심각하기 짝이 없다. 이는 과거 유엔이 권고한 산아제한 정책이 실패한 표본이다. 일본도 인구감소와 노령화 때문에 안간힘을 쓰다가 합계출산율 1.8명을 겨우 목표로 잡고 있지만 지금도 걱정이 태산이다. 프랑스는 40~50년 이전부터 출산율을 높이려고 별별 정책을 다 썼고, 독일도 인구감소 때문에 골머리를 앓다가 2014년부터 겨우 합계출산율 1.4명 남짓을 유지하고 있다. 아무리 노력해도 주요 선진국의 합계출산율은 계속 감소하는 추세다. 지금 유럽에 있는 작은 나라 지도자들은 급격히 줄어드는 인구 때문에 국가 존망의 위기감에 시달리고 있다. 난민 유입이 증가하자 이민족에게 점령당할지도 모른다는 위기감에 빠진 독일은 극우 정당[154]까지 나서서 독일인의 출산 장려를 선동하는 지경이다.

---

154   독일을 위한 대안당을 말한다.

풍요한 세상을 일구어낸 똑똑한 사람들은 자식을 낳을까 말까, 항상 고민한다. 이들은 아이를 아예 안 낳거나 아주 적게 낳는 바람에 점점 소수로 전락하다가 결국엔 세상에서 사라진다. 대신 지능이 낮고 가난한 사람들은 자식을 여러 명씩 마구 낳아 인구를 계속 증가시킨다. 그 바람에 세상은 바보들로 넘쳐나고 지능이 낮은 멍청이들이 이 세상을 지배한다. 이런 줄거리의 영화가 「이디오크러시」다. 이 영화는 부의 편중을 비판한 영화라지만 다르게 보면 맬서스주의를 옹호한 영화라고 볼 수도 있다.

2016년 세계 갑부 단 8명이 가진 재산이 전 세계 하위 인구의 절반이 소유한 재산과 맞먹는다.[155] 2017년 전 세계 상위 1%의 재산가가 벌어들인 돈이 전 세계 부의 82%를 점한다는 보도도 나왔다.[156] 2021년 12월 07일 '이 데일리'가 보도한 세계 불평등 연구소의 보고에 따르면 세계 상위 10%가 전체 부의 76%를 소유한 반면, 하위 50%는 전체 자산의 2%를 나눠 가진 것으로 나타났다. 소득에 서도 상위 10%가 전체 소득의 50%를 버는 동안 하위 50%는 8%를 버는 데 그쳤다. 현대의 이런 불평등은 정치적 선택의 결과이지 필연적인 것이 아니라는 지적도 함께 보도했다.

지금 생산하는 식량을 공평하게 분배하면 전 세계 인구를 다 먹여 살리고도 30%가 남는다. 그런데도 10억 이상이 절대빈곤에 시달린다는 통계도 있다. 앞에서 제시한 통계나 보도에서도 보듯, 이는 인구과잉이 빚은 문제도 아니고 잉여 인간이 만든 문제도 아니다. 이는 무한경쟁, 무한 자유경제 체제가 만든 정치적 문제다. 즉 제도가 문제다. 부자 80명과 세

155   노컷뉴스 2017년 1월 16일자 세계 편 보도 참조
156   경향신문 2018년 1월 22일자 심윤지 기자 보도 참조

계 인구 1% 미만에 집중된 부의 편중이 문제다. 독과점, 기득권 지키기, 약탈적 자본주의, 금융자본의 초집중 현상, 선동적 포퓰리즘, 초국적 기업과 다국적 기업을 옹호하는 강대국의 정치적 패권이 문제다. 인간의 성욕이 문제가 아니라 호기심과 탐욕을 억제하지 못하는 인간 본성이 문제고, 말초적 본능까지 자극하며 고립을 부추기는 자본의 집중화 현상이 문제이다. 한마디로 이는 분배 문제다.

맬서스의 『인구론』이나 에른스트 마이어의 인구 억제 주장을 악용하면 우생학, 인종차별주의, 파시즘, 고립주의에 빠진다. 정치나 경제가 어려우면 이런 문제가 부상할 수밖에 없다. 오랜 전쟁으로 정치와 경제가 피폐해지면서 이런 현상은 세계 여러 곳에서 나타났다. 인구 억제 주장은 신자본주의와 세계화의 명분으로도 작용했고, 타 민족을 침략하고 수탈하는 도구가 되기도 했다.

인위적 산아제한은 지역에 따라 극심한 성비 불균형을 낳고 심각한 사회적 부작용까지 초래했다는 걸 이젠 알 만한 사람은 다 아는 사실이다. 열악한 조건에 놓인 생명은 생육 조건이 더 좋은 지역으로 진출하려고 끝없이 노력한다. 이 과정에서 토착종과 충돌하는 현상이 벌어지고 그 적응 과정에서 타협도 일어나고 변이도 일어난다. 이는 자연스러운 현상이다. 하지만 인위적 산아제한은 기득권 지키기에 불과하고 미래의 후손이 누려야 할 행복을 미리 가불해 버린다는 점에서도 그 심각성이 있다.

마이어는 모든 성장을 즉시 멈추라고 한다. 그가 살아있다면 코로나19로 전 세계가 이동을 멈추면서 나타난 긍정적 현상을 사례로 들지도 모르겠다. 하지만 이는 긍정적 현상보다 부정적 현상이 훨씬 더 크다. 이동을 제한하고 봉쇄하면 성장은 멈추지만, 자유와 기본권이 제한된다. 산업 생산, 노동 인구, 농어업과 식량 생산이 함께 위축된다. 이는 물가고와 생존 문제로 이어져 커다란 사회 불안으로 작용한다. 이를 막기 위해 돈을 찍어내는 것도 한계에 봉착한다. 연대나 감시가 약해져 극소수의 정치권력이 가진 힘을 과도하게 행사할 위험도 증폭한다. 인접한 나라끼리 분쟁 가능성도 커진다. 인도와 중국 문제, 아르메니아와 아제르바이잔 분쟁, 미얀마 사태가 이를 대변한다.

따라서 성장을 멈추기보다는 강한 곳은 억제하고 약한 곳은 부축하는 선의의 억부抑扶를 염두에 두고 국가 간 합의로 성장을 조절해야 한다. 하지만 지금 강대국들은 억부를 가장해 착취하고 패권 구도를 짜는 데에만 관심을 집중한다. 코로나 이후 우리네 삶은 과거로 다시 돌아가는 게 어려울지도 모른다. 이 책처럼, 신新인구론은 생물학에서도 부활하는가.

한글 번역본 2판은 초판에 비해 내용을 상당히 축소했다. 하지만 축소한 이유를 안 밝혀놓았다. 저자나 출판계의 관례로 보아 이는 상당히 이례적이다.

모호하고 짜증나는 묘한 마력

칠레의 밤

로베르토 볼라뇨 지음, 우석균 옮김 | 열린책들 | 2010

라틴아메리카 예술은 그 나름의 독특한 마력을 가지고 있다. 그걸 기질이라고 불러도 좋을 듯하다. 이 책도 그렇다. 좋든 나쁘든 이 책만이 가지고 있는 특별한 기질이 있다. 그걸 제대로 맛보려면 책을 공들여 읽어야 한다. 처음 이 책을 만났을 때 나는 굉장히 짜증스러웠다. '미와 편안함이 조화'를 절대로 이루지 못하도록 방해하는 이상한 번역 때문이라고 생각했는데 천만에, 번역 때문이 아니었다. 원작 자체가 그렇기 때문이었다. 공들여 읽고 싶은 생각이 뚝 떨어졌다.

지금 다시 읽어봐도 여전히 짜증난다. 그런데 책을 덮고 나면 그때마다 희한하게도 묘한 매력이 일었다. 마치 침묵하는 아타카마 사막을 보며 홀로 서 있는 느낌이라고 할까. 어떤 때는 사막의 빈 골짜기에 쏟아지는 빗소리가 온 세상을 더욱 깊은 정적 속으로 끌고 가는 듯한 환상이 머리와 가슴속에서 한꺼번에 올라오기도 했다.

하던 일을 멈추고 다시 책을 잡으면 이 빌어먹을 놈의 길고 긴 문장이 환상적이고도 모호한 분위기를 더욱 부채질한다. 일곱 줄, 아홉 줄, 아니면 책의 반쪽이 한 문장이거나 심지어 책 한쪽 전체가 단 한 문장일 때도 있다. 작가 본인은 아니라고 길길이 뛰겠지만, 의식의 흐름 속에 등장한 이런 글쓰기는 가브리엘 마르케스나 윌리엄 포크너를 생각나게 한다.

이런 마력 외에 이 책이 가진 또 다른 특징이라면 종교나 예술 속에 감춰진 위선과 가식을 여지없이 들춰내고, 군사 반란 정권의 악랄성과 지식인의 허위의식을 함께 고발했다는 점일 게다. 주류 예술이 지닌 태생적 한계나 맹점을 파헤쳤다는 데에도 의미를 둘 만하다.

… 노란 거리와 눈부시게 푸른 하늘과 뿌리 깊은 권태의 시절 … 도심으로 접근하면 거리는 회색빛 거리로 변해 간다. 그 회색빛 바닥을 조금만 파내면 노란색이 있다는 것을 나는 알고 있지만 … 내 얼굴이 나를 배신했다. … 나는 고해성사를 드리고 기도를 했다. 권태는 잔인했다. … 나는 … 노란 권태와 … 푸른 권태 사이를 쏘다녔다. (71~74쪽)

이 책은 크게 두 부분으로 나뉘어 있다. 은유와 상징으로 이어진 앞부분에서는 엘리어트의 황무지가 보이기도 하고 얼핏얼핏 허만 멜빌이나 살바도르 달리, 독일 화가 외르그 임멘도르프나 우리나라 이상의 모습이 보이기도 한다. 뒷부분은 칠레의 현실을 사실적으로 파헤친 모습이 그대로 드러난다. 소통 부재나 단절이 자꾸 읽히는 것은 저자의 문체 때문일 수도 있고 피노체트 정권의 광기와 허무 때문일 수도 있다. 거기에 주지적主知的 시각과 잠재의식의 흐름까지 쏟아부어 놓으니 더욱 그렇게 보인다.

남성만 모인 폐쇄 집단에서 동성애는 비교적 흔한 이야기지만, 칠레 문인들이 볼리비아를 깔보는 말이나 칠레 사람들이 중국인을 보는 시각은 내가 전혀 모르던 이야기라 새롭다. 비둘기 똥에서 문화재급 교회를 보호하려고 유럽의 많은 신부가 매사냥꾼이 되었다는 대목에서는 종교와 사랑이라는 말이 생각났고 전에 읽었던 『메이블 이야기』도 생각났다. 두 책 모두 길들인 매를 날려 보내는데, 이는 본연성의 회복이고 자유라는 의미도 있다. 그러나 다 같은 피조물인 비둘기를 의도적으로 죽이는 교회의 행위에 반기를 든 신부가 병든 채 말라비틀어져서 죽는다는 볼레뇨의 이야기는 병들고 타락한 종교에 대한 신랄한 공격이고 조롱이다.

통금시간이 있는 칠레에서 예술가들에게 집을 개방한 여자 마리아 카날라스의 초기 이야기가 나온다. 이는 뉴욕에서 가난한 지식인과 예술가들에게 자기 저택의 문을 개방한 여인 메이블 도지 이야기와 비슷하다. 단, 마리아 카날라스의 남편이 미국 CIA 요원이자 칠레 정보국의 핵심 인사였다거나, 거의 매일 밤 파티를 열던 그 여자 집 지하실이 칠레 정보국의 고문실이었다는 이야기, 또 마리아가 겪은 비참한 말년을 제외하면 말이다. 이런 게 사실과 허구의 차이다.

바로 발밑에서는 고문으로 사람이 죽어 나가는데 위층에서는 예술과 철학을 지껄이며 여러 남녀가 밤새도록 먹고 마시고 떠든다. 이런 장면에서는 "나도 퇴근해서 빨리 집에 가야 해. 애들 선물도 사야 하고 식구들이랑 같이 저녁 먹어야 해. 그러니 시간 끌지 말고 빨리빨리 하고 끝내자, 응?" 하고 눈을 부라리며 윽박지르던 우리나라 고문 기술자를 묘사한 말이 생각난다.

이 책을 처음 읽었을 때도 그랬지만, 칠레의 아옌데와 피노체트를 생각하면 나는 왜 늘 「Don't cry for me Argentina」라는 노래가 자꾸 생각나는지 모르겠다. 그럴 때마다 머리털이 일어서고 소름이 돋는다. 노래가 꼭 에바 페론의 절규 같아서인 것 같기는 하지만, 그래도 왜 자꾸 그러는지 모르겠다.

내가 학문 실력이 좋다면 이 책에 여러 번 나오는 고유명사 '치안'과, '밤색, 자주 검정, 자홍, 노랑, 파랑의 아주 작은 새들이 키엔, 키엔, 키엔하고 울부짖는 소리'와, 베트남 작가 바오 닌이 쓴 소설『전쟁의 슬픔』에서 저무는 핏빛 하늘 아래 처절하게 부르던 이름 "끼엔, 끼엔, 끼엔…." 사이에는 어떤 연관이 있는지 한번 찾아볼 텐데 그러질 못해서 아쉽다.

여기 쓴 글은 전부 과거형이다. 글 속에 지금은 없다. 문단을 가르거나 장을 구분하지도 않았다. 처음부터 끝까지 계속 이어 쓴 줄글뿐이다. 당시로서는 새로운 시도다. 앞에서도 얘기했지만 존재와 부존재, 의식과 무의식의 흐름 같은 심리 현상에다 시적 표현까지 겹쳐서 앞부분은 꽤 난해하다. 이 책이 지닌 전반부의 난해함을 줄이려면 뒤에서부터 거꾸로 읽는 편이 차라리 낫다.

이 책 첫머리에는 가명을 쓰는 신부인 화자가 죽어가면서 혼자 독백하는 장면이 나온다. 내 평화를 깨뜨린 "그놈의 늙다리 청년이 내게 일부러 흠집을 내려고 불과 하룻밤 사이에 퍼뜨린 말을 뒤엎을" 기억을 전부 짚어내서 "내 자신을 정당화해줄 행동을 찾아내겠다"고 말이다. 이후에도 종종 화자가 독백하듯 중얼거리는 '늙다리 청년'은 누구일까. 입이 없는 그는 첫 페이지부터 책이 끝날 때까지 계속 등장한다. 이 의문을 저자는 마치 추리소설처럼 마지막에 가서야 풀어준다. 사실 읽다 보면 피카소가 그린 얼굴처럼 주인공 우루티아의 의식 속에 거처하는 또 다른 자아임이 점차 드러나긴 한다. 주인공의 직업이 신부, 시인, 비평가로 셋이나 되고 그의 이름도 본명과 가명, 신부님으로 부를 때마다 그때그때 달라지는 것처럼 말이다.

'페어웰'이라 불리는 이름도 그의 또 다른 이름이다. 화자인 신부는 피노체트 군사평의회에 가서 마르크스주의를 강의했는데, 그 비밀을 페어웰 단 한 사람에게만 고백했다. 이 사실은 그 다음 주 산티아고 시 전체에 퍼졌다. 페어웰이 '개 거품을 물면서' 퍼뜨렸기 때문이다. 회색빛 평화에 균열을 내는 페어웰. 아버지는 어둠 속에서 문지방을 뱀처럼 스르륵 몇 번이나 지나가고, 화자는 회색빛 평화에 균열을 내려는 곡괭이질을 한사코 거부한다. 구렁이가 우는 소리가 들리고 그의 내면에는 여러 마리의 내가 들어있다. 늙다리 젊은이여, 평화란 부조리인가.

소설처럼 쓴 초현실주의의 서사시. 다다까지 엎어버린 표현주의적 부조리극. 이렇게 얘기하면 이상할까? 처음 이 책을 다 읽었던 오래전 그때처럼 이번에도 나는 위에서 한 말을 혼자 중얼거리다가 책을 덮었다.

당신이 방송 전문가라 치자. 박정희나 전두환, 노태우가 쿠데타를 일으켜서 군사혁명위원회나 국가보위비상대책위원회(국보위)를 설치했다. 그 직후, 그들이 당신에게 직접 자동차와 사람을 보내서 일주일만 방송 전반을 강의해 달라고 초청한다면 당신은 어떤 선택을 할 것인가? 실존과 이상은 어디서 어떻게 부딪치는가? 깊이 고민하고 성찰해볼 일이다.

똥 누며 독립 투쟁하기

구원의 미술관

강상중 지음, 노수경 옮김 | 사계절 | 2016

2011년 3월, 일본은 큰 고통과 실의에 빠졌다. 동일본 대지진과 후쿠시마 원자력발전소가 폭발했기 때문이다. 강상중은 NHK TV에서 기획한 「일요 미술관」의 사회를 2년 동안 보았다. 그림이나 조각, 도자기를 볼 때 느끼는 감동에서도 고통과 실의를 딛고 일어설 수 있는 용기와 희망을 찾아보자는 거다. 그 방송 내용을 요약한 게 바로 이 책이다. 아울러 우리 일본인은 지금 어디에 위치하는지, 자신을 찾아보라는 권유도 하려고 이 책을 썼다고 한다. 한마디로 이 책을 정리하자면 '일본이여, 다시 일어나라!'이다. 이게 주제이자 기획 의도다. 그래서 그런지 내용은 '자아 찾기'로 수미일관首尾一貫한다. 그의 이야기 속에는 종교적 구원이나 정토淨土사상이 함께 어우러져 있다.

추상표현주의의 거장이라 부르는 마크 로스코의 작품전을 두어 번 본 적이 있다. 볼 때마다 충격적이었고 보고 나서도 많이 힘들었다. 그의 그림 속에는 끝없는 고독, 우울, 현실부정 같은 게 깊이 고여있는 것만 같았다. 과천 현대미술관과 덕수궁에서 장 뒤 뷔페를 보았을 때도 그랬고 미국 메트로폴리탄에서 고흐 특별전을 보았을 때도 그랬지만, 마크 로스코를 보았을 때는 유독 더 심했다. 꼭 죽음이 어른거리는 것 같았다. 너무 막막하고 불쌍하다는 느낌만 자꾸 들었다. 집에 와서도 며칠 밤을 뒤척거렸다. 우울증이 시작되어 그가 자살할 때까지 그 긴 시간이 후려치는 고통을 어떻게 혼자 참았을까. 정말이지 그가 너무 불쌍했다. 두 번째 볼 때는 더했다. 그가 일상에서 쓰던 소소한 소품까지 전시하는 바람에 더 힘들었다. 하지만 강상중은 나와 다르게 본다. 그는 마크 로스코의 그림에서조차 희망과 재생, 구원을 본다. 그렇다고 나나 그이가 이상한 건 절대 아니다. 그저 자기식대로 보고 느끼면 그만이다.

피터르 브뤼헐과 네덜란드 독립항쟁

피터르 브뤼헐(1525~1569년)은 16세기를 살다 간 네덜란드 화가다. 그는 주로 농민들의 생활상이나 속담에 관한 그림을 많이 그렸다. 그는 네덜란드를 지배하던 스페인의 식민지 정책을 그림으로 이죽대면서 저항하던 사람이다. 소묘화 「큰 물고기가 작은 물고기를 삼키다」는 유명하다. 이 그림은 메기처럼 입이 큰 거대한 물고기가 송사리처럼 자잘한 물고기를 입안 가득 물고 있다. 사람들은 이를 가리켜 자본이나 식민 지배의 탐욕과 저항을 과감하고 간결하게 표현했다고 평가한다.

네덜란드는 에스파냐(스페인)의 식민지였다. 에스파냐는 교황이 지배하는 로마 가톨릭 국가였는데, 네덜란드는 종교개혁 이후 개신교를 신봉했다. 당연히 에스파냐와 네덜란드는 종교와 정치 문제로 갈등했다. 이 갈등은 경제, 사회 분야로도 번졌다. 교회 신자들도 구교와 신교로 나뉬었다. 화가들도 이 문제를 피해 갈 수는 없었다. 종교개혁 이전에는 화가들이 가톨릭 성당에서 주문하는 그림이나 조각작품을 만들면서 먹고살았다. 종교개혁으로 네덜란드에 개신교가 크게 퍼지자 이런 작업이 불가능해졌다. 먹고살기가 난감해진 그들은 일반 가정집에 걸어둘 그림을 그려주면서 근근이 생계를 이어갔다. 그들 중에 몇몇은 「야간 순찰」을 그린 렘브란트처럼 독립운동에 큰 관심을 갖기도 했다. 브뤼헐이 식민 지배에 저항하는 그림을 그린 것도 같은 이유다.[157]

이원복 교수의 말에 따르면 에스파냐의 왕 카를로스 1세는 네덜란드에서 나고 자랐다. 그가 네덜란드를 통치할 때는 각 지역에서 지도자를 스스로 뽑는 자치권을 인정해줄 정도로 상당히 우호적이었다. 이는 카를로스 1세가 왕위 계승을 하러 에스파냐로 갈 때 네덜란드에서 그를 따라간 사람들이 카를로스의 통치를 돕기도 했기에 가능한 일이었다. 카를로스 1세가 죽고 그가 낳은 아들이 1556년 에스파냐의 왕이 되었다. 그가 바로 펠리페 2세다. 에스파냐에서 나고 자란 그는 로마 가톨릭을 철저하게 신봉했기 때문에 개신교가 판을 치는 네덜란드를 좋게 생각할 이유가 없었다. 그가 등극했을 때 그 주변에는 아버지 때처럼 네덜란드 출신이 남아 있지도 않았고, 남아 있다고 해도 아무런 힘을 쓸 수도 없었다.

어떤 이는 펠리페 2세를 '정복왕'이라고 부르기도 한다.[158] 무적함대로 전

---

157 시기의 차이는 있지만 페테르 파울 루벤스(1557~1640년)처럼 에스파냐의 반종교개혁을 지지하면서 가톨릭 성화를 그리던 사람도 있었다. 루벤스는 17세기 바로크 미술가로, 독일 태생이지만 네덜란드에 와서 오래 살았다. 그는 네덜란드와 에스파냐 사이에 평화를 중재한 적도 있었다. 루벤스는 우리 한복을 입은 남자도 그렸다. 그게 정말 조선인인지 해외 학계에서 아직 단정은 못 한 상태다.

158 『아주 기묘한 날씨』(푸른지식) 142쪽 참조

세계에 식민지를 마구 넓혀갔기 때문이다. 그는 네덜란드를 몹시 가혹하게 탄압하고 착취했다. 식민지 네덜란드에는 총독 외에 인민을 대표하는 봉건귀족 세 사람이 있었다. 네덜란드의 아버지로 추앙받는 빌럼, 호르네, 에흐먼트이다. 그들은 제발 폭정을 거두어 달라고 펠리페 2세에게 여러 번 간청했으나 항상 거부만 당했다. 그러자 학정을 더 이상 견디지 못한 네덜란드에서 폭동이 일어났다. 사람들은 성당과 수도원을 모조리 때려 부수고 방화, 약탈했다. 네덜란드 입장으로 보면 식민 지배에 대한 분노와 저항이지만 에스파냐 쪽에서 보면 반란이고 폭동이었다. 이 저항은 전국으로 급속히 번져나갔다.

반란을 진압하려고 새 총독이 부임했다. 그는 최정예 군대 약 1만 명(다른 곳에는 수천 명으로도 나옴)을 데리고 왔다.[159] 새 총독은 개신교도를 색출해 무자비하게 살육했다. 이때 죽은 사람만 약 8천 명 이상이라고 한다. 모두 가톨릭의 종교재판에 회부 해서 죽였다. 이때부터 네덜란드 사람들은 갈등과 불신이 커졌고 그 바람에 밀고가 대단히 성행했다. 어느 날, 총독은 앞서 말한 네덜란드의 봉건귀족 세 사람이 그를 죽이려 한다는 밀고를 받았다. 신임 총독은 확인도 하지 않고 호르네와 에이먼트를 찾아내 죽여버렸다. 죄명은 '인내할 선을 넘을 정도로 개신교를 감쌌다'는 것이다. 귀족 세 사람 가운데 빌럼만 용케 아내의 친정이 있는 작센으로 피신했다. 그 후 에스파냐에 대한 항쟁을 본격적으로 시작한 빌럼은 1568년, 네덜란드의 모든 저항이 독립투쟁임을 공식 선언했다. 이때가 브뤼헐이 죽기 1년 전이다. 나중에 그는 군대를 이끌고 되돌아와 네덜란

159 　『업그레이드 먼나라 이웃나라』(이원복 지음, 김영사) 참조

드 북부 전쟁에서 승리한다.[160]

이 세 명의 귀족은 네덜란드 인민의 존경을 받았지만, 처음부터 에스파냐에 반항한 사람들은 아니었다. 앞에서 얘기한 것처럼 네덜란드의 인민을 대표해서 가혹한 탄압을 좀 풀어달라고 탄원하고 애원하던 사람들이다. 두 귀족은 죽은 뒤에야 혐의가 없음이 밝혀졌다. 아무라도 밀고하지 않으면 자신이 의심받아 죽을까 봐 누군가 저지른 허위밀고 사건이었다고 하니, 신임 총독의 공포정치가 얼마나 극에 달했는지 알 수 있는 대목이다. 또 다른 이야기도 있다. 이들 세 귀족은 모두 네덜란드 독립항쟁의 지도부였다. 그런데 지도부의 와해를 노린 에스파냐가 세 사람에게 미리 사형 언도를 내려놓았다가 두 귀족을 먼저 잡아 죽였고 빌럼만 겨우 살았다는 것이다.[161] 두 귀족이 먼저 죽은 1568년은 항쟁 지도부가 독립전쟁을 공식 선포한 바로 그 해다. 이들 두 사람이 죽었다는 소식을 듣고 브뤼헐이 그린 그림이 바로 이 책에 나오는 「교수대 위의 까치」이다.

교수대 위의 까치

그럼 그림 속으로 한 번 들어 가보자. 산속에 있는 교수대 한가운데에는 밀고를 상징하는 까치가 한 마리 앉아있다. 그 오른편 아래에는 엉성한 나무 십자가가 꽂혀있는 무덤이 있다. 이 무덤은 처형당한 두 귀족의 무

---

160 원래 네덜란드의 영토는 벨기에 영토와 지금의 네덜란드 영토를 합친 땅이었다. 남부 네덜란드(지금의 벨기에)는 로마 가톨릭을 신봉하면서 개신교를 신봉하는 세력과 갈등하다가 에스파냐의 무력에 굴복, 로마 가톨릭을 신봉하며 식민지로 남았다. 북부 네덜란드는 계속 독립항쟁을 이어가다가 1584년에 빌럼이 암살당하자 그 아들이 항쟁 지도부를 계속 이끌어 갔다. 따라서 북부 네덜란드란 벨기에 지역을 제외한 지금의 네덜란드를 말한다.

161 『업그레이드 먼나라 이웃나라』(이원복 지음, 김영사) 참조

덤이라고 다들 해석한다. 까치의 왼편 아래쪽에서 춤을 추거나 악기를 연주하는 사람은 옷차림새로 보아 산 아랫마을에 사는 하층민인 모양이다. 여기 모인 사람들은 두 사람의 죽음을 보고 기뻐하지 않으면 큰일이 날지도 모른다. 자칫하다간 저 까치가 엉뚱한 밀고를 해서 이 교수대에 자신이 매달릴지도 모르기 때문이다. 사람들은 교수대와 무덤을 보며 공포와 두려움에 질리더라도 기쁜 척 춤을 추어야만 한다. 그래야만 살아남을 수 있다. 이런 모습은 암울하기 짝이 없는 식민 치하의 공포와 압제를 잘 보여준다.

감상자와 가까운 화면 앞쪽에는 챙이 넓은 모자를 쓴 두 사람이 서 있다. 이들은 춤추는 마을 사람들과 옷차림새가 완연히 다르다. 아무리 다시 봐도 이들은 마을 사람과 신분이 다른 사람이다. 밝은 옷을 입은 사람은 식민지 관리 같고 다른 한 사람은 가톨릭 성직자처럼 보인다. 관리도 밀고가 두려운 듯 춤을 추려고 두 손을 허리에 짚고 한 발을 위로 들어올리며 서 있다. 성직자는 하늘을 가리키며 신이 우리를 축복한다고 관리에게 말하는 것 같다. 그런데 그 두 사람의 등 뒤, 즉 감상자와 더 가까운 곳에는 엉덩이를 깐 사람이 몰래 똥을 누고 있다. 똥 누는 사람은 원근법에 따라 왼쪽 귀퉁이 아래쪽에 그려 놓았다. 앞에서는 공포에 질려 춤을 추는데, 뒤에서는 엉덩이를 까고 똥을 누다니, 이 무슨 해괴한 그림인가. 까치를 포함해 그 누구도 똥 누는 이 사람을 보지 못한다. 모두가 춤추는 사람들에게만 정신이 팔려있다. 강상중은 「교수대 위의 까치」를 아래와 같이 설명한다.

이 그림을 처음 보았을 때 … 희망이 날갯짓하는 소리가 들리는 듯한 잔잔한 감동이 전해져 왔습니다. 마치 어슴푸레한 희망의 빛을 본 것 같았습니다. 교수대라는 것은 죄인의 목을 매는 불길한 장치입니다. 그러나 이 교수대는 아마도 그런 의미를 잃은 것 같습니다. 민중은 교수대가 죽음을 의미했다는 것을 잊고 행복한 망각 속에서 다시 춤을 추기 시작한 것이지요. 이를 주의 깊게 보고 있는 까치에게도 교수대는 그저 잠시 쉬어 갈 수 있는 나무에 지나지 않는 것입니다. 이 그림이 반드시 밝은 것만은 아닙니다. 불안함도 다소 남아 있습니다. 그러나 구름 사이로 비치는 엷은 햇살에서 내일을 향한 예감을 느끼고 저는 그걸 굳이 희망으로 받아들였습니다. 아니 희망이라고 할 수 없어도 괜찮습니다. 잔혹한 죽음의 행진이 사람들 사이를 다 지나간 후, 그제야 찾아온 평온한 일상을 표현한 것이라고 생각합니다. … 까치라는 새에게는 밀고자라는 의미가 있으니 이 까치는 어쩌면 교수대 옆에서 신을 두려워하지 않고 유흥을 즐기는 마을 사람들을 정탐하고 있는지도 모릅니다. … 브뤼헐은 이 그림을 통해 인간에게는 피할 수 없고 싫든 좋든 받아들일 수밖에 없는 죽음이 있지만, 동시에 재생도 있고 희망도 있다는 메시지를 남기려 했다고 해석하고 싶습니다. … 까치는 브뤼헐 바로 자신이 아니었을까요.

* 윗 글은 저자의 의도를 고의로 훼손하기 위해 악의적으로 축약하지 않았다. 저자가 말한 뜻을 모두 살리는 범위 안에서 긴 인용문을 일부 축약했음을 양해하시기 바란다.

제목에서 보듯 교수대와 까치는 이 그림의 상징적 주제다. 유럽에서 까치는 불길한 새다. 삶과 죽음 또는 배신을 상징한다. 북유럽 신화에서는 밀고자로 등장한다. 까치는 모든 신들의 왕 오딘에게 이 세상에서 벌어지는 온갖 일을 고자질한다. 하찮은 일까지 시시콜콜 전부 다 일러바친다. 이와 마찬가지로 여기에 나오는 까치는 성직자와 식민지 관리의 앞잡이며 밀고자다.

브뤼헐은 죽기 1년 전에 이 그림을 그렸다. 그가 그린 마지막 작품이자 자기 방식대로 저항한 마지막 그림이다. 이미 설명한 대로 이 시기는 죽음을 불사한 네덜란드의 독립투쟁 기운이 팽배해진 때이고 공포와 폭력, 억압, 그리고 시민의 갈등이 고조하던 시기다. 따라서 이 그림 속에서 민중이 추는 춤은 춤이 아니라 죽음의 공포에 갇힌 식민지 민중의 처절한 몸부림으로 봐야 한다. 그러나 저자는 이 그림을 행복한 망각 속에서 유흥을 즐기는 모습으로 보았다. 죽음이 다 지나간 평온한 일상의 표현이라고도 해석했다. 내 생각과 정반대다.

교수대 앞에서 똥누기

이 그림을 저자처럼 본다고 탓할 일은 아니다. 하지만 그래도 한번 생각은 해 보라. 아무리 이상한 사람들이라 해도 어디 놀 데가 없어서 사람 죽인 교수대가 있는 무덤 앞에 일부러 찾아와서 춤을 추고 노는가. 그것도 마을에서 한참 벗어난 이 산속까지 올라와서. 거기다가 왜 하필 저들은 관리와 성직자까지 대동하고 밀고자의 감시를 받아 가며 춤을 추고 놀아야 하는가. 그것도 하필이면 처형당한 두 귀족의 무덤 앞에서. 똥 누는 모습은 또 왜 넣었을까. 아무리 생각해봐도 내 눈에는 이 그림이 평온한 일상을 그린 그림처럼 보이지 않는다. 내 목숨을 노리는 밀고자가 정탐을 하느라고 나를 내려다보고 있는데 어떻게 모든 것을 잊은 채 망각과 즐거움에 빠질 수 있겠는가. 그러니 행복한 모습은 더더욱 아니다. 그림을 그린 시기로 봐도, 작가의 성향으로 봐도, 작품의 구성이나 내용으로 봐도 저자의 말과는 아귀가 잘 맞지 않는 것 같다. 그럼 이 그림은 대체 무엇을 표현하려는 걸까.

작가는 상징과 은유를 통해서 자신의 감정이나 의도를 표현한다. 앞쪽에
그려 넣은 똥 누는 사람은 네덜란드의 속담 '교수대 앞에서 똥 누기'를 형
상화한 것이다. 이 속담은 '우리는 어떠한 처벌에도 굴하지 않는다.'는 뜻
을 지니고 있다.[162] 서양 사람들은 상대방을 멸시하고 조롱할 때 엉덩이
를 높이 쳐든 채 가랑이 사이로 상대를 보며 흔든다. 화면 앞쪽에서 엉덩
이를 깐 채 똥을 누는 사람은 조롱과 멸시를 상징한다. 너희들이 아무리
우리를 교수형에 처해 죽인다 해도 네덜란드는 너희 에스파냐를 멸시하
며 끝까지 저항하겠다는 조롱과 투쟁의 뜻이 담겨 있다. 따라서 이 그림
은 브뤼헐식으로 이죽대며 저항하는 의미를 아주 잘 표현한 그림이다. 교
수대 위의 가로대 한가운데 앉아있는 까치는 밀고자를 상징하지만, 한발
더 나아가 밀고자인 너를 반드시 이 교수대 한복판에 매달고야 말겠다는
의지를 표현한다고 나는 보았다.

---

162 진중권은 그의 책에서 네덜란드 속담에는 교수대 앞에서 춤추기, 즐겁게 교수대로 가기,
교수대 앞에서 똥 누기라는 여러 속담이 있는데, 브뤼헐이 이걸 한꺼번에 표현한 듯하다
고 말한다. 우짖는 까치는 나불대는 입이라고 보아 함부로 입을 놀리거나 남의 말을 하
지 말라는 경고로 보기도 한다. 브뤼헐이 투시법을 교묘히 이용해서 이 교수대가 현실
에서는 존재할 수 없는 형태로 그렸다. 따라서 이는 의도된 묘사이며 현실 부조리를 의
미한다고 설명도 한다. 교수대 앞에서 똥 누는 모습은 목숨이 위태로운 상황에서도 생리
적 욕구가 더 급하다는 의미라고 보는 이도 있고, 민중의 저항이라고 보는 이도 있다. 이
렇게 여러 가지로 브뤼헐을 소개하는 사람들이 있지만, 그 시대가 식민 치하에서 억압
당하던 때이고 독립항쟁이 불붙던 시절이었으며 브뤼헐은 풍자화가라는 점. 그는 네덜
란드 북부에서 남부(지금의 벨기에)로 내려와서 살다 죽었는데, 남부 시대에 식민 지
배에 반항하는 그림을 많이 그렸다는 점에는 사람들 사이에 크게 이의가 없다(남부 벨
기에는 가톨릭의 억압에 개신교가 굴복하였고 독립투쟁도 거의 사그라들던 곳이다).
(『계간 만화 2004. 여름』(씨엔씨레볼루션), 한겨레신문 「모든 예술에 두루 쓰이는 '다르게
말하기」 곽윤섭 기자 보도, 2017년 2월 21일자, 『업그레이드 먼나라 이웃나라』(이원복 지음,
김영사) 참조)

이 그림을 네덜란드 쪽에서 보면 독립투쟁을 독려하고 고취하는 애국적 그림이다. 하지만 식민 지배자가 보면 불온하기 짝이 없는 반동적 선동이다. 브뤼헐은 이 그림 한 점만 남기고 나머지는 다 태워버리라고 유언했다. 가족이 위험해질까 봐 그런 것 같다고 후세 사람들은 설명한다. 그러나 이 그림 한 점만으로도 그의 가족을 몰살시킬 이유는 차고도 넘친다. 더구나 그 당시 사람들은 그가 이런 저항적 그림을 많이 그린다는 걸 이미 다 알고 있었잖은가. 브뤼헐이 왜 제 그림을 다 태워버리라고 했는지 우리는 아직 명확하게 모른다. 따라서 그 이유를 '아직은 알 수 없다'라고 해야 맞다.

브뤼헐이 죽고 망명귀족 빌럼이 군대를 이끌고 돌아온 뒤, 네덜란드는 독립항쟁을 본격화했다. 때마침 영국, 프랑스, 노르웨이, 스웨덴이 개신교 편을 들고 오스트리아와 에스파냐가 가톨릭 편을 들며 참가했던 30년 전쟁으로 신성로마제국이 무너졌다. 무적함대가 무너지면서 에스파냐의 힘도 크게 약화 되었다. 무적함대는 영국 전함에 격파된 것보다는 영국 해안의 풍랑과 거친 물살 때문에 44척의 배가 난파하면서 궤멸 됐다는 주장도 있다(국방 TV, 역전다방 참조).

이 전쟁의 결과에 따라 베스트팔렌조약이 체결되면서 북부 네덜란드(지금의 네덜란드)는 1648년 완전한 독립을 쟁취했다. 실로 80여 년을 끌어온 길고도 긴 투쟁과 희생의 결과다.

거듭하는 말이지만 예술 작품의 감상이란 관객이 저마다 가진 주관적 감정이나 느낌에 좌우한다. 해석 또한 보는 사람의 초점에 따라 얼마든지 달라질 수 있다. 저자가 이 그림을 남들과 다르게 보았다고 해서 이상할 건 하나도 없다. 저자는 이 그림에서 현실을 보는 작가의 저항과 분노 대신 희망과 망각을 얘기했다. 어떻게든 따뜻함과 용기를 찾아보려고 한다. 하지만 그 시대는 식민 치하에서 이민족이 저지르는 착취와 폭력 때문에 민족 저항과 대량 학살이 일어나고, 수없는 밀고에 교수형이 줄을 이었다. 격분한 민족지도자들이 독립투쟁을 선언하자 나라 전체가 혼란으로 치달았다. 그 소용돌이 속에서 망각과 행복을 노래한다는 게 나는 수긍이 잘 안 간다. 더구나 똥 누는 사람은 언급조차 없는데 밀고자를 상징하는 까치까지 브뤼헐로 본다는 관점은 아무리 봐도 무리인 듯하다.

한편, 저자는 브뤼헐을 '높은 정신성을 가진 작가'라고 평가했다. 그러면서 그렇게 훌륭한 작가가 유작에 가까운 만년 작품에 까치를 밀고자로 그리는 심술궂은 의도를 숨겨놓았으리라고는 생각하고 싶지 않다고 한다. 그렇다면 저자가 보는 브뤼헐의 '높은 정신성'이란 누구를 위한, 또 무엇을 위한 정신성일까. 저자는 이 그림을 설명하면서 단정적 이야기를 어떻게든 삼가려 한다. 하지만 그는 혹시 '일본이여, 다시 일어나라!'라는 이 책의 주제나 기획 의도에 이 그림을 너무 맞추려고만 한 것은 아닐까. 밀고자 까치와 춤추는 사람들의 목숨이 어찌 될지 불안하다고 하면서도 저자는 기어코 망각과 행복, 희망을 이야기하려고 한다. 가해자에게는 망각이 행복과 즐거움을 선사할지 몰라도, 피압박 식민지 민족에게는 망각이 더 큰 고통을 지속적으로 안겨준다는 말은 틀린 말일까.

생명, 평등, 행복

저자는 사람도 자연의 일부라고 한다. 하지만 그는 자연을 인간 중심으로 파악하려고 하는 것은 아닌지 의구심이 든다. 저자는 '최선을 다해 매 순간을 완전히 불태우듯이 열심히 살자'는 말을 하려고 이런 말을 꺼냈다.

그런데 동식물의 세계는 왜 이렇게 빛나 보이는 걸까요? 왜 그 세계는 이토록 사랑스러운 걸까요. … 사실 그 이유는 분명합니다. 동식물에게는 '지금, 여기'라는 순간밖에 없기 때문입니다. 과거도 미래도 없기 때문입니다. 과거도 미래도 없이 '지금, 여기'라는 한순간만을 온 힘을 다해 살아가고 있기 때문에 그들은 반짝이는 것입니다. '그건 반짝인다고 할 수 없다.', '아무 생각 없이 살아가고 있을 뿐'이라고 반론하는 분이 계실지도 모르겠습니다. 하지만 그렇지 않습니다. 이 지구상의 수많은 생물 가운데 과거와 미래라는 개념을 가지고 있는 것은 인간뿐입니다. 어떤 의미에서는 인간만이 지구상에서 가장 특수하며 가장 어리석은 삶의 방식을 가지고 있다고 하겠습니다.   실제로 우리들이 갖는 고민의 대부분은 바로 그 지점에서 생겨납니다. 과거를 지워 없앨 수 없기에 후회하고, 미래를 고민하기에 앞날의 불안감을 감당하지 못해 주저앉는 것입니다. 기억이 있고 미래가 있다는 것, 사실 이것만큼 고통스러운 것은 없습니다. 우울증이나 강박신경증을 앓는 것도 이 때문이지요. 과거를 반성하거나 미래를 미루어 짐작하는 것은 분명 '예지叡智'라고 불리는 인간의 능력입니다. 하지만 인간은 이러한 예지를 획득하는 대가로 커다란 불행까지 짊어지게 되었습니다. 이는 일면의 진실입니다. 짐승이나 곤충은 그렇지 않기 때문에 한결같이 비뚤어진 생각에 휘둘리지 않고 살아갈 수 있는 것입니다.

*윗글은 저자 의도를 고의로 훼손하기 위해 악의적으로 축약하지 않았다. 저자가 말한 뜻을 최대한 살리는 범위 안에서 길어진 인용문의 일부를 축약했음을 양해해 주시기 바란다.

기억이 있고 미래가 있다는 것은 고통스러운 것이다. 짐승이나 곤충은 기억이나 미래를 예측하는 능력이 없다. 그래서 한결같이 비뚤어진 생각에 휘둘리지 않고 지금, 여기라는 한순간만을 온 힘을 다해 살아간다. 그래서 동식물과 곤충의 세계는 빛나고 사랑스럽다고 저자는 말한다. 나는 그가 단정하는 이런 말에 동의할 수 없다. 생명은 보편적이고 표준적이기보다는 모두 다 개별적이고, '진리는 과정일 뿐'이라는 말에 공감하기에 그렇다(부디 이 말을 폭력적 차별이나 이기주의, 또는 인종주의를 찬성하는 사람들이 악용하지 말기를. 여기서 내가 쓴 개별적이라는 말은 그런 의미와 완전히 반대의 뜻이다). 기억이나 예측은 고통스럽고 내일을 모르는 삶이나 망각만이 아름답고 행복하며 사랑스러운 삶일까. 행복은 어디에서 오는 걸까. 개개인의 내면에 잠재한 비교의식에서 오는 건 아닐까. 저 깊은 무의식 속에 있는 내 과거의 경험과 지금 막 성취했거나 상대와 접한 그 결과나 인상을 나도 모르는 사이에 비교한 결론이나 판단에서 나오는 건 아닐까(물론 뇌의 특수한 지점을 자극하면서 일어나는 일이라고 뇌과학이 '지금까지' 밝힌 이야기가 있다는 것을 모르는 바는 아니다). 희망은 어디에서 오는가. 기억과 예측에서 온다. 과거는 기억이고 미래는 예측이다. 기억과 예측은 인지능력, 즉 지능과 관계가 있다. 동물이나 어류도 기억력과 인지능력이 존재함을 증명한 사례는 무수히 많다. 우리가 하찮게 생각하는 식물도 감정이 있고 기억할 줄 알며 죽음을 아는 인지능력이 있다는 주장도 많다.[163]

---

163 개를 포함한 동물도 사람처럼 인정욕구가 있다. 극심한 스트레스에 시달리기도 한다. 이명증을 앓는 고래도 있고 우울증을 앓는 물고기도 있다. 이건 전부 기억과 관계가 있다. 중앙 안데스산맥 고온 건조지대에 사는 안경곰은 샘의 위치를 제 머릿속으로 그린다. 곰들의 기억력은 놀랍다. 제 서식지에서 반경 500km나 떨어진 손바닥만 한 바위샘을 매번 찾아갔다가 다시 제 터전으로 돌아간다. 캄차카반도에 사는 불곰은 평소에는 강에서 사라졌다가 연어가 회귀하는 철이 되면 어김없이 되돌아온다. 거의 1만 킬로미터를 날아가는 철새는 제가 가야 할 방향을 정확하게 알고 있다. 귀신고래는 추위를 피하려고 장장 8,000km에 달하는 북극해와 멕시코만을 오르내린다. 이동하는 중간중간 지형지물의 위치를 확인하고 파도와 바

니체는 '지금, 여기'를 강조했다. 톨스토이도 용기, 희망, 구원, 재생을 깊이 성찰했던 사람이다. 그는 죽음을 기억하고 '오늘 밤까지 살라. 동시에 영원히 살라'며 기억을 강조했다. 그는 '바로 여기, 지금 이 시간 내 옆에

람을 확인하면서 정확한 방향을 잡는다. 혹등고래는 극지방과 아열대의 동일 지점을 단 한 번도 틀리지 않고 매번 오르내린다. 먹이를 사냥한 뒤 틀림없이 제 새끼에게 되돌아가 물고기를 꺼내 먹이는 펭귄무리도 있다. 폭발물 탐지견은 18개 이상 30여 개의 각각 다른 성분의 폭발물을 전부 탐지해낸다. 마약 탐지견도 마찬가지다. 개는 경비업무나 기습공격에도 동원된다. 적과 아군을 구분하고 신속 정확하게 판단하기에 가능한 일이다. 낙지나 문어는 지능을 써서 사냥하고 알을 보호한다. 침팬지는 말할 것도 없다. 코코넛 문어가 조개껍데기 두 개로 자신의 은신처를 만드는 것은 무척추동물이 도구를 사용하는 모습이라고 연구자들은 단언한다. 알래스카의 해달은 제 배 위에 올려놓은 조개를 돌로 깨뜨려서 그 살을 꺼내 먹는다. 어미 해달은 도구 사용법을 새끼에게 전수해서 야생으로 내보낸다(야생에서 살아남으려면 지능, 호기심과 함께 장난기까지도 필요하다고 한다). 돌고래의 IQ는 60~90으로 군견보다 높고 수중에서는 인간보다 뛰어난 전투력을 발휘한다. 미국, 러시아(구소련 포함), 이란 등은 돌고래와 바다사자를 군용으로 훈련 시켜서 수중작전이나 해상작전용으로 배치했다. 북한도 그럴 가능성이 있다고 한다. 까마귀의 지능지수는 7살 먹은 어린이의 수준이라고 한다. 수십 마리가 함께 모여 죽은 동료를 애도하며 장례식을 치르고 그 죽음의 원인까지 찾아내려 한다. 닭이 인간과 교감하고 소통하며 인간의 언어는 물론, 비언어적 행동으로도 관계를 인지하는 경우도 있다. 고래가 사람에게 감정을 이입하는 경우는 많다. 특히 백상아리를 촬영하던 잠수부가 위험에 처하면 그를 구하거나 보호하려는 노력을 한다는 보고가 상당히 많다. 동물의 기억력이나 인지능력, 예측이나 판단력 따위에 관한 기록은 셀 수도 없이 많다. 심지어 식물의 감정이나 기억, 인지능력에 관한 기록도 많다. 이런 주장은 오래전부터 나왔지만 최근에 또 다시 나왔다. 잔인한 얘기이긴 하지만 극장이나 수조(水槽)에서 보는 동물 쇼는 동물의 기억력이나 인지능력을 보여주는 대표적 사례다. 동식물의 이런 모습은 본능과 다른 이야기이다. (KBS 뉴스 양영은 기자 2019년 10월 19일자 보도, 한겨레 남종영 기자 2017년 8월 11일자 보도, 서울신문 박종익 기자 보도, OBS 「세계의 산맥 3부 안데스」, OBS 「죽기 전에 꼭 봐야할 세계의 절경 – 러시아 일린스키 화산 편」, YTN사이언스 「생명탐사, 지구로의 여정」 2015년 4월 25일 방송, LG사이언스랜드 미국 캘리포니아대 신경 생물학과 헤르비그 바이어 교수 편 2018년 1월 18일자, 국방TV 「폭발물 처리반」 1회, KBS 「야생의 여정, 문어, 바다의 뇌섹남」, KBS 「어린이 동물 티비」 2021년 9월 23일자, YTN 「식물도 감정이 있다」 김한무 기자 2020년 12월 10일자 보도, EBS 「아주 특별한 기행 반려동물 편」 2020년 12월 27일자, 『식물의 정신세계』(정신세계사), 『식물의 죽살이』(지경사), 『BBC earth, Spy in the snow』(한국과학창의재단 발행), The Science Times 「북한, 군용 돌고래 보유했을 가능성 있다」 이동훈 과학칼럼 2020년 12월 16일자, SBS 「순간포착 세상에 이런 일이」 '천재 닭 삐삐' 편, 디스커버리채널 「Mysteries of Deep」 참조)

있는 이 사람이 내가 가장 사랑해야 할 사람'이라고 했다.[164] 하지만 그는 진리보다 진리에 도달하기 위해 애쓰는 노력이 우리를 기쁘게 한다고 했다. 그게 인생이라는 거다.

지금 우리가 아는 것은 불변의 진리일까. 인간이 모르는 것은 아예 이 세상에 존재하지도 않으며 없는 것일까. 짐승이나 곤충은 대체 누구에게 휘둘리며 무엇에게 휘둘리지 않는 것일까. 휘둘림과 휘둘리지 않음은 누가 판단하며 무엇을 기준으로 하는가. 기억이 있어야 비교하고 판단하는데 아무런 기억이 없고 기준이 없는데 어떻게 비교할 수 있으며 옳고 그름을 판단할 수 있을까. 그 인지능력은 동식물의 것일까, 사람의 것일까. 비뚤어지거나 올바르다는 판단의 주체는 누구이며, 왜 할까. 지금 나의 판단은 항상 옳은가. 나는 무수한 의문이 자꾸 일었다.

낚싯바늘에 걸려 물 밖으로 끌려 나온 물고기의 비명이나 큰 갈고리에 찍혀 뱃전으로 올라오는 홍어나 대왕오징어의 비명을 우리는 모른다. 관심도 없고 들어보려고 해본 적도 없다. 애지중지 기르던 어항 속 물고기가 죽으면 불쌍하고 아깝다는 생각은 들지언정 물고기가 죽으면서 내지르던 비명이나 고통에는 별 관심이 없다. 동물이나 식물, 어항에 갇힌 물고기의 입장에서 인간을 바라본 적이 우리는 몇 번이나 있을까. 사람이 알아들을 수 없는 생물의 소리나 움직임을 본능이나 자연으로만 치부해 버리면 편하다. 하지만 이는 너무 위험하다.

저자는 이런 말을 한다. 인간의 행위에 아무리 절망이나 암흑, 무상함이

---

164 SBS CNBC 「톨스토이의 사랑 불륜을 말하다, 석영중 교수」, 유튜브 플라톤아카데미TV 「삶, HOW to LIVE? - 톨스토이의 사랑, 불륜을 말하다」 석영중 교수 편 참조

들러붙고, 자연의 섭리는 '모든 희망을 버려라'고 옥죄는 듯 보여도 브뤼헐의 그림은 '오로지 희망 없는 자들을 위해 우리에게 희망이 주어져 있다'고 말하는 것 같다며, 발터 벤야민의 말을 인용한다. 저자는 또 이런 말도 한다. 재생의 때는 반드시 오고, 죽음이 있지만 동시에 재생과 희망도 있다고. 왜 아니겠는가. 관점의 차이는 서로 있을지 몰라도 나는 이 말에 동의한다. 동일한 대상을 보고 느끼는 감정이나 정서는 사람마다 다르다. 서로 공감도 하고 대립도 한다. 때로는 격렬해지기도 한다. 그러면서 우리는 조금씩 더 깊어지고 더 넓어진다. 나는 그게 인생이라고 생각한다.

죽음이 아무리 폭력적으로 살아있는 것들을 유린한다 해도 생명은 반드시 살아남아 싹을 틔우고 다시 번성합니다. … 아무리 힘들어도 살아남은 사람의 삶은 계속 됩니다.

저자의 이 말에 어느 독자가 공감하지 않으랴. 이런 게 바로 외부 충격이 주는 정서적 힘이 아닐까 싶다. 예술, 그 너머에 있는 가엾고 애절한 연민이나 사랑이 새로운 예술의 힘이 되고 삶의 힘이 된다. 결국 예술은 존재론적 물음의 한 방식이다. 물빛을 바꾸고 산빛을 깨뜨리며 조금씩 희망의 봄이 온다. 마치 메마른 구근球根에서도 재생이 움트는 그 잔인함처럼.

※ 참고자료
『업그레이드 먼나라 이웃나라』(이원복 지음, 김영사)
『계간 만화 2004.여름』(씨엔씨레볼루션)
한겨레신문 「모든 예술에 두루 쓰이는 '다르게 말하기'」 2017년 2월 21일자
두산백과 '교수대 위의 까치', '피터르 브뤼헐'
경기일보 문화카페 「이카루스의 추락, 한 예술가의 소통방식」 2020년 5월 20일자

경향신문 「이스터 에그, 어디까지 찾아봤니」 2021년 3월 7일자
『교수대 위의 까치』(진중권 지음, 휴머니스트)
나무위키, 두산백과, 다음, 네이버, 미술대사전 등

* 네덜란드와 유럽의 역사는 위에 적시한 참고자료 중 「나무위키」와 『업그레이드 먼
나라 이웃나라』 1권을 참고했음을 밝힌다.

전태일 평전을 읽고 이소선 여사를 만나다

전태일 평전

조영래 지음 | 돌베개 | 2001

나는 울지 않으려고 무척 애를 썼다. 전태일 평전을 읽을 때도 그랬고 지금 이 글을 쓰면서도 그렇다. 몇 번씩 올라오는 울음을 억지로 참으려니 목구멍이 죄는 듯 아프고 머리와 가슴은 뼈개지는 듯하다. 전태일 동지를 생각하면 자식만 바라보던 그 시절 우리나라의 어머니와 아버지 모습이 보이고 내 어린 시절 스스로 자초한 비참한 삶의 모습까지 함께 보여서 더욱 아프다. 특히 전태일 동지가 박여있는 영정 사진을 끌어안고 쓰러질 듯 오열하는 젊은 어머니 모습을 담은 흑백사진을 보며 나는 몇 번이나 입술을 깨물어야 했다. 그때마다 치밀어 오르는 화기火氣를 잠재우기도 힘들었다. 뭇사람들에게 나는 얼마나 많은 빚을 지고 사는가. 하지만 나는 전태일 동지와 늘 거리를 두고 싶었다. 그와 그의 아버지 어머니를 생각하면 내가 너무너무 힘들어서 그랬다. 이런 이유로 모든 사진은 내게 대단히 선동적이고 비이성적이며 카메라 속의 조리개만큼이나 좁고 깊고 날카롭게 다가온다. 작자는 어디에도 보이지 않는, 익명이 몰고 온 냉혹함으로 다가온다.

이소선李小仙 여사, 나이는 올해 일흔여덟이고 전태일 동지는 생일이 한 석 달쯤 빠른 나와 동갑내기다. 혹자는 "지금 네가 호칭부터 하는 짓이 전태일 열사와 같은 반열에 서겠다는 것이냐"고 내게 눈을 흘기며 물을지 모르겠다. 아니다. 절대 그렇지 않다. 그는 나보다 백배 천 배 위대하고 또 위대하다. 얼굴과 이름이 사람마다 다 다르듯이 그와 나는 전혀 다른 모습으로 지금까지 살아왔고 앞으로도 그렇게 살아갈 것이다. 어찌 나 같은 무지렁이를 그와 견줄 수 있겠는가.

"걔가 마지막 나가던 날 아침에 라면 한 그릇 끓여 주었어요. 그것도 다 못 먹고 나가서 그 다음날 밤까지 꼬박 아무 것도 먹지 못한 채 배가 고프다며 죽었지요."

11월 입동 무렵 우리나라의 하늘은 춥고 음울하다. 1970년 11월 13일은 금요일이었고 음력으로는 시월 보름이었다. 날이 흐리지만 않았다면 누런 보름달이 커다란 호떡처럼 하늘에 떠 있었겠지. 군에 가 있던 나는 홍천 연봉 다리 근처에서 겨울 추위에 대비하느라 아마 정신이 없었을 것이다. 그러나 그 무렵 그는 이미 노동대중을 조직하고 정부를 상대로 투쟁을 벌이고 있었다. 근로조건을 개선해달라고 아무리 요청해도 요지부동이던 정부에 그는 실망하고 또 실망했다. 그는 "우리는 기계가 아니다! 근로기준법 준수하라!"고 외치면서 제 몸에 불을 붙였다. 근로기준법을 담은 책과 함께 순식간에 온몸이 불덩어리가 되어 타고 있었다. 청계천 피복 상가 앞에서 1시 30분경에 벌어진 일이었다. 배고팠던 홍천 다리 밑의 일등병이 점심 짬밥을 다 먹고 담뱃불을 비벼 끈 뒤, 이제 막 오후 일과에 열을 올리기 시작한 바로 그때, 그의 몸은 숯덩이처럼 되고 있었다.

아무짝에도 쓸데없는, 그래서 쓰레기만도 못한 근로기준법은 이날 전태일의 손에 의해 화형에 처해졌고 제 몸 하나만 걱정하는 이 비겁한 세상을 향해 전태일 동지는 온몸을 불태우며 목숨으로 항거했다. 어떤 화가는 마치 히로뽕에 취한 것 같은 산수화를 그려서 엄청나게 비싼 값을 받고 팔았다. 그것은 그가 세속적 세상의 시비 곡절을 외면하고 사는 모습에 대한 대가代價였다. 그 외면의 대가로 정부는 훈장까지 주었고 그는 부귀와 영화를 오래 누렸다. 하지만 전태일 동지는 '목숨이 끝나야만 비로소 착취도 끝나는' 그 바보 같은 노동자들을 위해서 '바보회'를 조직하고 '삼동회'를 조직했다. 그는 '타이밍(각성제)에 절어 미싱 위의 손은 움직여도 눈동자는 좀체 움직일 줄 모르는' 나이 어린 사람들을 위해 가장 어둡고 깊은 골짜기 속으로 혼자 걸어 들어갔다. 그리고 단 하나뿐인 제 목숨에 불을 질러 그 캄캄한 어둠을 밝혔다. 한참 더 오래 살아야만 할 그 젊으나 젊은 스물두 살의 나이에.

"태일이는 자기가 못다 이룬 이 일을 엄마가 꼭 대신 하겠다고 약속하라는 말을 하고, 옆에 있는 친구들에게 내 죽음을 결코 헛되게 하지 말 것을 맹세하라는 유언을 했어요. 답변을 듣고 유언이 끝나자 추워서 사시나무 떨듯 떠는 태일이에게 내 치마를 벗어서 덮어주었어요. 그리고 의사를 찾았더니 의사 말이, 화기를 가라앉히는 주사약 두 대만 사다가 맞히면 좀 나을 수 있다고 해요. 그래서 내 무허가 집을 팔아서라도 해 줄 테니, 우선 그걸 좀 놔 달라고 사정을 했어요. 그랬더니 그 의사가 한참 있다 하는 말이 저기 저 근로감독관한테 가서 보증을 받아 오래요. 다시 그 사람한테 가서 보증 좀 서달라고 애원했는데, 그 보증을 내가 왜 서냐고 큰소리를 지르면서 홱, 뿌리치고 도망을 가버리는 거예요. 이때 어미

된 내 마음이 어땠겠습니까."

국민을 살려야 할 정부의 관리는 죽어가는 자식을 보며 애원하는 어머니인 국민의 손을 홱, 뿌리치고 달아나 버린 것이다. "그때 내 심정은 어찌하면 살릴 수 있을까, 어떻게 하면 살릴 수 있을까, 오직 그것뿐이었어요. 그러다가 주변에서 수많은 말들이 쉴 새 없이 오고 갔는데 내 귀에는 하나도 안 들어오고, 정신을 차리고 보니 내가 쌍문동 우리 집에 누워있는 거여요." 어머니는 정부 관리가 소리를 지르고 도망가자 그 자리에서 기절해버린 것이다.

파업이나 시위 현장에 누가 폭력을 부르는가. 바로 저런 짓들이 폭력을 부르고, 정권을 부정否定하게 하고, 공권력에 분노하게 만드는 것이다. 4.19 학생혁명이며 광주 5.18 민주화운동도 마찬가지였고, 박종철과 이한열 때도, 작년 농민시위 때도 마찬가지였잖은가. 모든 행위에는 반드시 원인이 있다. 정권을 쥔 자들이야말로 깊이 성찰하고 또 성찰해야 할 일이다. 전태일 동지는 분신한 이후 대형병원을 두 군데나 전전했다. 그러나 그는 응급처치만 받았을 뿐, 변변한 치료 한 번 못 받아보고 무려 9시간이나 방치상태로 지냈다. 그러다가 밤 10시가 조금 넘어서 끝내 숨을 거두었다. 어떻게든 살려보려는 어머니의 간절한 바람도, 물을 달라고 그렇게 수없이 보채던 자기 자신의 말도 모두 잊은 채.

"태일이가 죽고 난 뒤에 태일이가 일하던 데를 가봤어요. 가보니 정말 기가 막힙디다. 이런 데서 태일이가 노상 말하던 그 연약한 애들이 이렇게 죽었구나 하는 생각이 들었지요. 난 장례 못 치른다. 우리 태일이가 요구하던 그 여덟 가지 요구를 안 들어주면 내가 죽는 한이 있어도 절대로 장례를 못 치른다고 했습니다."

"그 여덟 가지 조건이라는 게 어떤 건가요?"

"첫째 작업시간은 여름은 오전 8시부터 오후 7시까지, 겨울은 오전 9시
　　　부터 오후 8시까지로 한다.

둘째 휴일은 정기적으로 일요일마다 쉰다. 부득이한 경우 작업시간을 초
　　　과할 시는 사전에 종업원의 양해를 구하고 수당을 요구할 수 있도
　　　록 한다.

셋째 건강진단은 1년에 두 번 정기적으로 한다. 전염병이 돌 때는 시장에
　　　서도 꼭 예방주사를 맞을 수 있게 해준다.

넷째 다락방 작업장을 철폐

다섯째 작업장에 환풍기 설치

여섯째 조명시설 개선

일곱째 여성 생리휴가 보장

여덟째 노동조합결성 지원이었어요."

오늘은 어제 죽어간 사람들이 그토록 간절히 바라던 내일이며 어제의 사
람들이 목숨으로 지켜낸 날이다.[165] 지금 보면 너무나 당연하고 마땅한
이런 일을 이루기 위해 전태일은 제 목숨을 바쳤다. 불의와 맞서다가 앞
서간 이들에게 우리는 너무 많은 빚을 지고 사는 건 아닌가. 전태일이 죽
음으로 맞바꾼 근로조건의 개선 성과는 그들을 죽음으로 내어 몰았던
사람들까지 똑같이 누리고 있다. 독일에서는 의료보험, 산재보험, 연금보
험이 1883년부터 1889년 사이에 순차적으로 시행에 들어갔다. 우리나라

165　이 말을 누가 했는지 잘 몰라서 출처 없이 그냥 인용했다.

는 1970년이 다 저물도록 하루 16시간씩 타이밍에 절어 미싱을 돌리다가, 어린 소녀들이 직업병에 걸려 죽어야 했다. 그것도 변변한 전등불 하나 환풍기 하나 돌지 않는 곳, 허리를 거의 절반으로 꺾어야만 겨우 움직일 수 있는 비좁기 짝이 없는 다락방에 갇혀서. 여름이면 끓는 화로 같고 겨울이면 시베리아 추위 같은 그곳에서. 서기 2000년이 지난 지금은 어떤가. 그 시절에서 얼마나 나아졌는가.

"그래 시간이 얼만큼 지나니까 이번에는 교회의 최고 간부가 오고, 노동청 간부, 경찰 간부가 오고, 친척이 동원되고,"

"돈 마련했으니 돈을 받고 끝내라고. 나중에는 모 교회 김 목사가 하는 말이 8천만 원을 주면, 이건 세계적으로 큰돈이라고. 이건 세계 역사에 남을 일이야. 그런 역사에 남을 세계적인 큰돈을 받고 끝내라는 거야."

"아이고, 참 기가 막히셨겠습니다."

"기가 막힌 정도가 아니었어요. 정말 미칠 지경이었어요. 그래 내 말이 아니, 사람 목숨을 돈 받고 팔라고 하면서 어찌 당신이 교단에 설 수 있는가. 내가 그런다고 해도 말려야 할 당신이 어떻게 이렇게 못 배우고 무식한 나 같은 신도에게 그런 말을 하는가 하고 소리치고 싸우고 했지요."

우리는 얼마 전 종교계의 우두머리들이 과거에 저지른 잘못을 회계한다며 고해한 사실을 기억한다. 그 보도를 보면서 그들의 참회와 고해에 다른 목회자들이 과연 몇 사람이나 공감하고 눈물을 흘렸을지, 나는 아직도 잘 모르겠다. 3공, 5공, 6공의 독재자들을 특급호텔에 데려다 놓고 해마다 되풀이하던 국가 지도자를 위한 조찬 기도 모임을 나는 아직도 기억한다. 그들 뒤에 둘러쳐진 그 화려하고 호사스런 병풍을 나는 아직도 기억한다. 동지들아! 무소불위의 독재자들과, 타이밍에 절은 채 폐렴으로

꺼져가던 수많은 어린 노동자들 가운데 과연 누가 잃어버린 양 한 마리란 말인가.

"태일이가 죽은 지 이틀 반인가, 사흘인가 지났을 때 밤이었어요. 한쪽 구석에 있는 화장실에 갔다가 나오는데 덩치 큰 두 놈이 느닷없이 나타나서 내 입을 틀어막고 눈을 묶어서 가리고는 차에 태워서 어디론가 데려가는 거야. 얼마나 지났나, 차에서 내려서 끌고 가는 대로 가서 보니 방안 저쪽에 큰 보따리가 세 개 있는데, 한 놈이 내게 타협할 게 있다면서 왜 돈을 안 받느냐는 거야." 이때 이소선 여사는 그 악명 높던 중앙정보부(현 국가정보원) 남산 분실의 지하 방으로 납치됐던 것을 훗날 알게 됐다고 했다.

"여기 잠실 아파트 34평짜리 등기하고, 조흥은행 통장하고, 저 돈 보따리하고 해서 모두 8천만 원이다. 여기 도장까지 다 파놨으니, 이거 받고 이 서류에 도장 찍으라는 거야. 그 서류라는 걸 드려다 봤더니 우리 친척들 이름 옆에 도장이 다 찍혀 있는데, 둘째 아들 전태삼이하고, 태일이하고 가깝던 조카 이름이 빠져 있는 거라.

그래 내가 그들을 안심시키느라고 꾀를 냈지. 내가 정신이 없으니 물 한 잔 만 갖다 달라고. 물부터 마시고 잘 되는 길로 좀 생각해보겠노라고. 그랬더니 아주 반색을 하면서 그래 잘 생각했다. 서로 좋게 해서 빨리 끝내야지 하면서 희희낙락거리며 우유 한잔하고 물을 한 컵 가져다 놓더라고요.

내가 그 물을 마시는 척하다가 내 앞에 있던 우유하고 물컵을 집어 그 서류에 확 엎질러 버렸어요. 그리고 발로 책상을 콱, 차버리니까 이게 쭉 밀려가서 저쪽에 있는 미닫이문이 와장창 떨어져 나갑디다. 순식간에 벌어진 일이라 그 사람들이 멍해 있는 동안 나는 버선발로 뒤도 안 돌아보고 문밖으로 뛰어나와서 계단을 오르는데 어찌 급했던지 치마꼬리를 밟아서 치마가 벗어지는 줄도 모르고 기어 올라왔어요. 그래 어찌어찌해서 겨우 땅 위로 기어 나왔는데 어디가 어딘지 알 수가 있어야지. 이리저리 헤매다 저쪽에 큰 대문이 보이고 경비실이 있길 레 경비한테 문 좀 열어달라고 했지요. 경비가 깜짝 놀라는 거라. 여길 어떻게 들어왔냐는 거지. 무슨 말이 내게서 제대로 나올 수도 없고, 저고리는 입었는데 치마는 안 입고 맨발에 헝클어진 머리채 하며 꼭 미친 사람 같았던 거지. 내 행색을 훑어보던 경비가 정신병자가 여길 우연히 잘못 들어온 모양이라고 판단한 것 같아. 나보고 별 미친년 다 보겠네. 여기가 어딘 줄 알고 들어왔냐. 빨리 나가라고 소리를 냅다 지르면서 문을 열어주는 거야. 뒤도 안 돌아보고 뛰었어요.

그래, 어찌어찌해서 큰길까지 나오긴 했는데 아무리 둘러봐도 여기가 어딘지 알 수가 있어야지. 손을 흔들어도 차는 서지 않고. 한참 헤매다 보니 저기 택시들이 줄지어 서 있는 게 보였어요. 서 있는 택시를 무조건 탄 것 같은데, 어찌 보니 몇 놈이 나를 둘러싼 채 욕을 하고 따귀를 때리고 발로 차고 있는 거라."

이 여사는 나중에 돌이켜 생각해보니 극도의 공포와 긴장이 안도감과 탈진으로 한꺼번에 변하면서 택시를 타자마자 기절했던 것이라고 했다. 택시 운전사는 미친 여자로 착각하고 기절한 이 여사를 끌어내서 여럿이 때린 것이다. 그 후로도 이 여사는 평화시장 화장실에서 나오다가 눈 가리고 끌려간 것을 비롯해서 이런 꼴을 무려 세 번이나 더 당했다고 했다. 시장에 매점을 차려주겠다, 목 좋은 곳에 담배 가게를 차려주겠다, 잘 되게 도와줄 테니 노동청 옆에 식당을 해 보라는 등 온갖 협박과 회유를 수도 없이 당했다고 털어놓았다.

"이러다 보니 경찰서에 붙들려 간 것은 부지기수고 각 경찰서 형사들이 매일 내 옆을 줄줄 따라다녔어요. 통금이 있을 때는 1시가 되면 그 사람들도 자기 집으로 돌아갔다가 새벽 4시가 되면 출근해서 우리 집으로 찾아오곤 했어요. 어떤 때는 심지어 대구의 친척 집 제사 지내는 곳까지 따라오곤 했으니까요."

"여러 번 옥살이를 하신 걸로 아는데, 몇 번이나 고초를 겪으셨습니까?"

"경찰서에서 구류를 살고 나온 것은 부지기수고, 구치소로 넘어간 것도 여러 번이지요. 처음에는 잘 몰라서 정식 재판을 청구할 줄도 몰랐어요, 그래서 매번 잡혀갈 때마다 구류 29일을 꼬박 다 살았어요. 실형을 산 것만도 세 번인가 네 번인가 그래요. 가서 살 때마다 속이 치밀고, 소리 지르고 싶고, 날고 뛰고 싶어도 못 나가고 붙들려 있으니 어쩔 수가 없고. 그러다 보니 벌써 36년 세월이 흘렀어요. 그래 작년인가, 연락이 왔는데 민주화운동으로 명예 회복되었다고 연락을 받았습니다."

"아드님이 보고 싶지 않습니까?"

"왜요. 참 미치도록 보고 싶을 때도 많지요. 꿈속에도 나오고."

이 여사는 요즘 당뇨와 혈압으로 바깥출입을 못 한 지가 벌써 40일이 훨씬 넘었다고 한다. 몇 안 남은 이를 마저 뽑아야 한다는데 의사가 날짜를 미룬 것이 벌써 여러 번이라고 한다.

"한두 마디만 더 여쭙겠습니다. 지금 우리 노동 현실을 어떻게 보십니까?"

"모두 하나가 돼서 힘이 커져야 합니다. 조합의 힘은 모이는 것이 아닙니까? 온 나라가 모두 휴가를 내고 3일만 안 나오면 다 해결돼요. 그리고 너나 할 것 없이 전부 네가 잘했느니, 내가 잘했느니 하지 말고... 지난번 여의도에서 양대 노총 위원장이 농성할 때 거길 찾아갔어요. 그래 거기서 두 사람 손을 포개서 잡아 주면서 둘이 힘을 합쳐야 한다. 그래야 비정규직도, 근로조건도 개선하고 할 것 아닌가. 내부 갈등도 다 잠재워서 두 위원장이 합하는 것을 나는 학수고대하고 기도한다고 했죠. 그랬더니 두 사람 모두 그런다고 했는데 잘 되기를 기도합니다."

"2월 18일인가요, 남대문 초등학교에서 전태일 동지의 명예 졸업장 수여식도 있었고 남대문 초등학교 동문들이 주선해서 청계천 전태일 다리 위에서 전태일 동지에게 '자랑스러운 남대문인 상'을 주는 행사도 했는데, 느낌이 어떠세요?"

"참 착잡해요. 한편 기쁘기도 하고. 부모 잘못 만나서 그렇게 된 것 같아서. 걔를 생각하면 제 마음속에는 늘 가난이 자리 잡고 있어서. 그 죄책감으로 마음이 편치를 않고 착잡하지요."

올해 일흔여덟의 이소선 여사. 불굴의 사회운동가로, 노동운동가로, 여성운동의 대모로 모르는 사람이 없을 정도로 명성이 자자하지만, 열사인 자식을 생각하노라면 "걔가 불쌍해서" 자꾸 가슴이 저려오는, 우리나라의 키 작은 어머니 가운데 한 사람이다.

* 이 글은 『전태일 평전』(조영래 지음, 돌베게)을 읽고 그의 어머니 이소선 여사를 필자가 직접 인터뷰한 글이다. 2006년 2월 24일자 KBS 노보에 실렸는데 약간의 자구를 수정하고 첨삭을 거쳐서 여기에 재수록했다.

* 이소선 여사는 1929년 12월 30일생으로, 경북 달성군 성서면 감천리 출신이다. 아버지는 항일운동에 가담했다는 이유로 일제에게 학살당했고 소녀 이소선은 정신대

에 끌려가 대구 방직공장 노동자로 수용됐으나 탈출한 뒤 해방을 맞았다. 아들 전태일이 분신한 이후 이 여사는 평생 노동운동에 헌신했고 공권력과 연관되어 억울하게 숨진 유가족을 돕는 일에도 헌신하다가 2011년 9월 3일 별세했다. 장례는 양대 노총과 시민, 사회단체가 참여한 '민주사회장'으로 치러졌으며 경기도 마석 모란공원묘원의 전태일 열사 뒤편에 안장했다. 2019년 9월에 별세한 지 8주기 추모제가 있었다. (위키백과, 각종 언론 기사 참조)

*『전태일 평전』의 저자 조영래 변호사는 사법시험에 합격, 사법연수원 교육 중이던 1971년 서울대생 내란음모 사건으로 구속, 1년 6개월 동안 옥살이를 했다. 출옥 후 1974년에는 민청학련 사건으로 6년 동안 지명수배를 받으며 도피 생활을 했다. 이후 복권되어 1983년부터 1992년 12월 폐암으로 타계할 때까지 인권변호사로 활동했다. 전태일 평전은 그가 수배생활을 할 당시 온 힘을 다 기울여 쓴 글이다. 처음엔 저자의 이름 없이 출간했다가 개정판부터 저자 이름을 밝혔다. 조영래 변호사는 개정판에 자신의 이름이 저자로 나오기 불과 며칠 전에 타계했다. (『전태일 평전』 저자 소개 참조)

* 돌베개출판사는 유신정권 말기인 1979년 여름, 민주화운동의 일환으로 창립되었다. 1983년 6월, 도서출판 돌베개가 『전태일 평전』을 처음 발간하자마자 전두환 정권의 탄압은 극렬했다. 탄압이 극렬하자 독자의 반응은 오히려 불길보다 뜨거웠다. 1987년 6월 항쟁과 연이은 노동자 대투쟁에 돌베개를 비롯한 몇몇 출판사의 책이 크게 기여했음을 그 시대 사람이라면 모르는 이가 없다. 그때부터 돌베개에서 나온 『전태일 평전』이 고전의 반열에 올랐고 '돌베개'의 출판 방향도 크게 바뀌었다. 1990년대부터는 비판적 현실 인식을 바탕으로 우리 역사와 문화를 조명하는 데 힘쓰고 있다. (『전태일 평전』 서두와 돌베개 홈페이지 참조)

건축의 완성은 소멸이다

풍화에 대하여 – 건축에 새겨놓은 흔적

모센 모스타파비, 데이빗 레더배로우 지음, 이민 옮김 | 이유출판 | 2021

이 책을 개괄하는 생각은 옮긴이가 간결하고 명확하게 뒷글에 써 놓아서 나같은 문외한이 부연 설명하는 게 오히려 병통을 일으킬 책이다. 건축에 대한 지식이 하나도 없는 내가 보아도 이 책은 좋은 수필이다. 번역도 상당히 편하고 자연스럽다.

저자는 풍화風化와 건축이라는 주제를 따라가며 이 책을 썼다. 고대부터 르네상스 이후 근대는 물론이고 컴퓨터가 도입된 현대까지, 건축의 정치 사회적 역할, 건축 기술의 미시적 역사와 그 변천의 단면, 경제와 얽힌 관계, 미적 감각, 풍화작용의 실제와 부활, 문예사조의 흐름과 건축, 창조적 사유思惟 등을 여러 사례와 사진을 곁들여가면서 설명한다. 특히 건축물의 소재, 그리고 부품과 조립, 풍화의 지연 방법, 조화, 마감과 배치, 공기의 순환과 흐름, 환경의 영향, 노화와 재창조, 디자인의 확장성, 색채와 오염, 대비효과, 창문의 변천사, 삶의 쾌적성 등에 주목했다. 이는 모두 건축의 생로병사와 거기에 관계하는 풍화와 자연현상을 사유한 결과다. 글 전체의 얼개는 프랑스 건축가 르코르뷔지에(1887~1965년)를 중심에 놓고 이야기의 흐름에 따라 여러 건축가의 이야기를 함께 넣어 건축하는 방식으로 짜여있다. 책을 번역한 이민 건축가는 풍화가 지닌 뜻의 크기나 범위가 동서양이 어떻게 다른지도 짚어준다.

건축가 줄리오 로마노는 분명 건물의 노화를 예상했을 것이다. 하지만 중요한 것은, 그가 풍화에 대한 예측을 어떻게 '다듬지 않은' 재료의 사용과 연관시켰는지 하는 점이다. … 이 궁전은 시골지역에 지어진 것으로 … 우선 환경의 영향으로 인한 노후화를 막고, 그 후에 자연이 다시 마무리한 듯 보이는 표면을 만드는 것이었다. 따라서 투박한 주변 환경을 디자인의 관점에서 해석한 팔라초의 외관은 도시와 시골, 인공과 자연이라는 대조적인 세계를 결합함으로써 건물의 완성 시점이 바로 변화의 시작이라는 점을 암시하려는 의도로 볼 수 있다. 건물의 재생과 퇴화를 조합한 이 디자인은, 자연의 시간이야말로 사물의 시작이자 끝, 좀 더 넓은 의미로는 삶과 죽음의 질서라는 사실을 강조한다.

이 책의 부제가 말하고 있듯이 풍화는 건축에 새겨놓은 시간의 흔적이다. 존재하는 것들에게 시간은 늙어 사라짐을 의미한다. 저자는 건축의 노화현상을 긍정적으로도 볼 수도 있고 비관적인 것으로도 볼 수 있다고 한다. 아니면 둘 다라고 볼 수도 있다면서 이런 문제를 제기한다. 풍화의 과정을 인식하고 이를 해결하는 방법은 없을까? 풍화의 불가피성을 인정하고 이 현상을 적극 활용할 수는 없을까? 저자는 모든 마감공사를 끝내고 준공하는 그 시간이 건축을 완성한 시점이라고 보지 말라고 한다. 저자는 완공 이후 풍화가 진행됨에 따라 건축물이 계속 그 모습을 바꾸어가는 변형을 새로운 시작으로 보아야 한다고 역설한다. 즉 풍화로 일어나는 '지속적인 변형'을 '완성'으로 가는 과정으로 보자는 거다.

건축계의 세계적 거장인 르코르뷔지에는 건축을 가리켜 "주거를 위한 기계"라고 했다. 이 말은 그를 대표하는 말이 되어서 지금도 많이 회자한다. 계층 간의 평등을 구현하려고 한 이 말의 실질적 의도는 건축을 기성품처럼 대량 생산해서 평등을 실현해보자는 것이다. 하지만 그는 이런 말도 했다. 건축에서 "장식은… 늘 시공상의 결함을 숨긴다"고. 실용적 측면에서 본 건축의 시작과 끝은 이 말 한마디에 모두 담겨 있다고 해도 틀린 말이 아닐 것 같다. 이 말은 민낯을 숨긴 채 분칠한 얼굴이나 근본적 결함을 숨긴 채 진행한 마감공사에 우리가 얼마나 잘 속는가를 단적으로 표현한 잠언이자 경구이다. 또 이 말은 무오류나 무결점에 도달하려는 인간의 이상이, 비윤리적 욕망이나 인간이기에 저지를 수밖에 없는 실수, 즉 인간의 한계와 끝없이 충돌하며 다투고 있음을 내포한 말이기도 하다. 건축이 분리와 통합을 일반화하고 주거와 업무가 같은 건물 안에서 이루어지도록 한 지도 오래되었다. 한 시대는 시간의 힘을 이길 수 없다. 르코르뷔지에가 살던 시대는 그 시대일 뿐이지만, 그가 없고 그가 살던 시대가 없었다면 지금이 있을까? 유한한 존재가 시간의 영속성을 유지하는 가장 좋은 모습은 뒷세대가 만드는 청출어람靑出於藍에서 드러나는 게 아닐까 싶다. 마치 풍화가 만든 건축의 완성이 새로운 패러다임을 창출하듯이.

이 책의 저자는 건축이 기성품처럼 대량생산 되면서 나타나는 긍정적 측면과 부정적 측면을 함께 짚어낸다. 가령 건축에 규격화, 평준화, 표준화를 도입하면서 대량생산이 가능해졌고 미숙련 때문에 발생하는 문제도 줄었다. 하지만 부재수나 접합부가 증가해서 그전보다 자연재해에 취약해졌고 건축가의 창조력이 위축되었다고 한다. 또 건축가와 시공자의 역할 분담으로 미숙한 지침과 미숙한 시공 때문에 건물수명 예측이 더 어려워졌다는 말도 한다. 전반적으로 경제성이 좋아지고 설계의 수정도 간편해졌지만, 틀에 박힌 선택이나 반복사용이 창의력을 위축시킨다는 반론도 제기한다. 건축에 컴퓨터를 도입하기 시작한 부분을 놓고 창의력 위축 문제를 제기한 말은 아날로그와 3D 사이에 존재하는 차이처럼 느껴진다. 풍화와 노화는 그 노출 시점을 우리와 상관없이 결정한다. 저자는 이런 현상이 드러나는 결함 부위를 지적하고 노화를 지연시키려는 과정도 보여준다.

당시의 주택이 "마치 봉헌물로 가득찬 신전이나 박물관처럼 되어서 거주자의 의식을 경비실의 수위나 관리인처럼 만들었다."

이 말은 르코르뷔지에가 쓴 리폴틴의 법칙 가운데 일부다. 삼십 대 초반에 이 대목을 보고 갑자기 청와대 대통령에 관한 기사가 떠올라 쓴웃음을 지었던 기억이 떠올랐다. 밤이면 적막하기 짝이 없는 구중궁궐에 홀로 남은 것 같다는 기사를 보고 군부 시절의 그 대통령이 꼭 텅 비어있는 큰 집을 지키는 수위 같다는 생각이 들었기 때문이다. 그러자 그 연상 작용으로 시멘트로 떡칠한 서양의 궁전을 모방한 결혼식장이나 모텔 건축이 한동안 대유행했던 때가 생각났다. 그 시대는 이 책에서 말한 대로 "동양의 도시가 (천박하기 짝이 없는 모습으로) 서구화되고, 장식적인 요소들이 공장에서 제작되어 '죽은 물체'가 되어 감"에 따라 우리의 가치와 정체성이 소멸 위기로 급격히 치달아가던 시대다. 그때 그 여러 건축에는 우리나라 건축가의 어떤 철학이 담겨 있었을까.

건축은 어머니의 품처럼 안온하고 따뜻하지만, 신처럼 군림하고 폭군처럼 위압한다. 냉정하고 차가워서 공포나 귀기를 느끼게도 한다. 가장 안전한 도피처이지만 가장 살벌한 생존경쟁의 출발점이다. 사람에게는 성찰의 장소이자 묵상과 기도의 공간이기도 하다. 시대는 건축의 재료나 형태를 바꾸고, 재료와 형태는 질감이나 시선을 바꾼다. 철학이나 과학, 예술적 사유는 황무지나 허허벌판보다는 대부분 누군가가 건축한 집이나 울타리 안에서 완성했다.

집은 삶과 죽음이 함께 동거하는 곳이다. 움직이는 생명체는 모두 집이 있다. 그곳이 물속이건 땅속이건 하늘 위이건, 아니면 하수도 속이건 재래식 똥통 속이건, 무엇인가는 그곳에 자기 집을 건축하고 거기에서 자손을 번식한다. 그 생명이 소멸한 후에는 다른 생명이 찾아와 풍화와 번식을 이어갈 제집을 또 건축한다. 그럴 때마다 그것들은 모두 제집을 제가 짓는데, 사람만 유일하게 제 살 집을 남에게 맡긴다(극히 일부만 제외하고). 『다른 방식으로 보기』라는 책을 흉내 내어 이런 질문을 해보자. '건축은 누구를 위해 복무해야 하는가.'

건축가는 '한평생 제 자화상만 그리는 사람'이라고 김중업은 말했다.[166]

---

[166] 건축가 김중업은 우리나라 사람으로는 최초로 르코르뷔지에를 근 3년 반 동안 사사했던 사람이다. 그는 우리나라 젊은 여성들이 미군의 노리개가 될 워커힐 공연장 설계를 거부하고 도시계획을 비판하다가 중앙정보부(현 국정원의 과거 명칭)에 끌려간 뒤 프랑스로 강제 추방되었다. 우리나라 현대건축의 대부인 김중업은 파리건축대학 대학원에서 공부했다. 미국 하버드 대학교 건축대학원 객원교수, 로드 아일랜드디자인학교 교수, 미국 프로비던스 대학에서 학생들을 가르쳤고 르코르뷔지에 재단의 이사를 지냈다. 프랑스 정부는 「건축가 김중업」이라는 영화를 만들기도 했다. 프랑스 국가공로훈장, 대한민국 산업훈장을 수상한 바 있다. 그는 1922년에 평양에서 태어나 1988년 5월 66세에 졸했다. 한국에서는 서울대학교, 한

이 말은 죽을 때까지 제 얼굴에 똥칠할 짓은 하지 말라는 경구와 함께 자부심과 자존심을 크게 가지라는 격려의 말이다. 이 책은 풍화를 받아들인다. 소멸이 건축의 완성을 말하며 미래와 과정을 이야기한다. 번역자도 지적했듯이 이제는 집도 기성품이라 쉴새 없이 찍어내고 버려지고 새로 찍어낸다. 앞으로 건축은 무엇을 위해 복무해야 할까.

책을 읽다가 문득 이런 생각이 들었다. 이 책을 들고, 책에 나오는 건축물을 주제로 여행을 떠나보면 참 좋겠다는 생각 말이다. 아무리 책이 건축물보다 영구하다 해도 백문이불여일견百聞而不如一見인 여행보다는 못하지 않겠는가. 누구든 여행을 떠나려면 떠나기 전에 그 지역에 대한 정보를 모을 수 있는 한 다 그러모아서 공부한 뒤에 자료를 챙겨 들고 떠나시라.

양공과대학교, 홍익대학교, 이화여자대학교, 숙명여자대학교 등에서 학생들을 가르쳤다.

다시 가보고픈 그리운 유리창琉璃廠

18세기 한중 지식인의 문예공화국

정민 지음 | 문학동네 | 2014

하버드대학교 옌칭연구소는 중국문화의 보고寶庫다. 그럴 정도로 중국 관련 책이 많다. 그에 비하면 한국학은 상당히 미미한 수준이라고 한다. 정민은 방문학자로 초청을 받아 이 대학교에 갔다. 거기서 그는 옌칭 연구소 사상 처음으로 후지쓰카 지카시 구장본 도서 목록을 확대 정리해서 내어놓았다. 그것이 후지쓰카 지카시 컬렉션이다. 아직은 그게 일부이기는 하지만, 그는 그 컬렉션을 정리하면서 한중 지식인들의 문예 교류사를 하나하나 대조해 보며 짚어나갔다. 그 중심에는 18세기 연암파가 놓여있다. 그런 면에서 보면 후지쓰카 일가一家나 하버드 도서관과 옌칭연구소, 또 앞으로 같은 길을 가야 할 후학들은 정민을 만난 행운을 얻었다.

비행기를 상용화하기 전까지 문명은 육상과 해상 교통로를 따라 이동했다. 조선이 오랫동안 일본을 무시하면서 왕래를 단절하다시피 했을 때, 일본은 중국을 무시로 드나들면서 학문과 교역 수준을 비약적으로 끌어올렸다. 서양 문명하고도 활발히 교류했다. 그 바람에 일본은 유럽에서 폭발적 인기를 끌었다. 모두 뱃길에 의지한 문명 이동이자 교류이다.

국제 문명교류의 다양성이란 측면에서 보면 조선은 신라나 백제의 발뒤꿈치에도 미치지도 못한다. 사대事大사상으로 경직되어 해상 교통로가 후퇴했기 때문이다. 대담하고 폭넓은 유연성을 가지고 고구려, 백제, 신라가 개척한 문명의 이동 경로를 조선이 계속 추적했더라면 하는 아쉬움이 이런 종류의 책을 읽을 때마다 참으로 많이 남는다. 실학을 중시하는 연암파는 나중에 정조의 코앞에까지 다가갔지만, 과거 우리나라 문명의 이동 경로나 유입 경로를 추적하고 복원하자는 말을 했다는 기록을 나는 아직 못 보았다. 북경 너머까지 깊숙이 들어갔다 온 북학파나 연암파가 그러지 않은 이유가 무엇인지 잘 모르겠다.

하늘에서 갑자기 뚝 떨어지는 것은 이 세상에 하나도 없다. 미래의 발전은 과거의 역사적 토대 위에서 하나하나 쌓여 간다. 저자의 말처럼 향후 동아시아가 수준 높은 문화 교류를 통해서 평화를 유지하고 상호발전하려면 학문적으로는 한국, 중국, 일본이 좀 더 가까워져야 한다. 그러려면 문화와 학문이 각국의 현실정치에서 완전히 벗어나야 하고 학문의 자유와 독립성이 제대로 보장되어야 한다. 또 참여하는 학자들의 경직된 애국심이나 자국중심주의도 버려야 한다. 하지만 동아시아 각국이 이념으로 제 각각 대립하고 자국중심주의로 갈등하는 현실을 생각하면 이런 희망을 달성하기란 거의 불가능에 가깝다.

2001년, 우리나라와 일본의 역사 교사들이 한데 모여서 한일 역사 교과서를 공동으로 만들자고 한 적이 있다. 한일 양국의 화해와 공존을 지향하려는 취지였다. 이 공동 역사 교과서는 2006년에야 겨우 나왔는데 그 과정은 그야말로 지난했다. 일본 정권이 자국 내 문제로 곤란한 상황에 처할 때면 한국을 공격하면서 시선을 밖으로 돌리는 바람에 양국 분위기가 얼어붙었기 때문이다. 최근의 예만 보아도 느닷없이 반도체 핵심 소재 수출을 금지한다든가, 코로나 사태에 사전 통보 없이 한국인 입국 금지를 일방적으로 발표하는 것만 보아도 알 수 있다. 이는 남북한 사이에 벌어지는 대결이나 중국이 추진하는 동북공정 문제에도 적용된다.

학자는 국가가 지향하는 정치 이념의 틀을 구체적으로 제공하는 집단이다. 대결이나 지배구조를 심화하려는 동아시아의 정치 현실 속에서 학자 집단이 독립한다는 게 과연 가능할까. 이런 정치 현실을 외면하고 학자만의 힘으로 엄격한 객관성을 유지하며 학문적 자유를 완전히 지켜낼 수 있을까. 아직도 정리하지 못한 피해자와 가해자의 관계, 나라마다 다르고 극복하기도 힘든 이념 대립, 자국의 세력을 확장하려는 욕망과 상대국이 갖는 침탈 의혹과 불안, 피해의식이 주변에 상존한다. 이런 여러 가지를 생각하면 한 중 일 또는 동아시아 전체가 평화를 유지하고 문화를 교류하며 상호 발전하는 대의를 실천하기가 얼마나 어려울지 금방 짐작이 간다. 그래도 포기하는 것보다는 시도하는 게 백번 낫다.

국제 문제도 그렇지만 우리나라는 국내 문제도 고민이 크다. 우리는 불과 40~50년 만에 한자를 거의 다 잊어버렸다. 지금은 소수의 한학漢學 전공자들만 한자와 한문漢文을 전유專有한다. 따라서 역사나 문화를 자칫 왜곡 해석하거나, 의미의 참뜻을 제대로 살리지 못한다는 우려를 불식하기 어렵다. 지금은 인터넷이 발달한 시대라 조금만 잘못 해석하면 난리가 난다는 말도 하지만, 그래도 그 폐쇄성이나 왜곡할 우려를 잠재우긴 어렵다. 이런 문제는 학맥이 가늘고 얇은 데서 오는 문제일 수도 있기 때문이다.

따라서 우리나라의 역사와 문화를 제대로 살피려면 한문 세대의 저변을 크게 확대해야 한다. 그러려면 적어도 지금부터 두 세대 이상의 시간이 필요하다. 영어는 세 살부터 가르치면서 한자는 가르치지 않는다. 일부 학교에서 선택과목으로만 겨우 존재한다. 이런 현실이 그렇게나 방대하고 풍부한 우리 선대의 역사와 문화를 통째로 단절시켜버렸다. 한문교육의 폐지가 민족정기를 말살하려는 음모라는 주장은 매우 비뚤어진 생각이라 치더라도, 나는 이런 교육정책이 정말 이해가 안 간다. 그래서 정민 같은 이가 있고 작은 한문 공부 모임이 자생적으로 산재散在한다는 사실이 내게는 속상함을 더 키운다. 역설적으로 말하자면 말이다.

정민의 글이 얼마나 찰진지 학자 한 사람의 학문적 자세와 미국 현지 일상이 마치 유리창을 통해서 훤히 들여다보이는 듯하다. 18세기 연암파와 북경의 유리창을 중심으로 펼쳐진 그 많은 문예적 사건들을, 오늘은 내가 정민이 끼워놓은 맑은 유리창을 통해 다시 들여다본다. 드디어 사물이 하나씩 되살아나기 시작하고 먼지를 털고 일어선 인물이 분주히 움직이기 시작한다. 엄성이 나오고 앉아있던 홍대용이 벌떡 일어선다. 이조원이 보낸 절절한 편지를 유금이 읽는다. 이덕무와 양혼이 보이고 청나라 예부상서 기윤이 유득공과 박제가를 찾아와 수레에서 내린다. 유리창 앞에 연암이 어른거리고 반정균의 뒷모습도 보인다. 옹방강의 대저택이 나타나고 그의 석묵서루石墨書樓가 보인다. 아이돌의 팬처럼, 중국 문인들이 박제가를 우르르 우르르 쫓아다닌다. 그의 글씨를 서로 먼저 보려고 난리가 났다. 유리창엔 벌써 박제가의 가짜 글씨까지 나도는구나. 다시 가보고픈 그리운 유리창. 이제는 그 모습도 꿈처럼 사라져가네.

대중 예술인과 온갖 술 이야기

열정적 위로, 우아한 탐닉

조승원 지음 | 다람 | 2017

고금古今과 동서東西를 막론하고 술과 예술에 관한 이야기는 무궁무진하다. 서양에서 나온 '가장 오래된 그리스 알파벳 문자는 술 항아리에 새겨진 시詩'이고[167] 이태백은 술에 취해 호수에 박힌 달을 건지려다가 빠져 죽었다. 유명인이건 무명인이건 술 좀 마신다는 사람치고 술에 관한 일화 몇 편씩 지니지 않은 사람은 없다. 나 역시 마찬가지다. 꽤 많이 마셨다. 한때는 밥보다 술을 더 많이 마시다 보니 나중에는 저절로 술맛을 터득하게 되었다. 그 뒤부터 나는 주로 혼자 마셨다. 방해받지 않는 독작獨酌의 여유와 자유가 좋아서였다.

조지훈은 주도유단酒道有段이라 해서 술 마시는 사람에게 급수를 매겨 18단계로 나누어놓았다. 술을 마실 수 있긴 하지만 안 마시는 이를 1단계라고 부르기 시작해서 마셔도 그만, 안 마셔도 그만인 주성酒聖, 술을 보고 즐거워는 하되 이미 마실 수 없는 사람이 된 주종酒宗을 지나 맨 마지

---

167   『총 균 쇠』(문학사상사) 342쪽 참조

막에는 폐주廢酒, 즉 열반주에 이르기까지 모두 18단계로 급수를 매겼
다.[168]

"혼자 마시면 이속離俗하고 둘이 마시면 한가하고 서넛이면 유쾌하고 그
이상이면 장마당이다." 돌아가신 법정 스님은 차 마시는 걸 이렇게 표현
했지만 내가 보기에는 음주도 이와 비슷하다. 조지훈이 말한 어느 경지
쯤 오르면 불교의 다선일여茶禪一如나 다선일미茶禪一味를 술꾼의 주선일미
酒仙一味나 주선일여酒仙一如로 바꾸어도 거의 같은 말이 될 성싶다. 실없는
내 말에 부디 불교계가 진노하지 마시기를.

---

[168] 음주에는 무릇 열여덟의 계단이 있다.
　　1. 부주不酒 술을 아주 못 먹진 않으나 안 먹는 사람
　　2. 외주畏酒 술을 마시긴 마시나 술을 겁내는 사람
　　3. 민주憫酒 마실 줄도 알고 겁내지도 않으나 취하는 것을 민망하게 여기는 사람
　　4. 은주隱酒 마실 줄도 알고 겁내지도 않고 취할 줄도 알지만 돈이 아쉬워서 혼자 숨어서
　　　마시는 사람
　　5. 상주商酒 마실 줄도 알고 좋아하면서 무슨 잇속이 있을 때만 술을 내는 사람.
　　6. 색주色酒 성생활을 위해 술을 마시는 사람
　　7. 수주睡酒 잠이 안 와서 술을 마시는 사람
　　8. 반주飯酒 밥맛을 돕기 위해 술을 마시는 사람
　　9. 학주學酒 술의 진경을 배우는 사람. 주졸酒卒
　　10. 애주愛酒 술의 취미를 맛보는 사람. 주도酒徒
　　11. 기주嗜酒 술의 진미에 반한 사람. 주객酒客
　　12. 탐주耽酒 술의 진경을 체득한 사람. 주호酒豪
　　13. 폭주暴酒 주도를 수련하는 사람. 주광酒狂
　　14. 장주長酒 주도 삼매에 든 사람. 주선酒仙
　　15. 석주(惜酒) 술을 아끼고 인정을 아끼는 사람. 주현(酒賢)
　　16. 낙주(樂酒) 마셔도 그만 안 마셔도 그만, 술과 더불어 유유자적하는 사람. 주성(酒聖)
　　17. 관주(觀酒) 술을 보고 즐거워하되 이미 마실 수 없는 사람. 주종(酒宗)
　　18. 폐주(廢酒) 술로 말미암아 다른 술 세상으로 떠나게 된 사람. 열반주(涅槃酒)
　　『방우산장기』(조지훈 지음, 고려대학교출판부) 119~122쪽, 『승무의 긴 여운 지조의 큰 울
　　림』(조광렬 지음, 나남) 95쪽 참조)

술은 정직하다. 마신 만큼 취하고 체질만큼 취한다. 본인이 술꾼이라고 자처한다면 술에 대한 원칙이나 정의 하나쯤은 가지고 있어야 하고, 혼자 마시는 술이라도 격식을 차릴 줄 알아야 한다. 그게 술에 대한 예의이고 술꾼이 지닌 자존自尊이다. 전통주로 말한다면 국화주나 매실주, 송순주松筍酒 하나쯤은 담글 줄 알아야 술꾼이고, 양주로 말한다면 제 나름의 칵테일 하나쯤은 제조할 줄 알아야 한다. 자랑 같아 민망하지만, 한때는 내가 미국산 위스키로 제조한 칵테일 맛을 보고 서울 시내 이름난 특급 호텔 두어 군데의 고참 바텐더들이 깜짝 놀란 적도 있었다. 비교적 쉬운 술인지는 모르겠지만, 진으로 만드는 칵테일에도 내 나름대로 가견家見이 있다는 평을 듣던 시절 얘기다. 그러나 전통주는 제대로 담가보지 못했으니 나는 겨우 반쪽짜리 술꾼에 불과했다.

파이프는 위스키와 꽤 잘 어울린다. 아이리시 커피하고도 그렇다. 나는 한때 술 때문에 파이프는 물론이고 그 액세서리까지 수집한 적이 있다. 맥아더가 즐겨 썼다는 옥수수 파이프부터 세계 각국의 체리 나무나 장미 뿌리, 심지어 킬리만자로의 돌로 만든 파이프까지 수집했다. 담배쌈지는 물론이고 파이프용 라이터부터 청소도구며 꿀물 분사기까지 수집했다. 파이프와 연관된 외국책도 수집해 읽었다. 이 지경에 이르노라니 그 노력과 시간이 얼마나 들었겠는가. 마치 수석壽石을 하려면 사군자를 쳐야 하고, 사군자를 치려면 시를 알아야 하고, 시를 알려면 글씨를 터득해야 하고 그러려면 문방사우文房四友를 알아야 하듯 말이다. 파이프는 향수와 같다. 그날그날 기분에 따라 하나를 골라서 들고 나온다. 옷도 거기 맞게 갖춰 입어야 한다. 이런 짓을 하다가 어느 날 현실을 보는 내 눈이 바뀌면서 모두 다 걷어치웠다. 이제는 사방이 금연 구역이라 파이프 잘못 물었다가는 큰일이 나겠지만 말이다.

어딜 가든 잔칫집 분위기야 대동소이 하지만 상갓집 분위기는 집집마다 다르다. 호상(好喪)이면 그나마 좀 낫지만 악상惡喪이면 침통하기 짝이 없다. 장례식장의 술맛과 잔칫집의 술맛은 같을까 다를까. 횟술과 축하주, 혹은 위로주는 그 맛이 각각 어떨까.

원근불구(遠近不拘)	장소불구(場所不拘)
청탁불구(淸濁不拘)	남녀불구(男女不拘)
노소불구(老少不拘)	미추불구(美醜不拘)
시간불구(時間不拘)	금전불구(金錢不拘)

순서야 다를지 모르겠지만, 이게 술꾼이 지켜야할 계명이다. 이 계명을 누가 처음 지었는지는 모르겠다. 당신이 정말 술꾼이고 애주가라면, 멀고 가까운 거리를 따지지 말고 찾아가서 마셔야 하고, 장소가 어디이건 가리지 말고 마셔라. 청주淸酒와 박주薄酒를 가리지 말고, 남녀를 구분하지도 말고 마셔라. 늙은이 건 애들이건 가리지 말고 함께 마셔라. 술집 주인이나 주모가 예쁘고 추한 것도 따질 것 없고, 시간이나 돈도 따지지 말고 마셔라. 아, 그 외에 하나가 더 있다. 주효불구酒肴不拘다. 진정한 술꾼이라면 안주가 좋으니 나쁘니 따지지 말고 마시라는 거다. 이렇게 놓고 보면 상갓집이나 잔칫집을 찾아가는 풍경하고도 비슷하고 횟술이나 축하주, 위로주를 대접하러 가는 모습하고도 비슷하지 않은가.

술은 술을 이길 힘이 있어야 마실 수 있고 돈이 있어야 마실 수 있다. 힘이 달려 술을 못 이기면 추태를 부리기 쉽고 공짜 술에는 늘 한계가 있다. 공짜 술이 버릇되면 몰염치한 인간이 되거나 부패의 오물을 뒤집어쓰기 십상이다. 특히 아랫사람이나 약자에게 매번 술값을 전가 시키는 자는 더불어 마실 자격이 터럭만큼도 없는 자다. 사회적 위치나 나이 차이가 크지 않은 처지에 아랫사람이라 해서 매번 윗사람에게만 술값을 기대려 한다면 그 또한 염치廉恥를 모르는 자다.

주석酒席의 진지함이나 즐겁고 유쾌함으로 술값을 매기는 사람은 상수上手요 마신 횟수나 양으로 술값을 따지는 사람은 하수下手다. 단 한 잔을 마셨어도 참석한 술자리가 내내 즐겁고 유쾌했거나 고담준론高談峻論으로 시종始終했다면 그는 말술을 마신 것보다 더 기분 좋게 취한 셈이니 술값에 연연할 이유가 없다. 술 마신 양을 놓고 술값 내는 일에 시비를 붙인다면 차라리 안 마시느니만 못하니 하수 가운데에서도 하수다. 요즘처럼 술이 형벌을 감경減輕하는 더러운 도피처로 이용된다면 그야말로 술이 통탄해할 일이다.

우리 세대나 윗세대 중에서 술꾼치고 돈 많이 번 사람은 별로 없다. 대개는 말년이 가난했거나 불우했다. 젊은 시절에 잘 논 대가를 뒤늦게 치렀다고나 할까. 심지어 내 주변엔 술 때문에 자리보전하고 드러누운 사람도 많고 술로 세상을 마친 사람도 부지기수다. 조지훈도 1968년 마흔여덟에 병사했다. 아마 술이 큰 부조扶助를 했지 싶다. 나 역시 30대 때 이미 간에 병이 들었는데 요행히 스쳐 지나가는 바람에 겨우 살았다.

이 책을 쓴 이는 MBC 기자다. 술과 음악을 사랑해서 '술에 대하여'라는 제목으로 극장판 다큐멘터리를 제작, 상영한 영화 감독이기도 하다. 국가공인 조주기능사 자격증을 갖추고 바텐더 수업까지 마쳤다니, 그는 술에 관한 한 취미나 기호嗜好를 넘어선 사람이다. '음악과 술을 만드는 사람'

이라는 주제에 걸맞게 이 책에는 세계 음악인들과 온갖 술 이야기로 꾸며져 있다. 맥주, 브랜디, 와인, 칵테일, 위스키, 샴페인 등등 등장하는 술의 종류도 다양하고 다채롭다. 밥 딜런, 비틀즈, 낸시 시나트라, 빌리 조엘, 제니스 조플린, 오지 오스본, 랜디 로즈, 프랭크 시나트라, 레이디 가가 등등 술과 얽힌 음악인의 이야기와 노래, 술 감별법 같은 이야기는 흥미롭고 재미있다.

재즈나 하드록을 나는 잘 모른다. 그나마 재즈는 흑인 노동요에서 시작되었고, 미시시피강이 흐르는 뉴올리언스의 흑인사회에서 시작했다는 설과 멤피스가 그 뿌리라는 것, 재즈의 기본은 블루스라는 것, 그걸 들여다보면 그 안에도 미국과 유럽, 흑백을 비롯해 여러 갈래와 계보가 있다는 미천하기 짝이 없는 정도만 안다. 이 책에 나오는 대중 음악가는 모두 세계적으로 유명한 사람이라 다 돈방석에 앉은 사람들이다. 하지만 이들이 마시는 술은 대체로 격이 떨어지고 폭력적이다. 무절제했던 몇 사람은 일찍 죽었다. 예술가들의 일탈이 좋으냐 나쁘냐는 논외로 치고, 책에 나오는 몇몇 사람의 술 마시는 행태를 조지훈식으로 말한다면 주도유단의 번외자番外者들이다. 평생 술 좋아한 조지훈이 자신의 음주 경력을 겨우 '학주學酒의 소졸小卒이라 칭했으니 하는 말이다.[169]

이런 사람과 달리, 세계적으로 유명한 대중 예술가들이 와인을 좋아하다가 직접 생산해서 판매하는 이야기도 나온다. 프란시스 코폴라, 제라르드빠르디유, 안토니오 반데라스, 브래드 피트, 안젤리나 졸리, 조니 뎁, 클리프 리처드, 올리비아 뉴튼 존, 보즈 스캑스, 마돈나, 데이브 머스테인,

---

[169] 『방우산장기』 121쪽

스팅 등이 그들이다. 가까운 사람에게 선물하려고 술을 담근다는 조니 뎁만 빼고 다른 사람들은 포도주 사업가로도 꽤 성공한 모양이다.

젊은 대중과 호흡하는 예술인들이 술과 어떻게 떨어질 수 있으랴. 또 세계적으로 유명한 예술인을 흠모하는 대중을 누가 나무랄 수 있으랴. 아무리 그렇다고는 해도 내 돈을 35만 원이나 내고(환율과 물가 때문에 지금은 더 올랐을지 모른다) 뙤약볕 아래 4시간씩이나 남의 집 포도나 따주고 돌아오는 농장 체험은 도저히 납득이 안 간다. 무료 체험이야 그럴 수 있다 하겠지만 이건 좀 아니지 싶다. 농장주 스팅의 입장에서야 싫으면 오지 말라는 거고, 제발 찾아오지 말기를 바라서 그러는지는 모르겠지만 아무리 그렇다 쳐도 이건 너무하다.

이제는 완전히 빠져나왔다지만, 영화배우이자 감독인 벤 애플렉, 「가을의 전설」로 유명한 브래드 피트는 널리 알려진 알코올 의존증 환자다. 알코올 의존증은 어느 나라나 국가가 관리해야 할 정도로 중요하고 심각한 문제다. 무슨 중독이든 중독이나 의존증은 기쁨은커녕 고통만 나눈다. 우울증에 빠지게 하고 판단을 흐리게 하며 폭력적으로 변하기 쉽다. 재산을 탕진하고 가정이 풍비박산 나기 쉽다. 방치하면 폐인이 된다. 알코올 의존증은 술꾼이 조심해야 할 마지막 관문이다.

술은 선물로도 쓰고 뇌물로도 쓴다. 뇌물로 쓰는 술은 두말할 필요 없이 모두 제격에 맞지 않는 술이고 비싼 술이다. 주도酒道를 아는 사람들 가운데 술을 뇌물로 쓰는 사람은 없다. 비싼 술이 있으면 가까운 사람과 내가 함께 마셔버리지 절대로 남에게 바치지 않는다. 술을 뇌물로 주고받는 사람은 아예 주도유단이나 술꾼에 끼이지도 못할 사람들이니 여기서 언급하는 일 자체가 불가하다. 술을 선물로 쓰려면 보내고 받는 이의 가계 수준에 맞아야 하고 보내는 이의 진심이 담겨야 한다. 또 금전적 이익이나 대가를 바라지 않아야 한다. 그래서 보내는 이나 받는 이가 모두 부담 없이 즐겁고 기뻐야 한다. 이 외는 전부 뇌물이지 술이 아니다.

술이 사회를 얼마나 무질서하게 만드는지 우리는 안다. 반대로 술이 얼마나 우리를 위로하고 긴장을 풀어주는지도 안다. 그렇게 보면 술도 사람도 서로에게 필요악이다. 술은 선악을 함께 지닌 에보디우스의 딜레마다.
'40살은 인생의 정점에 오른 나이'라는데, 나는 내리막의 마지막 지점도 가까워졌고 주종의 지경에도 거의 다 왔다. 그러니 술에 못 이겨 정신줄을 놓는 추태는 이제 그만 부리고 찾아온 이들에게 열반주를 대접할 생각이나 해야 할 때다. 그런데도 아직 나는 술 욕심을 다 버리지 못했으니 추태를 멈추기란 틀린 모양이다. 열반주를 내놓기 전에 나도 수주樹州처럼 술에 얽힌 일화나 몇 편 남기고 갈까.

미국과 러시아 농촌문학의 선동성 찾아보기

개척되는 처녀지 상·중·하
미하일 숄로호프 지음, 현원창 옮김 | 일월서각 | 1986

"모든 일은 대중이 제 스스로 한 것처럼 믿게 해야 성공한다." 이 말은 프로파간다, 즉 선전과 선동으로 유명한 에드워드 버네이즈(1891~1995년)가 한 말이다. 숄로호프가 이 말을 염두에 두고 이 소설을 썼을 리는 만무하다. 하지만 이 소설이 에드워드 버네이즈의 주장에 상당히 부합한다는 점은 부인할 수 없다.

1917년 10월 러시아 혁명으로 레닌과 볼셰비키가 정권을 잡았다. 그들은 곧 전시체제戰時體制를 선포하고 모든 걸 국유화하거나 공산화하는 작업을 시작했다. 모든 상거래를 금지하고 배급제를 실시했다. 부자나 부농, 중농의 재산과 토지를 강제로 빼앗아 가난한 빈농이나 노동자에게 나누어주기 시작했다. 트로츠키는 레닌과 함께 볼셰비키 혁명을 이끈 2인자다. 그의 아버지는 가난한 농민이었지만 정말 성실하게 일해서 중농이 되었다. 하지만 이 시기에 중농이라는 멍에를 지고 재산을 모두 빼앗겼으니 정권의 포악과 선동이 어떠했는지 짐작할 만하다.[170]

---

170 스탈린은 무상몰수 무상분배를 택했지만, 우리나라는 유상몰수 유상분배, 즉 정부가 돈을

하루아침에 알거지가 되어 길거리로 내몰린 과거 기득권 세력은 소비에트 정권을 뒤엎으려고 무장투쟁을 시작했다. 의회, 귀족, 고위 관료, 장교, 지주, 상인, 부농, 중농, 교회, 부르주아 등이 그 중심이었다. 이들이 조직한 군대를 통칭 백군白軍이라 한다. 반대로 볼셰비키 소비에트 정부의 군대는 적군赤軍 또는 붉은 군대라 불렀다. 소수민족 코사크는 백군과 적군으로 나뉘어 같은 민족끼리 서로 총질을 했다. 내전 초기에는 백군이 상당히 우세했다. 그 틈을 타 일부 반 볼셰비키 코사크 사람들은 1918년에 그들의 공화국을 세웠다. 하나는 쿠반에 기반을 둔 쿠반 인민공화국이고 다른 하나는 도네츠크와 돈 보이스코 지역에 기반을 둔 돈 평의회 공화국이었다. 두 공화국은 2년 남짓 존속하다가 볼셰비키 붉은 군대가 무력으로 점령하면서 1920년에 멸망했다. 우크라이나에 속한 도네츠크 지역은 러시아와 우크라이나 편으로 갈라서서 동네 주민들끼리 서로 총질을 했다. 그러다가 2022년 5월 말 현재 전쟁에 휘말려 있다. 전쟁에 휘말리기 전에 일어났던 이 분쟁은 영화로도 나왔다.

1919년, 러시아 돈강 중류에 있는 뵤센스카야에서 반 볼셰비키 봉기가 일어났다. 코사크가 일으킨 이 봉기는 주변 마을로 번져나가다가 코사크 민족 독립 투쟁으로 이어졌다. 백군과 적군으로 갈라져 러시아 전역을 휩쓸던 이 내전은 백군의 패배로 끝났다. 뵤센스카야 민족 봉기도 그와 함께 좌절됐다. 그러나 패잔한 후에도 백군은 광활한 러시아 전 지역 여기저기에서 항쟁을 이어갔다.

주고 대지주의 농지를 사서 농민이나 소작인에게 장기 저리로 매우 싼 값에 되파는 농지개혁제도를 택했다. 그 덕분에 남한에서 봉기가 일어나지 않아 북한의 남침이 실패했다는 주장도 있다.

그로부터 10년이 흘렀다. 돈강 유역에 있는 코사크 부락에 외지인 한 명이 내려왔다. 이 지역은 모스크바로부터 1,500km나 떨어진 남쪽 지방이다. 소설의 주인공인 그는 소비에트 정권 하에 훈련을 받고 러시아 전역으로 파견된 '농촌 오르그' 집단 소속이다. 농촌 오르그란 농촌을 개혁하는 임무를 띤 사람들이다. 그는 마흔 살에 미혼이다. 대다수 러시아 농촌처럼 이 마을도 부농, 중농, 자영농, 빈농이 각자의 이해에 따라 여러 갈래로 갈라져 있다. 주인공은 부락민의 자발적 결정을 유도해서 '콜호스'라는 단일 농업 조합으로 묶으려 한다. 하지만 다른 쪽에서는 농업 조합이라는 느슨한 조직 대신 코뮌이라는 공산共産 농장을 즉각 만들고 싶어서 농민을 가혹하게 몰아붙이기도 한다.

이 소설은 등장인물 일곱 명이 1930년 1월부터 8월까지 약 7달 동안 한 부락 안에서 살았던 이야기다. 숄로호프는 300여 호밖에 안 되는 이 작은 마을에 스탈린 시대의 앞부분 2년을 압축시켜 놓는다. 숄로호프는 이 작품을 완결하는 데 무려 30년이 걸렸다. 이 시기는 볼셰비키 혁명 세력이 반혁명 잔존세력을 제거하면서 갈등과 저항이 벌어지던 시기다. 두 세력권 안에는 무산자無産者 혁명사상을 완결하려는 급진 좌파도 있고, 모든 재산을 몰수당한 채 추방되어 반혁명에 가담한 부농富農이나 귀족 출신도 있다.

다른 동네와 마찬가지로 이 부락도 일부 사람들이 폭동 음모를 꾸민다. 그 중심 세력은 백군 패잔병 장교와 반 볼셰비키 코사크다. 그들 사이에서 벌어지는 항쟁과 파멸, 배신과 복수, 사랑과 증오가 죽음을 향해 다시는 돌아오지 못할 숙명의 길을 떠난다. 마치 얼음 풀린 돈강이 멀고 먼 남쪽 바다를 향해 굽이치며 흘러가듯이.

명심하라. 무너졌어도 아직은 마음속에 둘도 없는 소중한 과거를 잘 회상할 수 있는 곳은 묘지이거나 아니면 잠 못 이루는 깊은 밤 말 없는 어둠속에서 가능한 것으로 되어 있지 않은가. … 영감은 상대방에게 질질 끌려가며 이따금 상체를 뒤로 젖혀서 버티면서도 잦은걸음으로 따라갔다. 이러한 시티우칼리 영감의 모습은 운명에 대한 무언의 복종을 뜻했다.

숄로호프는 이 소설에 등장하는 젊은 유부녀의 총명과 당돌, 바람기를 통해 여성의 권리와 자유, 개방을 언급한다. 인종 우월주의를 비난하고 프롤레타리아 세계혁명을 이야기한다. 그런가 하면 여자에게 매달릴 생각을 해서는 진정한 혁명가가 되지 못한다며, 남자 코뮤니스트는 독신이라야 한다는 주장도 한다. 이 책의 주인공은 이념과 실천을 겸비한 바르게 살기의 표상이다. 말하자면 볼셰비키 공산당의 이상을 사람으로 구체화한 모습이다. 그는 '종교는 아편'이라는 과학적 사회주의의 관점으로 종교 문제를 다루지만, 시류를 조절하며 급진적으로 나아가진 않는다.
숄로호프는 이 소설을 통해 잘사는 서유럽 노동자들에게 증오를 퍼붓기도 한다. 서유럽 노동자들은 주인이 주는 급료에만 정신이 팔려서 러시아를 배신했다고 한다. 러시아는 물자 부족으로 인한 만성적 고통에 시달리고 있다. 하지만 전 세계 만국의 노동혁명을 실현하려는 소비에트 정권을 지원하기 위해 참고 있다. 그런데 너희 서유럽은 소리만 요란할 뿐 왜 혁명은 안 하고 오히려 자본가에게 빌붙어 사냐는 거다.

이제는 이 부락에 부농이나 부르주아는 없다. 모두 가난한 농민뿐이다. 씨 뿌리고 김매던 농민들이 들판에서 한데 잠을 자며 건초를 준비하는 동안 어느새 가을이 오고 하늘은 높아졌다. 추수철이 다가오면서 러시아 전역에서 반혁명 음모를 실행하려던 거대 세력은 알곡을 타작하듯이 일망타진되었다. 이 소설의 주인공은 그 일망타진의 방아쇠를 당기고 적탄에 맞아 죽는다. 주인공과 함께 적의 아지트로 돌진했던 그의 동지는 수류탄에 폭사했다. 그 후 두 달이 흘러 마을엔 다시 새 지도자가 왔다. 하늘은 높고 돈강 물빛은 더욱 푸르다.

'개척되는 처녀지'란 제목은 누구도 가보지 않은 곳을 새로 개척해가는 구소련 볼셰비키를 상징한다. 이 소설이 지닌 주제는 공산당의 상징인 망치와 낫이고 볼셰비키 혁명정신이다. 소재는 가난한 농민과 공장 노동자의 삶과 혁명이 전부다. 이야기의 출발점과 종착지가 1930년이라 그런지 등장인물이 추구하는 마지막은 항상 프롤레타리아 세계혁명이다. 이 소설은 그 목적이 계몽적이고 선전 선동적이라서 지금 보면 유치하다는 생각이 자주 든다. 노동 성과를 내려는 경쟁 구도에서 돌격전, 속도전이라는 말이 이 책에 등장하는 걸 보면 북한에서 자주 쓰는 이 말은 이미 스탈린 초기 때부터 썼던 모양이다.

『개척되는 처녀지』는 숄로호프의 이전 소설보다 스탈린식 사회주의 독재에 상당히 기울어있다. 거대 농업국가에서 단기간에 산업 강대국으로 탈바꿈하려는 스탈린의 목적과, 그 당시 소련의 높은 경제발전 속도 그리고 숄로호프가 고위직으로 승승장구한 정치적 이력을 살펴보면 그가 왜 스탈린 독재에 기울어졌는지 알 만하다. 그 이유를 다른 측면에서 한 번 더 찾아본다면 『고요한 돈강』이 반사회주의적 소설이라는 비난에 시달렸던 강박도 작용했으리라는 생각도 든다. 그러나 1권 마지막 부분에서 저자는 프라우다에 실린 스탈린의 논문을 대놓고 비난한다. 이 논문은 소비에트 공산당 정권이 추진할 정책 방향이다. 당 중앙위원회에서 마지막으로 결정한 정책을 스탈린이 공표한 것인데도 맹비난을 퍼부었다. 정말 죽으려고 환장을 한 거다. 숄로호프가 이렇게까지 하고도 무사할 수 있었던 것은 그가 러시아 전역에서 폭발적 인기를 끈 작가였다는 점 때문이었다. 또 다른 이유라면 그가 구소련 전체 인민대중의 불만을 대변하면서도 볼셰비키 이념을 일관되게 선전했기 때문이 아닌가 싶다. 막심 고리키의 영향도 컸다. 고리키는 숄로호프의 뒷심인 셈인데, 이때 일을 계기로 숄로호프를 스탈린에게 소개했다고 한다. 스탈린을 만난 뒤부터 숄로호프는 더욱 승승장구했다.

거듭하는 말이지만, 숄로호프의 소설이 당대에 큰 인기를 누린 것은 소설 속 이야기가 독자 자신이 직접 겪었거나 자기 주변에서 충분히 일어났을 만한 일이라고 믿었기 때문이다. 그 당시 일반 사람들은 스탈린과 소비에트 독재정권에 대한 불만이 있어도 감히 그런 얘기를 입 밖에 낼 수 없었다. 만약 그랬다간 가족은 물론 일가친척까지 공개처형을 당하거나 비밀리에 모조리 몰살당할 판이었다. 공포가 극에 달했던 그 시절에 공산당원들이 저지르는 패악과 인민의 고통을 숄로호프가 대신 나서서 고발하기 시작했다. 때로는 아주 신랄하게 직접적으로, 때로는 간접적으로 의뭉스럽게 공산당 정권을 비난하고 공격했다. 독자는 소설 속 주인공이나 등장인물에 급속히 빠져들었다. 등장인물이 마치 자기 자신인 양 착각하는 착시현상이 전국에서 일어났다. 대중적 인기가 폭발하고 저자는 '자신의 내면적 영업수지'를 엄청나게 초과 달성했다. 숄로호프가 쓴 소설은 그 무대가 항상 농촌이다. 따라서 그의 소설이 도시에 끌어 모아놓은 수많은 이주 실향노동자의 향수를 자극한 부분도 큰 인기를 끈 요인이다. 잠언적 은유나 시적 문장 또한 폭발적 인기를 증가시킨 비결 가운데 하나임은 사족蛇足이다.

마거릿 미첼이 쓴 『바람과 함께 사라지다』는 농촌을 무대로 한 소설로 유명하다. 그녀는 이 소설 딱 한 편을 쓰고 죽었다. 숄로호프는 작가란 글을 적게 써야 한다고 주장했다. 이 두 사람 사이에는 공통점도 많고 다른점도 많아서 그들이 쓴 소설을 서로 비교해보는 것도 재미있다. 예를 들면, 하나는 종교와 자본주의적 자유를 누리는 미국 시민이 쓴 소설이고, 다른 하나는 구소련 공산당 간부가 쓴 소설이다. 둘 다 남녀 간의 사랑을 다뤘고, 남부에서 벌어진 일을 소재로 썼다. 둘 다 광활한 대지와 농촌을 배경으로 성적 자유나 일탈을 이야기했다. 하나는 도덕성보다는 개인의 욕망과 개척정신을 다뤘고, 다른 하나는 개인보다 이념의 실현과 국가발전을 더 크고 중하게 다뤘다. 둘 다 자국의 내전을 다루었지만 전쟁을 해야 하는 이유는 서로 다르다. 마거릿 미첼의 주인공은 '내일은 내일의 태양이 뜬다.'고 했고 숄로호프의 주인공은 '그리곤 둘이서 열심히 일해야지. 그다음은 또 그때에 가서 생각해 볼 일이다.'(3권 207쪽)라고 했다. 두 말은 비슷한 듯 다르고 다른 듯 비슷하다. 이런 식으로 이 두 사람이 쓴 소설에서 공통점과 다른 점, 각자 추구하는 의미를 깊이 있게 비교한다면 의외로 꽤 큰 재미를 얻을 만하다. 여기에다 두 책이 가지고 있는 '에드워드 버네이즈의 프로파간다'까지 찾아내어 비교할 수 있다면 독자는 더 큰 재미를 느낄 것이다.

우련히, 새롱거리다, 되롱거리다, 민틋하다, 바장대다, 바르작거리다, 문치적거리다, 데퉁맞다, 대살지다, 간살부리다, 우기작우기작, 거무데데한, 어정버정, 지저깨비, 울바자, 언치, 깃고대, 깝신깝신, 목사리

위에 내놓은 말은 이 소설 번역본에 나오는 순우리말이다. 소설은 허구를 통해 현실을 반영하고 그 인기는 독자의 착각에서 연유한다. 이야기에 개연성이 있어서 그렇다. 문장이 정교할수록 대중은 자신이 마치 소설 속 인물인 양 더 깊은 착각에 빠진다. 하지만 잊힘의 세계로 점점 떠내려가거나 이젠 아예 죽어버린 우리말이 이렇게 하나씩 등장할 때마다 나는 이 시대 언중의 '착각'이 원망스럽다. 불과 30~40년 전만 해도 이런 말을 스스럼없이 소설에 썼건만.

마술적 리얼리즘이 쓴 자서전

이야기하기 위해 살다

가브리엘 가르시아 마르케스 지음, 조구호 옮김 | 민음사 | 2007

글짓기는 학교 교육 가운데에서도 아주 중요한 공부다. 의사소통을 할
수 있는 가장 알맞은 도구가 말과 글이라서 그렇다. 조직 생활에서는 개
인의 새로운 발상이나 공적公的인 의사 표현을 절차에 따라 문서로 제출
한다. 말로 전달하면 들은 사람의 주관적 판단과 기억에만 의존하기 때
문에 전달하는 과정에서 축소 과장 되거나 다른 뜻으로 잘못 이해하기
십상이다. 하지만 글로 남겨놓으면 누가 일부러 훼손하지 않는 한, 문서
를 작성한 사람의 의사전달이 정확하고 명징하다는 점이 큰 장점이다. 이
렇게 나를 알리는 가장 좋은 방법은 글이니, 글짓기를 배우는 일은 중요
하다. 톨스토이는 언어를 불신했다지만 그 또한 수십 권의 책을 쓰지 않
았는가. 인류에게 큰 영향을 끼친 사람들은 소통과 자기표현의 가장 좋
은 수단으로 글쓰기에 자주 매달렸다.

새로운 글짓기로 안내하는 훌륭한 스승이자 성공으로 이끄는 길잡이는
독서가 첫째고 그다음이 쓰기다. 사람들은 남의 글을 흉내 내면서 글짓
기를 시작한다. 이럴 때 지도 교사가 있다면 금상첨화다. 세상 사람들은

가브리엘 가르시아 마르케스를 '마술적 리얼리즘의 창시자', 또는 '마술적 리얼리즘을 대표하는 작가'라고 부른다(정작 본인은 그 말을 싫어했지만). 그는 자기 삶의 목적을 글쓰기에 두었다. 그의 글이 노벨문학상을 탈 정도로 주목받은 배경에는 그의 성장 환경, 정치, 사회적 여건, 지리적 감수성, 시대 조류나 자신의 존재 이유 등 여러 요인이 있었겠지만, 가장 중요한 것은 학교 교육이었다.

마르케스의 첫 독서 지도 교사는 초교 4학년 때 만난 교장 선생님이다. 그는 마르케스의 문학 인생에 큰 영향을 끼쳤다. 어린 마르케스는 선생님의 지도에 따라 많은 책을 탐독했다. 그러던 어느 날, 좋은 책을 마음에 새기려면 반드시 두 번 이상은 읽어야 한다는 사실을 스스로 깨달았다. 눈이 트인 것이다.

유럽에서 성경 다음으로 많이 읽었다는 『돈키호테』는 서양 근대소설의 효시이고 중세문학과 근대문학을 가르는 분수령이다. 마르케스가 다닌 중학교에서는 『돈키호테』를 필수 과제로 선정해 깊이 파고들도록 지도했다. 고등학교 때는 마크 트웨인으로 시험을 치기도 했고, 단편소설 쓰기 시험을 보기도 했다. 유명 작가 탐구나 글쓰기 숙제는 쉬지 않고 나왔다. 학교 선생님은 수사학과 시 쓰는 방법을 가르치면서 학생들의 글쓰기를 응원했다. 기숙사 사감 당번이 된 선생님은 학생들이 잠들기 전에 30분에서 한 시간씩 좋은 소설을 낭독해 주었다. 어떤 때는 책이 너무 재미있어서 누워있던 학생까지 전부 일어나 앉아서 들었는데, 낭독이 끝나면 모두 박수를 치며 행복해하고 선생님께 감사했다고 한다.

학생들은 자율적으로 문학 서클을 만들어 각자 써 온 글을 비평하고 문학 토론을 했다. 학교는 이들을 지도하고 격려했다. 이 무렵 마르케스는

'숨 쉴 시간도 아까워하며' 무슨 책이든 눈에 뜨이기만 하면 모조리 읽어 치우기 시작했다. 체계적으로 읽기보다는 남독濫讀을 한 셈이다. 이때 그는 이미 수백 편이 훨씬 넘는 시를 완벽하게 외우고 있었다.

글쓰기의 초심자들이 대개 그러하듯이 마르케스도 처음에는 남을 모방하는 글을 쓰던 시기를 거친 뒤에야 자기 글을 쓰기 시작했다. 그는 시인이 되려고 습작도 시부터 했다. '날이 갈수록 산문 쓰기 숙제는 더욱 대담해지고 학교는 학생들에게 문학책을 반강제적으로라도 더 많이' 읽게 했다. 이러기를 반복하면서 스무한두 살이 되자 그는 라틴 아메리카나 콜롬비아 소설이 지닌 장단점을 스스로 찾아내기 시작했고 스물세 살에는 드디어 자기 소설을 발표했다.

도반道伴이란 서로를 보듬고 감싸주는 게 아니라 '상대의 약점이나 잘못을 찾아내 신랄하게 공격하고 지독하게 싸우는 사이'라는 말을 어느 스님한테 들은 적이 있다. 상대방의 눈곱만한 잘못이라도 눈에 뜨이기만 하면 가차 없이 지적하고 짓밟고 공격함으로써 도를 향해 '어깨를 나란히 겯고, 함께' 나아가려는 마음 때문이라고 한다. 마르케스가 쓴 글을 신랄하게 비평하고 잘못된 점을 충고한 이는 그의 고등학교 때 선생님과 청년 시절 바랑키야 예술 그룹에서 함께 활동했던 선배와 친구들이다. 마르케스가 이 시절을 잊지 못하는 것은 그들이 끼친 선한 영향력이 크고도 깊었기 때문이다.

마르케스가 혼자 사숙한 문학적 스승은 미국 소설가 윌리엄 포크너다. 포크너의 소설은 이전 소설과는 판연히 다른 새로운 형식이었다. 그의 소설은 읽기와 이해하기라는 뇌의 일상적 흐름을 순식간에 뒤엎어버린다. 읽기와 이해하기를 각각 따로 독립시키거나 분리해 버려서 시점도, 장소도, 인물도, 전체 구성도 모두 뒤죽박죽이라 난해하기 짝이 없다. 앞 장부터 읽다가 이해가 안 가면 뒤부터 거꾸로 읽어도 보고, 공책에 인물도까지 그려가면서 읽어봐도 이해가 잘 안 가기는 마찬가지다. 그의 글을 읽을 때는 마지막까지 긴장해야 한다. 정글 같은 문장 속을 겨우 헤쳐가며 앞으로 나아가도 잠시만 다른 생각을 하면 순식간에 길을 잃고 마구 헛갈리기 십상이다. 아니면 그가 파놓은 함정에 빠져 허우적대다가 포기하기 일쑤다. 한마디로 이가 갈리는 책이다. 그래도 끝까지 읽고 나면 묵직한 뒷맛이 아주 오래 간다. 책을 남독하던 마르케스의 습관은, 남이 쓴 책 한 권을 반복해서 읽고, 앞뒤 순서를 바꿔가면서 읽어보고, 뒤집어서 거꾸로 읽어보는, 분석하는 독서 방식으로 바뀌었다. 그는 포크너를 깊이 사숙함으로써 마술적 리얼리즘의 단단한 토대를 마련했다.

누구나 읽고 쓰면 생각이 깊어진다. 삶의 목적은 번식이나 쾌락에도 있지만 평등이나 다양성에도 있고 이타적 삶의 성찰이나 통찰에도 있다. 이런 것들이 삶의 질을 끌어 올리고 인식의 층위를 고양한다. 문화는 장구한 세월에서 나오고 교육으로 전승되어 새로움을 창조한다. 이 책은 마르케스가 쓴 자서전이다. 이 책 한 권에 그가 살아온 인생과 그가 쓴 책이 다 모여 있다. 읽다 보니 나도 쓰고 싶다는 생각이 절로 든다.

제4장

침잠과 사색, 읽고 쓰는 즐거움에 매료되다

문학으로 할 수 있는 일

황현산의 사소한 부탁

황현산 지음 | 난다 | 2018

이 책은 저자 황현산이 문학과 언어를 놓고 사유하고 성찰한 수필집이다. 총 5부로 나누었는데 주로 세상을 바라보는 여러 가지 마음을 담거나 희망, 체념, 죽음을 들여다보았다. 뒤에는 서평이나 영화 얘기도 함께 곁들였다. 2013년 6월에 『밤이 선생이다』를, 2015년 11월 말에 『우물에서 하늘보기』를 쓰고, 2018년 초여름에 이 책을 냈으니, 아픈 몸을 이끌고 5년 동안에 책을 무려 세 권이나 냈다.

'예술을 예술 되게 하는 기본 요소에서 사치는 큰 몫을 한다. 시도 마찬가지'[171]다. 그러나 정작 황현산 교수의 글은 사치하거나 요란하지 않다. 대신 치열하고 기품이 있다. 그는 투명과 불투명, 분명과 불분명, 확실과 불확실, 일치와 불일치를 세상살이의 총체로 보고, 이들을 미학적 근거로 삼거나 비판적 사유의 출발로 삼았다. 그는 세상이 만든 모호성을 생략의 아름다움으로 보기도 하고 정치와 언어, 또는 언어와 언어가 만나거

---

171 『우물에서 하늘 보기』(황현산 지음, 삼인) 27쪽

나 부딪치면서 발생하는 관계를 불분명함이나 불투명함에서 찾아보려고
했다.

저자가 보는 긍정적 현실은 언제나 불투명 속에서 살지만, 파괴적 사실은
불분명 속에서 커간다. 그가 말하는 불투명에는 겸손이 들어 있지만, 불
분명 속에는 전쟁이나 국가주의의 잔인함이 들어 있다. 근하신년謹賀新年
이라고 할 때 쓰는 '삼가할 근謹' 자라든가, 책 제목에 붙은 '부탁'이라는
말에는 여백과 겸손, 희망과 외경이 함께 들어있다. 이는 모두 동아시아
적 감수성이자 불투명한 언어들이다.

(이 책의) 첫 번역작업은 전적으로 일본어판을 통해서만 이루어졌다. …
영어판을 손에 넣은 것은 번역이 끝난 직후의 일인데, 영어판을 대조하
면서 나의 번역원고를 교열한 분은 당시 「홍성사」의 편집장 황현산 형(고
려대 교수, 문학평론가)이다. (정교한 독서가) 황현산 형의 삼엄한 교열과
면도날 같은 질타를 생각하면 지금도 소름이 끼치고는 한다. 그러나 번역
의 태도에 관한 한 나에게 그는, 지금까지 내가 다닌 어떤 학교보다도 좋
은 학교였다.

　　　　　　　　－『인간과 상징』(칼 G. 융 외 지음, 이윤기 옮김, 열린책들) 역자 후기 중

저자는 세상에서 문학으로 할 수 있는 일이 무엇인지 자기 자신에게 오
래 질문했다고 털어놓는다. 그는 프랑스 문학이나 예술을 우리에게 가르
치고 소개하는 일을 평생 업으로 삼고 살았다. 말하자면 외국어의 바다
에 풍덩 빠져서 산 사람이다. 그럼에도 그는 우리말과 우리글을 가꾸고
보호하려는 의지가 매우 강했던 사람이다. 그는 외래어가 남발하는 우리
일상에 자주 분노했다. 황현산은 우리나라 사람이 쓴 시와 소설을 프랑

스 작가와 자주 대비하며 논하고 평했다. 이는 그가 생산한 학문적 성과다. 하지만 조금 다른 시각에서 보면 그의 비평은 우리말을 살려 쓰려는 의지의 표현이자 부정적이고 불분명한 세상을 바꾸고 싶어 했던 열망이 분출한 모습이기도 하다. 이는 그가 고백한 것처럼, 문학이 이 세상에서 해야 할 일과 프랑스 문학으로 할 수 있는 일을 오래 고뇌한 결과가 아니겠는가.

그는 무감각하게 되풀이되는 일상이나 그 일상에서 벌어지는 사소한 일을 글감으로 삼은 경우도 많다. 그렇다고 그가 쓴 글이 이 시대가 안고 있는 문제나 감성을 떠난 적은 없다. 시대정신 속에서 부글거리는 역사 문제나 내면에서 피고 지는 언어 문제를 놓친 적도 없다. 특히 저자가 지적한 정신이나 육체의 '식민화' 문제나 우리가 쓰는 용어 문제, 시니피앙과 시니피에로 요약된 번역 문제, 언어와 민족, 소통과 시어, 우리가 사소하게 생각하는 조사의 오용 문제, 김지하가 표절한 시와 일물일어설一物一語說, 혁명기나 변혁기에 나타나는 국가, 민족, 사회의 반동적 폐쇄성, 그에 대한 인문학적 사유, 이육사의 시 「광야」를 논한 글은 퍽 인상적이다(물론 도진순처럼 황현산이 제시한 '이육사 론'을 반박한 글도 있다).
저자는 우리 언어를 가꿔야 할 인문학에서조차 외래어를 쓰는 세상을 개탄하면서 이런 말을 한다. '언어로 표현된 생각은, 그 생각이 어떤 것이건, 그 언어의 질을 바꾸고, 마침내는 그 언어를 일상어로 사용하는 세상을 바꾼다. 학문의 깊이는 말의 깊이이고, 말의 깊이는 인간의 깊이이다. 그곳에 존재하는 인간과 말은 역사를 갖고 있어서 학문에서 제 나라말을 소외시킨다는 것은 제 삶과 역사를 소외시키는 것과 같다.'

그는 우리나라의 세태나 문학을 영화를 통해서 설명하기를 좋아했다. 국가주의의 폐해를 설명할 때도 종종 영화를 인용했다. 아마 프랑스 문학을 연구한 사람이라 더 그랬는지도 모르겠다(문화의 중심이 아직 유럽이던 시절, 영화나 사진예술 분야에서 프랑스나 이탈리아는 많은 역할을 했다). 그러나 참맛을 느껴야 할 영화를 제때 못 본 것을 가리켜 '죄악'일 때도 있다고 한다면, 이 책의 저자는 좀 과격하다. 그는 가끔 김이 빠져도 한참 빠진 오래된 영화를 우리 앞에 차려놓고 맛을 좀 느껴보라고 이것저것 집어주고 발라준다. 이런 모습은 우리가 그 영화를 제때 못 보았기에 나온 덕이니, 우리가 저지르는 죄악이야말로 얼마나 기쁘고 달콤한 일인가.

시 「미라보 다리」로 유명한 기욤 아폴리네르가 저널리스트인 것은 알고 있었지만, 그가 한국에 대해 여러 편의 기사를 썼다는 말이나, 그의 중편소설에 한국이 등장한다던가, 그가 쓴 노트에 한국의 시가 두 편이나 들어 있다는 말은 이 책에서 처음 알았다. 금부도사 왕방연이 단종을 죽이고 올라오던 길에 자기 마음을 읊은 시는 보는 이의 애를 끊는다. 아폴리네르의 시 「마리」는 왕방연의 시에서 나왔다는데, 이 두 시를 서로 비교하면서 설명한 황현산의 이야기는 사뭇 새롭다.

뫼르소는 카뮈의 소설 『이방인』의 주인공이다. … 한국의 한 카뮈 전공자가 이 소설을 '이인'이라는 제목으로 번역했다. 주인공의 '비범한' 성격을 그 말이 가장 잘 드러낼 수 있다고 생각했을 것이다. 전문가와 토론하고 싶은 생각은 추호도 없지만, 나로서는 이 번역이 불편하다. 몸 붙이고 살던 동네 이름이 갑자기 바뀌어 버린 것 같은 느낌도 느낌이려니와, '이방인'이라는 말로도 그 '비범함'을 충분히 드러낼 수 있다고 보기 때문이다.

언어도 유행이 있고 시대에 따라 달라진다고는 하지만 과거의 언어를 파괴하는 것이 꼭 새롭게 하거나 좋은 일만은 아니다. 저자는 이런 말을 한다. 자기네 말로도 낯설었던 외국 작가의 언어를, 다시 말해 언어적 모험을 감행한 그 언어를, 우리 번역가는 오히려 언어의 안주安住로 뒤바꾸어 버린다. 이는 상투성에 찌든 번역가가 상투적이고 교양있는 언어 가운데 대충 비슷한 말을 하나 골라 쓰는 바람에 생기는 현상이라고 한다. 그는 타자의 말을 억압하는 이런 상투적 번역이 끼치는 폐해를 몹시 개탄하고 걱정한다. 그는 또 자민족중심주의 번역이 기존 이데올로기에 봉사할 위험성도 경고한다. 이런 현상은 번역 시에서 특히 더 도드라지게 나타난다. 그의 걱정을 듣고 나서 가만히 생각해 보니 번역에서 오는 문제점은 번역자나 출판사에서 기인한 경우가 대부분인데, 이는 크게 네 가지다. 첫째는 번역자가 상대국 국어의 정확한 뜻을 잘 모른다는 점이다. 이런 경우는 번역자가 그 나라의 생활, 전통, 역사 등을 포함한 문화를 제대로 체득하지 못해서 생기는 미숙함이다, 두 번째는 그가 우리나라 국어를 다루는 어휘력이나 어문법이 부족한 경우다. 세 번째는 원저자가 전달하려는 뜻이나 생각을 번역자나 출판사가 자기네 의도나 이념에 강제로 꿰맞추려고 하는 경우다. 네 번째는 번역자의 나태와 안일, 또는 언중에 야합하려는 태도다. 이런 문제는 앞으로도 번역자나 출판사가 풀어야 할 큰 숙제다.

저자는 또 이런 말도 한다. 타자他者가 말을 하게 한다는 것은 주체가 타자로 일어선다는 것이다. 타자로 일어서지 않는 주체는 공허한 메아리이다. 타자는 어떤 성찰과 사랑의 힘으로 자기 자신을 전복하는 주체이다. 시가 언어적으로 모험한다는 것은 주체를 결정하는 이데올로기를 벗어나 타자의 자리에서 말하는 것이다. 시의 말은 타자의 말이고 미래에 주체가 될 말이라고 그는 주장한다.[172] 황현산은 이 글에서 그가 싫어하는 불분명을 아주 분명하게 보여준다.

저자에게 감사해야 할 일이 하나 있다. 젊은 시절 나는 수학자 김용운을 좋아했는데, 45년여 만에 이 책에서 다시 만났으니 그 감회가 남다르다. 모두 그의 덕이다. 우리는 그가 쓴 새 글을 다시는 만날 수 없다. 궁금한 걸 더 이상 물어볼 수도 없다. 그가 멀고 그윽한 유현幽玄의 세계, 그 불투명한 세계로 가버렸기 때문이다. 죽음을 의식해서 그랬던 걸까? 불투명에서 비장미까지 거론했던 황현산. 그가 가고 아침이 오자 천정의 불빛이 힘을 잃었다. 해가 떴으나 창밖은 뿌연 안개로 가득하다. 불투명이 노자를 몰고 와 기영도처럼 뿌려져 있다. 그가 거론했던 영화 「콘택트」에 나오는 외계인이 있던 곳처럼.

---

172 『잘 표현된 불행』(황현산 지음, 문예중앙) 114~124쪽 '누가 말을 하는가' 편 참조

단편소설이 지닌 맛

대성당

레이먼드 카버 지음, 김연수 옮김 | 문학동네 | 2014

신은 인색하다. 심술궂은 좀팽이다. 대성당에 사는 신도 마찬가지다. 좋은 일을 한꺼번에 화끈하게 다 주는 법이 없다. 한쪽이 좋다 싶으면 다른 쪽은 안 좋은 쪽으로 기우는 게 아주 빈번하다. 사실 따지고 보면 불세출의 예술가나 대단한 부자들도 그 개인사는 변화무쌍하거나 굴곡진 경우가 의외로 많다.

거구였던 레이먼드 카버는 시인이자 소설가다. 1938년생인데 재혼한 아내 곁에서 1988년에 자다가 죽었으니 죽을 복은 타고난 사람이다. 죽기 전 십여 년을 빼면, 그는 나머지 생을 불우하고 고통스럽게 보냈다. 고등학교를 졸업한 레이먼드는 혼전 성교로 이미 배가 불러버린 열여섯 살 어린 소녀와 결혼했다. 그때 레이먼드는 열아홉이었다. 1960년대 초만 해도 많은 미국 사람들이 여자의 혼전임신을 치욕으로 여겼다. 어린 소녀는 고등학교를 졸업하면 곧바로 대학 법학과에 선발 장학생으로 입학할 예정이었으나, 배가 불러버린 이상 결혼하지 않고는 배길 도리가 없었다. 미처 피어보지도 못한 어린 꽃봉오리를 레이먼드가 꺾어놓은 셈이라, 장모는 한평생 그를 원망했다.

결혼 후 몇 달 지나지 않아 첫 아이가 태어났다. 이어서 연년생으로 작은 아이까지 태어났다. 가난했던 그는 온갖 잡일을 마다하지 않았다. 먹고살려니 온 천지를 떠돌아다니며 살 수밖에 없었다. 그러다 지쳐 알코올 중독자가 된 그는 병원, 경찰서, 법정, 재활센터를 들락거리고 두 번의 파산에 이혼까지, 온갖 고초를 다 겪었다. 그래도 문학의 꿈만은 포기하지 않았다. 레이먼드는 주간보다 보수가 높은 야간 근무를 주로 하다가 퇴근 후에는 습작에 매달렸다. 글 쓸 데가 없어서 제 무릎 위에 공책을 펼쳐놓고 쓰던 시절도 있었다. 평생 그가 시나 단편을 많이 쓴 이유는 2~3년씩 걸리는 장편을 쓸 만큼 먹고살 여유가 없었기 때문이었다.[173]

레이먼드는 1976년 서른여덟에 첫 소설집을 내면서 미국 문단에 이름을 알리기 시작했다. 『대성당』은 마흔다섯 살이던 1983년에 출판한 책이다. 그는 이 책으로 미국 국내는 물론 국제적으로도 큰 명성을 얻었다. 미국의 체호프라는 찬사도 받았고 미국 단편소설의 르네상스를 이끌었다는 존경도 받았다. 지금도 전 세계에는 그를 따라 배우려는 사람으로 넘쳐난다. 하지만 이런 명성은 그의 고통과 피눈물에 흠씬 젖은 것이니, 어찌 신을 야박하고 인색하다 하지 않으리. 더구나 그는 쉰 살밖에 못 살았다. 이런 소릴 들으면 신은 오히려 웃기지 마라, 그래도 그는 막판에 단편소설 하나로 큰 부를 누렸고 재혼도 해서 잘 살았다, 집 대문에다 '작가는 집필 중'이라고 써 붙여놓고 구름처럼 몰려드는 사람을 내쫓아야 할 정도

173　레이먼드 카버의 출생과 이력은 『작가란 무엇인가 1』(다른)과 『대성당』, 『제발 조용히 좀 해요』(문학동네) 편을 참조했다.

로 이름도 날렸다, 교수도 했다, 그러니 내가 더 일찍 부르지 않은 걸 다행으로 알라며 필자에게 눈알을 부라릴지도 모르겠다.

단편소설의 핵심은 선택과 집중이다. 축약과 반전이고, 짧아서 오래가는 뒷맛이다. 이는 치밀한 구성과 섬세한 묘사에서 나온다. 묘사는 문장력에서 나오고, 문장은 어휘력에서 나온다. 세상은 레이먼드를 미니멀리즘 작가라고도 부른다. 소설집 『대성당』에 실린 글은 「비타민」 한 편을 제외하면 모두 폭발적 감정 묘사를 절제한다. 벌어지는 사건에 항상 일정한 거리를 둔다. 나대지도 서두르지도 않는다. 수식어가 거의 사라진 단문으로 속도를 조절하고, 문장의 감칠맛과 탄력을 동시에 유지한다. 이렇게 쓴 그의 글은 지루함 대신 잔물결 같은 여운을 길게 남긴다. 이런 면에서 그는 걸출하다.

이 책 『대성당』은 레이먼드가 쓴 단편소설 가운데 12편을 가려 모은 책이다. 그 주조主潮는 전부 금 가고 깨진 인생들의 우수, 고독, 소외, 불안이다. 시작부터 끝까지 상실과 그리움, 버리고 떠나기만으로 가득 차 있다. 원래대로 회귀하거나 돌아오는 풍경은 하나도 없다. 행복도 없다. 설령 잠시 돌아오더라도 행복한 시기는 짧고 금방 거대한 위기에 봉착한다. 눈앞에 닥친 위기는 상실감과 그리움을 더욱 고조시킨다. 이는 전원적이거나 목가적 풍경을 앞세워 서서히 나타나거나, 도시적 감수성을 매개로 독자 앞에 불쑥 얼굴을 들이민다. 인생을 바라보는 그의 시각은 아랫글에서 그대로 드러난다.

그제야 그 사람들이 떠나려는 준비를 한다는 걸 안다. … "사람 살 곳은 골골이 있다는 듯 동가식서가숙하는 사람들." 그 사람들은 어디로 가느냐고 내게 묻는다. 그 사람들이 어디로 가는지 나도 모른다. 미네소타로 돌아가나 보지. 어디로 가는지 내가 어떻게 알겠어. 하지만 미네소타로 돌아가지는 않을 것 같다. 어디 다른 곳에서 또 운을 시험해볼지도 모르겠다. (「굴레」 중에서)

레이먼드의 글은 어둡지만 독자를 광포하게 짓누르지 않는다. 관념적이거나 사변적이지도 않다. 눈앞에 보이는 현실을 있는 그대로 보여주며 소시민들의 삶과 애환을 독자들이 느끼게 한다. 간결한 문체는 시적 분위기를 자아내기도 한다. 단편집 제목을 '대성당'으로 붙인 걸 보면 이 책을 관통하는 주제가 무엇인지, 그리고 작가와 출판사가 어디에 애착을 두는지 짐작할 수 있다.

'100달러나 주고 산' 낙원의 새는 집 밖으로 날아가 버리고, 우리의 희망인 아기는 끔찍하게 못생겼거나 음흉하다. 화자의 톤은 낮고 격정도 없이, 벽에 걸린 그림처럼 지루하거나 고요하고 평탄하다. 어둡고 음울한 세상에서 용케 자란 어린이는 뺑소니차에 치어 죽고, 조금 더 자란 '우리 애'는 아무런 이유도 없이 칼에 찔려 죽는다. 결혼과 이혼과 죽음, 그 어떤 것이든 그것은 이전의 좋았던 날과 헤어지는 상실이자 아득한 그리움이다.(「깃털들」, 「별것 아닌 것 같지만, 도움이 되는」, 「보존」)

이들의 이야기를 들어줄 사람은 누구이고 어디에 있는가. 레이먼드는 마지막까지 이 물음을 계속한다. 한평생 인종차별 속에 사는 '깜둥이' 손에, 베트남의 '그 난쟁이 새끼들, 누런 새끼들의 귀'는 잘려진 채 액세서리가 되어 이역만리 미국까지 왔다. 아무리 막아도 막힌 귀는 뚫을 수 있고, 뚫린 귀는 눈을 대신할 수 있다. 귀를 잘라 온 그 '깜둥이'는 들어주고 보아주고 말해줄 세상, 이해하고 소통해야 할 세상을 죽여서 한갓 노리개나 액세서리로 만들어 버린다.(「비타민」, 「신경 써서」, 「대성당」)

자식새끼가 제 품 안에서 죽어도 산 놈은 먹고 싸야 한다. 누구나 태연히 아무 일도 없었다는 듯 그 짓들을 한다. 주린 배를 움켜쥐거나 밀려 나오는 똥오줌을 제 의지로 막으면서 남의 이야기를 들어줄 사람은 이 세상 그 어디에도 없다. 나를 배부르게 해준 사람이 하는 말은 오늘 죽은 제 새끼마저 잊어버릴 만큼 경청하고 수긍한다(「별것 아닌 것 같지만, 도움이 되는」). 이게 바로 인간의 숙명이고 이중구조의 표피에서만 바라보는 '더러운 리얼리티'다.[174] 저자는 이 소설집을 통해 여권 신장, 동성애, 성적 자유, 방종, 인종차별, 반전, 반폭력, 소통부재, 부조리 따위를 가볍게 건드린다. 이는 1960~1970년대 유럽과 미국 젊은이들의 시대정신, 그리고 포스트모더니즘에도 닿아있다.

「보존」은 레이먼드 카버가 쓴 소설의 전형 가운데 하나다. 이 젊은 부부는 남편이 실업자라 아내가 번 돈으로 먹고산다. 실업이 지속되자 남편은 점점 위축되다 한없이 무능하고 무기력해져 신문과 텔레비전만 끼고 거

---

174 1983년 영국의 문예지 「그랜타」는 더러운 리얼리즘을 당대 미국식 글쓰기의 핵심으로 보았다. 더러운 리얼리즘이란 끔찍한 일을 당했을 때에도 감정 표현을 아껴서 간결하고 함축성 있게, 내적 독백처럼 심리로 깊이 있게 들어가지 않고 그저 표면만 묘사하는 방식을 뜻한다.(321쪽 참조) 이런 글쓰기는 헤밍웨이를 그 시조로 본다. 레이먼드의 이 단편집을 '더러운 리얼리즘'으로만 보기에는 무리가 있다. 아무리 양보하더라도 그 경계쯤에 있다고 봐야 한다. 왜냐하면 이 단편집은 그 시대가 안고 있던 여러 가지 문제를 독자 앞에 그대로 드러내놓기 때문이다. 이 문제를 다시 한 번 말해보자면, '더러운 리얼리즘'이란 리얼리즘의 한 유파流派를 새롭게 규정한 말이다. 내가 보기에 이 말은 긍정과 부정, 예찬과 비난을 동시에 거느리고 있다. 나는 이말이 지닌 무게를 부정적 비난쪽에 더 두었다. 나와 다른 입장에서 본다면 이 말은 그냥 객관화한 용어일 뿐이니, 거기에 감정을 싣는 것은 잘못이라고 말할 수도 있다. 그런 측면에서 본다면 이 말은 하드보일드와 비슷하다고 할 수 있다.

실 소파와 한 몸이 된다. 하루 24시간 소파에 웅크린 채 들러붙은 것이 꼭 이천 년 전에 죽어서 두꺼운 얼음 속에 갇힌 시체 같다. 고집은 황소 같아지고 아주 이기적 인간이 되었다. 아내는 퇴근해서 성격이 이상해진 남편의 식사까지 일일이 챙겨야 한다. 이런 남자는 남에게는 절대 피해를 끼치지 못하지만 가족에게는 감당 못 할 커다란 암 덩어리고 짐 덩어리다. 지금 우리 주변에도 널려있는 모습이다. 이러면 대개 가정이 파탄나기 십상이다. 그런데 남편을 대하는 아내의 정이 좋아 그런지, 그런 모습은 여기서 똑 부러지게 안 나온다. 아마 남편이 늙어 죽을 때까지 아내를 괴롭히려고 저자가 애매하게 마무리했는지도 모른다.

「보존」은 이중구조다. '실업자 남편을 둔 부부'라는 거푸집 속에 감추어놓은 진짜 이야기가 있다. 레이먼드가 감추어둔 진짜 속내는 실업 상태의 지속이 어떻게 인간을 파괴하고 자존감을 무너뜨리는지, 사회구성원으로서 해야 할 일이나 의무가 없어지면 어떻게 사람이 망가지고 피폐해지는가를 보여주는 것이다. 거대기업이 자신들의 이익을 실현하기 위해 소비자를 어떻게 긁어대는지, 그것이 소시민의 일상에 어떤 영향을 어떻게 끼치는지 보여준다.

고장 나서 폐기 처분해야 할 냉장고는 소속과 임무가 사라진 고철 덩어리다. 레이먼드는 그러한 냉장고처럼 소속감이 사라지고 사회적으로 고립된 무능하고 무기력한 인간이 과연 세상에 필요한지, 이런 인간을 양산하는 사회가 옳은지 그른지 묻는다. 또 아내가, 여성이, 이 난감하고 고통스러운 현실을 어떻게 꿋꿋이 '보존'하면서 버텨나가는지도 보여준다. 여권 신장을 주장하는 이런 글은 「신경 써서」를 비롯해서 자주 등장하는 이야기다.

저자가 심술쟁이라서 그랬을까. 소설집 『대성당』에 등장하는 주인공은 거의가 평탄한 삶을 살지 못하는 사람들이다. 끊임없이 이혼하고 끊임없이 술이 나온다. 술을 몰래 숨겨놓는 장소가 나오고 알코올 의존증 치료센터의 속 모습도 보여준다. 병원과 입원실, 달리는 열차의 '칸막이 객실'도 등장한다. 모두 폐쇄되고 격리된 공간이며 닫힌 공간이다. 이 단편집은 '자유로부터 도망친 사람들'이 누리는 자유와, 그 자유를 '그리워하는' 사람들의 이야기이기도 하다.

낙원의 새가 안내하는 레이먼드의 기차여행은 「비타민」에서 시작해서, 막힌 귀를 뚫어주는 「신경 써서」를 거쳐 「별것 아닌 것 같지만, 도움이 되는」을 지나 「대성당」에서 끝난다. 먼 길을 달려 여기까지 오는 동안 사람들은 항상 불행과 동거한다. 「대성당」에서 아내는 남편과 맹인의 만남을 주관한다. 육체와 정신의 장애를 하나씩 가지고 있는 맹인과 남편, 이 두 사람이 만나자 서로 손이 포개진다. 만남은 상실이나 소외를 소통과 배려, 화해로 승화한다. 아내인 여성이 만든 힘이다.

단편집 『대성당』에는 작가의 깊은 연민이 녹아있다. 「비타민」만 빼면 등장인물은 모두 자신의 불행을 그저 맞아들일 뿐 남에게 피해를 끼치지 않는다. 자본가나 노동조합도 없다. 이들은 이런저런 일을 하는 개개인이거나 실업자이거나 영세업자다. 「보존」과 「굴레」에서 잠시 자본가에게 투덜댔을 뿐 그들을 크게 공박하지도 않는다. 정치나 사회문제를 대놓고 말하지도 않는다. 앞서 얘기했듯이 그저 불경기와 인플레 시대를 정처 없이 떠돌며 '동가식서가숙하는' 인생들의 우수와 고독, 소외, 불안, 공포 따위를 이야기할 뿐이다. 이는 안톤 체호프가 강조한 단편소설의 덕목을 철저히 따라간 결과다. 그런 면에서 레이먼드는 체호프의 가장 충실한 제자다.[175] 『대성당』을 출간하던 시대의 독자들은 이 작품이 정치적, 사회적 문제를 지적하고 있음을 충분히 알고 있었을 것이다.

1970~1980년대는 파리 6.8혁명의 영향으로 여성 인권이 크게 주목받던 시기다. 또 아랍과 이스라엘 간에 제4차 중동전쟁이 터지고, 이란과 이라크 간에 8년 전쟁이 발발했던 시기다. 이 여파로 대규모 석유파동이 두 번이나 일어났다. 1973년 10월부터 시작된 1차 석유파동으로 유가는 불과 넉 달 사이에 380%나 올랐고, 1981년 2차 파동 때는 다시 160%가 올랐다. 물론 그사이에도 매년 올랐다. 산유국을 제외한 나라들은 상상을 초월하는 실업, 인플레, 물가고와 파산을 겪었다. 미국은 막대한 돈과 인명을 쏟아부은 베트남 전쟁에서 패배한 충격까지 가중되었다. 그 당시 FRB가 제정한 미연방 금리가 연 21%까지 치솟았으니 미국은 말할 것도 없고, 전 세계가 겪은 고통은 더 말할 여지조차 없다. 특히 우리나라처럼 외채를 달러로 끌어다가 쓴 나라는 그 고통이 극에 달했다. 달러 이자가 느닷없이 수백 퍼센트씩 급등했기 때문이다(1차 석유파동 때 우리나라는 중동 특수로 그럭저럭 버텼으나 2차 파동 때는 그 충격이 대단히 컸다). 단편집 『대성당』은 이 시기의 인권, 여성, 생존, 인종, 소비, 자본, 수탈, 정치, 심지어 실업이 몰고 온 개인과 남녀의 심리 문제까지 건드리고 있다.

---

175   안톤 체호프는 단편소설이 갖춰야 할 덕목으로 다섯 가지를 꼽았다. 1.정치, 경제, 사회적 요소를 언어로 토로하지 말 것(독자가 글의 뒷면을 읽어내 스스로 알아차리도록 하라는 말) 2.철저히 객관적일 것 3.인물과 사물에 대한 묘사를 진실하게 할 것 4.철저히 간결할 것 5.따뜻한 마음을 가질 것. (『제발 조용히 좀 해요』(레이먼드 카버 지음, 손성경 옮김, 문학동네) 421쪽 참조)

「열」에 나오는 노부부는 평생 함께 해로하는 부부다. 그 부부는 남의 이야기를 잘 들어주고 그들의 어려움을 정성으로 돌볼 줄 아는 사람이다. 레이먼드는 이들이 상당히 부러웠던 모양이다. 그래서 그 노부부를 다시는 제 눈앞에 뜨이지 않도록 아주 멀리 오리건으로 보내버렸다. 「셰프의 집」에서는 주인공 여자가 헤어진 전 남편과 겨우 재결합하는데, 레이먼드는 이게 심술이 났는지 그 부부는 얼마 못 가 같이 살 집을 잃어버릴 위기에 처한다. '뚱땡이 린다'[176]가 된 저자는 이 부부도 절대로 함께 있도록 놓아두지 않을 모양이다.

제 뜻대로 부부가 파탄이 나지 않을까 봐 조바심치던 레이먼드는 제가 먼저 집이 없는 곳으로 훌쩍 가버렸다. 이별과 재생, 그사이에 존재하는 수많은 갈래 길. 그 '복잡한 선로 시스템'으로 들어선 기차를 타고 영원히 떠나 버렸다. 자식도 버리고 아내까지 남겨둔 채. 창작의 신은 참으로 인색하다. 짠 내 풀풀 나는 자린고비다. 아니, 그보다 더하다.

---

176 불행한 자기 인생을 익명의 투서 등으로 남을 괴롭힘으로써 즐거움을 찾는 여자. 심술쟁이라는 말처럼 상징적으로 많이 쓴다.

삐딱선을 탄 달관의 문장가

지금 조선의 시를 쓰라 – 연암 박지원 문학 선집

박지원 지음, 김명호 옮김 | 돌베개 | 2007

'문자는 같이 쓰지만 글은 홀로 쓰는 것'이라서 작가는 누구나 자기만의 이론과 관점으로 대상을 보고 작품을 완성해 나간다. 그래서 세상의 모든 작가들은 어떤 형태로든지 간에 진보적일 수밖에 없다. 창작은 모방에서 시작한다. 하지만 모방은 작가의 무덤이다. 작가는 늘 존재와 현실에 대해 의심하고 불화하며 갈등하기 때문에 진보가 숙명이다. 연암은 '달관해서 의심마저 떨쳐버리라'고 말하지만.

책을 읽으면서 연암의 진보적 관점이 그 맨살을 드러낼 때마다 참 대단하다는 말밖에 다른 말을 더 할 수가 없었다. 신랄한 풍자와 해학은 또 어떤가. 문장론에서 이미 '지금'과 '여기'라는 사실적 삐딱선을 타기 시작한 그는, 여러 이단異端 학문이나 그 추종자를 칭찬하고 만물은 평등하다고 소리친다. 양반이란 것들은 중국엘 갔으면 파종법이나 새로운 재배법을 배워서 국내에 자꾸 퍼뜨려야 백성들 살림이 그나마 좀 나아질 텐데, 거꾸로 매점매석이나 한다고 야단을 친다. 그러다가 똥통에 빠져 구린내나 피우다가 호랑이(백성들)한테 혼쭐이 나는 것들이라고 아주 오금을 박는다.

그런가 하면 충성이니 도의니 하는 말은 가난하고 천한 자들이나 하는 짓이고, 사람 사귀는 데는 틈을 이용해야 한다거나 아첨하는 방법에도 급수가 있다고 떠들어댄다. 옥새는 나라를 망하게 하는 물건이니 부숴버려야 한다거나, 상말도 고상하다면서 허명虛名에 묶이는 인간 구속을 야단치고, 심지어 과거시험을 보는 과장科場에서 답안지를 들고 나온 자를 칭찬까지 해댄다. 이러니 정조가 그를 문장혁명, 또는 문체반정文體反正의 수괴首魁이자 척결대상 1호로 지목할 수밖에 더 있었겠는가(물론 그의 말을 이해하지 못하는 바가 아니니 오해는 마시라).

그래도 그는 행복했던 사람이다. 당대 최고의 검객이 그의 목숨을 구하려 몰래 도피를 도왔고, 개성 인근에 숨어있던 연암의 안위를 도우려고 안 가도 될 개성유수를 스스로 자임自任한 친구도 있었다. 법고창신法古創新 아래 생각이 같았던 친구들도 많았고, 새벽까지 노상을 배회하며 함께 술 마실 친구들도 있었다. 봄날 더불어 꽃구경 갈 사람도 옆에 있었지. "꽃이 피고 지는 것은 모두 비바람에 연유한다.", 참 진부한 말이지만, 정말 기가 막히지 않은가. 바로 이것이 연암 산문의 아름다움이다.

'우주 만물은 단지 문자로 적지 않고 글월로 표현하지 않은 문장'이기에 '답습을 일삼지 않고 남의 것을 빌려오지도 않으며, 차분히 현재에 임하고 눈앞의 삼라만상과 마주 대하라.'라며 비판적으로 접근한 그의 문장론은 지금도 불후不朽다. 명분보다 현실을 직시하라는 일갈은 가짜 진보와 비겁한 수구정권 아래 처한 우리의 한심한 모습을 비판하는 것만 같아 송연悚然하다. 그래도 연암은 신분이나 계급 타파에 끝까지 도전하지는 않았다. 물론 거역이 힘든 시대였고, 영·정조와 홍국영에게 혼쭐이 난

덕분이기도 했겠지만.

무릇 색깔色이 빛光을 낳고, 빛이 빛깔(輝: 빛날 휘)을 낳으며, 빛깔이 찬란함(耀: 빛날 요)을 낳고, 찬란한 후에 환히 비치게(照: 비출 조)되는 법이다. 환히 비친다는 것은 빛과 색깔이 색깔에서 떠올라 눈에 넘실거리는 것이다. 그러므로 글을 지으면서 종이와 먹을 떠나지 못한다면 바른 말이 못 되고, 색깔을 논하면서 마음과 눈으로 미리 정한다면 바른 소견이 못 된다.

말과 글은 오욕칠정과 희노애락의 표현이다. 누구든 달관의 경지에 이르면 더 이상 말과 글이 필요가 없다. 무위無爲와 유위有爲의 구분이 없어지고, 모든 사고와 행위가 최고의 경지에 올라 이미 습習이 되어버렸는데 무엇이 더 필요하단 말인가. 연암이 말을 탄 채 아홉 번이나 물이 불어난 강을 건너는데도 편안했던 것은 의심이 사라진 달관, 즉 나와 대상이 일체가 된 무아無我의 경지에 들었기 때문이다. 그리고 그것을 다시 글로 쓸 수 있었던 것은 달관이나 무아의 경지에서 빠져나온 상태였기 때문에 가능했던 일이다.

그러니 글을 쓰기 위해서 달관지경達觀之境으로 가라하는 말은 자칫하면 크게 오해받을 말이다. 이 말은 파토스적 현실 우선이기보다는 이성 우선이고, 정신에만 가치를 둔 말이라 그렇다. 그보다는 오히려 철저히 인간세人間世에 발을 딛고 달관의 경계를 넘나드는 경계인이 되라고 해야 맞다. 왜냐하면 매미와 지렁이의 울음이 글이나 시와 같고, 글은 세상을 표현해야만 하기 때문이다. 그래도 연암은 참 대단한 관찰자다. 여백을 갖지 않은 그의 글은 더욱 사실적이다. 부패를 미워하고 이용후생利用厚生

을 강조한 그의 정치철학은 우리의 현실정치를 반성케 한다. 사후 200년
이 더 지난 지금, 오늘날 수구 통치자와 세도가는 정조와 같은 아량이 조
금이라도 있던가. 또 진보는 연암만큼 현실을 가고 있는가. 아무리 생각
해도 내 대답은 "아니다"일 뿐이다.

사실 번역본을 보는 것에는 극복할 수 없는 한계가 분명히 있다. 특히 시
에서는 그런 현상이 자주 두드러진다. 이 또한 우리가 처한 근대화의 짙
은 그늘이고 한글 전용이 가져온 비극이다. 호질(虎叱: 호랑이가 성을 내
며 크게 꾸짖음)을 베끼고 앉았던 연암의 모습이며 작고 어린 정절 과부
의 순사殉死를 쓰던 우람한 체격의 연암을 상상해보면 처량하고 애달파
보인다. 그러나 다른 한편으로는 마치 만화 같다는 생각도 든다. 그나저
나 연암은 미래를 낙관하고 있었을까 비관하고 있었을까. 책을 읽으며 참
오랜만에 혼자 낄낄거렸다. 그것도 도서관 안에서.

질기고 모질게 순응하기

외람된 희망

이문구 지음 | 실천문학사 | 2015

책의 겉표지 글씨는 시인이자 서예가인 김성장이 썼다. 나는 이 글씨를 보자마자 쇠귀 신영복 선생 생각이 먼저 났다. 저 서체書體가 그의 글씨체와 비슷한데다가 생전에 그이와 공사석에서 여러 번 만난 적이 있어서 더 그렇다. 김성장의 글씨는 이 책과 참 잘 어울린다. 왜냐하면 이 글씨체가 평생 이문구가 살았던 세상과 같아서 그렇고, 소설 속에 사는 그의 사람들이 중하류中下類라서 그렇다. 이문구는 이런 군상을 소설에 자꾸 등장시키며 그들과 함께 뒹군 동질감을 표현한다. 또 그들에게 한없는 위로이자 희망을 북돋우려는 노력을 보낸다. 그러니 어찌 저 제목과 글씨체가 이 책의 내용과 잘 들어맞지 않겠는가. 확 덤벼들어서 엎어버리기는 그렇고 그렇다고 참기는 더 어려운, 그래도 겸손해야 하는 이문구의 마음과 인격이 책 제목을 저렇게 뽑은 모양이다.

순리와 순응, 외경畏敬은 이문구의 인생관이자 문학관이며 자연관이기도 하다. 이걸 거스르는 것을 이문구는 거부한다. 그는 인위人爲가 만든 약속과 의義 또한 중요하게 여겨서 불의한 일을 보면 하다못해 말 한마디라도 하고 넘어가야지, 그대로 넘긴 적이 없다.

이문구와 그의 소설 속 중하류는 질기고 모질게 살아가지만, 천지자연에 늘 따르려고 노력하는 사람들이다. 그의 이런 인생관과 자연관은 많은 이들이 한목소리로 말하듯 조부에게 배운 한학과 엄격한 훈육이 남긴 결과다. 또 이념 때문에 아주 풍비박산 나버린 그의 집안 내력 때문이기도 하다. 거기에 하나 더 보탠다면 고향에서 했던 농사일이 그를 그렇게 만들었을 것이다(끈질긴 인내와 순응, 원칙이 없으면 농사는 절대로 못 짓는다).

글 중에 가장 좋은 글은 자기가 제일 잘 아는 것을 쓴 글이다. 그래서 경험은 가장 좋은 글감이다. 경험에서 우러나온 느낌과 거기서 얻은 내적 성찰은 작가의 글을 더욱 풍부하게 만든다. 이문구는 여기에 한술 더 떠서 경험이야말로 바로 자기 '생활의 바탕'이었으며, 경험은 자기를 가르친 '교육과 교훈'이라고 했다. 누구든 쓰고 싶은 이에게 필요한 것은 이론이 아니라 '치열한 현장이고 경험'이라고도 했다. 그러나 이문구가 아무런 문학적 신념도 없이 현장 경험만 가지고 글을 썼다고 말한다면 그가 무덤 속에서도 서운해 할 일이다. 이 책은 뒤로 갈수록 그가 찾아낸 말과 글이 우리 눈앞에 그 모습을 크게 드러내고, 문학이란 바로 이런 거라고 하는 언술이 정연하게 쓰여 있다.

이문구에게 현장과 경험은 결국 사람들이다. 저자와 그를 아는 사람들의 말을 종합해보면, 그는 수많은 사람과 어울리고 섞이면서 그들의 말속에 숨은 침묵을 엿보거나 침묵 속에 숨은 말들을 엿들었다. 숨은 말이야말로 그가 현장에서 얻은 글쓰기의 살아있는 재료였다. 사람들의 마음속으로 들어가, 거기에 자기의 마음을 함께 포갠 셈이다. '마음이 자유롭지 못하면 의식이 자유롭지 못하고 의식이 자유롭지 못하면 상상력이 자유롭지 못하다. 작가에게는 그게 곧 중풍'이라며 크게 경계하기를 이문구는 당부한다. 나만의 문체를 갖지 않은 작가는 장래가 없다고 야단도 친다. 소설은 비 교과서적인 문장을 통해서 우리말에 대한 이해와 어휘 구사력에 도움을 줘야 한다는 사실도 명심하라고 그는 지적한다.

진보와 보수를 함께 좋아했던 사람. 그러나 보수와 진보를 함께 미워했던 사람. 그러면서도 그 둘을 한 번도 떠나지 않았던 사람. 이문구는 그의 독특한 문체文體로 문채文彩를 날렸다. 두주불사斗酒不辭로 이름을 날렸고, 긴긴 세월 동안 감시 경찰을 '경호원처럼 데리고 살아서' 이름을 날렸다. 충청도 사투리로 이름을 날렸고 잃어버린 우리말과 우리글을 수없이 찾아내서 이름을 날렸다. 이 책에는 이문구가 전부 다 들어있다. 그 모진 고통의 세월을 함께 감당해낸 부인을 만나지 못했더라면, 이 책 속의 이문구는 아마 한주먹도 남지 않았을 테다. 하지만 야박하게도 자기 부인 얘기는 하나도 없다.

근현대사를 꿰뚫는 자전소설

관촌수필
이문구 지음 | 문학과지성사 | 2018

이문구의 글은 몇 가지 특징이 있다. 첫째는 이념 대립이 만든 비극을 토로하지 않으면서도 그 시대를 잘 다룬다는 점이다. 둘째는 충청남도 보령을 중심으로 한 토박이 사투리를 거침없이 써댄다는 점이다. 셋째는 애옥살이에 부대끼면서도 유교적 기품을 잃지 않았다는 점이고, 넷째는 이야기를 풀어가는 방식이 등장인물의 전기傳記를 쓰는 형태를 취한다는 점이다(이는 전傳이라는 한문의 한 형태를 빌린 듯하다). 다섯째는 조부가 가르친 유학儒學이 이문구의 글쓰기에 막대한 영향을 끼쳤다는 점이고, 여섯째는 긴 문장이 꽤 많다는 점이다. 일곱째는 작가의 시선이 항상 온기를 품고 있다는 점이다.

이런 몇 가지 특징을 놓고 한쪽에서는 그의 글이 보수적이라고 하는 이도 있고 흐르는 역사를 따라 양반이나 지방색, 혹은 계급이 몰락하는 과정을 보여준 다고 하는 이도 있다. 그런가 하면 다른 쪽에서는 가난한 사람들의 삶을 따뜻하게 보듬는 향토색이 짙은 글이라고도 하고, 좌우 이념 대립이 몰고 온 비극적 가정사를 보여준 글이라고도 한다. 내가 보기에는 다 그 말이 그 말 같다.

『관촌수필』은 이문구의 집안 내력을 중심에 놓고 쓴 자전소설이다. 3대에 걸친 그의 가족사에는 친구와 친척, 그가 만난 도시 빈민과 가난한 농촌 사람들이 등장한다. 앞서도 말했듯이 이 소설에는 정치색을 짙게 드러내는 대목이 어디에도 없다. 그도 그럴 것이 이문구 아버지는 과거 남로당 보령군 총책에다가 서해안 일대에 있는 여러 군의 지하조직까지 관리하고 있던 인물이라 전쟁 통에 총살당했다. 큰형은 행방불명되었고 둘째 형도 총살당했다. 막내 동생은 산 채로 가마니에 담아 한겨울 대천 바닷물에 던져 죽였다. 이 참화에 그의 할아버지는 화병으로 돌아갔고 어머니와 단둘만 남은 이문구는 너는 절대 앞장서지 말고 항상 중간에 있으라는 말을 귀에 못이 박히도록 들었다. 그러던 어머니도 불과 몇 년 못살고 돌아가시니 이문구는 10대에 천애 고아가 되었다.

아버지가 총살되던 날부터 이문구가 죽던 그 날까지, 그는 감시와 사찰 속에서 지냈다. 아니, 어쩌면 죽어서 장례를 치르고 난 후에도 그랬을 성싶다. 그러니 그 시기에 어찌 정치색이 짙은 글을 마음대로 쓸 수 있었겠는가. 게다가 이문구가 한참 글을 쓸 때는 유신 독재정권이 긴급조치까지 발동하던 시기가 아니던가.

그래도 언중유골이라, 그의 글 속에는 간간 뼈가 박혀있다. 그 당시 정보기관에서 볼 때 잡아넣자니 뭔가 좀 부족하고, 그대로 두자니 이죽거리고 야죽대는 것 같아 그냥 두기도 좀 그렇고, 어째 뒷맛이 아주 개운치 않기는 하나 어쩔 수 없는, 그런 투의 글이 『관촌수필』 곳곳에서 드러난다.

그가 쓴 글을 읽다 보면 일제 식민지 시절에 검열을 피해 가던 수법이 대략 이런 식이 아니었을까 하는 생각도 든다. 이문구가 감옥살이의 고비를 몇 번이나 간당간당하게 넘긴 것은 스승 김동리의 도움이 컸다고 한다.

체포당할 일이 생길 듯하면 항상 김동리가 나서서 보증을 섰다는데 그래도 전두환 정권 때 '정치활동 금지 대상자'로 묶어버린 일은 막지 못했던 모양이다.

역사나 문화는 언어와 함께 생멸한다. 토착 언어는 새로 난 길을 따라 들어오는 외래문화의 영향으로 변화하거나 사멸死滅한다. 거기 사는 사람도 마찬가지다. 이문구는 1941년에 태어나서 2003년 62세에 죽었다. 『관촌수필』은 1977년, 지금으로부터 약 45년 전에 나온 글이다. 우리나라는 이 책이 나오고 약 10년 후인 1986년에 아시안 게임을, 1988년에 올림픽 게임을 치렀다. 이때를 전후로 전국도로는 거의 다 포장도로로 정비되었다. 굽고 좁은 도로를 펴면서 새로 놓은 도로도 많이 생겼다. 전국도로망의 정비는 도농都農 간의 구분을 급속히 허물었다. 사투리가 급격히 사라지는가 하면 우리 말과 글도 덩달아 사멸을 거듭했다. 항용 쓰던 한자는 더 빨리 사라졌다. 지금 50대 이하인 사람 가운데 『관촌수필』에 나오는 충남지방 사투리나 한문 투의 언술을 알아들을 수 있는 사람이 얼마나 될까. 아마 열에 아홉은 잘 못 알아들을 게다. 그 시절엔 늘 쓰던 말이었으나 이젠 어른조차 못 알아듣는 말이 수두룩해졌다.

『관촌수필』은 첫 출판 이후 2009년까지 약 30여 년 동안에만 무려 51쇄를 찍었다. 참으로 기이하고 신이神異하다. 대체 무엇 때문일까. 사라지는 우리말에 대한 애착 때문일까, 아니면 문학 지망생이 많아서 그런 걸까. 분단과 전쟁이라는 비극의 역사를 가르친 학교 교육이 한몫한 걸까. 아니면 대학 입시 영향 탓일까. 그도 저도 아니면 구매자의 허세가 작용한 탓일까. 우리말 살리기에 대한 애착으로만 보기도 어려운 것이, 백기완 선생이 쓴 책은 이 책에 비해 턱도 없이 안 팔렸으니 그런 논리만으로는 설명이 안 된다.

그나저나 이문구의 글은 참 처연하다. 가난뱅이의 설움과 그걸 바라보는 작가의 시선 때문에 그렇고, 몰락한 그의 집안을 바라보자니 그렇다. 하지만 그보다 더 큰 것은 오래전에 죽어버린 우리의 말과 글이 그가 쓴 책 속에서만 초롱하게 눈을 뜨고 있어서 그렇다.

장어와 소신공양燒身供養 –
『동다송東茶頌』을 읽다가 착각에 빠지다

나는 40이 넘도록 장어를 안 먹었다. 초등학교 때 흑석동 쪽 강변에서 본 끔찍한 광경 때문이다. 그 시절엔 여름 장마가 지면 한강 물이 누런 거품과 함께 흙탕물로 크게 불어났다. 그러면 애, 어른 할 것 없이 모두 물 구경을 하러 강변으로 나가곤 했다. 거품이 낀 물 위에는 풀더미, 박넝쿨, 초가지붕이나 함석지붕, 큰 나무둥치 같은 것들이 반쯤 잠긴 채 떠내려가고 있었다. 가끔 소나 돼지가 떠내려가는 걸 봤다는 소문도 있었고 나뭇가지에 얹힌 뱀이 큰 뭉텅이째 떠내려가는 걸 봤다는 애들도 있었다.

그날도 날이 흐리고 바람이 불었지만 나는 친구들과 물 구경을 하러 갔다. 이때 시체 한 구가 떠내려왔다. 그걸 본 어른들이 거룻배를 타고 나가 그 시체의 목 부분인지 겨드랑이 부분인지를 새끼에 걸어서 산소처럼 생긴 바위에 동여 놓았다. 더 이상 떠내려가지 않게 하려던 것인데, 시신을 매어 놓던 어른들이 아주 진저리를 쳤다. 왜 저러나 하고 호기심이 생겨 가까이 다가가 보니 거의 없어진 머리 부분에 수없는 것들이 잔물결을 이루며 꼬물거리는 게 보였다. 거뭇거뭇한 게 꼭 굵은 머리카락 같았다. 더 자세히 보니 작은 새끼장어들이 새카맣게 달라붙어서 시체를 뜯어 먹느라 온몸을 흔들고 있었다. 그걸 보자마자 나도 소리를 지르며 진저리를 쳤다. 팔이나 다리도 마찬가지라 장어로 새카맣게 뒤덮이다시피 했는데 한쪽 다리는 거의 다 뜯겨서 군데군데 뼈가 드러나 있었다(옆에 있던 애들은 게도 있다고 소리쳤지만 난 게는 못 보았다). 그때부터 나는 장어가 끔찍하게 싫었다. 시체를 뜯어 먹고 장어가 살이 찐다니. 커서도 그 장면을 나는 도저히 잊을 수가 없었고 용납할 수도 없었다.

그날 이후로 나는 어리지만 사는 건 뭐고 죽는 건 뭔가 하는 생각이 자주 떠올랐다. 사람이 죽고 나니 겨우 장어 밥밖엔 안 되는구나. 저렇게 죽는데 살아서 무얼 하나. 대체 사람은 왜 사는 걸까. 왜 배는 자꾸 고픈 걸까. 사람도 배가 고프니까 닭도 잡고 돼지도 죽이지 않나. 사람이나 짐승이나 다 같은 목숨인데 왜 짐승을 죽이면 죄가 안 되는 걸까. 사람이나 장어나 배고픈 걸 잊는다면 저런 끔찍한 짓은 없을 것 아닌가. 배고픔을 모르려면 죽는 수밖에는 없지 않을까. 죽으면 배고픈 것도 아픈 것도 다 모르겠지? 아무리 그렇더라도 물에 빠져 죽지는 말아야겠다. 이런 생각이 자주 일었다. 특히 불을 끄고 잠자리에 들어가면 한동안 이런 생각을 하다가 잠에 빠지곤 했다.

40대 초반 어느 날 밤이었다. 평소 내가 좋아하던 후배 한 명을 우연히 길에서 만났다. 그는 한 잔 더하고 가시라며 나를 유명한 장어집으로 데리고 갔다. 거기서 처음으로 나는 장어 맛을 보았다. 술이 좀 거나한 그때도 어릴 적 생각이 불현듯 떠올라 상당히 께름칙했지만 에라, 모르겠다, 불판 위에서 펄떡대다가 익어버린 갯장어를 그냥 집어먹었다. 생각보다 무척 고소하고 맛있었다. 어쩌면 이렇게 맛이 있을까. 먹을수록 맛이기가 막혔다. 그날부터 장어에 대한 내 생각이 깨져서 간간 장어를 먹기 시작했다. 산 장어가 내게 맛을 깨우치려고 소신공양燒身供養을 한 셈이다. 요새는 사람이 강물에 빠져 죽는 일도 드물고 물에 빠져 죽은 사람을 못 찾는 경우는 더더욱 없다. 채마 밭의 거름으로 인분을 쓰는 경우가 완전히 사라졌듯이, 내가 어려서 본 그런 장어를 이제는 더 이상 보려야 볼 수도 없다. 지금 우리가 먹는 장어나 민물 게는 거의 다 양식이다. 게나 장어가 강물에 살지 않으니 자연산 장어나 민물 게는 비싸기가 한량이 없다. 그날 밤 우연히 만난 그 후배가 아니었으면 나는 평생 장어 맛을 모르고 죽었을지도 모른다. 그는 나와 장어를 만나게 해서 새로운 맛을 가르쳤다. 장어는 소신공양으로 생사를 보는 내 부정적 고정관념까지 바꿔 주었다. 사람은 이렇게 우연한 시간에, 생각지도 못한 엉뚱한 곳에서 다시 태어날 때도 있다.

깨달음을 한자로 '각覺'이라고 쓴다. 사전을 찾아보면 '배울 학學' 자에 '볼 견見' 자가 합쳐져서 확실하게 깨닫는다는 뜻이 되었다고 한다. 수행하는 이들이 불가에서 깨달음을 얻는 방법은 여러 가지다. 그 가운데 하나가 능엄경에 나오는 이근원통耳根圓通[177]이다. 이 말은 관음觀音으로 깨달

---

177 이근원통: 처음에는 이문耳門(귓구멍의 바깥쪽)으로 들어가 소리의 흐름에 관조해 그 대상(所)의 구속에서 벗어나고, 소리와 대상이 모두 공空하여 생멸生滅한다는 마음마저 사라진 단계가 되면 '보리菩提'를 성취한다. 보리라 함은 불교 최고의 이상인 정각의 지혜 또는 그 지혜를 얻기 위한 수행을 말한다. '관음觀音'은 관세음보살이 소리를 관觀하여 자성自性(본질이 지닌 성질, 실체)을 밝히는 법문이다. 이것은 세상의 소리를 따라가는 것이 아니라 소리를 듣는 자성을 돌이켜보는 수행법이다. 관음 수행은 귀의 감각기관인 이근耳根으로 소리를 듣고 그 소리를 듣는 자성을 알아차리는 데 있다. 즉 소리에 대한 집중에서 그 소리의 들음을 버리고 듣는 성품을 돌이켜 자성을 관조觀照하는 단계로 들어가는 것인데 이것을 반문문성反聞聞性 또는 회광반조回光返照라고 한다. 원래 감각기관과 감각 대상은 둘이 아니라 하나인데, 그 소리의 흐름에 따라가는 것을 번뇌라 하고 감각 대상을 돌이켜 비춰보는 회광반조回光返照로써 자성을 밝힌다고 한다. 그러나 자성 역시 실체가 없는 공空으로, 나라

는다는 말씀이고, 소리로 깨닫는다는 이야기이다. 이 방법은 관세음보살이 했던 수행법이라고 전해지는데, 득도하기 쉽고 좋은 방법이라고 한다. 그래서 어떤 이는 사방에 가득한 물소리를 듣다가 깨닫기도 하고, 어떤 이는 눈의 무게를 못 이긴 나뭇가지 부러지는 소리를 듣고 깨우치기도 한다. 산꿩이 우는 소리에 불현듯 깨치는가 하면[178] 베고 자던 목침이 떨어지는 소리에 활연대오豁然大悟한다.[179] 조선 후기의 초의선사艸衣禪師는 『동다송東茶頌』을 지어 우리 차를 널리 알렸다. 그는 불교와 차의 맛은 둘이 아니라 하나라는 다선일미茶禪一味를 후대가 깨닫도록 했으니(覺), 차 맛으로 불교를 설파한 셈이다.[180] 조선 정조의 부마(사위)였던 홍현주(1793~1865년)는 차를 사랑했다. 고수는 고수를 알아본다고, 홍현주는 초의라는 이름을 자주 들었다. 그는 초의에게 사람을 보내 차를 어떻게 생각하는지 한 수 알려달라고 청했다. 이 전갈을 받은 초의는 조선 차의 품종과 역사, 효능, 차 만드는 법이며 품질을 나누는 등급 따위를 송(頌: 칭찬하거나 찬양하는 노래)으로 써서 바쳤다.[181] 이 책이 바로 『동다송』이다.

는 존재도 없다. 결국 이 돌이켜 비춰봄은 공의 깨달음으로 귀결된다. (불교공뉴스 「태고종, 창민스님 박사 논문 능엄경 이근원통장 연구」 2018년 3월 6일자 기사 참조)

178 한겨레 「(14) 성전암의 고봉선사」 2005년 4월 13일자 기사 참조

179 법보신문 「대혜·고봉의 화상에 들다」 2008년 7월 15일자 기사 참조

180 다선일미는 초의가 한 말이 아니라 후대 사람들이 받아들인 말이라는 주장도 있고 초의가 다선일미의 경지를 주장했다는 말도 있다. 박동춘 동아시아 차문화연구소장은 그가 지은 책에서 이런 말을 했다. 다선일미나 다선일여茶禪一如란 초의의 다도관이 아니다. 차는 선이 추구하는 궁극적 목적이 아니다. 단지 선정 삼매에 들려는 사람의 몸과 마음을 정화하고 활성화하는 매개체일 뿐이다. 그러니 초의가 추구한 불이선不二禪이 아니라고 한다.

181 송: 칭송하고 기린다는 뜻으로, 공덕을 찬미하는 글의 형식 가운데 하나. 『동다송』은 조선 차의 공덕을 기리고 찬미한 노래와 시이다.

초의선사와 차에 얽힌 이야기는 많다.[182] 조선시대의 승려를 신분으로 따지면 천민이나 마찬가지다. 하지만 여러 임금이나 선비 관료들이 승려와 교분을 쌓은 경우는 수두룩하다. 죽을 때가 되면 자신을 불교에 의탁하기도 했다. 홍현주가 종3품인 진도부사 변지화卞持和를 초의에게 심부름 보냈을 때 이야기다. 그는 부마를 대신해 초의에게 예를 표하며 선물을 하고 차에 대한 궁금증을 물었다. 종3품의 서열은 당하관堂下官으로, 임금이 계시는 마루 위에 올라가 직접 대면은 못 해도 그 앞뜰 맨 앞에 나아가 설 수 있는 관직이다.[183] 종3품 관리인 지방관이 천민과 다름없는 초의에게 예를 표하고 부마의 선물을 전했다니, 당시로서는 이게 얼마나 대단한 일인지 짐작할 만하다.

불교와 차의 관계는 중국 조주선사가 말했다는 끽다거喫茶去(차나 한잔하고 가시게)로부터 시작해 우리나라에 들어왔다는 게 통설이다. 전라도 강진에서 유배 생활을 한 다산과 초의는 한 세대 가까운 나이 차이에도 불구하고 차를 통해 상당히 가까웠다고 전한다. 차를 무척 좋아한 다산은 유교를 공부한 유학자였지만 나중에 천주교인이 된 실학자다. 다산은

---

182 『향기로운 동다여 깨달음의 환희라네』(김영사) 24쪽 참조

183 종3품은 당하관 가운데 제일 높은 벼슬이다. 당상관이 정책결정을 논의하는 자라면, 당하관은 정책을 집행하는 실무관리 책임자다. 따라서 당하관이라고 해서 임금을 전혀 못 만나는 것은 아니다. 어느 시대나 그렇긴 하지만, 자기가 맡고 있는 직책에 따라 아니면 미리 정해진 날짜나 순서에 따라 당하관도 임금을 만나 국정 실무상황을 보고하거나 지시를 받기도 했다. 이를 표현한 말이 상참常參과 윤대輪對이다. 상참은 임금이 당상관과 국정을 논하는 자리를 말한다. 윤대는 임금이 각 부처의 하급 실무관리들이(문관은 6품이상, 무관은 4품이상)을 정해진 날짜와 순번에 따라 만나 정책의 세부집행상황을 듣는 자리를 말한다. 상참은 임금이 매일 만나는 자리고 윤대는 보통 한 달에 3회 정도 열렸다. 원래 당상관은 의자에 앉을 수 있는 권한이 있고 퇴직 후에도 일정 수준의 봉급이 나왔지만, 당하관은 의자에 앉을 수 없으며 퇴직 후 녹봉도 없었다.

음차흥음주망飮茶興飮酒亡, 차를 마시면 흥하고 술을 마시면 망한다고 했다. 불자인 초의는 아버지뻘인 다산에게 시와 유학의 경전을 배웠다. 초의는 동갑내기인 추사하고도 사이가 깊었다. 추사는 30세에 처음 그를 만났는데, 그 후 둘 사이에 오고 간 편지가 책 한 권에 이를 정도다. 초의는 추사의 유배지를 찾아가 제주에서 반년, 해배 후에는 강상江上(지금의 서울 용산)에서 2년을 한 지붕 아래에서 지냈다. 추사가 그에게 편지를 보낼 때면 장난기가 발동해 응석을 부리거나 약을 올리듯 하는 투로 써서 보냈다. 유배 시절에는 차를 빨리 보내라고 보챈 적도 여러 번이다.[184]

그동안 나는 술을 곡식으로 빚은 차, 곡차穀茶라고 부르면서 마셔댔다. 다산 말대로라면 망하는 길만 찾아다닌 셈이다. 내 미각味覺은 평생토록 색계色界에 휘둘려왔다. 하지만 나는 그 미각조차도 아직 다 모른다. 그러니 혹시 아나. 남은 생 동안 새로운 무언가를 다시 만나면 그가 맛난 세상 하나를 더 알려준 뒤에 나를 저세상으로 데려갈지. 그토록 멀리했던 장어가 소신공양을 통해 기가 막힌 맛과 생사의 무차별을 나에게 가르쳤듯이 말이다. 그게 비록 쓴맛이라 할지라도. 참, 내가 생각해도 기막힌 착각 아닌가.

※ 참고자료
전북도민일보 「다산과 초의의 인연」 2017년 8월 4일자
경북신문 「김완주의 차 이야기 – 동다송을 지은 초의 의순선사」 2017년 11월 7일자

184 　초의와 추사 역시 초의와 다산처럼 차로 하나가 되어 억불숭유를 뛰어넘고 종교와 신분의 차이를 극복한 경우다. 다산, 초의, 추사 세 사람 모두 상대에 대한 예禮가 지극하고 서로 학문적 수준이 높아서 교류한 사실이야. 두말할 나위도 없는 얘기지만 말이다. (『완당 평전 1』(유홍준 지음, 학고재) 참조)

『완당평전』1, 2, 3권(유홍준 지음, 학고재)
국제신문 「'茶聖' 초의선사 따라 '茶禪여행」 상, 중, 하편
법보신문 「초의선사 다도 사상은 '不二禪」 2011년 1월 1일자
『향기로운 동다여 깨달음의 환희라네』(원학스님, 김영사)

조명발 받는 맞춤 양복

임헌영의 유럽문학기행
임헌영 지음 | 역사비평사 | 2019

시대정신을 거스르는 사람은 앞날을 보장할 수 없다. 늘 모 아니면 도다. 현실은 시대정신을 따라가야 성공하지만, 예술적 생명력은 그걸 거부한 사람이 더 길다. 이 책은 유럽 근대문학의 대가 열 명이 남긴 발자취에 관한 이야기다. 푸시킨, 톨스토이, 고리키, 스탕달, 빅토르 위고, 괴테, 휠덜린, 헤세, 바이런, 로런스가 그들이다. 이들은 러시아, 독일, 영국, 프랑스 출신으로 문학은 물론 근현대 문명사에도 큰 영향을 끼친 사람들이다. 저자는 왜 시기를 근대로 한정했을까? 18세기 이후 유럽에서 시작한 근대는 격동의 연속이었고 현대와 직접 닿아있다는 점, 그 격동의 세월을 관통한 등장인물의 삶 또한 모 아니면 도라는 격동의 연속이었으니, 그게 당연한 선택이었을까?

저자는 이 문학 기행을 통해서 독자의 인문학적 성찰이나 사유가 한층 더 깊어지기를 소망한다. 등장인물이 생생하게 살아나서 독자에게 바싹 다가가기를 원한다. 독자의 사유와 인문학적 눈높이를 도우려고 저자는 등장인물이 살다 간 인생역정을 계속 재구성해서 보여준다. 그 노력 덕분에 괴테는 평생이 안락했고 고리키는 소설보다 더 파란만장한 일생을 살다가 죽었음을 독자는 제 경험처럼 느낀다. 이들은 그 인생 노정에서 문명文名을 크게 떨쳤지만, 스탕달 같은 이는 죽은 뒤 수십 년이 지나서야 겨우 빛을 보았다고 일깨우기도 한다.

기행紀行란 여행길에서 보고 듣거나 자신이 직접 체험하면서 느낀 감상을 적어두는 것을 말한다. 지금은 역사 기행, 풍물 기행, 인물 기행, 자연경관 기행처럼 한 가지 주제나 목적을 가지고 떠나는 경우가 많다. 문학 기행은 한 사람 또는 여러 문학인의 삶과 그의 문학적 궤적을 추적하는 기행이다. 저자가 쓴 유럽 문학 기행은 이제까지 나온 문학 기행과 여러 부분이 다르다.

그 첫째는, 이제까지 나온 여러 문학 기행 책이 문학가의 삶을 미화하기 일쑤였다면, 저자는 자기가 추적한 문학가들이 감추고 싶어 했을 부분까지 아주 솔직하게 다 털어놓았다는 점이다. 특히 남녀관계는 그야말로 적나라하다.

둘째는 이 책이 답사 여행의 길라잡이 역할을 훌쩍 뛰어넘는다는 점이다. 자료가 좋아서 해당 인물을 좀 더 깊이 탐구하고 싶은 사람들에게는 진입로 구실도 한다. 거기다가 저자는 이러이러한 책은 꼭 필독하라고 권하거나 암시까지 한다. 이런 눈짓만 따라가도 독자는 인문학적 연관 지식을 크게 키울 수 있다. 사진과 함께 시공을 넘나들며 왔다 갔다 하다 보면, 읽는 이 혼자 허적虛寂을 느낄 수도 있고 내가 그 시대에 사는 양, 착각하는 재미를 누릴 수도 있다.

셋째는 등장하는 개개인 열 명을 전부 입체 조명했다는 점이다. 근대라는 소용돌이 속으로 마구 휩쓸려 들어갔거나 사력을 다해 그것에 휩쓸리기를 거부했던 문인 개개인이 체득한 문학, 철학, 종교, 전쟁, 혁명을 저자는 작은 기둥처럼 하나하나 세워놓았다. 이런 여러 개의 소주제에 그들이 살던 나라와 지역적 색깔을 양복 안감처럼 그 기둥 위에 덧입혔다. 그 안감 위에 다시 환경, 계급, 교육, 역사, 지리, 정치 체제와 그 변화를 색색가지 헝겊으로 꼼꼼하게 수놓거나 바느질해놓았다. 안주머니에는 내밀한 개별 족보와 남녀관계까지 모두 써넣어둠으로써 인물 개개인을 입체적이고도 역동적으로 형상화하는 데 성공했다. 저자는 해당 인물의 생가나 무덤이 지닌 의미는 물론, 심지어 도시 하수구의 개념까지 정리하면서 해당 인물을 되살려내려고 노력했다.

넷째는 각 인물에 부여한 여러 소주제처럼 어려운 인문학적 문제를 아주 쉽고 재미있게 풀어썼다는 점이다. 글쓰기는 쉽고 재미있게 쓰기가 제일 어려운 점인데, 그게 오히려 이 책의 가장 큰 장점이다. 목차에 크게 구애받지 않고 아무 편이나 먼저 읽어도 상관없다는 점도 큰 장점이다.

저자는 평론가인데, 진보적 작가 회의에도 관여했고 통일 문제나 제3세계 문제에도 수십 년 동안 관심을 가졌다. 민족문제연구소장직도 꽤 오래 맡고 있으니 그가 지닌 학문적 명성이나 두께를 짐작할 만하다. 책이 자꾸 두꺼워져서 그랬을까? 릴케, 카프카 등을 배출한 동구권과 스페인, 이탈리아, 그리스가 빠진 점은 좀 아쉽다.

혼자 떠난 여행은 나를 들여다보게 한다. 일상에서 맺은 수많은 관계가 끊어지고 그 자리에 새롭고 낯선 것들이 하나둘씩 들어선다. 익숙한 것과 낯선 것들이 자주 부딪치고 그 파열음은 한없이 깊다. 돌덩이처럼 굳은 의식을 깨뜨리는 저 소리들. 나를 들여다보는 사유와 성찰은 내면의 성숙을 가져오고, 지적 성숙은 늦가을 밤 포도밭의 별처럼 아름답고 달

콤하다. 여행의 가치는 공포에 있다지만,[185] 그보다 더 큰 가치는 자유에 있다. 자유는 공포와 위협을 항상 제 품에 안고 다니기에 그렇다. 책을 읽다가 문득 이런 의문이 들었다. 선악의 세계관이 존재하는 한, 아니 선악의 세계관을 넘어선다 해도, 되풀이되는 희비극의 역사를 극복하기란 정말 불가능한 걸까.

---

185 『비망록』(카뮈 지음) 참조

흥미진진한 종합본

찰스 디킨스, 런던의 열정

헤스케드 피어슨 지음, 김일기 옮김 | TENDEDERO(뗀데데로) | 2017

모든 작별에는 최후에 맞이할 영원한 이별의 그림자가 드리워 있다.

낭독은 호메로스 이후 지금까지 내려오는 서구의 중요한 서사 전달 방식이다. 낭송이나 낭독회는 무대에 올라간 작가나 배우, 또는 목소리 연기자가 청중에게 시나 소설 따위를 읽어주는 것을 말한다. 문맹률이 90%에 가깝던 시대에는 그림, 조각, 연극, 악극, 낭독 따위가 왕이나 군주의 뜻을 일반 사람들에게 전달하는 좋은 방식이었다. 문자 해득률이 높아지고 대중소설이 본격화한 후에도 낭송이나 낭독회의 인기는 여전해서 예술의 한 장르로 자리 잡았다.

물 흐르듯 번역한 책을 만난 기쁨을 먼저 이야기해야겠다. 질박하고 은근한 우리말까지 찾아 써주니 기쁨이 두 배로 올라간다. 책 한 권 속에 많은 책이 들어있지만 마치 소설을 읽는 듯 흥미진진하다. 그 중심에 디킨스가 있어서 그렇다. 번역서 읽기에 너무나 지쳐있던 때에 이런 책을 만났으니 기쁨이 클 수밖에 없다.

이 책은 찰스 디킨스의 전기傳記이자 그가 평생에 걸쳐 쓴 책을 종합적으로 평가한 합평집合評集이기도 하다. 디킨스의 친구 '존 포스터'가 그의 일대기를 처음 썼다는데 나는 아직 본 적이 없다. 번역본에만 의존한 탓이고 그마저도 폭이 형편없이 좁은 내 한계 탓이다.

예술로 본 디킨스의 생애는 소설 낭독회 이전(전반기)과 이후(후반기)로 나눌 수 있다. 전반기는 연극과 소설 창작으로 디킨스가 성공한 시기인데, 이때가 후반기보다 훨씬 더 화려하다. 소설 낭독회가 본격화한 후반기는 그의 소설을 읽을 줄 알던 사람은 물론이고 글을 못 읽는 노동자나 농민, 심지어 미국의 깊은 '산골 어린이까지' 모두 다 디킨스의 소용돌이에 빨려 들어간 시기다. 이게 바로 낭독의 힘이고 연기력의 힘이다. 이때 분출한 폭발적 인기는 그를 미국과 전 세계 순회공연으로 쉴 새 없이 몰아붙였다. 낭독회는 디킨스의 건강을 갉아먹었고 그를 죽음으로 데려간 원인이다. 결혼 후, 그는 한집에 살던 처제를 한평생 사랑했다. 그의 부인은 대단히 후덕한 사람이었지만 디킨스는 결국 부인과 이혼했다. 이혼은 그의 인생과 예술을 나누는 큰 분기점이었다. 또 그의 명성을 낭독회 이전과 그 이후로 가르는 지렛대가 되었다.

소설가, 연극연출가 겸 제작자, 대본 각색가, 무대 총감독, 배우, 자유기고가, 사회비평가, 역사가, 잡지출판인, 전문경영자, 연설가, 사회사업가, 최면술사, 낭독회의 변사辯士. 이게 디킨스가 거의 동시에 수행한 그의 직업이다. 가짓수만 보아도 그가 얼마나 자기 일에 최선을 다하며 살았는지, 또 얼마나 많은 사람과 함께 지내야 했는지 한눈에 보인다. 성공은 디킨스의 간절한 꿈에서 피어났지만, 다른 편에서는 자기 몸과 마음을 갉아

먹는 그늘로 작용하기도 했다.

디킨스의 인생을 관통하는 요점은 희극성이다. 이는 전지적 관찰 시점에서 비롯되었는데 이런 게 배우 기질이다.

어려서 겪은 경험은 평생 기억에 남아 그 사람의 일생을 지배한다. 인생은 매일 만나고 헤어지는 인연의 연속이고 투쟁이며 죽는 날까지 혼자 가는 길이다. 어린 시절 디킨스는 찢어지게 가난했다. 커서도 그랬다. 조금 더 커서는 변덕스럽기 짝이 없는 여자를 만나 첫사랑에 실패하고 아주 깊은 상처를 받았다. 디킨스를 작가로 만든 직접 동인動因은 변호사 사무실에서 근무한 경험과 취재 및 편집기자로 일한 경험이다. 이들은 세상 전체를 전지적 시점으로 조망할 수 있는 직업이다. 그는 여러 가지 고통을 듣고 보고 겪으면서 어른이 되었다. 세상은 어렸을 때나 지금이나 여전히 비극적임을 목도한 그는 세상을 향해 조롱과 야유를 보낸다.

가난한 사람이 성공하면 대개 두 가지 모습으로 나뉜다. 하나는 자신의 어려웠던 과거를 되풀이하지 않으려고 돈에 집착하며 어려운 이들을 외면한다. 다른 하나는 자신의 과거와 비슷한 처지인 사람들에게 어떻게든 공감하고 지원하려는 모습을 보인다. 어른이 된 디킨스는 어딜 가든 죄수와 부랑자, 굶주리고 학대받는 최하층 가난뱅이들의 삶을 돌보려고 했다. 어린이와 장애인을 챙기려고 애도 참 많이 썼다. 미국의 노예제도를 지극히 혐오했으며 맬서스와 공리주의가 영국에 몰고 온 폐해에 저항했다. 이런 그의 마음이 '감사와 사랑, 나눔이라는 크리스마스 정신'을 기독교의 영원한 명절로 되살려 놓았다.[186] 디킨스는 불합리한 영국의 법과 제도를 쉬지 않고 뜯어고치거나 완전히 바꾸게 했다. 전부 자기가 쓴 소설과 배우라는 직업을 통해서 만들어낸 성과다. 어릴 때 받았던 가난과 고통이 이타적 삶으로 나아가도록 그를 평생 이끌었던 셈이다.

소설의 성패는 지문과 대화가 전부다. 디킨스의 소설은 200년 가까이 지난 지금 읽어도 '겁나게' 재미있다. 문장은 대단히 화려하고 짧은데 묘사는 치밀하고 섬세하다. 빅토리아 시대의 영국 풍속사를 연구하려면 반드시 디킨스의 소설을 꼼꼼하게 읽어야 한다니, 그의 묘사가 얼마나 치밀하고 섬세한지 짐작이 간다.[187] 특히 그가 형상화한 소설 속 인물은 톨스토이도 감탄을 연발했을 정도였다고 한다. 무라카미 하루키가 쓴 책에도 디킨스를 사숙하는 장면이 나온다. 디킨스는 연극에도 대단한 재능을 보여서 막을 올린 공연마다 대성공을 거두었다. 그는 타고난 소설가이자 연출가였고 연극배우였다.

디킨스의 소설에는 몇 가지 특징이 있다. 첫째는 장소와 희극성이다. 그가 창조한 인물이 아무리 표독하고 사악하거나 아니면 후덕하고 인자한 신사紳士라 할지라도, 그들은 모두 디킨스가 희화화한 인물이다. 그는 도시라는 장소의 어둡고 음울한 감수성을 '소설의 주제로 썼음'에도 해학과 익살을 끊임없이 구사했다. 물론 조롱과 야유도 함께 퍼부었다. 「어려운 시절」 한 편을 빼면 런던은 그가 쓴 소설에서 도저히 뺄 수 없는 소재이

---

186   이 무렵 영국에서는 크리스마스가 거의 사라져서 유명무실하던 때라, 몇 년만 더 지나면 완전히 자취를 감출 판이었다. 그러나 이 책이 나오면서 갑자기 온정과 나눔의 크리스마스가 폭발적으로 부활했다. 그 후 이 기념일은 전 세계로 퍼져서 이제는 기독교와 아무 상관 없는 사람들까지 온정과 나눔의 정신을 기리는 날로 바뀌었다. 이 하나만 봐도 디킨스가 인류에 얼마나 큰 공헌을 했는지 알 수 있다.

187   『올리버 트위스트 2권』(비꽃) 319쪽 참조

자 주제다. 빅토리아 시대의 런던은 세계의 중심이었다. 악마와 천사, 부정과 정의, 빈부와 추악이 공존하던 도시가 런던이었다.

둘째는 후반기에 쓴 소설 「두 도시 이야기」를 제외하면, 그는 항상 도시 빈민이나 가난하고 학대받는 어린이와 청소년 이야기를 주요 소재로 썼다는 점이다. 디킨스는 이들을 통해 영국의 불합리한 법과 제도, 기득권을 공격하고 타락한 종교를 비판했다.

셋째는 소설 작법이라는 문제에서 보면, 그는 중요한 뼈대를 세 부분으로 나누어서 썼다. 그 당시 영국에 팽배했던 공리주의의 폐해나 아동 착취 문제를 고발하는 글은 확실히 그렇다.

넷째는 조너선 스위프트가 쓴 『걸리버 여행기』처럼 독자가 보는 관점에 따라 소설의 주제가 대부분 판이할 정도로 달라진다는 점이다. 동화인가 하면 정치소설이고, 추리소설인가 하면 이념을 형상화한 소설이다. 풍자 소설이면서 귀신이나 유령이 등장하는 환상소설이기도 하다.

마지막으로 디킨스의 소설은 거의 다 연재소설이라는 점이다. 그의 소설은 가끔 급진적이거나 사회주의적이라는 평가도 받았다. 따라서 그는 칭찬과 비판을 한꺼번에 받았다. 하지만 아무리 비판을 해도 그가 쓴 연재소설이 게재될 때마다 그 인기가 영국은 물론 미국, 캐나다까지 마치 폭풍처럼 휩쓸며 몰아쳤다.

바이런처럼, 사진으로 본 디킨스는 대단한 미남이다. 이 책에서도 말했듯 그는 걸출한 정력가에 늘 새로움을 추구하던 사람이었다. 하지만 '고집불통에다 감정 기복이 심하고 변덕이 죽 끓듯 했다. 주변을 전부 자기가 장악해야만 직성이 풀리던 사람인데다가 매몰차고 자기중심적이었다'니, 아마 왕자병에 걸려도 아주 단단히 걸린 사람이었던 모양이다. 하지만 그는 매의 눈으로 사물을 관찰하고 곤충의 촉수처럼 감각이 발달한 사람이었다.

디킨스는 호방한 '쾌남아'다. 한번 결정하면 흔들리지 않고 의심하지 않았으며 반드시 마무리를 지었다. 그는 정치를 혐오하고 이념을 불신했다, 따놓은 당상堂上이나 마찬가지던 하원의원 출마 권유를 두 번이나 뿌리쳤지만 그래도 '정치가들하고는 친하게' 지냈다. 심지어 빅토리아 여왕이 자기를 알현하라는 요청을 두 번씩이나 거절해놓고 하는 말이, 내 낭독회가 그렇게 보고 싶거든 여왕의 자격이 아니라 관객 한 사람의 자격으로 극장에 나오라며 배짱을 부린 적도 있다. 어떤 이는 이런 그를 보고 '타고난 반역자'라고 했고, 어떤 이는 지칠 줄 모르는 집념의 사나이라고 했다. 그래도 여왕은 그를 나무라지 않았다.

디킨스가 죽은 지 올해로 150년이다. 만약 우리나라에서 대통령이 연극을 보고 싶어 무대를 꾸며놓고 그 연극배우를 청와대나 대통령 관저로 두 번이나 직접 초청했다 치자. 그런데 그 연극배우가 저런 소리를 하면서 갈 수 없다고 거절했다면 무슨 일이 생겼을까. 아마 어느 정권도 그 배우를 가만두지 않았을 것이고 앞으로도 그럴 것이다.

디킨스가 자기 삶 속에서 보인 이런저런 일탈은 심리적 측면에서 바라보아도 많은 분석이 나올 만하다. 그는 공연이 끝나고 난 뒤 엄습한 허무나 공허감에 날이 갈수록 더 많은 자극을 원했다. 제 소설 속의 인물에 빙의돼서 상당히 오랫동안 고통을 받으며 쩔쩔매기도 했다. 마감 날짜에 맞춰야 하는 글쓰기의 중압감에 시달리는 건 그렇다 쳐도, 현실과 허구를 자주 착각하기도 했다. 평생 이성을 찾아 떠돌며 말도 안 되는 불륜을 한평생 저질렀다. 갖가지 형태로 튀어나오는 이중적 성격들, '명성이 올라갈수록 내면의 불안도 커지는' 심리 상태, 늘 시체를 즐비하게 뉘어놓은 시체

공시소에 가 있어야만 마음의 안정을 찾는 습성. 집요함, 변덕, 의리, 독재적이고 불같은 성격, 자기애와 자기연민, 명랑성, 이타성, 세심한 관찰심리 같은 그의 여러 특징을 정신심리학의 측면에서 분석해봐도 다양한 해석이 나오지 않을까 싶다. 물론 그게 그의 일탈에 면죄부가 될 수야 없겠지만.

디킨스가 활발하게 활동하던 1870년 당시, 영국 소설가 트롤럽은 디킨스가 언어의 선택이 예술적이지 못하고 인물 창출이 자연스럽지 못하다는 게 가장 빈번히 지적되는 흠이라고 했다. 『주석달린 크리스마스 캐럴』의 마이클 히언은 디킨스가 만든 어린이나 어린이의 인식에 모순점이 있다고 비판했다. 어린이가 마치 어른이나 함 직한 생각을 하거나 그런 말이나 행동을 한다는 거다. 비평가 G. K. 채스터턴은 디킨스가 창조한 모든 인물은 과장된 캐리커처라고 했다. 조지 오웰은 디킨스의 인물들이 자의식이 없고 자신들이 할 말을 완벽하게 할 뿐 뭔가 다른 이야기를 할 것이라고 기대하기는 어려우며, 이들은 깨닫거나 사색하는 법이 절대 없다고도 했다. 하지만 오웰은 디킨스가 만든 인물은 너무나 생생해서 그 뒤에 나오는 그 어떤 것도 이를 지워버리지 못한다며, 그의 상상력은 모든 것을 잡초처럼 압도한다고도 말했다.[188]

평전評傳이나 전기傳記는 보는 각도에 따라서 쓰는 방향이 달라진다. 평전은 해당 인물의 일생을 객관적으로 평가하는 데 치중해야 하고 전기는 그의 일대기를 재구성하는 데 치중해야 한다. 하지만 이제까지 내가 본 바로, 이 둘은 객관성이나 중립성을 유지하기보다는 예찬 쪽으로 치우친

---

188 『주석 달린 크리스마스 캐럴』(현대문학) 107, 112~113, 119~121, 132쪽 참조

경우가 압도적으로 많다. 그래서 이 둘은 명칭이나 형태만 다를 뿐이지 거기서 거기인 경우가 대부분이다. 셰익스피어는 영국의 자랑이고 디킨스는 영국의 사랑이라고 한다. 이 책은 전기물이라서 디킨스가 벌인 일탈이나 상대적 차별에 대해 사실은 말하되 평가는 가급적 삼가려고 했다. 전기가 지닌 어쩔 수 없는 한계 같다. 아니면 앞에서 한 말처럼 거기서 거기인 전기가 '영국의 사랑'을 함부로 비판하기가 두려웠거나.

슬픔에 빠져 내 하루를 다 바친 책

숨결이 바람 될 때

폴 칼라니티 지음 | 이종인 옮김 | 흐름출판 | 2016

다른 책을 보려다가 이 책에 하루를 다 바쳤다. 읽느라고 먹지도 마시지도 않았다. 허리가 끊어지는 것 같다. 그러나 후회는 없다. 책 내용 때문에 많이 슬프다. 꼭 일독하시기를.

읽기 전에 초치기 싫으니 긴말은 하지 않겠다. 그래도 딱 한 마디만.

(폐암에 걸린) 남편이 숨을 거두기 몇 주 전, 함께 침대에 누워서 내가 그에게 물었다. "이렇게 내가 당신의 가슴에 머리를 대고 있어도 숨 쉴 수 있어?" 그러자 그는 대답했다. "이게 내가 숨 쉴 수 있는 유일한 방법이야."

저자가 죽고 나서 이 책이 나왔다. 맨 뒤에 실린 그의 가족사진이 나를 더 큰 슬픔 속으로 데려갔다.

읽어도 그만 안 읽어도 그만

마르케스의 서재에서

탕누어 지음, 김태성, 김영화 옮김 | 글항아리 | 2017

책은 읽어서 뭘 어쩌자는 건가. 대체 왜 읽으라는 건가? 나보고 이 물음에 한마디로 대답하라면, 일상을 버리고 좀 더 고독해지라는 주문이라고 말하겠다. 마음의 빈집에 홀로 거하면서 오래 침잠해보라는 거다. 책 읽기로 낯선 세상을 경험해보라는 뜻이고 '고매한 불화不和'를 키우고 써서 (書), 함께 쓰자(用)는 거다. 이해하고(論) 부정하고(說) 평가해서(評) 함께 발전하고 진보하자(益)는 요청이다.

이런 요청에 대한 응답은 독자가 무슨 책을 읽든, 읽는 그 순간부터 무조건 벌어진다. 그 응답이 다시 침잠을 부르고 고뇌를 부르고 불화를 키운다. 그런 면에서 독서는 의미의 바다고 가능성의 바다라고 한 저자의 말은 의미가 있다. 책을 읽는 1차 목표는 자기 주체성의 확립이고 2차 목표는 창조적 발전이다. 그보다 더 큰 목표는 고독과 침잠으로 텅 비어버린 마음을 만물에 대한 사랑과 연민으로 가득 채우는 일이다.

탕누어는 이 책을 특이하게 썼다. 가르시아 마르케스가 쓴 소설 『미로 속의 장군』을 주추(楹)로 놓은 뒤 호르헤 보르헤스와 발터 벤야민을 기둥으로 삼고, 공자를 서까래 삼아 골조를 짰다. 이러한 골조에 유명한 작가나 지식인이 한 말과 글로 종횡무진 벽을 치고 지붕을 엮고 도배를 해서 집 한 채를 완성했다. 저자의 유식이 유감없이 드러나는, 책으로 지은 집이다. 탕누어가 말한 책 읽기와 내 책 읽기는 공통된 부분도 있지만 다른 부분도 많다. 어떤 방법이 더 좋으냐를 여기서 따질 일은 아니다. 다만 내가 느끼기로 저자는 독서의 일상적 경지를 넘어선 사람이다. 어려서부터 꾸준히 책을 읽어온 사람이 마흔이 넘어서도 계속 책을 읽으면 그때부터는 작가가 무슨 말을 하려고 하는지, 또 감추려고 한 것은 무엇인지 다 보인다고 그는 말한다. 저자가 감추려고 한 게 나쁘다는 의미가 아니고 이때가 되어야 비로소 독자는 책을 통해 저자가 쓴 글의 뜻을 이해하게 되고 저자의 진정성까지도 알게 된다는 말이다.

'이 경지에 오른 경우가 바로 각성이다. 각성이란 선종에서 말하는 체로금풍體露金風[189]의 경지다. 이 경지에 오르면 정신과 마음이 쇄락하기 짝이 없고 걸림이 없다.' 이러니 읽어도 그만 안 읽어도 그만이고, 읽고자 하면 집중을 하고 아니면 건성 읽어도 뜻은 다 들어온다는 말이다. 어쩌면 안 들어와도 그만이라는 말도 되겠지. 그러다가도 관심이 가는 책이 보이면

---

189 체로금풍: 불교 『벽암록』 27칙에 나오는 공안(불교신문 「수미산정」 편 2019년 10년 4일자 참조)이다. 근기根氣가 깊어졌다고 자부한 한 학승이 선사에게 물었다. "잎이 무성한 나무가 말라서 그 잎이 떨어질 때는 어떠한가요?" 선사가 대답했다. "체로금풍이다." 동양철학의 오행에서 금金은 수렴과 하강, 차가움, 또는 숙살肅殺을 의미한다. 계절로는 가을이다. 따라서 금풍金風은 차가운 가을바람이다. 체로體露는 나무가 온몸으로 이슬(여기서는 서리와 같은 뜻)을 맞는다는 뜻. 체로금풍은 찬 가을바람에 잎을 모조리 떨군 헐벗은 나무가 서 있다는 뜻이다. 여기서 잎이란 세상잡사를 포함한 온갖 번뇌 망상이다. 매서운 가을바람에 번뇌 망상을 모두 끊어내고 제 몸을 있는 그대로 드러낸 채 서 있는 모습, 즉 제 진면목을 고스란히 드러낸 채 서 있는 참 나의 모습이 바로 체로금풍의 경지이다.

무서운 집중력으로 한 번에 독파해 낸다니 책 읽기에 관한 한 그는 이미 도가 튼 사람이라는 생각이 들었다. 그런 면에서 책 읽기를 사냥에 비유한 말은 꽤 적절하다. 또 이때부터는 '독자가 저자를 앙망하는 게 아니라 저자와 내가 평등하고 동등한 위치에서 서로를 깊이 알아차린다'고 하니, 그 저자가 미처 책에서 언급하지 못한 배면背面의 말까지 이해하고 토론하며 대화하는 경지다. 책을 읽을 때 고故 양주동 박사의 말처럼 안광眼光이 지배紙背를 숱하게 철徹한 경우다. 이쯤 되면 공자의 불혹不惑이나 지천명知天命을 말하는 수준이다.

탕누어의 친구는 그에게 이런 말을 했다. "나는 남의 말이 들어가지 않은, 순전히 네 글로만 지은 책이 보고 싶다"고. 이 책을 읽는 동안 나도 그 친구와 똑같은 말을 하고 싶었다. 하지만 그 말은 강남순의 아래 글로 답을 대신해야겠다.

책 말미에 참고 문헌을 넣은 이유는 크게 두 가지다. 첫째, … 한 권의 책은 저자들이 이 세계와 대화하고 이 세계에 개입하느라 씨름하는 치열한 '소통과 개입'의 공간이다. … 나의 중요한 대화 상대이며 이 세계를 더 나은 세계로 변화시키겠다는 개입 의지와 열정을 지닌 동료들이다. 그들을 소개하고 싶어서다. 둘째, 독자들 가운데 용서에 대해 폭넓게 알고 싶다는 욕구를 가진 이들이 있으리라는 생각 때문이다. … 내가 다루는 내용을 뛰어넘어 더 깊이 알고자 하는 독자들에게 참고 문헌은 도움이 될 것이다.

- 『용서에 대하여』(강남순 지음, 동녘) 9~10쪽

읽으면 써야 하고 썼으면 공유해야 한다. 공유하면 비평해야 하고 비평하면 함께 발전한다. 저자가 말한 대로 책을 읽을 수 있는 사람은 행복한 사람이다. 혼자 있을 시간과 여유가 있기 때문이고 피 튀기는 생존 경쟁에서 잠시 비켜 서 있어도 지장 없는 사람이라서 그렇다. 책 읽기는 즐거워야 한다는 말도 백번 옳다. 눈을 감고 음악을 듣듯, 책을 따라 상상하며 쓰기도 반복해보라. 그 위에 덧칠과 가필을 해서 내 집을 완성하면 마술에 홀린 듯 큰 희열을 만난다. 읽으면서 요약하고 요약하면서 정리하기가 중요한 까닭은 이 때문이다.

다섯 번을 읽어도 다 다르게 읽힌다는 책

페터 카멘친트

헤르만 헤세 지음, 원당희 옮김 | 민음사 | 2017

청소년의 성장통을 그 시절의 어느 누가 헤세만큼 감각적으로 표현할 수 있었을까? 청년이 겪는 고통을 지나 장년기에 이르는 인생역정을 누가 이처럼 유려하고 생동감 있게 보여줄 수 있었을까? 헤세는 왜 이런 소설을 자기 첫 소설로 잡았을까? 첫 소설이라 혹시 좀 미숙해 보이는가? 평생 그린 수많은 풍경화 속에 딱 한 번밖에 사람을 그려 넣지 않았던 그에게 가장 중요했던 것은 무엇이었을까? 시와 소설의 한계는 무엇일까? 중의적이고 다층적 의미를 켜켜이 쌓아 놓은 작품을 읽어낼 수 있을 만큼 나는 내공이 쌓여있는가? 지금 우리 시대의 젊은 작가들과 이 글을 썼던 스물일곱 살의 헤세는 왜 다르고, 어떻게 다른가? 읽으면서 온갖 질문이 끝없이 일었다.

헤세가 독일 낭만주의를 대표했다는 말은 세상이 다 아는 사실이다. 헤세가 평생 추구한 것은 휴머니즘과 종교였고 그가 평생 좋아한 것은 산, 나무, 구름, 바람 같은 자연과 여행이었다고 한다. 혹자는 이걸 방랑이라고도 한다. 헤세는 자연을 신이나 종교처럼 여겼고 인간은 자연에 순응하고 그의 목소리를 들으며 자연과 하나가 되기를 바랐다. 그는 사랑과 자비, 그리고 연민만이 이런 일을 할 수 있을 거라고 믿고 페터 카멘친트를 내세워 이야기를 풀어간다.

혹독한 겨울을 견뎌낸 나무의 나이테는 흘러간 세월의 증거이기도 하지만, 그것은 나무가 겪은 고통의 흔적이기도 하다. 고통을 겪으면서 나무가 자라듯 사람도 즐거움이나 기쁨으로 성장하기보다는 내면에서 일어나는 온갖 고통에 기대어 성장하는 경우가 더 많다('부족의 시대'를 쓴 미셸 마페졸리 같은 사람은 생각이 좀 다르긴 하지만).

페터가 젊었을 때, 만난 지 얼마 안 돼 요절해버린 친구 '리하르트'를 제외하면 그의 마음의 고통에 불을 지른 사람은 모두 여자였다. 페터는 어머니를 포함해 그가 사랑한 네 여자를 통해 성장한다. 고통을 통해 더 큰 비약적 성장을 하느라고 그랬을까? 페터가 가슴으로 만난 죽음은 때로는 비통하고 애절하게, 때로는 숭고하고 편안하게, 어떤 때는 느닷없이 다가온다. 죽음이란 헤세에게 얼마나 깊은 철학적 사유와 다층적 의미를 몰고 왔단 말인가. 언젠가는 꼭 누군가의 영혼을 울리고 세상의 가슴을 울리는 좋은 시를 쓸 거라고 생각하며 살아온 페터 카멘친트. 그러나 멸시받던 꼽추의 누추한 삶과 죽음 앞에서 페터는 자신의 위선을 발견하고, 사랑과 구원을 찾아 한 발짝 더 나아간다는 서술은 데미안을 기준으로 보면 좀 미숙하고 작위적이다.

『페터 카멘친트』는 낭만이 깊은 글이라 서정적이고 격정적이다. 이 소설은 작가가 사랑을 표현할 때 농도 짙은 애정 표현 없이도 얼마든지 감동을 줄 수 있다는 사실을 전범처럼 보여준다. 전체적으로는 산문시나 서사시 같은 느낌도 있다. 이런 소설은 이미 한물간 구시대적 작법이라고 말하는 사람도 있겠지만, 오히려 시처럼 깨끗하고 맑아서 좋다고 느낄 수도 있다. 나도 그렇다. 내면에 감추어진 의미를 하나하나 찾아가며 읽는다면 그 맛이 여러 가지로 달라질 책이기도 하다.

내가 언제나 그 길로 걸어갔다고는 말할 수 없다. 그보다는 오히려 도중에 놓인 벤치란 벤치에는 모두 앉아 보았고, 악의 길에도 들어서곤 했었다. 두 가지 만성적인 습관이 내 내부에서 진실한 사랑을 방해했다. 술을 좋아하는 것과 사람을 싫어하는 것이 그러했다.

『페터 카멘친트』는 자전소설이다. 헤세가 떠난 지도 어언 반세기가 더 지났다. 모든 예술이 품고 있는 '언어'는 인간만이 지닌 휴머니즘과 종교 그리고 자연이라는 관계에서 벗어날 수 없다. 그 언술하는 형태야 시대에 따라 변할지라도.
나는 학생들이 읽어보게 하려고 이 책을 사서 먼저 읽어보았다. 지금 다시 읽어보니 젊었을 때 어쩔 줄 몰라 쩔쩔매던 그 감동은 거의 다 사라지고 그 자리에 아주 다른 느낌의 감정이 들어와 앉는 걸 보면서 약간 어리둥절하다. 흔적을 지우기란 이토록 어려운 모양이다.

내 맘대로 책 읽기

내 경험을 중심으로

책 읽는 방법을 내가 말한다는 건 참으로 주제넘은 짓이다. 그것도 보편적이고 일반화할 만한 방법이라면 더더욱 가당찮다. 다만 그동안 내 나름대로 읽어온 경험을 바탕으로 하는 이야기라면 할 말이 아주 없지는 않다. 나는 내가 해 온 책 읽는 방법이 옳은지 잘 모르겠다. 나보다 더 나은 방법으로 책을 읽는 분들이 많으리라는 점 또한 틀림없을 것이다. 그래도 이왕 말이 나온 김에 내가 해온 경험에 약간의 살을 덧대서 잠시만 얘기를 좀 해보자. 여기서 내가 하는 말은 이 세상에 없는 새로운 주장을 하는 게 아니라서 남들이 한 말과 겹치는 부분도 꽤 많을 것이다. 이런 현상은 책 읽는 방법이라는 게 누구나 거의 비슷비슷한 것 아니냐는 말도 된다. 나는 이 말로 내 아둔을 변명하려고 한다.

무슨 일이든 그 일을 실행에 옮기려면 그 전에 목적과 방향과 시간표를 정해야 한다. 그 후에 충분한 정보를 수집하고, 그렇게 모은 정보가 원래 계획한 의도와 방향에 맞는지 점검해야 한다. 내 의도와 방향에 그 정보가 부합한다면, 그걸 바탕으로 일의 실행 여부를 최종 판단한다. 실행 쪽으로 판단이 서면 시간표대로 일을 실행하는 게 순리다. 책 읽기나 고르기도 이와 같다. 일종의 기획이다. 그렇다면 무슨 책을 어떻게 골라야 할까. 우선 내 마음속에 세워둔 목적과 방향에 맞는 책을 골라야 한다. 그게 효율적이다. 책을 고를 때는 끌리는 제목보다는 여러 정보를 종합해본 뒤에 결정하는 게 좋다. 제목은 그 책의 성격이나 내용을 대표하는 얼굴이지만 책도 상품이라서 내용보다 제목을 훨씬 잘 뽑은 경우도 있으니 하는 말이다.

유명 인사나 유명 작가가 소개하거나 그들이 쓴 글에서 언급한 책은 모두 읽어볼 만한 책이다. 신뢰하는 언론 매체에서 소개하는 책도 관심을 가져볼 만하다. T. S. 엘리엇은 제임스 조이스가 쓴 『율리시즈』를 보고 '우리 시대가 찾아낸 가장 중요한 표현'이라는 찬사를 보냈다. 헤밍웨이는 『율리시즈』를 자기에게 영향을 끼친 마지막 소설이라고 고백했다니[190] 이런 책은 읽는 게 좋다. 학교에서 권하는 필독서나 추천서도 찾아 읽어볼 만하다. 특히 여러 학교가 공통으로 권하는 책은 반드시 읽는 게 좋다. 학자나 언론사 기자가 자세하게 평한 책도 읽을 만한 책이다.

그렇다고 이런 책이 모두 읽기 쉽고 흥미진진한 것은 아니다. 어떤 책은 난해하거나 지루하기 짝이 없어서 어지간한 끈기 없이는 읽기 힘든 경우도 많다. 무라카미 하루키는 현대는 과거와 시대가 달라져서 두꺼운 책은 더 이상 읽기 힘들다고 했다. 세상이 너무나 복잡하고 바빠져서 책이 두꺼우면 그걸 독파할 시간을 낼 수가 없다고 한다.[191] 하지만 이 말이 꼭 맞는 말은 아니다. 사람들은 지금도 여전히 두꺼운 고전이나 난해한 책을

---

190 『작가의 책』(패멀라 폴 지음, 정혜윤 옮김, 문학동네) 서문 참조

191 『작가란 무엇인가 1』(다른) '무라카미 하루키' 편 참조

읽기도 하고 쓰기도 한다. 하루키 스스로도 두꺼운 책을 여러 권이나 썼다.

책을 붙들었으면 먼저 서문이나 머리말은 꼼꼼히 읽어야 한다. 이건 반드시 그래야만 하는 필수조건이다. 어떤 책이든 내가 읽어야 할 책의 핵심이나 정수는 대개 서문이나 머리말에 요약돼 있다. 그다음에는 목차를 읽어야 한다. 목차를 잘 살피면 본문을 읽기도 전에 그 책의 흐름을 어느 정도 가늠할 수가 있다. 목차가 잘 정리된 책은 읽기도 편하다. 두껍거나 어려운 책일수록 본문을 읽으면서 목차나 소제목을 자주 확인해야 한다. 그래야 구획정리가 잘 되고 저자가 그 책에서 말하려는 이야기의 흐름이나 주제가 내 머릿속에서 계속 이어진다.

읽고 싶은 책이 어려우면 그 책 뒷부분에 써 놓은 저자나 역자의 해설을 먼저 보고 본문을 읽으면 이해가 쉽다. 아니면 그 책을 잘 풀어서 설명한 해설서나 평전을 먼저 읽고 원저原著를 읽는 방법도 있다. 원전을 이런 해설서와 간간 대조하면서 읽으면 이해하기 한결 쉬워진다. 이런 경우는 대개 철학이나 사상서에서 주로 많이 나오는 문제다. 고전이나 신화, 시집도 그런 경우가 많다. 이런 방식으로 읽을 때는 해설서와 나, 원전과 나 사이에 적당한 간격을 유지하려고 애써야 한다. 자칫하다가 해설자의 논리나 주장에만 함몰되면 내 생각이나 논리가 사라지기 쉬워서 그렇다.

수많은 작가 가운데 내가 알고 싶은 사람이 있으면 그 사람이 쓴 책을 계속해서 읽어보는 게 좋다. 그래야 그의 생각이 시대에 따라 어떻게 달라졌고, 또 무얼 말하려고 하는지 알 수 있다. 거기에 해당 작가를 평한 비평서를 한 권 덧붙인다면 내가 미처 보지 못한 부분을 보완할 수도 있다. 해당 작가를 다 읽기가 버거우면 그 대표작만을 추려놓은 선집選集으로 대신할 수도 있다.

책 읽기는 독자가 '저자라는 그림을 그려가는 과정'이다. 첫 번째 책은 독자가 저자를 알려고 그리는 밑그림이다. 두 번째 읽은 책은 색칠하기이고 세 번째 책은 덧칠하기다. 그림은 대개 수없는 덧칠에서 완성도가 높아진다. 내가 이해하고 싶은 작가가 있다면 그 작가가 쓴 책을 적어도 세 권 이상, 한 권당 두 번은 거푸 읽어야 한다. 헤르만 헤세가 쓴 소설 『페터 카멘친트』는 다섯 번을 읽어도 전부 다 다르게 읽힌다고 한다.[192] 같은 저자의 책을 많이 읽을수록 그 저자를 보는 인식이나 이해의 완성도는 훨씬 높고 깊어진다. 그래서 책 읽기는 편식이 첫째다.

같은 이가 쓴 여러 권의 책을 읽을 때는 먼저 읽은 책의 감동이 식기 전에 빨리 다음 책을 찾아 읽는 편이 좋다. 그래야 저자를 끌어안은 내 포괄적 사유가 끊기지 않고 계속 유지된다. 같은 작가의 연속 읽기뿐만 아니라 그 작가와 연관된 책을 찾아 읽을 때도 '이어서 읽기'나 '매일 읽기'는 계속하는 게 좋다. 이는 탕누어도 말했듯이 독서의 연속성을 유지하기 위해서다. 비슷한 시대, 같은 나라에 속한 세 사람의 책을 연달아 세 권씩 읽고 나면 그 작가가 살던 시대와 그 나라가 처한 모습이 어느 정도 보인다. 그 뒤에 다음 책으로 넘어가는 게 좋다.

스승 찾아 삼만 리. 어떤 분야를 더 깊이 알기 위해서 여러 선학先學을 두루 찾아다니며 그 문하에서 공부하는 걸 이르는 말이다. 이걸 책 읽기에 대입해보면, 한 가지 주제를 놓고 여러 사람이 쓴 책을 읽는 방법에 해당한다. 이렇게 다양한 책 읽기를 권하는 이유는 탕누어도 말했다시피 우

---

192 『페터 카펜친트』(민음사) 작품해설 참조

리가 알고 싶은 사실이 '이 책에 찔끔, 저 책에 찔끔, 산지사방에 한 줌씩 흩어져 있어서 여러 책을 읽어야만 궁금한 구슬이 어설프게나마 한 줄로 꿰어지기에' 그렇다. 이는 누구나 실감하는 현상이다. 한 가지 주제를 따라가며 여러 책을 읽어야 하는 이유는 객관적 시각을 유지한다는 점도 중요하지만, 구슬을 한 줄로 꿰어야 한다는 사실도 중요하다는 점에 있음을 잊으면 안 된다.

책을 읽으면서 이해가 가지 않는 대목이 나오는 건 당연하다. 그럴 때면 그 부분을 서너 번쯤 소리 내어 다시 읽는다. 그래도 이해가 안 되면 그 대목 전체를 손으로 노트에 베껴 쓴다. 베껴 쓸 때는 문맥을 여러 번 세심하게 살핀 다음 인용문이나 수식어는 전부 빼고 가급적 천천히, 핵심만 추려서 쓴다. 베껴 쓴 그 대목을 다시 눈으로 서너 번 읽어본다. 그 뒤에 소리 내어 찬찬히 두세 번 다시 읽어본다. 그렇게 하면 대개 이해가 되는데, 그래도 이해가 안 되면 찝찝하지만 그냥 넘어갈 수밖에 없다. 그러다 보면 엉뚱한 곳에서 그 내용을 이해하는 데 도움이 되는 이야기를 만나기도 하고, 쉽게 풀어서 설명한 글을 다른 책에서 만나기도 한다. 이런 순간이 앞서 말한 대로 구슬이 어설프게나마 한 줄로 꿰어지는 순간이다. 이런 경우는 반드시 기록해두는 게 좋다. 그래야 다음에 그 얘기를 이 책 저 책 뒤지지 않고 쉽게 찾을 수 있기 때문이다.

책에 쓴 글이 이해가 잘 안 가는 이유는 대개 문장이 비문이거나 읽는 이가 그와 연관된 지식이 부족한 경우일 때가 많다. 비문은 특히 번역한 책에서 많이 볼 수 있는데, 국내 저자 가운데에도 비문투성이로 쓰는 사람이 생각 외로 많다. 특히 인문 쪽에 그런 경우가 많다. 그걸 가려내려면 책을 사기 전에 조금이라도 먼저 읽어보는 수밖에는 다른 방법이 없다.

그런 책을 만나면 저자 이름과 출판사 이름을 기억해 뒀다가 다시는 안 읽는 게 상책이다. 그 반대의 경우도 마찬가지다. 논리가 정연하고 내용이 머릿속에 쏙쏙 들어오는 책은 지은이나 옮긴이의 이름을 잘 기억해 두었다가 다음번 책을 고를 때 참고하면 큰 도움이 된다.

책을 읽을 때 국내 작가와 해외 작가를 구분할 필요가 있다. 국내 작가와 달리 해외 작가가 쓴 글은 옮긴이가 누구냐에 따라 편차가 아주 심하다. 잘 골라 읽지 않으면 난감할 때가 많다. 그래서 어쩔 수 없이 대형 출판사 위주로, 또는 판수를 여러 번 거듭한 책을 선택하는 경우가 많을 수밖에 없다. 특히 시는 번역 차이가 아주 두드러지게 나타나는 분야다. 이 경우는 대형 출판사나 유명 시인이 번역한 책이라도 제맛을 못 낼 때가 많다. 오죽해 시를 번역하는 건 우비를 입고 샤워하는 거나 마찬가지라는 말까지 했을까.[193] 번역한 책은 해당 외국 작가나 그 나라 어문에 정통한 사람이 번역한 책을 잘 골라 읽어야 한다지만, 이걸 고르는 게 참 쉽지는 않다. 이럴 때는 해당 작가를 연구하는 큰 연구회나 서평집에 기대는 일도 한 방법이지만, 꼭 완전치는 않다.

책을 산다는 말은 읽을 것임을 전제한다. 읽기란 쓰기를 전제로 한다. 책을 읽을 때 여러 분야의 책을 두서없이 읽을 게 아니라 앞서 말한 대로 예술이나 인문, 과학처럼 분야를 먼저 정해 놓고 읽는 방법이 좋다. 『마르케스의 서재에서』를 쓴 탕누어는 같은 문학 관련 책을 읽어도 문학 이론이나 논설 모음 같은 책은 아예 안 읽는다. 오직 소설만 읽는다. 그는 시도 잘 안 읽는 모양이다. 하지만 그의 책 읽는 태도가 틀린 건 아니다. 탕

---

193   영화 「패터슨」(짐 자무쉬 감독 2016년작) 참조

누어는 소설 한 분야에서만은 자기만의 필살기를 가지고 제대로 보여주겠다는 일념을 수행하고 있기에 그렇다. 발터 벤야민도 책을 찾고 또 소장함은 책 한 권을 쓰는 것이라고 말했지 않은가. 읽기는 쓰기 위함임을 꼭 기억해야 한다.

오래된 동양 사상이나 동양 고전은 최소한도 음양오행이 의미하는 뜻과 육십갑자의 운행을 어느 정도는 알아야 한다. 그러지 못하면 백번 읽어 봐야 겨우 반쪽도 못 얻을 경우가 많다. 이런 종류의 책을 쓴 젊은 인문학자들이 음양오행이나 육십갑자의 기본조차 잘 몰라 두루뭉술하게 얼렁뚱땅 넘어가거나 오류를 범하는 걸 나는 여러 번 보았다. 한문을 잘 모르는 나는 선조들이 남겨놓은 유산을 내 힘으로는 단 한 문장도 마음 편히 읽을 수가 없다. 수천 년 동안 선대가 쓴 그 숱한 글이 내게는 거의 다 난해하기 짝이 없는 그림이거나 낙서일 뿐이고, 알 수 없는 외국어일 뿐이다. 그러니 번역본이나 해설서에나 기댈 수밖에 없지만 그런 책이 원문을 혹시 곡해했는지 어떤지 나나 일반 독자는 알 길이 없다. 이래도 선조와 우리가 한민족이고 같은 뿌리인가 하는 자괴감이 들 때가 많다. 수천 년을 쌓아 놓은 선대의 지성과 역사를 이런 식으로 모두 내버리다시피 했으니 우리나라의 교육정책이라는 게 참 희한하기 짝이 없다.

책을 다 읽었으면, 반드시 후기를 읽어야 하고 저자의 약력을 읽어야 한다. 후기에는 대개 서문에서 못다 한 말을 싣거나 책 내용을 요약해 놓아서 읽은 책을 다시 되짚어 볼 수 있다. 저자 약력은 저자 개인의 삶이기도 하지만 그가 살았던 시대나 그 나라의 상태가 압축적으로 모여있어서 그 책을 이해하는 배경이 된다. 그래서 책에는 버릴 글자가 단 한 글자도 없다.

책 한 권은 대개 예닐곱 장章이나 열 장 내외로 나뉘어 있다. 책을 읽으면서 각 장에 나오는 핵심이나 결론, 좋은 문장을 내 독서 노트에 요약해 두면 좋다. 요약이 손 글씨라면 더욱 좋다. 그 요약 밑에 별도로 내 주관적 판단과 평가, 반박이나 의문점을 함께 써 두면 더욱 좋다. 그러면 한 권을 다 읽었을 때 내 독서 노트는 그 책 전체가 요약된 간략본이 된다. 또 그 책을 본 비평적 평가나 반박도 한 눈에 파악할 수 있다. 이 비평적 간략 본은 내가 기록해둔 의문점을 풀기 위해서 그 책과 연관된 다른 책을 선택할 안목을 틔워주기도 한다. 이런 독서 노트가 쌓일수록, 또 그 노트를 꼼꼼히 다시 읽어볼수록 학문적 지식이나 교양은 더욱 풍부해지고 독서의 기쁨을 점점 실감할 수 있다. 책을 읽는 사람은 그 책과 대화하는 사람이라고 누군가 말했다. 책과 끝없이 대화한 결과는 언제나 선한 기쁨을 준다.

한 가지만 더 첨언 하면 수십 년 전에 읽었던 책은 기억에 남는 게 거의 없다. 보통은 그저 개괄적 이미지로만 남아 있거나 한두 문장 정도나 남아 있기 마련이다. 탕누어도 같은 말을 한 걸 보면 그런 현상은 누구나 비슷한 모양이다. 그래서 기억은 기록을 당할 수 없다. 이런 이유로 같은 책을 시간 차이를 길게 두고 반복해서 읽어보는 것도 좋은 방법이다. 고등학교 1학년이나 2학년 때 읽은 책을 30대나 40대에 다시 읽어보라. 느낌이 완전히 달라진다. 이걸 50대나 60~70대에 또 한 번 읽어보라. 정말 기막히도록 새롭게 읽힌다. 책을 이해하는 폭이 각자가 그린 인생의 궤적에 따라 달라져서 그렇다. 그래서 명저는 불멸이고 오래간다. 앞으로는 100살을 살지 150살을 살지 아무도 잘 모른다. 남은 세월, 그 긴 날에 같은 책을 반복해서 읽는 것도 즐거운 일 아니겠는가.

이제까지 나는 책을 읽은 내 경험을 토대로 몇 가지 얘기를 해봤다. 그런데 내 경험을 솔직히 그대로 말하자면 책 읽기의 가장 큰 즐거움은 뭐니뭐니 해도 '내 맘대로 읽기'다. 아무리 누가 뭐라 해도 나는 그렇다. 그러니 당신 마음대로 읽어라. 대신 맹렬하게 읽어라. 그렇게 읽다 보면 길이 생기고 방법에 눈을 뜬다. 여기서 한 가지만 더 조언하자면, 반드시 사전을 찾아가며 읽고, 메모하며 읽어라. 읽었으면 일정한 분량으로 쓰는 연습을 꼭 해 보라. 이걸 반복하다 보면 어느 날인가, 당신 혼자만 아는 사랑하는 법을 찾게 될 것이다.

새로운 시대정신을 만들어라

직업으로서의 소설가

무라카미 하루키 지음, 양윤옥 옮김 | 현대문학 | 2016

글쓰기에 왕도는 있는가? 없다. 어떻게 해야 잘 쓸 수 있는가? 결론은 없다. 그러니 무조건 읽어라. 수없이 읽고 생각하고, 경험하고 또 읽어라. 그런 뒤에는 반드시 써라. 기억은 상상력의 원천이고, 공상空想은 글쓰기의 시작이다. 무한히 상상하고 무한히 공상하라. 쓰기 전에 수없이 관찰하고 기억하라. 아는 것부터 써라. 아무도 흉내 낼 수 없는 너만의 문체로, 사진을 찍듯 그림을 그리듯 선명하게 써라. 쓴 뒤엔 고치고 또 고쳐라.

글을 쓰려고 하는 사람들이 귀에 딱지가 앉도록 듣는 말이다. 세상에는 수많은 글쓰기 책이 돌아다닌다. 하지만 하는 얘기는 다 똑같다. 누구든 그 틀에서 벗어날 수 없어서 그렇다. 심지어 이제는 하루키가 쓴 책까지 들어왔다. 그런데도 젊은이들이 쓰는 글은 왜 더 나아지지 않는다고 야단일까? 답은 명확하다. 첫째, 획일화한 교육을 유지하는 탓이다. 둘째, 부모가 읽고 쓰지 않는 탓이다. 셋째, 공주와 왕자를 대량생산한 산아제한의 결과다. 넷째, 참을성 없이 간편한 것만 좋아하는 습성 탓이다. 다섯째, 스마트폰이 지배하는 세상이라서 그렇다. 그러나 그 무엇보다 더 큰 이유는 당사자들이 안 읽고 안 써봤다는 점이다.

그럼 부모의 잘못은 어디서 찾을 수 있는가? 시대정신이다. 시대정신이 돈이라서 그렇다. 베란다 창틀에서 죽은 지 오래된 나방을 발견하고 존재의 유한성에 연민을 느끼기보다는 창밖 건너편에 들어설 아파트 청약이나 백화점 세일 생각이 우선이라 그렇다. 이러다 보니 글쓰기 책이나 인문 교양이 그렇게나 넘쳐나도 사유는 천박해지고 글쓰기는 후퇴한다.

20~30년 전에 비해 세상은 편리해지고 국민소득도 늘어났다. 그러나 독서 인구는 줄고 글쓰기는 여전히 어렵다. 안 읽어도 세상은 안녕하고 안 써도 불의에 항거하는 촛불 혁명은 일어나는데, 왜 읽고 쓰라고 하는가? 그 답은 간단하다. 세상에는 여전히 쓰고 싶은 사람들이 있고 읽어야 할 책이 있어서다. 침잠과 사색이 미래를 내다보는 창이라서 그렇다.

아직도 우리나라 교육제도는 하루키가 다니던 학창 시절의 일본식을 그대로 베끼는 경우가 많다. 일본이 겪는 교육 문제를 말한 대목을 읽다 보면 마치 우리나라 교육 현실을 보는 듯한 착각에 빠지곤 한다. 유럽은 학비가 거의 무료다. 고등학교를 졸업하면 최소한 2~3개국 언어를 읽고 쓰고 말하는 데 큰 어려움이 없다. 3~4개국 언어를 하는 사람도 심심찮게 만난다. 우리 학교는 왜 그렇게 못하는가.

사회기반, 구조의 급격한 변동이 사람들이 일상적으로 품고 있던 리얼리티에 강력한 영향을 끼치고 나아가 개변을 요구한다는 건 당연한 일이며 자연스러운 현상입니다. 현실 사회의 리얼리티와 스토리의 리얼리티는 인간의 영혼 속에서 (혹은 무의식 속에서) 피할 수 없이 그 근저에서 상통하는 것입니다. 어떤 시대에도 대변혁이 일어나 사회의 리얼리티가 크게 교체될 때, 그것은 스토리의 리얼리티의 교체를, 마치 반증이라도 하려는 것처럼, 요구합니다.

스토리란 본래 현실에 대한 메타포로 존재하는 것이고, 사람들은 변동하는 주변 현실의 시스템을 따라잡기 위해, 혹은 거기서 밀려나지 않기 위해 자신의 내적 장소에 앉혀야 할 새로운 스토리-새로운 메타포 시스템을 필요로 합니다. 그 두 가지 시스템(현실 사회의 시스템과 메타포 시스템)을 제대로 연결하는 것에 의해, 사람들은 불확실한 현실을 겨우겨우 받아들이고 평정심을 유지해 나갈 수 있습니다. 내 소설이 제공하는 스토리의 리얼리티는 그러한 적응의 톱니바퀴로서 우연히 글로벌 기능을 수행했던 것이 아닌가… (305쪽)

크나 큰 불화가 얼어붙은 하늘에 균열을 내자 시대정신이 요동을 친다. 온몸을 비틀며 헐떡거린다. 젊은이들이여, 읽고 쓰고 더 깊이 침잠하라. 사유하고 성찰하라. 그렇지 않으면 뒤처질 날이 반드시 찾아온다. 세상을 경배하는 아유자阿諛者들이여, 시대정신을 따라가라. 그러나 어느 순간이 오면 냉정하게 그 길을 버려라. 숨통을 끊어버려라. 그리고 네 길을 가라. 새로운 포식자가 되어 네 손으로 새로운 시대정신을 만들어라. 어느 순간 네게 올 그 갈림길을 찾기 위해 밤새워 읽고 쓰고 성찰하라.

글쓰기에 어느 정도 가속이 붙을 즈음이면 알 수 없는 어떤 힘이 작용한다는 말을 나는 종종 들었다. 한동안 나 역시 그랬다. 하루키가 느낀 그 알 수 없는 그 힘은 야구장에서 받은 것이고 상처 입은 비둘기의 떨림에서 왔다. 그 힘이 그의 자격을 만들었다. 시인 박정만은 죽기 전에 누군가가 제 귀에 대고 쓸 것들을 끝없이 이야기한다고 했다. 『전쟁의 슬픔』을 쓴 바오 닌은 그 힘을 사랑이라고 했고, 옛사람들은 그 힘을 시마詩魔(시를 짓고자 하는 마음을 불러일으키는 귀신이나 마력)라고 불렀다. 글 쓰는 일을 직업으로 가지려면 무언가가 돕지 않으면 안 되는 모양이다. 저자도 밝혔듯이 이 책은 하루키의 자전적 에세이라기보다 오히려 글쓰기 교본에 가깝다.

레이먼드 챈들러와 소설의 재미

여름철 노지露地 포도는 시고 떫지만, 가을 포도는 과즙이 많고 달다. 상품성이 떨어진 포도는 따지 않고 대개 그대로 내버려 둔다. 세상이 외면한 이 노지 포도가 늦가을 된서리를 맞으면 그 단맛이 최고조에 달한다. 목젖이 달 정도다. 곯지만 않는다면 서리 맞은 토마토도 그 맛이 최고다. 모두 죽음과 마주한 마지막 단맛이다. 문학도 이와 같다. 아무리 유명한 사람이 쓴 글이라도 첫 작품부터 눈부시게 뛰어난 경우는 거의 없다. 감동이 크고 역사에 오래 남는 글은 작가의 죽음이 가깝거나 죽음을 의식하면서 쓴 글인 경우가 꽤 많다.

미국을 대표하는 작가를 꼽을 때 스티븐 킹, 레이먼드 카버, 레이먼드 챈들러를 빼놓을 수는 없다. 레이먼드 카버와 레이먼드 챈들러는 이미 죽었고 스티븐 킹은 아직 활동 중이다. 스티븐 킹은 좋은 글을 쓰는 지침서까지 펴냈는데 그 이후부터는 소설 외적 인기까지 크게 누리고 있다. 이들 3인방은 모두 말년 운이 최고인 사람들이다. 이들이 쓴 글 가운데 잘 쓴 글을 가려 뽑은 선집을 읽어본 독자라면 모두 깜짝 놀란다. 소재, 구성, 묘사, 등장인물이 보여주는 정확성, 간결성, 상징성, 사실성이 치밀하고 정교해서 그렇다. 레이먼드 카버는 평범한 단문만으로 실패한 인생의 애환과 불안을 독보적으로 그려냈다. 레이먼드 챈들러는 하드보일드[194]한 추리소설로 자기만의 세계를 구축했고 스티븐 킹은 환상, 공포, 괴기소설에 관한 한 최고다. 세대가 몇 번씩 바뀌어도 전 세계 문청文靑이 이 3인방을 사숙私淑할 수밖에 없는 이유가 바로 이런 점이다.

레이먼드 챈들러가 본격적으로 글을 쓰기 시작한 것은 45세(1933년) 이후부터다. 그 이전은 지지리 고생만 하던 별 볼 일 없는 인생이었다. 처음 글을 쓸 때는 생활고 때문에 미국 싸구려 대중잡지에 글을 팔면서 살았다. 그는 자신의 글을 어디에 싣든 상관하지 않고 항상 정성을 다해서 썼다. 원체 필력이 좋은데다가 공들여 써서 그랬는지 글쓰기를 시작하고 5년쯤 지난 후부터는 발표하는 족족 인기가 폭발했다. 그러자 53세부터는 그의 소설이 영화로 쏟아지기 시작했다. 레이먼드 챈들러는 71세(1959년)에 세상을 떠났다. 그에게 가장 빛나는 시절은 45세부터 죽을 때까지 25년 동안이다. 그 시기에 그는 여러 편의 소설과 영화 대본을 써서 전 세계에 이름을 날렸다.

레이먼드 챈들러를 포함한 이들 세 사람의 초기작들을 읽어보면 영국 비평가가 미국 작가들을 향해 왜 '더러운 리얼리즘'이라고 했는지 이해가 간다. 이들 3인방은 지금 바로 내 앞에서 일이 벌어지는 듯 생생한 글을 썼다. 그러나 그 글이 화자話者의 내면 깊은 곳에서 우러나오는 절실한 그

---

194 하드보일드 소설: 감정을 배제한 채, 수식어를 빼고, 사실 위주로만 쓴 소설. 짧은 문장으로
     냉혹하고 비정, 잔인한 폭력을 속도감 있게 그리는 소설에서 선호하는 방식이다. 어둡고 음
     울한 도시 뒷골목을 배경으로 한 범죄물이나 추리소설에서 자주 쓰는 형식이다. 냉혹하고
     잔인한 영화기법(누아르 기법)과 유사하다.(다음, 네이버 백과사전, 국어사전 참조)

무엇을 선명하게 보여주지는 못한다. 때로는 지리멸렬한 느낌마저 든다. 그때 이들이 쓴 글은 정치 사회 문제가 그들의 문화나 윤리와 뒤엉킨 철학적 고민이나 이념적 사유의 깊은 맛을 보여주지 못해서 그렇다. 그 바람에 레이먼드 챈들러를 혹평하는 사람들은 그의 글이 탐정 추리소설을 벗어나지 못한다고 했다.

하지만 초기를 벗어날수록 이들의 글맛은 크게 달라진다. 레이먼드 챈들러가 쓴 마지막 장편소설 『기나긴 이별』을 본 사람이라면 영국 비평가가 경멸조로 쓴 더러운 리얼리즘이란 말은 엉터리라고 할 만하다. 해설 편에서도 밝혀놓았듯이 그는 당시 미국이 안고 있는 모든 문제를 이 소설 속에 다 까발려놓았다. 정치, 경제 문제는 물론 동성애와 인종차별에 얽힌 사회문제까지 다 노출시켰다. 오죽해 LA를 이해하려면 『기나긴 이별』을 읽으라고까지 했겠는가.

게다가 이들 세 사람이 쓴 글은 무지하게 재미있다. 도대체 지루할 새가 없다. 읽으면서 독자는 제 나름대로 사건의 미래와 결말을 이리저리 추리도 해 보고 아귀도 맞춰보아야 하니 머리가 대단히 바빠진다. 집중과 몰입이 계속되기 때문에 손에서 책을 뗄 수가 없고, 읽을 때 가속도만 계속 올라붙는다. 단편집은 더하다. 묘사가 충실하니 그 시대의 풍경도 자주 엿보인다. 레이먼드 챈들러가 쓴 소설이 얼마나 사실 같았으면 '필립 말로'라는 캐릭터를 전 세계 사람들의 가슴에 살아있는 사람처럼 만들어놓았을까. 그의 글이 얼마나 재미있고 맛깔났으면 영화로 찍어도 계속 성공을 거두었을까. 이런 게 바로 쉽게 쓴 글이 뿜어내는 위엄이고 농익은 글맛이 만드는 중독성이다. 나중에 레이먼드 챈들러는 미국보다 오히려 영국에서 그 예술성을 더 인정받았다.

소설의 갈래나 형태에 따라 다소 차이는 있지만 한 작가가 글을 쓰면서 그 시대의 유행이나 사회상, 또는 시대정신을 배제하기란 불가능하다. 시점이 뒤죽박죽이라 할지라도 시점을 말하지 않는 소설 지문은 없다. 이런 예는 의식의 흐름만 집중적으로 다룬 『소리와(또는 음향과) 분노』(윌리엄 포크너)에서도 자주 볼 수 있다. 인간 이성과 리얼리즘에 대한 반발이 모더니즘을 불러왔고, 이에 대한 반발이 다시 포스트모더니즘을 끌어왔듯이 문학은 그 시대를 반영하지만 새로운 시대정신을 만들기도 한다.

영국은 미국 작가들에게 표피적 감각에만 머물지 말라고 비난했다. 미국 하드보일드 소설 가운데 일부를 놓고 보자면 이 지적이 꼭 틀린 말은 아니다. 그러나 다시 생각해보면 모든 글이 다 그럴 필요는 없다. 작가는 더 많은 사람이 자기 글을 읽게 하려고 글을 쓴다. 그러려면 무조건 쉽고 재미있어야 한다. 책은 읽으라고 있는 건데, 누가 돈 주고 재미없는 책을 사서 읽으려 하겠는가. 『전쟁과 평화』도, 『태백산맥』도 『삼국지연의』도 길어서 지루할 수는 있어도 결코 어려운 책은 아니다. 찰스 디킨스나 제인 오스틴, 숄로호프, 마가렛 미첼도 다 마찬가지다. 유명한 소설의 최대 장점은 바로 재미다. 재미있으려면 남녀노소 누구나 읽기 쉽고 이해하기 쉬워야 한다. 그렇다고 그들이 쓴 소설이 그 시대의 시대상이나 사회상을 아주 외면한 것은 아니다. 또 저자가 보는 내면의 시각을 극도로 배제하지도 않았다. 앞에서도 일부 얘기한 것처럼 이런 문제는 작가의 습작 기간이나 연륜, 여러 가지 주변 환경과 관계가 깊다. 한 철학자의 사상사 연구가 왕왕 그의 생애사 형태를 띠고 있듯이 말이다.[195] 문학작품도 작가의 생애와 연륜에 따라서 변화하기도 하고 농익기도 한다. 레이먼드 챈들러

---

195 『우리가 간신히 희망할 수 있는 것』(권영민 지음, 사회평론) 47쪽 참조

의 소설은 이런 점에 아주 잘 부합한다.

레이먼드 챈들러는 1888년 미국 시카고에서 태어났다. 술독에 빠졌던 아버지처럼 그 또한 술에서 헤어나지 못하다가 1959년 71세에 죽었다. 술을 억수로 퍼마시면서도 71세까지 살았으니 당시로서는 상당히 장수한 셈이다. 한때는 석유회사 부사장직에도 올라갔다지만, 술 때문에 나태하고 무책임해서 해고당했다. 그 뒤부터 그는 술을 끊고 글을 쓰기 시작했다.
레이먼드 챈들러의 부모는 그가 1살 때 이혼했다. 7살 무렵에는 어머니와 함께 영국으로 가서 외가 식구들과 살았다. 15살에는 그리스어로 고전문학을 배우고 17살 때는 불어도 배워야 한다며 외가 식구들이 파리로 유학을 보냈다. 그는 파리에서 비즈니스를 전공했는데 개인교습으로 독일어까지 배웠다고 한다. 변호사로 성공한 외삼촌이 뒤를 많이 봐준 덕택이다. 젊어서는 영국 공무원 시험에 합격해서 공무원이 되었지만, 평생이 보장된 공무원이 싫다고 사퇴해 버렸다. 외가의 격렬한 반대에도 불구하고 이런 짓을 저질렀다고 한다. 그 뒤에는 기자, 경리, 회계감사 일을 전전하다가 캐나다 소속 군인이 되어 대프랑스 전투에 참전도 했다.
그는 여러 나라를 떠돌아다니면서 살다가 영국으로 돌아온 뒤 다시 캐나다를 거쳐 미국으로 갔다. 말년에는 영국에 가서 살고 싶어 했다. 그는 미국인이지만 오히려 영국인에 더 가까운 모습을 보였다고 전한다. 아마 성장기를 영국에서 보낸 탓도 있을 터이고 어머니와 외가의 영향이 커서 그런 듯 하다.

그는 열여덟 살(우리 나이로는 스무살)이나 연상인 시시 파스칼을 사랑했다. 시시는 레이먼드를 만나기 전에 두 번이나 이혼했지만, 지적으로나 육체적으로 대단히 성숙하고 아름다운데다가 자극적이기까지 한 여자였다. 그는 시시와 4~5년을 만나다가 36살에 결혼했다. 생전에 어머니가 그들의 결혼을 반대했기 때문에 어머니가 돌아가시고 나서야 정식으로 식을 올렸다. 이런 면에서 보면 레이먼드는 꽤 효자였던 모양이다. 결혼 후에는 바람을 피운 적도 있다. 제 부인과 나이 차이가 상당히 크다는 것을 느끼고 나서 그랬다는데, 이때 시시가 좌절감을 느꼈을지, 아니면 담담히 받아들였을지 나는 상상이 잘 안 간다. 그래도 그녀는 이혼하지 않고 84살까지 살다가 폐병으로 죽었다.

레이먼드가 알코올 의존증으로 석유회사에서 실직하고 작가로서 첫 명성이 나기까지 5년 동안, 그들 부부는 똥구멍이 찢어지게 가난하다는 말조차 사치스러울 정도로 가난하게 살았다. 그 5년 동안, 레이먼드를 격려하고 믿어주며 불평하지 않았던 유일한 사람이 시시였다. 그런 그녀가 죽자 레이먼드는 시시를 자기 인생의 '빛이자 난롯불 같은' 여자였다고 회상하며 술과 우울증에 깊이 빠졌다. 레이먼드의 사망 원인이 폐혈관 쇼크와 요독증이라지만, 그 배경에는 술과 우울증이 깔려있다. 그는 아내가 죽고 술에 빠져 7~8년을 더 살다 죽었으니, 그래도 오래 산 셈이다.

남의 인생을 두고 재미있다고 하면 불경스럽기 짝이 없다고 하겠지만, 그래도 레이먼드의 인생은 한 편의 기막힌 소설이나 영화 같다. 그의 마지막을 생각하면 마이크 피기스가 감독하고 니콜라스 케이지와 엘리자벳 슈가 출연한 영화 「리빙 라스베이거스」가 생각난다. 자포자기한 할리우드의 극작가가 술에 빠진 채 라스베이거스에 가서 한 창녀를 만나 애달픈 사랑을 키워가던 그 영화 말이다. 이 대본은 감독인 마이크 피기스가 직접 썼던 영화다.

문학작품이 인기를 끌고 눈에 띄는 것은, 글의 형식이나 구성, 그리고 문체의 독창성에서 나오는 경우가 많다. 레이먼드 챈들러가 쓴 글을 지금 읽어보면 상당히 싱겁다고 느껴질 수도 있다. 그 시대에 쓴 글이 세월의 속도감을 따라가지 못해서 그렇다. 하지만 아직도 사람들이 그를 사숙하는 이유는 여러 복선을 깔고 감정을 숨기며 사실주의를 추구하던 구성과, 형식의 치밀성이 글쓰기의 기본이라는 점에 있다. 대실 해밋에게 영향을 받은 레이먼드 챈들러는 미국 하드보일드 소설을 대표하는 인물 가운데 한 사람이라고 평가한다.

* 레이먼드 챈들러의 일대기는 『세계현대문학 단편선 22. 레이먼드 챈들러』(승영조 옮김, 현대문학사), 『기나긴 이별』(북하우스) 외에 네이버 지식백과, 다음, 위키백과 등을 참조했다.

도스토예프스키의 삶과 글

악령, 학대받은 사람들, 백치를 중심으로

도스토예프스키는 가난한 군인이었던 아버지와 러시아 정교회의 신실한 신자였던 어머니 사이에서 태어났다. 어머니한테서 기독교 영향을 받은 탓인지 그의 글에는 기독교 이야기가 많이 나온다. 젊은 시절의 도스토예프스키는 공상적 사회주의[196] 그룹에 가담했다가 발각되어 사형선고를 받았고, 총살당하기 직전에 극적으로 살아났다. 그때 충격이 너무 컸던 탓인지 그 뒤부터 간질을 앓았다. 도스토예프스키는 이 사건으로 시베리아에서 징역 4년, 사병복무 5년을 연이어 마친 뒤에 페테르부르크로 돌아왔다.

그는 젊은 시절 10여 년을 유형지 시베리아에서 보냈다. 혹독한 날씨에

---

196 일명 유토피아 사회주의, 생 시몽, 샤를 푸리에, 로버트 오언 등이 알려져 있다. 이들은 상대방에 대한 지극한 양보와 배려, 절제와 사랑, 철저한 공동소유로 갈등을 제거함으로써 사회주의 세계 평화를 이룰 수 있다고 주장했다. 이 주장에 따라 그들은 한때 사적 소유를 완전히 배제하고 철저한 공동소유, 공동생활을 실천했다. 그러자 비평가로부터 아내도 공동소유할 것이냐는 비난을 듣기도 했다. 이들은 마르크스의 학설이 과학적이라고 주장했으나, 마르크스는 이들의 생각과 행동이 과학적이지 않다고 했다. 공상적 사회주의는 엥겔스가 조롱조로 붙인 이름이다.

시달렸으며 먹는 것, 입는 것 또한 좋았을 리가 없었다. 죄수들의 광포한 성질에 이런 환경적 요인이 겹치면서 수형자들끼리 아귀다툼도 수없이 벌어졌다. 간질 발작을 일으키는 그를 동료 수형자나 감시원들이 좋게 대했을 리도 만무하다.

하지만 시베리아 생활 10년은 그에게 사상의 전환이나 글쓰기에 큰 영향을 주었다. 가령 인물을 묘사할 때면 생김새는 물론이고 그 심리까지 낱낱이 헤집어서 마치 살아 움직이듯 써냈다. 유형지 생활 10년 동안 겪었던 경험과 관찰이 글쓰기의 보물창고가 된 셈이다. 시베리아 유형지는 온갖 큰 사건을 일으킨 주범들이 다 모인 곳이다. 세상을 놀라게 한 그 많은 사건이 전부 글쓰기의 훌륭한 재료였으니, 그 시절의 고통이 오히려 그에게는 전화위복의 계기나 마찬가지였다. 석방된 뒤 도스토예프스키는 신문을 열심히 읽었다. 사회 문제가 된 여러 가지 사건과 그 재판 결과를 자신의 글쓰기 재료로 삼기 위해서였다.

'사랑은 평등을 가져오지만, 연민이나 아름다움이 사랑보다 더 큰 것일지도 모른다.'고 도스토예프스키는 생각했다. 그는 선악을 초월한 연민과 아름다움이 세상을 구할 거라고도 생각했다 '연민이야말로 모든 인류의 삶에 있어서 가장 중요하고도 유일한 법칙'이기 때문이고, 아름다움은 사랑에서 시작되기 때문에 그렇다고 한다. 그러면서도 그는 우리가 정말 모든 사람을 사랑할 수나 있을까 회의하기도 했다. 또 '동포나 인류'를 사랑한다는 이 불가능하고도 추상적인 말은, 나는 오직 나만을 사랑한다는 말에 불과할 뿐이라고 비판하고 조롱했다.

간질을 앓았던 도스토예프스키는 항상 발작을 두려워했다. 발작은 시도 때도 없이 느닷없이 일어나기 때문이다. 그는 간질 발작을 일으키기 직전의 1초나 생사가 갈리는 사형수의 마지막 1초가 갖는 의미를 알고 있었다. 1초는 순간이나 찰나다. 어둠이 덮치려는 그 찰나에 만나는 이편과 저편의 경계, 그때 느끼는 '엄청난 빛과 환희야말로 진정한 아름다움과 기도이자 고귀한 삶의 총체'라고 그는 말한다. 그러나 그 속에는 겪어본 자만이 알 수 있는 '그 무엇'이 들어있다(여기서 말하는 그 무엇이란 죽음 직전의 찰나에서 느끼는 무한함과 영원함, 그리고 아주 고요한 평안함과 안온함 같은 것인데, 내 주제로는 그걸 딱히 무어라 콕 집어서 전달할 수가 없다). 그래서 사람은 자기가 가진 모든 걸 다 전달해주지 못한 채 세상을 떠날 수밖에 없는 존재다. 그렇게 사라지는 것들이 이 세상에는 무수하다며 새로 나온 사상가의 머릿속 비밀도 다 못 전하기는 마찬가지다. 그게 능력의 한계이든 또는 일부러 하는 짓이든 아니든 상관없다고 우리에게 토로한다.

반어적 역설이지만 도스토예프스키는 죽음을 알고 나서 삶의 가치를 깨달았다. 그는 사형수가 사형 집행 전에 느끼는 5초, 10초는 엄청나게 소중하고도 긴 시간인데 그걸 모르고 사람들은 시간을 낭비하며 산다고 야단친다. 이 시간 속에는 실존과 절박, 인식과 망각, 절망과 회한, 희망과 간절함이 마구 뒤섞여있다. 이 말에는 "나는 정말 간절한 희망을 품고 최선을 다해 오늘을 살고 있는가?"라는 성찰의 뜻이 담겨 있다. 톨스토이도 "죽음을 기억하라. 오늘 밤까지 살라. 그리고 영원히 살라."[197]고 하지 않았던가.

---

197 유튜브 플라톤아카데미TV 「어떻게 살 것인가?」 8강: 톨스토이, 성장을 말하다」 석영중 교수 편, SBS CNBC 2019년 2월 11일자 방송 참조

태생부터 가난했던 도스토예프스키는 노름까지 했다. 그러니 그가 가난하지 않았다면 이상하다. 그는 고료를 더 많이 받으려고 원고 매수를 늘릴 수 있는 한 최대로 늘렸다고 한다. 그 바람에 그가 쓴 싸구려 소설은 이야기의 앞뒤 흐름이 뒤죽박죽이다. 앞에 나온 이름이 뒤에 가면 바뀌는 일이 생기고, 줄거리도 잡히지 않을 만큼 중심을 못 잡고 갈팡질팡했다고 한다. 하지만 본격적으로 글을 쓰면서부터는 대단한 장점을 보이기 시작했다. 등장인물의 심리를 아주 치밀하고 세세하게 그려냈다. 꼬챙이로 들쑤시고 파헤치듯 묘사했다. 그 바람에 소설이 길고 지루해지긴 했지만, 오히려 내용은 인간의 내면이나 본질에 더 깊게 다가가 심오해졌다. 가령 『악령』에 나오는 '스따부로긴으로부터' 같은 대목이 대표적이다.(『악령』 556쪽) 가난과 탐욕이 오히려 소설의 깊이를 만들었다.

"나는 아무도 타락시키지 않았어요. 나는 오로지 모든 사람의 행복을 위해 진리를 발견하고 알리기 위해 살고 싶었어요. … 평생에 단 한 번, … 당신 한 사람과는 의기투합을 했어요! 그런데 그 결과 무엇이 생겼지요? 아무것도 없어요. 당신이 나를 경멸하게 되었을 뿐이에요! 결국 나는 쓸모없는 존재에다 바보였어요. 이제 물러갈 때가 온 거예요! … 나는 아무런 소리도, 흔적도, 업적도 남기지 않고 아무런 신념도 전파하지 못했지요…! 이 머저리를 비웃지 말아 주세요. 잊어주세요! … 그리고 너무 잔인하게 굴지 마세요! 만약 폐병에 걸리지 않았더라면 나는 자살이라도 했을 거예요."

위에 소개한 글은 폐병에 걸려 죽어가는 사람의 마지막 절규다. 이 절규는 도스토예프스키가 겪은 정치적 입장이 변화하는 모습이 확연히 드러나는 대목이다. 다시 말해 도스토예프스키가 사형장에 서게 된 이전의 자기와 고별하는 대목이라고 볼 수 있다. 사형장에서 살아난 이후부터 그는 기회가 생기기만 하면 러시아 황제에게 자비를 베풀어 달라고 간곡히 청원했다.

러시아 자유주의자들은 프랑스를 한없이 동경했다. 그들은 프랑스 국가인 「라 마르세이유」를 술만 취하면 합창을 했다. 이런 모습은 러시아의 대도시 곳곳에서 벌어지던 아주 흔한 풍경이었다. 도스토예프스키는 이런 자유주의자들을 러시아답지 않다고 비판했다. 러시아 문학도 마찬가지로 비판했다. 그는 "로모노소프와 푸시킨은 민중에서 나왔으니 그 글이 국민적이지만, 톨스토이와 고골은 귀족이나 지주계급에서 나왔기 때문에 국민적이지 않다"는 말도 했다. 러시아의 자유주의는 '러시아 사회 질서의 본질에 대한 공격이자 러시아 자체에 대한 공격'이라고 비판하면서 사회주의자들을 경계하라고 경고한다. 그는 러시아의 정신이나 문화를 국제적으로 확장해야 한다고도 주장했다. "러시아적 사상과 러시아적 신과 그리스도에 의해서만 이룩될 수 있는 전 인류의 부흥과 부활에 관한 청사진을 (러시아는) 제시하라."고 외치기도 했다. 이런 말은 그가 이미 슬라브주의자로 보수화되었음을 의미하는데, 이렇게 보수화된 모습은 『학대받은 사람들』에서도 간간 나타난다.

도스토예프스키가 사회주의자에서 보수주의자로 바뀐 것은 대략 두 가지 이유다. 하나는 당시 유럽에서 러시아로 불어닥친 혁명 정신과 거기에서 비롯한 농노 해방운동이다. 이 혁명 정신은 러시아가 주체적으로 만든 혁명 정신이 아니라는 거다. 말하자면 고유한 러시아 정신을 훼손하고 외세가 조종하는 아바타 정신이라는 말이다. 다른 하나는 그의 개인사에서

기인한다. 사실 도스토예프스키가 극우적 보수주의자에 가까워진 이유는 러시아를 둘러싼 국제 환경이나 정치 사회의 문제이기보다는 그 개인사가 끼친 영향이 훨씬 컸으리라고 보는 게 좀 더 합리적이다. 그가 16살 때는 어머니가 폐병으로 죽었고, 18살 때에는 의사였던 아버지가 농노를 학대했다가 그들에게 맞아 죽었다. 그 자신은 반역죄로 총살 형장에서 겨우 살아남아 시베리아 옴스크 감옥으로 갔다. 그때부터 그는 보수주의로 기울었다. 끊임없는 사찰과 감시, 그리고 보이지 않는 억압에 대한 공포, 언제 닥칠지 모를 죽음과 생존에 대한 절박한 욕구, 이런 것들이 함께 만나면서 그는 수구적 보수주의자로 좀 더 빨리 기운 것 같다.

소설은 그 속에 펼쳐진 그 시대의 풍습이나 생활상을 보는 재미가 있다. 또 지문을 씹는 맛도 있지만 등장인물의 독특한 개성을 보는 재미도 있다. 소설의 성패는 등장인물의 특징을 어떻게 살려내느냐가 큰 비중을 차지한다. 도스토예프스키는 유럽 개방파이자 자유주의자인 투르게네프를 아주 싫어했다. 자신이 절박할 때 돈을 빌려준 사람임에도 그랬다. 그는 소설 『악령』에서 인물묘사를 할 때 투르게네프의 대타를 등장시켜놓고 아주 작정하고 욕을 해 댈 정도로 싫어했다. 『백치』 뒷부분에는 도스토예프스키의 '소설 창작론'이 나온다. 등장인물의 독자적 전형성은 평범에 있다고 그는 말한다. '(가장 평범한 자들이) 있는 그대로의 평범함에 만족하지 않고 그런 자질도 없는 주제에 어떻게 해서라도 독창적이고 비범한 인물이 되고자 할 때' 인물이 살아난다고 한다. 그는 소설 『백치』에 등장하는 주요 인물을 하나하나 소개하면서 이 문제를 설명한다. 인간 내면에서 분출하는 욕구가 각기 다른 형태로 드러날 때, 한 마디로 튀는 짓을 할 때 인물이 살아난다는 거다. 그는 불안이나 공포, 가난, 고통 따위에 집착했고 신에게 집착했다.

도스토예프스키는 자기가 쓴 글 가운데『백치』에 가장 큰 자부심을 가졌다. 그만큼『백치』에 심혈을 기울였다. 창작은 복사나 복제가 아니다. 동일 작가가 만든 여러 작품을 만날 때 그 작가의 일관된 '경향'은 평가할지언정 복사나 복제를 경향이라고 하기는 곤란하다(작가가 의도적으로 패러디하는 경우는 제외하고 하는 말이다).『학대받은 사람들』과『백치』는 둘 다 사랑하는 남녀관계가 주요 소재다. 주제도 같다. 주제와 소재가 같은 두 소설에 남녀관계 설정까지 비슷하다. 이것을 두고 도스토예프스키의 '경향성'이라고 말하기에는 무리가 있다. 좀 심하게 말하면 이 두 소설은 서로 베낀 것처럼 유사하다. 그렇다고 200년도 더 지난 이런 일을 이제 와서 뭐라 할 필요는 없다. 이 두 소설의 관계를 좀 좋게 말하자면『학대받은 사람들』이『백치』로 넘어와서 더 다듬어지고 정교해짐으로써 '비로소 완성 되었다'고 할 수 있다.

찢어지게 가난했던 그가 본격적으로 좋은 글을 쓰기 시작한 시기는 두 번째 결혼 이후부터다. 처음 결혼한 아내는 폐병을 앓는 바람에 얼마 살아보지도 못하고 죽었다. 두 번째 아내는 속기사였던 안나 그레고리예브나였다. 그녀는 스무 살이었고 도스토예프스키는 마흔여섯 살이었다. 속기사였던 안나는 그의 팬이었는데, 그가 구술하는 소설 내용을 속기로 받아쓰는 일을 하면서 가까워졌다. 재혼 후 아내가 경제 문제를 관리하자 그는 글쓰기에만 전념했다. 이때부터 죽기 전까지 14년 동안이 도스토예프스키에게 가장 좋았던 시절이다. 아내의 격려와 도움으로 그는 노름에서 빠져나왔다. 그리고 그의 재능과 경험, 나이에서 오는 무게감이 한껏

번에 쏟아지면서 좋은 글을 많이 썼다. 도스토예프스키가 죽은 후 안나는 그의 자료를 정리하고 업적을 기리는 일에 평생을 바쳤다. 이런 면에서 안나는 존경할 만한 사람이다. 남편과 아내라는 관계를 떠나서, 나머지 생을 자기가 좋아하는 일만 하다가 죽었으니 말이다. 그 안에는 사랑하는 남편을 위해 안나 스스로 자기에게 지운 의무감이 들어있었을지는 모르겠지만.

* 도스트예프스키의 삶에 관한 글은 동서문화사에서 출판한 『악령』, 『백치』, 『학대받은 사람들』 등을 주로 참조했다.

점성술이 만든 여백, 그 위에 수놓은 욕망

루미너리스 1~2

엘리너 캐턴 지음, 김지원 옮김 | 다산책방 | 2016

서양 화가가 그림을 그리려면 대개 밑그림을 먼저 그려 놓고 그 위에 채색 물감을 화폭 위에 빈틈없이 채우는 게 일반적이다(잭슨 폴록 같은 사람도 있지만). 동양화에서는 밑그림 대신 의도적 여백을 써서 그림을 꽉 채운다. 서예에서 말하는 비백飛白도 그러하다.

이 책을 제대로 소화하려면 남반구에서 바라본 천문으로 황도 12궁과 그 행성들의 실재實在하는 모습을 꿰고 있어야 한다. 또 별자리로 보는 서양의 점성술과 타로카드의 점술, 그리고 그 상징이 의미하는 것도 알고 있어야 한다. 이런 걸 모른 채 이 책을 이해한다는 건 사기다. 그림이나 서예로 말하자면 이런 것이 바로 이 책의 밑그림이고 여백이며 서예의 비백이다. 부커상의 심사위원들이 이런 것들을 어느 정도 통달하지 않고 단지 소설적 기법만으로 상을 주었다면, 이 소설의 반쪽에 상을 준 것이나 다름없다. 외부 자문을 통해 확인했다고 하더라도 아쉽기는 마찬가지다. 하지만 루미너리스는 소설이 갖추어야 할 덕목에 아주 충실하다. 꼼꼼하고 치밀하게 묘사한 의상과 소품, 세심하게 구성한 상황, 소설 속 현실과

병립並立하는 시대적 배경과 역사적 사실, 무리 없이 흐르는 서사, 작가의 주장이나 감수성에 대한 독자의 공감 같은 것들이 아마포처럼 아주 잘 조직되어 있다. 한마디로 소설의 지위를 아주 탄탄하게 구축해 놓았다.

그러나 나는 이 책을 읽는 내내 지루했다. 그리고 좀 답답했다. 앞서 말한 황도 12궁의 운행이나 서양 점성술을 내가 모르고, 타로 점술도 모르기 때문이다. 그렇다고 이 책을 읽으려고 이런 밑그림부터 다시 공부한다는 것도 말이 안 돼서 그랬다.

본초자오선, 세차운동, 능직, 서지, 크라바트, 크레이비 소스, 삭구, 모슬린, 소모사, 주랑, 헤링본, 구빈원, 포우 나무, 클리퍼선, 바크선, 스쿠너선, 전세선, 선창, 건선거乾船渠, 팅크, 오쟁이 지다, 께느른하다, 브라이어, 구루병, 밭장다리, 러그, 북 엔드, 고물, 이물, 장뇌(화학), 크리놀린, 페티코트, 리넨, 아마직, 버슬, 퍼프, 로브, 몽탕트, 프란넬, 단구(지리), 세리주…

위에 열거한 단어는 직물이나 의상, 선박과 관련한 단어가 대부분이다. 아무 설명 없이 이걸 그냥 읽으라고 하니 좀 난감하다. 몇몇 단어를 빼고 이 중에서 독자가 '제대로 아는' 단어가 몇이나 될까. 마치 저자와 옮긴이, 출판사가 내게 사전 찾기 공부를 시키는 것 같았다. 심지어 세리주 같은 단어는 사전에도 없다. 나중에 화이트 와인에 브랜디를 섞은 스페인 남부 와인이란 걸 겨우 찾아내긴 했지만. 또 이 소설에 등장하는 그때 그 지역에서 통용하던 화폐의 가치가 지금으로 환산하면 어느 정도인지 참고로 알려주었더라면 훨씬 시원했을 텐데 아쉽다.

그래도 이 책에 손이 자꾸 간 이유는 구조와 서사가 탄탄하다는 점이 제일 컸다. 마치 내가 그 시절, 그 현장에 함께 있는 듯하다. 추리소설이지만 역사소설이자 사회고발 소설이다. 저자는 영국 제국주의 시대를 체 위에 올려놓고 흔들다가, 식민지 뉴질랜드에서 벌어진 골드러시의 한 시기를 골라냈다. 역사적으로 '가장 부도덕한 전쟁'으로 평가하는 아편전쟁도 체 위에 올라와 있다. 그 한참 뒷세대인 중국인의 저항과 좌절, 그들을 휘저어놓는 극단적 차별과 타락도 있다. 냇물에도 흘려보내지 못하는 마오리족 원주민의 비참도 거기에 서 있다.

저자는 금과 아편이라는 인간의 본초적 욕망에 밀착하면서도 그 욕망과 아주 묘하게 간격을 유지한다. 아마 그것은 품위를 잃지 않으려는 저자의 글쓰기, 즉 여백 때문인 듯하다. 그런 게 독자를 더 잡아놓는다. 루미너리스는 회귀적 귀소본능보다는 개척정신에 우선을 두었다. 점성술이란 게 운명적이라서 그랬을까? 이 소설은 반성적 성찰보다는 운명적 복수나 인과응보에 초점이 더 맞춰 있다.

"사랑이란 왜라는 이유들로 한정할 수 있는 것이 아니고, 이유들이 모여서 사랑을 만들어낼 수도 없습니다. 제 말에 동의하지 않는 사람은 사랑을, 진정한 사랑을 해 본 적이 없는 사람일 겁니다."

이 말이 이 소설의 결론이지 싶다. 혹시 영화 '러브 스토리'중에 나오는 대사 하나가 생각나지는 않는가? 지금은 부재하는, 그 사랑만으로 꽉 찬 사각의 여백 위에 송이 눈처럼 쌓이던 말, "Love means never having to say your sorry."

빛도 없고 영광도 없는 길 위에서

배를 엮다
미우라 시온 지음, 권남희 옮김 | 은행나무 | 2013

모처럼 먼지 나고 빛바랜 내 과거가 부옇게 떠올랐다. 출판사 편집부에서 보냈던 그 짧았던 시절이며 이젠 기억조차 가물가물한 도쿄, 오사카, 빈, 라이프치히의 서점가를 기웃거리던 때도 떠올랐다. 이 책에는 일본 소설 특유의 섬세함과 잔잔함이 전편에 흐른다. 고즈넉하고 단정한 과거와 경박하고 빛나는 현대가 어우러지는 모습이 내 과거 회상 장면과 자주 겹치면서 책읽기가 편안하다. 저자는 사전을 출판하는 출판사 편집부에서 일어나는 일을 담담하게 썼다. 사전 만들기에 평생을 바친 고참과 다양한 경력을 가진 젊은 사람들이 모여서 사랑과 언어를 놓고 벌이는 이야기가 이 소설의 내용이다.

인간이 습득한 지식은 선용善用을 목표로 하지만, 그 결과가 언제나 꼭 그렇지만은 않다. 오히려 그 반대도 많다. 그렇기에 말이란, 말을 다루는 사전이란… 틈새라는 항상 위험한 장소에 존재하는 것이다.

말은 세상과 마주칠 때 허무해지기도 하고 무력해지기도 한다. 위에서 인용한 이런 말은 글과 지식의 바다를 만나는 사람에 대한 경고이자 외경이다. 이 책을 떠받치는 기둥은 '목숨이 다하는 날까지 열정을 가지고 치열하게'이다.

"사람에게 가장 중요한 것은 실천과 사고思考의 지치지 않는 반복입니다."(72쪽)

"… 인내심 강하고, 꼼꼼한 작업을 두려워하지 않고, 언어에 탐닉하면서도 한쪽으로 치우치지 않고, 넓은 시야도 함께 가진 젊은이가 요즘 시대에 과연 있을까요?"

거의 완벽에 가까운 젊은이의 이런 모습이 전범典範으로는 가능할지 몰라도 보편적으로는 불가능하다. 그런데도 저자는 이런 열정과 치열함이 사라져가는 쓸쓸한 이 시대를 극복해 보자고 한다. 그렇게 보면 저자는 낭만주의자이다.

나는 말을 잔뜩 모으기만 하고 제대로 사용하지 못하는 무미건조한 인간이겠지.(41쪽) 잡았다고 생각한 순간부터 말은 마지메의 손가락 새를 빠져나가 위태롭게 무너져 실체를 무산시킨다.(80쪽) … 꿈틀거리며 빠져나가서 형태를 바꿔 버린다.

왜 사전은 완성이 없는 곳을 향해 자꾸 가라고 강요하는가? 아무도 알아주지 않는 길, 빛도 없고 영광도 없는 그 길을 가라고 왜 강요하는가? 그걸 알면서 우리는 왜 또 그 길로 가고 있는가? 글을 쓰는 사람이나 말하기가 직업인 사람이나 사전 편집이 직업인 사람이나, 그 고민은 모두 다 똑같을 듯하다. 세월이 만든 신조어의 바다에 떠 있는 사전은 영원히 미완이다. 사전은 말을 암호화한 거대한 배다. 반드시 '문자라는 암호'를 해독할 수 있는 자만이 이 배에 오를 수 있다. 배타적이며 차별적일 수밖에 없는 이런 숙명 때문에 사전은 영원한 미완이기도 하다.

기억이란 말(言)이다. … 언어화(다).(271쪽) 기억을 나누며 전하기 위해서는 절대로 말이 필요하다.(328쪽)

옳게 배우지 않으면 제대로 쓸 수 없는 흉기. 그러나 그것은 그 사람의 정체성. 그게 바로 언어다. 글보다는 입말이 먼저라 언어라 하는 것일 테지. 푸른색을 좋아하는 저자가 빚어낸 비유나 표현 방식을 보면서 일본과 우리나라 글맛이 갖는 낯선 차이를 이 책에서 느껴 볼 수도 있다. 우리글의 '끊어 읽기'에 대한 고민도 함께해볼 수 있는 책이다. 큰 반응은 못 얻었지만, 같은 제목으로 영화도 나온 적이 있다.

돌연변이가 악이 아닌 적은 단 한 번도 없다

종의 기원

정유정 지음 | 은행나무 | 2016

모든 생명은 살아남으려고 진화한다. 생존의 목적은 번식이다. 그러려면 '죽거나 적응하거나'(325쪽) 둘 중 하나를 선택해야 한다. 선악은 아무 의미가 없다. 당장 여기 살아남는 것이 최선이고 최고다. 그래서 인간은 내가 먹어버릴 피식자로 상대를 학습하고 억압한다. 나약하게 조작하고 속인다. 이게 지속되면 갑자기 돌연변이(자연선택)가 생긴다. '악인이 탄생'하는 순간이다.

프로이트가 한 말처럼 모든 인간의 무의식 속에는 악이 살고 있다. 사악함과 그렇지 않음의 차이는 악이 그 욕망을 행동에 옮기는지 아닌지에 달려있다. 인간 본성 안에 숨어있는 악을 똑바로 응시하고 이해할 수 있을 때 우리는 우리 삶을 위협하는 포식자의 악에 대처할 수 있다.(380, 383쪽 참조) '악인의 탄생'에 저자가 관심을 갖는 이유다. 그럼 악인은 누구인가. 피식자로 조작되다가 돌연변이한 포식자 프레데터인가, 조작자인가. 아니면 선악은 원천적으로 존재하지 않는가. 저자는 악인이 생기는 원인을 개인의 인성에 무게를 두는 듯하다. 악의 정점에 서 있는 거대한 포식자보다는 피식자로 조작되다가 발생한 개개의 돌연변이들을 다룬다. 저자가 쓴 문체는 사실적이다. 직접 겪지 않고도 이렇게 썼다는 게 믿기지 않을 정도다. 박진감도 좋다. 잔혹하거나 선정적 표현 때문에 모방범죄를 걱정할 정도니, 글쓰기에 대한 저자의 내공이 생생하게 느껴진다. 이런 경우가 실재한다면 표현의 자유와 사회질서가 갈등하는 요인이 될 수도 있다.

폭력이나 잔혹함은 이 정도를 수용하는데, 왜 마광수는 수용하지 못했단 말인가. 앞으로 10년만 지나도 마광수를 거부한 이 사회는 틀림없이 큰 비웃음거리가 될 터인데도 말이다. 연약한 그는 사회가 휘두르는 폭력을 견디지 못하고 죽었다. 그런 면에서 지식인 집단은 야비하고 우리 사회와 법은 참으로 비겁하고 이중적이다. 앞으로 큰 비웃음거리가 될 줄 알면서도 마광수를 유죄로 판결한 법은 무엇을 위해, 또 누구를 위해 존재해야 하는지를 아주 적나라하게 보여준다. 자신의 보신을 먼저 생각하는 법과 과거에 갇혀 미래를 열지 못하는 법은 혁명을 유발할 뿐이다. 우리나라 혁명의 역사가 이를 증명한다.

감상하는 자는 포식자이고 작가는 조작되는 존재이기도 하다. 이 둘의 관계가 지속되면 자연선택이라는 돌연변이가 일어난다. 작가군 가운데에서 갑자기 돌연변이가 되어 버린 어느 하나는 프레데터가 되어 감상자와 작가군 전체를 공격하고 잔혹하게 살해한다. 새로운 포식자는 드디어 무수한 새끼를 까기 시작한다. 여기에 일정한 주기나 패턴은 없다. 이 소설은 평범했던 한 청년이 살인자로 태어나는 과정을 그린 '악인의 탄생기'라고 저자는 말한다. 그러나 이 소설은 어느 날 갑자기 포식자로 탄생한 돌연변이 작가 자신을 선언한 말이라고 보아도 하등 무리가 없다. 자연선택으로 일어난 돌연변이가 악이 아닌 적은 이 세상에 단 한 번도 없다. 악을 똑바로 응시하고 이해하는 방법이 좀 더 정교했더라면 어땠을까 하는 생각이 들었다. 피식자가 포식자로 돌변하는 과정에서 정치, 경제, 사회, 역사, 교육, 문화, 국제관계가 무슨 역할을 했는지, 어떤 인과因果가 있는지 외형과 내면 심리로 좀 더 자세히 정리했더라면 훨씬 더 좋았을걸 하는 아쉬움이 남아서 그렇다.

예술작품이 좋은 점은 감상자가 제 맘대로 분석하고 해석할 수 있다는 점이다. 이걸 거꾸로 보면 다양한 감상자를 바라보는 작가의 즐거움이기도 하다. 이런 태도를 생존과 진화라는 관점에서 보면, 작가나 감상자 모두 생존하고 번식하려는 여러 진화 장치 가운데 하나일 뿐이다. 어차피 세상은 결론도 없고 선악도 없는 대결뿐이고, 포식자나 작가 모두 살아남으려고 무자비하게 진화하기 때문이다.

글쓰기의 어려움

먹고 자고 배설하는 일 빼고, 누구나 마음속에 하고 싶은 일 하나씩은 가지고 살게 마련이다. 그게 나는 글쓰기를 잘해보겠다는 희망이다. 이건 죽을 때까지 버리지 못할 욕심이다. 하지만 그게 어디 그리 쉬운 일인가. 알면 알수록 점점 더 어렵다. 내가 쓰는 글이 나와 혼연일체가 돼야 할 터인데, 그러지 못하니 소설 쓰기도 어렵고 수필 쓰기도 어렵다. 시 쓰기는 두말할 필요도 없다. 대만의 탕누어가 말한 대로 인간의 인식과 무지는 함께 움직이기 때문에 혹시 알면 알수록 더 무지해져서 그러는 걸까. 생전에 움베르토 에코는 글을 쏠 때 등장 인물에게 자기를 일부분씩 나누어 준다고 했으니, 에코와 등장인물은 하나임이 틀림없다.[198]

(논술하는 글은 빼고) 산문이든 운문이든 잘 쓴 글을 보면 주인공이 큰 일을 하게 만들 때 작가가 그의 주변부를 과감히 정리해버리는 경우가 많다. 심지어 죽음까지도 무겁게 다루지 않으려고 노력하기도 한다. 어느 때나 그래야 하지만 특히 이럴 때면 작가는 에코처럼 자신이 창조한 인물과 하나가 돼야 한다. 그래야 몰입도가 높아진다. 저자나 독자가 등장인물에 몰입하지 못하는 글은 이미 실패한 글이다.

---

198 『작가란 무엇인가 1』(다른) 10쪽 참조

가브리엘 마르케스는 『백 년 동안의 고독』에서 자기가 소설 속에 형상화한 대령이 죽자 그 슬픔을 견디지 못하고 오랫동안 통곡했다. 자기가 쓴 허구의 인물을 제 손으로 죽여 놓고 통곡했다니, 대체 얼마나 몰입했으면 그랬을까. 이런 경우는 작중 인물을 연기하는 배우에게도 자주 일어난다. 이는 작가나 배우가 그 인물에 완벽히 빙의해서 벌어지는 현상이다. 중국의 김성탄은 인생 33락에서 하루는 밖이 소란스러워 웬일이냐고 집안사람에게 물었더니 성안의 이름난 구두쇠가 죽었다고 했다. 그 말을 듣고 그는 "이 아니 유쾌한가!" 하고 소리쳤다고 한다.[199] 자기감정을 아주 솔직하게, 느낀 그대로 말하고 기록한 것이다. 명나라의 이탁오는 유교와 공자를 신랄하게 공격하다가 감옥에서 자살했다. 그는 동중서 이후 1,500여 년 동안 황제와 그의 신하들이 신봉한 통치 이념을 부정하다가 죽었다. 죽기 전에 이탁오는 지금은 자신의 글을 이해할 사람이 없으니 먼 미래에 알아볼 사람을 위해 몰래 감추어두거나 아니면 불 질러 버려야 할 글이라고 했다. 김성탄도 폭정과 학정에 말과 글로 대들다가 비명에 갔다.

『조선왕조실록』을 쓴 사관은 늘 목숨을 걸고 글을 썼다. 왕의 곁을 한시도 떠나지 않은 채, 살아 있으되 언제나 죽음을 각오하고 왕이 하는 말과 행실을 모조리 글로 남겨야 했으니, 직업치고는 정말 소름 끼치는 직업이 아닌가. 그렇게 목숨을 걸고 사초를 썼건만 지금 그때 그 사관의 이름을 기억하는 일반 대중은 아무도 없다. 성경을 독일어로 번역하면서 마틴 루

---

199 김성탄의 인생 33락은 『생활의 발견』 (린위탕 지음, 안동민 옮김, 문예출판사), 『생활의 발견』 (린위탕 지음, 박병진 옮김, 육문사) 참조

터는 또 얼마나 숨어다녀야 했던가. 모두 다 글쓰기의 어려움을 말해주는 일화들이다.

힘들여 쓴 글은 반드시 보상받는다지만 이게 여간 힘든 일이 아니다. 글쓰기가 얼마나 어려우면 톨스토이는 『전쟁과 평화』를 여덟 번이나 고쳐 쓰고도 모자라 교정본을 보고 또 한 번 더 고쳐 썼다고 했을까. 그런가 하면 헤밍웨이는 『무기여 잘 있거라』의 시작 부분을 무려 쉰 번이나 다시 썼다 하고,[200] 그 마지막 장은 열일곱 번을 고쳐 썼다고 한다. 그중에서도 마지막 장의 맨 마지막 쪽은 무려 39번이나 다시 썼다고 한다. 『노인과 바다』는 200번도 넘게 고쳐 썼다고 하니 기가 찰 노릇이다. 움베르토 에코도 한 페이지를 수십 번씩 다시 썼다니, 정말 노력 없이 되는 일은 아무것도 없고 작가란 제 수명을 재촉하는 직업임이 틀림없다.[201]

무라카미 하루키는 자전소설 『상실의 시대』에서 『위대한 개츠비』를 읽고 또 읽었다고 썼다. 그는 『마의 산』에도 집착했다. 정유경은 세 번을 다시 써서 『종의 기원』을 완성했다고 술회했다. 안데르센 역시 책만 보면 모조리 읽어 치웠고 공연이란 공연은 빠짐없이 보았다.[202] 모두 다 쓰기 위해서 읽었고, 쓰기 위해서 보았다. 아니다. 수없이 읽고 보는 바람에 쓸 수 있었다. 허균처럼 비판적 글쓰기가 천직이거나 사회 변혁기에 글을 쓰던 많은 언론인처럼, 이 세상에는 자기가 쓴 글 때문에 비명에 죽은 사람도 많다. 그러나 앙드레 말로나 숄로호프처럼 글 때문에 출세한 사람 역

---

200   『헤밍웨이 작가 수업』 (문학동네) 32쪽

201   『노인과 바다/무기여 잘 있거라/킬리만자로의 눈/해는 또다시 떠오른다』 (동서문화동판) 650쪽, 『작가란 무엇인가 1』 (다른) 참조

202   『안데르센 자서전』 (휴먼앤북스) 참조

시 많다. 베트남의 바오닌을 포함해 전쟁의 후유증 때문에 죽지 않으려고 (내가 보기엔 그렇다) 쓰는 사람도 있고, 내면에서 끓어오르며 용솟음치는 기운에 못 이겨 미친 듯이 쓰다가 죽은 박정만 같은 시인도 있다. 조선조 500년 내내 글 한번 잘못 썼다가 하루아침에 죽은 사람이 그 얼마나 부지기수며, 일제 강점기에 일본 군국주의에 대들다가 죽은 문필가는 또 그 얼마인가. 광복 후 정권과 맞서던 글쟁이들은 또 얼마나 많은 고초를 겪었던가. 글쓰기란 정말 어렵기 짝이 없는 가시밭길이 틀림없다. 그런가 하면 권력자에게 아부를 떠는 글을 쓴 사람도 상당히 많았으니, 세상은 참 요지경 속이다. 그들도 아부를 더 잘 떠는 글을 쓰려니 매우 힘들었을지 모른다. 세상이 아무리 그렇다고는 해도 잘 읽고 잘 쓰면 잘 산다. 생전에 잘 읽고 잘 썼는데도 잘 못 살았으면 죽어서라도 잘 산다. 이게 바로 글이나 예술이 가진 힘이다.

'한 번에 모든 걸 쏟아부으려 하지 말고 나누어서 써라. 그래야 샘이 고갈되지 않는다. 글을 나누어서 조금씩 쉬었다가 써야 할 때는 그다음 장면이 떠오르는 곳에서 멈추라'고 헤밍웨이는 충고한다.[203] 이 말은 퍽 중요하다. 다음 장면을 예상해 놓지 않고 글을 멈추면 그 글은 더 이상 이어가기가 힘들어지고 흐름도 난삽해진다. 그래서 글에는 반드시 구성이라는 얼개가 필요하다. 특히 글쓰기에 미숙할수록 기승전결 마디마디 들어가야 할 단어나 문장 한두 줄을 미리 써 놓아야 한다(헤밍웨이는 이런 행위를 극력 거부하지만), 아니면 다음 장면을 선명하게 기억해낼 무언가를 반드시 붙들어 놓고 멈추어야 한다.

---

203 『헤밍웨이의 작가수업』 문학동네 참조

정약용은 고기를 먹으면 피부가 매끄러워지고 술을 마시면 얼굴이 벌게지듯이, 글은 그 사람의 내공이나 품격을 밖으로 고스란히 드러낸다고 했다. 쇼펜하우어는 독서란 남의 생각을 좇는 행위라서 내 생각을 나타내는 좋은 글을 쓰려면 남이 쓴 책을 읽지 말라고 했다. 박제가는 『정유각집』에서 '붉을 홍紅' 자 하나로 세상에 만발한 꽃을 어찌 다 표현하겠느냐고 질타했다. 이 모두 문장의 다양성과 품격, 간결하고 창조적이며 개성미 넘치는 문체의 중요성을 강조한 말이다.

세네카는 문장을 사상의 옷이라고 했고, 정몽주는 반드시 말해야 할 것을 말해야 하고 써야 할 것을 써야 하는 게 문장이라고 했다. 그러나 반드시 말해야 할 것이라고 해서 꼭 말해야 하는 게 아니고, 반드시 써야 할 것이라고 해서 꼭 써야 하는 것이 아닌 것 또한 문장이라고 했다.[204] 이 말은 『장자』의 제물론에 나오는 천예天倪를 말함이니, 문장이란 무심의 경지요 희구하거나 치우침이 없는 절대 순수의 상태라야 함을 말한다고나 할까. 이러니 이 심오하고 무서운 뜻을 어찌 내 글이 받아낼 수 있단 말인가. 이럴 줄 알았으면 좋은 책을 열심히 읽어서 그동안 내공이라도 좀 쌓아둘걸. 나는 그러지도 못했으니 후회만 막급이다. 그저 욕심 하나로 글을 쓴다는 게 까마귀 똥이나 끄적거리듯 하고 있으니 무슨 염치로 내 글을 남에게 보아달라고 부탁하겠는가. 부끄럽고 가소롭다.

그럼에도 불구하고 내가 이런 짓을 벌인 이유는 방황하는 청소년 누군가가 여기 쓴 여러 책 가운데 한 대목을 읽고, 혹시라도 방향 전환이 될 계기를 잡았으면 하는 간절한 마음에서다. 어쩌면 그조차 참 철딱서니 없고 가당찮은 소리일지 모르겠지만.

---

204 『문장백과 대사전』(금성출판사) 참조.

지은이 안덕상安德相

충남 한산에서 출생했다. KBS 방송 기술직으로 입사해서 정년퇴직했다. 시인이 되고 싶어 전봉건 선생 시절인 1987년 10월 현대시학에서 처음 추천을 받았다. 그 후 2006년 봄, 이수익 선배님 추천으로 시와 시학에서 다시 추천을 받았다. 시집으로『나는 너의 그림자조차 그립다』,『그때 그대는 어디 있었는가』,『두 눈 뒤집힌 사랑』이 있고, 방송사 시인끼리 모여서 낸 시집도 두어 권 있다.『뉴 미디어 시대의 라디오 프로듀서 되기』라는 책을 공동집필 한 적도 있고 국악 활성화를 위해 작사가로도 활동했다. 독립운동가를 기리는 사업이나 시민사회단체에 이름을 올리기도 했다. KBS 기술인협회장, 한국방송기술인연합회장을 지낸 적도 있다.

내 맘대로 읽은 책

안덕상 지음

초판. 1쇄 발행 2022년 6월 22일

펴낸이. 이민·유정미
편집. 최미라
디자인. 오성훈

펴낸곳. 이유출판
출판등록. 제25100-2019-000011호
주소. 34630 대전시 동구 대전천동로 514
전화. 070-4200-1118
팩스. 070-4170-4107
이메일. iu14@iubooks.com
홈페이지. www.iubooks.com
페이스북. @iubooks11
정가. 21,000원

ISBN 979-11-89534-30-1(03800)